10|18
12, avenue d'Italie — Paris XIIIe

Sur l'auteur

David Payne est né en 1955 en Caroline du Nord. Son premier roman, *Confessions d'un taoïste à Wall Street*, a été récompensé par le Houghton Mifflin Literary Fellowship. Il a écrit depuis deux romans, *Le Monde perdu de Joey Madden* (1995), suivi par *Le Phare d'un monde flottant* (2001). David Payne vit aujourd'hui dans le Vermont.

LE MONDE PERDU DE JOEY MADDEN

PAR

DAVID PAYNE

Traduit de l'américain
par Françoise CARTANO

10|18

« Domaine étranger »
dirigé par Jean-Claude Zylberstein

BELFOND

Du même auteur
aux Éditions 10/18

Titre original :
Ruin Creek

ISBN 2-264-03591-9

Ce livre est dédié
à la mémoire de George A. Rose
et à celle de mon père,
qui m'ont donné la nature vierge.

J'avais appris il y a longtemps, puis oublié dans la folie de mon amour, qu'il est une coupe que nous devons boire sous peine de n'être pas pleinement humains... Je savais qu'il faut connaître la vérité. Je savais parfaitement que, lorsque l'on est adulte, on doit porter à ses lèvres le vin de la vérité, en oubliant qu'il n'a pas la douceur du lait et emporte la bouche par sa force, il faut célébrer la communion avec la réalité, ou bien marcher à jamais étrange et petit comme un nain.

Rebecca WEST,
Le Retour du soldat

Je commence à croire que l'on a raison et que la jeunesse fait son apprentissage complet en vue du mariage, alors que, nous autres, nous devions nous marier pour apprendre.

William FAULKNER,
Sanctuaire

Prologue

Je suis tombé sur les photos accidentellement, il y a quelques années, trésor secret dans sa cachette, sous une couche de poussière, au fond d'un tiroir. C'était une fin d'après-midi d'automne, il faisait froid et humide sur les Outer Banks, le baromètre baissait et un vent de nord-est qui sifflait dans les moustiquaires arrachait des embruns à l'océan. Bien que l'heure de l'apéritif fût encore loin d'être arrivée, je m'étais servi un verre de whisky, j'avais allumé un feu et je m'étais mis à arpenter notre vieille maison de vacances pleine de courants d'air, avant d'entrer dans ce qui avait été autrefois, il y a bien longtemps, la chambre de mes parents – pour moi, c'était toujours leur chambre, même si « eux », au sens où ce pluriel pouvait indiquer une quelconque communauté de projet, avaient depuis longtemps cessé d'exister ailleurs que dans mon imagination. Je cherchais, pour autant que je m'en souvienne, un jeu de cartes, avec le projet éventuel de faire une réussite.

Assis au bureau, j'ai essayé l'un après l'autre les tiroirs bourrés. Les chevilles ayant gonflé, celui du bas s'est ouvert avec un grincement, en libérant une bouffée de moisi où se mêlaient des odeurs de rouille et de laine. À l'intérieur, j'ai découvert un puzzle fatigué, qui avait appartenu à ma grand-mère, Nanny Tilley. Elle qui n'avait jamais visité l'Europe s'était escrimée tous les étés sur ce décor, les Champs-Élysées sous la neige, avec des fumées de charbon dans le ciel et des voitures à chevaux sur la chaussée. Au cours des années qui suivirent la mort de Nanny, l'image sur la boîte s'était mise à cloquer, en se décollant du carton. Comme je soulevais la boîte pour regarder de plus près, mes yeux sont tombés sur une pochette jaunie, à bords baveux, ornée d'une double baguette dorée en relief. Dans le coin inférieur droit était gravé : *« Candides », de Byron Wells, State Line, Caroline du Sud.*

M'empressant d'ouvrir, j'ai découvert une photo 20 × 25 représentant un jeune couple. L'âge d'étudiants, ils semblaient à peine sortis de l'enfance, tous les deux bien habillés, posant sur le trottoir, devant la portière ouverte d'une Chevrolet blanche, une Bel-Air 1955, première cuvée du modèle de l'année. Cette Chevrolet, nous l'avions toujours lorsque j'ai commencé l'école, et je me souviens encore de ces matins d'hiver, lorsque nous descendions silencieusement l'allée très en pente de chez nous, et ensuite le chauffage et la radio se mettaient en route en même temps que mon père enclenchait la vitesse... Étrange de se rendre compte tout à coup que cette voiture avait un jour été neuve.

Derrière le jeune couple, quelques marches basses montent jusqu'à la porte ouverte d'une petite chapelle de brique. Sur une de ces marches, là, se tient Nanny Tilley, plus jeune que je l'ai jamais connue, et encore grosse – ce qu'elle n'était plus vers la fin –, les yeux clignés derrière la fumée d'une cigarette qui lui pend au coin des lèvres, à la Bogart. Une main tient une boîte sur laquelle on peut lire clairement « Riz Mahatma » tandis que l'autre s'apprête à en lancer. Au dos du cliché, un tampon annonce : « S'adresser à B. Wells », avec la date, 21 septembre 1954.

Le premier jour de l'automne – l'anniversaire de mariage de mes parents avait toujours été facile à retenir. Voilà donc qui sont les deux enfants, et voilà aussi la circonstance, leur mariage...

J'avais fini mes études et je n'avais jamais vu ces photos dont j'ignorais même l'existence. Elles n'étaient pas exposées sur notre cheminée à Ruin Creek, et elles ne figuraient pas non plus dans la jungle des souvenirs de famille sur le piano de Nanny, dans Country Club Drive, à Killdeer. Ma mère n'était pas représentée à cette époque de sa vie, alors qu'il y avait beaucoup d'autres photos d'elle – je me souvenais d'une fillette joufflue, âgée d'une douzaine d'années, empruntée dans la robe blanche informe de sa confirmation, qui se métamorphosait soudainement et sans préavis, un cadre plus loin, en allant vers la gauche, en une somptueuse beauté à taille de guêpe, les épaules nues dans sa robe de cocktail, avec rang de perles et gants au coude. Il fallait regarder à deux fois pour être sûr qu'il s'agissait bien de la même personne.

Le musée de Nanny remontait à la génération de mes arrière- et arrière-arrière-grands-parents, portraits sépia d'un monsieur barbu posant assis, deux doigts d'une main glissés dans la poche de son gilet, à côté de la montre de gousset et de la chaîne, tandis que son épouse se tient debout derrière la chaise, les cheveux tirés en arrière, les lèvres pincées, et le col fermé haut sous le menton par une broche camée – des gens à l'air sévère, primitif, rendus graves par des problèmes que l'on imagine difficilement aujourd'hui… mariages, baptêmes, anniversaires, Noëls, photos d'école de mon jeune frère Reed, et de moi, et de nos deux cousins, les cheveux coupés en brosse et les dents de devant manquantes. Dans cette galerie complète ne figurait pas la photo de mariage de mes parents.

Si j'avais jamais eu l'idée de m'en étonner – et franchement, cela ne m'avait pas effleuré –, j'aurais pu avoir une explication. J'avais maintes fois entendu l'histoire – maman descendant l'escalier de derrière sur la pointe de ses pieds nus, ses chaussures à la main… papa garé discrètement dans une rue proche, tous phares éteints, fumant une Lucky Strike et s'enfonçant dans la banquette chaque fois que passait une voiture… le passage en pleine nuit de la frontière avec la Caroline du Sud… le mariage précipité à State Line, ville spécialisée dans les mariages précipités…

C'est la présence de Nanny Tilley sur les marches qui m'a donné l'éveil, transformant la photo en énigme ; Nanny devenait la pièce en trop. Et elle n'était pas la seule. Au fur et à mesure que je feuilletais le contenu de la pochette, mes autres grands-parents ont fait leur apparition, l'un après l'autre, offrant des sourires inexplicablement ravis à l'objectif, en l'honneur de la fugue amoureuse de leurs enfants, qu'ils étaient censés avoir désapprouvée. Réunis pour une photo de groupe, ils posent sur la plus haute marche, derrière mon père et ma mère, mais une ligne de démarcation invisible partage la photo en deux moitiés distinctes, les Tilley contre les Madden, trois contre trois, aussi nettement qu'aurait pu le faire une paire de ciseaux.

En dessous, ma mère regarde papa, arrangeant d'une main le brin de gypsophile à sa boutonnière, tandis que l'autre cramponne ses gants blancs. Son sac à main est calé dans le creux de son coude et elle porte un chapeau à large bord et fond peu profond, qui lui donne une allure un peu éthérée, comme Saturne avec son anneau. Le cliché étant en noir et blanc, on ne sait pas de quelle couleur est sa robe, sauf qu'elle n'est pas blanche, et on est sûr que le mois d'août est passé, à cause des chaussures foncées. Elle tourne la tête pour regarder l'objectif, et la pellicule l'a saisie un peu au dépourvu, en train de rire ; elle affecte une certaine coquetterie, où perce la petite fille parfaitement consciente d'être adorable quand elle fait des bêtises, surtout aux yeux de Pa, son père. Elle a dix-huit ans.

Pourtant, déjà là, il y a dans ses yeux quelque chose qui dément l'expression de joie affichée. Ils sont noirs et sombres, ces yeux, comme une forêt de sapins où même par la plus belle des journées d'été l'ombre est toujours présente, et ils ont une sorte d'innocence incertaine qui s'en remet au jugement de l'objectif avec la certitude d'être prise en défaut. Cela saute aux yeux – les miens du moins – même lorsqu'elle relève la jambe en arrière pour frôler du talon l'ourlet de sa jupe, à la façon d'une dactylo enamourée soulevée du sol par l'homme qu'elle aime, dans les films des années 50 – à ce détail près qu'elle n'est qu'à moitié soulevée, car l'autre pied est solidement ancré à terre.

Mon père la domine de son mètre quatre-vingt-dix-huit, sa maigre carcasse flottant dans son costume d'été de couleur claire, et il a un bouton au menton. Je ne l'ai jamais vu mince et jeune comme sur ces photos – l'homme dont je me souviens faisait près de trente kilos de plus – et peut-être est-ce le contraste qui donne au plus jeune un peu de la maigreur squelettique des survivants de camps de concentration. Difficile d'imaginer l'athlète, alors que pendant sa dernière année au lycée de Killdeer il fut le joueur qui mit le plus de paniers au cours de tous les matchs de catégorie 2-A en Caroline du Nord, et qu'il joua deux fois dans l'équipe des première année de Chapel Hill avant de s'exploser le genou pendant une séance d'entraînement du dimanche, dans sa fraternité.

Si l'expression de ma mère change selon les clichés, la sienne reste fondamentalement identique au fil des photos, et son visage est pour moi beaucoup plus troublant. Quand je regarde, tout converge vers lui comme un vortex dans une baignoire dont l'eau s'engouffre dans la bouche d'écoulement. Il fixe l'objectif, les mains jointes devant lui, digne et solennel, il est le seul à ne pas sourire.

Ses yeux sont grands et brillent d'une intelligence évidente, mais la vivacité enjouée et pétillante dont j'aime à me souvenir est absente. Son expression me fait songer à notre voisin, Mr. Poe, le père de mon ami Stevie, un certain après-midi qui doit remonter à 63 ou 64, lorsque prenant Ruin Creek Road pour rentrer chez lui il découvrit une bande de gamins du quartier debout autour de la vasque de ciment servant de baignoire aux oiseaux, au milieu de sa pelouse, en train de regarder, comme le faisaient plus discrètement nos mères derrière leurs fenêtres ou depuis leurs vérandas, sa maison qui brûlait, avec des flammes montant au-dessus du toit, aussi haut que les vieux chênes de son jardin. Mon père donne l'impression de contempler, de loin, un monde en ruine – il m'est difficile de soutenir son regard, surtout lorsque je songe qu'il n'avait que vingt et un ans. Un morceau de moi voudrait encore qu'il paraisse heureux de ce qui est en train de se jouer ici, le début de son mariage et de notre famille, comme si cela pouvait changer quelque chose à présent, comme si le passé était encore négociable.

Même les détails, sur cette photo, pèsent d'un poids étrange, accumulé petit à petit, au fil du temps et des regards répétés. Par exemple, au-dessus du toit de la Bel-Air, de l'autre côté de la rue, se dresse une maison blanche de style néo-grec. Elle possède deux entrées distinctes, l'une sophistiquée, avec denticules et lanternes à petits carreaux, l'autre se limitant à une vulgaire porte-moustiquaire qui ressemble à un ajout ultérieur, correspondant au partage de la maison pour recevoir une seconde famille. De ce côté, une échelle est posée contre le mur sans raison apparente, et monte jusqu'aux appuis de la fenêtre du premier étage. En laissant le regard aller, on remarque une silhouette pâle et floue dans le rectangle de cette fenêtre, tranchant avec l'obscurité de l'intérieur comme un pétale de cornouiller au crépuscule. Il y a là une présence – homme, femme ou enfant, il est impossible de dire avec certitude, encore que, si l'on fait une évaluation par rapport à la hauteur du châssis de la fenêtre à guillotine, l'hypothèse de l'enfant soit la plus probable.

De toute façon, j'en ai décidé ainsi il y a longtemps, et décrété que c'était un garçon. Sa présence ne m'a pas frappé la première fois que j'ai regardé ces photos, et je ne l'ai peut-être pas plus remarquée les cinquante ou cent fois suivantes, mais un jour, ou une nuit, j'ai regardé, et il était là, me rendant mon regard à travers le carreau éclairé par le soleil. Longtemps après que j'avais gravé dans ma mémoire la moindre expression sur le visage de mes parents, sa présence a continué de me hanter. Je me demandais à quoi ressemblait la vue depuis sa fenêtre du premier étage de cette moitié de maison, où le photographe l'avait incidemment saisi et figé dans le temps, tandis que depuis l'obscurité de l'intérieur, il contemple sous la lumière vive de la toute fin de l'été, de l'autre côté de la rue, le dos de mes parents.

PREMIÈRE PARTIE

Traces de pas

1

Joey

La nuit, le vent d'est qui vient de l'océan dépose une rosée d'argent sur la véranda de la maison de Pa et Nanny, à Nags Head – et c'est là qu'elles étaient, les traces de pas. Le premier matin après notre arrivée à la mer, cet été-là, dès mon réveil je les ai trouvées, imprimées dans la rosée. On aurait dit les feuilles d'érable que l'on dessine au pochoir, à l'école, pour illustrer les changements de saison, sauf que celles-ci étaient vert foncé, le vert de la peinture de la véranda, comme si elles étaient tombées trop tôt de l'arbre. Il y en avait des milliers et des milliers, les unes sur les autres, et Reed et moi, on était incapables de dire à qui elles appartenaient. En les regardant, pourtant, j'ai senti dans mon ventre cette étrange sensation qui ne m'avait pratiquement pas quitté de toute ma dernière année de primaire, surtout depuis que j'avais eu onze ans, en avril dernier. L'impression qu'autre chose encore que je n'avais pas envie de voir bouger allait changer de toute façon, et d'ailleurs, ce jeudi soir, lorsque Pa, mon grand-père, était arrivé pour le week-end, papa n'était pas avec lui. Moi, j'avais besoin de solidité, de permanence.

Jusqu'alors, ils étaient descendus ensemble toutes les semaines, Pa et papa, après avoir fermé la Bonanza, l'entrepôt de tabac de Pa, où se faisaient les ventes aux enchères, dans Commerce Street, le plus gros marché de Killdeer et des cinq comtés alentour. Après la dernière vente du jeudi après-midi – il n'y avait jamais de vente le vendredi, pas chez Pa –, ils chargeaient la Cadillac, mettaient leurs montres à l'heure, démarraient et, s'ils se débrouillaient pour avoir tous les feux verts dans la traversée de Roanoke Rapids, ils pouvaient être à la mer en trois heures et dix minutes. Reed avait le droit de ne pas aller au lit à l'heure normale, mais vers huit heures il ne tenait plus en place et braillait : « Il arrive quand, papa, dis, maman ? Il est dans quelle ville, là, tout de suite ? », et maman répondait : « À Jackson, chéri », ou « À Murfreesboro, mon canard en sucre », ou « Reed Madden, je ne sais pas – mais à ton avis à toi ? », et il souriait pour la faire marcher un peu, Reed, avant de répondre : « 'Lizbeth City », parce que Elizabeth City était le nom de la ville la plus proche, celle qui correspondait à son espoir.

Et puis enfin, juste au moment où le crépuscule bleuit pour devenir nuit noire, vers neuf heures, la lumière de phares éclairait l'allée, des pneus crissaient sur le sable. Sans laisser à la voiture le temps de s'arrêter, nous dévalions les marches de la véranda et Reed criait : « Papa ! Papa ! », tandis que Tawny, notre retriever Chesapeake, couinait en remuant la queue, mourant d'envie de sauter sur quelqu'un, n'importe qui en fait, même si elle avait un faible prononcé pour papa.

Au moment où la Cadillac s'immobilisait, nous avions tout préparé à l'intérieur. Il y avait des serviettes propres et fraîchement amidonnées sur la table, des bougies blanches toutes neuves brûlaient à l'intérieur des lampes tempêtes, rutilantes grâce aux soins de Dee Lou qui ne jurait que par l'eau vinaigrée en donnant sa parole que le Windex, à côté, ça ne valait rien du tout. L'eau pour les épis de maïs frémissait sur la cuisinière, couvrant de buée les fenêtres de la cuisine, et Dee Lou passait son temps à éteindre pendant que Nanny rallumait systématiquement derrière son dos en disant de cette voix coassante à force de fumer des Old Gold : « Mais nom d'une pipe, Dee Lou, ils vont être là d'un moment à l'autre – alors arrête de me trifouiller ce bouton, compris ? », à quoi Dee Lou répondait : « Oui, miss Zelle », et continuait d'en faire à sa tête.

Mon travail consistait à préparer le barbecue pour Pa, qui apportait les T-bones steaks de la maison, découpés l'après-midi même par Mr. Foley, le boucher du Piggy Wiggly, qui emmenait toujours Pa dans l'arrière-boutique pour lui laisser choisir son morceau, qu'il préparait ensuite au goût exact de Will Tilley, c'est-à-dire sans trop dégraisser. Quand il mangeait un steak, Pa, on avait envie de couper le gras et de le garder pour le dessert. Il taillait dans ces espèces de festons un peu gris pour leur donner la taille de bouchées qu'il flanquait ensuite sur un biscuit beurré et salé au gros sel, en hochant la tête d'un air vaguement dégoûté comme si c'était tout juste assez bon.

Reed voulait m'aider à empiler le charbon de bois en pyramide, comme aimait Pa, sans morceaux isolés, mais il faisait toujours tout tomber, alors je l'envoyais s'amuser avec Mister Rex, son tyrannosaure en peluche, sauf que Reed avait un peu passé l'âge pour ce genre d'argument.

Maman et Nanny avaient abandonné leur bermuda ou leur maillot de bain pour une robe, elles étaient coiffées, maquillées, et portaient des bijoux. Elles décortiquaient des crevettes cuites dans la bière avec du piment Old Bay, en mouchant et se tamponnant les yeux avec des boules de Kleenex, à cause de l'assaisonnement que préparait Nanny, la seule chose que je lui aie jamais vu faire en cuisine, à part les toasts trempés au lait, et son intervention se limitait alors à verser le lait chaud sur le toast apporté par Dee Lou. Tous les quarts d'heure, Nanny décrétait que la sauce n'était pas assez relevée et ajoutait une cuillerée de raifort, jusqu'au moment où maman disait qu'on allait finir par avoir des hallucinations.

La musique marchait sur le Dumont Balladier – Tommy Dorsey si le disque avait été choisi par Nanny, qui était alors assise dans son fauteuil, ses grosses jambes croisées l'une sur l'autre et sa chaussure se balançant librement sur le pied du haut tandis qu'elle battait la mesure. Quand maman mettait un disque, on avait plus de chances d'écouter les

Coasters, ou les Drifters, ou encore le Kingston Trio, et si le choix venait de Reed on pouvait donner sa main à couper qu'il s'agissait de *Puff, le dragon magique*, qu'il était capable d'entendre sans se lasser cent fois de suite si on le laissait faire, le pouce à la bouche et sérieux comme Abraham Lincoln, en tenant Mister Rex, qui n'avait pas vraiment l'air d'un dragon magique, si vous voulez mon avis.

Maman et Nanny en étaient à leur deuxième cocktail, qu'elles me laissaient parfois préparer pour elles, à titre d'entraînement, en faisant tout un tralala quand je les apportais, prudemment, du bar, non sans faire l'effort supplémentaire de ne pas oublier les petites serviettes. « Merci, cher monsieur ! » disait maman, tandis que Nanny faisait tourner le bourbon sur les glaçons, examinait, reniflait, buvait une gorgée et s'écriait : « Crénom, c'est pas qu'il est mauvais mais… » – et elle me rendait le verre – « … remettez-m'en donc une ration, et sans mégoter. » Elle commençait à chauffer, à être drôle, Nanny, et maman riait en la regardant mélanger avec son doigt qu'elle suçait ensuite. « Maman, ce n'est pas vrai ! Tu te tiens vraiment très mal ! Tu dis des mensonges et le bon Dieu écoute ! » disait-elle, poussant Nanny à en rajouter, et il était clair alors qu'elles s'entendaient bien et s'aimaient beaucoup quand elles buvaient, ce qui n'était pas toujours évident autrement.

Nanny pouvait bien adorer se conduire mal, quand il s'agissait de maman ou de tante June – mais de maman surtout –, son expression favorite était : « Souviens-toi de qui tu es », par quoi elle signifiait que son père était riche et n'avait pas eu besoin de travailler, qu'il pouvait rester toute la journée à Seven Oaks à lire *Idylles du roi* de Tennyson, *Ivanhoé* de Walter Scott, etc., pendant que sa femme, la mère de Nanny, passait son temps à faire la charité aux pauvres de Killdeer. Ils avaient l'air plutôt réfrigérants, les parents de Nanny, à mon avis du moins, encore qu'ils soient morts sans que j'aie eu le temps de les connaître. Mais quand Nanny disait : « Souviens-toi de qui tu es », notre mère devenait folle de rage. « Ma chère mère », c'est comme cela qu'elle disait – pas « maman » –, « Ma chère mère, je vais bientôt avoir trente ans, et j'apprécierais énormément que tu cesses de me traiter comme une foutue gamine ». À quoi Nanny répliquait : « Pfft, May Tilley, pour moi tu es toujours une gamine », ce qui énervait tellement maman qu'elle oubliait, et dans la demi-heure qui suivait elle tombait sur Reed et moi en martelant : « Souvenez-vous de qui vous êtes. »

Mais pas le jeudi soir. Le jeudi soir, c'était le week-end qui commençait et tout le monde avait le droit d'oublier qui il était censé être, de se détendre, alors nous étions tous là, en train de manger des crevettes et d'écouter des disques et de parler trop fort, tous en même temps, lorsque tout à coup une lumière éclairait le mur, on entendait des pneus crisser sur le sable de l'allée. Maman bondissait et se précipitait en bas des marches pour sauter au cou de papa qui la soulevait de terre pour la faire tourbillonner dans ses bras, et ils s'embrassaient sur la bouche en se moquant bien de savoir si on les regardait, ce qui était le cas de tout le monde sauf Pa, qui fixait ses bouts de chaussures en ayant l'air de se dire qu'il ferait bien de les astiquer. La pire était Nanny – elle les contemplait comme si le mot « pudeur » n'existait dans aucun des dictionnaires qu'elle avait ouverts –, tandis que Reed se pendait aux basques de papa, pour qu'ils arrêtent et le soulèvent à son tour. Moi, je me sentais un peu mal à l'aise de les regarder faire, mais j'étais globalement ravi d'avoir des parents qui ne ressemblaient à ceux de personne.

Ils étaient encore très jeunes, tous les deux, et ils gagnaient le concours de danse au Country Club, et je ne compte plus le nombre de personnes que j'ai entendues dire que jamais on n'avait vu une fille aussi jolie que May Tilley débarquer de Killdeer – sauf que maman s'appelait maintenant May Madden ; quelquefois, les gens se comportaient comme s'ils avaient oublié. Et au gymnase du lycée, le samedi, ils continuaient de choisir papa en premier ou en second quand ils faisaient les équipes, parce qu'il avait été le joueur de basket qui marquait le plus de paniers de l'État. Et que, s'il ne s'était pas blessé au genou, il aurait sûrement pu jouer pour Frank McGuire, avec Wilt Chamberlain, quand l'UNC a battu l'équipe du Kansas aux prolongations et remporté le titre national. Si vous êtes de Caroline du Nord, vous savez de quoi je parle.

J'étais donc fier de les avoir pour parents, et ça m'était bien égal qu'ils s'embrassent sur la bouche. En général, ils enlevaient leurs chaussures et marchaient pieds nus jusqu'au lampadaire du haut de la dune, en se tenant par la main, pour que papa dise bonsoir à l'océan. On les laissait. Pa disait : « Allez, les zèbres, on va allumer le feu », et je me dépêchais de répondre : « C'est moi qui mets l'allumette », avant que Reed ait la même idée, alors Pa disait : « Je crois bien que c'est un feu à deux allumettes. » Nanny protestait : « Voyons, Will, ne les incite pas à jouer avec le feu », mais il répondait : « Bien, madame » en nous faisant un clin d'œil qui signifiait qu'on pourrait y aller dès qu'elle serait en haut de l'escalier.

Ensuite, plif, plaf, plouf, les épis de maïs étaient jetés dans l'eau bouillante sur la cuisinière, et les tomates Big Boy que Pa faisait pousser à la maison, contre le mur du jardin, à Country Club Drive, étaient coupées en rondelles dans la cuisine par Dee Lou qui les plaçait dans un saladier avec de la glace, de l'eau vinaigrée, une pincée de sucre et du poivre gris, à profusion.

En bas, moi et Pa et Reed, on surveillait la cuisson de la viande, avec papa aussi quelquefois, mais en général c'était ou Pa ou papa qui faisait griller – pas les deux ensemble, parce qu'ils avaient des théories opposées sur le moment où il fallait mettre la viande sur le gril, selon que l'on voulait une flamme pour carboniser et garder le jus, ou attendre les braises pour cuire doucement, ce qui à leurs yeux était ou tout bien ou tout mal, mais donnait le même résultat au goût, en ce qui me concerne en tout cas.

Il faisait complètement nuit à ce moment-là, et Pa s'arrachait les yeux pour voir la couleur de la viande en même temps qu'il piquait dedans avec le couteau de poche Barlow qu'il gardait toujours sur lui, pour couper de la ficelle, la ligne de la canne à pêche, bref, pour parer à toute éventualité. Je mourais d'envie d'en avoir un à moi, mais maman disait qu'il fallait que j'attende d'avoir douze ans. Une Chesterfield pendait entre les lèvres de Pa, et il avait toujours son chapeau de feutre, mais le nœud de sa cravate était défait, il avait tombé la veste et retroussé les manches de sa chemise blanche jusqu'aux coudes, ce qui ne se fait pas beaucoup à Killdeer.

En plus du pyjama, Pa avait quatre tenues différentes pour faire face à toutes les situations de la vie. La première était un costume de ville pour le travail, avec une cravate sombre et un chapeau mou ; la deuxième était l'uniforme de pêche : pantalon léger en toile blanche, chemisette blanche à col ouvert laissant paraître le maillot de peau, et un panama gansé de noir ; en troisième venaient les vêtements de plage, un polo en Banlon et un bermuda madras qu'il portait avec des chaussettes noires, et une casquette à visière, ornée d'un makaire doré sur fond noir ; pour finir, le maillot de bain, qu'il ne mettait que trois fois dans l'été, le dernier lundi de mai pour Memorial Day, le 4 juillet pour la fête nationale, et le premier lundi de septembre pour Labor Day, avant de pénétrer dans l'océan où il faisait la planche en crachant de l'eau par les interstices de ses incisives, les genoux repliés contre la poitrine et les orteils ainsi que les index pointés hors de l'eau. Le « nain dans la baignoire », on appelait cette position, parce qu'il avait l'air de mesurer un mètre vingt-cinq.

Lorsqu'il faisait le nain pour nous, Pa, on voyait cette longue mèche de cheveux qu'il enroulait généralement pour la plaquer avec de la laque Vitalis sur la partie chauve de son crâne, c'est-à-dire tout le haut, mais elle flottait alors sur les vagues, et elle était longue comme le bras. Maman et Nanny parlaient de la « mèche de deux kilomètres » en s'esclaffant à en étouffer de méchanceté et, à mon avis, c'est pour cela qu'il portait toujours un chapeau.

Lorsque la viande était enfin cuite au goût de chacun, Pa me laissait monter le plat à la maison en fonçant comme un bolide aux dépens de la porte que j'ouvrais en force et que je laissais claquer derrière moi. « Joey… Joey Madden, intervenait à coup sûr maman, je te prierai de ne pas faire irruption dans cette maison en courant comme un Indien fou. Ressors immédiatement, et entre de nouveau comme quelqu'un de civilisé, et je ne veux pas entendre la porte claquer » ; à quoi je répliquais : « Maman... la viande ! » comme si j'étais en mission de première importance, tandis que papa ajoutait : « Regarde, May, il a les deux mains prises ! », créant ainsi la diversion qui me permettait de filer à la cuisine où je livrais le tout à Dee Lou.

Puis, sur le coup de dix heures, nous nous mettions à table et Pa disait le bénédicité, non sans ôter d'abord son chapeau, l'air très sérieux, à part les yeux qui étaient un peu rouges et flous derrière les lunettes cerclées d'or, ce qui signifiait qu'en plus du cocktail auquel il avait officiellement droit le jeudi soir il avait peut-être bien siroté deux ou trois petits coups à la demi-bouteille de Seagrams qu'il gardait toujours dans la boîte à gants de la Cadillac, ou celle qui était dans le compartiment du dessous de sa mallette de pêche, sous les plombs et les paquets d'hameçons Eagle Claw. Je les connaissais, les cachettes à whisky de Pa, certaines du moins, mais jamais je n'aurais rapporté sur lui, tout comme je pouvais être sûr qu'il ne le ferait pas sur moi quand je faisais une chose que je n'étais pas censé faire, boire l'eau fraîche du réfrigérateur directement à la bouteille par exemple, ce qui aurait flanqué une crise d'apoplexie tant à maman qu'à Dee Lou ou à Nanny, mais que Pa et moi, on faisait chaque fois qu'on en avait l'occasion parce que, promis juré, ce n'était pas aussi bon quand on utilisait un verre.

Ensuite, quand tout le monde se tenait par la main, Pa poussait un soupir comme s'il allait entonner un cantique, sauf qu'il me faisait un petit clin d'œil avant de dire :

Le couvert est mis, la viande cuite
Vite, ça va refroidir !

Et Nanny de s'écrouler de rire tandis que maman protestait : « Papa ! » d'un air faussement choqué, alors que Pa faisait la même chose toutes les semaines, avec le même sourire ravi que Reed lorsqu'il faisait une bêtise dont il se sentait particulièrement fier.

Après dîner, ils sortaient tous leurs cigarettes et bombardaient – une Chesterfield pour Pa, une Old Gold pour Nanny, une Pall Mall pour maman, et pour papa une Lucky Strike –, et nous reculions les chaises pour digérer en écoutant le bruit des vagues, dehors, dans le noir. Parfois, il y avait du plancton dans l'eau et les vagues étaient illuminées comme un long ruban fluorescent, à perte de vue, sur toute la longueur de la plage.

Reed sommeillait sur les genoux de papa avec Mister Rex, en disant que non, il n'était pas fatigué et ne voulait pas aller se coucher, et il faisait celui qui allait piquer une colère si quelqu'un s'avisait d'essayer de le mettre au lit, alors attention à celui qui oserait. Pour finir, papa se levait avec lui dans les bras et partait sur la pointe des pieds vers la chambre, avec maman dans son sillage pour lui chanter *Dodo l'enfant do* s'il se réveillait, une chanson qu'il aimait beaucoup, sauf qu'elle me l'avait d'abord chantée à moi.

J'embrassais Nanny en premier, puis Pa, dont les joues étaient bleues et piquaient à cette heure du soir, avec en plus une odeur de whisky, de tabac et d'Aqua Velva. « On pourra aller à la pêche demain matin, Pa ? » lui demandais-je chaque fois, et chaque fois il me souriait en disant : « Je veux, si le temps tient », ce qu'il a fait pendant longtemps, le temps, de tenir pour nous. Même que je devais croire qu'il tiendrait toujours.

2

Joey

Mais avant même l'apparition des traces de pas sur la véranda, il y en avait eu d'autres, des signes de ce changement. J'avais eu cette drôle de sensation dans le ventre pendant toute une année, depuis la deuxième semaine de ma dernière année de primaire, dans la classe de Mrs. Wilson, exactement, quand maman était venue me chercher un jour avec le nez tout rouge et des Kleenex chiffonnés plein la banquette avant.

« Qu'est-ce qu'il y a, maman ? » j'avais demandé, et elle avait dit : « Chéri, je ne veux pas que tu t'inquiètes, mais ta grand-mère est malade. » Nanny faisait de l'hypertension, a expliqué maman, ce qui voulait dire un problème de pression du sang dans les artères, mais aussi une histoire de nerfs. Notre médecin de famille, Walter Pound – tout le monde à Killdeer l'appelait le Dr. Watt –, lui avait fait faire des analyses juste après notre retour de la mer, et maintenant il disait qu'elle devait partir – pas la semaine prochaine, mais immédiatement, aujourd'hui.

Nous sommes donc allés jusqu'à Country Club Drive pour dire au revoir, et Bobby, le mari de Dee Lou, avait déjà mis les affaires dans la Cadillac. Pa était dehors avec le Dr. Watt, qui était un cousin, et Nanny est sortie sur le perron, en tirant sur son Old Gold comme une forcenée, et dans un tel état de fureur qu'elle aurait pu décapiter un serpent à sonnette d'un seul coup de dents. « Éclaire un peu ma lanterne, Watt, a-t-elle dit, je ne vois pas ce qui m'empêche de prendre une semaine de répit, le temps de mettre de l'ordre dans mes idées… Si j'avais deux sous de jugeote, je devrais te virer et appeler un vrai docteur. J'ai toujours su que le diplôme accroché dans ton bureau, c'est pour soigner les chevaux. » « Écoute, Zelle, ce n'est pas la peine de t'en prendre à moi. Ce n'est pas moi qui t'ai forcée à manger tous ces Hershey et autres sucreries… tu as une tension de plus de 20, et même un véto sait ce que cela veut dire – tu risques de faire une attaque dans la soirée.

— Si je ne la fais pas tout de suite, ça ne sera toujours pas grâce à toi. Écoutez comment il me parle. » Son regard s'est un peu voilé. « J'ai changé tes couches, Walter Pound. » Et lui de répliquer : « Eh bien, l'heure est venue que quelqu'un te rende la pareille, Zelle. Je suis désolé d'être celui à qui cela incombe », à quoi elle a rétorqué : « Pfft, ça te fait bien plaisir, au contraire – tu peux te venger, oui, tu te venges. » Il s'est contenté de hocher la tête, comme s'il savait qu'avec elle il vaut mieux ne pas chercher à avoir le dernier mot.

« Viens vite m'embrasser, mon canard », a-t-elle dit, et quand je me suis arraché à ses bras, elle m'a fait un clin d'œil en me soufflant tout bas : « Ce n'est pas des Hershey de toute façon, hein ? C'est des Reese's cups, et je veux que tu m'en apportes des glacées quand tu viendras me voir. » C'était ça, notre grand truc, on les laissait dans le congélateur du garage jusqu'à ce qu'elles durcissent, et ensuite on les grignotait consciencieusement, comme les termites attaquent une planche. Je suis devenu rouge quand tout le monde a entendu ce qu'elle me disait, surtout en voyant le froncement de sourcils du Dr. Watt, comme s'il se posait des questions sur ma tension artérielle, à moi aussi.

Non pas que j'étais gros, parce que je ne l'étais pas. J'étais simplement costaud. Grand et fort. Assez fort. Et de toute façon, être gros, c'est une étape par laquelle on passe. C'est ce que disait maman, et elle devait savoir ce dont elle parlait, vu qu'elle était grosse quand elle était petite, elle aussi, et qu'elle s'en est plutôt bien sortie. D'ailleurs tous les ans, à la rentrée des classes, quand je disais que je ne voulais pas aller à l'école, elle me disait : « Joey, chéri, c'est une étape, il faut en passer par là. » Et je la croyais aussi – chaque fois, je l'ai crue.

Toujours est-il qu'ils ont expédié Nanny à Durham, à la clinique Rice, et qu'ils l'ont gardée là-bas jusqu'à Noël, avant de nous renvoyer un squelette – je ne plaisante pas ; elle n'était pas plus épaisse qu'une carte à jouer, et de profil elle disparaissait presque complètement, au point qu'on avait peur de la voir s'envoler au premier courant d'air. Et puis quand elle est ressortie de là-bas, il y avait dans le regard de Nanny quelque chose qui n'y était pas avant.

La première fois que je l'ai remarquée, cette chose nouvelle, c'est quand on est allés lui rendre visite – moi, je n'y suis allé qu'une seule fois. C'était au moment de la sortie de *La Mélodie du bonheur*, un événement trop important pour le cinéma Ambassador de Killdeer. Maman et quelques autres mères se sont organisées pour nous emmener à plusieurs, afin que notre éducation ne soit pas négligée. J'étais au balcon, à côté de A. Jenrette, mon cousin, et nous lancions des pop-corns tandis que dans la rangée des mamans, à l'orchestre, on reniflait et on poussait de longs soupirs, surtout pendant la chanson *Edelweiss*, accompagnée à la guitare. Maman a été obligée de rectifier son maquillage dans le rétroviseur avant de monter voir Nanny, qui était dans sa chambre au premier étage, encore en chemise de nuit au milieu de l'après-midi. Elle s'est mise à pleurer à l'instant où nous avons franchi le seuil de la porte, et elle a dit qu'elle voulait rentrer à la maison, et elle fumait cigarette sur cigarette, en les écrasant dans un cendrier plein de mégots. Nous sommes restés un long moment assis chacun d'un côté d'elle, en lui tenant la main, mais elle pleurait, pleurait, à ne plus pouvoir s'arrêter, et maman a fini par lui dire : « Écoute, maman, ça suffit – souviens-toi de qui tu es », même que j'ai trouvé ça un peu dur, mais ça a marché.

Nanny s'est mouché le nez, et elle a retrouvé un peu de bonne humeur en se lançant dans une imitation du directeur de la clinique Rice, un Allemand qu'elle appelait *« Herr Doktor »* et « le *Führer* ». Il fallait lui faire le salut en disant : « *Sieg Heil !* » quand il traversait le vestibule, disait Nanny, et chaque fois qu'on allait quelque part, c'était en rang et au pas de l'oie, comme les Schleus dans *Combat*, avec Vic Morrow, mon émission de télé préférée. Elle a été carrément drôle sur le sujet, égale à elle-même, sauf qu'on voyait bien qu'au fond elle le détestait pour de vrai, ce directeur. C'était la guerre, entre eux deux, et Nanny ne se faisait pas d'illusions sur ses chances de gagner.

En rentrant à la maison, nous nous sommes arrêtés dans un Shoney's, mon restaurant préféré à l'époque, mais A. s'est écrié : « Regardez, tout le monde, c'est Joey ! » en montrant par la fenêtre la statue du gros Big Boy sur la pelouse, avec le plateau qu'il tenait au-dessus de sa tête, sa salopette à carreaux rouges et ses cheveux à la Elvis. Tout le monde a ri, alors j'ai juste commandé du fromage blanc avec du thon sur une salade verte, et j'ai grignoté, furieux contre eux et très malheureux de mon sort. Je me disais qu'en y regardant bien il n'était pas si gros, le Big Boy. Il était surtout costaud, balèze si vous préférez, et dans les bandes dessinées qu'on donne dans les Shoney's, c'était toujours lui le héros du jour, celui qui met les voleurs en prison. C'est du moins ce que je me répétais, sans me sentir consolé pour autant. Pour être tout à fait franc, je crois qu'elle m'a pas mal secoué, cette visite à la clinique Rice.

Lorsque Nanny est revenue à la maison, tout était différent. L'hypertension, c'était terminé, et elle s'est acheté un petit tailleur à pois, plus de l'âge de maman que du sien, ainsi que des lunettes noires de star. Mais terminé aussi, les Reese's cups glacées. Elle n'avait même plus droit au barbecue du jeudi soir avec nous et devait se contenter d'une minuscule part de riz blanc avec un blanc de poulet sans la peau, pas de beurre, pas de sel – absolument interdit, le sel –, la même chose tous les soirs, cuit à part sur le fourneau, dans sa casserole personnelle, en utilisant une eau spéciale aussi, distillée goutte à goutte par un tuyau de cuivre dans une grande bouteille verte. Et fini encore, le bourbon, un seul verre de sherry le soir avant le dîner, même si Nanny arrivait parfois à tricher et à en boire deux.

Toute cette histoire, c'est un peu comme quand on est en voiture, tous ensemble, qu'on chante à tue-tête ou qu'on fait les idiots, et d'un seul coup la voiture fait une embardée vers le bas-côté, on entend la roue déraper et le cliquetis du gravier contre le châssis, et tous les visages deviennent blancs. Même une fois la voiture revenue sur la chaussée, il faut un certain temps pour récupérer. Pour moi, voir Nanny à la clinique Rice avait été le même genre d'expérience – un début de dérapage.

3

Joey

Si j'avais pu choisir la personne que je voulais être plus tard, j'aurais choisi Pa – enfin, juste après papa – sauf que j'aurais aimé garder mes cheveux et ne pas avoir une bouée de sauvetage autour de la taille comme Pa. Mais attention, c'était pas du mou, la bouée de sauvetage de Pa, et celui qui n'en était pas convaincu, il le laissait taper dedans pour vérifier, Pa, et moi, je peux vous garantir que votre poing, il rebondissait comme sur un trampoline. Même si je prétendais le contraire à Archie, Pa était mon meilleur ami, et j'aimais mieux passer la journée avec lui à la Bonanza que jouer avec Archie.

Quand je n'avais pas d'école, quelquefois, j'allais travailler avec Pa. Il passait me prendre en voiture à sept heures et m'emmenait pour le petit déjeuner à l'hôtel Scuppernong qui se trouvait juste en face de la gare, dans le centre de Killdeer. L'oncle John Landis, qui était le président de la banque Carolina Fidelity, était là, et l'oncle Herbert Kincannon aussi, qui avait l'usine Dixie Bagging Mill – c'étaient les deux meilleurs amis de Pa. Il y avait des acheteurs de Reynolds et American et Philip Morris, des gens de Richmond qui descendaient pour les ventes à la Bonanza et à Top Dollar, notre concurrent, et on voyait que c'étaient des hommes importants, les acheteurs, parce qu'ils avaient tous l'air d'être président ou roi de quelque chose. Il y avait aussi des voyageurs de commerce, que l'on repérait au costume, pas le même genre, les leurs étaient mal coupés et un peu lustrés. Ils avaient parfois une dent en or, ou un diamant au doigt, ou un tatouage qui dépassait de leur poignet de chemise, et ils s'imaginaient qu'ils pouvaient nous rouler dans la farine, comme la fois où ils avaient essayé de vendre à Pa un bout de forêt pourrie dans Dismal Swamp. Ils nous prenaient pour des ploucs à peine sortis de leur cambrousse, disait Pa, mais qu'ils s'amusent à nous faire un coup fourré, surtout à Pa ou à l'oncle Johnny, là, ils pouvaient mettre un cierge pour que le train de la Seaboard Railroad ne les laisse jamais en rade à Killdeer, Caroline du Nord.

Prendre son petit déjeuner au Scuppernong, c'était toujours une fête, et tout ce dont vous pouviez avoir envie, Beulah Pye, qui était cuisinier, pouvait vous le préparer. Pa avait un faible pour la côte de porc, tomate verte frite et pommes de terre sautées aux oignons, avec un petit pain Big Boy coupé en deux et tartiné de mayonnaise maison, orange à cause du paprika, gruau de maïs, œufs d'alose, et éventuellement, s'il était bien frais, un petit morceau de poisson-chat pané aux flocons de maïs en plus. Moi, j'avais tendance à préférer la saucisse de campagne aux œufs brouillés, sur une tranche de pain de mie bien chaud avec quelques grains de raisin au sirop – mais attention, pas les raisins noirs à la mode yankee, les *scuppernongs* vert doré en provenance directe de la vigne juste derrière qui avait donné son nom à l'hôtel – même qu'il faut les manger avec les doigts, comme le poulet frit, sinon c'est moins bon.

Après le petit déjeuner, nous prenions le couloir pour monter nous laver les mains aux toilettes du premier étage, qui devaient être à peu près aussi vastes, sinon plus, que la salle de bal où l'on dansait le quadrille, mais si jamais vous aviez l'occasion de passer par là entre sept heures trente et huit heures, un matin de semaine, vous compreniez tout de suite. Il y avait des nuages de fumée de cigare ou de cigarette au-dessus d'une douzaine de cabinets, et on entendait un bruit de papier journal derrière les portes – le *News & Observer*, ou bien le *Durham Morning Herald*. Chacun respectait la tranquillité de son voisin en observant le silence, à part peut-être un raclement de gorge suivi d'un *bbbbbplffftt* et d'un *ffffffpluttt*, avec un petit bruit bref et aigu comme celui d'un pistolet à bouchon ; ou bien quelqu'un poussait un soupir, ou un autre faisait : « Bon sang de bon sang » avant de souffler comme un asthmatique. Moi, j'étais plié en deux et je me tenais les côtes pour ne pas rire, tandis que Wallace, le préposé aux toilettes, me contemplait avec une espèce de patience indulgente, comme si j'étais un imbécile ou que j'étais trop jeune pour avoir le respect de la nature sacrée du lieu où je me trouvais. Il avait le blanc des yeux jaune comme du vieux papier Scotch, Wallace, même que papa disait que c'était à force d'être dans la fumée de tabac.

Et puis quelqu'un lisait un gros titre à haute voix, et Pa criait : « C'est toi, Herbert ? » et l'oncle Herbert répondait : « Oui, m'sieur, mais dis donc, Willie, c'est pas lamentable, ce cirque, au Congrès ? » et l'oncle John disait : « On se demande où on va », et Pa y allait d'un : « Mouais, mouais, mouais. » Il n'en fallait pas beaucoup plus pour que l'instant d'après vous les entendiez discuter boulot, et conclure une affaire, sauf qu'ils attendaient d'avoir utilisé les serviettes chaudes et parfumées au citron de Wallace avant de sceller l'accord par une poignée de main. En sortant, on pouvait aussi s'asperger de lotion Aqua Velva ou Old Spice, et laisser cinq cents de pourboire dans la boîte à cigares, ce qui était le prix d'un Coca-Cola à l'entrepôt, sauf qu'à mon avis ce n'est pas ça que buvait Wallace pour avoir le blanc des yeux comme il l'avait.

Après ce petit déjeuner, je pouvais aller m'allonger dans un coin à l'ombre et dormir jusqu'à neuf ou dix heures du soir, mais Pa, non, ça non, m'sieur. Il arpentait la véranda les mains dans les poches et un cure-dent mentholé piqué entre les deux incisives du haut, l'air repu et content. Ses yeux avaient cette espèce d'éclat qui brille dans le regard d'un brave chien de chasse quand il lève son museau pour prendre le vent, comme s'il remerciait le Dieu Tout-Puissant de lui offrir cette journée à faire la chose au monde qu'il aimait le mieux après la pêche, Pa : les enchères.

Pour commencer, nous jetions un œil dans l'entrepôt pour voir comment se présentaient les choses. Otis était derrière, aux balances, pour s'occuper de peser les balles en toile de jute que les paysans apportaient dans leur camionnette pleine de poussière. Reb et Skeeter les grimpaient ensuite sur un chariot qu'ils faisaient rouler jusqu'au lieu de la vente où les lots étaient entassés sur les côtés. S'il n'y avait pas trop de travail, Reb se mettait parfois à me raconter une histoire sur la dernière fois qu'il était allé à la pêche, près du pont sur la Killdeer, et devinez ce qu'il avait attrapé. Il me regardait dans les yeux, hilare comme le démon qu'il était pour de vrai, et je finissais par me tortiller sur place en lui demandant : « Quoi ? », sauf que je ne voulais pas.

« Une sirène, me disait Reb, blonde, dans les vingt-vingt-cinq ans – oui, m'sieur, c'est bien vrai –, même que je l'ai remontée sur ma ligne. Et qu'elle avait rien dessus, ni maillot ni rien – mais des nichons, oui. Tiens, c'est comme je te dis, gamin, deux vraies cantaloupes étiquetées Ridgeway, sur ma tête je te le jure. » J'avais pris un air dégoûté mais ça ne l'arrêtait pas, Reb, et il continuait, il racontait des mensonges gros comme lui, et il se signait et se battait la coulpe en invoquant le châtiment suprême, que Dieu le fasse tomber raide mort, ce qui était mon vœu le plus cher.

J'allais ensuite dans le bureau et je saluais Mrs. Weems et Marie et Tina et les autres filles qui faisaient les factures et tenaient les livres de comptes. Papa risquait d'être installé dans le fauteuil de Pa, les pieds sur la table, ce qu'il adorait, en pantalon de cuir blanc et chemise rouge en peau d'alligator, une tenue un peu moins adaptée aux entrepôts qu'au Nineteenth Hole, le bar réservé aux hommes, au rez-de-chaussée du Killdeer Country Club. Papa aimait jouer au gin-rummy et au stud poker avec Tommy Janklow, le joueur de golf professionnel qui n'était pas marié et roulait en Corvette rouge cerise, et d'autres types comme lui que maman n'aimait pas trop quand ils venaient chez nous pour un poker nocturne, parce qu'ils nous empêchaient de dormir, Reed et moi, avec leur tapage, et qu'ils laissaient le bazar en partant, et qu'ils ne la félicitaient pas pour ses petits sandwichs au fromage et aux olives, une recette qui venait de la mère de Nanny.

Papa était au téléphone avec un type de chez J. P. Taylor ou RJR ou Universal, à qui il disait que le chèque n'était pas arrivé, et avec quel argent ils étaient censés payer le cultivateur sinon celui qu'ils recevaient de la manufacture, parce que certes ils ne tenaient pas spécialement à faire des bénéfices et ne demandaient pas mieux que jouer les mécènes pour le comté, c'était même leur vœu le plus cher, mais ils n'en étaient pas encore tout à fait là, et en attendant, oui, s'ils avaient l'amabilité d'annuler le premier chèque, d'en signer un autre et de le faire porter par coursier, dès lors que le chèque était là avant midi, parce que le dépôt à la banque devait être fait impérativement aujourd'hui, et ses amitiés à Linda.

Papa était tellement bien lancé que pour un peu il aurait été furieux que son interlocuteur accepte ce qui avait été le motif premier de son appel, parce qu'il aurait volontiers tenu encore une demi-heure ou une heure sur ce registre, histoire de voir combien de coups du genre « ce n'est pas qu'on tienne à faire des bénéfices » il réussissait à placer. C'est qu'il savait tourner ses phrases, papa, et il aimait beaucoup cela, et il avait cette belle voix grave comme le grand-père Madden, qui était proviseur de lycée et devait faire des tas de discours sur le « devoir civique » et les « vertus chrétiennes », et l'« esprit d'équipe », devant les membres de la chambre de commerce et du Rotary.

Chaque fois que nous dînions chez grand-père et Grody Madden, Grody me reprenait sans arrêt pour que j'ar-ti-cu-le et prononce les mots correctement, au lieu de mes « ch'sais pas » et autres « j'm'en rappelle » pour « je me le rappelle ». Bien sûr, ces trucs, je les savais déjà, mais moi, j'aimais bien parler comme ça, comme on aime marcher pieds nus en été ou boire à la bouteille, ce qui était le cas de Pa, qui pouvait parler correctement quand il fallait, à l'église épiscopale Saint-Paul par exemple, où il faisait partie du conseil paroissial. Sauf qu'à mon avis Grody supportait mal qu'on plaisante avec la grammaire, parce qu'elle était méthodiste d'une part – ce qui arrivait en troisième position chez nous, dans notre ville, après les épiscopaliens et les presbytériens, mais avant les baptistes – et que d'autre part elle avait été institutrice, Grody. Alors elle aimait que les choses marchent droit, et elle avait une formule toute prête pour chaque circonstance, Grody, comme : *Les enfants, on doit les voir, mais pas les entendre* et *Les enfants doivent se taire tant qu'on ne leur donne pas la parole*, même que j'ai un jour entendu maman dire à Nanny que c'était la raison pour laquelle papa aimait tant parler, parce qu'il n'avait pas pu le faire quand il était petit et qu'il avait du retard à rattraper. Je n'étais pas censé entendre, mais ce n'était ni la première ni la dernière fois qu'elle faisait cette remarque.

Enfin, j'étais en train de vous parler de mon père et je ne sais même plus ce qui m'a fait dévier sur elle, sauf qu'à l'entrepôt, quelquefois, je l'entendais parler à un fermier en salopette et gros godillots, papa, et il disait « oui, m'sieur » et « non, m'sieur » et « ben, j'vous crois » et « c'est pas d'refus » et « à la r'voyure », comme Pa. Et on voyait bien que le fermier ne savait pas trop à quoi s'en tenir, mais qu'il aimait bien papa.

Il avait le chic pour vous mettre en valeur quand il vous parlait, papa, comme si vous vous retrouviez tout d'un coup sous les projecteurs. Quand il taquinait la brave Mrs. Weems sur sa minijupe, par exemple, en lui disant que les enchères marchaient mieux les jours où elle était habillée court. « Si vous vouliez bien montrer un petit bout de genou une fois de temps en temps, miss Weems, disait-il, ils seraient vite obligés de fermer boutique, chez Top Dollar. » Elle rougissait, Mrs. Weems, et elle devenait muette, mais on devinait qu'elle était contente, ce que je trouvais très triste – vu qu'elle devait bien avoir cinquante ans, au bas mot, si ce n'est pas soixante ou soixante-dix. Passé un certain stade, il devient difficile de savoir.

Dans son dos, Tina et Marie gloussaient et se faisaient des messes basses derrière leurs mains, et il était clair qu'elles le trouvaient mignon, papa, et qu'elles ne connaissaient pas des tas de types portant des chemises en peau d'alligator qui se seraient donné la peine de conter fleurette à une vieille dame histoire de lui mettre du baume au cœur. Elles aussi, elles l'aimaient bien, et c'est là que je veux en venir : tout le monde l'aimait. Il était fait sur un autre moule, papa, et le monde le savait, même moi.

Sauf qu'à mon avis lui ne le savait pas, ou, s'il le savait, il voulait juste s'adapter et ressembler plus à un type qui vient de la terre, où vous n'avez pas toujours quelqu'un sur le dos pour vous obliger à parler correctement, comme Pa par exemple, qui était comme cela naturellement, et pouvait se glisser dans la peau de son personnage comme on enfile une vieille paire de chaussures qu'on aime particulièrement, parce que Pa, c'était sa manière d'être depuis toujours et il n'en connaissait pas d'autre. Tandis que papa, on aurait dit qu'il y avait deux ou trois personnages différents qui se mélangeaient en lui – le professeur, le fermier, et la vedette du Country Club – et il était obligé de choisir entre les trois sans réussir à se décider.

Bref, le temps qu'il raccroche le téléphone, Pa arrivait de derrière avec Otis, et papa retirait les pieds du bureau avant de se lever très vite. « Reste assis, mon gars, reste assis..., disait Pa. Otis, Billie Thomas en a pesé pour combien quand il est passé ? » et Otis répondait : « Bah, ça devait faire dans les cent soixante-quatorze livres, mister Willie, je suis pratiquement sûr du chiffre. » « Miss Weems, ça nous donne quoi à cinquante-six cents et demi la livre, en enlevant notre commission ? » demandait Pa, et Mrs. Weems, avec son air doucereux et un peu nunuche, crachait la réponse en retour sans l'ombre d'une hésitation. Elle était la plus rapide en calcul mental de toute la maison, où tout le monde, même Skeeter, qui était le plus timoré de la bande, savait calculer plus vite qu'une machine, et de tête en plus – jamais on ne voyait un bloc de papier ni un crayon, et si on s'avisait d'en introduire un, on avait l'air en gros d'arriver à l'entraînement de football avec du caoutchouc aux pointes de ses souliers. Pa hochait la tête en riant et disait : « Elle est champion, hein, les gars ? On ne tiendrait pas une semaine si on n'avait pas Miss Weems », et malgré son âge elle rougissait comme une débutante à qui son galant fait un compliment, Mrs. Weems.

S'il n'avait rien de spécial à voir, Pa laissait papa s'occuper de la vente aux enchères, avec Otis pour vérifier derrière son dos que tout allait bien, et nous sautions dans la Cadillac pour aller faire une virée quelque part à la campagne. Parce que, Pa le répétait sans cesse, les affaires conclues à l'entrepôt, c'est vingt-cinq pour cent du boulot, les soixante-quinze pour cent qui restent consistant à aller les chercher, ces affaires, et c'est ce que nous allions faire, tous les deux, chercher des affaires.

Il commençait juste à faire vraiment chaud quand nous prenions la route 1, ou la 319 – à chaque jour son itinéraire –, et puis nous tournions dans une route non goudronnée sur laquelle on avait éventuellement répandu un peu de pétrole pour fixer la poussière, mais pas forcément. Dans ce cas, elle vous suivait comme la queue d'une comète, la poussière, et elle continuait sa course lorsque vous vous arrêtiez, gros nuage vaguement jaune qui passait au-dessus de votre tête, vous empêchant de voir le bout du capot ou les garnitures des ailes, le temps qu'elle retombe.

Les villes là-bas ne comptaient pas plus de deux maisons, une église baptiste, et une épicerie de campagne miteuse, avec une pompe Esso à globe blanc, dehors, et des conserves de porc aux haricots et boîtes de sardines poussiéreuses, dans la vitrine. À l'intérieur, sur le comptoir, trônait sous une cloche de verre un morceau suintant de fromage orange en forme de couronne, à côté de bocaux de huit litres de saucisses Penrose, d'œufs et de fenouil au vinaigre – et de pieds de porc, que Pa achetait parfois quand l'envie le prenait. Mais pour moi, cela ressemblait trop à ce que les savants fous de la série *Sunrise Theater* fabriquent dans leur laboratoire ; alors je choisissais un Moon Pie et un Sun Drop Cola, et nous passions un moment dehors, à discuter avec les vieux qui étaient assis sur le banc où il y avait parfois une publicité de nos entrepôts, ou de Top Dollar.

Quand ils voyaient Pa, ils souriaient tous en découvrant leurs gencives à moitié édentées, ce qui les faisait ressembler à des gamins de six ans dont les dents définitives n'ont pas encore poussé. « Comment ça va pour vous ? » demandait Pa, et ils disaient : « Pas trop mal, mister Will », ou « Faut pas se plaindre », tout en hochant la tête comme ces marionnettes de bois que l'on gagne à la fête foraine.

Ils parlaient de la météo, qu'on allait encore avoir une canicule et que le tabac allait brûler sur pied dans les champs, ou bien, si on annonçait de la pluie, que la récolte allait être noyée, ou bien qu'il allait y avoir une seconde floraison qui gâcherait tout. Dans tous les cas de figure, la fin était proche, et ils opinaient en chœur en soupirant « mouais, mouais, mouais », tandis que Pa me faisait un petit clin d'œil pour me dire de ne pas prendre les nouvelles au tragique.

Puis Pa demandait à l'un d'eux dans quel champ se trouvait son fils, et quand nous remontions dans la voiture, il disait que c'était vraiment dommage de les voir tous diminués comme ça, eux qui étaient autrefois des types costauds, fiers de leur récolte et fiers de subvenir aux besoins de leur famille. Aujourd'hui, ils n'avaient rien de mieux à faire que de laisser filer la journée, assis sur ce banc, à compter les voitures qui passaient, en souhaitant qu'on leur rende ce qu'on leur avait pris, et en pestant contre la vie qui leur avait joué ce méchant tour. « Les choses commencent à aller de travers sans que tu t'en rendes compte, petit, disait Pa. Et tu n'as pas le temps de faire ouf, c'est terminé. » Moi, j'essayais de comprendre en me demandant ce qui se mettait à aller de travers, et ce qui était terminé, et s'il s'agissait de choses différentes ou des mêmes, et aussi comment Pa pouvait savoir ce qu'il y avait dans la tête de ces vieux bonshommes rien qu'en les entendant parler du temps qu'il faisait.

Nous nous retrouvions derrière un tracteur qui allait aux champs, et en le dépassant Pa se penchait au-dessus du siège passager où j'étais installé pour crier : « La marche du progrès est entre tes mains, Roy », et Roy, ou un autre, c'était toujours pareil, répondait : « On fait ce qu'on peut, mister Will », en nous gratifiant d'un large sourire. Tout autour de nous, les champs s'étendaient jusqu'à la ligne d'arbres au loin, et les cultures fourragères, maïs et sorgho, gardaient parfois un peu de ce lustre vert printanier qui semblait dire leur plaisir d'être toujours en vie, avant de se ternir au fil de l'été, jusqu'au moment où elles paraissaient lasses et résignées, à la fin. Et puis il y avait du tabac, du tabac partout.

Pa se rangeait sur le bas-côté, laissait passer le nuage de poussière, puis nous sortions devant un champ où un fermier et ses fils étaient éventuellement occupés à cultiver ou écimer, circulant entre les rangées et faisant sauter les fleurs blanches et pointues, qui privaient les feuilles de sève quand on les laissait se développer. Elles formaient sur le sol un tapis blanc nuptial tellement joli qu'on se prenait presque à détester ces types qui les massacraient sous leurs semelles.

Pa posait un pied sur la barre du bas de la clôture et, accoudé sur celle du haut, il contemplait la pointe de son soulier comme si elle n'était pas assez bien cirée à son goût. Petit à petit les hommes arrivaient vers nous, le ruissellement de la sueur dessinant des traces propres sur la poussière des champs collée à leur visage, et les yeux cerclés comme des ratons laveurs. Leurs couteaux étaient humides de sève, ils les tenaient dans des mains qui ne ressemblaient pas aux miennes, ni à celles de Pa, ni à celles de papa, ni à celles de personne en ville, mais à des choses grossièrement taillées dans le bois, par un menuisier qui n'aurait pas eu le temps de se soucier des détails.

« C'est du beau tabac que vous avez là, Buck, lançait Pa au plus vieux du lot. Je n'ai pas l'impression d'avoir vu une aussi belle récolte que la vôtre cette année. » Et Buck répondait : « Merci, mister Will – ça va pas mal, pour le moment en tout cas. » Quand Buck arrivait près de la clôture, Pa lui tapait amicalement sur l'épaule en disant : « Et vous, mon vieux, ça va bien ? » et il répondait : « Y a pas à se plaindre, mister Will, et vous-même ? » et Pa répondait à son tour : « C'est pareil pour moi, je crois... Buck, je vous présente mon petit-fils Joey Madden, le fils de Jimmy. »

Au début, je disais toujours : « Enchanté, monsieur », en tendant la main comme on est censé le faire, sauf que le fermier me regardait avec un drôle d'air, comme si j'étais un petit rigolo, avant de me faire le coup de la patte molle. La poignée de main franche et massive, en regardant son interlocuteur dans les yeux, comme on m'avait appris, lui ne connaissait pas. Alors, après deux ou trois fois, j'en ai conclu qu'à la campagne on n'aimait pas trop serrer les mains comme en ville, et je me suis dit que le mieux était de me taire et de regarder Pa.

Généralement, il y avait un garçon de mon âge, torse nu, qui se grattait le dos contre un piquet de clôture à cause de la démangeaison provoquée par la sève de tabac. Je voyais bien qu'il me jaugeait pour voir s'il pouvait me battre, ce que je n'avais du reste pas souvent envie de vérifier, parce que les garçons dans son genre, on ne pouvait pas trop discuter avec eux, comme maman le préconisait toujours, mais ce qui n'a jamais marché une seule fois en ce qui me concerne. Ce genre de gars, ils commencent par taper – même pas par méchanceté, mais juste comme moi je tendais la main – histoire de faire connaissance, et une fois que c'était fait, si vous n'aviez pas pleuré, si vous ne vous étiez pas couvert de honte, en principe vous pouviez devenir amis, et ils vous laissaient toucher leur couteau, ou vous apprenaient à cracher, ou un autre truc intéressant.

Pa sortait son paquet de Chesterfield, le faisait circuler, mais tous le remerciaient poliment et sortaient une carotte, ou s'en roulaient une à la main. Tout le monde se mettait à fumer ou chiquer. Les plus jeunes sautaient pour s'asseoir sur la clôture, les aînés s'appuyaient contre, et chacun écoutait le père parler à Pa de cette sécheresse, se demander si elle allait encore durer longtemps, et combien de jours la récolte y résisterait, et que l'eau coûtait très cher, et qu'ils avaient eu bien des problèmes dans le comté de Granville avec le verticillium ou la mosaïque, et qu'on n'en avait pas vu par ici jusqu'à présent, mais qu'on avait eu de la grêle il y a deux semaines.

Chacun fumait sa cigarette jusqu'au bout, écrasait le mégot sous sa chaussure, et puis ils disaient qu'ils feraient sûrement bien de se remettre au travail, et Pa répondait qu'on n'était pas trop en avance non plus. Alors, ils retournaient à leurs pieds de tabac, et nous repartions vers le champ suivant, ou une ferme, parfois, à l'heure du déjeuner, ou bien encore, en fin d'après-midi, près d'une grange où les agriculteurs nourrissaient le bétail ou démontaient une herse, avec du cambouis jusqu'aux coudes.

Ou bien c'était à la tombée du jour, les gosses et moi, on criait en courant pieds nus dans le jardin et Pa, dans un rocking-chair avec les vieux, sur la véranda protégée par une moustiquaire, fumait encore et regardait s'allumer les lucioles, écoutait striduler les cigales, coasser les rainettes et claquer comme un coup de pistolet les grosses grenouilles près de la mare. L'air était doux et frais alors, les chauves-souris grimpaient en zigzag vers la lune la plus grosse que vous ayez jamais vue se lever au-dessus des champs, orange comme la roue de fromage sur le comptoir de l'épicier, faisant étinceler le sol comme s'il abritait un million de diamants minuscules.

Pa connaissait tout le monde, les femmes, les hommes, et leurs enfants en plus, le nombre, les prénoms, et il devinait généralement leur âge, à un an près. Quand il y avait un chien, Pa savait le nom, le caractère de l'animal – respectable chien de garde fidèle au poste qui veille sur les choses et refuse de vous laisser franchir une marche de la véranda avant de vous avoir passé en revue, ou Branquignol aux yeux rouges capable de disparaître plusieurs jours de suite et de rentrer au bercail le pelage en lambeaux, la langue traînant dans la poussière et l'œil boueux, prêt à aller se pelotonner sous le porche pour évacuer ses éventuels méfaits dans un long sommeil réparateur.

Si Pa avait connu le père d'un des hommes, ou si son père à lui, Mr. Reed Tilley, avait connu le père d'un de ces hommes, la conversation s'orientait alors sur le bon vieux temps d'avant les quotas, quand chacun avait le droit de vendre autant qu'il pouvait produire. « Je vous dis, mister Will, on dirait bien que le gouvernement, il met son nez partout, maintenant », disaient-ils avant d'annoncer que s'ils réussissaient à tenir encore cinq ans, tous, ils auraient bien de la chance. Pa se contentait de les écouter, les mains sur les genoux, avec cette expression affable sur le visage, et le gris de ses yeux limpide derrière ses lunettes. Il les laissait parler tout leur soûl – ce qu'ils n'avaient pas si souvent l'occasion de faire.

La femme veillait à ce que votre verre de thé glacé ou de limonade soit toujours plein, et elle avait visiblement troqué sa robe de tous les jours contre une autre plus jolie, elle s'était donné un coup de peigne et même parfois mis un peu de rouge à lèvres. Elle était très inquiète de son gâteau, parce que, disait-elle, le feuilleté n'avait pas la légèreté qu'elle aimait, à cause sans doute de l'humidité, et Pa la taquinait : « Peggy – ou un autre nom –, vous avez raison, c'est la tourte aux myrtilles la plus épouvantable qu'on m'ait jamais servie, et je crois que je vais vous en redemander un petit bout. » Elle rougissait, ne se sentait plus de joie. Puis, quand nous ne pouvions plus avaler une bouchée, elle se calmait et écoutait la conversation, même que la plupart du temps il s'avérait qu'elle avait plus de choses à dire que son mari, et qu'elle était plus futée. Pa disait que les femmes avaient généralement plus de bon sens que les hommes car elles ne confondaient pas ce qui devrait être avec ce qui était vraiment.

Et pendant tout ce temps-là, Pa ne parlait jamais affaires – en leur demandant de vendre chez nous –, mais chaque fois ou presque arrivait un moment, vers la fin, quand chacun avait dit ce qu'il avait à dire et était satisfait, où l'on déclarait : « Ben, je vais venir vous rendre visite, mister Will, si le bon Dieu me laisse faire ma récolte, comptez sur moi », et c'est d'un air presque gêné que Pa disait : « Eh bien, Tommy, je ferai mon possible pour vous avoir le meilleur prix. » « J'ai toujours été traité correctement chez vous, mister Will, répondait Tommy, et ce rouquin de Polac qu'est au bout de la route, là, Peggy et sa femme, elles sont ensemble à l'église, alors je vais le travailler pour vous, mister Will, je vais l'envoyer vous voir – faut que j'y pense. Je promets rien, mais je vais lui en toucher un mot. »

Un jour, nous étions assez loin, sur la Townsville Road, près de cette exploitation appartenant à Pa et l'oncle Johnny, parce que nous devions voir un certain Shafter Roberson, qui était de l'âge de Pa. Mr. Roberson a refusé de nous laisser partir sans dîner ; sa femme a fait frire du poulet, préparé de l'orangeade, de la soupe de maïs, des haricots, et elle a même prévu une tourte aux myrtilles comme si on était dimanche. Après le repas, il a raconté l'histoire du père de Pa, Mr. Reed Tilley – d'où le prénom de mon frère –, qui était en comptes avec le père de Mr. Roberson et plusieurs autres familles du coin, même qu'en 1921, quand le cours du coton a chuté en dessous de cinq cents la livre et que tout le monde plongeait un peu partout, il aurait pu réclamer un remboursement et prendre leurs terres, le père de Pa, sauf qu'il n'a pas voulu. Il y avait une espèce de flamme dans l'expression de Mr. Roberson, comme s'il était furieux contre quelque chose, sauf qu'on voyait que ce n'était pas le cas. « J'étais pas beaucoup plus vieux que votre gamin, là, mais je me souviens comme si c'était hier du jour où on a appris la mort de Mr. Reed. Mon père, il est sorti de la maison et il est allé de ce côté, il a jeté son chapeau par terre, dans la poussière, et il a pleuré pendant vingt minutes, mister Will, comme un môme, ce que je l'ai vu faire une seule fois dans ma vie, ce jour-là. Je crois pas vous avoir jamais raconté ça, non, mais en tout cas, tant que je serai là pour faire la récolte, moi ou mes fils, pareil, je sais à qui je vais m'adresser pour la vente. »

De retour dans la Cadillac, Pa a sorti la pochette de sa poche et il a passé un certain temps à essuyer les verres de ses lunettes. Il n'a pas dit un mot, et moi non plus, parce que je savais que son père s'était suicidé, et que c'était arrivé quand ils avaient perdu Rose Hill – c'était la propriété familiale –, même que Pa avait été obligé de revenir de Chapel Hill pour aller travailler dans un magasin de nouveautés. Les yeux de maman se mettaient à briller étrangement et elle baissait la voix pour parler de cet événement. Je ne crois pas que Pa en ait jamais parlé, ou en tout cas pas à moi, mais je savais quand il y pensait, parce qu'il devenait très silencieux, et qu'il ouvrait la boîte à gants et buvait un coup de Seagrams en conduisant, ce qui apparemment s'est mis à arriver plus souvent après le départ de Nanny pour la clinique Rice.

Vers la fin du mois de septembre, cette année-là – Nanny n'était pas partie encore depuis un mois –, Pa a fait une crise cardiaque. Il ne nous a même pas appelés, il s'est contenté de traverser la cour pour sonner chez les Dades, et il s'est assis sur les marches pour se reposer en attendant qu'ils sortent du lit. Je crois que l'événement m'a laissé plus terrorisé encore que la découverte du nouveau regard dans les yeux de Nanny, mais maman nous a dit de ne pas être inquiets parce que, dans le genre crise cardiaque, celle-ci était bénigne. C'était sa version à elle, mais j'ai entendu le Dr. Watt expliquer à papa en faisant la queue devant le buffet du dimanche, au club, qu'il s'agissait d'une alerte sérieuse montrant que Pa mangeait trop, buvait trop, fumait trop, travaillait trop, bref qu'il faisait tout trop, à part se reposer. Pa n'était plus un jeune homme, disait le Dr. Watt, et il avait intérêt à apprendre à mettre une sourdine s'il ne voulait pas avoir un coup de Trafalgar, ce qui en principe ne devrait pas lui plaire. Parce qu'un coup de Trafalgar, ça ne pardonne pas – même un Mr. William Tilley qui se croit plus fort que tout, il n'en réchappe pas, sauf qu'à mon avis il était effectivement plus fort que tout, Pa, et en plus il en était sûrement persuadé lui aussi.

Néanmoins, tout le monde s'est ligué pour le faire entrer à l'hôpital à Duke, d'où il pourrait parler avec Nanny, qui se trouvait à la clinique Rice, sans s'inquiéter de la note de téléphone, parce que Pa avait un problème avec les notes de téléphone – ses yeux ne lâchaient pas la grande aiguille de sa montre chaque fois que nous appelions tante June.

Pendant son hospitalisation, on lui a trouvé un caillot qui bloquait la circulation du sang dans le mollet gauche. Il y avait pour cette maladie un nom précis que papa nous a dit, parce qu'il l'avait appris pendant la première année de médecine qu'il avait faite à Chapel Hill, au début de son mariage avec maman, mais j'ai oublié depuis, et je sais seulement que c'est ça qui faisait boiter Pa quelquefois. Les docteurs craignaient que ce caillot ne bouge et ne remonte jusqu'au cœur, ils voulaient donc amputer sous le genou, sauf que Pa a refusé en disant qu'il fallait être vraiment cinglé pour se faire couper la jambe sous prétexte qu'on avait une crampe.

Je crois que le pire, pour lui, avait été ce jeune docteur de l'âge de papa lui expliquant qu'il devait cesser de fumer à cause des méfaits du tabac, qui pouvait provoquer des maladies cardiaques ou donner le cancer. Après son retour, j'ai entendu Pa dire à Otis : « Si on se met à condamner le tabac, alors faut condamner toute la ville avec, Otis, parce qu'il y a pas une brique de la Bonanza, pas une boutique, pas une maison, pas une église de Killdeer qui ne soit liée au tabac… Chaque dollar a d'abord été une feuille de joli tabac poussé sur ce sol, et si je pensais que j'ai gagné ma vie en vendant du poison, Otis, si je pensais que c'est avec ça que j'ai nourri ma femme et mes filles, que j'ai mis un toit sur nos têtes, si je croyais ça… » Pa n'a pas dit ce qu'il ferait s'il croyait cela, mais Otis a posé la main sur son épaule – ils étaient dehors sur l'aire de chargement, et moi, j'arrivais juste des bureaux et je les regardais depuis le pas de la porte – et il a dit : « Vous rongez pas les sangs pour ça, mister Willie. Ce jeunot, qu'est-ce qu'il peut connaître ? »

Ils lui ont donné des médicaments pour fluidifier le sang, lui ont fait acheter ce lit incroyable, très haut, à un mètre et demi du sol, et équipé d'un moteur. On y grimpait par des marches métalliques et quand on était couché, le soir, il fallait appuyer sur un bouton pour être bougé de haut en bas et tourné d'un côté puis de l'autre, un demi-tour chaque fois, et on recommence, histoire que le sang circule bien. Pa disait qu'il rêvait toutes les nuits qu'il était dans un paquebot et qu'il se réveillait avec le mal de mer, au point qu'il était obligé de se cramponner aux meubles pour traverser la chambre quand il se levait.

Courant octobre, alors que Pa commençait d'aller mieux, p'tit Will et Grant, nos cousins, qui étaient les fils de tante June, sont arrivés d'Edenton pour qu'à nous tous nous remontions un peu le moral de Pa. Nous avons campé dans le garage. Pa n'a pas dormi dans son lit à moteur, pendant leur séjour, mais dans un lit de camp des surplus de l'armée, avec nous. Nous en avions aligné cinq côte à côte, chacun équipé d'un sac à viande des surplus de l'armée, comme ceux de Vic Morrow et des autres GI dans *Combat*, qui nous arrachait la peau du dos, sauf que ça nous était pratiquement égal parce qu'on n'avait pas chaud. Chacun avait aussi une lampe torche en forme de périscope, toujours des surplus de l'armée, que l'on pouvait allumer instantanément si l'on croyait entendre un vampire ou un bruit suspect dans le toit, sauf qu'en général il s'agissait seulement d'un moustique qui vous bourdonnait dans l'oreille comme une scie électrique miniature, et on s'assommait à moitié d'une gifle magistrale en étant sûr de l'avoir eu, mais cinq secondes plus tard il était de retour. Nous avions tous notre provision personnelle de bonbons pour vaincre une éventuelle perte d'énergie en cas d'urgence, et des cantines, toujours des surplus de l'armée, pleines de Coca-Cola tiède et éventé.

À intervalles réguliers, Grant ou Reed appelaient : « Pa, j'ai envie de faire pipi », et il répondait : « Qui d'autre a besoin d'aller faire un tour au p'tit coin ? » et tout le monde répondait : « Moi », parce que personne n'était assez bête pour avoir envie de rester tout seul avec les vampires. Pa tirait alors la corde et la porte du garage s'ouvrait en grinçant, puis nous marchions tous à la queue leu leu jusqu'au bout de l'allée où nous sentions le contact de l'herbe froide et humide sous nos orteils, mais pas sous nos talons. Nous nous plantions là en rang d'oignons, puis nous entendions un premier bruit de jet, puis un autre, puis Pa s'y mettait avec la puissance d'un cheval, et les deux autres rejoignaient le concert, chacun jouant dans un ton différent, comme un chœur à quatre voix, sauf que nous étions cinq.

Nous écoutions tranquillement ces bruits d'eau, ainsi que les rainettes et les cigales – moins nombreuses qu'au mois d'août, mais il faisait chaud cette année-là –, et de partout montait cette odeur noire et propre, et l'air était doux. Loin de l'autre côté de la cour, nous distinguions notre chêne, plus grand que celui de Tanglewood à Winston-Salem, qui avait pourtant une étiquette disant que c'était le plus grand chêne de l'État, mais c'était faux. Quelques lucioles clignotaient encore dans les branches, disposées comme des lumières de Noël, et au-dessus de nos têtes un million d'étoiles scintillaient dans le ciel, comme celles que nous avions vues par le hublot de l'avion, le jour où maman nous avait emmenés à New York voir tante Winnie et l'oncle Mark. Une de ces nuits, nous avons assisté au passage d'un satellite, ou d'une étoile filante, et tout le monde s'est dépêché de se signer la poitrine en faisant un vœu, sauf que moi, j'ai eu du mal à trouver une idée de vœu. L'important, c'était d'être là avec Pa et Reed et nos deux cousins, et de faire pipi dans le jardin, mais si le hasard me donnait une autre chance, je sais ce que je demanderais : faire que tout cela dure toujours, sans jamais changer.

Le matin, nous enfilions tous nos pantalons par-dessus nos pyjamas comme faisait Pa, et nous partions prendre le petit déjeuner au Scuppernong, même que la première fois il a été très sage, Pa, en se contentant de deux œufs brouillés avec un peu de bacon. Mais après le départ de Grant et de p'tit Will, qui étaient rentrés chez eux à Edenton, on aurait dit que chaque fois que nous retournions là-bas, Pa ajoutait quelque chose – une côte de porc, ou les pommes de terre sautées aux oignons, ou les tomates vertes frites, ou le poisson-chat pané aux flocons d'avoine, au point que très vite la différence avec son ancienne façon de manger a cessé d'être évidente. Et quand il mastiquait, on voyait parfois cette veine en Y gonfler sur son front et se mettre à palpiter comme un éclair violet, et il transpirait juste au-dessus de la lèvre supérieure et devait s'éponger avec son mouchoir. Pour lui, manger n'était pas une mince affaire.

Il n'était pas très doué pour suivre un régime, Pa, mais au moins il prenait ses médicaments. Le Dr. Watt refusait de le laisser reprendre le travail, ce qui était parfait pour papa qui s'est occupé donc de presque toutes les ventes aux enchères de l'automne, et parfait pour moi parce que j'ai pu retourner trois jours à la mer avec Pa et l'oncle Johnny, en novembre, pour la pêche au bar. Le premier jour, j'ai attrapé une bête de quinze livres qui a tranquillement sauté pour accrocher ma cuiller sans lui laisser le temps de toucher l'eau. Lorsque j'ai réussi à rapporter ma prise sur le sable, j'ai couru jusqu'à la maison avec le bar qui continuait de frétiller au bout de la canne, et je l'ai occis définitivement dans l'allée menant à la maison. Je l'ai écaillé pendant que Pa levait les filets d'un autre, en ôtant la bande de chair grasse et foncée qu'ont les gros spécimens. L'oncle Johnny a trempé les filets dans une pâte à beignet à la farine de maïs, et ils se sont retrouvés tellement frais dans la friture qu'ils bougeaient encore dans la poêle. Ça, plus du porc froid et des haricots en conserve, on avait notre petit déjeuner, et notre déjeuner aussi.

Le deuxième jour, nous nous sommes levés aux aurores et nous avons emporté le bateau pour le départ officiel à Oregon Inlet. Je me disais qu'ils allaient peut-être enfin me laisser sortir en mer avec eux, sauf qu'au moment où nous avons aligné le bateau une bourrasque a enlevé le panama de Pa et là, vous auriez vu, le chapeau a heurté l'eau et filé en penchant comme un sloop, et au revoir ! Pa m'a regardé en fronçant les sourcils, et j'ai su que c'était fichu. Il m'a redit ce qu'il m'avait déjà dit cent fois : il y avait trop de courant, le vent pouvait balancer un homme adulte à la mer en un clin d'œil. Je savais qu'il avait raison – même papa, qui avait été surveillant de baignade au Camp Blue Moon, se méfiait toujours à cet endroit –, mais je ne peux pas dire que ça m'a fait plaisir.

Nous avons donc passé la matinée amarrés à l'abri d'une petite île, sans sortir du bras de mer, et nous nous sommes reconvertis au carrelet. Loin à l'horizon, j'apercevais le pont

Bonner qui n'était pas encore achevé – on aurait dit un squelette de brontosaure à demi reconstitué par les savants dans un musée. Dans l'après-midi, les carrelets ont cessé de mordre et Pa m'a enseigné la jambe de chien et le nœud du batelier, puis il a vérifié que je savais faire le nœud de pêcheur, qui est le plus utile.

Le dernier jour, Pa et l'oncle Johnny ont pris un guide et sont partis en mer, sans moi, pêcher le gros bar rouge. Ils n'en ont pas pris un, je me suis dit que c'était bien fait. À son retour, dans l'après-midi, Pa a dit que l'été prochain il m'emmènerait peut-être en mer pêcher à la cuiller, mais il avait déjà dit la même chose l'année d'avant, et le vrai problème, je le connaissais, c'est que maman, chaque fois que je demandais, disait qu'à son avis nous devrions attendre une année de plus, comme si elle était comprise dans ce « nous ».

Après Thanksgiving, il s'est mis à faire trop froid pour aller à la pêche, sauf quelques belles journées encore où moi et Pa on a pu aller pêcher le poisson-chat dans le Killdeer. Pour être tout à fait franc, ce n'était pas très enthousiasmant après la pêche en mer. Mais même si nous levions surtout des brèmes au bout de nos lignes appâtées à la mie de pain Merita, ce qui n'a rien de vraiment sportif, cela m'était égal. J'étais content d'être avec Pa, à la campagne, assis au bord d'un étang avec la permission du fermier, à boire un Sun Drop sans dire grand-chose, l'œil rivé au bouchon pour ne pas rater le premier frissonnement, lorsque la brème ou le goujon venaient flairer l'hameçon pour décider s'ils avaient envie d'y mordre. Et là, tiens, comment le bouchon plongeait et votre canne se pliait en deux, vous expédiant une décharge électrique dans tout le bras… !

On était près de la fin, et il y a eu bien des fois, au cours de cet automne de ma dernière année de primaire, où j'aurais voulu rester avec Pa au lieu de retourner dans notre maison écouter les disputes entre papa et maman, qui s'étaient gravement envenimées à l'approche de Noël. Une ou deux fois par semaine, apparemment, papa prenait une colère noire et partait en claquant la porte tellement fort qu'on aurait cru que le bois allait se fendre. Ensuite, maman montait pleurer dans sa chambre, et du coup Reed s'y mettait aussi, jusqu'à ce qu'elle revienne et nous regarde comme si nous étions deux pauvres orphelins abandonnés ; alors elle tombait à genoux, voulait absolument nous serrer sur son cœur, et tout le tralala.

Quelquefois, j'aurais voulu aller vivre avec Pa, sauf que je n'ai jamais demandé parce que j'avais peur qu'il soit contrarié, que ça soit mauvais pour son cœur, mais je passais mon temps à échafauder des plans de fugue. Si je pouvais arriver jusqu'à la mer, je savais qu'il y avait une clé cachée dans un pot sous les marches de la maison. J'aurais pu vivre là sans que personne s'en aperçoive, sauf que je n'étais pas trop sûr des routes qu'il fallait prendre.

Et puis de toute façon, je ne pouvais pas partir comme ça en laissant Reed tout seul, même si on se disputait beaucoup et que j'étais méchant avec lui, comme la fois où je l'ai tapé si fort qu'il a saigné sous l'œil. Il aurait pu le perdre, cet œil, a dit papa avant de sortir le ceinturon en verre, qui n'était pas en verre mais brillait comme du verre, et il m'a fait baisser mon pantalon, me pencher sur le lit, pour me tanner le cuir des fesses, dix coups sévères, qui ont laissé des marques rouges, même qu'ensuite elles sont devenues bleues. Et puis il y avait cette manie qui lui est venue à la même époque, à Reed : il se tapait la tête inlassablement dans l'oreiller, jusqu'à ce que je sois obligé d'intervenir depuis le lit du haut en le réveillant pour qu'il cesse et me laisse dormir.

Un samedi matin, très tôt, alors que je regardais Boris Karloff dans un film de momies de l'émission *Sunrise Theater*, le facteur a sonné et, tiens, c'était Reed, complètement à poil, une main dans celle de Mr. Thompson et l'autre cramponnant Mister Rex. Mr. Thompson a demandé : « Il est à vous, cet enfant ? », alors j'ai répondu : « Non, monsieur, c'est mon petit frère, Reed, il est à mes parents », et Mr. Thompson a dit : « Bon, écoute, tu ferais bien de le récupérer. » Il m'a expliqué qu'il avait trouvé Reed en train de se balader dans le quartier à plusieurs rues d'ici, sans rien sur les fesses, et sans qu'on puisse lui faire dire ni son nom ni son adresse, ce qui m'a laissé croire que Reed avait peut-être eu envie de s'enfuir, lui aussi, sauf qu'il était encore trop petit, donc il fallait qu'on reste.

Mais c'est à cause de cela que chaque fois qu'on devait remonter l'ancre, moi et Pa, ou bien quitter le bord de cet étang là-bas à la campagne, j'avais cette drôle de sensation dans le ventre, et je demandais à Pa la permission de reprendre un Moon Pie et un Sun Drop. Il me disait presque toujours oui, même si maman prétendait que ça me coupait l'appétit, ce qui, je dois bien le dire, ne m'est je crois jamais arrivé une seule fois dans toute ma vie. Et je pense qu'une partie de Pa aurait aussi aimé rester là avec moi, faire l'école buissonnière, malgré son amour pour Nanny. Je sais qu'il l'adorait, comme moi j'adorais papa et maman, ce qui ne m'empêchait pas, de temps en temps, d'avoir envie de vivre ailleurs qu'à la maison.

C'est pour cela, je crois, que le dernier jour de cette fameuse partie de pêche, quand le soir est tombé, alors que tous les moulinets avaient été rincés à l'eau claire et que nous savions tous les deux qu'il était l'heure de songer à lever le camp, Pa a hésité un instant puis m'a demandé d'ouvrir la boîte à gants de la Cadillac et de lui passer la bouteille de Seagrams. Il était assis au volant, la portière ouverte et sa mauvaise jambe étendue à l'extérieur, il a dévissé le bouchon et bu une petite gorgée, c'est comme ça qu'il disait, pendant que je mangeais mon Moon Pie. On se taisait, on regardait les bateaux de fret rentrer pendant que le soleil fondait comme une motte de beurre se répandant sur tout l'Albermale. Le vent s'est levé, arrachant des petits moutons d'écume blanche à la crête des vagues, tandis qu'une longue traîne de mariée voilait lentement les eaux noires, et que je sentais mes coups de soleil se transformer en chair de poule. Pa regardait devant lui à travers le pare-brise, ses yeux brillaient d'un éclat humide, et je me suis dit qu'il pensait peut-être à son père à lui, Mr. Reed, qui avait fini par être tellement triste qu'il avait perdu l'envie de vivre. Je pensais à mon papa à moi, aussi, qui n'était pas heureux lui non plus, et lorsque ma dernière année de primaire s'est achevée, cet été où étaient apparues les traces de pas, j'avais déjà une bonne expérience des conséquences d'une situation qui se brouille, des choses qui vous échappent, et de ce que Pa voulait dire avec son *En un clin d'œil...*

J'aurais voulu le serrer dans mes bras, lui dire que tout allait s'arranger, comme faisait maman avec moi ou Reed quand on avait fait un mauvais rêve, mais on n'avait plus l'âge, Pa et moi, et on ne se serait pas fait un truc pareil, ni l'un ni l'autre, question de respect – quand on est un homme, on ne peut pas se permettre de se laisser aller aux sentiments.

Alors à la place, pour sortir Pa de sa tristesse, j'ai demandé si je pouvais boire un petit coup, moi aussi. Il a regardé dans ma direction et il a retrouvé son grand sourire pour répondre : « Non, m'sieur, ce n'est pas permis, je ne voudrais pas que tu prennes mes vilaines habitudes. » Je lui ai juré que jamais je ne boirais, pourtant j'aimais plutôt bien l'odeur du whisky sur lui, mélangée à celle des Chesterfield et de l'Aqua Velva et de la Vitalis qui imprégnait le bord de son chapeau. Tout cela me donnait le moral, finalement, comme le parfum de l'océan apporté par le vent lorsqu'il venait du large, ou l'odeur de la terre après la pluie.

Ce soir-là, Pa a versé un doigt de Seagrams dans mon Sun Drop, et j'ai senti une sorte de chaleur et de trouble, alors j'ai voulu chanter en même temps que la radio pendant tout le trajet de retour. Plus tard, on a éteint le poste, et j'ai chanté les chansons que papa nous apprenait en s'accompagnant de l'ukulélé. Celle qu'il préférait, papa, c'était *The Big Rock Candy Mountain*, mais moi, j'avais un faible pour *The Wabash Cannon Ball.*

Des eaux tranquilles du Pacifique
Jusqu'aux rudes côtes de l'Atlantique,
Franchissant collines et montagnes
Comme jamais personne avant elle
Elle est grande, puissante et belle
Et de tous est bien connue,

C'est le ciment qui unit le Sud
On l'appelle la Wabash Cannon Ball.

À la fin du dernier couplet – *Et vive Daddy Claxton, que son nom reste avec nous* –, Pa m'a demandé de reprendre au début, ce qui m'a fait penser que c'était sa préférée à lui aussi, qu'elle lui faisait du bien, mais à la fin de l'automne, cette année-là, il n'était plus vraiment le même, et je crois que cela n'avait rien à voir avec son cœur, qu'il était seulement inquiet pour nous tous, pas seulement Nanny, mais Reed et moi, et papa et maman aussi – surtout eux, d'ailleurs. Je pense que Pa aurait voulu empêcher que les choses changent pour nous tous, mais c'était impossible, même pour lui.

4

May

29 août 1954 – je me souviens de la date précise. L'après-midi de la fête pour l'anniversaire de mariage de papa et de maman. Trente ans. J'ai parlé à Jimmy ce jour-là.

C'était un dimanche, après l'église, et il faisait chaud. Une chaleur à crever. La climatisation était en panne à Saint-Paul, ou peut-être n'était-elle pas encore installée à l'époque, toujours est-il que l'unique sujet de conversation était la sécheresse dont on se demandait si elle allait finir un jour. Papa et l'oncle Johnny se faisaient un sang d'encre pour la récolte et partaient tous les jours sillonner la campagne pour surveiller les cultures, ce qui bien sûr n'était pas pour leur déplaire ; ils aimaient bien cette façon de faire l'école buissonnière. Moi, tout ce qui avait rapport au tabac me faisait pleurer d'ennui ou presque, mais je suppose que ce genre de réaction était à la fois ingrate et malvenue – si l'on songe à l'origine des privilèges de notre famille s'entend, et soit dit sans orgueil mal placé.

Maman avait installé une tente au fond du jardin, en toile rayée rose et blanc, somptueuse, qu'elle avait dénichée Dieu sait où. Toute la ville était là – je parie qu'il n'y avait pas un seul client pour le buffet du club. Je rentrais juste de la mer et je m'étais arrêtée chez Fanny's sur la route du retour, parce que je n'avais rien à me mettre. La robe que j'avais achetée était en organdi blanc, léger comme un souffle – j'avais un faible pour le blanc, à l'époque – et j'étais la seule à être nu-tête. Ne pas porter de chapeau constituait une certaine audace, même si je trouve cela idiot, mais les chapeaux m'ennuyaient... je les trouvais *very boring*, pour reprendre une expression que mes amies d'Ascension et moi affectionnions en ce temps-là, pensant ainsi faire chic, cosmopolite, etc.

Est-ce que je me prenais pour une beauté ? Mon Dieu, je ne sais pas, mais j'imagine que je devais crâner un peu... Je ne crois pas que c'est un reproche que l'on puisse me faire aujourd'hui, parce que je ne suis plus la fille que j'étais alors – j'ai même du mal à me reconnaître sur les photos. J'ai souvent pensé que les gens qui n'ont pas cet avantage – je parle de la beauté physique – ont le sentiment que s'ils possédaient cet atout, leur vie serait différente et ils seraient heureux, mais mon avis est que la beauté ne change pas grand-chose. Ça, je le sais maintenant, évidemment. En ce temps-là, je l'ignorais, et en plus, dans mon cas, c'est un truc qui m'était tombé dessus brutalement, aux alentours de quatorze ans, en me faisant du coup le même effet qu'une robe ou un vêtement neufs que l'on trouve époustouflants la première fois qu'on les porte, éventuellement la deuxième aussi, avant de les envoyer rejoindre assez vite dans le placard les autres jolies choses de l'année précédente... La seule satisfaction qu'on en retire est donc de voir, l'espace d'un instant, ici puis là, le plaisir que les autres ont à regarder, mais essayez d'en faire une raison de vivre, et vous verrez si cela vous mène loin. Je suppose que j'aurais dû le savoir, mais comme je l'ai dit, je ne suis plus la fille que j'étais alors...

Bref, toujours est-il que je n'avais pas vu Jimmy depuis le week-end du 4 juillet, qu'il était venu passer à Nags Head. J'étais dans notre maison d'été avec June et Malone – ils en étaient à leur première année de mariage et devaient en principe me servir de chaperons, ce qui était plutôt comique. Malone ne s'était pas encore tout à fait mis dans la peau d'un diplômé – il était Zete [1] à Chapel Hill ; ai-je besoin d'en dire davantage ? –, quant à June, euh, ne me lancez pas sur ce sujet… Chaque matin pour le petit déjeuner, ils préparaient un pichet de Bloody Mary et passaient la matinée à dormir sur la plage. June utilisait de l'huile de moteur en guise de lotion solaire, une idée apportée par les foules qui descendaient d'Edenton, et je peux dire qu'elle était plus noire que Dee Lou, jusqu'au jour où elle a pelé de façon radicale, comme un serpent qui mue. Si je n'avais pas été là, je suis certaine qu'ils auraient mis la maison à feu et à sang sans l'ombre d'une hésitation. Ces fiestas, bon Dieu – jusqu'à quatre ou cinq heures du matin tous les jours, et les types invités par Malone… moi aussi, j'aimais bien m'amuser, mais pardon, les Zetes n'étaient que de vulgaires dégénérés. J'avais toujours mieux fonctionné avec les Dekes [1] – papa était un Deke, évidemment, encore qu'il n'ait jamais terminé Chapel Hill à cause de tout ce qui était arrivé à son père lorsque la famille avait perdu Rose Hill. Bien sûr, Jimmy était seulement KA [1], mais il s'était mis à l'unisson sans trop se poser de questions.

Certes, Jimmy n'avait pas un sou vaillant en poche, mais cela ne me dérangeait pas vraiment. Si le fait d'épouser une fortune rendait les gens meilleurs, ma sœur n'en était pas l'exemple vivant pour moi, et mes parents, grâces leur soient rendues, n'étaient pas très sensibles non plus à cet aspect des choses. De plus, Jimmy allait devenir médecin, même si, au demeurant, nous n'étions ni l'un ni l'autre pressés de nous marier – j'avais mes études à finir d'abord. À l'époque, j'envisageais plus ou moins de faire médecine, moi aussi – pourquoi pas ? –, mais j'évitais d'aborder le sujet avec maman, pour qui ce projet n'était qu'une façon de plus que j'avais trouvée de la contrarier. Non que l'idée de mariage ait été absente de nos conversations, à Jimmy et moi, mais nous en parlions comme ça – vous savez bien – pour dire que nous n'imaginions pas l'avenir autrement

1. Les étudiants américains doivent appartenir à une « fraternité ». Chaque fraternité est désignée par des lettres grecques. *(N.d.T.)*

qu'ensemble, que ce soit demain ou dans une semaine – enfin, du moins est-ce ainsi que je voyais les choses. Mais ce que je recherchais, c'était l'amour et le bonheur, l'argent n'étant qu'un lot de consolation quand on ne pouvait pas les obtenir, et ce que je voulais avant tout, c'était une vie différente de celle de mes parents, et puis, je ne sais pas, mais peut-être bien aussi une autre vie que la mienne, avec ses privilèges, son confort, etc., parce que les privilèges, si vous voulez mon avis, c'est comme la beauté physique – il y a un prix à payer. Or Jimmy Madden était le garçon le plus différent qu'il m'ait été donné de croiser – je le dis aujourd'hui comme je l'aurais dit hier, sauf qu'en ce temps-là la différence s'entendait en bien.

Je m'étais crue amoureuse de Sumner Dade, le pauvre, mais un mois après ma rencontre avec Jimmy, je ne savais même plus ce que j'avais bien pu lui trouver. Ce n'est pas facile à expliquer, mais Jimmy avait en lui quelque chose de plus vivant que tout le monde, une espèce de fièvre, sauf qu'elle ne correspondait pas à une maladie, mais à un plus. Je me souviens, lorsqu'on allait quelque part en voiture, il parlait non-stop, faisait de grands gestes avec ses mains, tapait sur le volant quand il riait, remuait la tête, donnait un grand coup dans l'allume-cigares pour allumer une cigarette, allumait la mienne d'abord, me prenait par l'épaule pour me serrer contre lui, et souriait avec une lumière particulière dans ses yeux verts, le tout sans cesser de tripoter l'autoradio. Moi, je le regardais passer par une douzaine d'humeurs différentes à la demi-minute, et je souriais intérieurement en me disant : *il est à moi, à moi*, et je remerciais ma bonne étoile parce que je connaissais enfin le bonheur – ce n'était pas trop tôt… Alors la beauté et l'argent, à côté de ce bonheur ? Je dirai seulement ceci : j'avais dix-huit ans, je croyais qu'on pouvait vivre toujours dans le feu de l'amour.

Évidemment, je ne voyais à l'époque que le bon côté de ce qui faisait la différence de Jimmy. Il y avait aussi le côté sombre, mais celui-là ne s'est révélé que longtemps après, et lorsqu'il a éclaté, je suppose qu'il avait beaucoup de temps perdu à rattraper. Peut-être en ai-je eu un premier avant-goût au cours de cet après-midi, pendant la fête donnée par mes parents, comme j'avais commencé d'en faire le récit…

Je ne l'avais pas vu depuis six semaines. Il a traversé la pelouse avec une nouvelle coupe de cheveux, une main à la poche et l'autre tenant un bouquet de marguerites à cent sous pour maman, un grand sourire sur les lèvres. Il avait aux pieds les chaussures en daim blanc que je lui avais fait acheter le printemps précédent, et il portait un pantalon blanc avec un blazer marine croisé à boutons dorés. Je crois que c'était sa seule veste, mais elle était superbe. Un cadeau de sa mère ; bien qu'il m'en coûte beaucoup, je dois bien mettre cela au crédit de Lilith. Parce qu'elle avait beau être radin avec tout le monde, Lilith, elle faisait la paire avec June pour ce qui était de sa propre garde-robe, et elle dépensait sans doute plus d'argent pour s'habiller que maman et moi réunies, alors que ce pauvre papa Madden, je veux bien être pendue s'il avait trois costumes dans sa penderie. Maman trouvait évidemment les tenues de Jimmy trop clinquantes, mais elle était habituée à papa qui devait bien avoir cinquante costumes de chez Hickey-Freeman dans le grand placard-dressing, tous identiques, seule la couleur variant très légèrement. Non que papa se désintéressait de la question, il y attachait au contraire de l'importance, mais à l'intérieur de certaines limites, qui selon maman étaient celles qui convenaient pour un homme, aller au-delà devenant suspect. Cela dit, le chapitre vestimentaire n'était pas le pire – je suppose que maman avait une dent contre Jimmy Madden avant même qu'il soit né, et pour dire la vérité, cela ne jouait pas vraiment en sa défaveur pour ce qui était de moi.

Je l'ai d'emblée embrassé sur la bouche devant tout le monde. Il est passé par une douzaine de nuances de rouge successives, puis je me suis léché le bout des doigts pour effacer la marque du rouge à lèvres au coin de sa bouche. « Waouh, jeune homme, ai-je dit, les belles chaussures. » Il a baissé les yeux et répliqué : « Ben oui, la vendeuse était très bien », presque gêné. J'ai fait : « Dans tes rêves. »

« Surtout dans mes rêves. » « Je t'ai manqué ? » « J'ai pensé à toi tous les jours sans exception. » « Et la nuit, jamais ? » Il a souri. « La nuit aussi – je pensais toujours à toi avant de m'endormir. » « Au moment de faire ta prière ? » Jimmy a ri et ses yeux disaient qu'il me désirait si fort qu'il avait du mal à résister. J'ai ri aussi, mais je n'ai pas laissé mes yeux dire quoi que ce soit, pour qu'il me désire de plus en plus, alors qu'au fond de moi j'éprouvais la même chose, et Jimmy savait que je savais qu'il savait, alors je lui ai pris le bras en disant : « Allez, quand faut y aller, faut y aller », et il a répondu : « Prêt ! », ce qui pour moi n'avait déjà pas de prix.

« Maman, regarde qui est là », ai-je dit en l'entraînant, et elle a immédiatement remarqué le bouquet. « Ça alors, a-t-elle dit. C'est pour moi ? Vous êtes trop gentil, et des marguerites, en plus – juste ce qu'il faut pour réveiller mon asthme. » Je lui ai fait les gros yeux. « Maman, sois gentille, s'il te plaît. » Et elle de prendre l'assistance à témoin : « Il essaie déjà de se débarrasser de moi, vous voyez », tandis que Jimmy disait : « Joyeux anniversaire, miss Tilley », et je me suis dit : *là, c'est complet !* « Vous avez quatre mois de retard, a rétorqué maman, mais c'est gentil tout de même. » « On ne fête pas vos trente ans ? a demandé Jimmy. C'est pourtant ce que disait l'invitation, non ? » Tout le monde a ri, sauf maman, qui a seulement plissé les yeux, mais il venait de marquer un point, même si elle le concédait à regret. J'étais tellement fière que ma tête aurait eu bien du mal à tenir dans le chapeau, si j'avais eu un chapeau.

Pendant le déjeuner, papa qui avait trop bu s'est mis à raconter des blagues et faire des clins d'œil à tout le monde, sauf maman, dont les yeux avaient des lueurs férocement assassines. Malgré tout ce qu'il faisait pour elle, et pour nous, elle ne lui passait rien, et à mon avis, quand il buvait, c'était en partie pour la faire grimper au rideau. L'un dans l'autre, j'étais plutôt du côté de papa, tout comme June et maman formaient un clan. Papa, le pauvre, était le seul à ne pas se rendre compte qu'il existait des camps, mais il est des informations que les hommes ne sont pas assez forts pour assumer. Enfin, il ne buvait pas trop souvent, mais j'étais furieuse que Jimmy en soit témoin, j'avais honte.

Dès que les gens ont commencé à prendre congé, nous avons filé et traversé la rue pour prendre le chemin menant à travers bois jusqu'à l'étang Collie. Jimmy a piqué une tête, en petite tenue, et il m'a demandé si je voulais en faire autant, mais il n'en était pas question pour moi, si près de la maison, et pas en plein jour de toute façon. J'ai cependant admiré cette décontraction tranquille qu'il avait par rapport à son corps… je suppose que ce n'est pas la même chose pour eux, qui n'ont pas grandi avec ces sornettes sur le thème du trésor sans prix qu'il faut préserver absolument et tout le saint-frusquin. Non que nous ayons jamais fait grand cas de ce genre de préjugés, dans la famille, même en ces temps reculés – en l'occurrence, le spectacle de June m'avait vaccinée très jeune contre ce genre de prévention –, mais néanmoins, on ne pouvait pas s'empêcher d'y croire un peu. Toujours est-il que j'étais vaguement nauséeuse après le repas de midi, et que je me demandais surtout si je devais en faire état, vu qu'à mon avis cela ne voulait sûrement rien dire, Malone et June sortaient tous les deux d'un rhume des foins, et j'avais déjà eu un retard. Surtout, j'avais une peur bleue de tout gâcher, je crois, même si je me répétais que c'était idiot, parce que je savais parfaitement qu'il était fou de moi et réagirait comme il faut si la chose arrivait, sauf que je ne voulais pas…

Je me suis donc assise au bord de l'eau, les bras croisés autour de mes genoux, grattant la terre avec mes orteils nus en ayant la sensation que les choses sont en train de se refermer sur moi, et le voilà qui surgit avec un grand sourire, lissant à deux mains ses cheveux en arrière, éclaboussant partout, son… je suis une grande fille, je peux dire le mot : *pénis*. C'est juste qu'il ne me plaît pas ce mot, je le trouve trop scientifique, je ne sais pas ; quant aux autres, quéquette, bite, popaul, ils sont vulgaires, laids, et aucun ne colle vraiment à la réalité… Là tout de suite, je n'étais pas d'humeur à m'y intéresser, ce qui était pourtant précisément le but recherché, il se baladait comme ça pour se faire admirer, même s'il faisait celui qui n'avait l'air de rien.

« Hé ! » dit-il. « Hé, toi-même ! » je réponds. « Tu devrais vraiment venir. » « On ne sera jamais comme eux, hein, Jimmy ? » « Comme eux, qui ? » J'étais contrariée qu'il ne comprenne pas au quart de tour. « Tu parles des gens à la réception ? » « J'en sais rien. Je suppose. » « Qu'est-ce qui ne va pas, chérie ? » D'un seul coup, je l'ai trouvé d'une banalité à crever, ce « chérie ». J'ai dit : « Rien du tout », et il s'est mis à genoux dans les aiguilles de pin. « Un petit baiser ? » a-t-il dit sans prendre la peine d'attendre la réponse. Quand j'ai tendu la joue, il a paru surpris, et un peu vexé. « J'ai juste peur d'avoir attrapé quelque chose, ai-je expliqué. June et Malone ont chopé le même microbe. » « C'est celui des amoureux ? » a-t-il demandé avec un tel sourire que je me suis sentie émerger du cafard où j'étais. « Je ne veux pas te le repasser », ai-je dit en lui caressant la joue du revers de la main. « Je suis prêt à courir le risque », a répondu Jimmy, et j'ai senti son bras me prendre sous les hanches pour m'attirer contre lui, et l'humidité a traversé ma robe, et, oh, tant pis, le contact de sa bouche était tellement rassurant.

L'instant d'après, j'étais en larmes et il a dit : « Qu'est-ce qui se passe, May ? Qu'est-ce qui ne va pas ? » « Je ne sais pas, je me sens nulle… c'est peut-être que je vais avoir mes règles. J'espère en tout cas. » C'est sorti comme ça, et ensuite, impossible de revenir en arrière. « Tu as du retard ? » a-t-il demandé. « Je n'en sais rien… enfin, oui, un peu, mais pas beaucoup. » Il a marqué le coup et ouvert de grands yeux, vides comme une maison dont les locataires ont déménagé à la cloche de bois en vous laissant le loyer sur les pieds. « Je croyais que tu avais dit que c'était bon », a-t-il dit. « Je le croyais. » « Comment ça, tu croyais ? Putain, May… tu ne savais pas ? » Là, je suis restée pratiquement sans voix. « Dis donc, Jimmy, qui a oublié d'apporter les tu-sais-quoi ? » Encore un mot que je ne supportais pas. Jamais je n'aurais mis ça sur le tapis s'il n'avait pas eu cette réaction de merde. « Je n'ai pas oublié, May. La pharmacie était fermée quand je suis arrivé, comme je te l'ai dit d'ailleurs. » « Et alors, c'est ma faute, peut-être ? » « Non, mais je t'ai demandé si on pouvait. » Il a insisté sur les mots. J'étais à court d'arguments.

Lorsqu'il était venu, pour le week-end du 4 juillet, nous ne nous étions pas vus depuis un mois, Malone et June étaient partis se coucher, nous avions la maison à nous... alors, quoi faire ? Oui, j'ai dit que c'était bon, mais je n'en savais rien... j'ai dit que c'était bon parce que j'avais envie de faire l'amour avec lui, que ça ne pouvait pas attendre ; d'ailleurs, ne vous y trompez pas, il m'a crue exactement pour la même raison. Sauf que maintenant, il me bombarde de questions sur le nombre de jours et tout et tout, à croire que je suis une espèce de scientifique qui tient des comptes en permanence dans sa tête, ou qu'en tout cas, si je ne l'ai pas fait, eh bien j'ai eu tort. Parce que c'est ça, l'insinuation : tout est ma faute, mais moi, je n'ai pas soulevé le problème pour l'accuser, alors pourquoi me mettre ça sur le dos ?

C'était la première fois, depuis que nous sortions ensemble, que je découvrais une chose qui me déplaisait en lui, mais il s'est repris et a changé de tactique. « Excuse-moi, May. C'est juste que je ne m'attendais pas à ça, tu comprends ? » « Parce que tu crois que je m'y attendais ? » « Non, je ne crois pas, je sais bien que non. » Superbe et généreux. Il s'est glissé sur les aiguilles de pin pour se rapprocher et m'a prise par les épaules. « Écoute, May, tout ira bien, d'accord ? Quoi qu'il arrive. » Il m'a levé le menton pour m'obliger à le regarder. « Je t'aime, tu entends ? » J'ai fait oui de la tête et senti les larmes emplir mes yeux parce que c'est ce que j'aurais voulu lui entendre dire tout de suite. Il m'a embrassée encore une fois, puis il a souri, et j'ai reniflé en disant : « Ce n'est sûrement rien, de toute façon, et peut-être qu'en allant à Chapel Hill pour te trouver une chambre, tu pourrais, je ne sais pas, te renseigner un peu – ils risquent d'avoir des informations, à la fac de médecine... j'en ferai autant de mon côté. »

Estimant que le sujet était épuisé, Jimmy a dit : « Tu es tellement belle, merde, je n'arrive pas à y croire », et c'est à ce genre de chose que je fais allusion quand je prétends que ce n'est pas un avantage… et vous voulez que je vous dise mieux ? Eh bien, on a recommencé, là, au bord de l'étang, sans prendre plus de précautions que la première fois. Je me suis dit que soit mes règles étaient sur le point d'arriver, soit j'étais déjà enceinte, alors pourquoi pas ? C'est ce que je pensais, tant que j'ai été en état de penser du moins.

Le jour était déjà tombé lorsque je suis rentrée par la porte de derrière, et maman était là, dans le vestibule, au téléphone, réceptionnant les mercis des invités, le combiné coincé entre l'épaule et l'oreille pour allumer une Old Gold.

Dès qu'elle a entendu la porte, elle s'est retournée et j'ai été instantanément foudroyée par le fameux regard, yeux à demi clignés et luisants de perspicacité, comme si elle savait parfaitement ce que je venais de faire et était disposée à me croire comme à jeter en l'air un éléphant. Ce que j'ai trouvé d'une injustice odieuse, parce que même si en l'occurrence j'étais effectivement coupable, elle me traitait de la même façon quand j'étais innocente, du temps où je n'avais encore jamais seulement songé à un garçon, alors que June était bien pire que moi, mais elle, maman l'avait-elle une seule fois regardée avec ces yeux-là ? « Une seconde, Annabel, a-t-elle dit, en posant la main sur le combiné. Alors comme ça, tu as décidé de rentrer à la maison…

— B'soir, maman. Très réussie, la fête. Jimmy m'a chargée de te dire qu'il avait beaucoup aimé. »

Maman n'a pas fait de commentaire, pas un mot, elle s'est contentée de me regarder de la tête aux pieds, puis des pieds à la tête et, bon Dieu de bon Dieu de bon Dieu… je me suis sentie anéantie par ce regard. Pour elle, soupçonner était une chose, mais savoir en était une autre, d'un seul regard lire la preuve évidente sur moi ; et ça, j'étais sûre qu'elle en était capable, malgré toutes mes précautions, et Dieu sait que j'avais fait attention… J'avais retiré les aiguilles de pin de mes cheveux, effacé les traces du maquillage ruiné dans l'eau de l'étang, remis mon rouge à lèvres. J'avais lissé au mieux ma robe froissée et demandé à Jimmy de bien vérifier tandis que je faisais deux tours complets – ce qu'il avait pris à la rigolade : « Aucun indice compromettant visible à l'œil nu. » Mais en dépit de tous mes efforts, il y a des signes qu'on ne peut pas cacher, les joues rouges et cet air vaguement rêveur qui ferait qu'en me regardant dans la glace, ensuite, je ne me reconnaîtrais pas, comme si je me voyais enfin clairement, et que j'aimais ce que je voyais plus que d'habitude. Ce visage, c'était celui que je ne pouvais pas laisser voir à maman, sous aucun prétexte. Elle n'avait jamais désiré autre chose que notre bonheur – c'est ce qu'elle nous répétait toujours, maman – sauf qu'apparemment je consacrais maintenant le plus clair de mon temps à le lui cacher.

En passant à côté d'elle pour monter l'escalier, j'ai reçu une bouffée de son parfum, Guerlain, et je n'ai pu que prier le ciel qu'elle ne sente pas le mien – *s'il vous plaît, mon Dieu, faites qu'elle ne sente pas mon odeur* –, ça, c'était la pire des catastrophes envisageables, même si j'adorais la façon que Jimmy avait de me renifler après, comme un bon gros toutou, merveilleux et grossier, et je riais trop fort... je trouvais excitant que nous soyons des animaux l'un pour l'autre, en oubliant tout le reste. C'est ce que je me disais en prenant ma douche, quand je savonnais ma petite culotte avant de la mettre à sécher sur la barre du rideau, pour la glisser ensuite dans le panier à linge sale dont s'occupait Dee Lou.

Quand je me suis assise à ma coiffeuse pour me brosser les cheveux, la fille dans la glace n'avait pas le regard si rêveur... J'étais morte de peur, comme jamais auparavant. Je devais être bien naïve, car je m'attendais à me sentir mieux après lui avoir parlé. Découvrir que c'était le contraire ne me plaisait pas trop...

Plus tard, quand je suis redescendue, papa était en train de lire le journal du dimanche dans le petit salon, contrit. Je me suis assise sur le bras du fauteuil et j'ai lu les titres par-dessus son épaule, jusqu'au moment où il a froissé les pages en les rabattant sur ses genoux pour me sourire. « Bonsoir, chérie. » « Bonsoir. Que dit la météo ? » « Oh, pas de grand changement. » Il a hoché la tête. « Ça va ? » « Ça va bien, après une bonne sieste », a-t-il dit, comprenant le sens de ma question et y répondant à sa façon.

Habituellement, je me serais levée et j'aurais vaqué à mes occupations, mais pour une fois je suis restée encore un moment, tandis que son regard se fixait de nouveau sur la colonne imprimée. J'ai regardé la calotte de calvitie et la mèche de cheveux avec laquelle il tentait de la dissimuler, j'ai senti l'Aqua Velva et songé à la centaine de flacons d'eau de toilette que je lui avais offerts et qu'il utilisait une semaine, le temps, pensait-il, que j'oublie, avant de reprendre l'Aqua Velva ; pour dire la vérité, je crois qu'au fond je la préférais à toutes les autres, son Aqua Velva. J'étais là, prise d'une de ces bouffées de tendresse qui vous submergent parfois, surgies d'on ne sait où, comme une vague, et j'ai failli lui dire : *papa, je suis enceinte*, mais le changement que je lirais sur son visage, le coup qui le frapperait là où il n'avait pas de défense, cette seule idée a noué quelque chose dans ma gorge, et je pouvais à peine avaler.

« Tout va bien, chérie ? a-t-il demandé en levant de nouveau les yeux. Quelque chose te tracasse ? » J'ai souri pour lui, j'ai fait non avec la tête, je lui ai donné un baiser, et je me suis levée.

Puis j'ai filé vers la bibliothèque, mon lieu de destination première. Fermant la porte derrière moi, j'ai regardé un moment le portrait de maman, peint par ce type de Richmond, qui était venu à Seven Oaks, la maison de son père, où il était resté six semaines, avait donné six ou sept derniers coups de pinceau et bu tout le whisky de mon grand-père. Elle avait le genre garçonne émancipée, coiffée à la Jeanne d'Arc, à l'époque, c'est-à-dire du temps de sa rencontre avec papa, qui était encore mince, avait tous ses cheveux, et incarnait dans la ville le jeune homme promis à un brillant avenir. J'ai frémi en me disant qu'ils avaient un jour éprouvé les mêmes sentiments que Jimmy et moi aujourd'hui, puis ils avaient oublié, ou changé d'avis sur l'amour… parce que, quelle horreur si l'amour n'était pas cette chose merveilleuse et forte que nous vivions, ou bien s'il ne durait pas éternellement. Non, nous étions différents, Jimmy et moi ; nous n'étions pas comme eux. C'était ma conclusion, et je suis donc allée chercher l'*Encyclopaedia britannica*, j'ai sorti le volume de la lettre G, je me suis assise sur la banquette de fenêtre, et j'ai regardé à « grossesse » pour voir si je pouvais trouver des renseignements ou apprendre si j'étais enceinte. Il y avait une succession de mots scientifiques comme « zygote » et « placenta », avec une série d'images en couleurs illustrant les différents stades, l'espèce de têtard doté de branchies et d'une longue queue étant celui qui se rapprochait le plus de ma situation. *Non, impossible que je sois enceinte* – ai-je décrété comme si mes souhaits avaient force de loi – *pas moi, pas May Tilley*. J'allais être élue Reine de mai au printemps prochain, toutes mes camarades d'Ascension le disaient.

Le plan que j'ai conçu s'articulait autour de Dee Lou, et je me suis admirée d'être si maligne. Après que tout le monde était monté se coucher, j'ai pris l'escalier de service pour monter dans sa chambre, comme je faisais quand j'étais petite et que j'avais peur du noir – l'idée ne me serait même pas venue d'aller dans la chambre de mes parents, en bas, pas plus que je ne songeais à partir sur la lune ; non, c'était toujours Dee Lou, qui ne disait jamais un mot mais soulevait juste les couvertures pour me laisser grimper.

Elle était dans son rocking-chair, ce soir-là, avec ce drôle de bonnet pour lui aplatir les cheveux – on aurait dit une vieille femme du temps des Pères Pèlerins –, et puis elle était tellement minuscule que ses pieds touchaient à peine le sol. Elle cousait un bouton sur son uniforme et elle avait mis ses lunettes grossissantes qu'elle était trop coquette pour porter en public.

« B'soir, Dee Lou, tu dors ? » « J'ai l'air ? » J'ai vu tout de suite qu'elle avait un compte à régler avec moi. « Vous allez faire mourir vot'pov'maman, May Tilley, à filer tout'la journée sans dire à personne où vous êtes. » C'était donc ça – pas difficile de comprendre que maman m'avait taillé un costume sur mesure. « Vous entrez ou bien vous restez plantée où vous êtes ? »

Je me suis assise sur le tabouret devant sa petite coiffeuse, et je l'ai regardée enrouler le fil pour faire un nœud avant de couper entre ses dents. « Bon, je suis désolée que tout le monde soit furieux contre moi, la fête était très réussie, tout était parfait, et je sais que tu dois être sur les rotules, alors je ferais sûrement mieux de ne pas rester. » Elle m'a regardée tranquillement comme si elle n'était pas tombée de la dernière averse, mais elle ne résistait pas à ce genre de compliments, Dee, parce que c'était sa fête à elle, c'est elle qui avait fait le boulot, la seule participation de maman ayant été d'en confisquer tout le mérite. « Je suis sûre que j'ai fait plus de cent kilomètres sur mes jambes. » « Est-ce que maman t'a fait devenir chèvre ? » « Ne me poussez pas à bout », a-t-elle menacé. « Elle était quand même sur le sentier de la guerre. » « Elle veut seulement que tout soit parfait. Alors elle est à cran. » « Maman ? À cran ? » Quelle plaisanterie ! « C'est comme ça qu'elle manifeste son inquiétude. Chacun sa façon... Tenez, donnez-moi la brosse. » « Pas la peine, Dee, tu n'es pas obligée. » « Silence, a-t-elle dit en me tournant la tête face au miroir avant de commencer à passer les poils de la brosse dans mes cheveux. Vous avez de jolies boucles, Mayjolie. » Je lui ai souri. « Tu te souviens de quand je venais dormir dans ton lit ? » « Oui, je m'en souviens, a-t-elle dit, le visage déjà radouci.

— Je peux te demander quelque chose, Dee ? » « Quoi, mon cœur ? » « J'ai une amie, au lycée, tu ne la connais pas et je ne peux pas te dire son nom, mais elle était à la mer en même temps que moi, et elle m'a parlé d'un truc, mais il faut que tu me promettes de ne pas répéter, d'accord ? » Dee a froncé le sourcil. « Hum, hum. » « Enfin, elle n'est pas sûre, mais elle croit bien qu'elle est, tu comprends, quoi, dans l'embarras. » Dee a cessé de manier la brosse. « Elle a un retard, et elle ne sait pas quoi faire, ai-je dit, en parlant beaucoup trop vite. Elle ne peut pas en parler à ses parents, alors elle m'a demandé si je ne connaîtrais pas un moyen… tu vois ce que je veux dire, pour régler le problème. Un système, ou quelqu'un… évidemment, je n'étais pas au courant, mais elle était morte de peur, Dee, alors j'ai dit que j'allais essayer de me renseigner, et je me demande si tu ne saurais pas.

— Regardez-moi, May Tiller », a fait Dee Lou, et j'ai bien cru que mon cœur allait flancher. « Oui, Dee ? » J'ai battu des cils avec une parfaite innocence tandis qu'elle me tournait le menton.

« Oh, Dee, ne sois pas bête, ai-je dit en vocalisant un rire de diva. Il ne s'agit pas de moi, je te jure. Je pose la question comme ça, parce que je voudrais l'aider. » Et Dee de répliquer : « Eh bien, si vous tenez tant à l'aider, dites-lui de se dépêcher d'en parler à ses parents, sans perdre de temps. » « Alors tu ne sais rien ? » « J'en sais beaucoup plus long qu'vous croyez, ou qu'vos oreilles sont censées entendre.

— Oh, ce n'était qu'une question, ai-je dit, la mine boudeuse. Tu n'as pas besoin de te mettre en colère contre moi. » « J'ai pas besoin ? Et pourquoi cela ? Si je vous aimais pas comme la prunelle de mes yeux, j'vous prendrais sur mes genoux pour vous flanquer une fessée. Vous mêler de ce genre de choses… Vous allez rester en dehors de tout ça, compris ? » « Oui, Dee, mais n'arrête pas, s'il te plaît, d'accord ? » Elle a émis une espèce de grognement, comme si elle était contente.

Alors je me suis adossée contre elle, et j'ai fermé les yeux tandis qu'elle se remettait à me brosser les cheveux. J'avais le cœur qui battait à cent à l'heure, mais j'avais sauvé la mise. C'est que j'étais maligne, moi.

5

Jimmy

Tu es amoureux et tu le sais, alors reste avec elle, conduis-toi comme un homme, disait une petite voix dans mon oreille droite. Dans la gauche, une autre me soufflait : *prends tes jambes à ton cou, sauve-toi.*

Vous savez ce que c'est qu'avoir vingt et un ans – vous avez un avenir tracé devant vous, un classeur plein de brochures de voyages vers des contrées exotiques, comme George Bailey dans *La vie est belle* de Frank Capra, mon film préféré. Je crois que je me voyais bien en George Bailey, à l'époque, ou que j'aurais aimé. Sauf que j'embarquerais May avec moi dans le rôle tenu par Donna Reed. Quand j'aurais mon diplôme de médecin, nous ouvririons une clinique quelque part au fin fond de l'Afrique, où j'écrirais de la poésie comme Pasternak ou William Carlos Williams, découvrant au passage le traitement d'une ou deux maladies. Si les rêves de May la portaient davantage du côté de New York, un dernier étage dans Park Avenue et les soirées de gala du Met, qu'à cela ne tienne, pourquoi ne pas conjuguer les deux ? Tant que ça ne coûte rien. On n'a pas pour grand projet de rester à Bedford Falls, et puis on reste, nous n'étions pas des exceptions. Qui sait pourquoi les choses arrivent ?

Je crois qu'il y a en fait une seule raison – épinglée par Capra, ce qui explique qu'aucun spectateur n'ait les yeux secs lorsque les lumières se rallument. Il existe plus de

George Bailey qu'on ne pourrait le penser, mais rares sont les anges qui descendent pour les sortir de l'eau quand tout s'écroule. J'imagine que c'est la raison pour laquelle il a fallu longtemps avant que je puisse revoir ce film après ma rupture avec May.

On ne décroche pas la fortune et on ne se fait pas des amis en stigmatisant ce genre de sentiments devant une assemblée qui s'attend à chanter et pleurer. J'en suis le vivant exemple. Mais pour celui qui étudie la vie – et je suis resté un de ceux-là, envers et contre les autres déceptions –, il s'agit d'un aspect de l'existence qu'il serait mal avisé de passer sous silence.

Oui, j'étais amoureux de May. Je l'aimais avec cette force particulière de celui qui découvre l'amour en croyant que c'est le tombeau d'or du roi Tut, avec la certitude que jamais personne dans l'histoire du monde n'a encore foulé ce sol ou éprouvé cette chose que vous vivez tous les deux. Vous vous cognez dans les murs, vous cassez la vaisselle, vous oubliez où vous allez alors que vous êtes au volant, et plus rien ne sera pareil – plus rien déjà n'est pareil. Et c'est la vérité, l'amour change tout, sauf qu'il faut un certain temps pour prendre conscience de la vraie nature du changement.

May et moi, nous succombions en cœur au slogan de la brochure de voyages – amour égale vacances perpétuelles dans un paradis tropical où l'on ignore l'échec et les ravages du temps, où les consommations sont offertes par la maison. À cette différence près qu'elle a eu plus de mal à accepter les moustiques, et les serpents, et les enfilades de taudis, et les tornades et tout ce que le dépliant publicitaire se garde bien de signaler. En ce temps-là déjà, je le savais, quels que soient les rêves et les espoirs que vous engagiez dans l'aventure, si la vie vous remboursait à cinquante pour cent de votre mise, il fallait vous estimer heureux et courir encaisser votre dû. J'ignore comment je le savais – le basket, je suppose, qui avait été pour moi la meilleure et la plus rude des écoles. Lorsque mon genou avait flanché pendant ma première année à Chapel Hill, j'ai appris ceci : on croit parfois qu'on a la grâce avec soi pour toujours, et puis un jour on saute pour marquer un panier, ainsi qu'on l'a déjà fait vingt mille fois, mais on ne retombe pas exactement comme d'habitude, et là, en l'espace d'une fraction de seconde, c'est terminé, la grâce vous est reprise. Vous vous écrasez dans le monde où a toujours vécu le commun des mortels, et quand on a été si longtemps un astronaute, bénéficiant d'un statut spécial et particulier, il n'est pas facile de se découvrir un goût pour les vols en classe touriste. Non, aucune grâce n'est jamais acquise, et croire que quelqu'un la possède définitivement est une grossière erreur.

Je savais parfaitement tout cela lorsque j'ai quitté la fête donnée par les Tilley, cet après-midi du mois d'août 1954. Après la bombe lâchée par May – à ce stade, il ne s'agissait guère plus que d'une grenade fumigène –, je me suis arrêté à la station Shell de Lonnie Ruffin, sur la route de Raleigh, et j'ai acheté un paquet de Lucky Strike. Je m'en souviens très bien parce que c'était le tout premier paquet que j'achetais pour mon usage personnel, même si j'avais beaucoup tapé les autres pendant les soirées au cours de ma dernière année à Chapel Hill. Lonnie fumait tellement qu'il avait ces petits cals jaunes sur les articulations des phalanges, mais il m'a regardé d'un air contrarié en disant : « Eh bien, Jimbo, on rentre dans le rang ? » comme s'il voyait son idole en train de flancher, prête à chuter. À croire que mes parents l'avaient engagé pour exprimer leur réprobation par procuration. J'avais parfois cette sensation – comme s'il me fallait sortir de la ville, m'éloigner d'au moins trente kilomètres et descendre au fond d'un bunker en béton insonorisé pour lâcher un pet.

Je suis resté dans le parking, j'ai déchiré le papier Cellophane, et allumé une cigarette. Lorsque Lonnie a éclairé l'enseigne dans l'obscurité, je me suis rendu compte que ce foutu coquillage lumineux était en fait une coquille Saint-Jacques, et il m'est revenu en mémoire, à cause de Chaucer peut-être, que saint Jacques était le saint patron des pèlerins et des voyageurs. J'ai eu le sentiment que le voyage que j'avais à cet instant précis la tentation d'accomplir au volant de la voiture – quitter la ville à toute vitesse – n'était pas de ceux que George Bailey approuverait.

Arrivé à la maison, j'ai garé la voiture le long du trottoir, monté les marches pour passer par la petite porte, tourné la poignée, et tout arrêté. Au lieu d'entrer, j'ai fait le tour par le jardin de derrière, et je suis resté dans l'ombre, à côté des poubelles, afin de regarder à l'intérieur, comme un rôdeur. Il faisait alors assez sombre pour que maman ait allumé les lumières, encore un sacrifice imposé par Dieu pour l'aider à garder le tonus musculaire qui lui permettait de souffrir en toute intégrité et de vivre chrétiennement. Chaque jour était une épreuve insurmontable qu'elle avait surmontée, acquérant ainsi une force supérieure à celle d'un rhinocéros mâle. Elle était aux fourneaux, avec son tablier, et touillait un marigot qui semblait prometteur de bien des problèmes.

À côté d'elle, sur le plan de travail opposé, était assis Sam, qui me tournait le dos. Il avait les cheveux mouillés par la douche d'après l'entraînement de football et buvait son verre de lait traditionnel. Il bavardait joyeusement de sa voix de stentor qui n'avait pas encore fini de muer – Sammy semblait croire qu'il lui fallait emmagasiner un kilométrage maximal avec cette voix de baryton, avant que l'huissier vienne la reprendre, mais j'imagine que j'avais dû faire la même chose. Je devinais qu'il avait décroché la timbale et j'étais content, parce qu'il finirait par avoir sa qualification, même s'il restait sur la touche – Sam n'avait pas trop de facilités en ce domaine. Son talon martelait la porte du placard bas pendant qu'il parlait, jusqu'au moment où maman l'a fixé avec la petite ride creusée entre les deux sourcils. Il a cessé tout instantanément, de balancer la jambe mais aussi de parler, et quand il a repris, c'était un ton au-dessous. Bon entraînement.

Derrière eux, dans le coin repas, Dolly écrivait sur la table, ses manuels ouverts devant elle – de l'algèbre, la matière enseignée par papa avant sa nomination comme principal. Elle avait sur le dos ce vieux cardigan qu'elle lui empruntait et dont je lui disais chaque fois qu'il lui donnait l'allure d'une bibliothécaire de cinquante ans, vieille fille de surcroît, mais elle se contentait de répondre : « C'est du cachemire, Jimmy », comme si cet argument était de nature à effacer la laideur patente. La rentrée du lycée de Killdeer n'était pas prévue avant deux semaines, mais une chose était certaine : elle avait pris les livres rapportés à la maison par papa, et elle avait déjà descendu les six premières semaines du programme.

Pendant que je regardais, papa est arrivé du bureau et resté debout pour lire derrière son dos, tapant dans la paume de sa main gauche le journal roulé qu'il tenait de l'autre, fronçant le sourcil par-dessus l'épaule de Dolly, avec cette expression d'austère probité que j'attribue volontiers au moule de fabrication. Une ou deux fois au cours de sa vie tout au plus, je crois, a-t-il dû trahir ce secret dont il avait terriblement honte – à savoir qu'il avait le cœur tendre. Je ne sais pas si papa le savait seulement, mais à côté de lui, maman, sous les langueurs et les soupirs, était sentimentale comme un docker, Stanley Kowalski déguisé en Blanche DuBois. Se penchant au-dessus de Dolly, il a désigné quelque chose avec son journal, et la lampe du plafonnier a illuminé tristement le début de calvitie sous ses cheveux. Fronçant à son tour les sourcils, Dolly a gommé son erreur, écrit autre chose, et levé des yeux brillants d'espoir. Papa a approuvé de la tête et lui a touché l'épaule avec cette espèce de maladresse, comme si le contact physique était pour lui une coutume étrangère, puis il est reparti vers le bureau.

D'où je me trouvais, à l'extérieur, j'ai eu l'impression de regarder de très loin une vieille photo de famille sur laquelle j'avais autrefois figuré, sauf que quelqu'un, probablement moi, avait manié les ciseaux et laissé un trou à ma place. J'avais peine à faire la part de la souffrance et de l'amour dans la douleur sourde qui m'étreignait, et une partie de moi encore aurait voulu rester pour mener leurs combats, jusqu'au jour lointain de la victoire qui nous permettrait de quitter nos chaînes et de saluer ensemble la levée d'un jour nouveau, en nous tenant tous par la main pour chanter un chœur d'opéra. Une autre partie était prête à abandonner les pèlerins sur le bateau pour me sauver, moi, à l'instar de mon homonyme dans le roman de Conrad. Les voix qui me parlent à l'oreille étaient avec moi dans le jardin, elles aussi – elles ne sont jamais très loin, et rendent parfois difficile la décision à prendre. Pas cette fois, cependant – elle était déjà prise. Parce que lord Jimmy était déjà dans le premier canot de sauvetage, et ce n'était pas trop tôt.

Maman avait été sur mon dos tout l'été, depuis l'instant où j'étais rentré à la maison après avoir eu mon diplôme. Je n'avais pas le souvenir que les choses pouvaient être aussi pénibles. Je ne sais pas pourquoi – peut-être avais-je pris des habitudes différentes en vivant sur le campus, ou bien elle me punissait à l'avance de mon prochain départ en m'extorquant un droit de rupture aussi élevé que possible. J'essayais d'économiser de l'argent pour mes études grâce au boulot que papa m'avait obtenu auprès de Bill Hughes comme garçon de service au lycée. Maman me prenait la moitié de ce que je gagnais comme prix de pension, et elle semblait estimer que c'était peu demander que d'exiger que je lui serve de garçon de course en échange du privilège de partager mon ancienne chambre avec Sam. En y regardant de plus près, je suppose que ma véritable dette, c'est qu'elle m'avait porté et avait toléré que je vive vingt et une longues années – j'avais calculé un remboursement à crédit.

Cet été donnait à la perspective d'être sur un bateau remontant vers les fins fonds de l'Afrique, au Congo belge, un certain attrait – je ne savais pas encore, à l'époque, qu'il n'est pas nécessaire de fuir aussi loin. Toujours est-il que j'attendais avec impatience la rentrée de la faculté de médecine, alors que je n'étais même pas certain de vouloir être docteur. L'estime que May portait à cette profession, la fierté qui brillait dans ses yeux chaque fois que nous discutions de mon avenir – en pensant notre avenir – accentuaient les charmes de la carrière médicale. Pour être franc, néanmoins, cela n'avait jamais été qu'une solution de repli. Ma première vocation avait été le théâtre, ma seconde la poésie. L'idée de devenir docteur en médecine ne m'avait jamais effleuré avant il y a quatre ans. Je suis rentré un jour après une répétition – on m'avait confié la fonction de régisseur pour la pièce *Our Town*, montée par les élèves du lycée de Killdeer – et j'ai annoncé pendant le dîner mon intention de devenir comédien. Je n'ai pas eu un franc succès ; descente en flammes dignes de *Hindenburg*.

Ce soir-là, papa et moi avons eu la conversation la plus longue de notre vie – quinze minutes montre en main – et il a été le seul à parler. Faire l'acteur n'était ni un métier ni une situation respectable, a-t-il expliqué. Les comédiens étaient à peine au-dessus des bonimenteurs de foire (pour qui j'avais aussi un faible). Il ne souhaitait évidemment pas m'influencer, mais il avait toujours rêvé de me voir devenir médecin, comme son père – le père qu'il n'avait jamais connu – qui exerçait à Front Royal, Virginie, dans la vallée de Shenandoah, et qui était mort jeune, laissant à sa femme sept enfants et une maison hypothéquée. Si papa m'avait demandé de me faire chevalier errant, j'imagine que j'aurais sauté dans une cotte de mailles avant de me mettre en quête d'un destrier, et cela moins par amour pour lui qu'à cause du violent désir que j'avais de l'aimer. Et voilà que pendant ma dernière année de lycée semblait se présenter le moyen d'endosser enfin sa formidable armure – j'ai vu l'occasion comme un cadeau et le métier d'acteur est passé aux oubliettes. Mais le rêve avait été plaisant l'espace de cet unique après-midi – huîtres et champagne au petit déjeuner, cigares allumés avec un billet de cent dollars… n'était-ce pas cela la vie d'artiste ?

J'étais donc derrière la maison, à côté des poubelles, en train d'épier les miens par la fenêtre, pensant *liberté* d'un côté et *May* de l'autre, la nouveauté étant que, jusqu'à cet instant précis de ce jour précis, *May* et *liberté* avaient fonctionné ensemble dans ma tête.

Trop ébranlé pour entrer, je suis remonté dans la voiture et j'ai filé, sans trop savoir où je voulais aller, mais je me suis retrouvé en ville, où je suis passé devant les entrepôts Bonanza, forteresse de brique occupant tout le pâté de maisons à l'angle de Church et de Commerce Street, qui suintait les émanations de tabac par tous les pores et interstices, une odeur lourde, suave et capiteuse, comme le bourbon-sexe et l'obscurité, comme le fruit défendu dans un sirop épais... Au-dessus de la porte, l'enseigne indiquait WILLIAM G. TILLEY, suivi d'un blanc où ce dernier n'avait jamais eu l'occasion d'ajouter & FILS. Ce serait formidable s'il pouvait le faire maintenant, ai-je pensé. *Eh, merde*. En face, du côté dit Dixie Bag, deux gros nuages de fumée restaient en suspens au-dessus des cheminées jumelles, pâles sur le bleu de la nuit, comme des bulles de bandes dessinées, sans la légende. En les regardant, je me suis dit qu'effectivement on pige le dessin bien avant les mots. Il peut s'écouler des années entre les deux, mais pas d'inquiétude à avoir : tout arrive.

J'ai piqué par le souterrain et suis entré dans Bagtown, le quartier noir – alignement, derrière une bande de pelouse, de boîtes identiques avec leur toit de zinc, sans un arbre ni un arbuste en vue. Les maisons se succédaient, la peinture extérieure, quand elle existait, et l'entretien de la pelouse constituant les seules marques de différence. Dans chaque pâté de douze maisons – statistique fondamentale relative à l'espèce humaine – se trouvait la maison avec la Chevrolet rouillée montée sur cales, sur le devant d'argile jaune labourée par les traces de pneus et jonchée de détritus, à l'endroit où ils mangeaient, ou buvaient, ou fumaient, sans oublier le canapé défoncé et bancal installé sur la véranda où l'on apercevait la faible lueur d'une incandescence orangée, tandis qu'un homme en maillot de corps, cigarette au bec, vous regardait passer en cherchant une raison de vous détester en même temps qu'il réfléchissait à ce qu'il aimerait vous faire si vous lui en donniez l'occasion. KILLDEER, VILLE TOURISTIQUE. Je ne pense pas que Will Tilley, John Landis, Kincannon et les autres riches qui régnaient sur la chambre de commerce et les questions scolaires et la vie de mon père avaient Bagtown à l'esprit en commandant ce panneau. Chaque fois que je passais devant, j'étais pris de l'envie de m'arrêter pour ajouter : *mais où il ne fait pas bon vivre*.

En roulant, je songeais à Red Wells, le défenseur de l'équipe de Killdeer, qui venait de par là. *Wells et Madden, le doublé gagnant des Pirates...* c'est en ces termes que le journal parlait de nous en 49-50, l'année à marquer d'une croix où nous avons sorti Durham en finale et remporté le titre... à sept secondes chrono, lorsque Red m'a rivé une passe en force dans le couloir, qui a failli me pousser hors jeu. J'ai fait une feinte à droite et suis parti à gauche, lançant le ballon en chandelle pour qu'il atterrisse dans le rectangle, mais il a heurté en fait le bord postérieur du panier et rebondi au-dessus du panneau de bois. Il était encore très haut, du côté des poutres du plafond au moment de la sonnerie. Puis il est tombé bien verticalement, et a traversé le panier dont le filet s'est retourné – Killdeer 52, Durham 51 – et tout le monde hurlait : *Jimbo ! Jimbo !* en dévalant les gradins. 1950, la grande année, notre grande année, à Red et moi. Nous nous voyions tous les jours et nous étions comme les deux doigts de la main, ce qui n'a rien d'original dans le sport lorsque l'on forme un couple magique où chacun a besoin de l'autre pour gagner. Je pouvais compter sur les passes puissantes et précises de Red, il pouvait compter sur moi pour mettre le ballon dans le panier. Nous avons été les meilleurs amis du monde pendant une année complète pour cette raison, ni plus ni moins, et depuis mon départ pour Chapel Hill je l'avais revu une fois chez Earl, avec un bide et une nouvelle moustache clairsemée, plus une femme à la mine renfrognée, et un gamin piailleur qui n'était sans doute pas de lui, sans oublier les poches sous les yeux, et un sourire sur sa bonne bouille. Il m'a raconté qu'il venait d'être embauché à Dixie Bag, dans l'équipe du cimetière. Il se conduisait comme si le monde lui appartenait.

C'est Red qui m'avait parlé de Cassie Grimes. Lorsque ce souvenir m'est revenu en traversant Bagtown, j'ai compris ce qui m'avait amené ici, et où j'allais exactement. Bien entendu, je savais déjà qui elle était... n'importe quel gosse de huit ans, si c'était un garçon en tout cas, savait de qui il s'agissait et avait probablement sonné à sa porte avant de courir se cacher dans les buissons d'en face pour l'apercevoir, cette femme mince aux cheveux noirs, avec un de ces visages un peu crispés de la campagne, portant une longue robe et des chaussettes d'homme blanches qui bouchonnaient sur ses chevilles, sans pantoufles, parlant toute seule – « Halle-lu-ya, gloire-au-Seigneur » – ou chantant des cantiques guerriers. Sa maison était célèbre, rouge pompier avec des croix blanches grossièrement peintes sur les volets, et un arbre devant la porte qu'elle avait également peinte en blanc aussi haut que possible. L'histoire que m'avait racontée Red, en terminale, concernait son frère aîné, Billy, qui avait amené sa femme chez Cassie Grimes, avec cinquante dollars, une bonne dose de whisky et une paire de draps propres – ils n'avaient pas les moyens de nourrir une bouche de plus, alors Cassie Grimes avait réglé son problème.

Arrivé à proximité immédiate, je me suis rangé le long du trottoir le temps d'examiner les lieux. Il n'y avait qu'une seule lumière à la fenêtre. J'avais le cœur qui battait à me faire exploser la poitrine. *Voilà, miss Grimes, c'est pour ma sœur*. Dolly ne dirait rien ; sa vie pouvait s'accommoder d'un peu de piment.

J'ai fouillé dans la boîte à gants et allumé une autre Lucky Strike pour me calmer les nerfs et faire le point. *Qu'est-ce que tu fais ici, Madden ?* disait la voix dans mon oreille gauche, à quoi celle de mon oreille droite répondait : *je vais vous le dire...*

Le vendredi avant mon départ pour la mer, où je rejoignais May pour le congé du 4 juillet, Bill Hughes et moi, nous avions fait une course jusqu'à la décharge et nous étions rentrés tard. Lorsque je suis passé par la pharmacie, le vieux Eller n'était plus dans le secteur, et la grille du magasin était baissée. Le panneau disait : OUVERT DE HUIT HEURES À DIX-SEPT HEURES, ma montre donnait moins deux, et l'autre panneau annonçait FERMÉ. Et voilà – je veux dire, une vie entière ne suffirait pas à expier un tel péché.

Au bord de la mer, June m'a dit le plus sérieusement du monde : « Viens, Jimmy, que je te montre "votre" chambre. » Ces épiscopaliennes étaient fort différentes des méthodistes que je connaissais – du vin à côté de jus de raisin, ou peut-être devrais-je dire du sang comparé à du vin ; quoi qu'il en soit, la transsubstantiation s'était faite bien avant que j'entre en scène. À la lumière des bougies, May et moi avons échangé des regards pendant tout le dîner, tandis que June rayonnait et plaisantait sur le thème des « tourtereaux ».

« Bon, nous autres, vieux mariés, sommes morts de fatigue, a-t-elle annoncé à dix heures du soir. Je crois que nous allons dire bonsoir de bonne heure... je peux te confier ma petite sœur, n'est-ce pas, Jimmy ? » Malone avait l'air fâché en la suivant dans la chambre, sans doute parce qu'il avait dû écluser son verre un peu trop vite à son goût, et quand je me suis levé de table pour saluer, j'ai dû tenir la serviette que j'avais sur les genoux afin de cacher l'endroit où May avait glissé son petit pied – disons que je lui avais fait un petit massage des orteils sous la table. Depuis la véranda, elle a fait : « Bonsoir, Jimmy, à demain matin », assez fort pour être entendue de tout le monde, et avec un sourire de gamine dont la ruse cherche moins à tromper qu'à charmer la victime.

Je suis descendu, et moins de cinq minutes après May est apparue sur le pas de la porte, et nous nous sommes jetés l'un sur l'autre comme deux animaux affamés. Nous avons dû mettre chacun la main sur la bouche de l'autre pour éviter de réveiller le voisinage. Elle a laissé sur ma paume des traces de ses dents qui étaient encore visibles le lendemain, et je ne prétendrai pas que je ne l'ai pas mordue, moi aussi. Le lit s'est mis à se balader sur le plancher, battant la cadence comme un unijambiste fou à jambe de bois, atteint de danse de Saint-Guy. Je tenais sa joue soyeuse d'une main et cramponnais le bord de fenêtre de l'autre pour tenter de nous immobiliser, les ressorts s'emballant comme une diligence folle – je ne serais pas étonné que mes bras aient gagné une douzaine de centimètres dans l'opération.

Nous avons veillé la moitié de la nuit avant de nous retrouver dans des draps trempés, épuisés, riant chaque fois que nos regards se croisaient, partageant une des Pall Mall de May, écoutant le vent qui se levait dehors et faisait battre les volets de la maison. Quelque part, deux chats miaulaient à la mort. J'avais les genoux et les articulations des doigts à vif, mais je ne sentais rien encore – je n'ai rien senti jusqu'au petit déjeuner le lendemain, lorsque May est arrivée avec les joues et une moitié de cou écarlates à cause de ma barbe. Elle ne semblait plus si pressée de s'afficher, offrant une vague excuse à base de coup de soleil. « Tiens, le soleil a tapé la nuit dernière ? a dit June. Je croyais que tu t'étais fait un masque » – l'humour maternel certifié conforme.

Si je l'aimais ? Je n'étais pas seulement capable de commencer l'énumération des choses qui me plaisaient en elle… j'aimais la façon qu'elle avait de surgir, par le trou dans la haie du fond, à Ascension, quand elle venait me rejoindre, tenant ses escarpins d'une main, ses jolis genoux pleins de terre. J'aimais sa mine maussade quand je lui faisais la lecture dans le T. S. Eliot tout corné que je gardais sur la banquette arrière de l'antique Chrysler que j'avais héritée de papa. Je la faisais parfois entrer clandestinement dans le pavillon des KA, par l'issue de secours, et j'aimais la voir prendre les préservatifs dans mon placard, elle les tenait entre le pouce et l'index et fronçait le nez en les appelant mes « caoutchoucs », elle prononçait le « c » final et se moquait de moi quand je la corrigeais – *Pardon, monsieur le professeur*. J'aimais la façon dont elle dansait, May Tilley, parée de perles et de soie blanche, avec ses cheveux noirs aux ondulations naturelles et les petits gants blancs boutonnés au poignet, et ces beaux yeux noirs, profonds et graves, qui vous scrutaient pour trouver quelque chose que vous aviez subitement très peur de ne pas posséder. Emmenez-la chez Earl un vendredi soir, quand ils ont un orchestre et, avant que vous ayez eu le temps de comprendre ce qui se passait, elle était au milieu de la salle et se déchaînait – elle m'avait appris la version olé-olé du boogie-woogie, mais je n'ai jamais été à son niveau. Ces épiscopaliennes, je les prenais toutes pour des prudes et des coincées, mais qu'est-ce que je savais ? Plus que tout, j'aimais la chimie que nous pratiquions au lit.

Ce n'est pas une chose pour laquelle nous avons eu besoin de leçons, ni d'apprentissage – un don de Dieu. La chimie a fonctionné dès la première fois que nous avons fait l'amour, quand je suis rentré à la maison, l'année avant qu'elle parte à Ascension. Je suis arrivé avec l'épinglette de ma fraternité au revers de ma veste, et un parapluie à la main, pour m'amuser, me sentir vraiment étudiant. Ensuite, nous sommes allés garer la voiture. Je n'étais pas vraiment certain qu'il fallait aller jusqu'au bout – non que l'envie me manquait, mais May Tilley n'était pas le genre de fille avec qui l'on batifole à la légère. Elle ne partageait apparemment pas mes scrupules. Elle restait allongée les yeux résolument fermés et m'a laissé la caresser, tournant la tête d'un côté puis de l'autre avec une petite grimace. J'ai pensé que j'y allais peut-être trop fort, que je lui faisais mal, mais pas du tout. J'ai regardé son visage en secret, surpris, intéressé, oui, mais un peu inquiet aussi de m'engager sur ce terrain – parce qu'à l'époque je n'étais pas amoureux. May était déjà loin, plongée au profond de quelque chose, partie dans un autre monde.

« Tu crois que nous devrions arrêter ? » ai-je demandé, et elle a gémi en répondant : *« Vite, viens »*, comme si elle était fâchée, avant de m'attirer sur elle. Pour moi aussi, les choses ont changé. J'ai senti qu'elle m'entraînait dans les abîmes où elle se trouvait, et l'espace d'un instant, pendant que je jouissais, j'ai oublié où nous étions, oublié que nous étions sur la banquette arrière de la vieille voiture de mon père, à la carrière. Ensuite, j'ai ouvert les yeux et je savais que j'avais été *ailleurs*. Où, je ne savais pas, mais aucune autre fille ne m'y avait jamais emmené auparavant, nous ne nous étions même pas approchés. Toutes les autres étaient restées raides comme la justice, désapprobatrices, en fait. Elles avaient beau dire qu'elles aimaient cela, on avait plutôt l'impression qu'elles acceptaient pour avoir barre sur vous, et quand il fallait passer à l'acte, elles désiraient seulement que cela aille le plus vite possible, avec un maximum d'hygiène. J'avais toujours été partant pour le sexe quand l'occasion se présentait, mais après May je n'ai plus eu envie de revenir en arrière.

Je n'avais jamais encore connu d'abandon comme le sien,

c'est-à-dire le sexe, mais pas seulement le sexe. May ne protégeait pas volontiers ses arrières. Quand elle s'engageait, c'était pour de bon. Je ne crois pas qu'elle entendait les voix discordantes qui la poussaient au oui dans une oreille et au non dans l'autre – ou si elle les entendait, elle a su beaucoup mieux que moi les faire taire. Je lui enviais cette faculté dont je voulais m'approcher. Probablement l'ai-je idéalisée aussi, tendance que le sentiment amoureux et le fait d'avoir vingt ans sont connus pour favoriser, sans parler d'un diplôme de premier cycle en littérature anglaise. Parfois, je pensais à elle en termes presque mythiques, Salomé dansant la danse des sept voiles, mais quelque chose en May s'arrêtait toujours au sixième voile. Elle me donnait tout sauf l'ultime chose – une chose plus profonde encore que le sexe : une partie de son âme – et je mentirais si je disais que je n'aimais pas cela aussi, cette retenue. Parce que dans l'expérience que j'avais, quand une fille donnait cette chose-là – j'avais déjà aimé et vécu cette aventure –, à vos yeux, elle mourait un peu, son éclat ternissait. J'aimais que May garde un peu de son mystère afin de pouvoir continuer de désirer cette part secrète, attendre l'instant où elle me serait enfin livrée. L'erreur que j'ai commise à vingt ans aura été de croire que cette retenue était délibérée, la mise en œuvre d'artifices féminins. Je suis plus perspicace aujourd'hui. May ne savait pas plus que moi ce qui se trouvait derrière ce voile, ni comment le faire tomber, ni même qu'il y avait un voile. Il faisait partie d'elle au même titre que sa peau, et peut-être était-ce ce dont elle tentait de se défaire, peut-être était-ce cela l'amour, pour elle, cet ultime dépouillement.

Mais arrive un moment où la séduction d'une chose retenue se transforme en frustration, et je pense que dès le début une part de moi protestait contre ce que j'aimais aussi en elle… parce que je n'avais pas oublié ces étés de mon enfance, le gamin qui faisait le service au Country Club, tenait la sacoche d'un toubib, la chemise trempée de sueur, pendant qu'au bord de la piscine les gamines – pas May, mais des filles comme May – étaient installées dans leur chaise longue, sirotant une citronnade ou un Coca dans un grand verre à cocktail, décontractées derrière leurs lunettes noires, parlant à voix basse et lançant des regards entendus dans ma direction, comme pour me mettre au défi de les rejoindre alors qu'elles savaient pertinemment que je ne pouvais pas le faire.

Autant de pensées confuses et contradictoires qui m'assaillaient ce soir-là, tandis que, garé le long du trottoir de Cassie Grimes, je tentais de trouver le courage de frapper à sa porte. Les doux effluves de tabac pesaient sur la ville entière, comme si l'air, aussi, leur appartenait. Cinquante dollars, une flasque de whisky et une paire de draps, comme si les choses pouvaient s'arranger si facilement, à si vil prix – non, ce n'était pas un endroit pour Donna Reed. Je n'ai même pas sonné à la porte, j'ai juste jeté ma cigarette, enclenché la vitesse, démarré sur les chapeaux de roue, direction la maison.

Lorsque j'ai parlé de cette nuit à May, des années plus tard – je ne sais pas combien, mais les choses étaient déjà sur la pente déclinante –, elle m'a simplement gratifié d'un regard désabusé de ses yeux noirs poignants. « Alors, même ça, tu n'as pas été capable de le faire ? » a-t-elle dit. Peut-être qu'elle avait raison. Comme disait Prufrock [1], mon destin n'a jamais été d'être le prince Hamlet. Ni même George Bailey. Je ne me suis jamais illustré, longuement, que dans l'art d'écœurer tous ceux qui nourrissaient l'illusion contraire. Sans qu'apparemment l'idée les effleure jamais que pour moi aussi le bilan était un peu décevant.

---

1. Personnage d'un poème de T. S. Eliot. *(N.d.T.)*

6

May

Par la fenêtre, je voyais les ouvriers qui démontaient la tente à rayures roses et blanches de maman, dans le jardin.

C'était le lendemain de l'anniversaire de mariage et j'étais en haut, dans ma chambre, en train de remplir ma malle pour l'école. En emballant mes chaussures dans des sacs de toile, je pensais à l'endroit où je porterais chaque paire, gardant pour la fin celles que j'avais aux pieds en tant que Dauphine à la Cour de mai, à Ascension. Lorsque j'avais embrassé Geneviève pour la féliciter de son couronnement, elle m'avait soufflé à l'oreille : « Ce sera ton tour l'année prochaine, mon chou. » Étrange le bonheur que j'éprouvais à cette idée, comme si le seul fait de me trouver à sa place, avec tous les regards tournés vers moi, rien que pour une fois, c'était comme – je ne sais pas – un coup de baguette magique sur ma vie qui serait transformée en conte de fées pour toujours. Stupéfiant, non ? Je chantais en faisant mes bagages, je m'en souviens, je chantais quand papa a appelé du pied de l'escalier : « May, chérie, veux-tu descendre un instant ? Maman et moi avons besoin de parler de quelque chose avec toi. »

Je suis sortie sur le palier. Il était debout en bas dans le vestibule, une main sur le noyau de l'escalier, une tomate mûre dans l'autre. Je ne crois pas que papa savait seulement qu'il avait cette tomate, mais un seul regard à la Big Boy toute mûre, et j'ai été prise de ce qu'on appelle, je crois, un funeste pressentiment…

Lorsque je suis entrée dans le salon, maman était là, près de la cheminée, avec le Rimmel qui dégoulinait et un visage d'enterrement. Elle m'a lancé un regard de catastrophe digne du général Sherman assistant à la mise à feu d'Atlanta. Avant qu'un seul mot ait été prononcé, je savais qu'ils savaient et je savais comment ils avaient appris – Dee Lou. Tout était fini avant même de commencer. Parce que j'avais le malheur d'être trop futée.

« Chérie, a dit papa, inutile de tourner autour du pot. Si tu as un problème, nous tenons à t'aider, mais nous ne pouvons le faire que si tu nous mets au courant. »

Je me suis écroulée sur le canapé et j'ai fixé mes mains – on aurait dit qu'elles étaient à quelqu'un d'autre –, incapable de penser ; la moindre idée pesait des tonnes. J'ai levé les yeux pour regarder maman, qui m'a dévisagée, puis a détourné le regard. Elle aussi avait les yeux brillants.

« Je ne sais pas, ai-je dit, je ne sais pas si je suis… » Impossible de prononcer le mot – *enceinte*. Papa – bon sang, je voyais bien qu'il était anéanti –, papa a demandé : « Mais est-ce que tu pourrais ? » sans utiliser le mot, lui non plus, voulant rester discret pour tenter de me ménager. Je n'ai pas répondu, j'ai juste piqué du nez en me mettant à sangloter – ce qui était, je suppose, une réponse en soi.

Papa était assis à côté de moi sur le canapé, il a pris ma main pour me réconforter. Il faisait tout ce qu'il pouvait pour être gentil, mais l'expression de son visage – oui, elle était là, aussi terrible que je m'y attendais, et je n'y pouvais rien. « J'ai honte, j'ai tellement honte », ai-je dit, et papa a continué de me caresser la main. « Ce qui est fait est fait, a-t-il dit, tu n'es pas la première, chérie, et pour dire les choses comme elles sont, nous avons été jeunes nous aussi, maman et moi. »

J'étais tellement bouleversée que sur le moment j'ai à peine entendu, mais plus tard les paroles sont restées clairement gravées. « Maman ? » Je mourais d'envie qu'elle me manifeste quelque chose, au moins un petit signe. Les larmes roulaient sur ses joues, laissant des traînées noires, mais elle ne cédait pas un pouce, raide comme la justice. J'ai abandonné tout espoir et, à ce moment précis, elle m'a ouvert les bras et j'ai couru, j'ai traversé la pièce en courant. Par ce seul instant où elle m'a serrée dans ses bras, j'ai eu la sensation d'avoir cette famille que j'avais toujours désirée, la famille que nous étions censés former d'ailleurs, sauf qu'au fil des jours quelque chose vient se mettre en travers pour vous en priver, et cette privation est source de tous les malheurs.

« Bon, je suppose que le mieux est d'appeler Watt Pound pour prendre un rendez-vous », a dit papa. Ils ont proposé de m'accompagner en ville jusqu'au cabinet, mais j'ai refusé. Je ne sais pas pourquoi... j'imagine que j'étais déterminée à ne pas me faciliter la vie.

Comme si la dose n'était pas suffisante, sur qui fallait-il que je tombe en sortant la voiture, sinon Sumner, qui se garait justement devant la maison de ses parents, la porte à côté de chez nous ? Il passait prendre le courrier de Catherine, alors j'ai donné un petit coup de klaxon et fait un signe de la main, genre je-suis-pressée-mais-on-se-voit-plus-tard, sauf qu'il s'est précipité en faisant de grands gestes pour que je baisse ma vitre.

« Et alors ? a-t-il demandé avec un grand sourire. Tu ne veux pas me voir, ou quoi ? » Il portait un pantalon de coton écossais avec un sweat-shirt rose monogrammé, et je me suis tout à coup demandé où était passé le blouson de cuir noir à poignets zippés qu'il avait autrefois – c'est la vie, je suppose.

« Salut, Sum, tu es arrivé quand ? » ai-je demandé. « À l'instant précis – quelle coïncidence, n'est-ce pas ? Si on allait jusqu'au club manger un morceau ? » « Impossible, ai-je répondu. Je n'aurais pas demandé mieux, mais j'ai des courses urgentes à faire. » « Des courses ? » s'est-il étonné sur ce ton moqueur qui n'appartenait qu'à lui. « Et si tu passais cet après-midi prendre un verre, hein ? ai-je dit. Je sais que maman serait enchantée de te voir », à quoi il a réagi par un : « Maman ? », avec des yeux qui demandaient : *oui, mais toi ?* – mais je ne me suis pas occupée de ses yeux.

« De toute façon, je ne peux pas. Je file à Chapel Hill après déjeuner. » « Jimmy est là-bas, maintenant, ai-je dit. Lui et Whit cherchent une chambre. » « Ah, Jimmy… tu es toujours dans sa vie, si je comprends bien. » J'ai souri, et Sumner a ajouté : « Hélas », ce qui m'a fait un petit serrement de cœur – pour lui, pas pour moi.

« Il paraît que tu sors avec Molly Windsor, maintenant », ai-je enchaîné, histoire de venir à son secours, et il a répondu : « Les nouvelles vont vite. » J'ai souri. « Eh oui, les nouvelles vont très vite. » « On devrait se voir tous les quatre, de temps en temps, à Chapel Hill », a-t-il dit, à quoi j'ai répondu : « Cela nous ferait très plaisir – je devrais être souvent là-bas, l'automne prochain. » J'ai vu que ce « nous » le faisait tiquer, mais apparemment il n'était pas inutile de mettre les points sur les « i ». « J'aurais aimé avoir le temps de bavarder, Sum », ai-je rappelé. « Oh, excuse-moi, je te laisse partir. » Il s'est écarté de ma vitre. « Je suis contente de t'avoir vu », ai-je dit, et il a répondu : « Oui, moi aussi – sois sage, miss Peut-être. » Le nom qu'il me donnait à l'époque où je répondais toujours : « Peut-être. »

En le regardant dans le rétroviseur, avec son bras levé pour faire un signe d'adieu, je me suis sentie encore plus triste qu'auparavant. J'avais eu le béguin pour lui pendant des années, alors qu'il était amoureux de June qui le menait en bateau en se servant de lui comme confident à qui elle racontait tous ses chagrins d'amour avec les autres garçons qu'elle aimait, sans jamais le moindre égard pour ses sentiments à lui. Le soir, en automne, après les matchs de football, on sonnait à la porte de derrière, et c'est moi qui allais ouvrir et devais lui dire que June était sortie. Quelquefois, il entrait quand même, et nous faisions une partie de gin-rummy, ou bien nous regardions la télé ; il finissait par poser ces fameuses petites questions dont il n'avait pas envie de connaître la réponse, en affichant une certaine décontraction – mais on lisait en lui comme dans un livre.

À l'époque, il portait encore le blouson de cuir noir, dont

je comprenais profondément le sens caché, aux antipodes du pantalon de coton à carreaux et du sweat-shirt monogrammé. J'avais seize ans lorsqu'un après-midi, après m'avoir regardée dans le jardin, il a dit : « Je ne m'étais jamais rendu compte que tu étais plus belle que June – c'est arrivé quand ? » J'étais tout excitée, mais je ne l'ai pas cru. Sumner a été mon premier amoureux – ça compte. Et tout ce qui reste aujourd'hui, c'est ce surnom qu'il m'avait donné, Miss Peut-être, comme si tout ce que nous avions partagé avait finalement créé entre nous une distance plus grande encore que si nos vies ne s'étaient jamais croisées.

Quant au rendez-vous, je me souviens seulement du Dr. Watt me disant qu'il était inutile de s'inquiéter pour ce qui n'était pas encore un fait, que l'avis de la lapine serait déterminant. J'avais envie de raconter à Jimmy, mais je me suis retenue. Mieux valait attendre les résultats du test et ne pas l'inquiéter sans raison. Je ne sais plus combien de temps il a fallu patienter – trois jours, quatre peut-être, qui ont duré beaucoup plus que cela. Je me rappelle avoir prié. J'ai prié comme je n'avais jamais prié auparavant.

Noël mis à part, je ne pense pas avoir assisté à l'office du soir à Saint-Paul plus d'une demi-douzaine de fois au cours de ma vie, mais après ce rendez-vous j'y suis allée. Je ne sais pas trop ce que je cherchais ce soir-là. Ou plutôt, si, je le sais – j'avais envie de contempler les fleurs, les nappes brodées de l'autel et les cierges dont la flamme vacille dans les chandeliers de cuivre, je voulais écouter la liturgie, pas les mots, mais seulement leur rythme – pour moi, c'était comme dormir avec la fenêtre de ma chambre ouverte sur la mer, en me laissant bercer par le bruit des vagues. Dans ma tête, c'était surtout cela l'église, et c'était ce dont j'avais besoin, un apaisement, un réconfort, la possibilité de me laisser porter par le Saint-Office.

Taylor Hale, notre nouveau pasteur – « nouveau » signifiait qu'il n'était à Saint-Paul que depuis trois ans –, est arrivé de la sacristie et il a salué l'assemblée des fidèles. Son regard a soutenu le mien un instant, et son sourire semblait gêné, comme sa nouvelle moustache était de trop. Il a levé les bras, on a entendu un froissement doublé de grincements tandis que nous nous mettions debout, puis il a dit : « Ô Seigneur, hâte-toi de nous sauver », ce qui changeait de l'office du matin – je ne connaissais pas la réponse. Et à partir de ce moment, je me suis mise à penser.

D'abord, j'ai vu Catherine Dade, la mère de Sumner. Ils étaient nos voisins depuis des années et elle m'avait toujours intriguée – parce qu'elle semblait tellement différente de maman, je suppose. Alors que maman se créait un personnage en affichant une spontanéité et une verdeur de langage systématique, Catherine était posée, distinguée et réfléchie en toute circonstance, comme si elle calculait ses moindres gestes en fonction d'un éventuel public. Elle se déplaçait telle une reine, incarnant une sorte de perfection, et quand j'étais petite, il m'arrivait de faire comme si Annie Dade était la fille de maman et moi celle de Catherine. Chacun de ses sourires était alors un signe secret entre nous. Pourtant, ces yeux bleus remarquables prenaient toujours le temps de la réflexion avant que Catherine ne dise un mot – il était plus que rare de les voir rire, ou pleurer, ou briller comme ceux de maman. Ce qui n'empêchait pas maman et Catherine d'être les meilleures amies du monde, issues de milieux aussi semblables que deux briques d'un même mur. Qu'est-ce qui les avait fait devenir ce qu'elles étaient ? À laquelle ressemblerais-je, moi ? Voilà exactement le genre de questions que j'évitais de me poser.

Lorsque nous nous sommes levés pour le *Credo*, ces mots que j'avais bien dû prononcer un millier de fois ont pris un relief particulier, comme des italiques dans un livre. « Je crois au Saint-Esprit, à la sainte Église catholique, à la communion des saints, au pardon des péchés, à la résurrection des corps, à la vie éternelle. Dans les siècles des siècles. *Amen.* » Quel était le sens de ces paroles ? Je ne pense pas avoir jamais pris le temps de m'interroger sur ce que je promettais, sur le contenu de cet acte de foi, et sûrement que ce soir-là, c'est à cela que je pensais – les promesses.

« Le soir qu'Il fut livré à la souffrance et à la mort, Notre-Seigneur Jésus-Christ prit du pain » – Taylor leva l'hostie et la brisa, commençant la consécration – « et après avoir rendu grâces, Il le rompit et le donna à Ses disciples en disant : "Prenez et mangez, car ceci est Mon corps qui va être livré pour vous. Faites ceci en mémoire de Moi."

« Puis après le repas Il fit de même avec la coupe de vin ; et lorsqu'Il eut rendu grâces Il la leur donna en disant : "Buvez-en tous, car ceci est Mon sang, le sang de l'alliance qui va être répandu pour une multitude en rémission des péchés. Chaque fois que vous boirez ceci, faites-le en mémoire de Moi."

« Et à présent, comme nous l'a enseigné le Christ Notre Sauveur, nous osons dire...

« Notre Père qui es au ciel... »

Nous avons tous continué.

À la table de communion, je me suis agenouillée, j'ai tendu mes mains jointes en coupe, la droite sur la gauche, mon regard dans celui plein de douceur de Taylor tandis qu'il déposait l'hostie dans mes mains.

« Le corps de Notre-Seigneur Jésus-Christ te garde pour la vie éternelle. »

J'ai fermé les yeux et pris l'hostie sur ma langue, songeant pour je ne sais quelle raison à sa nouvelle moustache, à sa M.G. blanche. Je me suis souvenue du révérend Mophet, notre ancien pasteur, qui nous avait raconté autrefois, l'année de la confirmation, que manger le pain de la foi sans croire à l'eucharistie était un péché. Est-ce que j'y croyais ? J'avais toujours pensé que oui, mais tout à coup je me suis posé la question. J'ai fait très attention à ne pas mastiquer.

« Le sang de Notre-Seigneur Jésus-Christ te garde pour la vie éternelle », a dit Taylor, en essuyant le bord du calice avec un mouchoir blanc avant de le porter à mes lèvres.

J'ai fermé les yeux, incliné la tête, en me demandant pourquoi nous parlions de la sainte Église *catholique* alors que nous étions épiscopaliens et que nous n'avions aucune affection pour les catholiques, et aussi ce qu'on entendait par « la communion des saints »... pourtant, même si je ne possédais pas les réponses, quelque part tout au fond de moi j'avais encore la certitude que je croyais. Je le savais pendant que le vin descendait en moi, avec cette douce brûlure. Je savais que la promesse du Credo, ce n'était pas toutes ces choses mais, beaucoup plus simplement, l'engagement pris devant Dieu de L'aimer et Le servir au travers d'une vie honnête et juste. Et si l'on tenait cette promesse, Dieu en faisait une en retour. Les choses arriveraient toujours avec une raison, même si cette raison, on ne pouvait pas la comprendre sur le moment, même si cela semblait trop dur. Je croyais à cela, et je croyais que Jimmy et moi aussi, nous étions liés par une promesse.

C'est la foi en cette promesse qui me permettait de me dévêtir sans honte devant lui, de partager son lit, et de rompre toutes les autres promesses qu'il me fallait rompre chaque fois que nous faisions l'amour. C'est cette promesse qui éclairait les abîmes où nous plongeait le sexe, comme l'eau d'un tourbillon limpide qui nous entraînait dans une spirale si rapide que nous étions engouffrés dans son œil, jusqu'à disparaître complètement. Nous nous perdions, mais dans cet abandon je ne connaissais ni la peur ni la solitude. C'était cela aimer quelqu'un, et je ne pensais pas que cet amour était en contradiction avec l'amour de Dieu – à condition d'être liés par une promesse. Entre Jimmy et moi, il existait une promesse : il m'aimait, et je l'aimais. Je savais cela dans mon corps. Une certitude de cristal, dure comme le roc.

Même si au début je ne m'en souciais pas, ou si je croyais que je ne m'en souciais pas. À présent c'était important. Bien que nous n'ayons pas attendu. J'avais accompli ma part d'attente douloureuse avec Sumner, ce qui avait contribué à empoisonner notre relation. Entre Sumner et moi aussi, il y avait eu une promesse, mais ce n'était pas la même. Seuls les mots « je t'aime » étaient identiques, comme une écorce extérieure.

Ce soir-là, je crois que mon esprit a appris une chose que mon corps savait déjà, et c'est pour cela que je pensais tant. La promesse qui avait existé entre Sumner et moi, nous nous l'étions faite non pas avec ce que nous étions réellement, mais avec ce que nous souhaitions être, ou ce que dans nos têtes nous étions censés être. Nous avions passé une promesse d'adultes, en pensant que l'amour allait faire de nous des adultes, sauf que les choses n'avaient pas marché ainsi, et que nous n'étions pas des adultes. Nous étions toujours deux enfants, et la leçon avait été amère. Avec Jimmy, c'était différent. Je le savais dans mon corps, comme je reconnaissais le vin.

Agenouillée à la table de communion, les yeux clos, j'ai vu soudain cette espèce de minuscule têtard avec ses branchies, comme dans l'encyclopédie, surgir de l'obscurité et nager vers moi, en agitant sa petite queue. Et l'enfant, s'il y avait un enfant ? Était-il compris dans notre promesse, à Jimmy et à moi ? Et puis sans parler de nous, quelle promesse est-ce que nous lui avions faite, à lui ?

J'ai été prise d'une soudaine sensation de noyade, et j'ai ouvert les yeux. Je ne voulais pas penser – à cause de cette idée précisément – mais je pensais, je pensais très fort.

Lorsque j'ai relevé la tête, j'ai vu que quelqu'un attendait ma place pour recevoir la communion. Une fois debout, j'ai senti une sorte d'ivresse et le goût du porto encore sur mes lèvres. Je me suis demandé si j'avais prié. Je n'étais pas sûre.

« Protège, ô Seigneur, dit Taylor en nous renvoyant tous à nos affaires, ceux qui travaillent, ou qui veillent, ou qui pleurent cette nuit, et envoie Tes anges à ceux qui dorment. Prends soin des malades, ô Christ ; donne le repos à ceux qui sont las, bénis les mourants, prends pitié des affligés, épargne les joyeux ; et que nous vivions tous dans Ton amour.

— *Amen.* »

Dehors, tandis que les autres femmes se dirigeaient vers leur voiture, je suis restée assise sur le muret de pierre et j'ai fumé une cigarette. J'ai pensé à Catherine et à Big Sumner assis à table pour le repas, échangeant les nouvelles et les commérages de la journée. J'ai pensé à ce que représenterait ma grossesse, pas seulement pour moi, mais pour papa et maman. Comme si je les entendais à l'avance, les voix de toutes ces femmes montant sur la ville, avec le fracas du tonnerre : « May Tilley, la petite de Will et Zelle – vous êtes au courant ?… » J'ai pensé à Jimmy – et pour lui ? Je lui avais promis quoi, à lui – de l'épargner ? Et sa promesse à lui envers moi ?

Ô mon Dieu, faites que je ne sois pas enceinte, ai-je prié.

Et si je l'étais, la meilleure solution ne serait-elle pas de – impossible de dire le mot, même en pensée. Nos vies ne seraient pas bouleversées, alors. Moi, je pourrais retourner à Ascension, Jimmy à Chapel Hill. Nous continuerions de sortir ensemble. Peut-être y aurait-il un certain malaise, au début, mais cela passerait. Il deviendrait docteur, moi, je finirais mes études – qui sait, peut-être que je finirais docteur, moi aussi ? Au printemps prochain, je serais élue Reine de mai, et plus tard j'aurais mon transfert à Chapel Hill. Nous serions ensemble. Et plus tard encore, beaucoup plus tard, nous nous retrouverions là où nous sommes actuellement, devant cette porte, que nous choisirions d'ouvrir de notre plein gré.

Nous respecterions notre promesse alors, cette autre fois.

Tout était clair et net – il suffisait de laisser faire.

Oui, mais l'enfant ?

C'est à lui que j'ai pensé ensuite.

J'ai écrasé ma Pall Mall, qui a laissé une tache noire sur la pierre, et j'ai repris le chemin de la maison, par les petites rues sombres.

Le jour du rendez-vous, la météo annonçait la pluie. Papa m'attendait sur le perron de la maison lorsque je suis arrivée, scrutant le ciel – il avait ce bleu plombé virant au violet d'avant les orages. L'air était lourd et mort.

Nous n'avons pas dit grand-chose dans la voiture, jusqu'au moment où, après s'être garé devant le cabinet, papa s'est tourné vers moi en serrant fort ma main. « Je ne suis pas enceinte, papa, ai-je dit. J'en suis sûre – je le sens. » Il m'a regardée comme s'il n'avait jamais rien entendu de plus triste. « Même si tu l'es, chérie… » Mais je l'ai interrompu : « Non, ne dis rien, tu verras », parce que je ne voulais pas laisser quoi que ce soit briser ma concentration, comme si je pouvais forcer le destin à condition de le vouloir suffisamment fort.

Le Dr. Watt était occupé avec un autre patient, mais Lucy nous a conduits directement dans la salle de consultation, où je me suis assise dans le fauteuil de cuir juste à côté du bureau, en remarquant que c'était le plus joli de la pièce, celui où l'on se trouvait pour apprendre la nouvelle – que c'était précisément pour cela que c'était le plus joli. Papa est allé jusqu'à la fenêtre et il a regardé dehors, les mains dans les poches.

Nous avons entendu le pas de Watt dans le vestibule, et sa voix chaleureuse. « N'y pensez plus, Tom. Lucy s'occupe de commander l'ordonnance chez Eller, vous n'aurez qu'à la prendre au comptoir… Mon Dieu, voyez cela – allons-y pour le choc. »

Puis la porte s'est ouverte dans notre dos. « Bonjour, Will. Une tasse de café ? » a-t-il proposé en lissant la mèche de son front, qui était gris acier et raide comme une brosse métallique. On voyait les petits vaisseaux éclatés sur ses joues. « Non merci, Watt », a dit papa, après quoi le Dr. Watt s'est adressé à moi. « May ? » J'ai juste fait non avec la tête sans le quitter des yeux tandis qu'il contournait le bureau, mais ma tentative pour lire quelque chose est restée vaine jusqu'au moment où il a pris le bras de papa en lui serrant le coude, et m'a regardée moi, les lèvres pincées.

« Désolé, ma belle, le test était positif », a-t-il dit, et tout à coup, à brûle-pourpoint, une phrase a résonné dans ma tête : *la lapine est morte, la lapine est morte*, et la pièce a semblé se vider brutalement de son air. L'impression soudaine que mille voix pleines de haine, Catherine Dade, les femmes de la paroisse Saint-Paul, toutes mes copines d'Ascension, se mettaient à murmurer : *May Tilley – vous êtes au courant ? Elle est dans une situation intéressante, elle a un polichinelle dans le tiroir, pauvre gosse, elle qui avait l'air si sage, en plus…* Jamais je ne serais élue Reine de mai, maintenant – c'est la première conséquence qui m'est venue à l'esprit. Je me suis vue sur scène, Reine enceinte dans une étole en peau de lapin, serrant dans la main un bouquet de mauvaises herbes…

Tout de suite après, j'ai senti la présence de papa, assis à côté de moi, me cramponnant la main en me tapant dans le dos comme si j'étais une gamine dans sa chaise haute qui aurait avalé de travers. « Voilà, c'est fini, là, disait-il, tout ira bien, chérie, tu m'entends ? Tout va aller comme sur des roulettes. » « Tiens, Will, fais-lui boire ça », a dit Watt en sortant une bouteille et un verre du tiroir de son bureau. Quand j'ai eu fini, ils m'ont emmenée jusqu'à la salle d'examen et dit de m'allonger sur la table pour me reposer, et puis ils ont eu une longue conversation dans le cabinet, à côté.

Je me revois écoutant les roulements de tonnerre qui se rapprochaient et je me souviens du premier éclair, violent. Il y a eu un silence ensuite, accompagné de cette étrange odeur de frais qui a filtré par la moustiquaire tandis que j'entendais le bruit des premières gouttes d'eau, martelant les carreaux sales. J'ai fermé les yeux, tenté de ne penser à rien, et je me souviens encore d'avoir palpé mon ventre pour voir s'il y avait un changement. C'était la première fois.

Lorsque papa s'est laissé tomber sur la banquette à la place du conducteur, j'ai senti l'odeur de la pluie sur son costume – ses épaules, son chapeau étaient noirs –, il avait l'haleine chargée de bourbon, mais il n'était pas ivre, il se trouvait juste à ce premier stade où tout est parfaitement limpide tant que personne n'est d'un autre avis que le vôtre.

« Papa », ai-je dit, et il s'est tourné sur son siège pour me regarder. « Attends, chérie, tu vas d'abord écouter ce que j'ai à te dire, d'accord ? Watt connaît un médecin à Philadelphie. On l'a eu au téléphone. Tu peux être là-bas dans la journée, par le train, tu restes un jour, et le troisième tu es à la maison pour dormir. Je serai avec toi, et ta maman aussi. Bien sûr, c'est à toi de décider, mais je crois que tout bien considéré, c'est la meilleure solution – pour toi et pour Jimmy aussi. » « Mais c'est à moi de décider, papa », ai-je dit en résistant à la tentation de terminer par un point d'interrogation. J'ai vu la confiance acquise au bourbon s'évaporer tandis que la tristesse envahissait les yeux de papa, derrière ses lunettes. « Oui, c'est à toi, May. » « Jimmy m'aime, papa, il m'aime pour de bon », et il a fait : « May… » en posant la main sur mon bras.

« Chérie, a-t-il dit, j'aime beaucoup Jimmy, depuis le début, tu sais que c'est vrai ; mais il est très jeune, May, très, très jeune, comme toi d'ailleurs, pour avoir tout cela sur les épaules. Plus rien n'est pareil, May – tu peux me croire. On a la vie entière pour se soucier de la famille, des enfants, des responsabilités, chérie, mais on n'est jeune qu'une fois, et la jeunesse, c'est un truc qui s'en va sans qu'on ait le temps de s'en apercevoir. Tu n'as pas eu toute ta part encore. Tu risques de le regretter, sinon maintenant, plus tard. Je n'en dirai pas plus. Le reste, c'est ton affaire et celle de Jimmy. Je veux seulement que tu saches » – et sa voix s'est mise à trembler pour le dire – « que tu es ce que j'ai de plus cher au monde, May, et que cela ne change rien, tu sais, rien du tout. Maintenant, tends la main et ouvre la boîte à gants. »

À l'intérieur, à côté de deux paquets de Chesterfield et d'une flasque de Seagrams, se trouvait une longue boîte de velours bleu qui contenait une montre, avec une fenêtre sur le cadran ouvrant sur un ciel de nuit semé de minuscules étoiles dorées et d'un mince croissant de lune.

« Papa, qu'est-ce que tu as fait ? » Mes yeux se sont remplis de larmes. Assis à côté de moi, il nettoyait ses verres de lunettes avec son mouchoir. « Tu savais, hein ? Tu as fait exprès », ai-je dit, mais il n'a pas sourcillé. « Non, mam'zelle, je n'étais pas au courant. » « D'où sort-elle ? » ai-je demandé, et il a répondu : « Je l'ai trouvée sous le sabot d'un cheval », sa réponse habituelle. « J'avais l'intention de la mettre dans ton petit soulier pour Noël, mais à mon avis il pourrait t'être utile de connaître l'heure dès maintenant. »

La pluie avait cessé de tomber lorsque nous sommes arrivés à la maison, papa a marqué un temps d'arrêt en bas de l'allée, le temps de se pencher pour attraper le journal, ce qui m'a fait un effet bizarre – dans mon esprit, je suppose que plus rien ne devait continuer comme avant.

Nous n'avions pas parcouru la moitié du chemin qui montait jusqu'au perron que la porte s'ouvrait et maman sortait en peignoir, jetant sa cigarette sur l'ardoise pour l'écraser du bout de sa pantoufle. Je me souviens de m'être dit : *qu'est-ce que je prendrais si je faisais la même chose !* ce qui m'a donné un peu de cœur au ventre.

Elle a d'abord regardé papa et son visage s'est affaissé comme un souffle, inexorablement. Puis son regard s'est posé sur moi – la nouvelle avait déjà goût de vieux, comme les gros titres dans le journal que papa tenait à la main.

« Je croyais que tu m'appellerais », lui a-t-elle dit, comme si la raison de sa fureur était là, et je suis intervenue : « Je tenais à te l'annoncer moi-même, maman », ce qui était bien la dernière chose au monde que j'avais envie de faire. Maman a eu un hochement de tête dubitatif tandis que ses yeux avaient le brillant des larmes retenues. « Je suis désolée, maman », ai-je dit, faute de trouver mieux. « Moi aussi, chérie », a-t-elle répondu, et comme je n'attendais pas la moindre compassion, cette réaction m'a fait l'effet d'un coup de poignard.

« Dis-nous ce que nous pouvons faire pour toi », a-t-elle dit encore. « Rien du tout, maman, merci. Je vais aller marcher un peu, si vous n'y voyez pas d'inconvénient. » Je l'ai vue se mordre les lèvres pour retenir ce qu'elle allait dire – les choses urgentes auxquelles nous avions à faire face. « Vas-y », a-t-elle articulé. « Je ne serai pas longue, promis. » J'ai regardé ma montre neuve, puis papa. « Le parapluie est sur la banquette arrière, chérie », a-t-il dit, mais je m'en moquais bien, je n'avais pas peur de la pluie.

Tout le temps que je descendais l'allée, j'ai senti leur regard comme un discret faisceau de lumière sur mon dos, et arrivée en bas, j'ai ôté mes ballerines que j'ai glissées dans la boîte aux lettres pour ne pas les abîmer, comme je faisais quand je partais jouer, au grand dam de maman qui disait toujours : « Les jeunes filles bien élevées ne vont pas nu-pieds. » Un jour, le facteur les a rapportées à la maison, et en me les redonnant maman a jeté : « La prochaine fois, mets un timbre. » Il n'y avait guère plus qu'au bord de la mer que je sortais encore pieds nus. Entre-temps, j'avais décidé que je n'aimais pas mes pieds, ils chaussaient du quarante, comme ceux de maman – elle parlait de ses « péniches ».

La pluie formait une rigole sinueuse le long du trottoir, jaune caramel, avec un gargouillis en passant par la bouche d'égout. Cela faisait bizarre de marcher pieds nus au milieu de la rue, en pleine journée, l'impression de sécher les cours. La pluie avait emporté toute la poussière et les choses avaient retrouvé ce lustre vert qui faisait croire qu'on était revenu au début de l'été. Avec l'humidité, les troncs des arbres étaient noirs et je distinguais la moindre ride de l'écorce comme j'avais rarement eu l'occasion de le faire, sans parler de cette odeur verte saturée d'eau qui montait du sol. On avait la sensation d'un surplus d'oxygène. Une bouffée de vent a secoué les feuilles qui se sont retournées sur leur face cendrée en m'aspergeant de la tête aux pieds, et entendant crier un geai, de l'autre côté de la rue, j'ai repensé à notre façon de piailler en courant dans la pelouse arrosée par le tourniquet. Je ne sais pas pourquoi, mais la rue paraissait changée, différente de celle que je voyais tous les jours, une autre rue dont je me souvenais à peine.

En bas de la côte, à l'endroit où Country Club Drive tournait pour remonter vers les grilles d'entrée du club, la chaussée était inondée sur toute sa largeur, avec du pollen jaune flottant à la surface irisée par un voile graisseux. En marchant dans l'eau, j'ai remarqué un ver de terre entraîné là par le ruissellement de la pluie. Il gigotait faiblement, et sa couleur rose s'était opacifiée en blêmissant au contact de l'eau. J'ai pensé aux parties de pêche avec papa, quand j'étais petite, l'odeur sur mes doigts, et l'espèce de bouillie vert foncé qui giclait quand l'hameçon entrait. Il fallait toujours que je me force, mais papa était tellement fier. En même temps que je me penchais pour le regarder se noyer, je me suis dit brutalement : *encore plus petit que cela*, et je me suis redressée si vite que le sang m'est monté à la tête.

Je n'ai entendu la voiture derrière moi que lorsque les pneus ont fait des remous dans l'eau en s'immobilisant. Dans le reflet du pare-brise, je voyais mon visage et celui d'une autre femme, derrière, qui clignait les yeux.

Ellie Sims – devenue Ellie Williams, à l'époque, une copine de June – a passé la tête par la vitre baissée. « May ? Tu as un problème ? Je ne voulais pas te faire peur en klaxonnant. » J'ai bien vu qu'elle était franchement sidérée de me trouver plantée comme ça sur la chaussée. « Salut, Ellie, j'avais fait tomber une boucle d'oreille », ai-je dit en faisant mine de ramener mes cheveux en arrière pour ôter rapidement une de celles que je portais.

« Tu as besoin d'aide ? » a-t-elle demandé, mais j'ai répondu : « Je l'ai retrouvée », en me penchant à l'intérieur de sa voiture pour lui montrer le contenu de ma main. Sa petite fille, Lisa, était sur la banquette. Je ne l'avais pas revue depuis l'époque où je faisais du baby-sitting pour elle, avant que je parte pour Ascension. Elle n'avait que trois mois alors, et apparemment, du jour au lendemain ou presque, elle était devenue une adorable fillette de quatre ans aux superbes yeux noisette. « Ce n'est pas Lisa », ai-je dit. Ellie a souri. « Dis bonjour à Miss Tilley. » Et Lisa d'articuler avec une maturité qui m'a fait sourire : « Bonjour, miss Tilley. » « Je suis sûre que tu ne te souviens pas de moi, si ? » « Miss Tilley venait te garder, Lisa », a précisé Ellie, et moi d'ajouter : « Alors que tu étais grande comme ça », en indiquant un espace de deux ou trois centimètres entre mon pouce et mon index, tandis que me revenait soudainement en mémoire la façon qu'elle avait de frotter son bout de nez contre moi, quand j'essayais de la changer, et l'étrange sensation que j'éprouvais alors, de tendresse et de gêne mêlées.

« Nous avons une leçon de natation, ce matin, a dit Ellie d'une voix chantante. J'espère que la pluie ne va pas nous en priver.

— Non, Ellie, elle ne peut pas avoir déjà l'âge », ai-je dit en exagérant ma surprise. Ellie de sourire. « J'ai peine à y croire moi-même. Mais tu connaîtras ça un jour, patiente. On te dépose au club, peut-être ? » « Non, merci, je faisais seulement un tour à pied. »

Ellie a enclenché le levier de vitesse et s'est renfoncée dans son siège. « Quand tu verras June, surtout, transmets-lui mes amitiés, a-t-elle dit avec une sincérité qui s'est inscrite comme un masque sur son visage. Je compte sur toi, n'est-ce pas ? » « Entendu, Ellie. » « Dis au revoir à Miss Tilley, Lisa. » « Au revoir », a dit Lisa, et j'ai agité la main tandis que le break se remettait en route dans la flaque d'eau. Il y avait une poussette à l'arrière, avec une poupée en chiffon installée sur le siège.

Je compte sur toi, n'est-ce pas ? Je ne sais pas pourquoi, mais quelque chose dans le ton sur lequel elle avait prononcé cette phrase m'a fait penser à maman. Parfois, June faisait une tentative dans ce sens, le ton de la voix, mais elle ne réussissait qu'à faire prétentieux, alors qu'Ellie enlevait cela très bien. Pourtant, elles avaient exactement le même âge, June et elle. Elles allaient courir ensemble, échangeaient robes et bijoux... pour ma part, je les voyais toujours comme les deux doigts d'une même main, autant de succès l'une que l'autre, jolies et contentes d'elles. Et jamais elles ne voulaient m'emmener nulle part avec elles, même quand j'insistais. Pourtant, il y avait un changement chez Ellie qu'on ne retrouvait pas chez June – c'était presque une autre personne, maintenant. Ce n'était pas une question de personnalité, ni le fait d'être mariée – elles l'étaient toutes les deux. La seule explication que je voyais, c'était Lisa. La différence s'appelait Lisa. June avait conservé son éclat égoïste, tandis qu'Ellie Sims portait un vieux maillot de bain de dame et s'installait à côté des autres jeunes mamans autour de la pataugeoire, dans un étalage de couches-culottes, de biberons et de jouets en plastique bariolés. Mon groupe à moi occupait les transats près de la ligne du grand bain, au-dessus du golf, où l'on pouvait voir, et être vue des messieurs finissant leur parcours. Et je me suis rendu compte brutalement que nous étions dans deux mondes différents, le nôtre où régnait encore la guerre, le leur, pacifié et neutre, le grand bassin faisant office de frontière entre les deux.

Ça ferait quoi, de passer de l'autre côté ? J'ai essayé d'imaginer… Pour Ellie, tout était réglé. Elle n'avait plus à se soucier des coups de téléphone pour l'inviter à sortir, ni à se demander où elle passerait le week-end. Et pourtant, ce maillot de bain, ses cuisses trop lourdes… elle avait perdu de son éclat. Au bénéfice de Lisa, finalement, et je n'étais pas sûre d'être prête à renoncer à mon éclat personnel.

J'ai de nouveau regardé mon reflet ondulant à la surface de l'eau où le ver de terre gigotait toujours. En prenant bien garde de ne pas le toucher avec mon pied, j'ai brisé mon image en éclaboussant une partie sèche de la chaussée. Ma façon de répondre ?

Parfois, au fond de moi une voix disait : *c'est vrai, il n'y a pas de choix*, et l'espace d'une seconde je me sentais apaisée. Derrière le mur, j'ai entendu quelqu'un sauter du plongeoir et éclabousser, puis le maître nageur a sifflé. Aussi vite qu'il était venu, l'apaisement s'est envolé. Quel était mon avis ? Les choses n'étaient pas si simples. Il ne pouvait rien arriver de pire. Absolument rien.

Trois jours à Philadelphie, et personne ne serait jamais au courant. Papa disait que c'était la meilleure solution. Jamais il ne m'avait menti ou donné un mauvais conseil. Oui, mais l'enfant ? Comment pouvait-il être légitime de le tuer ? Parce que c'était bien cela, la solution Philadelphie – tuer la vie que nous avions créée.

Et Jimmy ? Parlait-il sérieusement quand il disait et répétait vouloir m'épouser ? Est-ce qu'il voudrait encore ? Garder l'enfant, est-ce que c'était une décision contre Jimmy ? Et notre promesse, alors ? Et moi ?

C'est vrai, il n'y a pas de choix. La voix répétait inlassablement cette phrase effrayante et détestable parce qu'elle semblait dite par quelqu'un d'autre, qui n'était pas moi. Je me suis mise à courir, encore une chose que je faisais rarement – plus –, mais j'ai dû m'arrêter après quelques mètres à cause de mes seins qui me faisaient mal.

Étourdie et commençant à transpirer, j'ai pris conscience de l'endroit où je me trouvais. Sur ma droite, un vieux chemin menait vers l'autre extrémité de l'étang Collie. À travers les branches des arbres, je voyais une brume se lever au-dessus de l'eau couleur de pluie, tandis que la moiteur revenait. Quand je me suis engagée dedans, il y a eu un grand bruit dans les fourrés. Je suis restée un moment sur place, songeant au petit garçon qui s'était noyé le deuxième été après notre départ de Montague Street. Mon cœur battait à tout rompre.

La partie la plus proche de l'étang était peu profonde et envahie par la massette, haute et brune, veloutée, lourde à faire ployer les tiges. J'ai retroussé ma jupe et pénétré dans l'eau, avec un mouvement de recul chaque fois que mon pied s'enfonçait jusqu'à la cheville dans la vase brune. Plus je pataugeais, plus la boue aspirait mes orteils, libérant des bulles de gaz qui éclataient avec une odeur d'œuf pourri. L'eau grouillait de choses que je n'aimais pas, les espèces de punaises équipées de pieds en forme de pontons qui surgissaient de partout, une poche d'œufs de grenouille avec les bébés têtards semblables à de minuscules virgules noires qui gesticulaient dans les alvéoles. Je ne sais pas ce qui me faisait continuer d'avancer. L'eau était de plus en plus profonde et, chutant sur un genou, j'ai lâché l'ourlet de ma jupe pour cramponner une touffe de massette tout en basculant en avant. L'un des épis a crevé, libérant des filaments dorés, légers comme du duvet, qui ont plané dans l'air inerte.

Debout au bord de l'eau, je tenais ma jupe trempée, en scrutant les profondeurs, brunes comme du thé fort. L'eau était tentante, mais j'avais un chemisier blanc et je ne pouvais pas rentrer à la maison toute mouillée. Et puis comme la fois précédente, exactement, j'ai eu honte de me déshabiller là, même en l'absence de tout spectateur.

Je n'y avais pas pris garde tout d'abord, mais quelque chose de bizarre m'a frôlée, et je me suis rendu compte que je n'étais pas seule… il y avait donc quelqu'un, finalement. Je sentais des yeux sur moi, et dans le silence, car j'ai retenu mon souffle, j'ai presque entendu respirer. Je ne savais rien de cette présence, sauf qu'il ne s'agissait pas d'une personne, ni de rien d'humain, et pas d'un animal. Je me suis demandé soudainement si c'était Dieu. Mais je crois que non.

Je contemplais l'étang, dont je ne me sentais plus étrangère. Comme si un élément de moi – ma peau par exemple, mais ce n'était pas ma peau – s'était dissous, et que je faisais corps avec lui, corps avec l'eau verte et fraîche de la surface, corps avec la vase noire et pourrissante du fond. Je me sentais aussi intégrée à cela, à la vase, avec les insectes et les têtards grouillant dans leur cellule. Jamais je n'avais vu l'étang, ni rien d'autre, de cette façon, avec l'impression que la pellicule de surface avait été retirée et que j'avais vue sur les organes qui frémissaient sous elle, absorbant les éléments nutritifs, rejetant les déchets, la mort nourrissant la vie et la vie nourrissant la mort, les deux existant à égalité dans l'étang. Voilà ce que j'ai vu ou, plutôt que vu, senti dans mon corps, sensation brute – la vie ne gagnait pas. Elle n'avait pas la préférence.

Et n'était-ce pas pour cette raison que maman nous défendait de jouer à cet endroit ? Un petit garçon avait été englouti et dévoré par l'étang, sous le regard indifférent des arbres, et de la terre, et du ciel. La nature entière était témoin et ne s'en est pas émue. Ce n'était pas juste, c'était contre la morale, ce n'était ni gentil ni bien, et tout cela sans la moindre honte. Sans compter que la chose pouvait arriver à n'importe qui, n'importe quand – que tout le monde y passait, finalement. Personne ne m'avait jamais dit que c'était comme ça. Ni papa ni maman, on n'en parlait jamais à l'église, et pas dans ce que j'avais appris à l'école. Les jeunes filles étaient censées ne pas roter, ne pas péter – j'étais gênée même quand mon ventre gargouillait – et je suis sûre que je n'étais pas censée voir cela. Voilà pourquoi je n'allais plus nu-pieds, pourquoi je ne courais plus, pourquoi je ne sortais plus sans être maquillée – autant de règles qui relevaient de ma protection. Mais j'avais fait l'amour – j'avais enfreint le grand principe – et brutalement la mise à distance n'existait plus, je n'avais pas le choix de prendre ou de laisser. La nature n'était pas en moi, moi, j'étais une partie d'elle. C'était mon corps. J'étais enceinte.

Ellie l'a fait, disait la voix en moi, *alors saute, lance-toi, fais preuve de courage*. Quelque chose au fond de moi savait qu'elle avait raison, cette voix, qu'il fallait que je le fasse. *C'est vrai, il n'y a pas de choix*, disait-elle. Ma vie semblait en dépendre, et tout à coup, impossible, je n'ai pas pu. J'ai fondu en larmes parce que j'étais incapable de me jeter à l'eau, que je n'étais pas courageuse. Je n'aurais pas le bébé, et la déception était immense – ne pas avoir un bébé que je n'étais même pas sûre de désirer prenait des allures de manque de courage. Je venais de subir une mise à l'épreuve, et je n'avais pas été à la hauteur.

J'ai fait demi-tour en pataugeant pour regagner la rive où je me suis allongée sur les aiguilles de pin. Je sentais les larmes qui roulaient sur mes tempes, mais elles ne signifiaient rien. Je n'étais pas triste, j'étais seulement trempée et accablée. Puis j'ai été prise d'une telle envie de dormir que j'avais peine à tenir mes yeux ouverts. *Un échec de plus*, me suis-je dit, *alors va pour l'échec*, et je me suis endormie.

Quand j'ai repris conscience, j'ai entendu un plouf dans l'étang, ce qui m'a réveillée. Il y avait des voix d'enfants, alors je me suis assise. Trois petits garçons blonds qui se ressemblaient comme des frères étaient en train de se déshabiller à l'autre bout de la rive. À travers les roseaux, j'ai observé leurs hanches fines et leur pénis minuscule. Le plus petit a couru dans l'eau en riant et éclaboussant, jusqu'au moment où l'aîné a crié : « Attention, méfie-toi du crocodile. » L'enfant s'est immobilisé net et je distinguais sur son visage la terreur mêlée d'entêtement boudeur. « Il n'y a pas de crocodiles ici », ai-je crié, et ils se sont tous retournés tandis que je me mettais debout. J'avais le sentiment que ces enfants, je devrais les connaître – ils étaient tous d'une beauté frappante –, mais impossible de retrouver qui étaient leurs parents.

Alors j'ai compris – *c'est un rêve*. Je m'en suis rendu compte à l'instant même où je me réveillais. Je me suis assise en scrutant les massettes pour plus de certitude – il n'y avait personne.

Je me suis levée lentement, raide et endolorie comme si je venais de livrer un combat. *Il faut que je rentre à la maison*, ai-je pensé, *papa et maman vont être inquiets*. Au lieu de quoi j'ai contourné les ajoncs et marché vers l'est, le long de l'étang. La rive était maintenant accidentée et plongeait de façon abrupte dans une eau claire et profonde. Je me suis arrêtée un instant, l'étang offrait désormais un autre visage, vert et parfait comme un joyau. Des libellules striaient l'espace au-dessus de l'eau et restaient en suspens, dans un miroitement flou d'ailes bleutées. Un poisson est venu crever la surface, dessinant des anneaux concentriques. Le reflet des arbres qui m'entouraient, l'enchevêtrement de racines sous mes pieds, ma propre image renvoyée par l'étang – difficile de faire la différence entre ce qui était vrai et ce qui ne l'était pas. J'avais la sensation d'être hors de ma peau, et de sonder mon propre visage avec plus d'acuité que j'avais pu le faire jusqu'à présent. *On a le choix*. C'était sa voix qui semblait s'adresser à moi, celle de l'autre May, qui me regardait, là, dans l'eau. Le choix était d'accepter ou de ne pas accepter, ce qui signifiait prendre parti dans la vie – ce que je n'avais encore jamais fait.

Une bourrasque s'est levée, traversant les arbres comme une vague, et tout ce que je voyais écrit dans l'étang s'est trouvé brutalement effacé. J'ai plongé, oubliant mon chemisier blanc et le chemin de la maison.

L'eau m'a absorbée, surprenante de fraîcheur, réveillant mes sens, cellule par cellule. J'ai ouvert les yeux, nagé sous l'eau, senti la traction sur mes cheveux à chaque brasse. Arrivée au milieu, j'ai émergé, haletante.

À l'est, un morceau de bleu profond est apparu entre les lambeaux gris laissés par l'orage. Dans ce bleu, j'ai vu la nouvelle lune semblable à un petit bateau, portant la forme vague de sa pleine cargaison. J'avais oublié ma montre neuve, et quand j'ai regardé elle était là de nouveau, la petite image à mon poignet reflétant la grande que j'avais au-dessus de moi. Une brise ridait la surface de l'eau qu'elle pailletait d'or, et des graines aussi brillantes que des étoiles dessinaient des roues dans l'air. Une sainte terreur a pris possession de moi, comme si un ange venait de m'effleurer de ses ailes, et tout s'est éclairé – *les enfants du rêve étaient les nôtres*. Les miens et ceux de Jimmy, et j'en ai eu le cœur transpercé comme par une flèche. Il serait mon mari. Je le savais. Cette certitude brillait en moi comme une lampe incandescente, oblitérant tout ce qui s'était passé avant. Il serait mon mari et nous aurions l'enfant, qui ne serait pas cette espèce de têtard avec ses branchies, mais l'enfant que j'avais vu dans mon rêve. Voilà quand c'est arrivé, voilà quand j'ai su que j'allais avoir un fils, et à ce moment-là, rien, pas même Dieu Lui-même, n'aurait pu me le reprendre.

Les choses qui une heure plus tôt paraissaient avoir une telle importance – retourner à Ascension, devenir Reine de mai, tout le scandale et les projets brisés –, elles se sont toutes évanouies comme les fantômes dans le rêve de quelqu'un d'autre et la vie de quelqu'un d'autre dans cette lumière vive. Le pire était arrivé, et ce pire était la première chose qui avait jamais compté dans ma vie, la seule chose, et elle ne devait rien ni à la beauté, ni à l'argent, ni au fait d'être la fille de Will et Zelle Tilley – elle était arrivée à cause de moi, et elle m'appartenait.

Tout était limpide. Nous avions fait une vie ensemble, Jimmy et moi, différente des vies de nos parents. Cette perspective m'emplissait d'un bonheur dévastateur comme rien encore de ce que j'avais vécu. Toute ma vie antérieure sombrait dans la vase de l'étang Collie, et je m'en souciais comme d'une guigne. Je n'en avais plus besoin. L'avenir semblait clair et définitif. Il ne me restait plus qu'à montrer à Jimmy ce qui désormais était pour moi une évidence – il y avait un choix, un seul : la vie. Et il le verrait, lui aussi. Ma confiance en lui avait la pureté du diamant. Il verrait parce que c'était la vérité. Et il n'en existait qu'une, ou je le croyais ce jour-là à l'étang de Collie. Rien de ce qui est arrivé par la suite ne m'a fait changer d'avis.

7

Jimmy

Septembre, bientôt la rentrée à la fac de médecine... J'arrivais de Chapel Hill avec Whit Thomas, qui était dans la même année que moi. Nous avions trouvé une superbe maison à la campagne, un peu décatie, mais il y avait un étang derrière, avec une baignade, et un barbecue dans la cour. Le jour même où j'ai repris le travail au lycée de Killdeer, en sortant sur le parking pour prendre mon casse-croûte, j'ai trouvé un mot sous mon essuie-glace : *May Tilley a appelé.*

J'ai d'abord pensé qu'il s'agissait de maman. Le message était inscrit sur une page d'un des blocs-notes de papa, comme ceux que maman utilisait pour noter nos messages et nos corvées – chaque matin au petit déjeuner, nous en trouvions une sous notre verre de jus d'orange. L'idée qu'elle avait fait tout le chemin jusqu'à l'école pour me faire parvenir ce message me collait des sueurs froides, je vous le garantis.

Mais le mot ne venait pas de maman ; il avait été placé là par la secrétaire, Mrs. Raines.

Bureau de Thurston Madden. J'ai regardé le papier, et je me suis souvenu du jour où j'avais pris une boîte de crayons, dans une caisse entreposée dans le bureau de papa – des Ticonderogas, numéro 2. J'avais huit ou neuf ans. Papa les a trouvés dans mon pupitre et il m'a expliqué que ces crayons étaient la propriété de l'école, que cela était donc

« l'équivalent d'un vol », tandis que je baissais mon pantalon avant de m'étendre sur le lit. Il nous donnait toujours dix coups, en nous obligeant à les compter à voix haute, histoire d'ajouter une leçon d'arithmétique. Après le châtiment, nous sommes allés au bazar de Rose et papa m'a donné une pièce de cinq cents pour que je m'achète un paquet de crayons. Jamais je n'ai pu lire un des mots du petit déjeuner laissés par maman, ni passer devant la pile de douze centimètres de blocs-notes rangés à côté du téléphone sans avoir un goût amer à la bouche. Je crois que la leçon que j'ai enregistrée ce jour-là n'était pas celle qu'il entendait m'enseigner – à savoir que : premièrement, il fouillait mes affaires dans mon dos ; deuxièmement, et plus important, il existait chez nous deux lois, l'une s'appliquant à maman, la seconde à tous les autres membres de la famille.

J'ai été soulagé de voir May – et pas sa mère ou Dee Lou – venir ouvrir la porte. Elle avait les cheveux mouillés, comme si elle sortait juste de la douche. « Je suis contente de te voir », a-t-elle dit, avec un calme relatif. *Peut-être que c'est une fausse alerte*, ai-je pensé. Pourtant, il y avait quelque chose dans son visage, une espèce de nudité offerte que je n'avais encore jamais vue, même lorsque nous faisions l'amour. Elle était absolument sans voile, ce jour-là. Elle m'a pris la main pour m'entraîner derrière la maison, dans le jardin. À peine étions-nous à l'abri des regards qu'elle s'est arrêtée et, sans un mot, m'a enlacé. Ses épaules nues gardaient encore la fraîcheur de la climatisation, et d'un seul coup j'ai senti ma gorge se nouer.

« Je suis enceinte, Jimmy. »

Je le savais déjà – au moment où elle l'a dit, j'étais au courant –, mais quelque chose s'est retourné dans mes tripes en entendant les mots articulés.

Elle a reculé pour me regarder. Son visage était souriant et ses yeux humides. « Tes parents savent ? » ai-je demandé, à quoi elle s'est contentée de répondre par un vague signe affirmatif de la tête, comme s'il s'agissait d'un détail mineur. *Merde, merde de merde*, pensais-je. Je ne savais vraiment pas quoi dire. « Je regrette, May », ai-je fait, optant pour cette formule. Elle a hoché la tête. « Non, il ne faut pas. Moi, je ne regrette rien. » Son sourire, son calme, cette expression presque ravie sur son visage – je trouvais ça tordu, incompréhensible, voire sinistre. Comment pouvait-elle être contente ? Pour dire la vérité, la situation semblait un peu dingue. Je suis resté bouche bée, clignant les yeux pour tenter de réfléchir – *pas si vite, minute s'il vous plaît...*

Dans le jardin, elle m'a lâché la main et s'est assise sur la balançoire. « J'avais préparé tout un discours pour toi, a-t-elle dit. Je me le suis répété toute la journée, mais maintenant il me semble à côté de la plaque. En gros, je voulais juste dire que je sais combien cette histoire a été pénible – pour nous deux, toi aussi : l'angoisse, l'incertitude. J'en ai été malade, et puis quand le résultat du test est arrivé, j'ai été anéantie ; mais le fait que les choses soient claires et nettes à présent est un soulagement – d'une certaine façon. Avant, j'avais honte, plus maintenant. Je ne vois pas pourquoi nous devrions avoir honte de nous aimer. J'espère que tu ne...

— Je n'ai pas honte », ai-je dit, à quoi elle a dit encore : « Je suis bien contente, parce que le contraire m'ennuierait. Je ne veux pas que tu aies de regret, Jimmy, parce que moi, je n'en ai pas. » « Qu'est-ce que tu racontes là, May ? Tu réagis comme si tu étais contente. » « Je ne sais pas si contente est le mot qui convient. Je me sens... sûre de moi, je crois, oui, sûre de moi et sereine. Je ne crois pas que je savais à quel point je t'aimais vraiment avant aujourd'hui. »

Ses yeux se sont remplis de larmes, et j'ai dit : « May » – mon cœur battait à tout rompre – mais elle a secoué la tête. « Non, laisse-moi parler. Pour la première fois de ma vie, je sens que j'ai quelque chose d'important à faire, qui n'a rien à voir avec un premier bal... tout cela, c'était pour la galerie, alors que là, c'est une chose qui nous appartient à nous, Jimmy, nous deux, et ça ne m'était encore jamais arrivé, Jimmy, d'avoir une chose à moi toute seule. C'est comme un trésor, mais pour que je l'aie, il faut que tu veuilles aussi. Ma réaction a peut-être l'air égoïste, mais si je tiens à ce que tu aies envie, toi aussi, ce n'est pas seulement pour moi, c'est parce que je crois que cette chose te rendra heureux. Tu ne le vois pas ? Notre petite maison à nous, avec notre lit où nous n'aurons plus besoin de nous cacher ni de rendre de comptes à personne ? Tu feras un père formidable… oh, Jimmy, j'ai l'impression que j'ai attendu ce moment toute ma vie. Ça me sidère de le dire, mais ce bébé, je le veux, Jimmy. Je le veux vraiment. Très fort. Il faudrait qu'on se marie, tu ne crois pas ? »

Tu ne crois pas ? La question est tombée comme une pierre au fond d'un puits de deux kilomètres, et je suis resté à attendre que le plouf me dise la réponse à faire. Je le voyais bien, le tableau peint par May – ce n'est pas que je n'y avais jamais pensé avant. Mais j'avais une vision encore bien plus claire de l'autre vie que j'avais prévue – la fac de médecine, ma nouvelle maison à Chapel Hill, pour ne rien dire de la clinique en Afrique, celle où j'écrirais de la poésie comme Pasternak, tandis que May serait ma Lara. Il y avait des bébés dans ce tableau, mais aucun n'était à moi. Toutes les destinations exotiques dans les publicités d'agences de voyages que je collectionnais se sont mises à défiler, comme un paysage par la vitre du train, et moi, j'étais planté là, à me dire : *minute, pas si vite, on a dépassé ma station.*

Et puis May avait l'air tellement heureuse, comme une personne au milieu d'un beau rêve, que l'on hésite à réveiller. Elle avait le visage radieux, et il n'est pas facile de prononcer les paroles dont on sait qu'elles vont éteindre les lumières de la fête. « Je vois, May, je vois tout cela. » J'essayais d'avancer sur la pointe des pieds. « C'est juste que » – j'ai allumé une cigarette – « je ne suis pas sûr que les choses soient aussi simples. D'abord, qu'est-ce qui t'a fait changer d'avis ? »

Pendant que j'éteignais l'allumette, May a ouvert des yeux ronds comme si elle émergeait d'un état de transe. « Qu'est-ce que tu veux dire par là ? » a-t-elle demandé, et j'ai dit : « Je croyais que nous étions d'accord pour penser que l'avortement était la meilleure solution. » Elle a eu l'air étonné. « Quand cela ? » « L'autre jour après la réception, lui ai-je rappelé. Tu m'as demandé de me renseigner sur une adresse, tu te souviens ? » « Mais on n'avait pas pris de décision, encore. Pour changer d'avis, il aurait fallu que j'en aie un, non ? » « Mais tout de même…

— Tout de même quoi ? » Son visage était sombre à présent, et parfaitement éveillé. « Ce dont je me souviens, c'est que tu m'as dit que tu m'aimais, et que tu serais avec moi, quoi qu'il arrive. J'en ai conclu que tu m'épouserais, et si je me suis trompée dans ce cas précis, que penser des centaines d'autres fois où tu as parlé mariage ? À moins que j'aie encore rêvé ? »

Nous étions en plein affrontement, d'un seul coup. Je ne m'en suis rendu compte que lorsqu'elle s'est lancée dans ce contre-interrogatoire. « Non, tu n'as pas rêvé. Je l'ai dit, mais, May…

— Quoi ? Mais quoi ? » En voyant son visage, j'ai su que je ne pouvais pas lui dire ce qui était la vérité, à savoir que j'avais parlé de mariage comme le font je crois la plupart des gens, dans un moment de bonheur, pour formuler un souhait concernant l'avenir, pas pour prendre un engagement relatif au présent. Ma Lucky a pris un soudain goût d'amertume – je l'ai jetée. « Allons, May, sois honnête. Je suis très amoureux de toi, mais est-ce que cela veut dire t'épouser dans l'instant, avoir un enfant, et bouleverser toute ma vie ? Est-ce la preuve que je dois te donner ? »

À la façon dont elle m'a regardé, j'ai su que je l'avais anéantie. « Tu ne veux pas, c'est ça ? » a-t-elle demandé, comme si une telle éventualité était tellement saugrenue qu'elle ne lui avait jamais traversé l'esprit. Elle avait les yeux pleins de larmes et j'ai dit : « Ne pleure pas, May… je t'en prie, ne pleure pas, d'accord ? » J'avais le cœur chaviré – prêt à sombrer.

Je me suis agenouillé devant elle et je lui ai pris les mains. « J'ai toujours pensé que nous allions nous marier, May. Je le pense toujours. Mais, bon Dieu, chérie… comme ça ? Et les études ? Je suis censé subvenir à tes besoins de quelle façon ? »

La vulnérabilité qui s'est inscrite sur son visage m'a fait mal. « Papa nous aiderait », a-t-elle dit, et j'ai demandé :

« Tu lui as posé la question ? », à quoi elle a répondu : « Je n'ai pas besoin. »

Le genou sur lequel j'étais, mon mauvais genou, s'était mis à me faire mal, je me suis donc relevé pour marcher jusqu'au grand chêne blanc d'où j'ai contemplé le jardin. Il y avait une trace brune, en creux, à l'endroit où avait été montée la tente de sa mère. Je me souviens de l'avoir remarquée, en même temps que j'écoutais le grincement des chaînes rouillées de la balançoire qu'elle actionnait d'avant en arrière. « Bon sang, May », ai-je dit, et en la regardant j'ai vu qu'elle portait mon insigne KA – elle l'avait fait exprès. J'ai ressenti un coup de poignard.

Je me suis rappelé le soir où je lui en avais fait cadeau. Nous avions passé la nuit à danser dans une fête, et le matin nous étions allés en voiture jusqu'au parc public, le seul endroit où nous pouvions être seuls. L'allée était bordée de fleurs et j'en ai cueilli une pour elle, sans savoir son nom. May a dit que c'était une jacinthe.

Mais quand nous sommes rentrés, tard, du jardin de [jacinthes,
Tu avais les bras chargés et les cheveux humides, et je [n'ai rien pu dire
Les yeux me faisaient défaut, je n'étais
Ni vivant ni mort, et je ne savais rien,
Regardant, au cœur de la lumière, le silence.

Je lui ai lu ces vers dans mon Eliot tout écorné, et nous étions étendus sur ma veste dans l'herbe humide, partageant une cigarette en regardant le soleil se lever à travers les arbres. Ensuite, lorsque nous sommes allés déjeuner en bas de Franklin Street, les gens nous regardaient comme si une lumière étrange émanait de nos corps. Ce matin-là, j'avais le sentiment que May et moi, nous étions les deux seuls êtres vivants dans cette rue.

« La jacinthe, ai-je dit. Je t'appelais la Jacinthe, tu te souviens ? » May n'a pas répondu ; elle m'a fixé un long, très long moment avant de dire, d'une voix calme et ferme :

« Dis-moi quelles sont tes intentions, Jimmy. » « Je ne veux pas te perdre », ai-je dit en espérant, je suppose, qu'elle répondrait : *n'aie pas peur, Jimmy, jamais tu ne me perdras.* Au lieu de quoi elle a répliqué : « C'est à toi de décider », et cette fille sur la balançoire, elle n'avait plus rien de commun avec ma Jacinthe.

« Il y a donc un prix à payer », ai-je dit. « Tu imaginais le contraire ? » « Je ne sais pas. Mais je crois que oui, je crois que cela au moins était gratuit.

— Tout ce qui vaut la peine a un prix, Jimmy, y compris cela, même si nous n'étions pas au courant. » « Tu ne me laisses pas grand choix », ai-je dit alors, à quoi elle a rétorqué : « Je ne savais pas que tu en aurais besoin. Je ne pensais pas que le fait de m'épouser représentait un tel sacrifice. » Elle se tenait droite, ses yeux étaient au bord des larmes – cette fierté me déchirait et accroissait encore mon amour pour elle.

« Ne me fais pas dire ce que je n'ai pas dit, May, ce n'est pas comme ça qu'on fait avancer les choses. Ma seule réticence vient de ce que je ne suis pas sûr de pouvoir le faire maintenant. » « Ce qui signifie que tu ne le feras pas, a-t-elle lancé, faisant ostensiblement fi de mon conseil. Ne te donne surtout pas la peine de démentir », a-t-elle ajouté après m'avoir laissé le temps de réagir. « Comme s'il était utile que je dise quoi que ce soit, vu qu'apparemment tu fais les demandes et les réponses à ma place. » « D'accord. Excuse-moi, je t'écoute.

— J'ai besoin d'un délai de réflexion. Ça te va ? »

Son regard m'a indiqué clairement que non, ses beaux yeux noirs s'assombrissant encore sous le coup de la déception. Ce regard, c'était bien la première fois que je le lui voyais. « Bon sang, May, je n'ai même pas mis mes parents au courant, encore. Cette nouvelle va les tuer. » Si j'attendais une réaction de sympathie, j'en ai été pour mes frais.

« Réfléchis à ton aise et prends ta décision, Jimmy. Lorsque tu sauras ce que tu veux faire, tu sais où me trouver. » Sur quoi elle s'est levée et s'est dirigée vers la maison, sans se retourner une seule fois pour m'accorder un regard.

Je l'ai regardée partir, tel Judas sentant encore la brûlure du baiser sur ses lèvres. De quoi je me sentais coupable, je n'en savais trop rien… d'avoir eu une autre vie et un autre avenir lorsque j'étais arrivé vingt minutes plus tôt, j'imagine, et que le remplacement de cette vie et de cet avenir par les perspectives fort différentes qu'elle avait concoctées entre-temps ne me transportait pas d'enthousiasme. La voix intérieure que j'avais toujours considérée comme celle de l'ange correspondant à ce qu'il y a de meilleur en moi me semblait tyrannique et insultante, criant : *mais sois un homme, bon sang !* C'était donc cela être un homme, agir pour son bonheur à elle aux dépens probables du mien ? C'était cela le sacrifice exigé par l'amour ? Et dans ce cas, May m'aimait-elle ? Une chose au moins semblait claire – et beaucoup d'autres l'étaient moins –, c'est que pas un instant May n'avait envisagé, serait-ce comme une arrière-pensée, de m'offrir ce qu'elle exigeait pour elle, de passer en premier. La voix qui faisait cette remarque avait des accents beaucoup plus sains et raisonnables que celle de l'ange, elle aurait pu être celle d'un ami, d'un conseiller avisé. Tout cela posait des tas de questions, qui se résumaient en fait à une seule : étais-je oui ou non maître de ma vie ?

Étrange, la clarté sans équivoque de ma réponse à l'âge de vingt et un ans, en 1954 – un *non* terrible et retentissant, qui s'est refermé sur moi comme la porte d'une cage de fer.

Pourtant, alors même qu'elle s'éloignait, un morceau de moi était admiratif devant son acte de foi. Relevait-il du courage ou de la témérité, était-il vraiment le bon choix pour elle plus que pour moi, je n'en savais rien, mais je respectais sa résolution et la netteté de sa décision, son empressement à prendre un tel risque. À la regarder, j'ai senti le poids et la matérialité de ce que j'allais perdre, et pour moi ce n'était pas rien. Pas un jour ne s'était écoulé dont elle avait été absente cet été-là, à peine une heure dont je n'avais pas passé moins de cinquante minutes à penser à elle, éprouver la douleur de la séparation, remercier la chance de ce que nous avions ensemble. Après ma blessure au basket, les choses avaient longtemps eu un goût de fade, jusqu'au jour où elle était entrée dans ma vie, y avait ramené un peu du lustre qui me manquait et sans lequel je ne voulais pas vivre. Non, j'étais amoureux de May – c'était le fond du fond.

Malgré la réalité de mon envie de fuir, il ne s'agissait pas d'une véritable option. On faisait cela dans les livres, mais moi, j'allais faire quoi ? Rejoindre les docks – quels docks ? –, embarquer sur un tramp, me laisser pousser la barbe, me transformer en vrai loup de mer, sauter à l'eau au large de quelque île des mers du Sud, gagner la terre à la nage et vivre dans un hamac de verdure à manger des noix de coco en caressant de belles indigènes ? Ça, c'était du cinéma, et l'autre option n'en était pas une non plus : laisser May porter seule le fardeau.

La suite des événements était réglée d'avance. Elle était écrite dès l'instant où May avait pris sa décision ; simplement je ne le savais pas encore. J'étais là, déchiré, incapable de savoir ce qui me faisait le plus peur, la choisir elle ou la perdre. Et si une autre vie, plus authentique, s'offrait à moi telle une voie royale que je risquais de manquer si je prenais ce chemin de traverse ? Que faut-il faire lorsque l'on ignore la direction que doit prendre sa vie, lorsque l'on ne sait ni ce que l'on veut ni ce à quoi l'on croit, mais que l'on est contraint à un choix immédiat ?

Je vais vous dire ce que j'ai fait. Dans un premier temps, je suis simplement resté la balle entre les mains, et j'ai écouté les secondes défiler, incapable de tirer ni de faire une passe. Je voulais juste le retour à la vie qui était la mienne le matin même, quand j'avais mis le pied hors du lit. Je maudissais le vieux Eller d'avoir fermé sa boutique deux minutes trop tôt, certain vendredi après-midi, gâchant irrémédiablement ma vie.

Arrivé en bas de l'allée de chez les Tilley, j'ai hésité. À gauche, j'allais chez moi ; à droite, je repartais vers le lycée. Il ne m'a pas fallu longtemps pour choisir. J'ai foncé droit devant moi.

Je me souviens à peine de l'itinéraire que j'ai parcouru, à part un passage par la zone de fret où j'ai regardé les conteneurs vides, sur les voies de garage – Burlington Northern, Santa Fe, Canadian Pacific, Seaboard. Le quai était encombré de balles de tabac en partance pour le Nord et les usines de Richmond. Je me suis rangé sur le bas-côté, j'ai allumé une Lucky et, tandis que j'observais les travailleurs à l'ouvrage sur le quai de chargement, un bout de chanson m'est repassé par la tête.

Un beau jour d'été, au mois de mai
Un clochard est arrivé, une vraie baraque,
Sur le sentier frais, entre les cannes à sucre,
Il était venu chercher fortune.

The Big Rock Candy Mountain, la grande montagne en sucre. J'avais entendu cet air pour la première fois à moins de cinquante mètres d'où je me trouvais. En rentrant un soir de l'entraînement de base-ball – je devais avoir neuf ou dix ans –, nous étions un petit groupe à traverser la zone de fret lorsque nous avons croisé un certain Bones, une espèce de clochard vêtu de lambeaux avec des chaussures sans lacets, dont la puanteur dépassait tout ce que j'avais pu connaître en matière d'odeur corporelle, fermenté qu'il était dans ses vêtements, comme du jus pour donner le cidre. Il nous a réclamé de l'argent, et dans notre innocence nous avons vidé nos poches pour lui donner ce que nous avions. En guise de remerciement, j'imagine, il nous a montré son cran d'arrêt, non sans préciser qu'il avait tué des hommes avec, son sourire s'élargissant au fur et à mesure que nos mines s'assombrissaient. En sirotant une bouteille de vin doux, il nous a traités de jeunes péquenots en disant que Killdeer était un bled pourri, le pire de ceux par lesquels il était passé. Il a parlé de la ville, où les putes coûtaient cent dollars, abordant enfin le sujet que nous attendions.

« Vous, les mômes, vous savez ce que c'est que baiser ? » a-t-il demandé en sortant négligemment une pomme de sa poche.

Ricanements gênés tandis que nous baissions les yeux en attisant le feu.

« Moi, je sais », a dit l'un de nous avant de se dégonfler. Bones nous a dévisagés l'un après l'autre avant de hocher la tête et de plonger son couteau dans la chair de la pomme. Le jus blanc a coulé entre ses doigts et nous sommes restés médusés. Il a enfourné un quartier dans sa bouche.

« Je vais vous dire, les mômes. Baiser, c'est ce que font vos parents – et je vais vous donner matière à réflexion… Vos douces mater dolorosa de mères et vos honnêtes papas – c'est ça qu'ils font chaque soir derrière la porte de leur chambre. Vous ne l'auriez jamais cru, hein ? La femme adorée qui vous prépare le petit déjeuner tous les matins, qui rougit si sa combinaison dépasse ou si l'on aperçoit son genou – eh bien, elle ne rougit plus du tout, derrière cette porte. Elle en redemande, elle lèche l'oreille de votre papa en suppliant : “Baise-moi, papa, je suis une salope et j'aime ça.”

— Vous mentez », a dit quelqu'un. Et un autre d'ajouter : « Allez, les gars, on ferait mieux d'y aller. » Personne n'a bougé.

Il a souri, Bones. « C'est comme ça qu'ils vous ont fabriqués, tous autant que vous êtes, petits morpions, a-t-il dit en savourant tranquillement l'effet produit. Il y a mille façons de baiser, mes mignons, mais c'est toujours baiser. Sans exception. Dans la Bible, ça s'appelle donner et recevoir – je suis sûr que vous êtes au courant, vous qui êtes de gentils garçons bien sages. Ailleurs, on a d'autres mots. Mais ici, les gars, dans ce quartier, ou on donne ou on reçoit, on met ou on se fait mettre, c'est comme ça qu'on dit. Tout devient très simple, quand on a la clé. Il y a deux catégories de personnes – ceux qui baisent les autres, et ceux qui se font baiser. La chose à savoir – alors écoutez bien, parce que je le dirai pas deux fois –, la chose à savoir, c'est de quel bord on est. »

Et il a jeté le trognon de pomme au feu, Bones, avant d'avaler une grande gorgée de vin. C'est là qu'il a chanté.

Je n'avais plus pensé à lui depuis des années, mais cet après-midi-là, dans ma voiture, juste après la nouvelle lâchée par May, je me suis souvenu de Mr. Bones.

J'ai écrasé ma Lucky et démarré sur les chapeaux de roue, pris d'une soudaine fureur, contre lui et sa chanson, contre la terre entière.

De retour à l'école, j'ai dit à Bill d'aller à la décharge sans moi, et je suis monté au bureau de papa. *Je vais voir le proviseur* – l'idée n'avait rien de si drôle, finalement. Il était à une réunion budgétaire mais ne devrait pas tarder, a dit Mrs. Raines. « Nous sommes tous très fiers de vous – un futur docteur ! » Elle avait envie de faire la conversation, mais j'ai prétexté d'un coup de fil à passer pour m'esquiver dans le bureau où je me suis installé sur le siège du visiteur, en faisant bouger ma jambe. Puis je me suis levé, et j'ai marché jusqu'à la fenêtre, écartant une lamelle du store vénitien. Dehors, c'était toujours la belle journée d'été que je venais de quitter ; dans le bureau de papa, tout baignait dans une pénombre un peu floue, une atmosphère confinée plutôt qu'un havre de fraîcheur. J'ai été pris d'un bref accès de claustrophobie, la peur panique de ne peut-être jamais revoir le soleil.

Détournant le regard, j'ai remarqué les étagères métalliques sur le mur, qui croulaient sous les boîtes de papier à en-tête et de fournitures scolaires. *C'est là*, ai-je pensé, *c'est là que se trouve sa vie*. À la maison, papa ressemblait davantage à un pensionnaire, dont la présence durait de l'heure du dîner au lendemain matin, et qui piaffait d'impatience en attendant le moment où il devait revenir ici – pour retrouver quoi ? Un bureau directorial en métal cabossé et quelques attestations encadrées et accrochées au mur, émanant du Rotary ou de la chambre de commerce, avec THURSTON MADDEN inscrit au stylo-bille dans l'espace laissé en blanc.

Aucun objet personnel à l'exception des photos de famille, qui renvoyaient toutes à la maison.

Je me suis assis dans le fauteuil de papa pour les examiner. La mienne datait du collège, une photo de classe où je posais dans mon blazer à écusson JV, avec les cheveux coupés en brosse et un bouton sur le menton. Sam avait huit ou neuf ans et Dolly portait ces fameuses lunettes papillon qui lui valaient le surnom de Binoclarde – elle pleurait chaque fois qu'on l'appelait ainsi. Maman avait droit au plus grand cadre, et elle était une autre personne, elle aussi, une jeune fille avant le mariage, avec de longs cheveux encore bruns, et un étrange morceau de fourrure autour du cou. Elle regardait par-dessus son épaule avec un petit air bien sage teinté de timidité, une demoiselle qui adoptait les modes de villes où elle n'avait jamais mis les pieds, à partir de ce qu'elle trouvait dans les pages de magazines aujourd'hui disparus. Cette jeune fille avait eu des aspirations dont la femme que je connaissais avait appris à faire son deuil.

Doux-amer, de se rendre compte que telle était l'image que papa avait de nous, non pas ce que nous étions au présent, mais ce que nous avions été dans un temps antérieur. Pourquoi ce choix du passé ? Parce que les choses étaient plus simples, peut-être, ou lui semblaient telles. Ou peut-être cela correspondait-il au moment où lui s'était arrêté, l'instant et le lieu où il avait opéré un retrait par rapport à chacun de nous, abandonnant le terrain à maman pour devenir un pensionnaire dans sa maison. Cette idée était trop triste. Sans doute avait-il simplement négligé de mettre ces photos à jour, préoccupé par d'autres affaires. J'ai opté pour cette hypothèse.

Tout à coup, j'ai eu une violente envie de fumer en sachant que je n'aurais pas le front d'allumer une cigarette en ces lieux. J'étais venu pour lui annoncer que j'avais mis May Tilley enceinte, mais j'avais peur de fumer une cigarette dans son bureau, même en son absence. Jetant un coup d'œil vers la porte, j'ai ouvert le premier tiroir du bureau et inspecté le contenu – une boîte de trombones, un pot de colle blanche, une règle : des fournitures d'écolier. En plus, il y avait un bloc-notes – *Bureau de Thurston Madden* – et quelques crayons, des Ticonderogas numéro 2. Je les ai contemplés longuement avant de prendre brutalement conscience de ce que j'étais en train de faire : précisément ce qu'il avait fait le jour où il avait fouillé mon bureau : tenter de me percer. Était-ce cela l'amour ?

Tendant l'oreille, j'ai guetté les bruits de pas dans le couloir, puis j'ai ouvert le grand tiroir du bas, à gauche. Sous un classeur vide, comme cachée, se trouvait une boîte de carton grisâtre et mou. Je l'ai ouverte, j'ai vu un miroitement de Cellophane – et sorti un Moon Pie. Des petits gâteaux dans le tiroir de mon père ? M. le proviseur Madden, avec ses lunettes cerclées d'acier et son port raide comme la justice ? Mon père à moi avait une cachette de Moon Pie ! Une pleine boîte ! Où achetait-on les Moon Pie par boîtes ? Je voyais le tableau – papa entrant dans la boutique, farfouillant et évitant le regard de l'employé, demandant – *hum* – les Moon Pie, « en gros ». N'en pouvant plus, j'ai mis la main sur ma bouche et posé le front sur le buvard du sous-main pour que Mrs. Raines ne m'entende pas et ne pense pas que j'avais perdu la tête, ce qui était pourtant sans doute le cas.

« Jimmy ? »

J'ai levé les yeux et il était là, embrassant la scène depuis le pas de la porte – son tiroir ouvert, le désordre dans les photos, les cheveux ébouriffés et les yeux fiévreux de son fils fou.

Mon rire s'est étranglé en chevrotement. « Papa… »

Ils étaient là aussi, dans ses yeux, j'en suis presque sûr – les Ticonderogas numéro 2. Les rôles étaient brutalement renversés, comme si toute l'histoire de notre relation se trouvait harponnée à ce crochet, émergeant de l'eau pour saigner au grand jour. J'ai su avant même qu'un seul mot soit prononcé que les choses allaient cette fois encore tourner mal, comme toutes les autres fois, parce que cet instant dans le bureau de papa n'était que la suite logique de tous les instants précédents qui avaient abouti à cette situation.

« Que se passe-t-il, Jimmy ? Tu es malade ? » Je me suis contenté de tenir ma tête en suspens en la secouant. « Non, papa, j'ai un problème. » L'espace d'une seconde, j'ai failli perdre les pédales et puis une masse est venue écraser l'émotion. « C'est May, papa – May Tilley », ai-je précisé, ne sachant pas s'il faisait suffisamment attention pour se souvenir du nom de la fille avec qui je sortais.

À l'extérieur, j'ai entendu la machine à écrire faire silence, puis il est entré et a fermé la porte. Il n'a pas dit un mot ni fait un geste, il s'est contenté de se planter comme un grand animal dans la ligne de tir d'un fusil à lunette.

« Elle est enceinte, papa », ai-je dit, en guise d'excuse en appuyant sur la détente.

Il est resté pétrifié telle une statue et, l'espace d'une seconde, ses traits ont semblé se liquéfier comme les contours d'une silhouette dans un air surchauffé. « Dieu du ciel, a-t-il dit avec une crispation sensible de la mâchoire. Dieu du ciel. » Et il n'y avait pas seulement de la colère dans sa voix – j'ai perçu du dégoût.

J'ai tressailli quand il s'est animé tout à coup pour aller jusqu'à la fenêtre, me souvenant de la rapidité avec laquelle il m'avait attrapé par le bras et entraîné du vestibule à la chambre, avant de claquer la porte d'un coup de pied et d'ôter son ceinturon avec une théâtrale violence.

Le regard perdu par-delà la pelouse, papa serrait et desserrait les poings. « Les Tilley sont-ils au courant ? » a-t-il fini par demander, et j'ai répondu : « Oui, papa. » Il s'est retourné. « Qu'ont-ils dit ?

— Je n'ai pas encore parlé avec eux, seulement avec May. » Il a attendu la suite. « Je crois qu'elle veut avoir le bébé, papa. Je crois qu'elle veut se marier »... *Je crois* – comme s'il restait encore le moindre doute sur la question.

La mâchoire de papa était tendue comme la corde d'un arc ; il opinait en permanence, non pas en guise de réponse à quoi que ce soit, mais par pure nervosité. Après s'être appuyé contre le bord de la fenêtre, il a ôté ses lunettes, pressé le pont de son nez entre l'index et le pouce. Ses yeux semblaient noyés sans la protection des verres.

« As-tu mis ta mère au courant ? » a-t-il demandé. « Non, papa, je voulais t'en parler d'abord. » « Il faudra qu'elle sache, Jimmy, a-t-il dit, comme si je risquais de n'avoir pas pleinement conscience de cette nécessité.

— Oui, papa, je sais », ai-je acquiescé, et il a continué : « Que lui as-tu dit, mon fils ? », alors j'ai répondu : « À May ? Rien pour le moment. Je voulais parler avec toi. »

Papa m'a regardé en face un court moment ; puis il a détourné les yeux. « Il faut que nous mettions ta mère au courant », a-t-il répété, et je brûlais d'envie de dire : *tu ne pourrais pas l'oublier un peu, s'il te plaît ? Pour une fois ? C'est toi que je suis venu trouver.*

« Je ne sais pas quoi faire, papa », ai-je dit, en ayant bien du mal à contrôler ma voix, et il a répondu : « À mon avis, cela relève de l'évidence. »

J'ai dû ravaler ma colère. « Mais, papa...

— Quoi ?

— Que ferais-tu, si tu étais à ma place ? »

J'aurais dû prévoir la réponse. « Je ne me serais pas mis dans cette situation, Jimmy. » Il n'y avait pas d'hostilité dans sa voix.

« Mais j'y suis, papa. J'y suis, là tout de suite. »

En replaçant les branches de ses lunettes derrière ses oreilles, papa ne m'a même pas accordé un regard. « Si elle est enceinte et si c'est de toi, tu devras l'épouser. »

Syllogisme parfait : si tous les hommes sont humains et si Socrate est un homme, alors Socrate est humain. J'avais envie de lui faire la remarque en lui présentant mes félicitations. Je ne savais pas si je devais rire ou pleurer.

Suis-je maître de ma vie ? Mon père connaissait assurément la réponse. En fin de compte, je suppose que nous répondions de la même façon – la différence étant que moi, je me posais la question. Ce qui n'avait, je pense, jamais été son cas ; ou alors, il avait cessé de le faire bien avant que je le connaisse.

« Désolé, mon fils », a-t-il dit, et moi de répondre : « Oui, papa, et moi donc.

— Le mieux serait d'appeler ta mère tout de suite pour être sûrs qu'elle est à la maison. Attends dans la voiture. »

Si le professeur est un sage, et si le professeur mange des Moon Pie, alors les Moon Pie donnent la sagesse. Assis dans la Chrysler d'où je contemplais l'herbe que j'étais censé tondre cet après-midi-là, j'ai senti le bénéfice de la sagesse. Mon visage ruisselait de larmes – c'est vrai, je pleurais. Mais lorsque papa a fini par arriver, j'avais les yeux secs.

Maman nous attendait sur le pas de la porte. Un seul regard a suffi pour voir que les dégâts dépassaient largement mes prévisions. Je m'étais déjà joué toute la scène dans ma tête – soit elle se draperait dans un silence glacé, avec un calme blessé, soit elle serait hors d'elle. Elle n'avait pas l'air calme.

Apparemment, papa l'avait réveillée en pleine sieste ; elle avait les cheveux aplatis sur le côté correspondant à l'oreiller. Elle faisait une chose étrange avec ses mains – je me suis rendu compte qu'en fait elle se tordait les mains, expression que j'avais lue dans les livres mais qui jusqu'à ce jour ne renvoyait à aucune réalité visuelle pour moi. C'est l'unique pensée qui m'a traversé l'esprit, lequel planait entre-temps à quatre cents mètres au-dessus du sol. J'étais comme un zombie.

« Oh, Jimmy, Jimmy... » – les premières paroles de sa bouche, sans oublier les larmes qui coulaient aussi – « Jimmy, comment as-tu pu ? Comment as-tu pu ? Dis-moi que ce n'est pas vrai. » Elle a tendu les bras vers moi et j'ai reculé, alors maman a dit : « Qu'avons-nous fait, mon fils ? Dis-moi ce que nous avons fait. Nous t'avons tout donné.

— Écoute, Lilith », a dit papa, incapable d'en faire plus en matière de reproche. Une tentative qui est tombée à plat, maman lui décochant alors un regard de ses yeux étincelants comme des éclats de verre brisé. Un sanglot s'est étranglé dans sa gorge, puis elle a dit : « Oh, Thurston », en se lançant vers lui. J'ai tenu ma langue et je les ai suivis à l'intérieur.

Maman s'est assise sur le canapé et s'est mise à ranger les

revues sur la table basse, un peu ailleurs, soucieuse d'ordre. Papa a pris son fauteuil. Moi, pas question de m'asseoir. Je me suis donné une contenance, à côté de la cheminée, en m'intéressant, par-dessus la tête de maman, à la nature morte tellement sombre qu'on distinguait à peine ce qu'elle représentait. Je ne crois pas l'avoir jamais regardée auparavant.

« Maman… » ai-je dit, mais elle m'a empalé d'un regard. « Je savais qu'il se passait quelque chose, a-t-elle affirmé. Tu n'as pas été toi-même tout cet été, et je me disais : "Ce n'est pas Jimmy, ça, je ne reconnais pas mon fils chéri." Je savais que tu avais un problème, et, oh, Seigneur, j'en ai fait des prières ! Je savais que tu me parlerais lorsque tu serais prêt. Tu ne peux rien cacher à ta mère – tu n'as jamais essayé de le faire avant. »

Elle a cherché son paquet de Raleigh sur la table, en a allumé une d'une main incertaine, crachant la fumée par le nez. « Je ne dirai rien contre elle, Jimmy, mais depuis tous ces mois que tu la fréquentes, jamais tu ne l'as amenée à la maison, sauf une fois, pour ce fameux dîner. Elle n'a pas fait le moindre effort, mais j'ai essayé de passer outre, pour toi. Je n'avais pas envie de me faire une mauvaise opinion d'elle. Je voulais voir May à travers tes yeux, mais je t'ai vu changer toi, mon fils, je t'ai vu commencer à mettre certaines choses en question, ce que tu n'avais jamais fait avant, alors j'ai eu mes soupçons. Il fallait bien que ça vienne de quelque part, parce que tu n'avais jamais été comme ça, tu étais toujours gentil, toujours prêt à rendre service. Tu sais bien le poids que j'ai sur les épaules, dans cette maison. » Ses yeux se sont enfiévrés.

« Je n'ai jamais eu quelqu'un pour m'aider comme elle en a l'habitude. Certes, c'était le cas chez ton grand-père – une cuisinière et une autre personne pour la lessive et le repassage. Cela dit sans vouloir faire de reproches à ton père ; je sais bien qu'il travaille dur. Il a fait le maximum pour moi et pour vous, les enfants. Mais, Jimmy chéri, May ne connaît pas autre chose. Elle a été élevée différemment par ses parents. Je ne dis pas que nous valons plus cher – je ne juge pas : bien faire et laisser faire, comme je dis toujours, et je sais que Will Tilley a bien réussi, pour autant que l'on mesure le succès aux biens que l'on possède, ce qui ne correspond pas à mon éducation. Et si tu veux mon avis, mon fils, il n'est pas bien de gagner sa vie en exploitant les vices des autres. Je le dis, bien que je fume moi-même. Les péchés des parents se retrouvent chez les enfants ; ils ne peuvent pas y échapper. Peut-être que ce n'est pas la faute de May. Mais le soir où elle est venue ici, quand elle a allumé cette cigarette à table, pendant le dîner, juste sous mon nez… cela m'a fait bouillir. *Dans ma maison.* Parce que moi, à son âge, il ne me serait pas plus venu à l'idée de fumer dans notre salon que dans l'église pendant l'office, et d'ailleurs je ne l'ai jamais fait, pas avant que ton grand-père soit mort et enterré. »

Maman a marqué un temps d'arrêt pour ôter un brin de tabac qu'elle avait sur la langue, et je suis resté au garde-à-vous, comme un soldat en cour martiale, en me demandant d'où lui venait cette vénération pour mon grand-père, un homme au comportement glacial qui dans mon souvenir avait une paupière tombante, à la suite d'une attaque, et des problèmes de respiration. Bizarrement, elle m'a presque fait pitié.

« C'est comme ça que j'ai été élevée, moi, a-t-elle dit, dans le respect de mes parents et de mes aînés, et je me suis donné beaucoup de mal pour vous offrir la même éducation à vous, mes enfants. Si j'ai échoué, Dieu me pardonne. Je sais qu'elle est jolie, Jimmy, et elle doit bien avoir ses qualités, mais ce soir-là j'ai su qu'elle n'était pas ce qu'il fallait à notre fils. Je ne dirai rien contre elle – tu sais ce que je pense des ragots, je les tiens dans le plus souverain mépris –, mais Jimmy, mon fils, quand j'ai connu ton père, j'étais vierge. Je lui ai dit le soir de nos noces – demande-lui si ce n'est pas vrai –, je lui ai dit que c'était le plus beau cadeau que je pouvais lui faire, le plus beau cadeau que peut faire une femme, son seul et unique trésor, et que je ne voulais appartenir à aucun autre homme. Le rêve que j'avais pour toi a toujours été que celle que tu épouserais pourrait te dire la même chose. Et si elle ne le peut pas, si elle s'est déjà donnée à toi, Jimmy, même si tu as eu mille fois tort de le lui demander, si elle n'est pas fiable et solide en ce domaine, comment pourras-tu le savoir ? Comment pourras-tu jamais lui faire confiance ? Sais-tu seulement si elle t'appartient ? Peux-tu être absolument sûr ? »

L'espace d'une seconde ou deux, j'ai été parcouru d'un courant de furie brute, comme un fil électrique menacé de court-circuit, et puis la tension a baissé. « Je suis sûr, maman », ai-je dit sans la regarder elle, mais en scrutant le tableau. Dans la pénombre, j'avais distingué une pelure de pomme, vert pâle, et l'éclat argent d'une lame de couteau.

« Comment ? Comment peux-tu être sûr ? » a-t-elle dit, alors je l'ai regardée et j'ai dit : « Pourquoi est-ce que tu la détestes, maman ? Parce qu'elle a fumé une cigarette ?

— Je ne la déteste pas, Jimmy, je désire seulement ce qu'il y a de mieux pour toi. Je n'ai jamais voulu autre chose que ton bien, et j'ai le cœur brisé de t'entendre prendre son parti contre moi. Tu es tellement jeune, mon fils. Tu ne sais rien encore de la vie, et tu n'es pas près de savoir, non, pas avant des années, quand il sera trop tard. Je cherche seulement à t'éviter de commettre une grossière erreur. Elle n'est pas ta famille, Jimmy, et quand bien même tu l'épouserais elle ne le sera jamais, pas par les liens du sang – c'est cela que tu ne sais pas : en fin de compte, c'est le seul bien qu'on a jamais vraiment, les liens du sang. Nous sommes les seules personnes qui te connaîtront et t'aimeront jamais, quoi qu'il arrive. Si je n'ai pas réussi à t'apprendre autre chose, je pensais t'avoir appris au moins cela. »

C'était donc comme ça – l'amour était une maison sans portes ni fenêtres, une maison où l'on naissait et que l'on ne pouvait jamais quitter… Qu'elle soit persuadée de cela n'était pas le pire – au fond de moi, je le savais déjà –, mais qu'elle le dise alors que papa était là, assis dans la même pièce, qu'elle dise que la relation entre mari et femme ne saurait jamais se comparer à ce qui lie un enfant à ses parents… Mes yeux se sont mis à piquer sous l'insulte proférée non pas contre moi, mais contre mon père. J'ai regardé par-dessus mon épaule pour voir si papa avait seulement enregistré, mais je le jure, il dormait profondément, la tête renversée en arrière, la bouche ouverte, les sourcils froncés comme un enfant qui fait un cauchemar.

« Papa ? ai-je dit. Papa ?

— Ne le réveille pas, a ordonné maman. Le pauvre, ce n'est pas sa faute. Il a le cœur brisé. » À ce moment, il a bougé et, regardant autour de lui d'un air coupable, il s'est redressé sur son fauteuil. J'ai failli en rire, mais un tremblement dans ma poitrine m'a retenu.

« Si je comprends bien, ai-je dit en m'adressant à maman, tu es en train de me dire qu'il ne faut pas que j'épouse May ? » Elle a paru franchement interloquée, comme si ce genre de déduction ne pouvait être le fait que d'un débile.

« Ne pas l'épouser ? a-t-elle répliqué. Bien sûr que si tu vas devoir l'épouser. Si May s'est mis dans la tête que c'est ce qu'elle veut, il est inutile de se poser la question » ; à quoi j'ai rétorqué : « Je vois. Tu cherches juste à souligner les aspects positifs pour m'aider à tirer le meilleur parti d'une situation qui ne l'est pas.

— Tu n'imagines pas à quel point ce ton te sied mal. Je ne sais pas d'où il te vient – pas de mon côté en tout cas –, mais ça me brise le cœur de t'entendre parler ainsi.

— Je suis navré que tu aies le cœur brisé, maman, navré que toute cette histoire soit une telle tragédie pour toi », et papa de dire : « Ne parle pas à ta mère sur ce ton », tandis que les yeux de cette dernière s'emplissaient de larmes.

« J'ai toujours agi pour ton bien, a-t-elle repris. Depuis le jour de ta naissance, je t'ai toujours fait passer en premier. Les autres, je les ai aimés aussi fort – Dieu m'en soit témoin –, mais toi, Jimmy, tu étais mon aîné, la fierté de ma vie. Alors, quand je t'entends parler de la sorte, quand je t'entends me jeter ces choses à la figure, je me dis que Dieu me punit en envoyant cette honte sur moi et sur notre maison. Je ne sais pas comment nous pourrons continuer d'aller à l'église la tête haute, ton père et moi, lorsque cette histoire sera connue, mais je ne pense pas à nous, même en ce moment, ce n'est pas à nous que je pense. C'est à toi, mon fils. Comment as-tu pu attirer cette honte sur toi ? Où avais-tu la tête ? Tu n'étais pas au courant qu'il existe des façons de se protéger ? »

Redoutant ma réponse, elle l'a anticipée. « Non, évidemment que tu ne savais pas. Comment aurais-tu pu être au courant ? Dis-moi que c'est arrivé une seule fois, chéri, un accident. Non, ne dis rien, je le sais. Je le sais dans mon cœur. Ô Jimmy, que vas-tu devenir ? Tu n'as pas encore commencé ta vie et tu dois déjà faire face à ce mauvais coup.

— Je vais l'épouser, maman, ai-je dit, en me rendant compte que c'était la vérité. Je vais épouser May.

— Jimmy, s'est écriée ma mère alors que je me dirigeais vers la porte. JIMMY… »

À l'extérieur, la clarté soudaine m'a fait cligner les yeux. Dans un arbre, en face, un oiseau a chanté – une longue note triste suivie de trois plus brèves.

Va-t'en, vite, va-t'en, disait l'oiseau. Étaient-ce les bonnes paroles ?

La porte s'est ouverte derrière moi. Papa m'a rejoint sans qu'aucun de nous ne parle.

J'avais la sensation très claire qu'il avait envie de me toucher – poser la main sur mon épaule, me serrer le coude, un geste, quoi –, qu'il en mourait d'envie, sans être capable de s'autoriser cette faiblesse. Peut-être était-ce simplement mon propre désir de le toucher et le fait d'éprouver la même incapacité que lui, bloqués que nous étions par cette même force dont ni lui ni moi je crois n'aurions su dire le nom.

« Elle est seulement bouleversée, a-t-il fini par dire. Elle va se calmer… je crois que c'est l'effet de surprise », à quoi j'ai répondu : « Je sais, ça je sais, papa », et sans crier gare mes yeux se sont mis à me brûler. « Je veux avoir l'attitude juste, papa », lui ai-je encore dit d'une voix qui tremblait. « Évidemment, évidemment », a-t-il répondu avec une sympathie teintée d'autre chose qui m'a incité à risquer un regard.

Cette expression de son visage, je l'avais déjà vue, pas très souvent, mais dans les rares occasions où il avait tenté d'avoir une conversation intime avec moi, de me parler en ami, sur un pied d'égalité. Je l'avais interprétée de bien des façons, cette expression – désapprobation, répulsion, embarras –, mais ce n'est qu'à cet instant, sur le perron de la maison, que j'ai perçu sa vraie nature. C'était de la peur – peur de ne pas être à la hauteur, peur de ne pas donner assez. L'importance de son sacrifice ne l'avait pas encore fait accéder à la dignité… tout au fond de son regard, il y avait encore un petit garçon effrayé et seul, camouflant sa nudité. J'avais envie de dire : *tu es bon, personne ne m'a donné plus que tu ne m'as donné toi, je te respecte et je t'honore*, alors même qu'une autre partie de moi demandait : *qui est cet homme ? Qu'est-ce qu'il veut ?*, accablée.

« Est-ce que tu es heureux, papa ? » Il n'a pas répondu tout de suite.

« Oui, je crois que oui, a-t-il fini par dire, en se retranchant dans sa voix officielle. Mon travail me comble… et vous aussi, les enfants, bien sûr. Je ne suis pas malheureux.

— Mais ce n'est pas la même chose, si ? Être heureux et ne pas être malheureux ?

— Je ne suis pas certain que nous soyons sur terre pour être heureux, Jimmy.

— Alors pourquoi sommes-nous là ? »

Il a hésité, a froncé le sourcil, s'est raclé la gorge. « Pour faire un peu de bien, selon nos possibilités, tendre la main aux autres…

— Servir », ai-je dit. Et il a acquiescé : « Oui, servir.

— Est-ce suffisant ? » ai-je demandé, à quoi il a répondu : « Je crois, oui, pour moi… chacun doit trouver ses propres réponses. »

À l'intérieur de moi, une voix hurlait : *non. Non. Non.* L'autre disait : *il a raison, bon sang, sois un homme.*

Brutalement, j'ai compris qui était papa – c'est mon père qui était George Bailey, pas moi. Il avait tant donné aux autres – à maman, à l'école, à la ville, au Rotary –, il ne restait rien. Avait-il jamais désiré autre chose ? Avait-il jamais demandé : *et moi ?* Je n'en savais rien, et cela n'avait plus d'importance. En ce qui me concernait, le choix était fait et se résumait à une question d'attitude : je pouvais réagir en homme, ou en petit garçon. Au moins étais-je amoureux de May. Nous avions cela pour nous. Peut-être l'amour suffirait-il.

Un calme triste s'est emparé de moi, mais tout au fond de moi, aussi, il y avait une sensation d'élévation.

J'ai sorti mes cigarettes, et j'en ai allumé une. « Je vais chez les Tilley à présent. Au revoir, papa. »

En montant dans la voiture, j'ai entendu de nouveau le petit oiseau, et tout m'est revenu :

Va-t'en, va-t'en, disait l'oiseau : le genre humain
Supporte mal la réalité.

8

Joey

Le soir de Noël, cette année-là, Pa et Nanny ont donné une grande fête dans Country Club Drive, pour célébrer ce que Nanny appelait sa libération, en parlant de sa sortie de la clinique Rice. Toute la ville était invitée – enfin, presque. Dans l'affolement, Nanny a oublié de poster une invitation pour grand-père et Grody Madden. C'est du moins ce qu'elle a prétendu. Papa a dit qu'il s'agissait d'un oubli volontaire, mais maman a soutenu que non, sûrement pas, et pourquoi fallait-il qu'il voie le mal partout, et en particulier dès que sa mère était concernée ? Grand-père et Grody ne se sentiraient probablement pas à l'aise, de toute façon, a ajouté maman, vu qu'ils ne buvaient pas et critiquaient ceux qui le faisaient, c'est-à-dire toutes les personnes invitées, dont eux-mêmes, c'est-à-dire lui et maman.

Cela dit, elle a tout de même fait une scène à Nanny, maman, et elle l'a obligée à téléphoner personnellement à Grody, en sa présence. Sauf qu'entre-temps Grody s'était vexée et qu'elle a dit merci, que c'était très aimable, mais que grand-père et elle avaient un engagement antérieur, une répétition à la chorale de la paroisse, à l'église méthodiste – mais je crois que c'était surtout pour le principe.

L'après-midi même, avant la fête, alors que nous donnions les cadeaux, Grody a pris maman à part sur la véranda pour lui dire qu'elle appréciait ses efforts et n'avait rien à lui reprocher à elle personnellement, mais que cette histoire lui avait fait vraiment mal au cœur ; cela dit, loin d'elle l'idée de se plaindre. Bien sûr sa mère – c'est-à-dire Nanny – avait été très occupée avec les préparatifs, et tout et tout, encore qu'elle soit aidée, ce qui n'était pas son cas à elle, Grody, mais tout de même ; enfin, bref, il s'agissait peut-être d'un oubli accidentel. Elle s'efforcerait d'opter pour l'interprétation la plus charitable, en bonne chrétienne… non pas qu'elle ait cette prétention, attention, car se targuer d'une telle vertu serait de la présomption, mais elle faisait de son mieux, et elle n'en demandait pas davantage à son prochain du reste, Grody – que les autres soient avec elle comme elle était avec eux, ni plus ni moins. Maman est restée à l'écouter, en s'efforçant de garder le sourire alors que le rouge lui montait au visage. J'ai bien vu qu'elle bouillait sur place, sauf qu'elle n'osait pas répondre à la mère de papa et que, de toute façon, elle n'aurait pas pu placer un mot.

Ils ne sont donc pas venus, Grody et grand-père, et pour être tout à fait franc, je ne crois pas que Nanny ait été vraiment émue par leur défection. Nous sommes arrivés les premiers, et elle est venue ouvrir la porte, déjà parée d'une robe de velours rouge, avec des rouleaux sur la tête et sa nouvelle bague de chez Tiffany au doigt, où brillait un diamant gros à assommer un cerf si l'on avait voulu s'en servir comme projectile pour manier le lance-pierres. Il avait fallu qu'il casque sérieusement, Pa, pour racheter ce qu'elle avait dû endurer à la clinique Rice, Nanny. La maison était illuminée comme un paquebot de croisière, *Le petit tambour* martelait son « ram-tam-tam-tam-ram-tam-tam-tam » sur le Dumont Balladier, le même modèle que celui de la maison au bord de la mer – il avait tendance à tout acheter en double, Pa.

« Mon Dieu, mon Dieu, venez vite vous mettre au chaud à l'intérieur, sinon vous allez geler sur place », a crié Nanny depuis le perron en jetant son Old Gold dans la haie de buis tandis que nous sortions de la Country Squire. « Maman, j'aimerais que tu évites, a dit maman, Bobby va encore être obligé de passer derrière toi, à supposer que tu n'aies pas flanqué le feu à la maison avant », à quoi Nanny a répliqué : « Et après, elle est à moi, cette maison, non ? Alors je peux y mettre le feu si j'en ai envie », ce qui était une façon de plaisanter, sauf qu'à mon avis maman n'a pas goûté l'humour.

Bobby avait accroché une boule de gui au lustre de l'entrée, et Nanny nous a fait passer en dessous pour nous donner un baiser. Elle a aussi fait s'embrasser papa et maman, Nanny, mais ils étaient encore fâchés à cause de l'invitation, alors le baiser a été donné du bout des lèvres. À l'époque déjà, même les bons jours, les occasions de disputes n'étaient pas un problème pour eux. Mais Nanny avait encore l'œil attendri. « Regarde, Willy, ils ne sont pas mignons ? » Pa a fait une entrée nonchalante dans le vestibule, en smocking, avec un nœud papillon rouge et un brin de houx à la boutonnière. « Ça, c'est bien vrai alors, personne ne va dire le contraire. » Il nous a adressé un petit clin d'œil, à Reed et à moi, avant de dire : « Et voilà les deux petits brigands qui ferment la marche. » « C'est toi le brigand, Pa ! » a crié Reed, et Pa a tangué sur les talons, les mains dans les poches, avec juste un petit sourire.

« Maman, est-ce que tu m'as retrouvé les papiers que je t'ai demandés ? » a dit maman, et Nanny de répondre : « Tu crois que je n'ai eu que cela à faire ? Ils sont rangés là, en bas de la commode – cherche. » Maman s'est mise à genoux, avec sa jupe déployée en corolle autour d'elle, pour ouvrir le tiroir et sortir un rouleau de papier jauni qui avait l'air ancien.

« C'est quoi, maman ? a demandé Reed.

— Venez regarder, tous les deux, les enfants, a-t-elle dit en déroulant le document avec un luxe de précautions. Maman s'inscrit aux Colonial Dames. C'est un club réservé aux dames de bonne famille, et ces papiers disent qui nous sommes et d'où nous venons. »

Pa nous a fait un clin d'œil en disant : « Faut qu'ils vérifient qu'il n'y a pas trop de voleurs de chevaux dans nos ancêtres.

— Mrs. Lane fait partie des DAR [1], et elle est venue nous parler à l'école », ai-je dit, à quoi maman a répondu : « Chéri, Indiana Lane est une des personnes les plus charmantes que je connaisse, mais il faut que tu saches qu'il existe une grande différence entre les Dames et les DAR.

— Exact, fiston, a fait papa. Les DAR sont aux Colonial Dames ce que les courses de stock-car à Talladega sont à la formule 1 à Indianapolis. » Maman l'a regardé d'un air à la fois furieux et triste. « Je ne trouve pas cette comparaison très pertinente, Jimmy. » « Ah bon ? Je croyais l'image des mécaniques surgonflées plutôt parlante. » Il était tout sourires, comme si la plaisanterie était drôle, sauf que personne d'autre n'a ri – je vous le dis. Moi, j'avais des espèces de nœuds qui se tordaient dans le ventre, en les entendant parler comme ça.

Sans se donner la peine de relever, maman s'est adressée à nous. « Pour être admise parmi les Dames, les enfants, il faut avoir dans ses ancêtres une personne au moins ayant eu une certaine importance avant la révolution. Alors que chez les DAR, il suffit de descendre de quelqu'un qui s'est battu dans l'armée. » « C'est cela, a dit Nanny, même un illustre inconnu sans un sou vaillant en poche, ou le premier vaurien venu qu'on a sorti de prison pour l'envoyer au front. » Elle a lorgné du côté de papa, comme pour le mettre au défi de sortir une autre vanne. Comme il n'a rien dit, elle a enchaîné : « Maintenant, tout le monde vient voir mon sapin. »

Il a fallu se donner la main et fermer les yeux pendant qu'elle nous conduisait, et lorsque nous les avons ouverts, c'était le pays des merveilles. La cheminée était enguirlandée de branches de cèdre enroulées dans un large ruban de velours rouge, comme du sucre d'orge, et deux gros bouquets de houx étaient accrochés de chaque côté du grand miroir doré. Il y avait des pommes de pin géantes disposées en nids un peu partout, et Nanny avait sorti sa crèche, avec

1. DAR : Daughters of the American Revolution (Filles de la révolution américaine). *[N.d.T.]*

son vieux Père Noël d'autrefois, celui qui avait une cape en peau de lapin et semblait dater de l'âge de pierre. Et puis il y avait le sapin…

« Maman, mais comment as-tu fait pour le faire entrer dans la pièce ? » s'est exclamée maman, tandis que le visage de Nanny s'éclairait d'un large sourire, comme si cette question la comblait d'aise. « J'ai bien cru qu'on allait devoir faire un trou dans la maison pour y arriver, et je vous jure que c'est ce que j'ai dit – exactement ce que j'ai dit à Bobby, pas vrai Bobby ? » « Oui, miss Zelle », a opiné Bobby qui préparait le bar, alors elle a continué : « Reb et Skeeter ont dû trousser le morceau avec de la ficelle à tabac pour qu'il passe dans la porte, pas vrai ? », et Bobby de confirmer : « Oui, miss Zelle, c'est bien vrai. » « Et combien de boîtes de leurs boules de satin rouges et blanches on a mis au total ? » Bobby a secoué la tête. « Une quinzaine, au moins. » « Et le pouce, oui, a rectifié Nanny. Il y en avait vingt, à vingt boules par boîtes – ce qui fait combien, Will ? » « Quatre cents, chérie », a répondu Pa, et Nanny d'enchaîner : « Quatre cents… et chaque boule accrochée par Dee Lou, il a fallu que je passe derrière pour la changer de place, pas vrai, Bobby ? » « Si, miss Zelle », a-t-il opiné, et Nanny de dire encore : « Mais il faut bien ça pour faire ressortir les petites lumières blanches et tous les autres décors.

— En tout cas, maman, tu t'es surpassée, a dit maman. Je parle sérieusement, c'est vraiment ton plus beau sapin de Noël. » Nanny a froncé le sourcil en regardant l'arbre comme si tout à coup elle était prise d'un doute. « Évidemment, j'aurais préféré avoir un vrai sapin, mais ceux de chez Edgar étaient tellement petits cette année qu'il m'a fait livrer un épicéa. Non sans avoir essayé de me vendre un pin écossais auparavant, mais je lui ai répondu que si j'en voulais un, je n'avais qu'à traverser la route et m'en couper un moi-même… cette idée ! Pour moi, on ne fait rien de plus laid que ces pins écossais, surtout quand on leur suspend toute cette bimbeloterie moderne de bas étage, sans parler des grosses ampoules de couleur qu'on fait aujourd'hui.

Personnellement, je n'aime que les blanches, toutes petites... »

Nanny a continué d'exposer ses vues en matière de décoration encore un bon moment, le temps de susciter quelques compliments supplémentaires de notre part, mais ses théories étaient les mêmes que celles de maman, que j'avais bien dû entendre douze cents fois je crois, alors j'ai cessé d'écouter, et lancé un regard inquiet du côté de papa pour voir si ses oreilles commençaient à fumer. Parce qu'il faut savoir que Grody avait précisément un pin écossais dans son salon et que ce pin écossais était entièrement couvert de bimbeloterie moderne et de ces fameuses ampoules de toutes les couleurs. Je n'aurais pu dire si Nanny le savait et faisait preuve d'une méchanceté délibérée, ou si Grody et elle étaient tellement aux antipodes l'une de l'autre qu'il était simplement naturel pour l'une de détester tout ce que faisait l'autre, y compris la façon de décorer l'arbre de Noël. Papa souriait, mais il y avait cette crispation dans sa mâchoire qui m'indiquait clairement qu'il avait Nanny dans le collimateur et mijotait une riposte de son cru qu'il ne manquerait pas de lancer dès qu'elle se tairait, si jamais elle se taisait. J'ai été ravi d'entendre Reed lui couper l'herbe sous le pied.

« Où est la souris, Pa ? » a-t-il demandé, et Pa de répondre : « Quelque part là-haut, chéri. N'est-ce pas, Zelle ? » Nanny s'est renfrognée pour dire : « Derrière », et maman est intervenue : « Maman, tu devrais la changer et la mettre devant », mais Nanny de regimber : « Je voudrais bien jeter ce maudit truc – elle est moche, et en plus je n'ai pas envie d'avoir des rats dans mon arbre de Noël. » « Ne sois pas méchante, maman. Tu sais bien que ce n'est pas un rat. C'est une gentille souris, et nous l'aimons beaucoup. Tenez, les enfants, elle est là, venez voir. »

Elle le montrait du doigt, le petit personnage avec ses lunettes en fil de laiton, sa veste et son pantalon, et le petit godet qu'il tendait. Comme il lui manquait un pied, le métal sortait du pelage, qui ressemblait à un épi de massette séchée. On voyait bien qu'il datait d'autrefois, du temps où l'on ne savait pas encore fabriquer de vrais jouets, alors les gens se débrouillaient pour en bricoler eux-mêmes en s'appliquant du mieux qu'ils pouvaient. Mais maman avait pour lui une tendresse particulière, qui se voyait à sa façon de le tenir dans sa main. « Cette souris, elle appartenait au père de Pa, les enfants, a expliqué maman, au cas où l'on aurait oublié depuis l'année précédente. Il l'avait quand il était petit, à Rose Hill. » Elle a souri à Pa d'une façon qui montrait bien la complicité entre eux deux. Même que c'est pour ça, je crois, que Nanny ne l'aimait pas cette souris, parce que maman était la préférée de Pa comme tante June était la sienne.

« C'est quoi cette timbale, mister Will ? a demandé papa. Il demande l'aumône ? » et Pa de rectifier : « Pas du tout, monsieur, c'est sa timbale de festivités – il attend le remontant de Noël, n'est-ce pas, chérie ? » Elle a souri, maman, en confirmant : « Exactement, papa, il y a droit une fois par an. » « Si tu veux mon avis, a dit Pa, il a l'air mort de soif. » « Alors tu ferais bien de songer à préparer le *flip* », a suggéré maman, et Pa de réagir : « Songer à préparer ? Bobby et moi, on l'a mis au frais à cinq heures de l'après-midi, pas vrai, Bob ? », Bobby confirmant : « Oui, monsieur Will, cinq heures précises. » « En y pensant, je me dis qu'il serait bien que quelqu'un goûte avant l'arrivée des invités, pour voir si le dosage est bon », a dit Pa, à quoi Nanny s'est écriée : « Goûter, mon œil, oui, tu t'en es déjà envoyé deux litres, sous prétexte de goûter. Alors bas les pattes, compris ? » Il m'a fait un clin d'œil, Pa, et j'ai remarqué que son visage était d'un vilain rouge, trop brillant, et puis il plaisantait et parlait plus que de coutume, mais j'ai mis cela sur le compte de l'excitation, parce que Nanny était de nouveau à la maison, que c'était Noël, etc.

« Finalement, maman, j'aurai tout de même une toute petite critique à lui faire, à ton sapin, a lancé maman. Ton ange.

— Mon ange ? Qu'est-ce que tu racontes, May, il était à ma mère – il me plaît beaucoup, mon ange, pas à toi ? Qu'est-ce que tu lui reproches, au juste ?

— Je trouve simplement qu'il a l'air un peu fatigué, maman, c'est tout. » Puis elle a regardé de notre côté, à Reed et moi, en levant les sourcils, et nous avons foncé vers la voiture, chercher le cadeau de Nanny – nous avions répété cette partie du scénario.

Quelques semaines plus tôt, alors que nous étions allés à Chapel Hill faire les courses de Noël, maman nous a amenés dans une petite boutique de Rosemary Street. Sur une étagère étaient exposés trois anges, que maman a fait descendre et mettre sur le comptoir, pour que nous puissions les regarder. Ils venaient d'Angleterre, ces anges, a expliqué la dame de la boutique, et il n'y en avait pas deux pareils. Moi, ce que j'ai trouvé assez super, c'est qu'ils avaient des vrais cheveux. J'ai demandé s'ils venaient de personnes mortes, ces cheveux, et la dame a répondu qu'elle pensait que non, mais qu'elle ne savait pas en fait, alors que ce n'était pas impossible, après tout. Maman les a longuement regardés, puis elle nous a demandé, à Reed et moi, si on pensait que Nanny serait heureuse d'en avoir un. Nous avons répondu que oui, alors elle a demandé lequel, et nous, on a montré tous les deux le même, *celui du milieu*, qui était le seul à avoir des cheveux blonds – maman a juste dit que c'était son préféré, à elle aussi. J'ai bien vu qu'elle en avait très envie, comme moi le fusil à plomb de chez Sears, dans le catalogue Roebuck, ou un couteau de poche Barlow comme celui de Pa, sauf qu'en retournant l'étiquette pour lire le prix elle s'est mordu la lèvre. « Nous allons réfléchir », a-t-elle dit, avec un sourire pour la dame, qui a proposé de nous mettre l'ange de côté. « Non, merci, a dit maman, ce ne sera pas nécessaire. » Elle a eu l'air un peu triste de devoir les remettre sur leur étagère, la dame.

Dehors, maman a juste dit que c'était « trop cher », « hors de question », « au-dessus de nos moyens », et nous sommes allés déjeuner au Zoom-Zoom. Pendant tout le repas, elle a gardé cette petite ride entre les deux sourcils, ce qui voulait dire qu'elle était préoccupée, maman, et elle n'a fait que picorer dans son assiette. Puis une fois que le serveur a ramassé notre addition, elle a dit : « Ma décision est prise, les enfants. Nous allons faire une grosse bêtise, alors surtout ne dites rien à papa. Il en ferait une attaque. »

Nous sommes retournés directement à la boutique où la dame a dû redescendre les anges, et maman a acheté celui que nous aimions, en demandant un paquet cadeau, ce qui m'a un peu inquiété, à l'idée qu'il ne resterait peut-être pas assez d'argent pour mon fusil, ou même pour acheter de quoi manger. Papa passait son temps à répéter qu'il avait à peine de quoi remplir nos assiettes avec le salaire que lui payait Pa, maman répondant chaque fois que Pa nous avait fait cadeau de la maison, nom d'une pipe, alors il lui fallait quoi de plus ? On n'avait même pas de crédit à rembourser. Elle disait aussi qu'il savait bien qu'il ne pouvait pas accorder de traitements de faveur dans le travail, Pa, alors s'il n'était pas content, pourquoi il n'allait pas voir ailleurs ? On pourrait aller s'installer à Richmond, ou à Atlanta, voire à New York, où habitait la tante Winnie. On voyait bien que cette perspective la séduisait beaucoup, maman, parce que ses yeux se mettaient à briller chaque fois qu'elle parlait des restaurants, des théâtres et des boutiques où l'avait emmenée la tante Winnie. L'oncle Mark pourrait peut-être aider papa à trouver un boulot de reporter, disait maman – il réussirait très bien comme journaliste, et d'ailleurs, est-ce qu'il n'avait pas toujours dit qu'il aimerait être écrivain ?

Sauf que papa répondait qu'il avait passé trop d'années à la Bonanza pour s'asseoir dessus maintenant, alors les yeux de maman s'éteignaient d'un coup. « Dans ces conditions, fais avec, Jimmy », disait-elle, et papa répliquait : « Pourquoi tu ne montres pas l'exemple ? », mais ses yeux à lui ne s'éteignaient pas, c'était pire encore. Ça me retournait les tripes de le voir aussi triste, sauf que je voyais aussi ses crises de colère, et quand il se mettait en rage, papa, il était tellement fort que les murs de la maison tremblaient. Les objets tombaient des étagères et se brisaient, alors on avait envie de se cacher quelque part en attendant que ça passe, mais il regrettait toujours, après, et il s'excusait, il avait toujours été comme ça, avec ce caractère.

Elle n'était pas encore finie, pourtant, l'histoire des

anges, parce que lorsque nous avons pris le chemin de la voiture, ce jour-là, avec le cadeau pour Nanny, maman avait toujours la petite ride entre les sourcils et elle ne disait pas un mot. À la moitié de la rue, elle s'est arrêtée et a déclaré : « Les enfants, on devrait en prendre un pour Grody, aussi – vous croyez qu'elle aimerait ? » « Oh oui, maman », avons-nous fait tous les deux, bien que Grody soit infiniment plus imprévisible que Nanny, et demi-tour, nous voilà repartis là-bas. Sauf que cette fois maman a acheté les deux, pour que nous puissions en mettre un en haut de notre sapin, nous aussi.

En sortant de la boutique, maman était gaie comme un pinson, et nous avons eu droit à un cornet de glace, que nous avons dégusté assis sur la pelouse de l'université, le *quad*, comme disait maman, à cause de sa forme rectangulaire. Elle nous a expliqué les bâtiments, raconté comment elle venait attendre papa devant celui-ci, ou celui-là, et ils rentraient ensemble à pied à Ransom Street. Ils habitaient dans un tout petit appartement aménagé au-dessus d'un garage et ils étaient fauchés comme les blés, mais ça leur était bien égal parce qu'ils étaient très amoureux. Parfois, j'avais presque l'impression de me souvenir de cette époque, sauf que j'étais un bébé de moins d'un an, alors je suppose que c'était seulement une espèce de rêve. De toute façon, avec Reed, on aimait bien entendre ces histoires, parce que maman avait l'air tellement heureuse en les racontant.

Le soir de la fête chez Nanny, donc, on a foncé à la voiture et rapporté le paquet, et maman a dit : « Écoute, maman, je sais que tu as horreur d'ouvrir tes cadeaux le soir de Noël, mais il va falloir que tu fasses une exception pour celui-ci ; je ne peux pas te dire pourquoi, mais tu comprendras tout de suite en le voyant. » Elle avait l'air ravi, Nanny, comme si ça lui était égal que ce soit Noël ou le 4 Juillet. Elle a mis ses lunettes pour lire, qu'elle portait autour du cou, accrochées à une chaîne, et elle a laissé notre petit marsupial préféré, Reed, déchirer le papier cadeau. Dès qu'elle a vu le contenu du paquet, elle a fait : « Mon Dieu, c'est pas vrai… » et maman, sincèrement ravie, a dit : « Il te plaît, maman ? Il est peint à la main et sa robe est en dentelle de Bruxelles. » Nanny a laissé tomber les lunettes de son nez, et c'est l'œil un peu humide qu'elle a dit : « Tu mérites d'être grondée, May Tilley » – elle avait tendance parfois à oublier que maman s'appelait maintenant May Madden. « C'est de notre part à tous les quatre, maman, les enfants, Jimmy et moi », a rectifié maman pour lui rafraîchir un peu la mémoire. « Bobby, va chercher l'échelle tout de suite, a ordonné Nanny, et mets-le tout en haut. Nous trouverons une autre place pour celui de ma mère. » Il était clair que maman était heureuse et ne regrettait pas l'argent dépensé, à cet instant, parce qu'elle aussi avait les yeux humides.

Ensuite, on a sonné à la porte, et Nanny a bondi de sa chaise. « Seigneur Jésus, les voilà qui arrivent, et je suis toujours en bigoudis. » Elle a disparu par le couloir de derrière tandis que maman allait ouvrir. Très vite, les murs de la maison ont menacé de craquer sous la pression de la foule qui criait : « Joyeux Noël ! », se donnait de grandes claques dans le dos, proposait des toasts et faisait un tel tapage qu'on ne s'entendait pratiquement plus penser. Maman nous a fait souhaiter un joyeux Noël à tout le monde, Reed et moi, en donnant un baiser sur la joue ou une poignée de main, selon qu'il s'agissait d'une dame ou d'un monsieur, sauf dans le cas des oncles, les vrais et les faux, qui avaient droit aussi à un baiser, et de notre tante Lucy Brown, qui n'était pas mariée et ne se maquillait jamais, mais serrait les mains avec une virilité toute masculine. Papa l'appelait le sergent-major, ce que maman trouvait odieux, tout en en riant.

J'ai apporté un verre de *flip* à la tante Mary Landis, et l'oncle Johnny m'a demandé si j'avais joué au gin-rummy. Au bord de la mer, ils étaient nos plus proches voisins, et Pa, lui et moi, on installait la table dans l'allée et on faisait des parties à trois. « Non, oncle Johnny, ai-je dit, mais vous feriez bien de vous entraîner, sinon l'été prochain je risque de vous gagner toutes vos allumettes. » L'oncle Johnny a ri comme si mon insolence lui plaisait. « On verra cela », a-t-il dit avec une étincelle dans le regard, et Pa a commenté : « Tu ferais bien de te méfier, fiston. C'est pas par hasard si John Landis a toujours le premier sou qu'il ait gagné à Killdeer. Plus ceux qu'il a pris à quasiment tout le monde. »

Le cousin John, leur fils – il n'était pas encore assez vieux pour entrer dans la catégorie des oncles –, a fait étape au passage, avec sa petite amie, avant d'aller au club où la jeunesse avait sa fête, de son côté. Il est resté tout le temps à discuter avec papa, comme d'habitude, parce que le cousin John était un fanatique de basket et vénérait papa comme un héros depuis l'époque où il avait été la vedette de l'équipe de Killdeer.

L'oncle Herbert Kincannon faisait la queue pour se faire servir un verre par Bobby, qui officiait à deux mains, tout en s'épongeant le front avec une serviette en papier détrempé. On voyait au premier coup d'œil qu'il n'était pas un champion de ce genre de fêtes, l'oncle Herbert – parce qu'il était vieux garçon, m'a expliqué maman, et aussi l'homme le plus riche de la ville grâce à Dixie Bag. D'après elle, toutes les veuves auraient bien voulu l'épouser à cause de son argent, sauf que Nanny se demandait comment on pouvait en avoir vraiment envie. Il avait l'air nerveux, l'oncle Herbert, et sévère, comme s'il ne savait pas encore s'il allait vous saluer ou vous mordre, ou alors il avait peut-être peur qu'une de ces veuves lui saute dessus par-derrière, là tout de suite. Il tripotait la ceinture de son smocking et passait constamment le doigt à l'intérieur de son col de chemise, comme s'il pinçait. Je me suis dit qu'il avait peut-être acheté son smocking lorsqu'il était beaucoup plus jeune, à une époque où il sortait plus souvent et n'était pas aussi gros. Quand il a finalement eu son verre, je l'ai vu rester près de la cheminée pour montrer à Bobby comment il fallait disposer la prochaine bûche pour que la chaleur revienne dans la pièce au lieu de se perdre dans le conduit, ce que Bobby devait savoir déjà, j'étais prêt à en donner mon billet.

Une foule faisait cercle autour de Nanny et de l'oncle Curly Gower qui disait : « … il leur est tombé dessus, dans son propre lit – alors, pardon, mon Dieu, mais si j'avais été à sa place, je les aurais descendus tous les deux. » L'oncle Herbert a tourné le dos à Mr. Hale, notre pasteur, et il a dit : « Si vous voulez mon avis, il aurait dû savoir à quoi il s'exposait en l'épousant – une divorcée avec deux enfants. Elle en voulait à son argent. Le premier idiot venu aurait compris ça. Cela dit, je suis triste pour lui, quand même.

— Herbert, écoutez-moi ça ! s'est exclamée Nanny en tirant une grande bouffée de son Old Gold. Avec ce que tu sais des femmes, on n'aurait pas de quoi écrire une carte postale ! Tu n'as jamais embrassé une fille de toute ta vie, à part ta mère, et encore il faut remonter avant tes trente-cinq ans. »

Tout le monde a ri, sauf l'oncle Herbert, qui a toussé en virant à l'écarlate. « Je le jure devant Dieu, Zelle, a-t-il dit, si tu étais ma femme, je te flanquerais une raclée une fois par semaine, pour le principe », et Nanny de rétorquer : « Ravale tes serments, Herbert Kincannon. Je me fiche bien de savoir combien d'usines tu possèdes, je t'ai connu quand tu avais des couches, et je me souviens de toi en train de faire des pâtés et de jouer au boulanger avec tes moules à sable. Tu ne me fais pas peur du tout. » Puis le Dr. Watt d'ajouter : « Tu ferais mieux de laisser tomber tant que tu peux t'en tirer la tête haute, Herbert », et ce dernier a lancé : « Tu veux dire, tant que j'ai encore ma tête, plutôt », et tout le monde a ri, ce qui lui a mis un peu de baume au cœur.

Puis Nanny a fait tinter sa bague contre son verre. « Personne n'a été foutu de remarquer ma nouvelle bague », a-t-elle dit avant d'exhiber son doigt en faisant miroiter le diamant tout neuf acheté par Pa. « C'est pas joli ? » a-t-elle demandé avec un grand sourire qui découvrait les traces de rouge à lèvres sur ses dents, aux endroits où elle s'était maquillée trop vite. Toutes les dames ont poussé un : « Oh, Zelle ! » en battant des paupières, sauf la tante Mary Landis qui a dit : « Je dirais que tu t'es débrouillée comme un chef, ma chérie. » Nanny a regardé Pa à travers la foule et dit : « C'est un vrai monstre, non ? » Pa a souri aussi, et il a rougi jusqu'aux oreilles – je savais qu'il aurait donné cher pour disparaître.

Entre-temps, le cousin John avait coincé papa dans une discussion à propos de la nouvelle équipe de l'UNC sélectionnée par Dean Smith et ils se demandaient qui de Bobby Lewis ou de Larry Miller était le meilleur au panier, même que j'aurais pu leur donner la réponse – Larry Miller était le plus fort globalement, mais aucun joueur n'avait jamais eu le toucher de balle de Bobby Lewis, qui était capable de ne pas rater un point de la soirée en tirant de dix mètres. Je suivais tous les matchs à la télé en lançant mon ballon contre le chambranle de la porte du petit salon, qui était déjà noir de traces de doigts – chaque fois que je passais, je ne pouvais pas m'empêcher de sauter pour vérifier que je touchais. Mais si je me mettais à dribbler, ce qui faisait aboyer Tawny qui commençait à sauter dans tous les sens en faisant tomber avec sa queue les bibelots posés sur la table basse, alors maman arrivait et me prévenait que si jamais je réveillais Reed, je pouvais compter mes abattis. Mais parfois, papa et elle regardaient avec moi, et elle criait : *allez, les Heels !* et : *flanquez la pile aux Duke !* aussi fort que les autres, en maudissant les arbitres, sauf qu'elle ne connaissait pas très bien les règles et mélangeait un peu les *marché* et les *double dribble*. Quand le score était serré, elle fermait les yeux et demandait qu'on lui raconte, ce qui nous faisait rire, papa et moi. Quand les Heels perdaient, papa jurait, elle avait l'air triste, et moi, j'avais envie d'enfourcher mon vélo et de lancer des cailloux dans les réverbères. Mais s'ils étaient au Country Club et que j'étais seul, il m'arrivait de pleurer quand Bob et Larry ne réussissaient pas à mener au score, ce qui était stupide, je le savais, parce que ce n'était pas la fin du monde, ni le dernier match, sauf que c'était plus fort que moi. Les Tarheels, c'était mon équipe, et la Caroline ma patrie.

Tout en parlant, papa jetait des regards nerveux par-dessus l'épaule du cousin Johnny, en direction du coin où l'oncle Sumner Dade monopolisait l'attention de maman à coups de si-tu-savais-sur-qui-on-est-tombé-hier et autres devine-qui-untel-va-épouser. Il n'avait jamais trop apprécié la façon qu'ils avaient de passer en revue leurs vieilles connaissances communes, papa, surtout qu'il s'agissait essentiellement de gens que lui ne connaissait pas trop bien. Et maintenant, il appréciait d'autant moins que l'oncle Sumner Dade venait juste de divorcer de tante Molly, même que la nouvelle avait été l'événement de l'année à Killdeer, jusqu'à son départ pour Richmond où il avait déménagé son cabinet médical. Ils étaient les premiers à franchir ce pas, et tout le monde en ville était du côté de Molly, sauf maman qui, malgré son amitié pour tante Molly, prenait la défense de Sumner quand les gens le traînaient trop dans la boue par-derrière. Parce qu'ils étaient amis depuis la maternelle, tous les deux, alors qu'avec tante Molly elles ne se connaissaient que depuis Greensboro. Enfin, moi je croyais que c'était la raison.

Mais je comprenais aussi la position de papa, qui la voyait se mettre à pétiller en société, rire, prendre ces couleurs qui expliquaient que les vendeuses de chez Montaldo l'invitent toujours à leurs défilés de mode. L'oncle Sumner aussi avait quelque chose de changé, une lumière en plus, et il avait l'air plus heureux quand il était près d'elle, ce qui aggravait la nervosité de mon père, et pour être tout à fait franc, je n'étais pas trop tranquille moi non plus.

Parce que l'autre chose que je savais, c'est que lorsque maman était à Ascension, l'oncle Sumner était son chevalier servant, celui avec lequel elle avait ouvert le bal donné par Pa et Nanny à l'occasion de ses débuts dans le monde – il y avait une photo de tous les deux sur le piano. Elle aimait bien parler de cette époque, maman, raconter qu'elle avait été Première Dauphine à la Cour de mai et aurait été élue Reine la dernière année de ses études à Ascension, sauf qu'entre-temps elle avait rencontré papa, qu'ils étaient tombés amoureux, qu'elle l'avait épousé, et que cette dernière année, elle n'avait jamais pu la faire. Elle ajoutait qu'elle n'avait jamais eu l'ombre d'un regret, maman, parce que maintenant elle nous avait nous, Reed et moi, ses deux garçons chéris. Elle avait toujours le sourire quand elle disait cela, mais ses yeux regardaient un peu au-delà de son interlocuteur, comme si elle voyait quelque chose au loin dont elle avait encore le désir en sachant qu'elle ne l'atteindrait jamais, et moi, j'essayais d'imaginer un moyen de l'aider à l'atteindre, cette chose-là, mais je n'ai jamais trouvé.

Le jour où maman avait épousé papa, il avait eu le cœur brisé, l'oncle Sumner, disait Nanny, et il suffisait de voir son visage s'éclairer chaque fois que maman entrait dans une pièce pour savoir qu'il avait encore un faible pour elle. Maman répondait que c'étaient des bêtises, et que Nanny devrait garder ses opinions pour elle. Mais à voir la façon dont papa regardait par-dessus l'épaule du cousin Johnny, je pouvais dire que pour lui il ne s'agissait pas vraiment de bêtises.

Papa ne se contentait pas de ne pas aimer l'oncle Sumner, je suis sûr et certain qu'il le détestait. Parce que je l'ai entendu parler de l'oncle Sumner en disant que c'était un fils de riches qui n'avait jamais eu besoin de travailler de toute son existence pour obtenir ce qu'il voulait, et que lorsqu'ils jouaient ensemble dans l'équipe de basket de Killdeer, le seul exploit de Sumner Dade avait été de retirer les échardes qu'il avait attrapées dans son gros derrière à force de frotter ses fesses sur le banc de touche. Et un jour, avant le divorce des Dade et avant le départ de l'oncle Sumner pour Richmond, ils étaient venus en visite un dimanche après-midi, à Ruin Creek. J'étais dehors en train de faire des paniers quand papa est sorti avec l'oncle Sumner pour lui montrer la nouvelle Ford Mustang dont maman disait qu'elle était au-dessus de nos moyens. Ils ont échangé quelques bonnes bourrades comme deux hommes préhistoriques lançant des pierres, et papa a demandé si l'oncle Sumner se sentait d'attaque pour une petite bagarre. Pourquoi pas ? a répondu l'oncle Sumner, alors ils ont ôté leur pull et retroussé leurs manches de chemise avant de se lancer à l'assaut, chaussés de leurs mocassins de ville dont il était clair qu'ils allaient les ruiner sur l'asphalte, ce qui était le dernier de leurs soucis. Ce n'était pas exactement ce que l'on nomme une joute amicale. Ils essayaient de garder le sourire et de se comporter de façon civilisée, mais ils sont l'un et l'autre devenus écarlates et ont commencé à jouer des coudes et des hanches dans tous les sens dès que le combat est devenu sérieux. Papa a lancé un contre, et son coude a accroché le nez de l'oncle Sumner. Le choc a fait un bruit d'œuf cassé sur le carrelage d'une cuisine, et je peux vous dire que le sang a giclé.

Bien qu'il ait nettement le dessous, l'oncle Sumner voulait continuer malgré le devant de sa chemise blanche qui était tout rouge. Papa a eu un geste d'excuse en posant la main sur l'épaule de l'oncle Sumner, qui s'est dégagé brutalement. Nous sommes rentrés à l'intérieur de la maison, et maman n'a pas dit un mot en allant chercher de quoi faire une compresse froide. Elle avait les mains qui tremblaient, en tout cas, et quand papa a dit qu'il s'agissait d'un accident, j'ai bien vu qu'elle ne le croyait pas. Mais moi, je n'avais aucun doute. D'une certaine façon, j'étais fier de papa parce qu'il avait gagné, mais le spectacle m'avait tout de même un peu tourné les tripes.

Le fond du problème, c'est que l'oncle Sumner avait été au bout des études de médecine que papa avait commencées, sauf qu'il avait abandonné au bout d'un an, je ne sais pas pourquoi. Un jour, j'ai posé la question à maman, qui m'a répondu que tout le monde n'est pas taillé pour être médecin – c'est une question de *tempérament*, c'est-à-dire en fait de personnalité. Mais il y a une chose dont je suis sûr et certain, c'est que le fait de ne pas être docteur ne veut pas dire que l'on n'est pas intelligent. Tout le monde vantait l'intelligence de mon père. À Chapel Hill, il avait toujours A en littérature et il était capable de réciter par cœur toute l'histoire de la première désobéissance de l'homme, avec le fruit défendu, ce qui était du Milton ; mais son auteur préféré restait T. S. Eliot, qu'il se mettait parfois à déclamer pendant les dîners que maman et lui donnaient, quand tout le monde avait un peu forcé sur le pouilly-fuissé.

Ils étaient tous assis à table – maman, papa, tante Elise et oncle Charlie Dawes, nos voisins les plus proches, et les Dade avant leur déménagement –, alors papa emplissait son verre et disait : *je suis Lazare, ressuscité des morts pour vous dire à tous*, de cette voix qui m'expédiait des frissons dans la colonne vertébrale. Avec Reed, on l'entendait depuis le petit salon. Venait ensuite le passage de la dame qui se tourne vers la fenêtre, ôte son châle et dit qu'elle n'avait pas voulu cela, qu'elle n'avait jamais voulu cela, et l'on savait que ces paroles avaient anéanti le vent qui gonflait les voiles de ce Prufrock. Il regardait maman dans les yeux, papa, quand il récitait ces vers, et il y avait un tel silence autour de la table que l'on entendait le murmure de l'eau, au pied de notre colline – Ruin Creek.

Et moi, je lisais tout cela sur le visage de papa pendant qu'il regardait par-dessus l'épaule du cousin Johnny, à cette fête de Noël où l'oncle Sumner et maman évoquaient dans un coin les derniers potins concernant des gens qu'ils avaient connus. Elle avait retrouvé ses couleurs, maman, et elle semblait heureuse comme elle ne l'avait plus été très souvent, depuis quelque temps, alors je me suis senti très proche de papa. Je savais ce que l'on peut ressentir en voyant cette petite touche de tristesse tout au fond des yeux de maman, celle que l'on voudrait tant effacer, et l'on se donne beaucoup de mal pour y parvenir, même si l'on n'est pas responsable de sa présence. Cette petite touche, elle était déjà là sur les photos montrant maman lorsqu'elle avait mon âge, et qu'elle était grosse, comme moi. C'est de ce temps-là, je suppose, qu'elle savait que le fait d'être gros est une étape que l'on dépasse, sauf que j'avais parfois l'impression qu'elle avait un peu oublié, maman, et qu'elle avait besoin que quelqu'un lui rappelle qu'elle était belle.

Et puis d'un seul coup, il n'était plus là, papa, disparu, et quand je suis parti à sa recherche, je l'ai trouvé dehors, sur la véranda, en train de fumer une Lucky Strike. « Hé, papa, qu'est-ce que tu fais ? » ai-je dit, alors il a souri en répondant : « Je m'offre une petite pause. » « On se gèle dehors, tu n'as pas froid ? » Il a caressé mes cheveux taillés en brosse, sans répondre. « Tu as déjà vu autant d'étoiles ? a-t-il demandé en contemplant le ciel noir où elles semblaient être des millions à scintiller. On dirait qu'il suffit de tendre le bras pour en décrocher une, non ? » « Oui, papa. » Il a souri de nouveau. « Ne t'y laisse pas prendre, mon fils, ce n'est qu'une impression, mais peut-être que tu auras plus de chance que moi. » « Qu'est-ce que tu veux dire ? » ai-je demandé, et il a répondu : « Rien, fiston, je ne veux rien dire », et puis il a ri, si on peut appeler cela rire.

« Si on rentrait ? » ai-je proposé, alors il a dit : « Vas-y, je te rejoins tout de suite. » Quand je suis rentré, j'ai vu maman et l'oncle Sumner dans la bibliothèque, avec ce rouleau de papier jauni étalé entre eux, sur la table. Elle lui parlait de Rose Hill, et il écoutait avec un air intéressé dont je crois que mon père était bien incapable. À cet instant, j'ai détesté l'oncle Sumner, qui n'avait jamais eu une parole désagréable à mon égard.

À peu près au même moment, Dee Lou a glissé à l'oreille de Pa qu'elle avait besoin qu'il recoupe du jambon pour faire ses canapés. Il m'a fait un clin d'œil : « Viens, fiston, allons faire l'épreuve de vérité », et nous sommes partis en direction de la pièce du petit déjeuner, sauf que Pa s'est arrêté en cours de route pour écluser encore un godet de *flip*. J'étais un peu nerveux, parce qu'il avait le regard vitreux et criait presque quand il parlait.

« Étale-moi ce journal sur la table, veux-tu ? » Il pointait son couteau à découper sur un numéro du *Sentinel* posé sur la desserte. J'ai obéi, et il a coupé une tranche de jambon qu'il a jetée sur la une. « Maintenant, dis-moi, est-ce que tu peux lire les gros titres à travers cette tranche ? » J'ai essayé. « Non, Pa. » Il a froncé le sourcil. « T'es sûr ? » J'ai refait non de la tête, et il a dit : « Bordel de Dieu, c'est qu'elle n'est pas assez fine. » Et de hurler en direction de la cuisine : « Dee Lou, où est le fusil ? » tandis qu'elle hurlait en retour : « Dans sa boîte, mister Will, comme toujours. » Pa s'est mis à affûter sa lame en la frottant si vite d'un côté puis de l'autre qu'on aurait cru voir voler les étincelles.

« Tu vois, Joey fiston, ce que tu as sous les yeux, c'est la cuisse arrière gauche d'un cochon du comté de Killdeer, c'est-à-dire un délice comme tu n'en mangeras jamais d'autre d'ici que tu sois mort et au paradis, et tu sais, des bonshommes capables de faire une salaison correcte, il n'en reste plus que deux ou trois. Et attention, rien à voir avec cette saloperie de truc sucré qu'ils font là-haut, à Faginia. Le sel, fiston, tout le secret est là – tu fumes, tu mets dans le sel, et tu laisses deux ans, deux, pas un. C'est pour cela qu'il faut faire des tranches fines, tu suis ? Amuse-toi à te tailler un truc épais comme le pouce et essaie de le manger, autant t'attaquer à un bout de vieux pneu ; mais coupe une jolie tranche bien fine, assez mince pour qu'on puisse lire le journal au travers, colle-la entre les deux moitiés généreusement beurrées d'un petit pain au froment fait par Dee Lou... et je te le dis, fiston, tu m'en diras des nouvelles, hum, hum, hum. C'était le test absolu pour mon père.

— Tu veux dire Mr. Reed Tilley, Pa ?

— Exact, fiston, Mr. Reed Tilley, qui était ton arrière-grand-père. Eh bien, quand lui était petit garçon, notre famille vivait encore à la campagne, à Rose Hill, et à l'époque ils avaient leur propre fumoir, et ils faisaient leurs propres salaisons, jambon et venaison. Papa nous y emmenait le dimanche pour voir, parce qu'il connaissait tout et il essayait de m'expliquer, quand j'avais à peu près ton âge, sauf que j'ai oublié la moitié de ce qu'il racontait, et qu'apparemment, plus les années passent, plus j'en oublie encore. Mais ce dont je me souviens, je tiens à vous l'apprendre, les enfants, pour que le jour où vous aurez des enfants, vous aussi, vous puissiez leur raconter. Parce que d'ici là, chéri, tout cela n'existera plus. Je sais que pour toi, aujourd'hui, c'est difficile à croire, mais lorsque tu seras vieux comme ton grand-père, le monde n'aura plus rien à voir avec ce qu'il est en ce moment. Un jour tu es un gamin en culottes courtes, le lendemain tu te réveilles adulte et père de famille. Tu te frottes les yeux, et quand tu les rouvres, c'est tes enfants qui ont fait des enfants à leur tour, et tu te retrouves avec un chenapan de petit-fils, et tu sais, Joey fiston, tu n'as rien vu passer, les choses te tombent dessus comme ça, mon petit gars, le temps de faire ouf. »

Pa avait cessé de couper et regardait par la fenêtre en direction du chêne au fond du jardin tout noir, comme s'il avait perdu le fil de ses pensées. Je ne crois pas que je l'avais jamais entendu parler aussi longtemps d'un coup, ce qui était le signe qu'il avait trop bu, mais moi, ça m'était égal, j'adorais écouter. Je me sentais, je ne sais pas, happé vers le haut, comme si Pa et moi, on faisait partie d'un seul et même gros truc qui existait bien avant nous, et qu'il cherchait le nom de ce truc pour me le dire, sauf qu'à mon avis il ne le connaissait pas. Probablement que le nom n'a pas d'importance, ce qui compte c'est de sentir cette chose, cette tranquillité qui vous remplit complètement à l'intérieur, et moi je l'ai sentie à ce moment-là, et je savais qu'elle remontait à d'autres Noëls passés, avec d'autres grands-pères qui apprenaient à leur petit-fils la façon de saler un jambon, comme ça, et pas autrement. Rien de compliqué, mais pour moi c'était un trésor qui valait plus cher que de l'or.

« Et je parie que tu ne sais pas non plus pourquoi c'est la cuisse gauche, hein ?

— Non, Pa, pourquoi ?

— Parce qu'un cochon, ça dort sur un côté, et pas sur l'autre. Alors réfléchis bien, et dis-moi quel est ce côté ?

— Le gauche ?

— Non, monsieur. Un cochon dort sur son jambon droit toutes les nuits de sa vie, c'est pour cela qu'il est dur, alors que le gauche reste tendre et goûteux, tu suis ?

— Oui, Pa.

— Alors maintenant, tu files porter ce jambon à Dee Lou dans la cuisine, et ensuite on sort une minute tous les deux. J'ai quelque chose à te montrer. »

Nous avons traversé l'arrière-cuisine de Dee Lou, descendu les quatre marches vers le garage, où Pa a ouvert la portière de la Cadillac avant de me tendre les clés. « Ouvre-moi ce coffre et regarde si tu vois quelque chose à l'intérieur », a-t-il dit en attrapant la bouteille de Seagrams dans la boîte à gants.

La lumière s'est allumée à l'intérieur du coffre ouvert, et elle est apparue, une canne en deux morceaux dans sa boîte, avec un moulinet Shakespeare, tout noir. « Waouh, Pa, ce truc est super », ai-je dit, et il a répondu : « Tu trouves ? Je l'ai déniché pour un copain à moi et je voulais ton avis pour savoir s'il allait être content. » Là, j'ai pris un grand coup dans le moral, mais j'ai essayé de ne rien laisser paraître. « Plutôt, Pa, faudrait être vraiment difficile. C'est pour qui ? » « Oh, un garçon qui doit avoir à peu près ton âge et ton gabarit. En fait, il te ressemble beaucoup, sauf qu'il est plus mignon. » Il m'a fait un clin d'œil, et j'ai tout compris. « Il est sûrement meilleur que toi à la pêche pour qu'on lui offre une canne aussi belle » ; Pa a souri en disant : « Il y a des jours où il est presque passable », et là, j'ai craqué. « Allez, Pa, assez plaisanté. » Il m'a tiré doucement l'oreille. « Joyeux Noël, brigand. »

Je lui ai sauté au cou et il a dit : « Au fait, j'espère que tu te rends compte qu'il s'agit d'un lancer de traîne. » « Tu veux dire pour pêcher en pleine mer ? » « Tout juste, c'est exactement ce que je veux dire, pour aller en mer. » « Et maman ? » « Ben, faut que je la travaille encore un peu, mais elle est au courant de cet achat, alors j'imagine qu'elle commence à faiblir et pencher en notre faveur. » « Pa, c'est le plus beau cadeau de ma vie, juré ! » « Pas si vite, fiston, il y a autre chose dans ce coffre. » Et j'ai aperçu la mallette flambant neuve, garnie de plombs, hameçons, appâts, cuillers, bouchons, de toutes les formes et de toutes les tailles possibles et imaginables, et quand j'ai demandé où il avait trouvé tout cela, il a cligné de l'œil, Pa, avant de dire : « Sous le sabot d'un cheval. »

Avant de rentrer à la maison, j'ai demandé à Pa si nous pouvions ouvrir la cachette secrète dans la cage d'escalier, dont nous étions les seuls à connaître l'existence, lui, moi, Reed, Grant, p'tit Will et papa, mais ni maman ni Nanny, et il a dit oui. C'est là qu'il gardait tous les poignards, épées, baïonnettes et fusils auxquels il tenait comme à des trésors personnels, et que nous sortions chaque fois que nous campions dans le garage. Ils étaient soigneusement emballés dans des housses chamois et nous les faisions circuler un par un tandis que Pa racontait l'histoire de chacun en disant à qui il avait appartenu, et comment il avait atterri entre ses mains.

À l'intérieur se trouvait une épée d'apparat ayant

appartenu au grand-père Mann, un grand-père de Pa qui avait été capitaine pendant la guerre de Sécession et était mort au combat en Virginie, au cours de la bataille dite de Cold Harbor, même que Pa disait qu'un quart des hommes de Killdeer étaient morts là-bas en l'espace d'une demi-heure. Il y avait aussi une baïonnette allemande à crosse d'ivoire datant de la Première Guerre mondiale, qui appartenait au grand frère de Pa, Andrew, celui qui avait été tué par une ambulance de fuyards quelque part en France, le lendemain de la signature de l'Armistice. Il se souvenait encore des deux hommes frappant à la porte pour apporter le télégramme en plein milieu du défilé de la victoire, Pa. Il y avait ensuite un luger allemand à crosse incrustée de perles, rapporté par Otis Frye de la Seconde Guerre mondiale, et bien d'autres encore. Pa nous les montrait tous, sauf un. Tout au fond de la cache était rangé un étui à fusil en cuir, qu'il n'avait jamais sorti. La seule fois où je lui ai posé la question, il a éludé en haussant les épaules, mais il était clair à l'expression de son visage que ce fusil représentait quelque chose de différent. C'est papa qui m'a révélé le secret – il avait appartenu au père de Pa, Mr. Reed, qui s'était suicidé.

Ce soir-là, veille de Noël, Pa l'a sorti directement sans même que je demande rien. Ouvrant la fermeture Éclair de l'étui, il m'a tendu l'arme, un fusil de calibre 12 à double canon, à gâchettes en argent et décor ouvragé, avec un motif de feuilles de vigne. Dans l'argent, presque effacé par l'usure, on lisait encore *A. A. Fox & Co, Philadelphia*, le nom de la manufacture d'armurerie, m'a raconté Pa, qui avait fabriqué cette arme spécialement pour son père, pour chasser la caille et la colombe, ce qui expliquait pourquoi le canon était si court, scié à vingt-sept pouces.

Il n'en a pas dit plus, Pa, et puis il s'est assis sur les marches pour siroter son Seagrams pendant que je regardais le fusil. « Un jour, quand je ne serai plus là, je veux que tous les quatre – toi, Reed, Grant et le p'tit Will –, vous ayez chacun quelque chose de là-dedans, a-t-il dit, et vu que tu es l'aîné, tu as la priorité du choix. Tu n'es pas obligé de décider tout de suite, tu peux réfléchir et me dire plus tard. » « C'est tout réfléchi. Je veux celui-ci, Pa. » « Tu es sûr ? » « Oui, Pa, sûr et certain. » Il a hoché la tête. « C'est d'accord, alors, chéri, sauf qu'il va rester ici en attendant que tu sois plus grand – et pas un mot à ta mère ni à Nanny, promis ? » « Promis », ai-je dit, et nous avons scellé l'accord par une poignée de main. Pa avait l'air un peu déçu par mon choix, mais j'avais pris celui qui signifiait le plus de choses pour lui.

Quand je l'ai aidé à se remettre debout, j'ai remarqué que l'éclat qui brillait dans ses yeux s'était éteint. Il avait le visage gris, maintenant, et paraissait terriblement fatigué. Pour monter les escaliers, il boitait un peu de sa mauvaise jambe, et il a titubé une fois contre le mur au point d'être obligé de s'appuyer sur mon épaule pour garder l'équilibre.

À l'intérieur, Nanny nous a fusillés du regard depuis le bout de la pièce et maman a foncé directement sur nous. « Tiens donc, nos deux voleurs ont fini par se décider à rentrer. Franchement, papa, je me demande lequel de vous deux est le pire. » Pa m'a flanqué une bourrade dans les côtes en disant : « On dirait qu'on va avoir des ennuis, mon gars, tu ne crois pas ? », à quoi j'ai répondu : « Oui, Pa, on dirait. » Maman s'est alors adressée à moi : « Quant à vous, jeune homme, vous montez tout de suite, et au lit. » J'allais dire quelque chose, mais elle a fait ses yeux ronds qui signifiaient que tout commentaire était inutile, autant garder sa salive. « Fini, je ne veux plus un mot sur le sujet », a-t-elle ajouté. J'ai donc embrassé Pa et je suis parti, sauf que je ne suis pas allé me coucher. Je me suis installé à côté de Reed, qui était en pyjama et espionnait depuis le palier, en suçant son pouce, avec Mister Rex dans les bras.

Ils faisaient un joli tapage, tous autant qu'ils étaient, à rire, crier, et fumer tant de cigarettes que les yeux nous piquaient même au premier étage. Dans le miroir du vestibule, je voyais Mr. Hale installé au piano, avec un verre de bourbon et une Camel qui lui pendait des lèvres. En faisant craquer ses phalanges, il a pianoté quelques chants de Noël qui avaient plutôt des airs de musique de night-club, avec les accords jazzy qu'il y ajoutait. Très vite, une petite dizaine de personnes se sont retrouvées autour de lui pour chanter, mais la voix de Pa était deux fois plus forte que celle de tous les autres réunis, ce qui m'a embêté, surtout qu'il chantait faux.

« Tu devrais être au lit », ai-je dit à Reed, parce que je trouvais que ce n'était pas un spectacle pour lui, mais il m'a répondu : « Toi aussi », ce qui était vrai, alors j'ai dû lui flanquer un coup de poing dans le bras pour le faire bouger. Il s'est mis à pleurer en disant qu'il allait descendre le dire, j'ai donc été obligé de lui promettre qu'il aurait le droit de choisir ce qu'il voulait dans tous les bonbons que j'aurais pour Noël à condition qu'il se taise. Je savais qu'il allait prendre mes pièces en chocolat, qui vues de l'extérieur ressemblaient à des pièces en or, sauf que d'ici à demain matin il aurait peut-être oublié, mais, connaissant Reed, c'était assez peu probable.

Il venait juste de partir quand Nanny est sortie dans le vestibule, juste en dessous de l'endroit où j'étais posté, pour dire assez fort dans l'oreille de maman : « Si je ne me retenais pas, je le tuerais, May. Je te jure que je me demande ce qui me retient de tuer ton père. Il m'a gâché toute ma fête. » « Mais, non, rien n'est gâché », disait maman, et Nanny d'insister : « Va lui parler, chérie – tu veux bien essayer ? Moi, je n'arrive à rien avec lui, mais toi, il t'écoutera peut-être. » Maman n'avait pas l'air franchement ravie, mais elle s'est dirigée vers le piano.

« Papa, tu peux venir une petite minute ? a-t-elle susurré d'une voix douce et innocente. J'ai quelque chose à te demander. » Pa était trop malin pour tomber dans le panneau. Il a levé le doigt à côté de son nez avant de l'agiter dans la direction de maman. « J'suis pas né d'la dernière pluie », a-t-il dit, mais on avait du mal à le comprendre parce que sa voix était brouillée.

L'oncle John et le Dr. Watt sont ensuite arrivés à la rescousse, et l'oncle John a dit : « Allez, mon vieux », mais Pa a répondu : « Il est de bonne heure, John, chantons encore quelques chants de Noël », mais John a insisté : « Je crois surtout qu'il est l'heure d'aller te coucher, mon ami. » Pa s'est alors adressé au Dr. Watt : « Allons boire un coup, Watt. » « D'accord, Will », a répondu ce dernier, mais il était clair qu'il cherchait seulement à calmer Pa.

« Je m'en occupe, Watt », a dit l'oncle Johnny, en le prenant par le bras. Pa s'est dégagé. « Minute, John, minute », et il est allé jusqu'à l'arbre où, entre tous les petits décors, il a pris la souris qui était à son père autrefois et, la tenant dans sa main, il l'a regardée longuement avant de se laisser embarquer par l'oncle Johnny.

« Installe-le là-haut, dans la chambre bleue », a dit Nanny sur leur passage, et je voyais bien qu'elle était folle de rage à la façon dont elle tenait ses bras croisés en les serrant contre son nouvel estomac tout maigre. J'ai dû abandonner mon poste parce qu'ils arrivaient droit sur moi, mais en refermant la porte de la chambre derrière moi j'ai entendu Pa qui chantait : *« Dou-ouce nuit, sain-ainte nuit »* dans le couloir. Sur la pointe des pieds, je me suis faufilé dans la salle de bains entre notre chambre et celle de Pa, et j'ai collé mon œil contre la serrure, un modèle à l'ancienne prévu pour les grosses clés en forme de squelette : la vue était parfaite, et en plus j'entendais ce qui se disait. Je n'étais pas très fier de moi, mais je suis resté là.

« Tu te souviens, Johnny ? disait Pa, tu te souviens quand on faisait la tournée, ce vieux canasson borgne qu'on avait ? », et l'oncle Johnny répondait : « Tu as raison, Will, ton père nous emmenait toujours faire la tournée des maisons pour chanter les chants de Noël, tous les 24 décembre », et Pa de renchérir : « C'est vrai, Johnny, toutes les veilles de Noël, sans exception. Tu te souviens de papa, hein ? » « Bien sûr, Will, bien sûr que je m'en souviens. C'était un monsieur, un homme comme on en fait peu. » « Un monsieur, oui, il... il n'est plus là, John, parti, et maman, partie aussi. » Il a fait un bruit qui ressemblait à une espèce de plainte, Pa, avant de pousser un long soupir.

« Je sais, mon vieux, je sais », a dit l'oncle Johnny en cramponnant le bras de Pa pour l'aider à s'étendre sur le matelas. « Qu'est-ce qui nous est arrivé, Johnny ? » a demandé Pa, et l'oncle Johnny de répondre : « Je ne sais pas, Will, tout en lui desserrant son nœud de cravate. Je suppose que nous avons vieilli, tout simplement.

— Comment avons-nous fait pour devenir aussi vieux, John ? » Il a souri en hochant la tête, l'oncle Johnny. « Si nous avions la réponse à cette question, nous en saurions des choses, pas vrai, Johnny ? », et l'oncle Johnny a fait : « Tu l'as dit, Will, tu l'as dit. » Pa s'est remis à chanter : *« Dou-ouce nuit, sain-ainte nuit. »* « C'est bon, Will, allonge-toi maintenant », a dit l'oncle Johnny en prenant la souris dans la main de Pa pour la poser sur la table de chevet.

Ensuite, il s'est levé et j'ai cessé de le voir, mais je l'ai entendu qui disait : « Il ira mieux demain, ma belle », et c'est la voix de maman qui a répondu : « Merci, oncle Johnny. » Elle est entrée sur la pointe des pieds, s'est assise au bord du lit, et a posé un baiser sur le haut du crâne chauve de Pa. « Je t'aime, papa », a-t-elle murmuré en lissant la mèche de cheveux qui avait pris un mauvais pli à cause du chapeau, mais elle s'est remise à rebiquer aussitôt. Il a ouvert un œil, Pa, et il lui a souri. « J'suis pas né d'la dernière pluie, tu sais. Où elle est, la souris ? » « À côté de toi, sur la table de nuit, papa. » « On lui a donné à boire ? » Maman a souri en faisant oui avec sa tête. « Plusieurs fois, même, j'ai l'impression. » « C'est Noël, une fois par an », a dit encore Pa, qui avait du mal à parler maintenant.

« C'est vrai, papa », a dit maman, et brutalement le visage de Pa a changé. « Oh, bon Dieu de bon Dieu, May, je suis désolé, pardon, May, pardon », et maman a dit : « Je sais, papa, je sais, ça n'a pas d'importance. Tout le monde t'adore. » Il lui a pris le bras, Pa, et il s'est accroché à elle. « Dis à ta mère, dis-lui, May, je ne voulais pas… non, je… » « Je m'en occupe, papa chéri, a dit maman. Il faut que tu dormes, maintenant. » Puis elle l'a embrassé encore avant de s'éclipser.

Je l'ai entendu grogner une fois, puis plus rien, et je suis resté dans la salle de bains, dans le noir, où je me suis rendu compte tout à coup que mon cœur battait très fort, au point que j'allais sûrement me sentir un peu faible à l'intérieur, nauséeux, sauf que je ne savais pas pourquoi. La seule chose que je savais, c'est qu'elle était revenue, cette sensation qui m'étreignait les tripes, et j'avais peur d'une chose à laquelle j'étais incapable de donner un nom, mais c'était le changement, ce changement dont je vous ai parlé au tout début, qui fait que l'on se sent minuscule et désarmé face à lui.

Maman a passé la tête par l'entrebâillement de la porte de notre chambre. « Allez, les enfants, c'est l'heure de partir. Joey, aide ton frère à s'habiller et à nouer ses lacets de chaussures, et dépêchez-vous, s'il vous plaît. » « Je sais faire tout seul », a dit Reed. Lorsque nous sommes descendus, papa était parti chercher la voiture pendant que Nanny disait au revoir à des invités dans le vestibule. L'oncle Sumner a tenu le manteau de maman, et au moment où nous sortions il a dit : « Je trouve cela fascinant, May. Je n'imaginais pas qu'on pouvait remonter aussi loin. » « Est-ce qu'on est arrivé à Charlemagne ? a demandé papa qui venait de réapparaître. Qui a dit que les sudistes étaient des gens raisonnables tant qu'on ne les branchait pas sur les questions de généalogie ? » « Tu n'es donc content que lorsque tu détruis, Jimmy ? » a dit maman. L'oncle Sumner avait l'air embêté. « Vous connaissez la devinette : pourquoi est-ce que les sudistes ressemblent tant aux Chinois ? » a-t-il demandé. Ni maman ni papa n'ont daigné lui jeter un regard, et il semblait encore plus gêné en fournissant la réponse : « Les deux mangent du riz, et les deux ont le culte des ancêtres.

— Ces documents sont certifiés, Jimmy, a dit maman, et ils ont été établis par un généalogiste patenté, à Philadelphie », à quoi papa a répliqué : « Arrête, May, tu crois peut-être que ces types gagnent leur vie en racontant aux gens qu'ils sont les descendants de Carl le Borgne, fils de meunier ? Ce n'est pas le tailleur de la Cour qui va dire que l'empereur est mal culotté. » J'ai vu la mâchoire de l'oncle Sumner se crisper et il a dit : « Bon, je vous dis bonsoir. May, c'était un plaisir de te revoir. Remercie ta mère pour moi, tu veux ?… Jimmy. » J'ai vu le même petit muscle se tendre dans la mâchoire de papa lorsqu'ils se sont serré la main.

L'oncle Sumner s'est éloigné à pied en direction de la maison de ses parents, et personne n'a soufflé mot avant d'être monté dans la voiture, où tout a explosé.

9

Joey

« Je ne me suis jamais sentie aussi gênée de ma vie, a dit maman tandis que nous quittions l'allée de chez Nanny et Pa. Je suis... mortifiée... et devant Sumner, en plus. » « J'emmerde Sumner, a dit papa. Qui se soucie de ce qu'il pense, celui-là ? » « C'est moi qui ai été insultée, Jimmy. Moi, et mes parents. » « Où tu as vu une insulte ? Bon Dieu, May, j'adore ton père et ta mère, tu le sais d'ailleurs, mais enfin quoi, de là à en faire des aristocrates !

— Ce qu'ils sont effectivement – quel mot utiliserais-tu, toi ? » « Ce sont des gens en vue, May, des gens en vue à Killdeer. Ce qui n'est pas tout à fait la même chose qu'appartenir à l'aristocratie. Killdeer n'est jamais qu'une goutte d'eau dans un océan, tu sais. » Maman est devenue blême, comme le jour où j'avais dit que Dee Lou était une négresse. J'ai eu peur qu'elle lui retourne une gifle comme elle avait fait avec moi, cette fois-là. Elle aurait peut-être mieux fait, vu la réplique qu'elle lui a retournée. « Eh bien, disons que cette goutte d'eau, je ne t'ai jamais vu y faire surface. » Il a gardé le sourire, papa, mais sa mâchoire avait l'air d'avoir été sculptée dans le bois, et je savais que le point de non-retour était atteint.

« Les documents de maman sont authentiques, Jimmy. Nous avons un blason. » « Tu veux dire tes parents – eux et vingt ou trente autres familles de cette ville. N'importe qui peut s'acheter des armoiries en renvoyant le formulaire de la dernière page d'*American Heritage*. Il suffit d'avoir les moyens. » « Pourquoi faut-il que tu penses que tout le monde ment ou triche ? Tu refuses l'idée que cette histoire puisse être vraie, que les gens ont parfois certaines qualités, et surtout pas ma famille. » « Tu te trompes complètement. J'aimerais simplement que tu passes un peu plus de temps à chercher des qualités dans notre famille à nous. » De tout ce qu'il a dit, c'est la première chose qui l'a un peu ébranlée – elle n'a pas répondu immédiatement.

Si papa avait pu s'en tenir là et se taire lui aussi, les choses se seraient peut-être calmées, mais il a fallu qu'il ajoute : « Tout ce que je dis, May, c'est que tu prends ces vingt blasons à Killdeer, tu les multiplies par les mille... – bon Dieu, il y en a peut-être dix mille – ... les mille villes identiques des États du Sud... et tu crois que tout ce monde descend de l'aristocratie anglaise ? Réfléchis, merde, il n'y a pas autant d'aristocrates en Angleterre.

— Tu ferais vraiment mieux de te taire, Jimmy, parce que tu ne fais qu'étaler ton ignorance. Seul le fils aîné hérite du titre. Je suppose que tu as entendu parler de la primogéniture ? » « Et alors ? » « Et alors tous les fils cadets – et les filles aussi d'ailleurs – étaient obligés de partir et de se débrouiller tout seuls. Ce qui veut dire que ceux qui partaient étaient beaucoup plus nombreux que ceux qui restaient. Et je n'ai pas d'avis sur tes mille autres villes, ni sur Killdeer du reste, moi je parle de ma famille, et je sais que notre blason est authentique et certifié, et que tu refuses de l'accepter, un, parce que tu n'y connais rien, deux, parce que tu ne supportes pas que quelqu'un ait un motif de fierté que tu n'as pas, toi. »

Le petit muscle dans la mâchoire de papa a fonctionné au quart de tour. « Autrefois, tu ne t'intéressais pas à ces conneries », a-t-il dit. « Autrefois je n'en avais pas besoin. » « Ce qui veut dire ? » « Ce qui veut dire que j'en ai assez d'accepter l'aumône de mes parents tous les mois pendant que toi, tu achètes cette Ford Mustang flambant neuve tout à fait au-dessus de nos moyens. » « Cette voiture, je l'ai achetée pour toi. » « Oh, Jimmy, je t'en prie. Ne me fais pas rire. Je l'ai prise une fois pour aller faire les courses, et quand je suis rentrée tu t'es précipité pour l'examiner à la loupe. Les autres, tu t'en fous royalement, tu ne t'intéresses qu'à toi, et encore, même ça je ne suis pas sûre que tu le fasses bien. Alors, puisque tu ne fais pas en sorte que nous devenions quelqu'un dans cette ville, il faut bien que je m'en charge, avec les moyens dont je dispose. Tu peux donc continuer à dénigrer les Dames autant qu'il te plaira, parce que ton avis a cessé de m'intéresser. »

Là, le visage de papa était devenu aussi blême que celui de maman. « Va te faire foutre, May », a-t-il dit. « Non, merci, et en tout cas pas par toi. »

Lorsque la voiture s'est immobilisée dans l'allée de Ruin Creek, maman a porté Reed jusque dans la maison, puis elle est allée s'enfermer dans sa chambre. Je suis sûr que c'était pour pleurer. Papa est resté dehors, dans le noir et le froid glacial, et il a fumé une cigarette en contemplant la maison comme s'il n'était pas sûr d'y être encore le bienvenu. Je l'ai regardé par la fenêtre, avec la lueur orange qui montait et descendait, brillait et faiblissait. Au bout d'un moment, il est parti avec la Mustang. Je suis resté éveillé longtemps à fixer le plafond, en attendant que la lumière des phares illumine le mur et que ses pneus fassent crisser le gravier de l'allée.

Quand je me suis réveillé, la Mustang n'était toujours pas là. Papa n'est pas rentré à la maison ce soir-là – et encore, entre-temps, c'était déjà le matin de Noël.

Il faisait à peine jour, mais j'ai senti l'odeur du café en me levant. En passant la double porte qui menait au salon, j'ai entendu papa jurer et manipuler des choses. Maman était devant la fenêtre de la cuisine et son regard passait au-dessus de la haie du jardin pour se perdre en bas de la colline, du côté du cours d'eau. Elle s'est retournée quand je suis entré et m'a souhaité un joyeux Noël avec des yeux tristes et contrits – elle avait le visage boursouflé. « Où est ton petit frère ? » « Il dort encore. » Elle a empli une tasse de café. « Va porter ça à ton père et demande-lui s'il a besoin d'aide. »

Il était assis en chaussettes près de l'arbre de Noël, dans sa tenue de soirée de la veille – sa barbe était bleue comme dans *Les Flintstones*, ses cheveux gras et hirsutes, et je voyais les veines dans ses yeux, pareilles aux petits fils rouges tirés dans les chaussettes. Il avait la notice de montage du vélo de Reed ouverte sur ses genoux, mais il ne lisait pas, il essayait seulement de faire coïncider deux trous dans le cadre pour faire entrer un boulon récalcitrant. « Saloperie de merde », a-t-il dit, puis il a levé les yeux et m'a vu dans l'encadrement de la porte. « Joyeux Noël, papa. » Il a souri. « Je crois que les gentils lutins sont en grève. »

Pendant tout le temps que nous avons passé à monter les roues, j'ai cherché en vain mon fusil des yeux. Puis nous avons entendu Reed qui arrivait dans le vestibule vêtu de son Babygro, et nous avons caché les outils sous le fauteuil. Maman a ouvert la double porte en tenant la main de Reed, radieux, et ils avaient exactement les mêmes yeux noirs, sauf que ceux de Reed brillaient comme deux étoiles alors que les siens étaient deux puits profonds. Il a dit : « Le Père Noël est passé ? », et maman a dit : « Désolée, chéri, mais il n'a pas eu le temps de faire les paquets. » « Il était très en retard et il fallait encore qu'il aille à Buenos Aires », a précisé papa, et maman a ajouté : « Mais il a quand même laissé quelque chose pour toi. » « C'est exact, dans la cheminée, un gros paquet de martinets et de cendres », a dit papa, mais Reed a fait : « Non, non, non, papa », en courant droit vers son vélo.

Nous sommes tous sortis sur la véranda de derrière, où notre respiration faisait des nuages de buée, et nous l'avons regardé pédaler dans l'allée. J'ai vu papa chercher la main de maman, mais elle l'a fait attendre un bon moment.

Quand elle a cédé, il a souri, et elle aussi, sauf qu'elle avait l'air contrariée. Puis papa est rentré à la maison et quand il est ressorti il cachait quelque chose derrière son dos. « Hé, qu'est-ce que j'ai là ? » a-t-il demandé en sortant mon fusil à plomb. « Waouh, exactement ça ! » ai-je dit. La réplique parfaite de la winchester de Chuck Connors dans *The Rifleman*. Même maman a souri.

J'ai chargé avec les plombs du tube en carton, et tiré par-dessus la haie. « Attention, Jimmy », a dit maman, et papa : « Attention, Joey, mon gars… » Il m'a averti que si jamais je visais qui que ce soit, y compris Tawny, et même si le fusil n'était pas chargé, alors cet objet repartait directement au paradis des fusils à plomb, et moi, je serais un vieux, très vieux monsieur à la barbe blanche le jour où j'en reverrais un. Est-ce que c'était clair ? J'ai répondu que oui, en continuant d'agacer quelques oiseaux en plein vol. Il était l'heure de s'habiller pour l'église.

Comme nous avions passé le soir de Noël chez Nanny et Pa, le jour de Noël nous avons accompagné grand-père et Grody en ville, à l'église méthodiste, pour ne pas faire de jaloux. Ils nous attendaient sur les marches et grand-père nous a embrassés avec cette espèce de raideur qu'il avait, comme s'il était gêné, tandis que Grody disait : « Mon Dieu, les petits chéris – venez que je vous montre un peu. »

Tante Dolly était venue de Raleigh et les avait aussi accompagnés à l'église. Elle était assistante vétérinaire là-haut dans le Nord, et on ne la voyait pas très souvent à Killdeer, parce qu'elle ne trouvait personne pour garder ses chats, disait-elle. Mais à mon avis personnel, la vraie raison est qu'entre Grody et elle ce n'était pas le grand amour. Oncle Sam était en permission de l'*Enterprise*, le bâtiment où il avait été affecté par la Marine pour rembourser ses frais d'études. Je le dis sans plaisir, mais il avait fait Duke, l'université privée de Durham. Il n'était pas venu à l'église avec nous et Reed a demandé : « Où est oncle Sammy ? » « Il dort encore, chéri », a répondu Grody, et Reed s'est étonné : « Comment ça se fait ? » Alors Grody a expliqué : « Parce qu'il n'a jamais l'occasion de faire la grasse matinée, dans la Marine. Quand tu seras plus grand, tu auras la même prérogative. » « Ah », a fait Reed, qui ne connaissait pas le mot *prérogative* et ne comprenait pas comment on pouvait dormir le matin de Noël.

Après l'église, Grody nous a fait la conversation dans le salon, pendant que tante Dolly et grand-père préparaient le repas dans la cuisine. J'apercevais grand-père par la porte battante, debout devant le plan de travail, avec le tablier de Grody, celui qui avait des volants sur les bretelles. Il descendait les assiettes de l'étagère et mesurait les portions de haricots blancs et de patates douces avec une cuiller pour que tout le monde soit servi de la même façon et qu'il y ait juste assez. Grody avait organisé les choses ainsi parce que le gaspillage est un péché, disait-elle, et puis ils pouvaient bien faire cela, grand-père et tante Dolly, servir les assiettes et faire la vaisselle ensuite, après qu'elle s'était échinée et avait sué devant les fourneaux toute la matinée. Grand-père passait son temps à surveiller sa montre comme s'il avait hâte que Noël soit terminé et qu'il puisse retourner à son lycée et j'ai vu que papa regardait avec tristesse avant que la porte se referme.

Reed rageait de devoir attendre la fin du déjeuner pour ouvrir les cadeaux, et il s'est affalé sur le canapé avec Mister Rex, la mine boudeuse et le pouce dans la bouche. « Tiens-toi droit, chéri, a dit Grody, sois un grand garçon et ne suce pas ton pouce – tu sais ce qui est arrivé à Slovenly Peter de l'histoire, n'est-ce pas ? Le tailleur est passé et lui a coupé les pouces. » « S'il te plaît, maman, ne lui dis pas cela », a dit papa. « Quoi ? Mais enfin, c'était le livre que tu préférais quand tu étais petit. » « Je le détestais. » « Mais non, a dit Grody en se renfrognant, pas du tout. C'est un livre qui venait de ton grand-père – tu le réclamais toujours, tu ne te souviens plus, c'est tout. » Reed est allé s'asseoir sur les genoux de maman et papa a dit : « D'accord. Mais de toute façon, pour rétablir tout à fait la vérité, ce n'est pas Slovenly Peter qui a les pouces coupés. Ça, c'était dans une autre histoire. » « Comme si je pouvais oublier. À ton avis, qui te lisait ce livre ? » « Alors il faudrait croire que six fois huit font quarante-six sous prétexte que la vieille maîtresse d'école l'a dit ? Tu m'excuseras, maman, mais je crois que tu te mélanges un peu dans les doctrines – c'est le pape qui est infaillible. Dans ton cas, le mot est *inflammable.* » « Et dans le tien, c'est *infantile* », riposta Grody par retour. Le silence était tel que j'entendais le tic-tac de la pendule sur la cheminée. « Touché », a dit papa. « Touché toi-même », a dit Grody, et l'espace d'un instant ils ont souri comme de bons amis.

Puis Grody s'est tournée vers moi. « Joey ? Monte vite dans la chambre de ton papa et réveille oncle Sam. Dis-lui qu'il est presque une heure de l'après-midi – et, attends, avant de partir, est-ce que tu connais une autre façon de dire "une heure de l'après-midi" ? » « Treize heures ? » « C'est bien, tu es très intelligent. Quand tu seras riche et célèbre, tu reviendras me voir et tu me promèneras dans ta belle limousine, n'est-ce pas ? » J'ai souri, parce qu'elle me taquinait toujours de cette façon. « Oui, Grody. » « Je n'en doute pas, a-t-elle dit, et tu ferais bien de te dépêcher, en plus, parce qu'apparemment il coulera encore pas mal d'eau sous les ponts avant que ton père puisse le faire », ce qui était censé être aussi une plaisanterie, sauf que là, papa n'a pas ri.

« Tu ne vas pas recommencer, maman, a-t-il dit.

— Recommencer quoi ? Je ne dis rien d'autre que ce que tout le monde sait déjà, et la simple vérité ne saurait être considérée comme une offense. Tu n'es pas à ta place dans un entrepôt de tabac. Dans notre famille, aucun homme encore n'a fait de métier manuel. Je suis sûre que même May ne me contredira pas sur ce point, pas vrai, ma chère ? » « J'ai toujours été persuadée que Jimmy était capable de faire ce qu'il voudrait quand il le déciderait, maman Madden, a dit maman. Mais je pense aussi qu'il a le droit de choisir ce qui lui plaît. »

Grody a gardé le sourire mais ses yeux lançaient des éclairs. « C'est vrai, ma chère, mais comment qui que ce soit prendrait plaisir à soulever ces grosses balles de tabac pleines de poussière ? » « C'est très rare que j'aie encore à le faire », a dit papa. « Ne dis pas "c'est très rare que", Jimmy. C'est une tournure vulgaire... "il est très rare" est tellement plus joli. Quant à vous, May, n'allez surtout pas trouver dans mes propos la moindre insinuation désobligeante à l'égard de votre père ou du métier qu'il fait. J'ai le plus grand respect pour Will, encore que je pense que sa maladie devrait nous servir de leçon à tous. Il ne se passe pas un jour que je ne prie pour lui, pas un seul. Évidemment, pour ce qui est de fumer, je ne suis pas la mieux placée, mais je suis désolée, je dois dire que je suis tout sauf fière chaque fois que je vois Jimmy allumer une de ces horribles Lucky Strike, même au bout de tant d'années. Parce que je leur ai dit à tous, dès qu'ils ont eu l'âge de Reed et même avant : “Faites ce que je dis, pas ce que je fais”, et Jimmy n'a pas commencé jusqu'après votre mariage – non que je vous fasse de reproches. Au moins, Sam et Dolly ont résisté à la tentation, grâce à Dieu, et je suppose que deux sur trois, ce n'est pas un si mauvais résultat. Mais que toi, Jimmy, toi, mon aîné, tu sois celui qui… Enfin, c'est Noël, le jour de la naissance de Notre-Seigneur, alors ne nous disputons pas. En ce qui me concerne, toutes mes paroles sont dictées par l'amour. »

Papa ne souhaitait apparemment pas la bagarre, lui non plus. J'ai remarqué que ni maman ni lui n'avaient sorti leurs cigarettes, et pourtant je voyais au premier coup d'œil qu'ils auraient donné cher pour tirer une bouffée. Il régnait dans la pièce cette espèce de malaise rampant que tout le monde semblait ressentir, à l'exception de Grody. « File, maintenant, chéri, a-t-elle dit, va réveiller ton oncle Sam. »

Il était dans le lit jumeau qui se trouvait près du mur, étendu, le visage dans l'oreiller au point que l'on se demandait comment il pouvait respirer. Il avait les bras écartés et tendus, comme s'il était en plein saut de l'ange, avant de toucher l'eau. Je lui ai secoué l'épaule une fois, mais il n'a pas réagi, alors je lui ai laissé le temps d'ouvrir les yeux en allant sur la pointe des pieds jusqu'à la commode où étaient les trophées de papa.

J'aimais bien me trouver là tout seul, de temps en temps, pour les regarder. Mon préféré était en argent et représentait un garçon debout, la tête inclinée en avant et un bras levé, tenant une couronne de lauriers. Il était nu, avec les muscles saillants exactement comme papa sur certaines de ses vieilles photos de lycée. J'espérais qu'un jour les miens seraient pareils, lorsque je serais sorti de ma période grosse, ou costaud, comme on dit. J'aurais aimé l'emporter chez nous, ce trophée, mais quand j'ai demandé papa a répondu : « Vaut mieux pas. » Je ne sais pas pourquoi.

« Hé, brigand, arrive un peu ici que je t'inflige un supplice chinois. » L'oncle Sam me souriait depuis son lit, et je lui ai rendu son sourire en disant : « Non, pas question, tu rêves. Tu aurais intérêt à te dépêcher de t'habiller, Grody a dit de te dire que le déjeuner était presque prêt. » « Elle a dit ça, tu es sûr ? » « Oui. » « Eh bien, elle m'embête, elle aussi. » Là, j'ai hurlé de rire. Il a sauté du lit et passé son peignoir écossais, comme ceux que nous avait offerts Grody l'année dernière. « Je ne crois pas que tu aies le temps de prendre une douche », ai-je signalé, et il a répondu : « Dis à maman de commencer sans moi. » « Elle va être furieuse. » « Mais non », a-t-il fait, et c'est vrai – Grody ne se mettait pratiquement jamais en colère contre lui comme elle faisait avec papa. C'est pour cela peut-être que l'oncle Sam avait toujours le sourire et plaisantait constamment, alors que papa semblait ne pas sortir de sa rage la moitié du temps que nous passions là.

Le déjeuner s'est déroulé sans problème, jusqu'au moment où Grody a envoyé grand-père chercher la boîte à quatre-quarts dans le garage. Elle faisait le meilleur quatre-quarts que vous avez jamais mangé, Grody, avec une croûte épaisse et moelleuse. Vous en mettiez une tranche bien beurrée au grille-pain, vous ajoutiez une boule de glace sur le gâteau chaud, et là… on en aurait mangé sur la tête d'un pouilleux – je vous jure que je ne mens pas, c'était à tomber par terre. Mais il était plus facile de forcer la porte de Fort Knox que de lui extorquer sa recette, et elle ne coupait jamais plus d'une tranche fine à la fois. Les œufs et le beurre coûtent tellement cher, disait-elle, qu'elle n'aimait pas faire plus de pâtisserie que nécessaire. Sauf que, lorsque vous aviez mangé votre part, Grody demandait toujours, systématiquement : « Encore un petit morceau ? », la réponse convenue étant : « Non, merci, Grody. C'était délicieux, mais je n'ai plus faim. »

Elle était donc debout, devant le gâteau, couteau en main. « Personne ? Sammy, chéri, encore un peu ? » Oncle Sammy a souri avant de répondre. « Non, merci, maman. Si j'en reprends, je risque d'être victime d'un Dunlop, comme Jimbo en ce moment. » « C'est quoi, un Daimlop, oncle Sam ? » a demandé Reed, et Sam a répondu : « C'est quand ton ventre déborde par-dessus ta ceinture comme une roue de secours, brigand. » « Et si tu essuyais un peu ta moustache, Sammy, a dit papa, elle est pleine de lait. »

Grody a fait le tour de la table en posant la question à chacun, sauf à moi, et je savais pourquoi – tout le monde le savait. J'étais sûr qu'ils regardaient tous, pleins de pitié pour moi, surtout maman, et puis grand-père a dit : « Écoute, Lilith, ce serait dommage de laisser ça se perdre. Si personne n'en veut... » « Je partage avec toi », ai-je proposé, et Grody a répondu : « Thurston, tu as eu assez ; quant à toi, Joey chéri, je ne t'ai pas proposé volontairement parce que, comme tu le sais, tu as un petit problème de poids. Cela dit, May, ne voyez pas là une critique. Je sais que vous avez fait de votre mieux avec lui, et que de toute façon, c'est dans votre famille. Nous n'avons jamais eu ce genre d'ennuis avec nos propres enfants, grâce à Dieu, encore qu'il n'y ait pas lieu de se vanter de son hérédité. Je pense simplement qu'un minimum de discipline n'a jamais fait de mal à personne, surtout quand il s'agit de garçons. Il est tellement difficile à un homme de se restreindre à table, May, comme en d'autres domaines que je ne nommerai pas, car je suis certaine que vous n'avez pas besoin d'explications. Je vous jure que si je ne surveillais pas Thurston avec une vigilance de fer, je dis bien de fer, je ne pense pas qu'il passerait par cette porte la semaine prochaine à la même heure. Je suis désolée, mais je trouve qu'il n'y a rien de plus répugnant que de voir quelqu'un manger avec un appétit trop évident, vous n'êtes pas d'accord ? »

Elle n'a pas répondu, maman. Personne autour de la table n'a dit un mot ni regardé l'autre – une espèce d'impossibilité. Je ne crois pas que Grody s'en soit seulement aperçue. Elle a continué son discours tout en emballant le gâteau dans du papier alu avant de le ranger dans la boîte, avec cette excitation sur le visage, et cette espèce de lumière aussi, comme chez papa quelquefois.

« Mon père a gardé une sveltesse étonnante jusqu'à sa mort, mais il faut dire que ce n'est pas ordinaire et qu'il était très fier de son apparence physique. L'été, il changeait de chemise trois fois par jour pour être impeccable au repas. C'est fou le chic qu'il avait, mon père, et je ne vous ai jamais raconté, May ? Il a été le premier à avoir une voiture à Killdeer, le tout premier. » Maman, qui était cramoisie jusqu'aux oreilles, a fait : « Ah bon ? On m'avait toujours dit que c'était Mr. Gillam Weeks – vous savez, ma mère habitait juste en face de chez eux, à Seven Oaks. »

Grody a eu l'air d'une personne que l'on arrache malgré elle à un joli rêve. « À mon avis, Zelle se trompe », a dit Grody sans se départir de son sourire, mais il y avait une lueur assassine dans son regard. J'étais terrorisé et je pouvais à peine respirer devant le spectacle de cette haine à l'état pur. « Peut-être que Mr. Weeks et lui les ont achetées le même jour, ce qui fait qu'il y a eu deux premières voitures », ai-je dit, et l'oncle Sam de faire : « Tu as raison, brigand. » « Pour ce qui est de Joey, May, a enchaîné Grody, je connais et je pense que vous connaissez aussi maintenant l'origine du problème. C'est très bien chez les gens de couleur, mais je suis convaincue qu'aucune femme blanche ne devrait se mettre en tête d'allaiter – je n'avais d'ailleurs jamais entendu aucune jeune femme manifester ce désir avant que vous et quelques autres ayez lu ce livre dont j'ai oublié le titre et lanciez la mode. Je n'ai pas voulu m'en mêler, et puis en plus vous avez eu ces problèmes sur lesquels il n'est pas utile de s'étendre, et vous vous êtes rendu compte toute seule, ce qui est la seule vraie façon d'apprendre. » « Maman Madden ? a dit maman. Je préférerais sincèrement ne pas aborder ce sujet devant les enfants. » Elle en tremblait, maman, et Grody a fait : « Moi, j'ai dit ce que j'avais à dire. »

C'était bien la première fois que j'entendais déclarer que j'avais été nourri au sein et j'ignorais totalement ce que pouvaient être ces « problèmes » auxquels Grody avait fait allusion, mais maman m'a regardé depuis l'autre bout de la table, et ses yeux étaient tellement tristes que j'ai eu envie de serrer la gorge de Grody avec mes deux mains en criant : *tais-toi tais-toi tais-toi* et en l'étranglant jusqu'à ce qu'elle arrête. Je voulais lui dire que ce n'était pas la faute de maman, parce qu'elle m'avait emmené chez le Dr. Watt, maman, pour qu'il me mette au régime, et pendant le retour, dans la voiture, j'étais très content à l'idée de commencer parce que j'allais enfin franchir l'étape et cesser d'être gros, ou fort.

Il faut que je vous raconte honnêtement ce qui s'est passé : ce soir-là, au dîner, j'ai mangé exactement ce qui était écrit sur la feuille dactylographiée. Maman m'avait préparé un menu à part comme faisait Dee Lou avec les repas de Nanny, et tout s'est très bien passé. Mais ensuite, tout le monde est allé dans le petit salon pour regarder la télé, et une demi-heure ou une heure plus tard, Reed, à moins que ce ne soit papa, a demandé une part de glace à maman, avec des Oreos. Elle s'est levée pour aller à la cuisine, et j'ai commencé à transpirer dans mon fauteuil, pris d'une faim soudaine, une faim gigantesque comme jamais peut-être je n'avais éprouvé de ma vie, comme si l'intérieur de mon corps n'était plus qu'un vaste trou vide qui réclamait quelque chose à manger. Je me suis levé pour la rejoindre, et j'ai dit que je voulais de la glace, moi aussi, alors maman s'est retournée et m'a regardé d'un air étonné : « Et si tu prenais une pomme, ou bien des bâtons de céleri ? » a-t-elle proposé – les en-cas autorisés par mon régime. « Non, maman, je veux de la glace. J'ai faim, je suis mort de faim, ce régime est idiot, il ne marche pas, d'ailleurs je n'ai plus envie de le faire. » Elle m'a regardé comme si son cœur se brisait, maman, et je crois bien que tout au fond de moi, il y avait une partie de moi qui avait envie qu'elle refuse, qu'elle m'empêche, sauf qu'elle n'a sûrement pas pu. « Comme tu veux, chéri », a-t-elle dit en sortant une autre petite assiette où elle m'a servi de la glace, à moi aussi, et on n'a plus reparlé du régime, mais à qui la faute ? Je me fiche bien de ce qu'a dit Grody, ce n'est pas la faute de maman.

Après tout cela, papa a posé une main sur mon épaule et il m'a souri, mais lorsque son regard s'est posé sur Grody, il a fait une sorte de moue, comme s'il avait un mauvais goût à la bouche. « Maman, a-t-il dit, avec tout l'amour que j'ai pour toi, ton ascétisme est parfois difficile à supporter. » « Jimmy, ça suffit, est intervenu grand-père, je te prie de ne pas parler à ta mère sur ce ton », et Grody de protester : « Laisse, Thurston, ce n'est pas grave, je sais bien qu'il ne pense pas ce qu'il dit. » « Je n'ai fait qu'énoncer une vérité, a renchéri papa, et la simple vérité ne saurait être considérée comme une offense. Ce n'est pas ce que tu as l'habitude de dire, maman, avant d'assener le coup de massue ? »

Là, on a senti un grand froid glacial tout d'un coup, et moi, j'étais fier de papa qui se dressait contre elle pour prendre notre défense, mais j'avais peur en même temps, parce que je n'étais pas certain qu'il puisse gagner.

Tante Dolly s'est levée comme une flèche pour se mettre à débarrasser la table. L'oncle Sam n'a pas bougé, toujours souriant, mais le visage rouge. « Ce que tu dis ne fait même pas sens, Jimmy – parler de l'ascétisme de quelqu'un est plutôt flatteur. » « Tu veux dire que c'est comme le traiter de pingre ou de radin ? » a répliqué papa, et là le sourire de Sam s'est effacé. « Ce n'est pas le sens du mot ascétisme, qui fait plus référence à une certaine discipline, une frugalité – ce qui n'a rien à voir. » « Désolé de te contredire, mon vieux, mais c'est faux, il faudrait plutôt dire mesquinerie – chiche, rapiat, parcimonieux… » « Tu paries combien ? » « Assez, tous les deux, est encore intervenu grand-père. Je ne veux pas de bagarre autour de cette table », et les deux de protester d'une même voix : « On ne se bagarre pas, papa. » « Va chercher le dictionnaire, toi, m'a dit papa, il est sur l'étagère au-dessus du téléphone », mais je savais parfaitement où se trouvait le dictionnaire. Ils avaient souvent ce genre de discussion.

Quand je suis revenu, j'ai tenté de le faire passer

directement à papa, mais l'oncle Sam a mis la main dessus le premier et il a commencé à tourner les pages. « Je suis au regret de devoir te le dire, Jimbo, mais je sais que j'ai raison. Le mot ascétisme était sur nos listes de vocabulaire. » Il faisait allusion aux fiches que papa et lui avaient faites quand ils étaient jeunes. Elles étaient rangées dans une boîte à chaussures sur une planche du placard du haut, et Grody les bombardait en permanence de questions pour qu'ils enrichissent leur vocabulaire.

« À ce propos, Sam, a dit papa, elle est devenue quoi, cette fameuse boîte à chaussures ? La dernière fois que je l'ai cherchée, elle avait mystérieusement disparu. » Oncle Sam a haussé les épaules. « Franchement, Jimbo, je n'en ai pas la moindre idée. » « Elle est dans ton casier à Norfolk, oncle Sam, ai-je dit. Je l'ai vue quand on est allés te rendre visite. » Oncle Sam m'a fait un grand sourire. « C'est vrai ? J'ai dû oublier que je l'avais rangée là. » « Oui, ben, j'aimerais la récupérer », a fait papa, et oncle Sam a refusé : « Pas question, elle est à moi.

— Le reste mis à part, a dit Grody, je crois que Sam a raison à propos de la définition. » Rire de papa. « Sans blague, maman, qui se serait douté que tu allais prendre son parti ? » « Tu sais que c'est faux, Jimmy. Complètement faux. Tu as toujours été la prunelle de mes yeux, mon fils, toujours – non pas que j'aimais moins Sam et Dolly, Dieu m'est témoin que ce n'est pas le cas, mais pour une mère, un premier a toujours une place à part, et je suis sûre que May le sait bien. » Pendant une seconde, le visage de papa s'est vidé et ses lèvres se sont mises à trembler un peu, comme s'il n'avait plus le cœur de se battre.

Puis Grody a déclaré : « Mais il ne faut pas négliger le fait que Sammy a intégré Duke, Jimmy. » La bouche de papa s'est ouverte, il a regardé maman, puis Grody. Un large sourire s'est inscrit sur son visage comme s'il n'en croyait pas ses oreilles. « Et alors, maman ? Je dis bien, et alors ? J'ai été à l'université de Caroline. » « C'est que, sans dénigrer en rien l'université de Caroline du Nord, établissement public qui jouit d'une réputation parfaitement respectable dans notre région, Jimmy, il faut bien reconnaître qu'à l'échelon du pays entier le niveau de Duke est considéré comme supérieur. Bien entendu, avec tes notes et tes performances sportives, tu aurais pu être admis facilement à Duke et probablement obtenir une bourse, mais cela est de l'histoire ancienne, aujourd'hui.

— J'ai trouvé, a dit Sammy en levant la tête avec un sourire radieux, l'index posé sur une page. *"Ascétisme : doctrine de perfectionnement moral fondée sur la lutte contre les exigences du corps. Vie austère, continente, frugale, rigoriste..."* Alors, Jimbo, je ne vois pas un mot ayant trait à la pingrerie ni la mesquinerie. Tu veux jeter un œil ? » « Non, merci, Sammy, mais tant que tu y es, rends-moi service, cherche *fayot*, f-a-y-o-t. » Oncle Sam s'est contenté de fermer le dictionnaire en souriant. « C'est toi qui as commencé. »

À cet instant précis, j'ai eu envie de partir, et pas seulement de quitter la maison de Grody. J'aurais voulu que nous puissions déménager, laisser Killdeer et aller dans une autre ville, comme le souhaitait maman. C'est papa qui refusait de bouger. Je ne sais pas pourquoi – je suppose qu'il ne pouvait pas se passer d'eux.

On aurait pu penser que le pire avait été atteint, mais après que Grody nous a remis les cadeaux – cette année papa et oncle Sammy ont eu les peignoirs et Reed et moi des pantoufles –, maman a dit : « Vous n'avez pas ouvert un seul de vos cadeaux, maman Madden. Les enfants, apportez le paquet à Grody.

— Ça alors ! s'est exclamée Grody en jouant la vraie surprise, c'est trop gentil ! Vous n'auriez rien dû acheter pour moi, May, sincèrement – votre présence est déjà un cadeau précieux. J'espère que vous n'avez pas dépensé une fortune. » Reed attendait, les bras ballants, qu'on fasse appel à lui, mais Grody aimait bien arracher le papier elle-même. Elle a soigneusement défait la ficelle, qu'elle a roulée en pelote avant d'ouvrir la boîte et d'ôter le papier de soie. Tout à coup, elle a fait silence en fixant ce qu'elle avait sur les genoux comme si elle était trop contente pour exprimer son plaisir avec des mots, ou bien comme si elle ne savait pas trop ce qu'elle avait devant elle. « C'est une *poupée* ? » a-t-elle demandé, et maman, encore pleine d'espoir, de répondre : « Non, Grody, c'est un ange pour votre arbre de Noël. » Alors Grody a cligné les yeux pour regarder de plus près.

Je retenais mon souffle, moi, je vous le dis, comme tout le monde dans la pièce. Et elle a fini par lâcher : « C'est très joli », et j'ai poussé un soupir de soulagement. Sauf qu'en relevant les yeux elle faisait une tête comme si la crème venait de virer à l'aigre. « Dommage que ça ne serve que deux semaines par an. » Le visage de maman s'est figé. « Si ce cadeau ne vous plaît pas, maman Madden, je me ferai un plaisir de l'échanger. » « Non, May, c'est très bien. C'était déjà gentil de penser à moi. » Elle ne s'est même pas donné la peine de sortir l'ange pour le montrer, elle a juste rangé le nœud et la ficelle dans la boîte pour faire un cadeau l'année prochaine à quelqu'un d'autre, et puis elle a remis le couvercle. J'ai regardé maman, sachant ce qu'il lui en avait coûté de dépenser cet argent, mais elle souriait, comme si tout lui était devenu égal.

Entre-temps, Reed était fatigué et en rajoutait pour que papa le garde sur ses genoux. Lorsque papa a voulu le remettre par terre, Reed a éclaté en sanglots. « Je sais ce qui va redonner le sourire à mon petit garçon chéri, a dit Grody. Je suis montée au grenier l'autre jour, vous ne devinerez jamais ce que j'ai trouvé… »

Reed a essuyé son nez dans sa manche. « Quoi ? » « Je vais te montrer quoi », a dit Grody. Elle a monté l'escalier et est revenue avec une vieille boîte à biscuits d'autrefois. Il y avait un traîneau tiré par un cheval sur le couvercle et quelque chose qui faisait du bruit dedans. « Viens vite t'asseoir à côté de Grody », et Reed de grimper sur ses genoux pour l'aider à soulever le couvercle – la boîte en fer-blanc était pleine de billes, de toutes les tailles et de toutes les couleurs.

Reed n'a pas semblé très impressionné par les billes, mais Grody a demandé : « Tu sais à qui elles étaient ? », et là il a visiblement commencé à se laisser séduire. « Non-on, Grody, à qui ? » « Je vais te dire à qui, elles étaient à ton papa et à ton oncle Sammy quand ils avaient à peu près ton âge. Et je peux te dire que c'était une sacrée paire de loustics, Reed – il n'y avait pas plus terribles que ces deux-là. » Le sourire de Reed s'est sensiblement élargi. « Qu'est-ce qu'il faisait, papa, Grody ? » « Je vais te dire ce qu'il faisait. Le cher enfant a gagné plus de billes que n'importe qui dans toute son école, et il en était plus que fier. Il les rangeait dans cette boîte que je lui avais donnée, et personne n'avait le droit d'y toucher. Et je parie, oui, je parie que, si tu lui demandes gentiment, il acceptera peut-être de t'apprendre à jouer. »

Il a regardé du côté de papa, Reed, et papa avait l'air conciliant, alors il a dit : « Arrive, garnement. » Ils se sont mis à quatre pattes, et papa lui a expliqué les différentes sortes de billes, avec le nom pour chaque catégorie. Puis l'oncle Sam m'a fait un clin d'œil, nous leur avons lancé un défi, et nous avons fait une partie. C'est la première et unique partie de billes que j'ai faite de ma vie, parce qu'il s'agissait d'un jeu préhistorique que les enfants n'aimaient plus, sauf que je dois bien reconnaître que c'était plus drôle qu'on ne s'y attendrait.

Nous nous amusions, finalement, mais la nuit commençait à tomber dehors et il était l'heure de rentrer. Nous avons donc interrompu la partie, rangé les billes, mis nos manteaux, embrassé tout le monde en disant au revoir et merci encore. Mais au moment de franchir le seuil de la porte, j'ai baissé les yeux par hasard et vu que Reed avait Mister Rex sous un bras et la boîte de billes sous l'autre, comme s'il avait décidé qu'elles étaient à lui, point final. Grody les a vues aussi, et un gros nuage noir s'est profilé dans le ciel, jetant une ombre sur son visage.

« Reed chéri, laisse les billes ici, chez Grody, a-t-elle dit. Tu les auras pour jouer quand tu reviendras. » Reed l'a regardée en face, avec ces yeux marron qu'il tenait de maman, et ses lèvres se sont mises à trembler. « Pourquoi est-ce qu'on ne les emporterait pas à la maison, maman ? a dit papa. Elles étaient à moi, après tout, et il ne va rien leur arriver. » « Elles étaient également à Sam, Jimmy, n'oublie pas. Et un jour, lui aussi aura des enfants. » « Eh bien, en attendant, que Reed et Joey jouent avec. Qu'est-ce que tu en penses, Sammy ? » « Ça me va très bien, aucun problème, Jimbo. »

Grody a hésité, et on voyait la machine se mettre à tourner comme si elle avait du mal à trouver la bonne solution. « Ils ont déjà tellement de jouets chez eux, Jimmy, beaucoup plus que vous n'en avez jamais eu quand vous étiez petits. Je ne pense pas qu'il soit bon de les gâter à ce point. Il faut qu'ils apprennent que dans la vie, on n'a pas toujours tout ce qu'on veut. » « Ce sont des enfants, maman, ils ont bien le temps, non ? »

Grody a soupiré en mettant un genou à terre pour être à la hauteur de Reed. « Je vais te dire ce qu'on va faire, on va trouver un compromis. Tu me montres que tu es un grand garçon bien élevé en disant : "Merci, grand-mère", et moi, je te laisse prendre celle que tu veux dans la boîte. Les autres resteront ici pour que tu aies de quoi t'amuser la prochaine fois que tu viens. Ce n'est pas une bonne idée ? »

Reed avait l'air d'hésiter, comme s'il se demandait s'il n'y avait pas un piège, parce que pour un petit garçon, il n'est pas évident de comprendre pourquoi il faudrait ne prendre qu'une bille quand on peut en avoir une boîte entière. Moi, je lui disais : *n'accepte pas, Reed, ne te laisse pas avoir, c'est un piège*, pas tout fort, mais en pensée. C'est que je me souvenais de toutes les fois où je m'étais trouvé dans la même situation, et je tombais dans le panneau en acceptant quelque chose que je regrettais ensuite. Quelquefois, j'aurais volontiers redonné chaque paire de pantoufles et chaque tranche de quatre-quarts et tout ce dont elle avait pu me faire cadeau, Grody, pour lui enlever tout moyen de m'embobiner.

Mais je ferai ce crédit à Reed. Il était très futé pour son âge, et se laissait moins facilement berner qu'on aurait pu imaginer. « Elles ne sont pas à toi, elles sont à papa », a-t-il répondu à Grody, et sa lèvre a fait cette moue têtue qui était bien à lui. « Non mais, qui est en train de faire le petit bébé, maintenant ? » « C'est toi ! » a fait Reed. Grody s'est relevée pour dire : « Tu vois, c'est exactement ce à quoi je faisais allusion, et voilà pourquoi je ne voulais pas qu'il les prenne. »

Reed a vu qu'il n'allait pas avoir les billes et il s'est mis à brailler. Maman lui a pris la main. « Viens, chéri, on rentre à la maison », a-t-elle dit en le portant, et elle a descendu les marches sans même dire au revoir.

« Il doit être fatigué, pauvre chéri. Tu seras un grand garçon bien élevé la prochaine fois », a dit Grody tandis qu'ils s'éloignaient, mais Reed s'est contenté de la fusiller du regard avec le pouce enfoncé dans la bouche jusqu'à la garde.

« Au revoir, maman. Joyeux Noël », a dit papa en l'embrassant sur la joue, ce que j'ai fait moi aussi. Puis il m'a pris par l'épaule, nous avons parcouru l'allée jusqu'à la Country Squire, et au moment précis où la voiture allait démarrer, Grody est ressortie et nous a fait signe d'arrêter depuis les marches. Elle a traversé la pelouse en courant et nous a demandé de baisser la vitre.

« Tenez », a-t-elle fait, un peu essoufflée en se penchant à l'intérieur. Quand elle a ouvert la main, celle-ci contenait deux billes. « Nous avons passé un si joli Noël, je ne veux pas que quelqu'un reparte fâché. » Elle les tendait à Reed, mais pour lui, l'affaire était entendue. Pas question d'y toucher. « Tu ne veux pas faire de peine à Grody, hein ? » a-t-elle demandé, d'un ton presque pitoyable, et j'étais sûr que Reed allait céder à cet argument. « Donne, Grody, je vais les prendre. Je les lui donnerai plus tard. »

Reed m'a lancé un regard assassin comme si je venais de le trahir, trop stupide pour comprendre qu'en fait j'étais de son côté. « Oh, Joey chéri, a dit Grody, tu me rappelles tellement ton papa lorsqu'il avait ton âge. » Elle avait l'air triste en disant cela.

Tandis que papa démarrait enfin en direction de Raleigh

Road, j'ai regardé par le pare-brise arrière, et je l'ai vue qui faisait au revoir, sous le réverbère, Grody. Personne ne l'a remarquée à part moi, mais je n'ai pas pris la peine de répondre à son signe parce que je savais qu'il faisait déjà trop noir et qu'elle ne me verrait pas. Alors que moi, je la voyais à cause de la lumière du réverbère – l'herbe à ses pieds était illuminée et scintillait sous le gel. J'ai regardé les deux billes que j'avais dans la main, et constaté qu'il ne s'agissait ni de calots, dont papa avait dit que c'étaient les plus chères, ni de transparentes, celles que je préférais en second, mais de deux agates brillant dans le noir.

« Je fumerais bien une cigarette, tiens », a dit papa au moment où il a bifurqué vers Ruin Creek, en souriant à maman comme s'il avait un poids de moins sur les épaules et était content de partir. Elle a cherché dans son sac pour lui offrir une Pall Mall, mais il a dit : « Regarde dans la boîte à gants, j'ai les miennes là », avant d'enfoncer l'allume-cigares.

« Tu ne trouves pas que c'est un rien ridicule, Jimmy, a-t-elle demandé en lui tendant le paquet, cette histoire de ne pas fumer là-bas et de faire comme si, alors qu'elle sait très bien que nous fumons ? » « Nous n'y allons pas si souvent, May, ce n'est pas un gros effort. » Elle est restée à contempler le pare-brise un bon moment, les bras croisés, maman, avant de dire : « Si, c'en est un pour moi. » L'allume-cigares est revenu à sa position sans que personne ne dise un mot.

« Allez, May, ça ne s'est pas si mal passé, finalement, si ? » a demandé papa en allumant sa Lucky avant de baisser un tout petit peu sa vitre. Il lui a tendu l'allume-cigares, mais maman est restée à le regarder pendant que la braise orange s'éteignait, comme s'il plaisantait. Sauf qu'à mon avis il ne plaisantait pas. Ce n'était pas la même chose pour papa que pour nous, parce qu'il avait plus l'habitude peut-être, après avoir vécu là-bas tant d'années, quand il était jeune.

« Si, Jimmy, ça s'est mal passé. Ça s'est mal passé d'un bout à l'autre et à tous les niveaux, et je peux te dire que plus jamais je ne passerai un Noël comme ça, plus jamais. Je ne peux pas, et je ne veux pas.

— Écoute, May, si c'est à cause de l'ange, tu peux me croire, l'année prochaine, à l'heure qu'il est, elle l'aura mis en haut de son arbre et se vantera auprès de toutes ses amies – tu sais comment elle est. » « Je m'en fiche, Jimmy. Elle peut bien en faire ce qu'elle voudra. Je n'ai jamais pris une telle claque de ma vie. »

Le visage de papa s'est assombri, comme si le nuage noir était venu au-dessus de sa tête, à lui aussi. « Qu'est-ce que tu veux, exactement, May ? Maman a dit qu'il lui plaisait, non ? » « Oui, et aussi : "Dommage que ça ne serve que deux semaines par an." » L'imitation de maman était parfaite, mais elle n'a pas amusé papa.

Elle a craché sa fumée en l'air, maman, en une seule grosse bouffée. « Chaque fois qu'elle dit la moindre chose qui ressemblerait à une amabilité, on dirait qu'elle regrette et n'a de cesse d'envoyer une vanne pour se rattraper. J'en ai marre, Jimmy, ras le bol. »

Un courant d'air froid est entré quand elle a jeté sa cigarette. « Je vais te dire, moi, pourquoi ce pauvre Sammy fait la grasse matinée tous les matins de Noël. Il retarde au maximum le moment où il devra descendre s'extasier devant ce petit sapin minable et en prendre pour son grade. »

Pour le coup, le sourire de papa avait complètement disparu. « On ne peut pourtant pas dire que tes parents à toi sont parfaits, May. » La voix était calme, mais j'ai senti les cheveux se hérisser sur ma nuque. « Peut-être bien, a dit maman en ricanant, mais au moins ce ne sont pas des rats. » « Eh bien, mon père à moi n'est pas un ivrogne. »

La nuque de maman est devenue rouge – je l'ai vue en passant sous un lampadaire – et lorsqu'elle a parlé sa voix tremblait. « Sans papa, nous n'aurions pas de toit au-dessus de notre tête. » « T'as raison, et ta famille est d'une classe supérieure à la mienne, d'ailleurs je ne suis pas assez bien pour toi – on en revient toujours au même point, n'est-ce pas ?

— C'est toi qui le dis, pas moi, a-t-elle répondu dans un souffle, et papa a encaissé comme si elle venait de le gifler.

— J'imagine que tu aurais mieux fait d'épouser Sumner quand tu en avais l'occasion, hein, May ? Tu aurais eu ce grand mariage à l'église, à Saint-Paul, en présence des Colonial Dames et d'un parterre d'invités. » « Si quelqu'un a des regrets, c'est toi », a dit maman, ce qui a fait rire papa, si l'on peut appeler cela rire.

Sauf que cette fois, elle l'a regardé. « Je parle sérieusement, a-t-elle dit. Comme ça tu serais débarrassé, tu n'aurais plus que toi à penser. D'autant que finalement, le fait d'avoir une famille n'a jamais semblé avoir beaucoup d'importance pour toi. »

Papa a enfoncé la pédale de l'accélérateur, et les pointillés de la signalisation se sont transformés en ligne jaune continue, défilant sous le capot.

« Jimmy, ralentis. Jimmy, s'il te plaît. » Papa n'a pas répondu, il a seulement accéléré encore le rythme sur la route verglacée.

10

May

Sumner n'a rien eu à voir là-dedans.

Pendant onze ans je suis restée à la maison, j'ai préparé les repas pour Jimmy, tenu son intérieur, élevé nos fils, le tout en habitant une maison offerte par mes parents et en encaissant tous les mois l'aumône de papa pour régler les factures. Quand Reed est enfin allé à la maternelle, je n'ai plus voulu rester là, derrière la maison, avec Elise, à décrocher le linge sec et à échanger des recettes de cuisine. Ce n'est pas que je désirais une autre vie, non, je voulais juste donner un peu d'ouverture à celle que nous avions, pas seulement pour moi d'ailleurs, mais aussi pour nous, pour Jimmy, encore que, oui, c'était surtout de moi qu'il s'agissait.

Je peux bien le dire aujourd'hui. À l'époque, c'était le comble de l'égoïsme – désirer quelque chose, non pas pour Reed et Joey en tant que mère, ni pour Jimmy en tant qu'épouse, mais pour moi. Si j'avais eu le choix, j'aurais repris mes études, mais nous avions quitté Chapel Hill à cause de Jimmy, et une fois qu'il s'est mis à travailler aux entrepôts avec papa, il n'a plus voulu en partir, et pourtant, Dieu sait que j'aurais fait n'importe quoi, meurtre exclu, pour nous sortir de Killdeer, et encore ne faut-il pas exclure le meurtre trop vite. Si Jimmy avait décrété qu'il voulait se faire chercheur d'or et laver le sable du Yukon, j'aurais été la première à plier bagage. Moi, j'étais revenue ici à reculons – je savais ce qui allait se passer avec nos deux familles sur le dos en permanence –, mais les hommes pensent que ce genre de détail compte pour des prunes sans jamais saisir, apparemment, que la vie n'est finalement qu'une accumulation de détails.

Jimmy m'a dit un jour que si j'avais vraiment voulu terminer mes études, j'aurais trouvé un moyen, et peut-être qu'il avait raison. J'aurais pu divorcer, laisser Joey et Reed toute la journée chez maman à la garde de Dee pendant que je faisais mon heure de transport quotidien, aller et retour, pour suivre mes cours, avant de rentrer bien vite à la maison pour préparer le dîner, faire le ménage, et étudier en guise de loisirs, le tout pour le plaisir... toute plaisanterie mise à part, je vois mal comment j'aurais pu tenir. Il était écrit que je ne ferais pas d'études, alors autant faire avec ce qui s'offrait à moi.

Ce qui s'offrait à moi, c'était la Junior League, l'association de parents d'élèves, les scouts de Joey ; ce qui s'offrait à moi, c'était les dames de la paroisse Saint-Paul, mon bridge, les clubs de jardinage, et le travail bénévole à l'hôpital. Au club lecture, j'avais lu *Anna Karénine* avec un groupe de femmes au foyer qui ne toléraient Tolstoï qu'au nom de la Culture avec un C majuscule ; au fond de leur cœur, elles pensaient qu'Anna n'avait eu que ce qu'elle méritait pour avoir exigé trop de la vie en ayant la folie de croire que l'amour était le moyen de l'obtenir. J'ai pleuré comme une madeleine quand elle s'est jetée sous le train, et j'aurais voulu pouvoir réécrire la fin. Jamais l'idée ne m'a effleurée que si Anna avait épousé Vronsky, les choses auraient peut-être fini tout aussi mal. Aucun livre ne m'avait appris cela – c'est la vie qui s'en est chargée.

Les Colonial Dames ne faisaient donc que s'ajouter à la liste et, oui, j'ai été très contente qu'on me sollicite. J'aurais voulu que Jimmy soit fier de moi, lui aussi, et sa réaction m'a blessée. Lorsqu'il a commencé à me mettre activement des bâtons dans les roues, ou tenter de le faire, j'ai été anéantie. Et puis la déception s'est transformée en simple colère.

Quand j'ai voulu engager Otelia, on aurait dit que je demandais la lune. Dix-huit dollars – c'est tout ce que cela coûtait pour trois matinées par semaine – et puis presque tous les gens que nous connaissions avaient une personne à demeure. « Je ne vois vraiment pas pourquoi je devrais payer quelqu'un pour s'occuper de la maison et des enfants pendant que tu vas faire la charité aux hordes indigentes de Bagtown, a dit Jimmy en ironisant sur les *hordes indigentes* – comme si j'avais fait autre chose depuis le jour où je l'avais épousé –, et je ne te demande même pas où je suis censé trouver l'argent avec ce que ton père me paie. »

Encore une chose qu'il me jetait constamment à la figure, comme si papa et moi, nous étions de mèche contre lui, alors que papa lui avait offert ce boulot par pure grandeur d'âme, pour nous éviter le naufrage lorsque nous sommes partis de Chapel Hill. Jamais au grand jamais, je crois, papa n'aurait imaginé que Jimmy allait rester à la Bonanza – moi non plus d'ailleurs –, mais il a été beau joueur, il a accepté sans le moindre commentaire, et il s'est mis à apprendre le métier à Jimmy, sur le tas, comme il avait appris lui-même. Il payait Jimmy exactement au même salaire qu'Otis Frye qui avait vingt ans de maison et connaissait le boulot sur le bout des doigts. Mais Jimmy refusait la méthode de papa ; il voulait brûler les étapes, et dans sa tête il devait pouvoir prendre les rênes en un an. Papa lui a expliqué que les choses ne se passeraient pas comme cela, qu'aux entrepôts il ne pouvait y avoir qu'un seul chef, tous les autres n'étant que des sous-fifres.

Il arrivait toujours avec des projets insensés, Jimmy, comme celui d'installer la climatisation dans les entrepôts – avec près de huit mètres de hauteur sous plafond, et aucun entrepôt de tabac au monde n'ayant jamais fait une chose pareille. Pourquoi ne pas être les premiers ? a demandé Jimmy. Ensuite, lorsque cette vieille usine abandonnée a été mise en vente, dans Lawford Corner, Jimmy voulait que papa l'achète et en fasse un second entrepôt, la Bonanza *bis* – l'idée de Jimmy pour le nom. Bien entendu, c'est lui qui en aurait assuré la direction pour papa, et il aurait fait des bénéfices dont papa n'avait jamais eu idée – nous aurions multiplié les profits par deux, selon Jimmy, mais papa a répondu que ce sont les frais généraux qui seraient multipliés par deux. Le marché de la Bonanza *bis* serait exactement celui que la Bonanza un drainait déjà, a-t-il expliqué à Jimmy, sauf que les fermiers auraient un peu moins de route à faire, ce qui représenterait pour lui une dépense de cinquante mille dollars pour qu'une centaine de fermiers économisent cinquante cents d'essence.

Alors, pourquoi ne pas acheter un camion, a dit Jimmy, et organiser un service qui irait prendre livraison du tabac sur place pour l'amener à l'entrepôt de vente, ce qui éviterait le voyage aux fermiers ? Mais papa de répondre : « Jimmy, mon fils, à quoi penses-tu ? Les fermiers sont très contents de venir en ville. » C'est la seule occasion qu'ils avaient, a-t-il expliqué, de prendre un jour de congé pour faire leur ravitaillement à l'épicerie, passer chez le concessionnaire Ford, tâter les pneus des camions neufs, ou voir un film à l'Ambassador.

Et même si papa était parfois un peu trop conservateur, c'était son entreprise à lui, non ? Il était là, le problème – au lieu de partir vers des horizons où cette créativité qu'il avait en lui pourrait s'exprimer, Jimmy est resté à un endroit où elle était bridée, ce qui le mettait en rage. La vérité, je crois, c'est qu'il aimait mieux mariner dans sa rage, croire que le monde entier était contre lui, plutôt que de bouger et de réussir. *Si la façon dont papa dirige l'entrepôt ne te convient pas, alors cesse de t'accrocher à ses basques. Vole de tes propres ailes, sois adulte* – c'est ce que j'avais sur le cœur, ce que j'avais envie de lui dire, sauf que je ne l'ai évidemment pas fait. Je ne le pensais même probablement pas à l'époque – il est difficile de faire la part entre les réactions sur le moment et ce qui est arrivé ensuite... Je crois que j'étais moins fâchée que déçue, perdue. J'étais toujours amoureuse de Jimmy et je ne demandais qu'à l'aider, mais je n'ai pas compris ce qui se passait.

Après Chapel Hill, il avait été convenu que Jimmy travaillerait chez papa tout en cherchant mieux ailleurs, mais le mieux ailleurs ne s'est jamais concrétisé – et c'est à peine si la recherche a commencé. Deux fois, l'oncle Mark s'est donné la peine d'arranger un rendez-vous avec son rédacteur en chef au *New York Times* – Jimmy avait toujours dit qu'il aurait aimé être écrivain. La première fois, il s'est perdu et est arrivé avec une heure de retard ; la seconde, il a forcé sur le Martini dry dans un restaurant chic, et il a régalé l'assemblée d'anecdotes. Jimmy a fait un tabac, a dit l'oncle Mark, mais je suppose que le *Times* n'avait pas besoin d'un conteur, et de toute façon Jimmy n'a jamais donné suite.

Ce qui rendait la situation difficile à comprendre, c'est qu'au lycée Jimmy avait été la gloire locale, en sport, dans les disciplines scolaires, partout. En licence, à Chapel Hill, il avait fait Phi Beta Kappa, et même papa, qui était l'homme d'affaires le plus avisé de Killdeer, disait que jamais il n'avait rencontré un garçon plus doué que Jimmy, qui comprenait tout au quart de tour – avec lui on n'avait jamais à répéter deux fois la même chose. Il avait une imagination stupéfiante. Encore aujourd'hui, papa est persuadé qu'il aurait pu devenir président de la Bourse à New York, ou obtenir n'importe quel poste s'il en avait eu le désir. Mais il était comme un coureur qui fait des départs fulgurants, prend une longueur d'avance dans les premiers quatre cents mètres, et ensuite il y a toujours un incident, il perd l'énergie, ou il est tout simplement pris d'un insurmontable ennui – ou plus vraisemblablement, il commence à se poser des questions : *qu'est-ce qui m'oblige à courir cette course ? Quel est l'intérêt des courses ? À qui est-ce que je cherche à prouver quelque chose ?* Dans la réponse, le mot *eux* revenait chaque fois, désignant les autres, tout le monde sauf lui, ce qui était une erreur. Jimmy accumulait l'amertume, il se mettait dans des états de rage – contre moi, contre papa, contre quiconque plaçait le moindre espoir en lui – et tout ce potentiel de talent et d'imagination n'était utilisé qu'à trouver une façon créative de tout gâcher.

Dès l'instant où nous avons été mariés, on aurait dit qu'il était devenu quelqu'un d'autre, et nous sommes allés de catastrophe en catastrophe, une nouvelle chaque année, toujours pire que la précédente. J'en ai passé des nuits blanches à me demander si c'était ma faute – Lilith ne perdait pas une occasion d'exprimer clairement son avis sur la question –, à me triturer la cervelle pour trouver le moyen de l'aider, à prier pour lui, pour nous. Mais j'ai vu la même chose se reproduire trop souvent – le mariage, c'est comme l'alcool, il ne change pas les gens, il fait seulement ressortir ce qui était déjà là... alors un beau jour, après tout ce que vous avez tenté, toute l'aide que vous avez essayé d'apporter, vous vous réveillez le matin en sachant que rien n'a changé, que rien ne changera. La situation s'est tellement dégradée que vous avez perdu le loisir de vous interroger sur les responsabilités, il ne vous reste plus qu'à apprendre à sauver ce qui peut l'être encore – vos enfants et vous-même.

Pour moi, l'affaire était entendue, voyez-vous... et c'est pour cela que j'ai adhéré aux Colonial Dames et aux dames de la paroisse, que j'étais bénévole à l'hôpital et que je m'usais les ongles, dans mon petit salon, à apprendre à Joey et aux autres louveteaux à manier la scie pour fabriquer un porte-cravate à offrir à leur père, pour Noël. Je m'étais lancée dans toutes ces activités pour nous donner une chance d'arriver à quelque chose, d'être quelqu'un dans cette ville, et pas seulement May Tilley, la cadette de Will et Zelle, et ce jeune Madden, son mari. J'étais poussée par une force, et je ne cessais de me demander d'où elle me venait. Peut-être l'ancienne débutante voulait-elle se souvenir de qui elle était, pour reprendre la formule de maman. C'est sans doute ce que pensait Jimmy, je suppose : que je cherchais encore à me racheter d'une disgrâce que tout le monde sauf moi avait oubliée depuis longtemps. Mais il s'agissait moins pour moi de me souvenir de qui j'étais, je crois, que de tenter de le découvrir pour la première fois. Et il était dur de se voir contrée dans cette démarche, surtout par son mari.

Pour Jimmy, la fierté et l'ambition que je manifestais fonctionnaient comme des chiffons rouges devant un taureau. Il les prenait pour des reproches personnels et me punissait. « Ma mère n'a jamais eu de bonne, disait-il, et elle n'en a jamais eu besoin d'ailleurs. » *Pour quoi faire effectivement, alors qu'elle avait quatre larbins à son service – toi, Sam, Dolly et ton père – taillables et corvéables à merci ?* C'est ce que j'aurais aimé lui répondre, mais je ne l'ai pas fait. J'en étais encore au stade où je me contentais de penser silencieusement, je n'avais pas encore commencé à parler, ce qui est le début de la fin. Mais j'ai tenu bon, j'ai engagé Otelia, ça je vous le garantis. J'ai pris sur l'argent laissé par la grand-mère Tilley, et si Jimmy ou sa mère pensaient que j'étais trop fière pour récurer le carrelage, grand bien leur fasse.

Je ne sais pas ce que j'aurais fait sans elle – je serais restée à la maison à briquer l'évier jusqu'à en user l'émail et je serais devenue folle, j'imagine. C'est apparemment ce que voulait Jimmy, que je vivote à ses côtés en me contentant de mon sort. Je me dis qu'au fond de lui il avait honte que je désire plus que ce qu'il était prêt à m'offrir. Au lieu de tenter des choses, il préférait dénigrer et détruire ce que je faisais du mien, et c'est cela qui faisait mal, cela qui me déprimait le plus – être rabrouée systématiquement dans tout ce que je tentais, comme s'il ne pouvait s'agir que de vanité et de prétention de ma part. Il y avait quelque chose en Jimmy qui ne pouvait s'empêcher de saborder le navire pour voir si vous alliez rester à ses côtés et couler avec le bateau. Et si jamais il lui arrivait de réussir quelque part – alors c'est le succès que vous aimiez et pas lui. Raison pour laquelle il mettait toutes les chances de son côté pour ne jamais réussir.

Pour moi, la surprise a été totale. J'avais épousé un garçon que j'aimais, que je croyais connaître, avec qui je vivais depuis près d'un an, et voilà qu'un jour – j'emploie l'expression au sens littéral –, un jour je me réveille à côté de quelqu'un que je ne connais pas du tout. J'ai d'abord cru à une illusion – si je clignais un peu les yeux, il allait redevenir celui qu'il était avant. J'ai attendu des années, et il a eu des éclaircies, nombreuses – Jimmy était heureux de refaire surface, mais au fil du temps Jimmy a été de moins en moins souvent heureux, et il s'est laissé glisser de plus en plus loin, au point que je me souvenais à peine du garçon qu'il avait été, comme lorsque quelqu'un est mort…

Les choses ont commencé à Chapel Hill, à la fin du printemps de cette première année, alors que Joey n'avait pas encore deux mois. Nous habitions Ransom Street, chez Mrs. Sneed, le plus minuscule appartement que vous ayez jamais vu, derrière la maison principale, au-dessus du garage, avec un escalier extérieur que j'ai eu le temps de maudire plus tard, quand je montais et descendais les marches vingt fois par jour avec Joey dans la poussette, jusqu'au jour où Jimmy me voyant me bagarrer a dit : « Pourquoi tu ne laisses pas la poussette en bas ? » Je vous jure que l'idée ne m'était jamais venue. « Tu es un génie », ai-je dit en l'embrassant sur les lèvres. Jimmy a souri comme si l'information n'avait rien d'une surprise.

Nous aurions probablement dû chercher plus grand, mais il était déjà tard lorsque nous nous y sommes mis, et puis nous avons eu tous les deux le coup de foudre pour des raisons différentes. Jimmy a aperçu le poteau de basket dans l'allée et il a déclaré : « C'est oui », sans même entrer. Moi, j'ai été séduite par le jardin. Mrs. Sneed avait les plus belles roses anglaises à l'ancienne qu'il m'ait été donné de voir ; l'après-midi où nous avons visité, le parfum des Imperatrice Joséphine embaumait l'appartement.

Je suppose qu'aucun de nous n'avait beaucoup de sens pratique, mais nous avons d'abord été heureux dans cette maison – longtemps. Avec les meubles de la grand-mère Tilley que papa avait fait sortir du garde-meuble et livrer en camion par Otis et les autres, on avait à peine la place de marcher. Nous avions ce vieux canapé Duncan Phyfe, recouvert de ce chintz dont je me souvenais du temps où il était dans le salon de ma grand-mère, quand j'étais petite, son buffet Charleston et la vieille table de moisson de Rose Hill, tellement grande que je pouvais laisser nos sets à un bout tandis que Jimmy étalait ses livres à l'autre ; en cas de besoin, je pouvais changer Joey au milieu, sans avoir à rien déménager. Pour la faire tenir, il a fallu mettre la longueur dans la partie mansardée, où se trouvaient les fenêtres en lucarne. Chaque fois qu'il se levait, Jimmy se cognait la tête – il y avait un trou dans le plâtre à un endroit, juré.

Un samedi, Elise et Charlie Dawes étaient là et nous buvions des Rob Roys ou je ne sais quel incroyable mélange concocté par Jimmy, selon une recette de cette *Bible du barman* qu'il adorait. Il était penché sur la page, Jimmy, parce qu'il lisait les proportions en suivant avec son doigt, et quand il s'est redressé pour attraper le vermouth, il s'est cogné la tête pour la énième fois, alors il s'est mis à jurer, comme toujours. « Ça va, chéri ? » ai-je demandé en faisant un gros effort pour ne pas éclater de rire. Il est sorti comme une fusée pour ne reparaître que vingt minutes plus tard. À son retour, il avait sous le bras un sac du bazar Hudgins, d'où il a sorti un pot de peinture orange ainsi que quatre pinceaux qu'il a distribués à chacun. HAUTEUR LIMITÉE, a-t-il écrit, avant de tracer une ligne d'avertissement. Nous avions tous suffisamment bu pour trouver que c'était l'idée la plus comique du siècle, et nous nous sommes lancés à notre tour. Quelqu'un a écrit DANGER, un autre ATTENTION. Jimmy voulait ajouter CASSE-PIPE, mais il a commencé par peindre le mot PIPE, et Charlie a mis un S à la fin, et ils se sont mis à glousser comme font les hommes quand ils se racontent des cochonneries. Je vous jure que je ne voyais pas ce qui les faisait rire jusqu'à ce qu'Elise m'explique à la cuisine. En revenant, je lui ai pincé le bras : « Je vais te casser autre chose, moi », ai-je dit, et ils ont ri encore plus fort que moi.

Des bons moments comme celui-ci, nous en avons passé des tas, bien qu'aujourd'hui la tête me tourne encore en pensant aux quantités d'alcool que nous ingurgitions, et neuf fois sur dix Jimmy était le meneur – il était tellement drôle, tout le monde l'adorait, à commencer par moi. Vue avec le recul, cette période tenait plus des fiestas de quinze jours que l'on s'offre pendant les vacances que de la vie de couple de deux jeunes adultes, sauf que cette vie-là a duré presque toute une année. Quand je posais des questions, Jimmy disait toujours que tout se passait bien en cours, sauf que je me souviens du regard vitreux qu'il posait parfois sur ses livres, surtout à partir du printemps, quand je suis rentrée de l'hôpital avec Joey – c'est là que l'appartement nous a semblé petit.

J'arrivais dans le petit salon après avoir couché Joey, et il regardait par la fenêtre en fumant une Lucky. Je lui demandais s'il voulait une tasse de café, ou je lui proposais de lui poser des questions sur le chapitre qu'il venait de lire, alors il me souriait avant de répondre : « Tout à l'heure peut-être… je crois que je vais aller faire un petit tour. » Quand je me débrouillais pour lire par-dessus son épaule, je découvrais qu'il était en fait avec T. S. Eliot – le recueil était ouvert à l'intérieur du manuel de biochimie –, le texte qui parlait de traces de pas, de jardin et d'enfants cachés dans les feuilles.

La plupart du temps, il faisait le tour du pâté de maisons et revenait aussitôt, mais parfois il restait parti des heures et rentrait soûl en me disant qu'il était à la bibliothèque, alors qu'il avait laissé ses livres à la maison et sentait la bière et le tabac. Je savais où il était allé : au foyer KA, où il était encore une vedette chez les prépas. Ce dont je me souviens clairement, c'est le bruit mat du ballon contre le poteau dans l'allée, le plancher qui vibrait quand il heurtait le panier. Il y restait quatre heures de suite, quelquefois, même dans le froid glacial de la nuit, pendant que j'essayais de dormir. Je me disais que c'était sa façon de décompresser, mais le matin il se levait en retard et manquait le labo.

J'aurais peut-être dû avoir des doutes, mais fondamentalement je pensais que son intelligence lui permettait de ne pas passer tout son temps à étudier. La façon qu'il avait de présenter les choses me paraissait brillante. Papa, Sumner, l'oncle Johnny, tous les hommes et les garçons au milieu de qui j'avais grandi, personne ne parlait ni ne pensait comme Jimmy ; on aurait dit un carré de seigle dans un jardin, une succession de brins identiques, et puis sans crier gare, à l'instant où l'on s'y attend le moins, à l'endroit le plus incongru, il surgissait, Jimmy, comme un oiseau du paradis, unique en son genre.

Quand il me faisait la lecture, un poème ou un passage

dans un livre, cela n'avait rien à voir avec la façon qui nous avait été enseignée à Ascension, en faisant une petite marque en marge pour montrer qu'on avait fini de lire et qu'on savait. Jimmy avait le don de la langue, qu'il sentait admirablement, pas seulement le goût des mots, mais celui de la vie dite par les mots, et je crois que ce don faisait partie de cette chose en plus qu'il avait, en plus de toutes choses que l'on tient pour normales chez une personne. Je ne voyais pas, à l'époque, que le don et la sensibilité de Jimmy jouaient négativement et existaient aux dépens de tout le reste...

C'est pour cette raison que j'étais d'accord pour sortir une fois en passant et, oui, j'aimais bien. J'aimais aller à la Little Red Schoolhouse écouter les Hot Nuts le samedi soir, ou bien à l'Ugly Club où l'on était obligé de passer la tête par un siège de toilette pour être admis à l'intérieur. Je sais que maman est intervenue quelquefois pour vérifier qu'il me sortait assez souvent, mais Jimmy aimait bien, lui aussi. Je ne crois pas l'avoir arraché une seule fois à ses livres alors qu'il étudiait... j'aurais plutôt eu tendance à faire l'inverse. J'ai fait tout ce qui était en mon pouvoir pour l'encourager et lui assurer un endroit tranquille et confortable pour étudier.

Je m'occupais de toutes les tâches ménagères et le couvert était mis tous les soirs quand il arrivait, sans parler du nombre d'heures que j'ai passées dans le rocking-chair de la chambre, avec Joey, à lui parler tout bas pour que Jimmy puisse lire en paix dans le salon. Quand Joey pleurait la nuit, c'est toujours moi qui me levais, mais je ne m'en plaignais pas, c'était mon rôle à moi, comme c'était celui de Jimmy d'étudier.

Je l'aidais même pour ses devoirs – Jimmy détestait le dessin, alors je faisais les planches d'anatomie pour lui. J'y passais des heures entières et j'étais très fière quand il revenait avec un A – les seuls A qu'il ait obtenus de tout le trimestre, je crois. J'aurais pu devenir médecin, je le sais, mais il y avait une seule place pour nous deux, et c'est Jimmy qui l'a eue. Oh, je n'en ai pas eu de ressentiment, non, mais je ne me serais jamais doutée qu'il avait des problèmes, des problèmes graves et profonds. Peut-être que je ne voulais pas le voir – c'est probablement cela –, mais qui veut voir ce genre de choses ? Pourtant, s'il m'avait tenue au courant, s'il m'avait juste mise un peu sur la voie, nous aurions au moins pu espérer et nous inquiéter ensemble, en couple. En fait, j'ai été prise au dépourvu – il m'a tout caché comme si pour lui j'étais un juge ou une ennemie, sans me laisser grand choix… et, oui, je me suis sentie flouée, privée de la vérité qu'il me devait parce que j'étais sa femme. Du jour au lendemain – aussi brutalement.

C'était juste après les examens. Un matin, au courrier, est arrivée une lettre apparemment officielle. Comme elle était adressée à Jimmy, je ne l'ai pas ouverte, tout en voyant qu'elle était signée du doyen. Quand Jimmy est rentré, il l'a lue à table puis l'a repliée pour la ranger dans sa poche. « Qu'est-ce qui se passe ? » ai-je demandé, et il a répondu : « Rien, une convocation. Qu'est-ce qu'on mange ? » Il avait une telle désinvolture que j'ai sans doute pensé que tous les étudiants recevaient la même chose en fin de semestre. « Tu sais ce qui me ferait plaisir ? » « Non, mais quelque chose me dit que c'est faire l'amour. » Jimmy a ri. « Tu n'es pas si loin que tu crois, en fait : un Martini. Tu as vu la passoire ? »

J'avais déjà remarqué, à l'époque, qu'après avoir dépensé l'argent en Tanqueray et en vermouth de qualité il achetait des brisures d'olives pour faire des économies. Cette manie Madden me semblait juste un peu étrange, voire amusante, mais plus tard j'ai renâclé, quand Jimmy allait à Chapel Hill et revenait avec dix ou quinze disques plus une caisse de bon vin français, pour décréter ensuite qu'il était interdit de passer plus de trois minutes sous la douche et qu'il fallait utiliser la pression minimale pour économiser l'eau chaude.

Jimmy a beaucoup bu, ce soir-là, à table, et il avait l'air sincèrement heureux, comme s'il était soulagé d'être enfin sorti de ce semestre. Il s'est écroulé sur le canapé et j'ai mis une couverture sur lui, en m'attendant à le trouver dans notre lit, à côté de moi, le lendemain matin. Quand je me suis levée, il était toujours dans la position où je l'avais laissé, avec l'oreiller serré contre son ventre. Détendu par le sommeil, il avait le visage jeune, avec les ombres sous les yeux pareilles à ces taches noires que les footballeurs se dessinent pour jouer sous les projecteurs, quelque chose qui partait au lavage.

Pendant que je faisais le café, il s'est réveillé et a consacré un long moment à s'habiller. Je lui ai repassé sa chemise et j'ai emmené Joey dans le salon pour lui laisser le champ libre. Je l'ai regardé aller et venir par la porte de la chambre, drapé dans une serviette de bain, avec un bout de Kleenex maculé de sang collé contre la pomme d'Adam. Il a brossé son blazer, fait briller ses chaussures, recommencé plusieurs fois son nœud de cravate devant la glace avant d'être satisfait. En regardant le soin qu'il mettait à se préparer, j'ai eu un pressentiment, juste une sensation, comme celle du froid qui vous effleure une fraction de seconde au passage d'une ombre.

« Tu es beau », lui ai-je dit quand il est sorti, et il a souri en disant : « Merci » avant de se pencher pour embrasser le crâne de Joey. « Il a bien dormi, cette nuit ? » « Il s'est réveillé seulement une fois », ai-je dit. « Tu vois, si nous arrivons à le régler, ce sera plus facile pour tout le monde, surtout pour toi. » Je lui ai rendu son sourire. « Tu as peut-être raison. » « Pas peut-être, sûrement », a dit Jimmy plein de paternelle sagesse. « Tu rentres manger ? » « En principe, a-t-il répondu en sortant. Je t'appelle. »

J'ai écouté démarrer la voiture, puis j'ai ouvert mon peignoir et mis Joey au sein. « On ne va pas te régler à l'ancienne mode, hein ? Non, on ne va t'imposer aucune de ces méchantes règles », ai-je dit, parce que j'avais l'impression que ce n'était pas bien, une sorte de mesquinerie pire que celle de l'argent. Je ne supportais pas de laisser Joey pleurer dans son berceau comme le voulait Jimmy – l'entendre était pire encore que se lever et lui donner ce qu'il voulait. Et puis je le trouvais bizarre, ce soudain intérêt de Jimmy émettant des avis définitifs en matière d'éducation des enfants – je ne crois pas qu'il savait d'où elles lui venaient, ces conceptions, mais pour moi c'était clair. J'avais observé Lilith – parce que c'est évidemment elle que je vise – et je m'étais dit que pour moi la règle d'or devrait être de prendre le contre-pied systématique de tout ce qu'elle disait. En l'occurrence, cela valait aussi pour maman. Mais j'avais cependant l'impression, parfois, que Jimmy voulait restreindre la relation qui existait en nous deux, Joey et moi, parce qu'il n'y avait pas de place, et peut-être que je la provoquais même, cette attitude, sans le vouloir.

Il m'arrivait, quand j'allaitais Joey dans la chambre, d'apercevoir Jimmy sur le pas de la porte, en levant les yeux, et de rougir carrément, comme si j'étais prise en faute. Depuis combien de temps il était là, je n'en avais aucune idée – j'étais tellement à ce que je faisais que je ne l'avais même pas entendu entrer –, mais il y avait cette expression sur le visage de Jimmy – pas de jalousie ni de colère, mais une espèce de surprise triste et perdue, comme s'il aurait bien voulu avoir avec Joey et moi l'intimité que nous avions tous les deux. Mais ce n'est pas possible, je crois, entre des adultes ; il faut un enfant pour qu'elle puisse exister.

J'étais la première stupéfaite par cette expérience, cette sensation qui m'envahissait parfois lorsque j'étais sur le rocking-chair avec Joey, une osmose parfaite qui se passait de mots et gagnait même à s'en passer... à certains moments, j'avais une réelle connaissance de lui, je percevais son âme essentielle, non pas en tant que bébé, mais comme une présence dont la force égalait la mienne, un petit être complet capable d'humour et d'espièglerie, sensible à la joie et à la tristesse, qui savait instantanément lorsque je reprenais mon quant-à-moi ou tentais l'un de ces leurres dont on use parfois avec les enfants, pour faire semblant d'être là alors que l'on est ailleurs, partie dans son monde propre. C'était pour moi une expérience passionnante, et encore ce mot est-il faible. Comment l'expliquer à un mari ? Même dans les moments où nous étions très proches, même pendant l'amour, c'était comme si nous étions enfermés dans deux bulles de savon... on se voyait, on s'entendait, on se touchait, mais toujours à travers cette pellicule irisée, tellement fragile que l'on n'est jamais sûr qu'elle est toujours là, et puis tout à coup, *pouf !* et pour moi ce *pouf !* intervenait toujours lorsque j'étais assise dans ce rocking-chair.

Je ne sais pas l'expliquer, mais c'était plus qu'une sensation étrange – l'impression que toute la terre s'ébranlait, et je crois bien que j'attendais qu'elle se mette à bouger depuis ce fameux jour au bord de l'étang de Collie, sauf que je pensais que l'événement se produirait à travers Jimmy – elle était là, la surprise. Peut-être était-ce mon tort envers Jimmy, mais peut-on aimer trop un enfant ? Peut-on être maître de l'amour, de son objet ? Je ne pense pas l'avoir jamais souhaité.

J'étais partie dans un monde nouveau que je ne pouvais pas partager avec lui, comme lui était dans l'incapacité de me faire entrer dans son monde. Mon monde à moi avait éclos un beau matin, deux mois auparavant, pendant que je lavais la vaisselle du petit déjeuner. J'étais devant l'évier quand j'ai senti quelque chose couler entre mes cuisses, j'ai baissé les yeux pensant avoir renversé un peu d'eau, et puis la contraction m'a saisi les entrailles comme une poigne de fer. Lorsque j'ai repris le dessus, le verre que j'étais en train de rincer débordait sous le robinet ouvert, et l'eau était teintée de rose. J'avais serré si fort qu'un gros morceau s'était cassé, me coupant le pouce. *Un Tricostéril*, me suis-je dit en me dirigeant vers la salle de bains. *Tu changes de robe et de sous-vêtements, tu appelles le Dr. Cole, Jimmy a cours de quoi ?, il faut aussi téléphoner à maman, je prends la voiture ou j'appelle un taxi, qu'est-ce que j'ai fait des clés ?* Une longue liste de choses à faire a défilé comme des pétards sur une ficelle, jusqu'au moment où, en déchirant l'emballage du Tricostéril avec mes dents, j'ai vu le reflet de mon visage dans le miroir. Elle était là de nouveau, la fille que j'avais vue ce jour-là dans l'eau de l'étang de Collie, et elle me regardait encore.

Ça suffit, arrête, ai-je pensé en me rendant compte que j'étais en train de faire exactement ce que je détestais chez maman, la manie des listes qui étaient censées organiser votre emploi du temps en vous laissant des plages de liberté pour les choses vraiment importantes, sauf que ça ne marchait jamais. Parce que chaque fois que vous pouviez rayer une chose en tête de liste, une autre venait s'ajouter en bas, au point que votre vie se transformait en liste de choses à faire, et que vous étiez prise dans une course sans fin. Je ne voulais pas vivre de cette façon, mais c'est pourtant ce que je faisais la plupart du temps. Je m'en rendais compte avec tristesse – mais je pouvais encore changer, j'en ai pris la ferme résolution – et la contraction suivante est arrivée, et tout s'est envolé en fumée.

Je me suis laissée choir sur le siège des toilettes, pliée en deux, serrant mon ventre à deux mains pour me bercer doucement en gémissant d'une voix qui ne me ressemblait pas. Cette douleur, c'était comme si on entrait dans une caverne gardée par un monstre qui disait : *si tu me regardes dans les yeux et que tu supportes, tu vivras ; si tu détournes les yeux, tu mourras...*

À la fin de la contraction, je suis entrée dans une sérénité riche, profonde, merveilleuse – plus de liste. Une branche de cornouiller écrasait une masse de pétales contre la moustiquaire de la cuisine. Je voyais une abeille ramper au milieu d'une fleur, si lentement qu'elle semblait droguée. Je me suis souvenue qu'à l'école du dimanche on apprenait que les parties roses du pétale correspondent à l'endroit où furent enfoncés les clous, dans les mains de Jésus. L'élancement au bout de mon doigt entaillé semblait me rattacher à cette histoire, sans sacrilège, banalement, une merveilleuse banalité. Alors la lumière s'est faite – *l'amour de Dieu, c'est comme cela qu'on l'éprouve* –, une chose sans douceur ni tendresse, une insupportable rigueur, comme cette contraction. Tout être vivant l'avait ressentie un jour, c'était le sens de l'histoire de la crucifixion. Jésus n'était pas une exception, mais un exemple de la façon dont doit se recevoir cet amour, et de la promesse qu'il contient : la mort est le prix à payer pour accéder à la résurrection et à la vie éternelle.

J'ai eu l'impression que j'étais en train de mourir, mourir pour donner la vie non seulement à mon bébé, mais à une partie de moi dont j'avais toujours connu l'existence derrière le masque du quotidien. Je la sentais émerger, comme la fille dans l'eau de l'étang, mon reflet sortant du miroir, réel, et désormais, ai-je pensé, la vie serait toujours aussi importante qu'en cet instant.

Tremblante, les nerfs à vif, je me suis levée, je me suis mis du rouge aux lèvres, et j'ai pris encore le temps de trouver les perles d'oreilles que Jimmy m'avait offertes pour Noël. J'ai écrit un petit mot que je lui ai laissé sur la table, et puis je suis sortie prendre la voiture. En bas de Columbia, le feu est passé au rouge, et j'ai su que je n'y arriverais pas. J'ai écrasé le frein, posé le front contre le volant, toute recroquevillée, vaguement consciente d'avoir déclenché l'avertisseur.

Quand j'ai retrouvé mes esprits, quelqu'un tapait à la vitre, un monsieur âgé, avec des lunettes, des cheveux blancs, et une barbe courte soigneusement taillée. Il m'a aidée à me glisser du côté passager, et il a pris le volant pour arriver jusqu'à Memorial Hospital. On m'emmenait déjà dans un fauteuil roulant lorsque j'ai songé à le remercier et à lui demander son nom, mais le temps que je me retourne, il avait disparu. Je me suis plu à croire qu'il s'agissait peut-être d'un ange – peut-être que j'avais envie d'avoir un ange gardien.

Tout cela était encore tellement frais, le matin où Jimmy est parti à son rendez-vous. Après avoir mis Joey à dormir, je me suis lancée dans le ménage, et en vidant la corbeille qui se trouvait à côté de la penderie de la chambre, j'ai remarqué une boule de papier froissé, que j'ai défroissée avant de comprendre ce dont il s'agissait. « Considérant votre échec en biochimie… » Je suis restée les yeux écarquillés, puis j'ai lu et relu la phrase, espérant m'être trompée. La terre s'était remise à trembler ; j'imagine que l'on peut dire les choses ainsi.

Jimmy n'est pas rentré déjeuner, et il n'a pas téléphoné non plus. Au début, je restais à la maison où je cuvais ma rage quand il était en retard, mais il finissait toujours par arriver, l'air innocent, jouant la surprise quand je me mettais en colère. Il essaierait de penser à me prévenir, mais parfois il oubliait, de sorte que ce jour-là je ne me suis pas inquiétée outre mesure. Cette lettre, j'ai dû la lire et la relire cinquante fois, en essayant de comprendre. On ne met pas les gens à la porte parce qu'ils ont échoué dans une seule matière, tout de même ? Peut-être le conseil où il était convié devait décider d'une possibilité de rattrapage pendant l'été. Nous avions projeté d'aller à la mer avec maman, mais s'il fallait rester, ce ne serait pas une catastrophe – il restait toujours la possibilité de prendre quelques week-ends. J'ai tout arrangé dans ma tête et quand Joey s'est réveillé de sa sieste, je l'ai mis dans sa poussette pour descendre en ville chez Fowler, acheter un morceau de viande à braiser, le plat préféré de Jimmy. J'ai épluché les carottes, les oignons, les petites pommes de terre nouvelles, exactement comme il aimait, et je me disais que lorsqu'il franchirait le seuil de la porte, à l'heure du repas, il reconnaîtrait l'odeur et saurait que j'avais fait cela spécialement pour lui, ce qui lui faciliterait les choses pour me dire ce qu'il avait à me dire, et m'aiderait à trouver la réaction convenable.

Je n'ai pas vu le temps passer, jusqu'à six heures. Le minuteur du four indiquait que la cuisson était largement achevée, Joey pleurait de faim, et Jimmy n'était toujours pas rentré. J'ai commencé à me demander plus sérieusement où il était passé – avec moins d'inquiétude que de colère, zut alors, il pourrait faire preuve d'un peu plus de considération. Mais je n'étais pas furieuse – j'ai décidé de lui accorder encore une demi-heure, je me fâcherais ensuite. J'ai même vérifié l'heure à la pendule de la cuisine pour ne pas démarrer en avance.

11

Jimmy

May avait beaucoup de points communs avec son père, pour le meilleur et pour le pire, mais ils se ressemblaient surtout par la façon qu'ils avaient l'un et l'autre de se rendre indispensables en jouant le rôle de soutien sans faille. Cette faculté d'auto-effacement a d'abord masqué, à mes yeux, l'amplitude de son ambition, et le rôle qu'elle m'avait assigné dans la réalisation de son programme. Non pas tant que May ait compté sur moi et ma carrière pour nous faire accéder à la position sociale qu'elle désirait pour elle-même et pour nous – bien sûr, elle a misé sur moi, mais les choses se passaient ainsi en 1955, et d'ailleurs, ont-elles beaucoup changé ? Non, pour May, les problèmes ont commencé lorsque j'ai échoué en médecine. Pour moi, la véritable erreur n'était pas d'abandonner les études de médecine, mais de les avoir entamées – ce qui renvoie évidemment à la question de savoir pourquoi je m'étais lancé dans cette branche.

La réponse n'est pas bien compliquée. J'ai choisi médecine parce que je voulais être écrivain, que mes parents m'ont dit que ce n'était pas réaliste, en quoi ils avaient raison, et comme j'étais jeune et très peu sûr de moi, j'ai laissé leur raison influer et décider. Et puis il y avait papa – la fac de médecine aura été mon ultime tentative pour établir le contact avec lui. Je dois avouer qu'il a été bien agréable, pendant ces quelques mois, de lire la fierté sur son visage, et sur celui de maman, tout comme il était doux de voir la même chose sur celui de May. Je suppose qu'il est toujours plaisant de vivre pour les autres – jusqu'au moment où l'on connaît l'échec. Ce jour-là, on ne voit plus le vaste ciel bleu qui vous sourit par la fenêtre, mais les barreaux de fer entre lesquels on le regardait. Ma famille était une prison à laquelle je pensais avoir enfin échappé en épousant May ; il s'est avéré que je n'avais fait que quitter une cage pour une autre. Cette leçon, je l'ai comprise à Chapel Hill.

Mon échec, elle l'a pris comme une attaque personnelle, May, comme si j'avais choisi délibérément de lui faire du mal, et bien qu'elle ait apparemment su donner le change, au fond, son attitude envers moi n'a plus été la même. C'est à ce moment-là que le germe du doute ou de la défiance, peu importe le mot, a transparu pour la première fois dans son regard. Jusqu'alors, elle avait eu tendance à toujours voir le bon côté des choses. Ensuite, jamais elle ne me regardait sans qu'une question plane en toile de fond, dans l'obscurité – *quand vas-tu encore me laisser tomber ?* Voilà comment s'est écrit tout l'épisode des études de médecine, ma déception à moi n'existait pas, c'était celle de May, une chose de plus à mettre à mon débit, dans le livre des comptes que j'avais à honorer.

Pourquoi reste-t-on dans la cage, dans ces conditions ? Les raisons ne manquent pas, j'imagine – l'habitude, la peur ; la meilleure est l'amour. Même si j'y étais entré à reculons, six mois après avoir dit le oui, j'étais plus profondément amoureux de May que le jour de notre mariage, voire qu'à l'époque heureuse de notre rencontre, lorsque nous n'avions que du ciel bleu au-dessus de nos têtes. Si on m'avait donné la possibilité de revenir en arrière, j'aurais refait le choix de l'épouser.

Joey n'avait pas joué un petit rôle. Pour être franc, je ne crois pas avoir accordé serait-ce cinq minutes à l'idée de ma paternité, pendant toute la durée de la grossesse. Mais lorsque May est revenue de l'hôpital avec ce petit paquet dans les bras, il s'est passé une chose stupéfiante. Il avait ce petit visage fripé de vieillard, comme les reinettes des

Appalaches, avec cette expression qui semblait dire : *non, je refuse, sacrénom, et vous ne me ferez pas changer d'avis* – exactement l'état de mon esprit, une copie conforme, quoi. J'avais peine à le regarder sans rire ; pendant une semaine, j'ai circulé avec une espèce de rictus qui refusait de s'effacer. Le premier ou le deuxième matin après leur retour, je me souviens que ce nouveau bruit dans la maison m'a réveillé, et que je me suis demandé : *mais qu'est-ce que c'est que ce truc ?*

May était tellement épuisée par son accouchement qu'elle n'a même pas bougé, alors je l'ai pris dans son berceau, j'ai descendu avec lui les marches menant au jardin. Il faisait à peine jour, et je me rappelle l'humidité de l'herbe sous mes pieds nus, l'odeur, aussi – elle venait juste d'être coupée. Il n'y avait pas âme qui vive dans la rue. Nous sommes passés au milieu des roses, sortis par-derrière, dans Vance Street, et comme nous revenions en faisant le tour du pâté de maisons, le livreur de journaux a surgi sur son Western Flyer, à la façon de Joe Crowell Jr. dans *Our Town*. J'ai baissé la tête pour renifler le crâne de Joey, couvert de ce petit duvet, et il avait un parfum fort et chaud, comme la prairie américaine je suppose, pour Lewis et Clark, le jour où ils ont atteint cette hauteur et découvert la vaste étendue vierge, plus de mille kilomètres d'espace devant eux, un monde nouveau. Là, je me suis senti comme Dieu avec Adam, et je lui ai murmuré le nom des choses à l'oreille, *oiseau, arbre, herbe*, et il a ouvert les yeux, Joey, et pendant une seconde il m'a regardé d'un air solennel, comme s'il me reconnaissait. J'ai éprouvé une telle émotion, un tel bonheur, que j'étais au bord des larmes.

Je les aimais tous les deux avec cette force, May et Joey, alors comment est-ce qu'on peut abîmer et briser un amour comme celui-là ? Pourquoi ne suffit-il pas ? Je sais seulement qu'après notre départ de Chapel Hill, lorsque nous sommes revenus à Killdeer, les choses ont commencé à changer. Une vilaine tendance, que je n'avais jamais remarquée avant, s'est developpée chez May. Dès qu'elle avait deux verres dans le nez, elle se mettait tout à coup à se gargariser de *ma famille ceci* et *ma famille cela.* J'ai bien tenté de lui expliquer que ce genre de gloriole était plutôt moche, mais à supposer que j'aie jamais eu le droit d'émettre une critique à l'égard des Tilley, je l'avais perdu ; si je disais quoi que ce soit, c'était mon naturel ingrat et cynique qui parlait. Ce qui me mettait hors de moi dans l'histoire, c'est que lorsqu'elle disait « ma famille », elle ne parlait pas de nous – elle parlait de son père, sa mère, ses grands-parents et tous les augustes ancêtres Tilley.

Évidemment, elle ne voulait pas vivre à Killdeer – ce n'était pas non plus mon vœu le plus cher –, mais quelle autre solution avions-nous ? Son idée de génie était que je devrais m'engager dans l'armée. Dans la semaine qui a suivi le désastre à Chapel Hill, sans rien me dire, elle est allée trouver le sergent recruteur qui lui a fait un baratin de circonstance sur un poste dans le renseignement, en Allemagne – voyage à l'étranger, terres exotiques. Elle est rentrée tout émoustillée, prête à faire les valises. Sauf que là où May voyait des châteaux au bord du Rhin, je me voyais, moi, crapahuter dans la gadoue. Non, la Bonanza était une bien meilleure idée, c'était chic de la part de son père de me proposer ce travail, qui n'avait au demeurant rien d'une sinécure. J'ai travaillé comme un galérien, là-bas, et Will Tilley n'était pas un professeur idéal.

Pendant toute la première saison, on ne m'a pas laissé peser un seul lot sans le contrôle d'Otis pour vérifier par-dessus mon épaule que je ne me trompais pas en lisant les chiffres de la bascule. Je soulevais les balles en compagnie de Reb et de Skeeter, qui savaient à peine lire et écrire, et dès qu'il y avait un temps mort, j'empoignais un balai pour balayer le plancher. Le jour où Mr. Will a enfin consenti à me laisser porter les fonds en ville – à la banque Carolina Fidelity – est à marquer d'une pierre blanche ; mais attention, je devais les remettre non pas à un caissier, mais à John Landis, son cousin, le président de la banque. C'était leur manière de faire, à l'ancienne, comme on leur avait appris pendant les années de Dépression. Un aspect de leur méthode concernait la façon de traiter un jeune homme, nouveau dans le métier : on le brisait, comme une bête de somme, sans cruauté, mais à la tâche, à coups de corvées, on défendait jalousement ses prérogatives en ne déléguant la moindre parcelle de responsabilité qu'avec parcimonie, comme un avare se départit de son or. L'idée étant de fabriquer, au bout du compte, un homme prudent, à leur image, astucieux, méticuleux, qui ne prend pas de risques.

Je ne prétends pas que le système ne fonctionnait pas, je pense seulement qu'il en existait d'autres qui auraient pu donner de bien meilleurs résultats. Mais le seul changement susceptible de les intéresser concernait ce qu'ils pouvaient se mettre dans les poches, et vous pouviez leur faire confiance pour compter la monnaie avant d'encaisser. Mr. Will, Landis, Kincannon, tout le groupe – on ne peut qu'avoir du respect pour ce qu'ils ont accompli en une génération, mais ils vivaient dans le passé, et le temps était venu de changer la garde. La Dépression était terminée, mais eux n'en étaient pas sortis, dans leur tête – pour Will Tilley, on pouvait toujours trouver la banque fermée pour cause de faillite, un matin, en descendant en ville, et je suppose que derrière se trouvait le suicide de son père, qui s'était tiré une balle dans la tête après avoir tout perdu. Il avait été formé ainsi, Will Tilley, à vendre des salopettes et de la sellerie de cuir aux paysans, derrière le comptoir poussiéreux du bazar agricole, pour nourrir sa mère et ses sœurs, au cours de ces années-là. Il commandait les costumes à la demi-douzaine ensuite, pour se souvenir qu'il était riche, mais il gardait encore l'élastique qui entourait le journal du matin, parce qu'on ne sait jamais, on pouvait en avoir besoin un jour. Maman agissait exactement de la même façon, mais ce n'était pas mon genre. Pendant cinq ans, je m'en suis accommodé sans jamais dire un mot – entre-temps j'avais acquis la compétence pour diriger l'affaire aussi bien que Mr. Will. Mais pour lui, cinq ans, ça n'était rien du tout – il restait à suer à grosses gouttes dans son bureau en attendant que je revienne avec les bordereaux de dépôt.

J'avais des idées d'améliorations possibles, de bonnes idées – à commencer par la publicité. Pour Will Tilley, faire de la publicité, c'était payer dix dollars pour un banc en planche de pin, et faire appel ensuite à Jap McCurdy, notre peintre en lettres, pour y inscrire notre nom – encore Mr. Will trouvait-il le moyen de marchander pour faire passer le prix du travail de dix à sept dollars cinquante. Il ne lui restait plus qu'à installer ce banc devant la caserne des pompiers, ou la gare routière, ou un supermarché, puis pendant une semaine il passait chaque jour pour l'admirer, avant d'oublier son existence.

Mon idée, c'était la radio. À l'époque, on pouvait difficilement prendre la route jusqu'à Durham ou Raleigh sans entendre une vague émission enregistrée sur place par un des grands concessionnaires automobiles de la région, et je me demandais pourquoi le système ne fonctionnerait pas pour nous. Journée d'ouverture de la Bonanza : on faisait venir la WKDH diffusée en AM, on distribuait quelques lots, rafraîchissements gratuits, on prévoyait éventuellement un orchestre, et on diffusait le tout en direct. L'événement drainerait les fermiers des kilomètres à la ronde, et chez Top Dollar ils n'avaient plus qu'à aller se rhabiller. Qui dit mieux pour la communication ? J'ai monté toute l'opération, j'ai même contacté Elmo Potts, qui a dit qu'il nous donnerait un téléviseur couleur à prix coûtant comme gros lot en échange d'un coup de pub sur les ondes. Je présente donc le projet ficelé à Mr. Will, et quelle est sa réaction ? *S'ils ont envie d'avoir du cirque, qu'ils attendent septembre et la grande foire du comté.* La vraie raison était évidemment financière. Il a calculé que bon an mal an il arrivait à deux tonnes de vente le jour de l'ouverture – alors pourquoi dépenser mille dollars ou Dieu sait combien en plus quand cet argent pouvait aller directement dans sa poche ? Lorsque j'ai expliqué que l'investissement rapporterait dix fois la mise à long terme, il a répondu : « Peut-être bien que oui, mais peut-être bien que non » – c'était sa philosophie : ne pas aller au-devant des difficultés et un tiens vaut mieux que deux…

Il y a eu des milliers de choses du même genre. S'il m'avait écouté et avait acheté cette bande de terre à Lawford

Corner quand a été annoncée la construction d'une artère inter-État, nous aurions tous fait une fortune. Peut-être qu'alors même May aurait été heureuse. Mais Mr. Will a dit : « Oui, mais si le gouvernement ne donne pas les subventions, ou bien s'il les donne et que la route met dix ans à voir le jour ? » Il a refusé de prendre le risque, refusé de me prêter les fonds pour que je le fasse à mon nom – *idem* pour Landis. Pour eux il s'agissait d'un de mes projets d'hurluberlu, et ils ont souri en me prodiguant de sages conseils : *patience, mon garçon, tu n'es pas obligé de brûler les étapes ; Rome ne s'est pas construite en un jour ; qui va piano va sano...* Profil bas, on relève les manches, on progresse à petits pas, régulièrement – c'est comme ça qu'ils sont devenus riches, et les autres n'ont qu'à faire comme eux. Ils ont loupé le coche, et ils me l'ont fait louper avec eux. Cet argent, c'était une goutte d'eau dans l'océan pour Will Tilley – il aurait pu me l'accorder, ce prêt. C'est vrai, quoi, je lui devais beaucoup, mais peut-être que lui aussi m'était redevable.

C'est bien là qu'est tout le problème – Mr. Will ne voyait jamais les choses de mon point de vue, May non plus, quant à Miss Zelle... autant ne pas faire de commentaire. Ce qui s'est passé pour la grossesse s'est reproduit pour la fac de médecine. Personne n'a dit : *pauvre Jimmy* ; tout le monde s'est lamenté : *pauvre May, elle a parié sur le mauvais cheval, et maintenant il ne vaut même pas le prix de la balle pour l'abattre*.

Toute cette année à Chapel Hill, je l'ai passée à me battre avec mes études. Pour moi, la biochimie ressemblait à une espèce de langue étrangère – du roumain, par exemple – dont je me fichais on ne peut plus royalement. J'ai essayé de maintenir mon intérêt en personnalisant les choses, considérant la grossesse de May, par exemple, comme un effet de la mitose, ou, quand Joey pleurait, je pensais aux voies métaboliques de la glycolyse et au cycle du carbone. La stratégie n'a pas été franchement efficace. Pour ce qui est de la compréhension du mystère de la naissance, j'aurais mieux fait d'investir quatre sous dans une édition de poche de *The Rainbow* et de lire ce que D. H. Lawrence avait à dire. La vérité, c'est que je n'avais pas de discipline, et que je l'ignorais. Je croyais que la discipline, c'était passer des heures à travailler le même tir au panier, ou faire le double du travail demandé par le professeur de lettres pour une dissertation. Mais ça, c'était de la passion – la discipline, c'est autre chose : apporter une application constante à l'accomplissement d'une tâche qui ne vous procure aucun plaisir, et pour être franc je n'avais jamais eu besoin de m'imposer cette discipline-là. Jusqu'à présent, je m'en étais tiré avec la chance et un minimum de dons personnels. Mais la chance et les dons personnels ne suffisent pas pour réussir une première année de biochimie.

Il m'a fallu près d'un demi-semestre pour faire cette découverte, et à ce moment-là j'avais déjà accumulé beaucoup de retard. Un D aux partiels m'a flanqué la frousse, et j'ai essayé de mettre le paquet, mais le cœur n'y était pas. Je ne parvenais pas à me concentrer – ces paragraphes de texte ronronnaient comme les dépêches sur un téléscripteur et un fait de temps en temps seulement se détachait du lot et faisait un impact. À Noël – bien avant, en fait –, je me prenais à rêver de reconversion dans des études littéraires.

Mais il y avait May... Dès que nous avions commencé de sortir ensemble, il était entendu que je serais médecin, avec le corollaire implicite qu'elle serait femme de médecin. Il avait été agréable de broder avec elle sur le thème de cet avenir partagé, agréable d'accepter les encouragements et l'admiration de May. Quelle serait sa réaction si je changeais mon fusil d'épaule ? Pour ne pas prendre le risque de la décevoir, sans parler de ses parents et des miens, je me suis replongé dans mes livres et je n'ai rien dit de mes problèmes.

Je n'ai cependant pas pu lui cacher mes résultats de partiels. Avec tous les efforts que j'avais faits, je n'avais réussi qu'à passer de D à D+, et rétrospectivement, c'est là que le doute a commencé à s'installer subrepticement. « Ça marche la fac, hein ? » s'est-elle mise à me demander

– pas vraiment une invitation à exposer ses inquiétudes. J'avais parfois la sensation d'être dans l'eau où je luttais pour ne pas être englouti tandis que May se tordait les mains sur la terre ferme en répétant : « Tu ne coules pas, n'est-ce pas ? S'il te plaît, ne coule pas… » Même si elle ne le disait pas, je le lisais sur son visage ; elle ne s'inquiétait pas pour moi, elle craignait juste que je quitte le navire. Cette attitude avait le don de m'énerver et de me pousser au pire ; j'avais envie de crier : *pourquoi tu crois que je suis dans la panade ? Parce que je t'ai suivie, tout simplement*, une pensée qui me venait seulement quand j'étais furieux. J'étais de plus en plus souvent furieux.

May s'était mise à me harceler, comme maman. Je rentrais épuisé et préoccupé par mes cours, avec des heures de travail personnel encore devant moi, et May voulait que je pense à sortir les poubelles. « Je fais tout le reste, Jimmy. Tu n'as rien d'autre à faire, alors tu pourrais y penser, non ? » Après la naissance de Joey, la situation a empiré. Dans le sillage de l'immense bonheur qu'il a apporté sont venues une kyrielle de conséquences – manque de sommeil, pleurs, irritabilité. Les examens de fin d'année approchaient, le temps filait vite. Après leur retour de l'hôpital, il est devenu presque impossible de travailler dans l'appartement.

Je passais des heures dans une salle de lecture de la bibliothèque. Un jour, je me suis endormi sur ma chaise et réveillé au milieu de la nuit, avec les lumières éteintes et les portes fermées à clé ; pendant les premières secondes, j'ai cru qu'on m'avait déclaré mort par erreur et que j'étais enfermé dans un caveau – je suppose que l'on peut parler d'angoisse à mon sujet. Quand je rentrais à la maison, la moitié du temps il n'y avait rien à manger, et personne pour me dire bonsoir-comment-ça-va. Elle demandait : « Tu as pensé au lait ? » Elle me l'avait dit au petit déjeuner, quatorze heures plus tôt, et j'avais naturellement oublié – c'est sûr que j'oubliais beaucoup trop souvent. Venaient ensuite les larmes parce que je me désintéressais de ma famille, ce qui me donnait envie de hurler : *pourquoi tu crois que je me casse le cul ?*

Il faut dire qu'elle était épuisée, May, à force de se lever trois ou quatre fois par nuit, mais elle refusait d'écouter lorsque je suggérais que nous pourrions essayer de régler Joey. Pour elle, l'idée même de régler contenait celle de priver, et elle ne supportait pas qu'il puisse être privé de quoi que ce soit. À quoi bon persister à expliquer une chose à une personne dont on sait qu'elle va faire oui comme si elle était d'accord pour se dépêcher de faire le contraire dès que vous aurez le dos tourné ? J'ai fini par prendre mes distances et la laisser se débrouiller, comprenant par la même occasion, pour la première fois, comment mon père était devenu ce qu'il était. Lorsque votre participation est considérée comme une ingérence et votre tolérance comme une preuve d'indifférence, vous n'avez plus une très grande marge de manœuvre. Passer la journée en cours et vivre cette situation le soir en rentrant était plutôt pénible. Parfois, j'avais besoin de sortir, d'être un peu seul pour penser.

Cette petite salle de lecture, à la bibliothèque, était mon refuge. De temps en temps, au milieu d'un article, je me laissais aller à rêver un peu, mais le retour à la réalité était plus que rude. J'étais dos au mur, avec des moments de désespoir où j'avais le sentiment que même en donnant le maximum pour les examens de fin d'année, je risquais de ne pas passer. Certaines parties sont déjà définitivement perdues à la fin du troisième quart-temps – c'était peut-être le cas de celle que j'étais en train de jouer. L'idée la plus terrifiante était que je pourrais avoir perdu la grâce – première hypothèse, l'autre étant que mes succès antérieurs relevaient de la chance et que cette veine était aujourd'hui épuisée. Et quand on a eu la grâce ou la chance avec soi toute sa vie, si un jour au réveil on se rend compte que la magie ne fonctionne plus, on est quoi ?

Entre-temps, on en était à la tête et au cou pour le cours d'anatomie. Parfois, je regardais Phlebas – c'est le nom que Whit Thomas et moi avions donné à notre cadavre, à cause du marin noyé dans *The Waste Land.*

Phlebas le Phénicien, mort depuis quinze jours,
Oublia le cri des mouettes, et la puissante houle,
Et les pertes et profits.

Un courant sous-marin
Rongeait doucement ses os. Ballotté de haut en bas
Il passa les étapes de sa vie et de sa jeunesse
Pour entrer dans le grand tourbillon.

J'ai pensé à ces vers la première fois que nous avons vu les corps – ils devaient être une douzaine – dans cette pièce carrelée en sous-sol, avec les grands éviers d'inox à double bac, sous le bourdonnement des néons, immergés dans le bain de formol au jaune un peu laiteux, arborant tous la même expression, une immobilité identique qui tenait plus de l'absence que de la sérénité. Comme je dis, il m'est arrivé au cours de ce printemps de regarder Phlebas, dont une moitié du visage était encore intacte et vaguement humaine, tandis que l'autre soigneusement écorchée pour révéler le squelette obscène et gris relevait un peu des dessins de mes vieilles bandes dessinées de la série *Monster*, et j'avais la sensation d'être comme lui, moi aussi, qu'on m'avait dépecé le visage. Quand je me regardais dans la glace, je ne voyais plus celui que je croyais être l'année précédente, mais je ne reconnaissais pas la personne que j'étais en train de devenir, ce qui me laissait avec cette question : qui étais-je aujourd'hui ?

C'était un jeu complètement inédit pour moi, mais je mentirais si je prétendais qu'il n'avait aucun intérêt, parce que la vérité est qu'il n'en était pas tout à fait dépourvu. Je me souviens qu'un après-midi, dans cette fameuse salle de lecture de la bibliothèque, je regardais par la minuscule fenêtre, comme une meurtrière dans la tour d'un château, lorsqu'il m'est venu une idée, une idée déstabilisante… Dans tout ce que j'avais pu lire, toutes les grandes œuvres des grands auteurs – de Shakespeare à la Bible en passant par les Grecs –, fondamentalement, le message était toujours le même : *pour trouver sa vie, il faut d'abord la perdre*. N'était-ce pas ce qui était arrivé à Hamlet ? À Macbeth ? À Œdipe ? À Job ? Au Christ ? J'ai compris tout à coup, parce qu'à ma modeste échelle c'est ce qui était en train de m'arriver.

Faire mes études de médecine, devenir médecin – on avait fait de ces deux choses une étape cruciale de ma vie, la clé de mon avenir. Toute l'année, je m'étais bagarré pour maintenir le cap. Et d'un seul coup, dans ce coin de bibliothèque, le dernier fil se rompait, pourri, mais en regardant la situation m'échapper, je n'éprouvais ni chagrin, ni tristesse, ni regret… je me sentais libéré.

Je ne saurais trop dire l'effet de cette découverte sur moi. Depuis ce cagibi poussiéreux, j'ai contemplé l'herbe verte où des filles étaient en train de rire, les jambes au soleil, tandis que deux garçons poursuivaient un chien qui leur avait volé leur ballon, et j'ai pensé : *cela vaut-il la peine, en cette vie, de faire une chose – n'importe quelle chose – que l'on n'aime pas vraiment ?*

Je savais que la réponse était non, que la discipline, c'étaient des nèfles – la seule chose que je voulais, c'est ce que j'avais avant : la passion – et je savais aussi que cette réponse et cette passion étaient ce qu'il y avait de meilleur en moi. Mais elles étaient aussi les ennemies de mon projet de devenir médecin, les ennemies de mon projet de subvenir aux besoins de ma femme et de mon fils, les ennemies de mon projet d'être à la hauteur des espoirs que tout le monde avait placés en moi, y compris moi-même, du moins l'avais-je cru. De quel côté était la réalité – du côté de ces espoirs, ou de celui de la pensée exprimée par les grands esprits, celle qui disait qu'il faut perdre sa vie pour la gagner ?

Cette réponse, je ne l'avais pas. May l'avait, elle, et Mr. Will aussi. La différence entre eux et moi, c'est qu'ils possédaient les réponses à toutes les questions sans se les être jamais posées. Mariage ou pas, si je n'avais pas été amoureux de May comme je l'étais, j'aurais plaqué là mes livres instantanément, et j'aurais franchi le seuil de la bibliothèque Wilson sans un regard en arrière. Mis à part la naissance de Joey, cet après-midi dans la salle de lecture de la bibliothèque est le seul moment de bonheur de ce printemps dont je me souvienne. J'avais vingt-deux ans et je savais que j'étais sur le point de perdre quelque chose d'important pour la première fois de ma vie, mais toutes peurs et espérances confondues, jamais encore je n'avais fait d'aussi près, et de première main, l'expérience de l'état de grâce.

Cette sensation n'a évidemment pas survécu à mon retour à Ransom Street. J'ai commis l'erreur de tenter de faire partager à ma femme la révélation que j'avais eue. May était dans la chambre où elle changeait Joey, j'étais debout devant la porte, en train d'ouvrir une bière. Quand j'ai eu fini de parler, elle m'a regardé comme si je venais seulement de confirmer ses pires soupçons. « Mais il faut bien que les gens vivent, Jimmy », voilà quelle a été sa réaction, comme si je pouvais ne pas le savoir.

Lorsque la lettre du doyen est arrivée, les résultats définitifs avaient déjà été envoyés. J'attendais le moment opportun pour informer May – ou bien je le reculais, selon le point de vue auquel on se place. Je savais donc que le couperet allait tomber et je me croyais préparé, mais l'expérience ultérieure m'a appris qu'il est présomptueux de se croire capable de prévoir la réaction que l'on aura dans une situation de ce genre. Dès l'instant où j'ai pénétré dans l'antichambre du bureau du doyen, j'ai été confronté à des choses inattendues – la présence de deux autres gars sur le même bateau par exemple, ou encore le visage d'un troisième lorsqu'il est sorti de l'entretien, hébété. Et puis il y avait la secrétaire, trop gênée ou trop polie pour me regarder en face. J'avais envie de poser et de me pencher vers elle par-dessus son bureau pour dire : « Bonjour. Oui, bonjour, vous avez le droit de lever les yeux. Je ne suis pas contagieux… en réalité, cette histoire est beaucoup plus pénible pour vous que pour moi. »

Quand je suis entré, le doyen regardait par la fenêtre et semblait ne pas m'avoir entendu. Dehors, la matinée de printemps était radieuse et l'on sentait le parfum des gardénias en fleur partout sur le campus. Il se tenait les mains derrière le dos et il y avait dans son attitude une sorte de mélancolie qui m'a fait, l'espace d'un instant, penser à mon père, je ne sais pas pourquoi – le bureau, je suppose, encore que celui de papa n'ait jamais été aussi beau, et de loin, avec les boiseries somptueuses, le fauteuil de cuir et la table d'époque.

Quand il s'est retourné, il a commencé par jeter un œil à mon dossier avant de dire : « Veuillez vous asseoir, James. Je suis heureux de vous revoir. » « Je m'appelle Jimmy, monsieur. » « Mais oui, bien sûr... Jim, je suis certain que vous mesurez combien la mission qui m'incombe est loin d'être facile. » « Oui, monsieur, je suis conscient qu'il s'agit d'une tâche extrêmement pénible pour vous. » Il a saisi – ce n'était pas un imbécile. Il a posé sur moi un regard approbateur, suivi d'un bref sourire glacial. « Bon, je vous comprends. Laissez-moi vous proposer ceci : je ferai le maximum pour ne pas rendre cette affaire plus pénible qu'il n'est nécessaire, et j'apprécierais que vous me rendiez la politesse. »

Il avait raison et il a tenu parole. « Le problème semblerait davantage lié à une question de travail qu'à un manque d'aptitudes », a-t-il déclaré. En d'autres termes, j'aurais pu réussir, bien que j'aie échoué – toujours une grande consolation. La carrière médicale ne convenait pas à tout le monde, a-t-il continué, il n'y avait pas de honte à avoir, vraiment pas, parce que l'on découvrait que l'on n'était psychologiquement pas adapté à une orientation et que l'on en choisissait une autre. En réalité, cela décelait une grande maturité. Et puis j'étais jeune, j'avais du temps devant moi, beaucoup de temps. Il était tout à fait certain que je réussirais, a-t-il ajouté, sans préciser ce qui était évident : dans une autre branche.

Beaucoup plus précisément qu'aucune de ses paroles, je me souviens du mouvement de l'aiguille de la pendule, au-dessus de sa tête, ce léger tremblement au passage de chaque seconde, comme celui d'une flèche venant se ficher dans un tronc, ça et les gardénias – ils me rappelaient le parfum de May.

Ayant lâché la bombe, il a observé un temps de silence décent pour regarder l'explosion, avant de demander si j'avais un commentaire à faire. Il a manifesté un brin de nervosité alors, et j'imagine que c'était le seul passage réellement dangereux de cette routine, celui où l'étudiant s'écroule en larmes, ou bien charge le fusil mitrailleur, ou tombe à genoux en implorant grâce, ou cède à l'impulsion du moment. En ce qui me concerne, je suis passé intérieurement par toutes ces phases, mais j'ai finalement tenté de faire bonne figure, puis je me suis levé, je lui ai serré la main, et je suis sorti en le remerciant – de quoi ? je me demande. En traversant l'antichambre du bureau, j'ai évité de croiser le regard du dernier larron.

Une fois dehors, sur les marches, j'ai allumé une cigarette et contemplé la pelouse où des gens en bermuda écossais déambulaient pieds nus, en mâchouillant des brins d'herbe, prêts pour l'été. J'ai éprouvé une sensation de vide, puis à brûle-pourpoint est montée en moi une formidable envie de sauter en l'air, et de hurler en brandissant le poing, comme nous faisions au passage fracassant du *Southern Star*, réaction de victoire ou de colère, je n'en savais rien et m'en moquais éperdument. Mon cœur battait à tout rompre, comme les roues de ce train sur les rails, j'avais les yeux humides. L'espace d'un instant, un instant lumineux, je me suis senti libre.

Lumineux, mais court… Très vite, j'ai eu l'occasion de me souvenir du poids de mes liens et de ce qu'il me restait à faire.

Mon intention première était de vider mon vestiaire puis de rentrer lui parler, à May, lui expliquer qu'il y avait eu un petit changement de programme. C'était mon intention, j'aurais dû – je n'avais vraiment pas d'excuse…

En parcourant l'allée, j'étais triste à l'idée que c'était fini, Chapel Hill. Pendant cinq ans, j'avais bien aimé. Plus je marchais, plus j'avais la sensation de faire mes adieux – au revoir le vieux puits et le beffroi, au revoir les bâtiments à l'ocre patiné par le temps, les grands ormes dont les feuilles nouvelles étaient en train d'éclore, au revoir les condisciples féminines qui sirotaient leur Coca à la paille, sur les pelouses, en retroussant haut leur jupe pour se faire bronzer les jambes ; leur visage portait les roses de la jeunesse, pas d'ombre, pas de souffrance ni de désarroi, pas de connaissance et pas de sexe, donc. Il y a un an, j'avais envie de les cueillir, ces roses ; aujourd'hui, j'avais l'impression de voir des enfants. Adieu à elles aussi.

Le tour n'aurait pas été complet sans une petite visite au foyer des KA ; je n'avais pas l'intention de rester...

Quelques gars faisaient des paniers derrière quand je suis arrivé en voiture.

« Maddog !

— Big Jim !

— Wa-ouh !

— Où tu étais passé ? » ont-ils demandé en martelant le capot de la Bel-Air.

— Ne bousillez pas ma bagnole, bande de tarés », ai-je dit en descendant.

J'ai reçu le ballon en pleine poitrine. « À toi », disaient-ils, et j'ai fait : « Non-non », alors Ty Cox est intervenu : « Allez, Madden, tu ne vas pas te mettre à jouer les modestes, si ? » J'ai donc lancé en douceur, en finesse – mon image de marque –, et la balle est passée dans le filet.

« Je vois que tu n'as pas perdu la main », a dit Ty. J'ai décidé de rester un peu.

Nous avons joué jusqu'à l'heure du déjeuner – j'ai fini par manger sur place. Il y avait l'animation des grands jours, tout le monde bouclant ses valises ou se préparant pour la fiesta – c'était le grand raout de fin d'année. Les Hot Nuts montaient leur matériel derrière et nous avons bavardé un moment avec Doug Clark et son frère Joe. Ils ont fini par faire quelques ballons avec nous, et nous n'avons pas tardé à nous retrouver tous sur la véranda, les pieds sur la balustrade, à écluser quelques mousses, en nous moquant de la rangée de bleus qui tournaient le dos à la lumière et en claironnant la nouvelle du jour : *l'école est finie*. Je regardais constamment ma montre en leur répétant que j'allais devoir partir bientôt, puis quelqu'un a débouché une bouteille de Maker's Mark, et après deux rasades, ou trois, j'ai senti les brumes suaves du whisky prendre possession de ma tête comme le soleil printanier. Vues par le filtre de ces vapeurs dorées, les choses ne se présentaient pas si mal, et je suppose que je n'avais pas envie de perdre cette sensation, pas tout de suite, même si je continuais de regarder ma montre, en protestant chaque fois qu'on remplissait mon verre, pour m'empresser de le vider aussitôt après.

Et puis il a été huit heures, les premiers arrivants montaient l'allée, j'étais toujours affalé dans mon rocking-chair. De tout l'après-midi je n'avais ressenti aucune souffrance, rien. Puis un changement s'est opéré. Pour commencer, j'ai cessé de consulter ma montre, mais ce n'était pas tout. J'ai regardé les couples qui se pressaient vers la fête – des couples dont on voyait bien que le lendemain ils partiraient à la mer, les filles aux épaules nues exhibaient leur joli hâle printanier – et je me suis demandé ce qui faisait qu'ils étaient à part, et pourquoi j'avais été exclu du lot. Il y avait des types que je connaissais de la fac – je n'avais jamais été frappé par l'évidence de leur supériorité intellectuelle ou morale sur moi – or aucun d'eux ne s'était fait virer, comme moi, en guise de bonne surprise, celle qui vous fiche votre vie en l'air. Et cela ne pourrait pas leur arriver, d'ailleurs, jamais, pas à eux – à ce stade de la bouteille, je le voyais au premier coup d'œil. Non, jamais la vie n'allait leur taper sur l'épaule en disant : *navré, mon brave, vous n'avez pas marqué ; vous pouvez aller vous rhabiller à présent*. Ils étaient protégés contre ce qui m'avait laminé, protégés par le nom qu'ils portaient, par la chevalière en or à leur petit doigt, par les bedaines qu'ils avaient déjà, comme leurs papas, des papas dont ils allaient devenir la réplique. Leur club, on en était de père en fils, et si vous n'étiez pas né dans le sérail, votre seule chance d'apercevoir un jour l'intérieur du château, c'était la porte de service, dans vos godillots de rustre, et chapeau bas. Oh, avec un peu de chance, on vous laissait humer les effluves du festin, mais après il fallait partir, le cœur brisé, vous n'aviez pas droit au gâteau – jamais ils ne cédaient une part du gâteau.

Là, le breuvage du Kentucky avait fait son œuvre – cher Maker's Mark… je la voyais, la marque du créateur, elle était sur moi. J'ai raflé une bouteille sur le bar, et je me suis mis à exposer ma philosophie à un groupe de demoiselles Chi O, un peu nerveuses, qui m'ont regardé avec de grands yeux effrayés comme si Phlebas venait de se dresser dégoulinant dans son bain de formol pour débiter des paraboles. Apercevant des amis à l'autre bout de la pièce, elles se sont égaillées comme des moineaux pris de panique. C'était écrit de la même façon sur le visage de mes copains – pareil –, je le lisais dans leur sourire quand il commençait à se figer sur les bords, et je me suis retrouvé d'un seul coup d'un seul cinq ans en arrière, quand ils m'avaient fait si clairement sentir que ma garde-robe ne les impressionnait pas, et le métier de mon père non plus. Sous la poignée de main franche, le sourire policé, et les manières d'élèves de collèges huppés, c'étaient tous des enculés ; des enculés qui avaient bien l'intention de me baiser comme leur père avait baisé mon père. Parce que c'est de là que ça vient, sûrement – papa.

Qui, à Killdeer, pouvait rivaliser avec lui pour ce qui est de l'intelligence et des principes ? Qui d'autre avait voué sa vie au service public avec autant de désintéressement ? Landis ? Will Tilley ? Ne me faites pas rire. Et qu'avait-il reçu en retour de leur part, papa ? Quelques titres honorifiques accrochés au mur, avec son nom écrit au stylo-bille dans la case blanche…

Ce dont je me souviens ensuite – là, il commence à y avoir des sautes dans la mémoire, comme dans un vieux film usé –, c'est qu'à plusieurs ils m'ont pris sous les bras pour m'entraîner vers la sortie, tandis que je hurlais comme un âne. Ils me rappelaient que j'avais dit qu'il fallait que je rentre de bonne heure. Sur la véranda, Ty m'a proposé de me raccompagner. Je me suis dégagé d'une bourrade.

« Fous-moi la paix, Ty. Bas les pattes, mec, O.K. ? » Il a levé les mains en l'air, paumes ouvertes, et il est retourné à l'intérieur. Je ne suis pas fier de moi, pas du tout.

Une fois sur la pelouse, j'ai fait demi-tour pour être face au bâtiment, et je me suis soulagé sur les massifs, pissant consciencieusement sur tous successivement. Au-dessus de ma tête, les étoiles semblaient froides et vacillantes dans une nuit de printemps noire comme l'encre. J'avais l'impression de les voir toutes, il y en avait des roses, des jaunes, d'autres qui avaient l'éclat bleuté du diamant. Un étau me serrait la gorge, j'avais du mal à avaler, mais je me souviens de m'être dit que jamais ma vie ne m'avait semblé plus réelle qu'à ce moment-là. Ce qui allait se passer ensuite, je n'en savais rien, mais de toute façon ce serait autre chose, du nouveau ; on ne pouvait pas revenir en arrière, sur le chemin que j'avais quitté – c'était au moins une certitude.

Dans le lointain, du côté de Carrboro, j'ai entendu des wagons de marchandises grincer dans leurs gonds d'attelage. Quand le train a sifflé, tout à coup, j'ai pensé à une nuit d'été, à Killdeer ; c'était il y a très longtemps, j'étais assis dans le parc de fret, sous des étoiles aussi brillantes que celles-ci, et j'écoutais Mr. Bones. *Il n'existe que deux catégories de gens – ceux qui baisent les autres, et ceux qui se font baiser ; le tout est de savoir à laquelle on appartient.* Je suis monté dans ma voiture pour retourner vers la faculté de médecine, avec de nouveau le projet de vider mon vestiaire, puis de rentrer à la maison, faire front.

On devait bien pouvoir tirer quelques dollars de mes livres de cours – nous risquions d'en avoir besoin à présent –, c'est ce que je me suis dit en les descendant de l'étagère pour les empiler sur le banc. Lundi, je les revendrais. Mais en passant devant la poubelle du vestibule, la tentation a été trop forte… je les ai jetés, puis je me suis frotté les mains – la satisfaction que l'on a en allumant son cigare avec un billet de cent dollars… enfin, pour ce que je peux imaginer, vu que je n'ai jamais fait personnellement l'expérience.

J'étais déjà à la moitié de l'escalier lorsque je me suis rendu compte que je pouvais difficilement prétendre avoir fait le tour complet sans un dernier adieu à Phlebas.

Même dans les salles de cours du haut, on sentait le formol, cette odeur pharmaceutique qui met le projecteur sur ce qu'elle est censée cacher. Dès que l'on poussait la porte du labo, elle vous rivait au sol comme une femme de deux cents kilos en robe à fleurs. Il me fallait toujours une minute pour trouver mon rythme respiratoire et m'inscrire dans cette autre réalité. On avait cette impression – l'odeur y étant pour peu de chose, bien qu'il soit exact que le formol ait des vertus vaguement euphorisantes contre lesquelles nous étions mis en garde parce qu'il s'agissait d'un produit très toxique.

Cadavres, cimetières, savants fous se livrant à des réanimations blasphématoires dans des labos secrets – la première fois que je suis entré, j'avais toutes ces références en tête, mais la réalité était bien étrangère à tout cela. Le côté monstrueux, s'il faut en trouver un, c'était justement la banalité prosaïque et lisse de l'expérience, voir des êtres humains – parents, maris, épouses – si parfaitement dépossédés de toute poésie, grâce ou respect.

Je suis allé jusqu'à la cuve au milieu de la pièce ; elle ressemblait un peu à ces piscines démontables bon marché que les gens installent derrière leur maison. L'éclairage était tel que je voyais mon propre reflet à la surface plus distinctement que les visages immergés, mais lorsque je me suis penché, Phlebas s'est rematérialisé sous mon ombre, figé sur son brancard inoxydable comme un nageur noyé au fond d'un lac. Je l'ai remonté et j'ai regardé le liquide se déverser en cascade avant de s'évacuer en égouttement régulier d'abord, puis intermittent. J'ai allumé une cigarette.

Je ne l'avais pas regardé depuis longtemps – après une demi-douzaine de séances de labo, on ne fait plus attention. Il était costaud, chauve, avec un nez aquilin en lame de couteau – soixante, soixante-cinq ans, à peu près ma taille ou même un peu plus grand, mais un poitrail de bûcheron, des épaules et des bras de travailleur, et un sacré paquet de tripes. On lui avait d'abord taillé dans la poitrine, les points de suture ressemblaient à de minuscules fourmis noires courant dans les bourrelets sombres de la cicatrice ; mais c'était vieux. Il avait la peau d'un gris terreux, avec un lustre cireux dû à la graisse – liquéfiée par le formol, elle formait une espèce de substance gluante dont il était recouvert, un peu comme les sécrétions de certains poissons sans écailles. Malgré sa stature imposante, il avait, et tous les autres aussi, un côté vulnérable, pathétique – comme Joey dans son berceau quand il attendait qu'on le change. Son unique paupière était à peine ouverte, découvrant un filet d'œil bleuté, aussi terne qu'un œuf dur.

Estimant qu'il avait sûrement envie d'une cigarette, j'ai plongé la mienne dans la cuve et placé le mégot entre ses doigts. Il avait des mains énormes et calleuses, et il y avait eu des croissants de crasse sous les gros ongles jaunes – lavés depuis bien longtemps... On imaginait bien ces mains tenant un marteau, ou une pioche, ou une chope de bière ; il est là, silencieux, assis sur un tabouret de comptoir, dans un bar à ouvriers comme chez Earl, le genre de type renfermé qui ne sort pas facilement de ses gonds – personne ne lui cherche de poux dans la tête.

J'ai sursauté quand le système de ventilation s'est mis en marche, avec un déclic suivi d'un *waouch* d'air. Mes yeux commençaient à piquer et j'avais des gouttes de sueur sur le front et la lèvre supérieure – les symptômes de la toxicité du formol.

J'ai pensé brutalement à papa. L'année où je suis passé capitaine de l'équipe des cadets, je l'ai défié de se mesurer à moi en basket. Ce que je désirais en fait, j'imagine, c'était lui faire savoir que j'étais bon et recevoir un petit compliment de sa part, sauf que ma demande a pris un ton persifleur : « Allez, papa, ne sois pas trouillard. Je ne vais pas être trop méchant. Je te laisserai même marquer quelques points. » Plus il se défilait, plus je le harcelais, jusqu'à ce qu'il cède et m'emmène au gymnase un dimanche après-midi. Pendant l'échauffement, j'ai dribblé entre mes jambes, fait le malin, puis expédié une passe derrière le dos qu'il a reçue en plein dans l'estomac. Rude. Il a écrasé le ballon sur le sol avant de le rattraper au premier rebond. « Désolé, papa. » « C'est bon, à toi », a-t-il dit en me tendant le ballon avec une colère froide et rentrée. Les larmes lui montaient aux yeux derrière les lunettes – il a fait en sorte que je ne le voie pas.

Pour ma première tentative, j'ai feinté à droite et passé à gauche. Papa s'est fait avoir, il a trébuché, il est tombé, en déchirant le genou de son pantalon du dimanche, tandis que je marquais facilement. Il était planté là, en train de palper l'accroc, et quand j'ai vu son visage – plus rouge qu'une bouche d'incendie quand un chien lui pisse dessus – j'ai commencé à m'inquiéter, à me demander s'il fallait continuer la partie. Il n'a pas dit un mot, s'est contenté de prendre le ballon que je lui lançais, de dribbler une fois, et de réussir un tir impeccable depuis la ligne. Passé comme une lettre à la poste. « Joli », ai-je dit, impatient de le battre. Le tir suivant, j'ai raté le panier, le poteau, tout, et là, instantanément, le vent a tourné. Je me suis mis à bouder les tirs manqués, tapant le ballon contre le sol, et pendant que tout s'en allait en fumée, j'ai regardé le visage de papa et vu qu'il n'avait pas envie de gagner. Cette partie ne l'intéressait pas du tout – il aurait sans doute préféré laisser tomber, mais il ne l'a pas fait. Le même scénario que pour les Ticonderogas numéro 2 – j'ai vu le raisonnement défiler dans ses yeux. Il devait me donner une dure leçon, et il l'a fait. Systématiquement, un tir après l'autre, il m'a anéanti pour le principe, et en ne pensant qu'à mon bien. Après cela, je ne lui ai plus jamais demandé de jouer avec moi, jamais demandé d'assister à mes matchs. S'il a éprouvé le moindre sentiment de fierté en lisant mon nom dans les journaux, ou lorsque nous avons gagné le titre, je ne l'ai jamais su. J'avais douze ans, cette année-là, comme sur la photo qu'il avait dans son bureau au lycée de Killdeer.

Tandis que j'étais assis près de la cuve, cette nuit-là, à

écouter goutter lentement le formol, un étrange malaise s'est emparé de moi. *Et si papa était mort ?*

Elle m'a frappé, cette idée, non pas comme une espèce de vague appréhension, une pensée fugitive, mais avec la force d'une prémonition certaine, et je me suis rappelé les histoires que j'avais entendues – la voix qui vous murmure à l'oreille, en rêve, à l'heure précise de la mort d'un être cher, le téléphone qui sonne au milieu de la nuit avec personne au bout de la ligne.

J'ai refranchi la porte et filé directement à la cabine téléphonique, dans le vestibule. J'ai composé le numéro. Le téléphone a sonné, sonné. J'ai regardé ma montre – il était près de minuit. Jamais, jamais ils n'étaient dehors aussi tard le soir. De quoi confirmer ma peur. J'allais raccrocher lorsque, tout à coup, on a répondu.

« Allô ?

— Papa ? ai-je dit. Papa ? » et lui de faire : « Jimmy ? » « Oui, papa, c'est moi. » « Qu'est-ce qu'il y a, mon fils ? Quelle heure est-il ? Tu as un problème ? » Derrière, j'entendais la voix de maman, endormie : « Qu'est-ce que c'est, Thurston ? C'est Jimmy ? » « Une seconde, Lilith, a-t-il dit. Qu'est-ce qui ne va pas, mon fils ? » « Rien, papa. J'appelais juste pour m'assurer que tu allais bien. » Il y a eu un silence au bout de la ligne, puis maman a demandé : « Qu'est-ce qu'il a dit ? Tiens, passe-moi le téléphone. » « Est-ce que tu as bu ? » a-t-il demandé en changeant de ton, et maman de s'exclamer : « Mon Dieu ! » « Non, papa, j'étais seulement inquiet, excuse-moi de t'avoir réveillé, retourne te coucher. » La dernière chose que j'ai entendue, c'est la voix de maman disant : « Qu'est-ce qui se passe, Thurston ? Qu'est-ce qu'il a fait ? » J'ai raccroché, le cœur gros, avec une soudaine sensation de nausée.

12

May

Le délai de grâce est passé, Jimmy ne s'est pas montré, je me suis mise en colère, et la vue du rôti fichu n'a fait qu'aggraver ma colère, avec le gras figé autour de mes petites pommes de terre nouvelles comme de la glace autour des cailloux d'un cours d'eau… et ça, c'était il y a deux heures. Depuis, j'avais sombré consciencieusement, entraînant Joey dans ma plongée où l'on passait de la colère à d'autres sombres abîmes. Avec lui dans les bras, j'allais toutes les trente secondes jusqu'à la fenêtre de la cuisine pour tirer les rideaux et guetter des phares, qui n'étaient jamais là.

Il était dans un état, Joey, le pauvre chéri, et je me sentais très coupable parce que je savais que s'il était contrarié, c'était à cause de moi. Comme si je n'avais pas le droit d'être malheureuse, jamais, à cause des conséquences sur lui, comme si ma vie ne m'appartenait plus. C'était l'aspect négatif de la bulle – parfois, on ne pouvait pas échapper à cette intimité alors qu'on en avait besoin – et puis j'étais sidérée qu'un si petit bébé puisse pleurer autant et se mettre dans des rages pareilles. Ce soir-là, ça a duré des heures, et le pire, c'est que je savais bien que ma colère contre Jimmy n'était pas la seule cause de ses pleurs. Nous avions eu une grosse bagarre pendant la tétée, mais Joey n'y était pour rien – il avait fait ce qu'il pouvait –, c'était ma faute à moi. Mon corps a refusé de fournir, et il n'y a pas de mot pour dire ma déception et ma frustration.

J'avais eu des problèmes de crevasses sur les bouts de sein dès le début, mais un jour, en allaitant, j'ai remarqué que mon tétin gauche s'était rentré – « invaginé » est le mot qu'a utilisé le Dr. Cole. Il a dit que les choses se remettraient en place toutes seules, et en attendant, que je donne seulement le sein droit, sauf que le tétin est alors devenu fragile au point de craquer parfois. Ce soir-là, en baissant les yeux, j'ai vu du sang sur les lèvres de Joey – la goutte d'eau qui a fait déborder le vase. Mon propre corps était contre moi – pire encore, contre mon enfant –, si je n'étais même pas capable de réussir ça, peut-être que je n'avais pas les qualités requises pour être mère – même les animaux savent allaiter leurs petits. Voilà dans quel état d'esprit j'étais.

Je ne voulais pas abandonner, mais là, c'était trop, pour nous deux ; j'allais devoir passer à l'allaitement artificiel. Mais pour ce soir… comment j'allais faire, ce soir ? Jimmy avait la voiture, les boutiques étaient fermées, Joey s'étranglait de colère. J'ai essayé le lait de vache du frigo, en réchauffant le biberon au bain-marie, mais il n'a pas avalé une goutte. Dès l'instant où il a senti le contact du caoutchouc, il a hurlé comme si on l'écorchait, et je n'ai pu que presser autour de mes aréoles pour tirer un peu de lait gris. Joey a fait de son mieux de son côté, mais il n'a pas eu son compte, et moi, j'étais impuissante.

À tort ou à raison, je mettais tout sur le dos de Jimmy. La pendule de la cuisine indiquait bientôt dix heures. La nuit ne faisait que commencer.

Malgré ses pleurs, j'ai posé Joey dans son berceau, avec un sentiment de culpabilité plus fort que si je venais de commettre un triple meurtre, puis l'ayant ainsi lâchement abandonné, j'ai pris le tabouret pour grimper sur le plan de travail de la cuisine. Sur la plus haute planche du plus haut placard se trouvait un paquet de barres Mound, laissées par maman. Je ne les avais pas touchées de tout le mois pour tenter de perdre les kilos que j'avais pris. Le Dr. Cole m'avait fait la guerre à ce sujet – une femme ne devait pas prendre plus de treize kilos au cours d'une grossesse, selon lui. Moi, j'en avais pris pas loin de dix-huit – et puis zut, j'ai dépassé les vingt – et maman ne m'a pas vraiment aidée. Tout ça, c'était des foutaises, disait-elle, n'en déplaise au Dr. Cole, et au Dr. Spock *idem.* « Tu les mets tous ensemble, et tu me dis combien de bébés ils ont eus, eux. C'est tout », disait-elle. Une femme enceinte avait le devoir de se laisser aller, de se passer tous ses caprices, et tout son entourage devait la gâter. C'était l'un des rares avantages d'un sale boulot – voilà pour le point de vue de maman. Et si vous ne retrouviez jamais votre silhouette de jeune fille, qu'importe, elle avait joué son rôle – vous étiez mariée, non ? Quant à se sentir coupable, c'est un mot qui n'avait jamais fait partie du vocabulaire de Miss Zelle, je crois.

Et elle a mis ses paroles en pratique sur moi, maman, en m'apportant par kilos entiers les paquets de Mound et d'Almond Joy, lorsqu'elle amenait Dee Lou de Killdeer, chaque mardi, pour me faire la cuisine et le ménage. « J'aimerais mieux que tu ne m'apportes pas toutes ces sucreries, maman », lui disais-je chaque semaine, et chaque semaine elle répondait : « J'ai l'impression que tu en fais bon usage, et en plus Jimmy est bec sucré, lui aussi, non ? » C'est devenu ma grande excuse pour en avoir toujours sous la main – Jimmy aimait les sucreries, lui aussi.

Puis un jour, en me regardant dans la glace, j'ai pensé : *mon Dieu, mais je suis grosse*, et j'ai eu l'impression de tomber au fond d'un puits pour me retrouver dans la cour de récréation, où j'avais de nouveau huit ans, au milieu des autres enfants qui chantaient : *May Tilley et son gros derrière font plier les chaises dessous les dentelles.* Le cauchemar était revenu, j'ai voulu y mettre un terme. J'ai caché les sucreries tout en haut de ce placard en me disant que le fait d'avoir à grimper serait dissuasif. Progressivement, j'avais cessé de pouvoir entrer dans aucune de mes robes, et j'étais revenue aux tailles quarante et plus de ma dernière crise de boulimie, en deuxième année de fac. Et puis surtout, j'étais inquiète pour mes seins.

« Regarde comme j'ai grossi, disais-je avec l'espoir d'entendre Jimmy me contredire. Tu m'aimeras encore quand tu seras obligé de me faire rouler pour passer par la porte ? », à quoi Jimmy se contentait de répondre : « Tu vas perdre, May » – pas exactement la réponse que j'attendais. Les fins d'après-midi étaient les moments les plus difficiles ; quand le jour commençait à tomber, je les entendais me faire le chant des sirènes, ces barres de chocolat fatales, perchées sur leur étagère, et je vous jure que je grimpais avec autant d'intrépidité qu'une chèvre de montagne. J'ôtais le papier de la première, en restant assise à la table de la cuisine, et je dégustais lentement, croquant de petites bouchées que je savourais l'une après l'autre en admirant les roses anciennes de Mrs. Sneed, et la douceur sucrée du chocolat semblait se répandre sur toute chose, me procurant une sensation de, je ne sais pas, de sécurité, et puis, bizarrement, tout s'effaçait et j'oubliais où j'étais. Quand je revenais à moi, il y avait une demi-douzaine de papiers sur la table, et après la première barre je ne savais même plus que j'avais mangé du chocolat.

Et puis un jour, Jimmy est arrivé et m'a prise en flagrant délit. J'avais tellement honte que je suis devenue cramoisie comme un péché capital, « Il faut que j'arrête, ai-je dit. Je me dégoûte de grossir comme ça. » Jimmy est resté impassible sur le pas de la porte, mais sa mâchoire s'est crispée. « Tu ne veux pas grossir ? » Il est venu dignement jusqu'à ma chaise et a pris la barre que j'étais en train de manger. « Regarde. » Il me l'a montrée, l'a cassée en deux morceaux qu'il a jetés par terre avant de les écraser sous son talon en faisant mine de se laver les mains avec désinvolture. « Tu ne veux pas grossir ? C'est très simple, cesse de t'empiffrer comme une grosse truie ! » J'étais restée les yeux écarquillés et le souffle coupé de l'entendre crier, puis il a tourné les talons et est reparti en claquant la porte de l'appartement, si fort qu'une tasse est tombée de l'égouttoir et s'est brisée sur le carrelage.

J'ai pleuré pendant des heures, mais quand il est enfin rentré, il avait les bras pleins de roses et des larmes dans les yeux en s'excusant. Bien sûr, les roses avaient été volées dans le jardin et il était pété, mais à l'époque je trouvais mesquin de m'arrêter à ces détails.

Les barres Mound que j'ai mangées ce soir-là n'ont rien arrangé, il faut dire qu'elles n'arrangent jamais rien. C'est en me sentant encore plus coupable que j'ai relevé Joey pour faire les cent pas avec lui, le bercer dans mes bras et lui murmurer : « Chut, chéri, c'est fini, maman est là. Je t'aime fort, chut, c'est fini maintenant, ne pleure plus, tout va s'arranger », mais ces paroles apaisantes n'ont fait que redoubler ses larmes. « Où est papa ? Où peut-il bien être, papa ? » ai-je dit tandis que mon imagination voguait vers tous les endroits où je n'avais aucune envie de le voir dériver. Je le voyais avec une autre femme, qui n'était pas grosse, qui n'était pas toujours sur son dos à le harceler, qui était de bonne humeur quand il rentrait le soir, même si elle avait eu une rude journée, qui était fraîche, dispose, s'était parfumée, avait passé une jolie robe et mis des bougies sur la table du dîner. J'ai regardé le mur de la pièce et lu les inscriptions sur le mur – PIPES – et je me suis dit qu'elle ne serait pas en reste non plus sur ce terrain, cette autre femme, celui de la chambre à coucher, même si elle était trop fatiguée, même si elle avait encore l'odeur des couches de Joey sur les mains, même si elle n'avait pas eu une minute pour prendre un bain, enfiler cette jolie robe, allumer des bougies, ni même préparer un bon dîner. Je me suis reproché de le prendre pour un fait acquis, Jimmy, tout était ma faute, absolument tout, je n'avais rien contre lui, pas même d'être en ce moment avec cette autre femme qui ressemblait moins à ce que j'étais qu'à ce que je voulais être. Puis est venue l'image de ce mauvais virage, sur la 54, je l'ai vu mort au milieu des gyrophares des voitures de police, et j'ai reculé, comme on retire la main d'un objet brûlant.

J'ai fait glisser Joey sur ma hanche, loin de mes seins

douloureux, mais mon cœur s'est serré lorsqu'il s'est mis à hurler, que son petit visage minuscule s'est fripé en devenant écarlate. Incapable de supporter plus longtemps son chagrin, j'ai voulu faire une dernière tentative pour l'allaiter, j'ai bloqué ma respiration et serré les dents pour résister à la douleur, le corps tendu comme un ressort d'acier. Mais en vain, tout à coup la pièce entière s'est mise à bourdonner, comme si j'entendais le courant électrique circuler à l'intérieur des murs, une vilaine lumière jaune a envahi l'appartement, j'avais envie de le frapper. Dieu me pardonne, mais pendant une fraction de seconde j'ai bien failli ne pas pouvoir me retenir. Il a fallu que je le repose sur notre lit pour retrouver le contrôle de moi.

« Fais dodo, dodo, mon bébé, ai-je murmuré, maman a besoin d'être tranquille un tout petit moment, il faut qu'elle reprenne ses esprits, s'il te plaît, essaie, pour maman, chut. » Je suis sortie de la chambre, j'ai allumé une cigarette, inspiré la fumée au fond de mes poumons, et je l'ai écouté gémir derrière la porte fermée tout en essayant de réfléchir à la conduite à tenir… Qui appeler ? La police ? L'hôpital ? J'ai alors pensé à la fraternité.

Le gars qui m'a répondu était un première année que je connaissais à peine, il était ivre et criait pour couvrir le bruit de la musique en arrière-fond, au point que j'ai dû écarter le combiné de mon oreille. « Excusez, je vous entends mal, répétait-il constamment. Pardon, vous dites ? » J'ai fini cependant par lui arracher que Jimmy était parti une heure plus tôt… une demi-heure – il n'y avait pas cinq minutes de route pour venir de là-bas à Ransom Street… alors, où était passé Jimmy ?

J'ai allumé une deuxième cigarette sur le mégot de la première et refait un numéro. C'est maman qui a décroché, et j'ai éclaté en sanglots. « Excuse-moi, maman », ai-je dit, et elle : « Qu'est-ce qu'il y a ? Qu'est-ce qui ne va pas ? » « Jimmy n'est pas rentré à la maison, je ne sais pas où il est. Je suis sûre qu'il y a un problème ; je ne sais pas quoi faire. » « Oh, mon Dieu, Will, réveille-toi, je t'en prie, l'ai-je entendue dire. C'est May, elle est dans tous ses états. »

« Non, maman, non, ne le réveille pas, s'il te plaît », ai-je supplié, mais elle a demandé : « Est-ce que tu veux qu'on vienne – parce que nous n'avons qu'à sauter dans la voiture, là tout de suite, tu entends ? » et du coup, j'ai dû freiner. « Non, surtout pas. Il est sûrement en train de boire quelque part avec des copains. Je suis sûre qu'il va bientôt rentrer. » « Sinon, s'il ne rentre pas, tu me rappelles, compris ? Peu importe l'heure, nous serons à côté du téléphone. »

Après avoir raccroché, je suis retournée dans la chambre sur la pointe des pieds et, miracle des miracles, Joey s'était endormi entre les oreillers, sur notre lit. Je l'ai embrassé sur le crâne, j'ai pris la couverture de son berceau et je l'ai recouvert, puis je me suis allongée à côté de lui, sur le matelas. En fermant les yeux, je me suis dit qu'il ne se rappellerait rien de cet épisode – j'en ai rendu grâces à Dieu.

13

Jimmy

Dehors, sur le parking de la fac de médecine, j'ai vérifié la carrosserie et trouvé un coup sur la portière. « Merde », ai-je dit en vérifiant avec l'index ; la peinture était écaillée. Je ne l'avais pas répété une fois mais cinquante à May : tu te gares sur la bordure extérieure du parking, loin des autres voitures. Parce qu'on dira ce qu'on voudra, la Bel-Air, j'y tenais plus que May. C'est moi qui la lavais deux fois par semaine, moi qui faisais la vidange du moteur, moi qui passais des nuits blanches à craindre qu'on la cabosse. Les gens parlaient de la « voiture de Jimmy », et je la considérais comme la mienne, mais l'inexactitude de cette notion m'a tout à coup sauté au visage. Cette voiture était à May, et elle m'avait épousé parce que j'allais devenir médecin – c'était clair comme de l'eau de roche. May serait-elle tombée amoureuse de moi si je n'avais pas été étudiant en médecine, si j'avais dû finir, disons, mécanicien dans les chemins de fer, à remuer le charbon et avoir de la crasse noire sous les ongles, comme Phlebas ? Est-ce qu'elle m'aurait préparé ma gamelle du midi, est-ce qu'elle aurait embrassé mon visage plein de suie au petit matin, quand je serais arrivé de l'équipe de nuit ?

J'ai ri et allumé une cigarette. Plus la peine de m'inquiéter pour la Bel-Air ; j'ai continué à m'enfoncer en me mettant au volant. May ne voudrait pas rester mariée avec moi – pourquoi le voudrait-elle ? Ce n'était pas seulement une éventualité ; au moment où j'ai mis le contact, c'était devenu une probabilité. Et lorsque j'ai enclenché la marche arrière, c'était carrément une affaire entendue. Tout était terminé – ma carrière médicale et tout le saint-frusquin. J'allais perdre ma femme, mon petit garçon, ma maison et, oui, ma Bel-Air 1955 avec la flèche chromée sur le capot, les écussons sur les enjoliveurs et la nouvelle rayure sur la carrosserie, et l'amabilité de ma future ex-femme. Vues au ras des pâquerettes, les ramifications du *perdre sa vie pour la gagner* prenaient des dimensions insoupçonnables depuis la meurtrière de mon donjon à la bibliothèque – la différence qu'il y avait entre une vaguelette et un raz de marée.

Outre toutes les choses qu'il avait déjà clarifiées, le whisky jetait un peu de lumière sur les raisons qui m'avaient fait retarder mon retour à la maison.

J'ai roulé sans m'occuper des feux de signalisation, ne remarquant qu'ils étaient rouges qu'à la lueur que je voyais dans mon rétroviseur, comme un œil maléfique. J'ai quitté Columbia pour tourner dans Westwood, et je me suis cogné la tête dans le toit en jurant lorsque j'ai pris le nid-de-poule. D'un seul coup, il y avait quelqu'un sur la chaussée, juste devant moi. Une femme, apparemment, debout dans le cône de lumière blanche du lampadaire, à une certaine distance encore, mais qui se rapprochait très vite. J'ai cligné les yeux, collé mon nez sur le pare-brise. Elle n'a pas bougé. J'ai flanqué un coup d'avertisseur et donné un coup de volant *in extremis*, qui m'a expédié contre le trottoir…

J'ai traversé la barrière d'une maison, puis la haie d'une autre, en écoutant les branches griffer la portière et la carrosserie tandis que les feuilles giflaient le pare-brise comme les mains d'une racaille verte et belliqueuse. Pendant les premières secondes, mes seules pensées ont été pour m'inquiéter du coût de cette embardée ; puis tout s'est accéléré et ralenti en même temps. Une lumière étrange, vaguement verte, s'est épanouie sur toute chose. Je l'avais déjà vue, cette lumière, même si je ne savais plus où ; il se passait quelque chose d'énorme – j'avais le mot sur le bout de la langue... et j'ai su. *Mais oui, je vais mourir. Bien sûr.* C'était ça, la lumière verte, feu vert : on y va, j'allais passer comme on dit, et je n'avais jamais espéré que ce serait aussi beau, que je me sentirais aussi libre. J'ai vu le mur de pierre foncer sur moi, mais pas de problème, tout allait bien, j'avais des années et des années devant moi avant le choc...

Quand je suis revenu à moi, il faisait nuit noire autour de moi, à l'exception de la lueur glauque de l'autoradio – curieusement, il marchait toujours. Mon cœur cognait lourdement dans ma poitrine, chaque battement représentant une menace insidieuse et malsaine, comme si je prenais une décharge dans le corps. J'avais la mâchoire apparemment sortie de ses gonds, et lorsque j'ai voulu tourner la tête j'ai grimacé – toutes les parties de mon corps étaient douloureuses, jusqu'aux dents. Toute la moitié gauche de mon visage était gluante comme de la peinture fraîche, mais passée sur une surface chaude. Le sang se coagulait déjà entre mes cils, et j'en sentais la saveur, cuivrée, sur mes lèvres. Quand j'ai voulu cracher, j'ai entendu un petit bruit aigu contre la vitre, qui était restée fermée – un morceau de dent cassée.

La portière a cédé avec un grincement de métal, je suis tombé en tas, comme un sac sur le sol détrempé. J'ai palpé mes poches pour trouver mon briquet, actionné la petite roue pour enflammer la mèche, puis j'ai rampé pour tenter d'évaluer l'étendue des dégâts. Tout l'avant était écrasé, ratatiné à la moitié de sa longueur normale. Mon cœur m'a expédié une nouvelle secousse dans le plexus, si violente que j'ai cru que j'allais vomir mes entrailles. *Bon sang de bon sang de bon sang*, me suis-je dit, *ça va coûter une fortune*.

La flamme a vacillé. Je me suis retrouvé dans le noir.

Au loin, une lumière solitaire clignotait à travers les broussailles – une maison ou peut-être un lampadaire, difficile de dire. Il y avait des arbres dans le coin – je les entendais remuer au-dessus de ma tête et parvenais juste à distinguer le mouvement des branches, noir sur noir, contre le ciel.

Derrière moi, dans les bois, une branche s'est brisée, avec un bruit sec.

« Il y a quelqu'un ? ai-je demandé. Hou ! Hou ! »

Le vent s'engouffrait à travers les feuilles avec la lenteur lancinante d'une déferlante qui se prépare, et une autre branche s'est cassée, plus près. Mes bras en ont eu la chair de poule tandis que mes cheveux se dressaient sur ma tête. J'étais certain qu'il y avait quelqu'un, pas loin. Je me suis levé, et je me suis mis à courir, en trébuchant à l'aveuglette entre les arbres ; les branches me fouettaient le visage, s'accrochaient à mes vêtements – j'entendais le tissu se déchirer.

Arrivé à découvert, j'ai entrepris de suivre une clôture, qui traversait des jardins tout noirs, avec des maisons de chaque côté. Un chien s'est mis à aboyer. Une lumière s'est allumée. Une corde à linge m'a coupé dans mon élan, à la gorge, et je me suis retrouvé sur le dos, les quatre fers en l'air. Je suis resté sur place un instant, sans avoir la moindre idée de l'endroit où je me trouvais. Dans le lointain, j'entendais les échos distordus de la musique pour la fiesta de la fraternité, mais il était difficile de distinguer d'où elle venait. Empruntant une allée qui descendait vers la rue, j'ai aperçu mon reflet dans la vitre d'une voiture. Je ressemblais à une chose surgie de la tombe, le type qui se réveille dans son cercueil et gratte la terre avec ses ongles nus.

Je ressemblais à Phlebas.

Debout sous un lampadaire, j'ai écouté les instruments se taire successivement – la guitare, le clavier, le saxo –, il ne restait plus que la batterie, *ba-doum ba-doum, ba-doum*, comme un battement de cœur.

La voix de Joe Clark a résonné dans le micro.

« Y a le feu, y a le feu... »

Cinq mille voix ont enchaîné en chœur...

« LA MAISON ELLE BRÛ-LEU
MAIS ON S'EN FOUT
LAISSEZ-LA CRAMER
Y A LE FEU, Y A LE FEU, LA MAISON ELLE BRÛ-LEU… »

En écoutant, j'ai senti une fermeture Éclair glaciale s'ouvrir et se refermer le long de ma colonne vertébrale. Tout arrivait de la gauche.

J'ai pris cette direction.

14

May

Quand je me suis éveillée, l'aube venait juste de se lever, une lumière de fonte filtrait par les fenêtres – Jimmy n'était pas à la maison. Il était mort, j'en étais sûre, et moi aussi, je me sentais morte : vide, transie. Je n'ai même pas pris la peine de passer un peignoir, j'ai juste attrapé Joey pour l'emmener avec moi dans le jardin, où j'ai marché pieds nus, de long en large, jusqu'à avoir l'ourlet de ma chemise de nuit trempé et lourd à cause de la rosée qui recouvrait la pelouse d'un voile blanc uniforme, sauf à l'endroit que j'avais ruiné par mes traces de pas, des milliers de traces de pas.

Autour de moi tout était tranché à vif, tremblé – les maisons, les arbres, les voitures débordaient de leurs contours, comme les dessins coloriés au crayon dans les albums des enfants, comme si le monde n'était pas une chose solide à laquelle on pouvait se fier, sur laquelle on pouvait compter, mais un mirage susceptible de se dissoudre d'un moment à l'autre. Lorsque les premiers rayons de lumière ont effleuré les arbres de Judas, les fleurs toutes neuves se sont ouvertes au bout des branches, comme des gouttes de sang sur un doigt piqué, et je me suis souvenue qu'à l'école du dimanche on nous apprenait que l'arbre de Judas avait reçu ce nom parce que Judas en avait choisi un pour se pendre. Facile à retenir, nous disait-on, parce que le cornouiller et l'arbre de Judas fleurissent en même temps et ne vont pas l'un sans l'autre, comme le Christ et Judas.

Je contemplais cet arbre lorsqu'une voiture noire s'est rangée le long du trottoir, dans Vance Street mais à l'autre bout du pâté de maisons par rapport à chez nous – Jimmy était prudent, mais pas suffisamment. Il y avait une femme au volant ; d'elle, je ne voyais en fait qu'une tignasse rousse, mi-longue et flamboyante. Au début, je n'ai pas vu Jimmy, jusqu'au moment où il s'est penché depuis la place du passager pour l'embrasser, et son visage est alors sorti de derrière le sien comme la lune émergeant d'une éclipse… léger, le baiser, sur les lèvres, mais il s'est prolongé juste ce qu'il faut pour lever toute ambiguïté.

Il ne m'avait toujours pas vue lorsque, debout sur le trottoir, il s'est penché à l'intérieur de la voiture pour dire un dernier mot. Il souriait, mais son visage avait quelque chose de bizarre – je n'ai pas compris tout de suite qu'il était enflé. Il ne s'était pas rasé et avait encore sur lui la chemise blanche que je lui avais repassée la veille, chiffonnée quand même – il remettait le pan du dos à l'intérieur de sa ceinture – et tout le devant était maculé d'une tache rouge foncé qui ressemblait à du sang. Lorsqu'il a lâché ses mocassins sur le trottoir, ils ont fait un bruit sec, plat. Il y a enfilé ses pieds nus, perdant l'équilibre en pliant le genou pour remettre le talon en place, par-derrière. Puis il a levé les yeux, et il m'a vue.

Son visage s'est décomposé et, l'espace d'un instant, il n'a exprimé que la surprise, puis un courant de panique est passé dans ses yeux et sa mâchoire s'est crispée, effaçant l'accablement. Il a amorcé un sourire, sans suite, se contentant finalement d'un petit signe de la main… et si j'avais encore eu des doutes, j'aurais été fixée. Je me souviens que le chant des oiseaux dans les arbres qui nous entouraient a semblé choisir ce moment précis pour exploser – on aurait dit la cacophonie des cris dans un asile de fous. J'ai eu l'impression que l'enfer avait pris possession de la terre, et que j'y étais.

Ce qui m'est passé par la tête alors ? Je n'en ai pas idée

– j'ai dû penser à certaines promesses, je suppose, des promesses rompues… C'était la première fois, une exception, comme toutes celles qui suivirent furent des exceptions, jusqu'à ce qu'en me réveillant un matin, douze ans plus tard, je me rende compte que les exceptions étaient devenues la règle.

Sumner n'a rien eu à voir là-dedans.

15

Jimmy

Le reste relève du flou total…

Je me suis réveillé dans une maison inconnue, dans un lit inconnu, avec une tignasse rousse inconnue sur l'oreiller à côté du mien. Qui elle était, où je l'avais rencontrée, son nom, comment nous avions atterri ici – autant de mystères qui ont pour moi l'opacité de la pierre de Rosette, des rouleaux de la mer Morte et de la première année de biochimie. J'ai ramassé ma chemise, mes chaussures – mon blazer avait disparu depuis longtemps –, et je me suis éclipsé aussi discrètement que possible. Sur un divan écossais, dans le salon, un petit terrier a levé sur moi des yeux tristes et accusateurs et il a remué la queue lorsque je suis sorti.

Une fois dehors, j'ai regardé autour de moi – pour ce que je voyais, j'aurais aussi bien pu me trouver à Buffalo. Je me suis plié en deux, j'ai vomi dans le jardin, et je me suis mis à courir. J'ai couru le plus vite possible, prenant à droite, à gauche, un peu à l'inspiration du moment, avec l'espoir d'arriver à un endroit que je reconnaîtrais. Ma transpiration, lorsque j'ai commencé à suer, avait une odeur de whisky pur, ce qui correspondait probablement à la réalité. Prêt à flancher, je suis arrivé en haut d'une petite colline, j'étais revenu à mon point de départ. C'est la seule fois où j'ai eu envie de pleurer.

Lorsque je suis rentré dans la maison, elle était debout devant la table de cuisine, en train de se servir un jus d'orange. « Salut », j'ai fait, et elle a dit : « Bonjour, Roger. D'où viens-tu ? » J'ai dû réprimer l'envie de regarder derrière moi pour voir à qui elle parlait. « Chercher le journal », j'ai dit, et elle : « Oh, ben, je ne le prends pas. » « Écoute, je n'aime pas demander, mais est-ce que ça te dérangerait de me raccompagner chez moi ? » « Et notre pique-nique ? » a-t-elle demandé avec une mine déconfite. « Je crois que je vais être obligé de remettre à plus tard. » Elle a hoché la tête. « Tu ne te souviens pas, hein ? » « Pas très bien. » « Je m'appelle comment ? » a-t-elle demandé, et j'ai fait : « Allez, tout de même. » « Je te raccompagne si tu me donnes la réponse. » Je l'ai regardée, et j'ai dit : « Je suis désolé. » Est-ce que j'avais une meilleure solution ?

Elle s'appelait Grace. Et elle m'a raccompagné quand même. Dans la voiture, j'ai remarqué que je n'avais plus mon alliance au doigt, et j'ai été soulagé de la trouver au fond de ma poche. Ce qui laisse évidemment entier le mystère central : est-ce que j'ai couché avec elle ? Je ne peux répondre catégoriquement à cette question. Tout ce que je peux dire, c'est que si je me suis réveillé sans ma chemise, la ceinture de mon pantalon était bouclée et la braguette fermée. Il semble peu vraisemblable, vu mon état, que j'aie pu être bien offensif. Peut-on parler d'infidélité quand il n'y a pas de plaisir ? Si on ne se rappelle rien ? C'est une question que je laisse aux philosophes.

May avait son point de vue personnel et tranché, parfaitement légitime, j'imagine. Lorsque je suis arrivé sur le trottoir, elle ne m'a pas demandé si j'étais blessé, mort ou vif, elle n'a pas voulu savoir ce qui s'était passé ; elle a tourné les talons et elle est rentrée à la maison. Je n'étais pas en position de faire des reproches – pas à ce moment-là du moins. Plus tard, elle a appris à son tour que la vie n'est pas un long fleuve tranquille. Dommage que nous n'ayons eu ni l'un ni l'autre la sagesse d'écouter l'adage.

16

Joey

Ce printemps-là, ils n'ont pas arrêté, et c'était l'argent qui revenait presque toujours. Papa disait qu'on n'avait pas les moyens de s'offrir Otelia, maman demandait où il trouvait l'argent pour s'acheter une voiture, ou bien papa disait qu'elle devrait acheter en solde et prendre des bas morceaux plutôt que de l'entrecôte, alors maman répondait que si elle le faisait il laisserait tout dans son assiette, et qu'elle était désolée, mais qu'elle n'avait pas comme certains le talent de transformer les billets de un dollar en billets de cinq, à quoi papa rétorquait qu'elle ferait peut-être bien d'apprendre.

Quelquefois, quand elle pliait le linge propre avec tante Elise dans le petit salon, le menton de maman se mettait à trembler et elle se cachait le visage entre les mains. « Elise, je ne sais plus quoi faire », disait-elle, et tante Elise jetait un coup d'œil dans ma direction, c'est-à-dire vers la cuisine où j'étais en train de faire mes devoirs, et elle fermait la porte.

Quand j'ai rapporté mon carnet de notes avec un D en conduite, ça n'a fait qu'aggraver les choses. Jusqu'alors, j'avais toujours des A, mais dans la cour de récréation, Eddie Grissom a dit que j'avais des nichons comme les filles et que si je me faisais arranger les dents et pousser la moustache, il se marierait avec moi. J'avais le choix entre faire la bagarre avec lui ou alors ne plus retourner à l'école.

J'ai essayé d'avoir des bonnes notes pour que maman ait moins de soucis – elle en avait déjà bien assez avec Reed qui se tapait la tête dans l'oreiller, et papa qui claquait les portes et filait au volant de la Mustang toute neuve, sans parler de tous les pauvres de North Killdeer qu'elle essayait d'aider en s'occupant de la Junior League.

Mais j'avais beau faire, ils se disputaient, et moi, je ne comprenais pas comment on pouvait se détester si fort pour des histoires de steak, d'entrecôte, ou de ce vieux roi stupide d'autrefois, Charlemagne. Quelquefois, j'étais tellement en colère que j'avais envie de leur crier : *taisez-vous taisez-vous taisez-vous ! Pourquoi ne pouvez-vous pas vous comporter correctement, être gentils l'un avec l'autre, alors que c'est ce que vous nous demandez, à Reed et à moi* ?

J'ai fait un rêve où il y avait une radiation qui rendait tout le monde malade, comme dans le film qu'on nous a passé à l'école, qui montrait des enfants au Japon, sauf que personne ne savait d'où ça venait. Mais les rêves, c'est du semblant, et puis ça ne veut rien dire. Tout le monde a fait des cauchemars – je crois que c'est pour ça qu'il se cognait la tête, Reed, pour les faire s'arrêter ; moi, ensuite, quand je me réveillais, j'allais à la fenêtre voir si la voiture de papa était là. Quelquefois, quand elle y était, je les entendais se disputer dans leur chambre, même qu'un jour, lorsqu'ils ont cessé de hurler, j'ai entendu les ressorts du matelas qui grinçaient. J'ai eu cette drôle de sensation dans le creux de l'estomac, sauf que je me suis dit que ça devait vouloir dire qu'ils s'aimaient encore. Le lendemain matin, au petit déjeuner, pourtant, ils avaient toujours l'air aussi fâchés et n'ont pratiquement pas dit un mot.

Puis un autre jour, il y a eu cette femme qui a appelé à la maison. C'est moi qui ai décroché. « C'est Joey ? » a-t-elle demandé comme si elle me connaissait, alors j'ai fait : « Oui, madame ? » en essayant de deviner qui ce pouvait être. « Pourrais-tu me passer ton père, mon petit ? » « Qui dois-je annoncer ? » « Dis-lui juste que c'est de la part d'une amie », a-t-elle répondu sur le ton de la taquinerie. À mon avis, elle avait l'air un peu cinglée.

Ce n'est pas la seule fois qu'elle a appelé à la maison d'ailleurs. Un jour, c'est papa qui a répondu et il a bondi du canapé comme une flèche, tiré le fil pour aller dans la cuisine dont il a refermé la porte battante avant de parler à voix basse, même que je ne l'avais jamais entendu faire ça avant. Une autre fois, c'est maman qui lui a répondu sur le ton très Colonial Dames qu'elle prend parfois, un ton à vous faire tenir les cheveux en brosse sans gomina. Sauf que je ne crois pas que cette femme ait été très impressionnée. À la fin, elle était tellement furieuse qu'elle en tremblait, maman, en criant dans le téléphone : « Ne vous avisez plus d'appeler ici ! » avant de lui raccrocher au nez.

Quand papa est rentré à la maison, ce soir-là, ils ont eu une dispute épouvantable, avec maman qui pleurait en disant que c'était une terrible humiliation pour elle, que toute la ville était au courant, tandis que papa hurlait, le genre de hurlement qui faisait trembler les murs de la maison. Il disait qu'il pouvait bien faire n'importe quoi, de toute façon elle n'était jamais contente, qu'il en avait marre, ras le bol, alors maman a répondu que dans ces conditions il ferait aussi bien de s'en aller définitivement. Il a claqué la porte tellement fort, papa, que cette fois elle a fini par se casser ; une fissure en forme d'éclair a fendu le panneau du haut. Et il a laissé des traces noires de pneu dans l'allée quand il a démarré.

Il est resté parti deux jours, cette fois-là, mais quand il est revenu, ils se sont réconciliés et pendant quelque temps tout s'est bien passé, jusqu'au matin où, en me levant, je les ai vus dans l'allée devant la maison. Il y avait Pa aussi, et maman pleurait, et papa hurlait en agitant les bras, même que j'ai cru qu'ils allaient se battre, Pa et lui, mais papa est monté dans la Mustang, et il est parti. Maman a refusé de me dire ce qui était arrivé, sauf que papa n'allait plus habiter à la maison, et c'est là qu'il a quitté son travail avec Pa, et qu'il est allé vivre au bord du lac.

Peu de temps après, nous avons chargé la Country Squire pour aller avec Nanny et Dee Lou au bord de la mer, où nous avons vu les traces de pas dont je parlais au début. Dans la maison de la plage, on a fêté les trente ans de maman, qui a pleuré parce qu'elle se sentait vieille et que plus personne ne voudrait lui accorder un regard, sauf que ce n'était pas vrai. Les peintres qui sont venus repeindre la maison la regardaient, et d'autres hommes aussi, même que c'était de pire en pire depuis que papa était parti.

Un soir, nous sommes allés à la fête foraine de Camelot Pier, où il y avait cet homme aux cheveux gras qui s'occupait de la grande roue. Il avait des tatouages, des gros bras musclés où les veines ressortaient, et il a fait un clin d'œil à maman en disant que pour Reed et moi le tour était gratuit, sauf que du coup je n'avais pas envie de monter. Je l'ai tirée par la main pour qu'elle nous emmène du côté des stands de tir, pour que nous puissions tirer sur ces gorilles qui se dressent devant vous, et à mon avis elle n'a même pas compris le message de ce clin d'œil, maman, parce qu'elle lui a juste souri, au basané, comme s'il s'agissait d'une simple marque de galanterie venant d'un vrai monsieur comme Pa ou l'oncle Johnny.

J'ai décidé qu'il était impossible que maman comprenne ce que les hommes avaient derrière la tête quand ils la regardaient de cette façon, sinon elle ne les encouragerait pas par son sourire. Parce que si maman connaissait la signification de ces regards et répondait tout de même par un sourire, alors cela aurait voulu dire que ce que ces hommes avaient envie de lui faire lui plaisait. Sauf que j'étais bien sûr qu'elle savait, maman, même que c'était ce qui m'ennuyait le plus, alors je souhaitais seulement que papa revienne vite à la maison, parce que sinon un malheur risquait d'arriver.

Elle était prise de grands élans de tendresse pour nous, à l'époque, et elle aimait nous faire des câlins – apparemment, Reed était moins gêné que moi. Parce qu'elle ne faisait pas attention, quelquefois, maman – je suppose que c'est difficile d'y penser sur le moment –, et j'avais ses seins pressés contre moi, ce qui me donnait une bizarre sensation de malaise, comme si j'allais vomir, ou m'évanouir. Je n'aimais pas non plus les mots qui allaient avec, parce que chaque fois qu'elle nous serrait contre son cœur, elle disait combien elle nous aimait, « plus que tout au monde ».

Elle nous avait toujours dit ça comme ça, et je savais bien qu'il s'agissait juste d'une expression toute faite, mais je n'aimais pas non plus cette idée. Je me souvenais d'il y a très longtemps, quand Reed n'était même pas né et que j'étais encore plus petit que lui... maman n'était pas encore aux Dames, ni à la Junior League pour aider les pauvres, alors elle n'était pas si souvent partie. On était rien que tous les deux à la maison, maman et moi, tout l'après-midi, on jouait, on se mettait des disques dans le salon, elle me lisait des histoires comme *Le Petit Prince*, et quand elle lisait, c'était comme si j'étais le petit prince de l'histoire et qu'on était bien d'accord tous les deux. Quelquefois aussi, on dansait, elle essayait de m'apprendre les pas, et puis on étalait tous mes jouets dans le salon et on jouait avec celui que je choisissais, une vraie fête, sauf que c'était l'anniversaire de personne, et on se faisait un festin de glace tous les après-midi, et je savais que maman ne faisait pas semblant d'aimer jouer pour être polie ou parce qu'elle était une bonne mère ; elle était contente pour de vrai. Je n'étais pas un petit gros, à l'époque, j'étais encore mince, avec des cheveux blonds, comme mon copain Archie, avant qu'ils changent et deviennent foncés.

Ensuite, il était cinq heures, la première heure que j'ai su reconnaître, nous entendions les pneus de papa crisser dans l'allée, et plus rien n'était pareil. Maman devenait nerveuse, elle disait qu'il fallait qu'on se dépêche, qu'on range vite les jouets, ce qui me rendait nerveux à mon tour, qu'on avait complètement oublié de s'occuper du dîner. Papa arrivait en sentant la sueur, avec des cernes de poussière de tabac qui lui faisaient des yeux de raton laveur, et il nous regardait comme s'il venait de nous prendre en faute, une faute dont il était exclu, alors quand elle voyait son regard, maman, elle souriait et courait l'embrasser, comme si elle était toute contente, sauf que ce bonheur-là n'avait rien à voir avec celui que nous éprouvions avant son arrivée. Elle faisait semblant, mais je n'ai jamais su vraiment si papa s'en rendait compte. Enfin, je crois que oui, et j'avais mal pour lui, alors j'essayais d'être encore plus gentil, comme faisait maman, mais quelque part au fond de moi, j'aurais voulu qu'il ne revienne plus jamais, papa, et je savais que maman souhaitait la même chose, elle aussi. Voilà le terrible secret dont nous n'avons jamais parlé, et c'est pour cette raison qu'une fois grand je détestais tellement quand elle disait qu'elle m'aimait « plus que tout au monde », parce que j'avais envie qu'elle aime aussi mon père. Et puis, peut-être que si elle ne m'aimait pas plus que tout au monde, c'est-à-dire plus que n'importe qui, papa ne serait pas obligé de s'en aller au bord du lac avec cette autre femme qui avait appelé chez nous. Peut-être que si maman m'aimait un tout petit peu moins, les choses pourraient redevenir comme avant, comme elles étaient le jeudi soir au bord de la mer, quand maman dévalait les marches de la véranda pour se jeter dans les bras de papa, qui la soulevait de terre pour la faire tourbillonner dans les airs.

Je voulais que les choses redeviennent comme ça, ou comme elles étaient dans ces vieilles histoires que j'entendais maman raconter à tante Elise, du temps où elle était à Ascension. Elle était encore heureuse, à cette époque, et papa était une vedette. Je me demandais pourquoi ils ne réussissaient plus à être heureux, ce qui avait provoqué le changement, et la seule réponse à laquelle j'arrivais, c'était moi. Peut-être que si je n'étais pas arrivé, maman aurait pu être élue Reine de mai et papa aurait pu devenir médecin, et même jouer pour Frank McGuire à l'UNC, la plus grande équipe de tous les temps – et je me sentais tellement coupable que j'aurais voulu ne jamais être né.

Sauf qu'elle aimait papa, maman. Je le sais parce que j'ai entendu Nanny lui poser la question un soir, sur la véranda : « Est-ce que tu l'aimes encore, chérie ? » « Je ne sais pas, maman, oui, je l'aime. C'est juste que je me demande si cela fait encore une différence, parce que je ne suis pas sûre que l'amour suffise. » Elle est restée longtemps silencieuse, Nanny – j'entendais grincer leurs rocking-chairs –, puis elle a dit : « Tu as raison, chérie, ça ne suffit pas ; on n'y peut rien. » J'ai entendu maman pleurer, ensuite, et dans mon lit, cette nuit-là, j'ai espéré très fort pour nous quatre, tandis que Reed se cognait la tête encore et encore, pour expulser les mauvais rêves. Mais le mauvais rêve, il était toujours là le lendemain matin quand je me suis réveillé et que j'ai vu les traces de pas sur la véranda. Elles étaient de maman.

C'était elle qui marchait de long en large cet été-là, tard dans la nuit et très tôt le matin aussi, avant que le soleil se lève et efface cette rosée d'argent. Elles nous accueillaient fidèlement tous les matins, ces traces de pas. Elles lui donnaient des airs de parquet de danse, à notre véranda, un parquet magique qui se rappelait tous les danseurs et tous leurs pas. Sauf qu'à ce bal il n'y avait qu'une seule personne, et je ne sais pas ce qu'elle faisait dehors, la nuit, maman, cet été-là, mais je ne crois pas qu'elle dansait.

Au fond de mon cœur, je savais que ces pas, c'était la décision qu'elle était en train de prendre quand elle se demandait encore si l'amour pouvait suffire, et quelquefois je l'entendais pleurer tout bas, pour ne pas nous réveiller, mais je ne dormais pas. Je sais que Reed aussi l'entendait, parce qu'il allait sur la pointe des pieds jusqu'à la moustiquaire lui demander ce qu'elle avait – encore une chose qu'il était trop jeune pour comprendre : qu'il vaut mieux faire semblant, parfois, parce que c'est encore pire, pour des parents, de savoir que leur tristesse vous rend triste. Mais je n'étais pas un bébé comme lui, moi, alors je me taisais, même lorsque maman entrait dans la chambre pour le recoucher en lui chuchotant que tout allait bien.

Elle lui racontait toutes les choses amusantes qu'on ferait demain, elle lui disait qu'elle nous aimait très fort, tous les deux, lui et moi – *plus que tout au monde* –, et puis elle lui chantait : *« Dodo l'enfant do, l'enfant dormira bientôt »*, et Reed cessait de pleurer, il se calmait.

Et chaque nuit, avant de sortir de notre chambre, elle faisait le détour par mon lit, maman, et elle murmurait mon nom de sa voix la plus douce pour voir si j'étais éveillé ; elle me rebordait et posait un baiser sur mon front, puis elle s'en allait sur la pointe des pieds vers le couloir, et elle fermait la porte derrière elle. Je ne répondais jamais quand elle disait mon nom, mais ce n'est pas l'envie qui me manquait parfois. Sauf que je n'étais pas un bébé comme Reed, il fallait que je l'aide, même si la seule chose que je savais faire consistait à fermer les yeux et faire semblant de dormir.

DEUXIÈME PARTIE

Le fond du gouffre

17

Joey

On aurait dit que jamais elle ne finirait, cette dernière année de primaire, mais le printemps de l'année 1966 a tout de même laissé place à l'été. Juste avant de mettre les valises dans la Country Squire pour descendre au bord de la mer, Reed et moi, on est allés passer un samedi chez papa, dans sa nouvelle maison du lac. Sauf que ce n'était pas une vraie maison, même que la première fois, en arrivant, j'ai commis la grosse erreur de parler de *caravane*. « Le terme exact est *mobile home*, a dit papa, ce que ta mère sait parfaitement du reste », comme si elle m'avait monté la tête pour l'humilier, mais elle n'avait rien dit – je croyais juste que c'était le mot juste.

Il avait deux heures de retard pour venir nous prendre, et je crois qu'il avait fait étape chez Earl's parce que j'ai senti l'odeur de bière dans son haleine ; quant au mobile home, je peux vous dire une chose, c'est qu'un désordre pareil, vous n'avez jamais vu. À mon avis, il n'avait pas ramassé son linge sale, ni lavé une seule assiette depuis qu'il était installé là. Tous les cendriers débordaient, mais le pire, c'est que certains mégots avaient du rouge à lèvres – des Kool bout filtre, pas les Lucky Strike de papa – quoique cela ne prouve pas grand-chose.

La raison de ce bazar, a dit papa, c'est qu'il avait été très occupé à réfléchir au livre qu'il avait l'intention d'écrire, parce qu'il avait envie d'écrire depuis qu'il était jeune, mais il n'avait jamais trouvé le temps. Maintenant, il n'avait plus que ça, du temps, il a dit, papa, alors pourquoi ne pas essayer de décrocher la timbale ? Il suffit de tenir la moitié d'une bonne histoire, et on vous balance un gros paquet de dollars pour continuer, il a dit encore, et moi, je savais qu'il était capable d'en sortir des pas mal, papa, parce que je l'avais entendu plus d'une fois. Peut-être même que ça pourrait devenir son nouveau métier, d'ailleurs ? Il était très excité quand il en parlait, et c'était apparemment un bon plan. Lorsque je lui ai demandé de nous lire un morceau, il a répondu qu'il n'avait encore rien mis par écrit, qu'il en était plutôt à la phase de maturation, alors j'ai souhaité qu'il se mette vite au travail, pour qu'on lui balance le gros paquet de dollars, qu'il puisse s'installer dans une vraie maison, ou revenir chez nous.

Ensuite, il nous a amenés à l'espèce d'appontement qu'il avait pour qu'on puisse se baigner, sauf que l'eau était marron, boueuse, avec un fond tellement vaseux qu'on n'avait aucune envie d'y poser le pied, à moins d'être contraint et forcé. On a fait un tour en bateau dans une barque qui prenait l'eau, qu'un type avait eu la grandeur d'âme de lui prêter, et il avait l'air de croire qu'on s'amusait comme des fous, papa, alors que Reed était blanc comme un linge, et moi aussi, sûrement, parce que j'avais peur que ce truc coule. Il avait un fusil, en plus, et il nous a laissés tirer les boîtes de bière vides dans l'eau, après avoir bu la bière. J'avais envie de tirer avec un vrai fusil depuis déjà un bon bout de temps, mais papa m'avait toujours dit non ; pour être tout à fait franc, je n'ai pas trouvé ça très drôle. À mon avis, s'il a dit oui cet après-midi-là, c'est parce que dans sa tête, il fallait qu'il nous laisse enfreindre certaines règles qu'il nous forçait à respecter à la maison, sinon nous risquions de ne plus l'aimer – c'est pour cela que ce n'était pas drôle.

C'était un 38, le fusil de papa, avec des fausses perles sur la crosse, et il disait qu'il l'avait acheté au cas où quelqu'un voudrait entrer dans son mobile home, ou bien si un animal sauvage approchait de trop près. J'étais content de savoir qu'il avait de quoi se défendre, mais le bruit des coups de feu a fait peur à Reed, qui a demandé si on pouvait rentrer à la maison tout de suite. Papa l'a mal pris, il a dit qu'il avait essayé d'organiser une bonne journée pour tout le monde, mais que nous étions tellement gâtés que nous ne savions même pas apprécier ce que nous avions. Du coup, nous nous sommes sentis coupables, tous les deux, et nous avons fait des efforts pour nous amuser, sauf que moi aussi, maintenant, j'avais envie de rentrer à la maison, sérieusement.

Il a bien fallu attendre que papa décide de lui-même de nous raccompagner, ce qui n'a pas été tout de suite. Quand il nous a déposés, il était au bord des larmes et il a dit que cet après-midi lui avait fait très plaisir. « Et vous, les enfants, vous vous êtes bien amusés ? », a-t-il demandé, alors nous avons répondu : « Oui, papa », mais c'était comme les Noëls chez Grody, quand il fallait dire merci pour le cadeau qu'on détestait et, pour être tout à fait franc, je n'avais jamais passé de journée aussi horrible de toute ma vie, même si je devais en connaître de pires par la suite.

Pour avoir détesté cette journée et attendu avec impatience l'heure du retour, quand nous nous sommes retrouvés à Ruin Creek, j'étais tellement furieux contre maman que je pouvais à peine la regarder, parce que s'il était parti et était obligé de vivre comme ça, c'était à cause d'elle. Mais je me suis mis à penser aux Kool, et les traces de rouge à lèvres sur les filtres m'ont fait repasser du côté de maman. Ils étaient malheureux tous les deux, et moi, j'étais triste pour eux, j'aurais voulu être gentil, sauf que j'étais toujours en colère contre eux. Et le pire, c'est que j'avais l'impression qu'en étant gentil avec maman je trahissais papa, l'inverse étant aussi vrai : en étant gentil avec papa, je la trahissais, elle, et puis je ne savais pas de quel côté je devais être, ni ce que j'étais censé faire. Je suis donc resté beaucoup dans mon coin, pour ne faire de peine à personne. Pa et moi, on allait souvent à la pêche, et avec lui au moins je n'étais pas obligé de trop surveiller ce que je disais.

Une fois que nous avons été installés au bord de la mer, je regardais la table du dîner tous les soirs, avec les bougies allumées, les serviettes blanches amidonnées, et je détestais l'idée que nous vivions dans un cadre si joli, avec tant de bonnes choses à manger, pendant que papa mangeait du surgelé ou des haricots au porc à même la boîte de conserve. Et puis le jeudi soir, quand Pa arrivait seul avec la Cadillac, nous nous efforcions de faire les choses comme du temps où tout le monde était heureux ; nous mangions toujours des crevettes avec la sauce de Nanny, et Pa me faisait toujours un clin d'œil avant de dire : *le couvert est mis, la viande cuite, vite ça va refroidir*, et Nanny éclatait de rire, et maman disait : « Papa ! », mais ce n'était plus pareil. C'était comme si on vous avait amputé d'un morceau de vous, que vous sentiez le vide, avec le trou là, grand ouvert, et personne ne faisait le moindre commentaire, mais tout le monde sentait le vide. Même Tawny semblait se rendre compte.

Puis un soir le téléphone a sonné. J'ai décroché, et une voix que j'ai cru reconnaître a demandé : « C'est Joey ? », alors j'ai répondu : « Oui, monsieur ? » « Joey, c'est Sumner Dade à l'appareil. Comment ça va, fiston ? » « Bien, oncle Sumner, merci, et vous ? » « Faut pas se plaindre. Je suppose que ta maman n'est pas là ? » J'ai eu de nouveau cette sensation d'écœurement, et j'ai failli répondre qu'effectivement elle était sortie, mais je n'ai pas eu le cran. Je suis allé l'appeler, et maman a pris la communication dans sa chambre, avec ce rayon de soleil qui éclairait sa voix. Elle a refermé la porte, mais je l'ai entendue rire, ce qui était bizarre parce que je ne l'avais plus entendue rire depuis longtemps. Je l'ai presque détestée d'être heureuse, ce qui est le comble de l'ignominie.

Il était dans la maison de vacances de ses parents, l'oncle Sumner, et le lendemain soir il passait prendre un verre, même que maman m'a demandé de bien vouloir faire le service, mais j'ai refusé en disant que non, je ne voulais pas. Elle a eu un regard étonné, en me faisant les gros yeux comme lorsqu'elle est très fâchée parce que je n'ai pas été poli, ou que j'ai oublié qui j'étais. J'avais le sentiment que les choses ne se passeraient pas comme ça, mais je suis sorti en claquant la porte derrière moi, advienne que pourra.

J'ai marché jusqu'au lampadaire en haut de la dune, d'où

j'ai regardé le plancton qui illuminait les vagues tout le long de la plage, et je me suis souvenu de papa expliquant une fois que c'étaient des *noctiluques* – il était le seul à connaître le nom exact. Ça veut dire *qui luit pendant la nuit*, a-t-il précisé, ça vient du latin, qui était parlé par presque tout le monde, dans le monde entier, sauf qu'il s'est passé quelque chose et qu'ils ont tous oublié, alors c'est devenu une langue morte connue seulement par les érudits. Voilà à quoi je pensais, assis sur la dune, ce soir-là, en regardant les vagues rouler comme le tonnerre, sans savoir pourquoi je me sentais si triste – après tout, ce n'était qu'une langue stupide, morte et enterrée, dont je n'avais jamais rien su, sauf un mot que m'avait appris mon père.

À mon retour, ils avaient tous le visage brillant à cause des Martini blancs qu'ils buvaient. L'oncle Sumner était en train de servir une autre tournée au bar, ce qui m'a fait regretter de ne pas m'être occupé du service, pour l'empêcher d'être là comme s'il était chez lui – c'était la place de papa, ou celle de Pa, ou la mienne, pas la sienne. « Sumner, je crois pouvoir dire que c'est le meilleur Martini que j'aie bu de ma vie », a déclaré maman, ce que je l'avais entendue dire à papa aussi, et je n'étais pas sûr de pouvoir continuer à lui faire confiance. Nanny s'animait à son tour et commençait à être drôle, tout le monde s'amusait bien lorsque Sumner s'est tapé sur la cuisse en disant : « Écoutez, tout le monde, je viens d'avoir une idée », en regardant du côté de maman, qui a ri : « Vite, dis.

— Si on décapotait ma voiture et qu'on allait au Beach Club ? The Embers jouent ce soir, ça serait comme au bon vieux temps. » « Oh, Sumner, c'est très gentil à toi de proposer, a dit maman, mais je ne crois pas. » Son visage s'est défait, et je peux vous jurer que j'étais ravi de voir sa mine déconfite. Mais il a fallu que Nanny ouvre son large bec. « Tu n'as pas intérêt à me demander, Sumner, parce que je risquerais de te prendre au mot. » Maman de rire. « Tu serais bien embêté », et l'oncle Sumner de saisir la balle au bond pour une seconde tentative. « Je serais ravi. Allons-y tous les trois, ça nous fera une soirée mémorable. Vous et moi, miss Zelle, nous nous déchaînerons sur la piste pendant que May fera tapisserie – nous savons tous les deux qu'elle n'a jamais aimé danser. » « Allez-y, partez, a dit Nanny, quand t'es-tu amusée pour la dernière fois, Maybelle ? Ce n'est pas interdit par la loi, que je sache », et maman a encore hésité : « Je ne sais pas trop.

— Allez, miss Peut-être, rien que pour la musique, en souvenir du bon vieux temps, a-t-il dit. Ça ne peut pas te faire de mal, si ? » « Dee et moi, on s'occupe de faire manger les garçons et de les envoyer se coucher », a dit Nanny, comme si elle était du côté de Sumner, tandis que maman protestait : « Mais non, maman, je suis sûre que nous serons rentrés avant, n'est-ce pas, Sumner ? » Il était tout sourires, l'oncle Sumner, parce qu'il savait qu'il avait gagné. « Tes désirs sont des ordres. Je te ramène quand tu veux. » Elle a poussé un petit soupir, maman. « Bon, je suppose qu'il faudrait bien que je me change et que je mette un peu de rouge à lèvres. » « Tu es superbe comme tu es, a-t-il dit. Comme toujours, d'ailleurs. » « Si tu dois tenir ce genre de propos, Sumner, je crois qu'il vaut mieux que je m'abstienne », lui a dit maman, mais elle avait le sourire ; c'était le genre de compliment qu'elle préférait.

Pendant qu'il descendait décapoter sa voiture, maman s'est adressée à Reed et à moi : « Les enfants, oncle Sumner et moi, nous sortons pour aller écouter un peu de musique – nous ne resterons partis qu'une heure ou deux au maximum. Soyez sages et obéissez bien à Dee et à Nanny. » J'ai répondu : « Ce n'est pas notre oncle », alors maman m'a lancé un regard à faire peur, puis elle est partie sans un mot.

En plus, c'était un mensonge – ils sont restés sortis bien plus d'une heure, et même de deux. Je le sais parce que j'ai compté sur la pendule de la cuisine jusqu'au moment où j'ai perdu le fil, lorsque Nanny a fini par nous envoyer au lit. Je n'ai pas réussi à dormir, et je les ai entendus arriver, dans la Thunderbird de l'oncle Sumner, avec la radio qui marchait à fond. Je suis allé à la fenêtre et je l'ai regardé descendre pour ouvrir la portière de maman. Elle s'est tournée, lui a offert sa main, que l'oncle Sumner a gardée un long moment dans la sienne avant de se pencher pour l'embrasser – attention, pas un baiser pour dire bonsoir : sur les lèvres, et maman s'est laissé faire. J'en étais encore plus malade et j'aurais voulu hurler, ou prendre le fusil de Pa pour le tuer sur place. Après son départ, elle a monté les marches de la véranda, maman, et elle est restée un long moment dans le noir, alors on ne pouvait pas savoir ce qu'elle regardait, sauf que je me suis dit que c'étaient peut-être les vagues, où l'on ne distinguait que la trace phosphorescente des *noctiluques*. J'ai entendu craquer la première planche quand elle s'est mise à marcher, et puis un peu plus tard Nanny a passé la tête dehors pour savoir si elle s'était amusée et lui demander quel effet cela faisait, alors maman a répondu : « Je ne sais pas, maman, un drôle d'effet, ni agréable ni désagréable, bizarre, c'est tout », et Nanny a dit : « Allez, chérie, viens vite te coucher, maintenant. » « J'arrive dans un petit moment », a dit maman, mais elle est restée à faire les cent pas un long moment, cette nuit-là.

Je le sais, parce que j'étais éveillé et je l'ai écoutée grincer et grincer, cette planche, même que c'est en l'entendant que j'ai pris ma décision de ne plus vivre ici mais avec papa, au bord du lac. Elle avait Reed et Pa et Nanny et Dee Lou pour s'occuper d'elle et l'aider, maman, mais papa, il avait qui ? Personne, lui, il n'avait personne, sauf Grody et grand-père Madden, mais eux, ils ne comptaient pas vraiment.

Le lendemain matin, au petit déjeuner, j'étais tellement nerveux que ma voix tremblait, mais je l'ai dit : « Maman, je vais partir vivre dans la maison de papa. » Elle m'a regardé, surprise, puis elle a répondu : « Non, il n'en est même pas question », alors j'ai dit : « Si, et tu ne peux pas m'en empêcher. » « C'est ce qu'on va voir. » « Non, tu ne peux pas, c'est contraire à la loi de me forcer à rester si je ne veux pas. » Alors maman a demandé : « Non mais, qu'est-ce qui te prend – tu as perdu la tête ou quoi ? » « Pas moi, c'est toi, maman, toi qui as perdu la tête. Moi, j'aime encore papa, si toi, tu ne l'aimes plus. Je l'aime plus que toi et je vais aller là-bas, et je me moque de ce que tu pourras dire » – là, je criais carrément.

On aurait dit que je venais de la gifler, maman. « Parfait, chéri, c'est très bien, a-t-elle dit. Si on téléphonait à papa pour lui demander s'il est d'accord pour que tu viennes lui rendre une petite visite ? » « Non, pas une visite, je m'en vais vivre là-bas. » Ses yeux sont devenus si tristes que j'ai failli lui demander pardon, dire que je ne le pensais pas vraiment quand j'ai dit que je l'aimais plus qu'elle, mais je savais que si je cédais, si je la laissais me serrer dans ses bras, je ne partirais jamais. Alors j'ai juste soutenu son regard, et elle le mien, comme si je venais de lui faire plus de mal que personne, même papa, ne lui avait jamais fait auparavant, ce qui ne m'a pas empêché de tourner les talons pour aller vers le téléphone, et elle n'a pas essayé de me retenir, maman ; elle n'a pas dit un mot.

18

Joey

Finalement, maman nous a conduits en voiture jusqu'au pont de Winton, qui se trouve exactement à mi-chemin entre le bord de la mer et Killdeer, et papa est venu nous prendre là – Reed aussi, parce qu'il a fait une crise juste après la mienne en disant que lui aussi il voulait aller vivre chez papa. Entre-temps, maman m'avait fait accepter l'idée d'une simple visite d'une semaine – « Ensuite on verra, avait-elle dit. D'accord ? » Je savais que le marché était honnête, même si je n'étais pas d'humeur à être honnête, mais au téléphone, quand j'avais parlé avec papa, il avait dit que je pourrais vivre avec lui *n'importe quand, n'importe où*. Sauf que dans l'immédiat, lui aussi pensait qu'une semaine devrait être la meilleure solution – en attendant qu'il s'organise un peu. Cela faisait toujours une chose sur laquelle ils s'étaient mis d'accord.

Maman a donc fait demi-tour avec la Country Squire, et elle est repartie vers l'est en direction de la mer, tandis que Reed, moi et papa, on s'en allait vers l'ouest dans la Mustang, et tout commençait pour le mieux. On s'est arrêtés à ce petit restaurant au bord de la route, que papa était le seul à connaître, et dont l'enseigne était un petit cochon rose coiffé d'une toque de cuisinier qui vous faisait un clin d'œil – Reed avait épuisé ses réserves de patience. Leur barbecue était le meilleur de toute la Caroline du Nord, a dit papa, pour ce qui est de l'est de l'État du moins, parce que, d'après lui, dans l'Ouest, on le fait différemment. Il nous a expliqué que là-bas, du côté de Lexington, ils mettent une sauce au piment avec le *coleslaw*, alors que dans l'Est on le préfère nature. L'un n'était pas meilleur que l'autre, d'après papa ; c'étaient deux recettes différentes, et il aimait les deux. Nous avons pris du *Brunswick stew* [1], avec des *hush puppies* [2] et des sandwichs de viande au barbecue sur des petits pains blancs chauds, et en sortant du restaurant nous étions experts en la matière, nous parlions tous en même temps, et Reed criait et sautait sur son siège après tout le sucre qu'il avait mis dans son thé.

Sur la route, on a ouvert les vitres, et Reed et moi, on a passé la tête dehors. Papa a allumé une Lucky Strike, puis il s'est mis à fredonner, et très vite, on s'est tous retrouvés en train de chanter à tue-tête, si fort qu'à notre passage les gens qui étaient assis sur leur véranda ou qui sortaient de l'église souriaient en nous faisant bonjour de la main, alors nous répondions de la même façon, tout en braillant :

Un soir au coucher du soleil
L'incendie faisait rage,
Un vagabond marchait sur le chemin
« Salut les gars, je m'en vais pour de bon,
Vers un pays lointain, tout là-bas,
Près des cascades d'eau claire,
On se reverra tous à l'automne
Dans The Big Rock Candy Mountain. »

« C'est le chœur des Madden Boys en tournée », a dit papa avec un grand sourire tandis que le vent rabattait ses cheveux en arrière, lui découvrant le front. Nous avons continué comme ça pratiquement jusqu'à Jackson, puis d'un seul coup il a froncé le sourcil en criant : « Silence !

---

1. Le *Brunswick stew* est une espèce de ragoût de légumes avec de la viande de poulet et de lapin (ou d'écureuil). C'est une spécialité du comté de Brunswick, en Virginie. *(N.d.T.)*

2. Les *hush puppies* sont des beignets à la farine de maïs. *(N.d.T.)*

Bouclez-la un peu, bon Dieu ! », de sa grosse voix grave. Reed et moi, on a vite cessé de chanter et on l'a regardé.

« Il y a un raccourci quelque part dans le coin, et j'ai besoin de vous pour m'aider à le trouver, les enfants. » Nous avons quitté la grande route pour en prendre une petite dont papa a dit qu'elle devait être la bonne, et nous avons roulé un bon moment comme ça à travers champs, jusqu'à un croisement où il a arrêté la voiture. Il a regardé à gauche, puis à droite, puis devant. « On dirait que c'est par là », a-t-il dit avant de bifurquer à gauche. Je n'étais pas de son avis, mais j'ai tenu ma langue parce qu'il avait cette crispation dans la mâchoire qui annonçait l'explosion imminente, même si on essayait de l'aider.

Pour finir, on s'est arrêtés sur le bas-côté et papa est descendu pour aller marcher dans un champ de tabac aux tiges maigres à demi dégarnies, puis il a levé les yeux pour regarder le soleil avant d'examiner son ombre à lui sur le sol, comme on apprenait à s'orienter chez les scouts, a-t-il dit. Je ne crois pas que la méthode était très efficace, parce que nous avons terminé en traversant un tas de petites villes dont je n'avais jamais entendu le nom, et au lieu de deux heures nous en avons mis quatre grâce à ce raccourci, si bien qu'il faisait presque nuit quand nous sommes arrivés et que personne n'a pipé mot de toute la fin du voyage.

Cela dit, il peut arriver à tout le monde de se perdre et d'être furieux ; une seule chose négative sur toute la journée. Une fois au lac, papa nous a dit qu'il était désolé d'avoir crié, mais ce caractère qu'il avait, c'était vraiment une malédiction pour lui, en fait, et puis ensuite tout s'est bien passé. Il avait prévu quelque chose de spécial en notre honneur, ce soir, a-t-il dit, et nous sommes tous remontés dans la voiture, mais il n'a pas voulu nous dire où nous allions avant d'être arrivés. L'endroit où il nous emmenait était un hangar à tabac – j'avais dû en voir un million au cours de ma vie –, sauf que celui-ci n'était pas n'importe quel vieux hangar à tabac, a-t-il dit. C'était un hangar à l'ancienne, on y séchait les feuilles au feu de bois, et pas avec une chaudière au mazout. Ce qui veut dire qu'on ne pouvait pas se contenter d'allumer, de régler le thermostat et d'aller se coucher, non, il fallait que quelqu'un veille toute la nuit et alimente le feu en bois. Alors autrefois, on organisait ce que papa appelait une veillée-tabac – avec une bande de gars qui venaient pour se tenir mutuellement compagnie, et c'était une de ces veillées qu'il voulait qu'on voie, papa, avant qu'elles aient toutes disparu.

Il a laissé la voiture en bordure d'une route non goudronnée, et nous avons continué à pied sur un chemin défoncé par les roues de tracteur, à travers un bois plein de lucioles, et quand le vent soufflait dans les branches, le bruit ressemblait à celui de l'océan, sauf qu'il donnait la chair de poule. On entendait aussi des voix parlant bas, puis un rire, apparemment gras et laid, qui m'a fait me demander si nous avions eu raison de venir. Nous sommes arrivés ensuite dans une clairière, et j'ai vu une bande de types assis sur des souches autour d'un feu qui éclairait leur visage d'une lueur orange, sous l'ombre noire de leur chapeau. On aurait dit des feux follets installés en rond, et ils formaient un spectacle aussi peu rassurant. Leur chien nous a reniflés en montrant les crocs avec un grognement sourd, et ils se sont tous tus en tournant la tête pour voir qui était là, même qu'ils n'avaient pas l'air très amical, pour dire ce que je pense.

« Salut, les gars, a dit papa qui tenait la main de Reed et avait l'autre main posée sur mon épaule. Il fait un peu frisquet, ce soir, non ? » L'un des types s'est tordu le cou en clignant les yeux pour nous voir. « Ça alors, voyez un peu qui nous rend visite, les gars. Mais c'est Jimbo Madden ! » Et de cracher un jet de jus de tabac dans le feu avec un grand sourire où il manquait deux ou trois dents, avant de se lever en s'essuyant les mains sur sa salopette pour nous serrer la main – je l'ai reconnu pour l'avoir vu une fois à la Bonanza. « T'as pas peur, mon pote, de nous tomber dessus comme ça. On risquait de te tirer dessus d'abord et de se demander qui t'étais ensuite. » Sur quoi il s'est mis à rire, et tous les autres ont fait comme lui, y compris papa, mais moi, je ne trouvais pas la plaisanterie très drôle, et Reed non plus.

« Qui tu nous amènes, là, Jim ? » a demandé le même

type à papa, qui a répondu : « Virgil, je te présente mes deux garçons, Reed et Joey. » Et Virgil de dire : « Eh bien, qu'est-ce que vous attendez pour avancer et vous réchauffer un peu ? On allait justement manger du poulet, alors si le cœur vous en dit, c'est avec plaisir. » « Merci pour cette invitation, c'est très gentil, a répondu papa, mais nous avons dîné avant de venir », alors Reed a fait : « Mais non, on n'a pas mangé, papa. » Il a ri, Virgil. « La vérité sort de la bouche des petits enfants, Jim – c'est pas ce qu'il dit, le pasteur ? » « Je ne suis pas un petit enfant », a protesté Reed, ce qui a fait rire tout le monde, même papa, mais sans méchanceté. « Tu as raison, a dit Virgil, tu es un grand garçon, et tu as envie de manger du poulet, et ton père n'a pas voix au chapitre, point final. » Il a passé la main dans les cheveux de Reed pour les ébouriffer, et ils avaient tous le sourire, comme s'ils étaient tous des papas, eux aussi.

En tout cas, je dois reconnaître que ce poulet, c'est le meilleur que j'aie mangé de ma vie, sans la moindre épice ni sauce au vin comme celui de maman, rien que le goût de feu de bois. Leur gril, c'était juste un vieux bout de grillage à poulailler installé sur quatre piquets verts, et tout le monde mangeait avec ses doigts et s'essuyait les mains sur son pantalon ou l'herbe humide. Et ce n'était que le premier plat. On a eu aussi des épis de maïs cuits dans leur enveloppe verte qui laissait échapper une bouffée de vapeur quand on l'ouvrait, et des patates douces, en plus, qu'on fourrait sous les braises, au bord du feu. Quand elles étaient prêtes, Virgil les sortait d'un coup de godillot en les expédiant dans votre direction, à même le sol.

À la fin de ce repas, j'avais le ventre prêt à exploser, et un des gars, en retournant s'asseoir sur une souche, est tombé de tout son long par terre en grognant, ce qui a fait tordre de rire tous les autres. Après la rigolade, il y a eu un moment de calme, le temps de digérer, puis Virgil est allé vers la chaudière, et quand il a ouvert la porte, sa silhouette s'est découpée en noir opaque contre le feu. Il a remis quelques bûches, et tout le monde est parti dans une discussion sur les méthodes de séchage du tabac. Virgil a dit que pour ce que ça rapportait, ça ne valait plus la peine de se donner ce mal de chien, pour faire selon la tradition, avec tout le bois qu'il fallait couper, d'ailleurs pour lui, c'était sûrement la dernière fois, et puis un autre a dit : « Je crois bien t'avoir entendu faire le même discours l'année dernière, Virgil, et l'année d'avant pareil », tandis qu'un autre surenchérissait : « Oh, Virgil, ça fait combien de temps que je te connais ? Vingt-cinq ans si c'est pas trente, et d'aussi loin que je me souvienne, tu dis ça. »

Ils ont tous ri et parlé ensuite de toutes ces autres années, des récoltes passées, des autres fermiers, en racontant les bêtises ou les choses bien qu'ils avaient faites. Papa n'a pas été en reste dans la conversation, et une fois lancé il a cessé de copier leur accent, ce qui ne les a pas empêchés de rire aussi fort à toutes ses blagues, surtout celle de la Thermos. Celle du vieux Noir Rastus qui explique au journaliste yankee que la Thermos est la plus grande invention de tous les temps – plus fort que la pénicilline, la bombe atomique et l'électricité –, et quand le journaliste lui demande pourquoi, il répond : « C'est que le The'mos, y tient le chaud au chaud, et le f'oid au f'oid. » « En quoi est-ce tellement extraordinaire, Rastus ? » demande alors le journaliste à Rastus, qui répond : « Ben, c'est que, comment y fait pou' savoi', le The'mos ? » Eh oui, ils ont applaudi comme des fous quand papa a raconté cette histoire.

Virgil est allé jusqu'aux arbres, d'où il a rapporté deux bocaux, avec des pêches dans le fond, et je savais que c'était de l'eau-de-vie de contrebande – un jour papa en avait rapporté un à la maison, pour maman, et j'avais eu le droit de goûter la pêche. Alors que le bocal circulait de main en main, loin, très loin de l'autre côté des champs, on a entendu le cri de ratons laveurs aux abois. « On dirait qu'ils en ont coincé un », a dit Virgil, et je voyais la lumière de torches sautiller dans le lointain, tandis que les chasseurs couraient dans les sillons. L'un a fait : « Merde » en tombant, et sa voix a porté jusqu'à nous aussi distinctement que s'il faisait partie de notre petit groupe. « Celui-là, ça doit être ton garçon, Virgil », a dit quelqu'un, et Virgil a répondu : « Je crois que oui », avec son large sourire.

Du coup, ils sont partis sur le thème de la chasse, avant de revenir à celui de leurs pères, qui s'asseyaient autour du feu eux aussi, et à la façon dont ils en parlaient, on voyait qu'il leur manquait toujours, leur père, à ces vieux types. Moi, je me suis serré contre le mien parce que je commençais à avoir un peu froid – on sentait déjà l'automne –, alors papa m'a pris par l'épaule pour me serrer encore plus fort, ce qui m'a fait plaisir, et Reed dormait à moitié de l'autre côté, enveloppé dans le blouson de papa, les bras perdus dans les manches trop grandes.

Quelqu'un est allé chercher une pastèque, toute fraîche, dégoulinante de rosée. Pendant que nous mangions en crachant les pépins dans le feu, je me disais que ce hangar, il n'avait pas l'air tout à fait vrai, on aurait dit un truc magique avec toutes les ondes de chaleur qui s'en échappaient, faisant frissonner l'air autour, et puis les étoiles avaient une façon différente de scintiller ici. On entendait le froissement des feuilles livrées à la chaleur de l'intérieur, et l'odeur n'était pas la même qu'à l'entrepôt – plus suave, plus verte. Je me suis souvenu de papa m'expliquant que le tabac était vivant quand il arrivait dans le hangar, que la première chaleur n'avait pas pour but de le tuer mais de brûler le sucre stocké par les feuilles, que finalement, ce qui se passait, c'est qu'il vivait en un seul jour une vie entière, une idée qui me rendait toujours un peu triste.

Ensuite, je me revois en train de refaire le chemin en sens inverse à travers bois, avec Reed qui dormait à poings fermés dans les bras de papa. J'avais bien du mal à rester éveillé et éviter de me cogner dans un arbre, c'est la dernière chose dont je me souviens, mais cette nuit, je ne l'oublierai jamais.

19

Joey

La nuit suivante non plus, je ne suis pas près de l'oublier. Papa a dit qu'il avait des affaires à traiter en ville, et il est resté longtemps dans la salle de bains, à s'escrimer sur ses cheveux pour qu'ils soient lisses et gonflés, comme il voulait. Il est sorti drapé dans une serviette, tellement inondé de lotion que Reed s'est bouché le nez en disant : « Pouah, papa, tu pues. » Il a ri, papa. « J'en connais un qui va se faire couper le nez », et Reed a fait : « Non, non, non », et papa : « Oh, mais si ! Et qui est-ce qui sent mauvais comme un cochon, ici ? » « C'est toi », a dit Reed. Papa a souri en levant le sourcil gauche comme Stewart Granger. « Qui ça ? » « Toi ! » a crié Reed en tentant de s'échapper, sauf que papa l'a bloqué sur le canapé où il l'a chatouillé jusqu'à ce qu'il se mette à haleter, Reed. « Assez-papa-assez-arrête-papa-arrête. » Quand il a lâché sa proie, il a passé la main sur le dessus de ma brosse en me faisant un clin d'œil, papa, mais j'étais trop furieux pour lui rendre son sourire. J'étais dans le même état de colère que le soir où maman était allée au Beach Club avec l'oncle Sumner – sauf qu'elle, elle n'avait pas menti sur l'endroit où elle allait. Parce que je savais bien que pour un rendez-vous de travail, il n'aurait pas passé tout ce temps à se coiffer, et il ne serait pas d'humeur aussi guillerette, ce que Reed était trop jeune pour deviner.

« Bon, maintenant, écoutez-moi, les enfants, a dit papa en

sortant ses mocassins de daim blanc pour les brosser. Je ne serai pas parti trop longtemps, alors je me disais que vous êtes assez grands, tous les deux, pour vous passer de baby-sitter – Joey en tout cas. » « Moi aussi, je suis grand, papa », a dit Reed. « C'est vrai, tu es un grand, et tu obéirais à ton frère, n'est-ce pas, si je lui confiais la maison ? » Il m'a lancé un regard noir, Reed, en faisant une lippe boudeuse, alors papa a continué : « Parce que l'autre solution serait que je vous dépose au passage chez Grody pour qu'elle s'occupe de vous… » « Oh non, papa, avons-nous dit dans un bel ensemble, on sera très bien ici. » « Vous êtes sûrs ? » Il était en train d'enfiler sa chemise en crocodile. « Absolument sûrs, papa. » « Bien, parce que je compte sur vous deux », mais, à son regard, j'ai bien compris sur qui il comptait vraiment.

Avant de partir, il nous a aidés à installer un cintre sur le dessus du vieux téléviseur qu'il avait. On a eu beau l'agrémenter d'un drapeau en papier alu, on ne pouvait attraper qu'une seule chaîne, et il y avait tellement de neige sur l'écran qu'on aurait dit une de ces boules que l'on secoue pour faire voltiger les flocons. On s'en moquait un peu, parce que c'était le soir de *Combat*, on allait voir Vic Morrow rouler ces sagouins de Schleus. Reed avait la mitraillette en plastique que je lui avais donnée quand j'avais eu ma Daisy, alors on a décidé de prendre chacun nos armes et de jouer en même temps que la télé. Quand les choses ont commencé à devenir sérieuses, j'ai demandé à Reed s'il voulait qu'on fasse des camps – je serais les Américains et lui pourrait être les Allemands –, mais Reed a protesté qu'il ne voulait bien jouer qu'à condition de faire les Américains, et j'ai dit : « *Achtung*, nazi, ta dernière heure est arrivée ! » avant de loger une balle en plein cœur de mon frère.

C'était la première fois de la soirée que j'appuyais sur la détente, parce que, vous savez, il est déjà mal de mettre quelqu'un en joue, mais appuyer en plus sur la détente, c'est encore pire, même si l'arme n'est pas chargée, et mon fusil ne l'était pas. Je le savais parce que j'enlevais toujours toutes les balles, l'après-midi, avant de rentrer la Daisy à l'intérieur de la maison. C'était la règle édictée par papa, et je me souvenais bien de l'avoir observée : j'avais une image dans la tête où j'enlevais le chargeur, sauf que cette image devait correspondre à un autre jour. C'est du moins la version des faits que je crois exacte. La seule chose dont je sois certain, c'est qu'une Daisy chargée ne fait pas le même bruit que vide. Ce soir-là, dans le mobile home de papa, elle a fait le bruit de quand elle est chargée. Je n'en croyais pas mes oreilles et je ne pense pas que Reed ait cru les siennes.

Il est resté bouche bée en me regardant, moi aussi, je le fixais, et puis il a baissé les yeux pour regarder sa poitrine, il a ouvert la veste de son pyjama Daffy Duck, et là, juste au-dessus du tétin, il y avait cette petite tache rouge vif. Reed l'a touchée avec son doigt, sur lequel est restée une minuscule goutte de sang, alors il s'est mis à grimacer, Reed, avant de pousser un hurlement comme vous n'avez jamais entendu, à croire que je venais de l'assassiner.

Là, je peux vous dire que j'étais dans le pétrin. J'ai envisagé de boucler mon sac et de m'enfuir, d'aller me cacher dans la forêt, sauf qu'il fallait d'abord que je porte secours à Reed, qui braillait comme un cochon qu'on égorge. « Écoute, Reed, ce n'est pas grave, tu sais, la peau est à peine entaillée, c'est juste une petite goutte de sang de rien du tout, ça fait très mal mais ça va passer, tu n'es pas blessé, c'était un accident. Je ne savais pas que le fusil était chargé. » Sauf que ça n'a pas marché. Plus je parlais, plus il hurlait, et au début j'ai cru qu'il le faisait exprès, mais j'ai vu ensuite qu'il ne pouvait vraiment plus s'arrêter, alors j'ai pris peur.

Je suis allé dans la salle de bains chercher du Mercurochrome et des pansements, mais l'armoire à pharmacie était vide, à part la pince avec laquelle papa se coupait les poils du nez, alors j'ai pris de l'eau et du savon pour nettoyer Reed, et une feuille de papier toilette dans le distributeur en imaginant que je pourrais en déchirer un bout pour faire un petit pansement, comme papa quand il se coupait en se rasant. Mais Reed ne m'a pas laissé l'approcher. Il a caché sa tête dans les coussins du canapé, puis il s'est mis à cogner, même que c'était la première fois que je le voyais se taper la tête en étant éveillé. Je me suis mis à genoux à côté de lui, et puis j'ai parlé sans arrêt, en le suppliant de ne rien dire parce qu'il savait ce que papa allait me faire s'il apprenait, sauf que je ne suis même pas sûr qu'il m'entendait. Après un long moment, il a fini par s'endormir, mais j'avais peur de le réveiller si j'essayais de le faire bouger, alors j'ai pris la couverture de notre lit pour le couvrir, et j'ai posé Mister Rex tout près, pour que Reed le trouve en se réveillant. Ensuite, je suis allé me coucher à mon tour en faisant des prières pour qu'au réveil Reed se sente bien, parce qu'il ne dirait peut-être rien. Je ne croyais pas réussir à m'endormir. Pourtant, c'est bien ce qui a dû arriver.

Une minute je dormais à poings fermés dans mon lit, la suivante mes paupières s'ouvraient comme des volets et tout bougeait autour de moi dans un tourbillon flou, comme si je volais carrément dans les airs. J'avais le poignet pris par quelque chose. Une chose qui était papa, et j'ai atterri rudement sur les deux genoux, à même le sol, puis il m'a traîné derrière lui dans tout le couloir, jusqu'au salon, et j'ai senti un truc qui claquait dans l'épaule correspondant au bras par lequel il me tenait – *clic*, ça a fait, terminé. Je n'ai même pas crié ni pleuré, parce que j'étais incapable de dire si j'étais dans la réalité ou dans une espèce de rêve dont j'allais bientôt émerger.

Lorsque nous avons été dans le salon, il m'a lâché sur le tapis, comme un tas. Reed se tenait droit sur le canapé, les yeux écarquillés comme des soucoupes et le bouton de son pyjama défait à l'endroit où la petite marque était visible. « Qu'est-ce que c'est que ça, Joey ? a demandé papa. Qu'est-ce qu'il y a, là, sur la poitrine de ton petit frère ? » J'ai dit : « Papa, écoute... » mais il a crié : *« Tu la fermes, tu boucles ton sale clapet, compris ? »* si fort que le papier alu de l'antenne de télé a frémi bruyamment, et que je me suis tu. Je n'ai pas dit un mot de plus. J'ai juste rentré la tête dans les épaules en espérant qu'il n'allait pas me frapper au visage, tout en sachant que papa ne ferait jamais une chose pareille, à moins d'être ivre et hors de lui.

Ce qui était le cas cette nuit-là – je sentais le relent douceâtre et écœurant du whisky dans son haleine, mélangé aux cigarettes et au parfum, un parfum de femme, pas celui de maman, mais le genre capiteux et bon marché, comme portaient Marie et Tina à la Bonanza. L'indicateur infaillible, c'était les yeux de papa, qui étaient généralement verts et limpides comme l'océan balayé par le vent d'est, mais quand il buvait ils devenaient rouges, et s'il buvait beaucoup, la paupière gauche se mettait à tomber légèrement, et il avait alors l'air de tomber de sommeil, vu de ce côté du moins, parce que la paupière droite restait bien ouverte et l'œil prenait un éclat vitreux, comme celui d'un animal sauvage qu'on vient de lâcher. C'est comme cela qu'il était, cette nuit-là, papa, et je voyais bien que Reed n'était pas fier de m'avoir dénoncé, mais je ne pouvais pas vraiment lui en vouloir.

« Réponds à cette question, Joey », a dit papa, avec le calme parfait d'un professeur, en me guettant de cet œil droit qui semblait prêt à fusiller. « Je t'ai confié la charge de veiller sur ton petit frère, n'est-ce pas ? », alors j'ai répondu : « Oui, papa. » Il a hoché la tête comme si j'avais donné la bonne réponse. « Dans la mesure où tu es l'aîné, il était de ta responsabilité de le protéger. Jusqu'ici, nous sommes bien d'accord, n'est-ce pas ? » « Oui, papa, mais tu vois... » Il a redressé la tête et pointé l'index en l'air, avec ce sourire abominable, comme s'il allait me tuer mais qu'il devait d'abord apporter la preuve scientifique que je méritais la peine de mort. « Alors il y a une chose qui m'échappe. Est-ce que je me trompe, ou bien est-ce une étrange façon de *veiller sur* quelqu'un, de le *protéger*, que de prendre un fusil chargé, de le mettre en joue, et d'appuyer sur la détente ? » « Oui, papa, sauf que, tu comprends, je ne savais pas que le fusil... » « Tu la fermes, a-t-il dit sans crier. Tu fermes ton sale clapet jusqu'à ce que je t'ordonne de l'ouvrir. »

Il s'est dirigé vers le coin où j'avais rangé ma Daisy, dont il a caressé le canon comme on flatte un animal qu'on aime bien. Puis il l'a empoignée au niveau du viseur et il a tapoté la crosse de l'autre main, à croire qu'il envisageait de s'en servir comme d'un club. Lorsqu'il m'a regardé, sa mâchoire avait la dureté du béton, avec la fameuse contraction du petit muscle, comme une pulsation.

« Tu as tiré sur ton frère, Joey. » « Mais c'était involontaire, je te jure, papa. » Il a frappé un peu plus fort la crosse dans le creux de sa main. « Et si tu l'avais touché à l'œil ? Il serait aveugle en ce moment. Et si tu avais eu un vrai fusil, Joey ? Ton petit frère serait mort. Tu entends ? MORT. » Reed s'est mis à pleurnicher, mais papa a continué : « Est-ce que tu apprécierais que je tire sur toi ? Pas vraiment, j'imagine. Pourtant, c'est peut-être ce que je devrais faire : le châtiment serait à la mesure de la faute. » « S'il te plaît, papa, a dit Reed, ne tire pas sur Joey, il n'a pas fait exprès. » Et papa de faire : « Tu vois ? Tu lui tires dessus, et lui, il prend ta défense. » Puis, de façon si soudaine qu'on aurait cru le boum des jets Phantom supersoniques dans *Oceania*, papa a brandi la carabine au-dessus de sa tête pour l'abattre violemment au sol. J'ai entendu le bois craquer en se fendant, puis il a recommencé, *vlan*, si violemment que le plancher a grincé sous la moquette, et commencé à se creuser. Et il ne s'est pas arrêté. J'étais là, tremblant à chaque choc tandis que Reed criait : « S'il te plaît, papa, arrête, s'il te plaît, arrête, arrête », mais je ne crois même pas qu'il l'entendait, papa. Il a continué jusqu'à ce que le canon se torde et que la crosse vole en éclats, puis il est sorti comme un bolide sur la véranda d'où il a jeté les morceaux en direction du lac, aussi fort et aussi loin qu'il pouvait.

Il a attendu d'entendre le plouf, puis il est rentré dans la maison, le souffle court, le visage écarlate, en fixant sur moi ces deux yeux différents de d'habitude, comme s'il ne savait pas encore s'il en avait fini. Moi, je cherchais un moyen de fuir, mais il ne s'est pas attaqué à moi. Il s'est juste engagé dans le couloir de la chambre, en s'accrochant au mur, même qu'il a fait tomber un cadre et crié : « Merde ! », avant de marcher sur le verre brisé qu'il a broyé sous le talon de son mocassin de daim blanc. Quand il a réussi à franchir le seuil de la porte, il s'est écroulé le nez dans l'oreiller, tout habillé, et il n'a plus bougé, alors je suis resté où j'étais en me disant que je ne m'en étais pas tiré à si mauvais compte, pour finir.

Mais les choses ne se sont pas passées aussi facilement pour Reed. Le lendemain matin, j'ai été réveillé par le bruit de la télé dont le son était mis si fort que j'en avais mal aux tympans. Il était vautré sur sa chaise, Reed, en train de regarder *Captain Kangaroo*, en suçant son pouce, ce qu'il avait cessé de faire. Il avait Mister Rex sous le bras et il laissait consciencieusement son talon taper contre le pied de chaise. « Qu'est-ce qui te prend, tu es fou ? Tu vas réveiller papa », ai-je dit en baissant le son. Il n'a pas répondu, Reed, il ne m'a même pas jeté un regard ; il s'est levé, il est allé tourner le bouton pour le remettre comme il était, alors j'ai dit : « Arrête, tête de pioche, tu vas nous faire avoir des ennuis à tous les deux », en lui flanquant une taloche derrière le crâne, mais pas trop fort. Reed n'a pas rendu le coup, il n'a même pas pleuré ; il s'est juste couché sur la moquette sale, le visage tourné vers le canapé, les genoux repliés contre la poitrine, et il a sucé son pouce en se berçant doucement. Je ne savais pas ce qu'il avait, ni ce que je devais faire, mais j'avais peur de réveiller papa, surtout pour une raison pareille ; pourtant, j'avais beau faire et dire, Reed refusait toujours de parler ou de bouger d'un pouce, alors j'ai bien été obligé.

« Quoi ? » a fait papa qui s'est réveillé en sursaut, avant de se frotter la figure à deux mains comme s'il sortait d'un mauvais rêve. Je m'attendais à le trouver dans le même état de fureur, mais sa seule réaction a été : « Bonjour, fiston, bonjour. Il est quelle heure ? » « Je ne sais pas, papa. Dix heures, je crois. » « Dix heures ! Bon sang de bonsoir ! » Il s'est assis dans son lit instantanément, et il a cherché ses Lucky sur la table de chevet. « Cette réunion, elle a traîné en longueur, hier soir. » En tirant sur sa cigarette, il s'est palpé la tempe du bout des doigts, comme si quelqu'un lui avait flanqué un gnon et qu'il cherchait la bosse. Subitement, je me suis rendu compte qu'il ne se souvenait pas de ce qui était arrivé, le black-out total, mais je ne savais pas si je devais m'en réjouir ou pas, sauf que je n'allais pas lui rappeler.

« Papa, écoute. Je crois qu'il y a un problème avec Reed. » « Reed ? » a-t-il fait tandis que deux filets de fumée blanche sortaient de ses narines. « Oui, papa, Reed. Il est allongé par terre et il ne veut plus se lever malgré qu'il est réveillé. » « Bien qu'il soit, Joey, bien qu'il soit réveillé. On ne dit pas malgré que, mais bien que, suivi du subjonctif. » « Oui, papa, excuse-moi », ai-je dit un peu mal à l'aise de l'entendre parler à ce point comme Grody.

« Je lui ai dit de se lever, mais il n'a même pas voulu me répondre. » « Est-ce que tu lui as fait quelque chose, Joey ? » « Non, papa, je t'assure. Je lui ai seulement fait baisser la télé pour ne pas te réveiller, c'est tout. » Il a écrasé sa cigarette, papa, et s'est mis péniblement debout, comme un vieux. « Qu'est-il arrivé à ce cadre ? a-t-il demandé dans le couloir. C'est vous qui l'avez cassé ? Bon sang, Joey, tout de même ! Je vais être obligé de le rembourser, maintenant. » « Mais ce n'est pas nous ; tu l'as fait tomber accidentellement quand tu es rentré », ai-je répondu, mais je n'ai pas l'impression qu'il ait fait très attention, papa, ni même qu'il ait pris la peine d'écouter, parce que, entre-temps, il avait vu Reed.

« Reed ? a-t-il appelé en le secouant par l'épaule. REED ? Qu'est-ce qui ne va pas, chéri ? Dis à papa. » Puis il s'est adressé à moi. « Qu'est-ce qu'il a, Joey ? Il s'est fait mal ? » « Je ne crois pas, papa. Je ne sais pas. » Papa a relevé Reed en le prenant dans ses bras, puis il l'a bercé sur son épaule comme on fait avec un bébé, et Reed s'est mis à pleurer. « Allons, c'est fini, a dit papa en l'embrassant sur le crâne. Qu'est-ce qui lui arrive à mon garçon ? Raconte à papa ce gros chagrin… Tu aimerais qu'on aille prendre le petit déjeuner en ville ? » Reed a fait non de la tête, alors papa a continué : « Et si on mangeait une bonne glace – tu crois que ça irait mieux ? » Mais Reed a encore fait non.

« Je sais, a dit papa. On se met tous en maillot et on va se baigner dans le lac – ça te dit, ça ? » Alors Reed a fini par dire : « Je veux aller à la maison. » « À la maison, chéri ? a demandé papa comme s'il n'était pas très sûr du sens de ce mot. Tu veux aller dans notre maison ? » Reed a fait oui de la tête. « Il y a quelque chose que tu veux, là-bas ? Un jouet ? » « Je ne crois pas qu'il parle de la maison de Ruin Creek, papa. Il veut dire au bord de la mer, ai-je dit. Je crois qu'il veut être avec maman », et Reed de se mettre à sangloter à s'en donner le hoquet, ce qui m'a confirmé que j'avais visé juste.

« Mais pourquoi ? a demandé papa. Qu'est-ce qu'il y a ? On ne s'amuse pas ? » Il me regardait, papa, alors j'ai dit : « Oui, papa, mais je pense qu'il est peut-être trop jeune encore. » J'ai essayé de ne pas parler fort, mais Reed m'a entendu cependant. « C'est pas vrai, je suis pas trop jeune ! » a-t-il crié en pleurant de plus belle. Papa l'a posé par terre pour allumer une autre cigarette, en arpentant la pièce comme s'il hésitait sur la conduite à tenir.

« Peut-être que si on appelait maman, elle pourrait faire la moitié du chemin, comme l'autre fois. » Il s'est figé sur place, papa. « Mais bon Dieu, les enfants – bon Dieu – on ne peut pas mettre ma mère au courant. Que penserait-elle ? » « Je ne veux pas dire Grody, papa, je parle de notre maman à nous. » Il a eu l'air confus. « Évidemment, évidemment – j'ai dit quoi ? » « Tu as dit ma mère. » « Je pensais à votre mère, May. Vous pensiez que je disais quoi ? » Nous, on n'avait jamais dit « mère » de notre vie, comme eux faisaient avec Grody, mais je pense que je me mélangeais un peu les pédales, moi aussi.

« Que va-t-elle penser, May ? » a-t-il demandé en tirant une longue bouffée de sa Lucky. On aurait presque dit qu'il avait peur d'elle, sauf que c'était impossible, pour moi, sinon il ne lui crierait pas dessus comme il faisait, il ne ferait pas de boucan, ne claquerait pas les portes et ne démarrerait pas sur les chapeaux de roue en quittant la maison.

« Elle est tellement fâchée contre papa, ces temps-ci, les enfants, a-t-il dit en s'essuyant l'œil, un peu humide, du dos de la main qui tenait la cigarette. J'ai bien peur qu'elle ne m'aime plus. » Il avait les lèvres qui tremblaient, et j'étais au bord des larmes, moi aussi, je me sentais tellement malheureux de cette histoire, et puis j'en voulais à maman de ne pas l'aimer, sauf que je savais bien qu'elle l'aimait. « Mais si, elle t'aime, papa, ai-je dit. Je l'ai entendue le dire à Nanny. » « Elle a dit ça ? » « Oui. » Alors il a écrasé sa Lucky. « Et elle a dit quoi encore ? »

À la seconde où il a posé la question, cette sensation dans mon ventre est revenue, très forte, comme si j'avais peut-être eu tort de parler, une trahison par rapport à maman, un peu. J'ai pensé que je m'étais peut-être fait avoir, mais un seul regard sur le visage de papa suffisait pour savoir qu'il était sincère quand il disait qu'il aimait maman. Puis je me suis mis à penser à cette autre femme qui appelait chez nous et remplissait les cendriers de ses cigarettes – justement, je sentais l'odeur de cigarette mentholée dans les cheveux et les vêtements de papa qui venait de s'approcher. *Et elle ?* avais-je envie de lui demander. *Pourquoi est-ce que tu sors avec elle, si tu aimes tant maman ?* J'aurais voulu lui hurler cette question, à papa, mais je savais bien qu'il le prendrait mal, qu'en plus il serait probablement furieux, et Dieu sait ce qu'il risquait de casser cette fois. « Ce n'est rien, fiston, tu n'es pas obligé de répondre si tu préfères, je comprends. » Il semblait tellement bien disposé que j'ai eu honte et j'ai failli lui dire ce que je savais. Mais je n'ai rien dit, cependant.

« C'est d'accord, donc, a-t-il dit. Je suppose qu'il n'y a pas d'autre solution que d'appeler. Joey, je crois qu'il serait mieux que tu lui parles, toi. Ça ne t'ennuie pas trop, j'espère. » « Non, papa, ça ne m'ennuie pas du tout. » « Autre chose, mon fils… » « Oui ? » « Disons seulement qu'on s'est bien amusés tous les trois, mais que Reed a envie de retrouver sa maison maintenant, et c'est tout, d'accord ? Je ne vois pas l'intérêt de soulever des problèmes qui risquent de la mettre dans tous ses états, et toi ? » « Moi non plus, papa, je ne dirai rien. » « Parfait », a-t-il dit avant de me tendre le téléphone.

Nous nous sommes donc retrouvés sur le pont de Winton. Maman et papa avaient tous les deux leurs lunettes noires et

Reed a couru directement vers maman qui l'a pris dans ses bras, et tout a semblé réglé. « Bonjour, May », a dit papa en s'appuyant contre la Mustang, avec une cigarette allumée. « Bonjour, Jimmy », a dit maman. Il suffisait de la regarder trente secondes pour voir que le plus fâché des deux, c'était elle, ce qui m'a laissé penser que papa avait peut-être raison, que les torts étaient surtout de son côté. Il lui a souri avec une telle tendresse teintée de tristesse, papa, alors que maman avait seulement sa mine renfrognée, comme si elle savait qu'il s'était passé quelque chose dont nous ne parlerions pas, sauf qu'elle s'y attendait avant même que nous soyons partis.

J'ai porté la valise de Reed jusqu'au break pendant que papa attendait, et une fois Reed dans la voiture, une fois la portière refermée, elle a ôté ses lunettes noires avant de se mettre à genoux et de me prendre les mains. « Joey, tu es sûr que tu n'aimerais pas mieux rentrer avec nous ? a-t-elle demandé. Tu n'es pas obligé de rester, tu sais. » Jusqu'à cet instant, je n'avais pas encore pris de décision, mais là, j'ai su. « Non, merci, je veux rester », ai-je dit en me sentant plein de colère contre elle, je ne sais pas pourquoi, à cause de son air triste je suppose, et parce qu'une partie de moi avait envie de partir avec elle, de grimper dans la Country Squire et de retourner au bord de la mer, où il y avait des draps frais dans mon lit, où tout était bien propre, sauf que je ne pouvais pas. Je n'avais pas encore passé trois jours pleins avec papa, je ne lui avais été d'aucun secours ou presque, et puis maman faisait comme si je pouvais laisser tomber sans problème, c'était trop facile, mais pour moi, c'était impossible, pas cette fois, pas à mon père, non.

« Entendu, chéri, mais n'oublie pas, a-t-elle dit. Tu n'as qu'un coup de fil à passer, à moi, ou à Pa. Tu as son numéro au travail, alors si tu as envie de revenir plus tôt, tu peux faire le trajet avec lui jeudi soir, d'accord ?

— Je ne changerai pas d'avis », ai-je répondu, alors maman a poussé un soupir avant de m'embrasser sur le front et de remettre ses lunettes noires. Ce n'est qu'en la voyant remonter dans la voiture que j'ai senti une espèce de flottement tout au fond de moi, l'envie de la rappeler. Elle est passée, cette sensation, et j'ai seulement fait au revoir de la main tandis qu'ils s'éloignaient, en me disant qu'une semaine risquait de suffire, que papa n'aurait peut-être pas besoin que je vive avec lui pour toujours.

20

May

Il y a un moment où l'on cesse d'avoir envie de vivre éternellement pour remercier le ciel de ne pas être immortel. Pour moi, le passage s'est fait cette année-là.

L'hiver n'avait pas été un tapis de roses, mais lorsque la chaleur est arrivée – je ne sais pas pourquoi – d'un seul coup, tout s'est accéléré, alourdi, impossible de compter sur la protection d'aucun parapluie. C'était ma saison préférée, pourtant, le printemps, depuis toujours, avec les bourgeons, les pousses vert tendre, les crocus, les narcisses, puis les jonquilles, et les fleurs que j'aimais entre toutes, celles du cornouiller. La colline au-dessus de notre vallée en était couverte, plus généreusement encore que chez papa et maman, au point que certains matins, quand on regardait dehors, on se serait cru à l'intérieur de la boule presse-papiers, sur le bureau de maman ; comme s'il avait neigé. Tout jaillissait du sol, et quelque chose aussi montait en nous, particulièrement en Jimmy. Mais cette mauvaise sève, elle montait en moi aussi. Du coup j'ai perdu un peu de mon affection pour le printemps ; je ne l'ai plus jamais vu avec la même candeur.

Le genre de choses qui en général vous tombent dessus tous les deux-trois ans se produisaient apparemment tous les mois, puis de semaine en semaine, nous écrasant comme les rouleaux géants par vent de nord-est, ébranlant le sol sous nos pieds, jusqu'au point où je me suis sentie dans la peau d'une de ces malheureuses créatures que l'on voit au journal télévisé, en train d'errer comme des âmes en peine après un cyclone. Pour commencer, il y a eu l'épisode avec cette Je-ne-sais-qui, en avril, c'était plus ou moins au moment de l'anniversaire de Joey. Apparemment la ville entière était au courant, sauf moi – j'ai cru mourir de honte. Vous désirez savoir comment j'ai découvert le pot aux roses ? Je vais vous le dire.

J'avais pris un rendez-vous chez Lorraine afin d'être bien coiffée pour l'anniversaire de Joey, et puis j'ai dû changer – un empêchement de dernière minute, je ne sais plus –, faire reporter de l'après-midi au lendemain matin, mais je suppose que Betty n'a pas prévenu Lorraine de mon appel. Bref, je débarque le matin et personne dans le salon, à part la nièce de Lorraine, la petite Edie Perkins – pour moi, elle était toujours la petite Edie Perkins, même si elle était déjà mariée et divorcée, le tout à l'âge de vingt-deux ans. Edie me fait mon shampooing, puis m'installe dans un fauteuil pour me démêler les cheveux. Je suis là, en train de lire *Redbook* ou un autre magazine du genre, la tête parfaitement vide, quand Edie me fait : « Vous avez de très beaux cheveux, miss Madden, vraiment, j'ai toujours trouvé. » Je lui souris dans la glace. « Merci, c'est gentil. L'autre jour j'ai tout de même repéré un cheveu blanc. » « Il n'y en a pas beaucoup, vous savez », a dit Edie, et moi, j'ai fait une découverte en me rendant compte qu'il y en avait plus d'un. Je n'ai pas pu m'empêcher de remarquer aussi qu'elle s'était épanouie, malgré sa réputation d'en faire trop, s'il fallait en croire la rumeur publique – encore que savoir ce que faisait Edie et avec qui, c'était le cadet de mes soucis. C'est du moins ce que je croyais…

Enfin, je lui ai jeté un regard glacial avant de replonger dans ma lecture, et dans les deux minutes qui ont suivi, arrive Lorraine par la porte de derrière, courant presque et traînant derrière elle son éternel grand cabas tout en se bagarrant avec les cordons qui attachaient l'espèce de chapeau de pluie en plastique qu'elle portait même lorsqu'il n'y avait pas un nuage dans le ciel à cent kilomètres à la ronde. Elle était toute rouge et tentait de camoufler son énervement derrière un sourire. « Ma petite Edie, j'ai quelques bricoles dans la voiture, a-t-elle dit. Tu veux bien venir m'aider, s'il te plaît ? » « Une seconde, tante Lorraine, j'ai presque fini », mais Lorraine a fait : « Tout de suite ! » – Lorraine douce et aimable comme un ange. « Tout de suite ! », elle a dit, sur ce ton. Les voilà donc toutes les deux sur le parking, j'entends des éclats de voix, puis Lorraine revient, seule. « Oh, miss Madden, je suis absolument désolée. Betty ne m'a pas prévenue que vous aviez changé votre rendez-vous, sinon j'aurais fait en sorte qu'elle ne soit pas là, vous pensez, jamais de la vie, je suis vraiment navrée, je ne sais pas quoi faire. Je vous offre la mise en plis. »

Vous voulez savoir comment j'ai su ? Comme ça. J'étais morte de honte – et furieuse. Folle de rage, oui, bonne pour la camisole de force. Je suis allée directement à la Bonanza où je l'ai coincé sur l'aire de chargement, derrière, avec Skeeter. « Skeeter, veuillez aller à l'intérieur, j'ai besoin de parler à mon mari. » J'essayais de paraître décontractée, mais j'ai dû lui flanquer une peur bleue, car il s'est mis à bégayer comme il faisait rarement. « Euh-euh-ou-ou-oui, mi-mi-miss Ma-ma-de-de-de-den. » Le pauvre. J'ai volé directement dans les plumes de Jimmy, et vous savez quelle a été sa réaction ? Il a nié en bloc, sous mon nez, je vous jure, sans sourciller, il a dit qu'avec Charlie ils étaient allés boire une bière après le match de softball [1], et l'autre – c'est-à-dire la petite Edie Perkins – elle avait commencé à lui faire les yeux doux. Elle avait bu, a-t-il précisé, et elle se jetait sur tout ce qui portait un pantalon, roulait des hanches tant qu'elle pouvait, alors « juste pour se débarrasser d'elle » – ce sont ses mots exacts –, il a fait une danse avec elle. Il a commencé par dire « une danse », puis il a changé d'avis et dit « ou peut-être deux ». Bref, l'histoire s'arrêtait là ; maintenant si je ne le croyais pas, je pouvais aller demander à

1. Le *softball* est une variante du base-ball qui se joue sur un terrain plus petit, avec une balle plus grosse et plus molle. *(N.d.T.)*

Charlie Dawes, et je vous prie de croire que je l'aurais fait si j'avais pensé que cela pouvait m'être bénéfique.

Le pire dans l'affaire, rétrospectivement, c'est sa façon de mentir, en me regardant droit dans les yeux, avec son beau regard vert limpide, calme comme l'étang de Collie sous le soleil. « Je ne t'ai jamais été infidèle, May, a-t-il dit, croix de bois croix de fer, si je mens je vais en enfer. » Ma colère s'est dégonflée d'un coup, ça, c'est sûr. Il y a de quoi être effrayé devant quelqu'un capable de mentir de cette manière, comme s'il s'agissait d'une épreuve de force, et la remportait celui qui maintenait sa version envers et contre tout, peu importe la vérité. Il faut dire qu'il avait été à bonne école – du Lilith Madden tout craché. Il n'a jamais avoué. Jimmy s'est montré honnête en certains autres domaines, pires parfois, mais sur cette fille, jamais. Je ne sais pas si c'était la honte ou l'absence de toute vergogne – mais dans le premier cas, pourquoi n'a-t-il pas cessé ? Les gens trébuchent, parfois, ou ils succombent – Jimmy, lui, il semblait plonger.

Ce jour-là, c'est moi qui ai fini par lui faire des excuses à lui, qu'il a acceptées, et j'enrage encore aujourd'hui en y pensant, parce que, en plus, elle m'a touchée, la petite garce, elle a eu le front de rester derrière ma chaise, de jouer de ses prunelles bleu porcelaine, de me laver les cheveux, j'en ai le poil qui se hérisse encore. Et s'il fallait qu'il fasse ce genre de choses, pourquoi la choisir, elle ? Avec la meilleure volonté du monde, je ne comprenais pas – pourquoi n'a-t-il pas pris une fille bien ? Parce qu'on ne peut pas s'empêcher de faire le rapport avec soi – si vous êtes passé par là, vous me comprenez. J'aurais presque préféré qu'il jette son dévolu sur une de mes amies, bon sang, quelqu'un que je puisse regarder en voyant les qualités qui me faisaient défaut, donc comprendre. Mais Edie Perkins ? Les seules qualités que je discernais en elle étaient sa mauvaise éducation, sa grossièreté et son peu de conversation. Dans le meilleur des cas, ce qu'on pouvait dire de plus positif sur elle, c'est qu'elle était jeune, mignonne, mais ordinaire.

Ce n'était pas évident, pour moi, à l'époque, de voir que

Jimmy ne cherchait pas à taper plus haut que ce qu'il avait, que son but n'était pas de trouver quelqu'un susceptible de me surpasser dans les rares qualités que je possédais éventuellement. Non, son propos à lui était à l'inverse de dénicher une femme ayant une si piètre idée d'elle-même qu'elle ne demanderait rien et serait toujours contente de ce qu'elle récolterait, qui lui saurait gré de ses largesses s'il lui lançait une piécette pour le distributeur à boissons.

Grand, fort et débordant d'énergie comme était Jimmy, il y avait en lui un côté hypersensible, voire fragile, qui faisait que la vie – je parle de la vie toute simple, celle de tous les jours – représentait une pression insupportable, comme la brise sur la peau de quelqu'un qui grelotte de fièvre ou est resté trop longtemps au soleil. Et il s'exposait trop longtemps au soleil, mon jeune et beau mari, ça, c'est sûr. Je ne sais trop pourquoi j'exhume encore cette vieille rengaine, j'ignore même la signification que je lui donne, sauf que sa mère était pareille, avec tout le malheur du monde qu'elle portait sur ses épaules, Lilith, et qu'elle n'avait de cesse de faire partager à tous ceux qui l'entouraient, pour quel bénéfice ? – celui de ne pas se sentir seule dans la peine, j'imagine. À cette différence que Jimmy s'est battu beaucoup plus fort qu'elle ne l'a jamais fait pour éviter de devenir un monstre. Quoi qu'il m'ait fait subir, quoi que j'accepte encore de lui, ça je ne le supporterai pas. Je lisais ce combat derrière son regard, et mon cœur saignait pour lui.

Je suppose qu'une partie de moi le voit toujours, ce combat, une partie que je ne laisse pas souvent émerger parce qu'elle me rappelle une chose facile à oublier avec la distance qui s'est installée entre nous, et cette chose, c'est que j'avais aimé Jimmy Madden autrefois, que je voulais vieillir avec lui et reposer à son côté dans les deux emplacements que nous avions achetés à Laurel Ridge. C'est au cours de ce printemps qu'il m'a emmenée un jour voir où ils se trouvaient. Nous sommes restés là, au calme, entourés par le monde en pleine floraison, nous regardions les petits rectangles d'herbe verte que nous avions achetés à temps, parce qu'il tournait, le temps, et il a pris ma main – j'avais oublié. Oh, je l'aimais encore à l'époque – à tort ou à raison, mais je jure que je l'aimais. Au bout de douze ans, je croyais encore que nous avions une chance, et je continue de penser que nous l'avions. S'il n'y avait eu que l'épisode Edie Perkins…

Mais il y a eu la vague suivante, vous comprenez, et lorsque j'ai refait surface après ce raz de marée, il y avait un tel monde d'eau entre nous qu'avec la meilleure volonté du monde nous aurions eu bien du mal à reconstruire un pont pour nous rejoindre, et à l'époque la bonne volonté était plus qu'épuisée.

21

Jimmy

Comment est-ce arrivé ? Qui sait ? C'est arrivé comme ça arrive toujours – je le voulais trop fort. Et puis il y avait l'alcool – qui a contribué pour une bonne part, la plus importante peut-être, et aussi je gagnais, partie après partie. La malchance choisit parfois ce masque.

Tous les vendredis soir, Tommy Janklow organisait un tournoi de poker au rez-de-chaussée du club, et une ou deux fois par mois je m'arrêtais, la plupart du temps avec Charlie, mais pas toujours. Le groupe tendait à être le même, des jeunes. Nous nous connaissions tous, encore qu'à l'occasion on pouvait amener un ami étranger à la ville. Hopgood, il s'appelait, le gars, Hop, un copain de Tommy, un second couteau. Il avait à peine ouvert la bouche qu'il commençait déjà à lâcher des noms. Arnie et Gary – il appelait Palmer et Player par leur prénom comme s'il s'agissait de célébrités avec qui il était à tu et à toi, et il a raconté deux ou trois anecdotes – qui sait ? elles étaient peut-être vraies. Avec sa coupe de cheveux, ses mains manucurées et les chaussures à cent dollars qu'il avait aux pieds, il en jetait, mais peut-être pas autant qu'il semblait le penser. J'ai éprouvé d'emblée une solide antipathie pour lui, mais au poker, ça ne fait que donner plus de piment. Dans ma tête, si Tommy le connaissait, pas de problème.

Je n'avais pas grand-chose à perdre, du reste – je ne prenais jamais beaucoup d'argent quand je venais ici. Ce soir-là, j'avais justement encaissé ma paie, mais l'essentiel était bouclé à double tour dans la boîte à gants de la Mustang, dans mon portefeuille – je n'avais que deux malheureux billets de vingt en poche. J'ai gagné la première partie avec deux paires, rois par les trois, c'était une de ces soirées – vous savez comment les choses se passent – où tout semblait jouer pour moi. Avant même de savoir ce qui m'arrivait, j'avais gagné quatre cents dollars, la plupart aux dépens de Hopgood. Il était assis à la table, tirant cette triste mine transparente, un petit sourire dyspeptique figé sur les lèvres tandis qu'il fulminait intérieurement. À ce moment du jeu, il avait cessé de lâcher des noms. Je dois admettre que je prenais son argent avec plaisir, distribuant au passage une petite partie de ce que globalement j'empochais. Oh, oui, j'avais chaud au cœur.

À l'époque, quatre cents dollars, c'était une somme – en tout cas pour moi. Je buvais, je l'ai dit, mais l'alcool ne faisait apparemment qu'aiguiser davantage mes perceptions – je lisais en lui comme dans un livre. Il faisait peut-être des étincelles sur un terrain de golf, mais pour le poker il était nul. Quand il tirait un bon jeu, il s'adossait tranquillement et fixait le tapis avec des yeux de rapace jubilant ; quand les cartes ne lui plaisaient pas, il s'enfonçait dans son fauteuil en sirotant son verre comme s'il se souciait de la partie comme d'une guigne. Il était tellement lisible qu'il y avait de quoi nourrir des doutes, sauf que c'était la partie du vendredi de Tommy Janklow – j'avais joué là des centaines de fois – et je ne pense pas que Tommy aurait amené un arnaqueur.

Aujourd'hui encore, je suis incapable de dire s'il était génial et m'a roulé dans la farine comme il a voulu, ou s'il a simplement eu une chance insolente ; en tout cas, Hop commettait toutes les erreurs classiques. Plus il perdait, plus il voulait faire monter la mise. J'ai gagné cinq cents dollars en une seule levée – une levée : grisant, le bénéfice – et il a voulu ensuite faire quitte ou double après avoir coupé le jeu. « Ça suffit, les gars, répétait Tommy, on joue pour s'amuser. Si on en restait là ? D'accord ? » – mais personne n'écoutait.

Tous les autres avaient décroché, alors, sauf Hop et moi, et je savais que je ne devais pas jouer à des hauteurs pareilles, mais j'étais porté, comment dire ? allumé de l'intérieur. J'avais l'odeur du sang dans les narines. Je l'ai encore gagné, ce tour-là. Après, je n'ai plus jamais regardé en arrière. À onze heures, j'avais deux mille dollars en coupures dans ma poche, à onze heures et demie, j'avais une reconnaissance signée de Hopgood pour douze cents de plus. Je ne saurais décrire l'effet sur moi.

Le whisky descendait comme du petit-lait – j'en sentais à peine le goût –, je voyais tout ce que j'allais faire avec cet argent. Emmener May quelque part, à Hawaii, par exemple, comme dans l'émission *National Geographic* qu'on avait vue à la télé... On descendrait dans un vieil hôtel comme ceux des romans de Conrad, on ramasserait des coquillages sur la plage, le passe-temps favori de May. Je louerais un bateau à fond vitré pour la promener entre les récifs, voir la barrière de corail, les poissons tropicaux bariolés qu'on n'avait jamais vus. Nous observerions le vol tournoyant des frégates au-dessus des falaises, nous parcourrions à pied la jungle tropicale, nous approcherions le cratère de volcans en activité pour contempler le magma où le monde était en gestation, l'endroit le plus neuf de la terre. Et peut-être que pour nous aussi, ce serait du neuf – voilà ce que je me disais –, peut-être qu'il existait un moyen de revenir en arrière, là où nous étions lorsqu'il y avait cet éclair d'amour sans mélange dans les yeux de May. Je pensais qu'on pouvait retrouver cet état. Je ne voulais rien d'autre.

Je voyais tout si clairement dans ma tête, aussi... le retour en voiture à Ruin Creek, la première lumière du jour, la rosée partout, les aiguilles de pin étincelantes comme des joyaux. May essaierait de lire sur mon visage lorsque j'entrerais, avec ses yeux devenus graves et sombres, prête à une nouvelle déception, se préparant à son rôle. Sauf que cette fois je dirais : « Regarde, chérie », et je retournerais mes poches, déversant tous les billets verts sur la table du petit déjeuner, comme des feuilles de salade lavées. Je sourirais en disant : « Compte », et elle dirait : « Jimmy, mais bon sang… », interloquée pour une fois, « … il y a cinq mille dollars ! ». C'était le chiffre magique que je m'étais fixé, à ce moment, vous comprenez ? Pourquoi cinq ? Qui sait ? un compte rond, qui sonnait bien. « Fais les valises, on part quinze jours » – peut-être que je dirais un mois, et puis même deux, pourquoi pas ? Nous avions les moyens, non ? Quand je m'étais lancé dans le jeu, cent dollars était une mise que je ne pouvais pas me permettre ; deux heures plus tard, ou trois, mon appétit – enfin, les dimensions de ma vie entière – avait grandi au point que cinq mille dollars semblait une somme moyenne. Si j'étais ivre, c'était moins d'avoir bu que de gagner – j'avais connu une longue traversée du désert depuis la dernière fois que j'avais gagné où que ce soit. Une très longue traversée du désert.

Comment expliquer à quelqu'un qu'autrefois, en se regardant dans le miroir, on voyait une personne dont la vie contenait plus de chance que de revers, une personne que l'on admirait et que l'on arrivait même à aimer, et puis, et puis… et puis il s'est passé quelque chose, un ressort s'est cassé, un mécanisme s'est coincé. Il fallait vivre en gardant foi en la réalité de cette aura qu'on possédait, qui au fil des années devenait plus lointaine, jusqu'au moment où l'on se demandait si elle ne relevait pas du rêve. Mais le jour où l'on perd cette foi, ce jour-là on est mort.

Assis à cette table de poker, je la sentais revenir cette aura. Je me souvenais de cette sensation que j'avais jadis, quand je croyais qu'il était dans ma nature et mon destin de gagner. Je voyais que d'elle venait toute ma joie de vivre, ma capacité à être meilleur, non seulement envers moi, mais envers tout mon entourage. Je pouvais retrouver cet état – il me suffisait de cette seule fois pour récupérer ma patience et ma bonne humeur avec May et avec les garçons. Je n'avais pas l'impression d'un coup de veine ; pas du tout, il s'agissait pour moi de la juste réinstallation dans ma vraie nature qui allait pouvoir s'exprimer. Devrais-je tomber à genoux pour remercier Dieu de m'avoir restitué ce qui m'avait été volé, ce que je possédais au début ? Réussir, être heureux – n'y avais-je pas droit ? N'y avons-nous pas tous droit ? Je me sentais touché par la grâce, vous comprenez, sous l'effet de l'alcool et des cartes, je connaissais l'état de grâce auquel j'accédais jadis sans le secours d'aucun des deux. Et dans ce moment de faiblesse, je me suis cru fort, je n'ai rien compris.

J'aurais dû partir, sauf qu'entre-temps j'étais déjà parti à Hawaii et revenu, vous comprenez, et il y avait les autres pressions sur moi – les traites de la voiture, l'agrandissement de la maison dont nous avions tant besoin : si seulement je pouvais être quitte, une bonne fois pour toutes, définitivement.

Le fin mot de l'histoire, c'est que j'étais ivre, j'avais les dents longues, je suis resté trop longtemps. Vers minuit, nous jouions pour des mises de mille dollars. Hopgood donnait ; j'ai touché deux valets et tiré un troisième, j'allais déjà ramasser la timbale lorsque Hopgood a étalé son jeu carte par carte, alignant un full. Je ne peux pas vous dire : l'impression d'être mis K.O. par le Seigneur. Pour la première fois, je me suis senti simplement ivre, et plus immortel. J'aurais encore pu sortir avec deux fois ce que je me faisais en un mois à la Bonanza – et tant pis. Mais il fallait que je me refasse. J'ai remis mille dollars en jeu pour tenter de récupérer les mille que je venais de perdre. Ça a été le début de la fin.

J'ai signé ma première reconnaissance de dette, je me suis mis à faire exactement les mêmes choses que deux heures plus tôt je trouvais pathétiques chez Hopgood. Les choses se sont passées comme elles se passent toujours ; on peut foutre sa vie en l'air sans déployer la moindre originalité. À l'heure des comptes, j'avais perdu autant que j'avais espéré gagner – cinq mille, ou pas loin. Je n'avais pas les moyens de laisser les choses en l'état. C'est là que Hopgood a fini par dire : « Vous avez de quoi payer, j'espère ? », alors j'ai répondu : « Ne vous faites pas de souci, vous aurez votre argent – demandez à Tommy, interrogez qui vous voulez. » Tommy n'a pas dit un mot, il n'a même pas bronché, personne n'a réagi, alors Hop a fait : « On devrait peut-être en rester là. »

C'est à cet instant seulement que j'ai pensé à la maison. Nous en étions propriétaires, May et moi, et même s'il est vrai qu'elle nous venait de ses parents, elle était à nos deux noms. Quelque chose me cramponnait de l'intérieur ; j'ai craqué – je l'ai jouée pour compenser mes pertes. Pour dire la vérité, à ce stade je ne suis même pas certain que la chance de gagner était ce qui me motivait. L'impression que tant qu'il resterait quelque chose, je ne serais pas content. Il fallait que je perde absolument tout pour aller au bout du processus de chute et arriver où je devais inéluctablement sombrer. Certes, j'étais ivre – mais peut-on être ivre à ce point ? Je ne sais pas ; peut-être n'est-ce pas un hasard – cette idée m'a hanté pendant des années –, pas un hasard si l'ultime chose que je me suis senti obligé de perdre était la maison offerte par les Tilley, une maison où j'avais vécu douze ans sans jamais me sentir chez moi.

Peut-être est-ce la vraie raison, peut-être pas. Ce genre de chose, on y pense longtemps – j'ai beaucoup réfléchi –, on échafaude une centaine d'explications et d'hypothèses, mais au bout du compte on ne sait jamais. Votre cœur demeure aussi obscur et insondable pour vous qu'il l'est pour ceux que vous aimiez et que vous avez fait souffrir par votre conduite – il n'existe pas de mots pour le leur dire. Peut-être désirais-je seulement savoir si May m'aimait encore, si elle m'avait jamais aimé, si elle avait la moindre idée de qui j'étais – autant d'hypothèses encore.

Nous avons joué quitte ou double, une seule coupe, Hop et moi – ma proposition cette fois. Il a tiré le premier et sorti le neuf de carreau, me laissant quatre dix et seize honneurs, soit vingt possibilités de gagner. J'ai retourné le six de pique… Comme ça, en une seconde, les cinq mille sont devenus dix. Il y a eu un silence de mort, puis j'ai dit : « On en fait une de plus ? » Je voulais encore jouer. « Je ne crois pas », a répondu Hop, dans un élan de pitié j'imagine.

Dehors, sur le parking, les étoiles scintillaient, pures et froides dans le ciel de printemps. Je ne crois pas les avoir vues si claires depuis cette fameuse nuit, devant le foyer de la fraternité, à Chapel Hill, après mon échec en médecine

– des lettres de diamants sur le mur noir de l'univers pour écrire une fois de plus cette pensée : *il faut perdre sa vie pour la gagner*. Les bois étaient pleins de bruits d'insectes et je voyais les lumières du club luire en reflet sur la peau noire de l'étang. Je suis resté là à penser à George Bailey sur le pont de Bedford Falls, et je me suis souvenu comment, dans notre petit groupe de caddies occasionnels, on jouait parfois à celui qui pouvait rester le plus longtemps sous l'eau. Un jeu où je n'ai jamais été battu par personne.

22

May

Cette nuit où il n'est pas rentré à la maison, c'était Chapel Hill revisité, exactement la même chose, enfin pas vraiment – en vérité, rien n'était pareil. Je n'étais pas la demoiselle d'Ascension, les yeux pleins d'étoiles, celle qui mettait un chapeau pour aller à l'église et portait des gants blancs boutonnés au poignet, la jeune fille qui voyait sa vie à venir comme un conte de fées, plein d'aventure et de romance. La vie de papa et maman, la vie que j'avais connue en grandissant – pour moi, il était évident que Jimmy et moi connaîtrions la même un jour, sauf que nous y ajouterions une touche de poésie, inconnue de mes parents. Mais ce printemps, j'avais fini par entrevoir que pour chaque dimension que Jimmy possédait alors qu'elle faisait défaut à papa, il lui en manquait une qui existait chez papa. J'avais commencé par ne voir que le *plus*, mais je n'étais plus la même, je n'étais plus cette fille qui enveloppait soigneusement ses jolis escarpins et n'avait d'autre désir que celui d'être la reine du bal de printemps – elles avaient déserté mes yeux, les étoiles…

Jimmy aussi avait changé, autant sinon plus que moi. Le garçon qui se tenait à ma droite devant l'autel pour dire « oui » avait traversé notre ville comme une comète, lui l'enfant chéri de ses professeurs et de ses entraîneurs, celui qui avait le sourire facile, l'esprit ouvert, et un chemin ensoleillé qui s'offrait à lui, une sorte de voie royale dans une plaine fertile où il n'avait qu'à prendre, sans autre limite que celles de ses aspirations personnelles. Il était bien là, le problème, savez-vous, du côté de ses aspirations profondes. Il m'est difficile de mettre le doigt dessus, encore aujourd'hui…

Mais année après année, j'ai regardé les nuages sombres s'accumuler, se mettre à gronder, puis est venu le crépuscule. Quelque chose est arrivé au garçon que j'avais aimé et épousé, mon prince charmant. Je lui ai lâché la main, ou bien il a lâché la mienne ; nous nous sommes trouvés séparés, évoluant dans des mondes différents, le sien plus sombre et plus terrifiant que le mien. Même s'il avait esquivé notre mariage, Jimmy aurait fini par buter contre lui-même, d'une façon ou d'une autre. On n'y échappe pas, pas à ça, personne… C'est ça, la vie, la forêt où nous sommes perdus mais dont aucun chemin n'est le fruit du hasard et tous mènent à un seul terme, en ligne droite ou après mille détours, vite ou lentement, et ce terme, c'est soi-même – voilà ce que je crois. Et ce que je sais, c'est que j'ai regardé Jimmy descendre étape par étape vers cet autre monde que je ne peux vous décrire qu'à travers les effets que je constatais sur lui. Plus périlleux, je crois, ce monde où la pesanteur était plus puissante, où les gens ne travaillaient pas pour accéder à la prospérité et au bonheur ; on y était l'esclave de tyrans, il n'y avait ni amour ni justice, et jamais de repos. Je l'ai vu quand il s'est mis à dormir avec un revolver chargé sous son oreiller, je l'ai vu à sa façon de sursauter quand on entrait dans la pièce où il ruminait ses idées noires. Je l'ai vu dans les conspirations et volontés de nuire qu'il décelait sous les remarques innocentes des autres, dans sa manière de les assassiner un par un avec cette ironie féroce qu'il maniait derrière leur dos, des gens qui n'ont jamais pensé une seconde être ses ennemis. Jusqu'à papa, qui s'est si souvent épuisé à tenter de le comprendre, de l'aider, et dans lequel Jimmy ne voyait qu'un autre prince du mal dont le seul but était de payer le moins possible pour obtenir le maximum.

Non, il n'était pas vraiment des nôtres, Jimmy, il ne l'était plus. Il n'était plus possible de discuter ni de raisonner avec lui – en tout cas, moi, je ne pouvais pas – et plus rien ne l'atteignait dans ce monde où il avait sombré.

C'est là que nous en étions au début de ce printemps. Nous qui nous étions juré d'être différents de nos parents, avec leur mariage bâti sur des compromis et les trêves rageuses qu'ils avaient appris à observer, nous étions devenus comme eux, campés dans nos propres retranchements, à contempler le mystère des plaies et bosses que nous avions acquis. C'est pourquoi, en dépit de ressemblances superficielles, cette seconde nuit était fort différente de la première. Douze années de différence. La seconde fois, je n'étais pas aux abois, je n'ai pas tourné en rond en me rongeant les sangs. Je ne me suis même pas rendu compte que Jimmy n'était pas rentré avant de me réveiller au milieu de la nuit et de chercher le réveil sur la table de chevet – il était déjà plus de deux heures du matin, alors, mais il y avait eu tant de nuits, au cours de l'hiver, où j'étais allée me coucher toute seule pendant que Jimmy était là où il avait envie d'aller pour faire ce qu'il lui plaisait de faire. D'un commun accord, nous avions cessé de nous quereller à ce sujet – j'étais trop lasse et écœurée pour trouver la force de m'en soucier.

Je me suis levée, je suis allée voir les garçons, puis j'ai essayé de me rendormir, sans succès, alors j'ai pris mon livre de chevet. Au bout d'un moment, le vent s'est levé, secouant les branches. Quelques gouttes de pluie se sont abattues sur la maison, ruisselant sur les vitres. J'ai observé ces ruisselets tortueux qui m'ont rappelé, allez savoir pourquoi, ce fameux jour où j'ai appris la nouvelle, dans le cabinet de Watt Pound. J'étais allongée sur la table d'examen pendant que papa et lui discutaient de Philadelphie dans la pièce à côté. Je me suis demandé à quoi elle aurait ressemblé, l'autre vie que j'aurais pu avoir si j'avais pris ce train pour le Nord. Aujourd'hui, Joey venait d'avoir onze ans…

Je ne regrettais pas ma vie, ni la décision que j'avais prise au bord de l'étang Collie ce fameux jour – non, je n'avais pas l'ombre d'un regret, ni cette nuit ni aucune autre – parce qu'on ne peut pas. Il faut savoir être à la hauteur, respecter ce qui est sacré dans un amour, payer le prix, et ne nourrir aucun regret pour ce à quoi l'on a renoncé. S'il existait une différence entre Jimmy et moi, ce n'était que celle-là, je crois. Avec toute son intelligence – supérieure à la mienne à bien des égards –, c'est une leçon qu'il n'a jamais apprise, alors que moi, je crois que je savais d'emblée.

Cette nuit-là, pour la première fois, j'ai imaginé une vie sans lui, pas tant parce que je la désirais – pas encore, pas à cette époque –, mais pour tenter d'entrevoir la forme qu'elle pourrait prendre. C'était comme une condamnation, en ce temps-là… avoir trente ans, être divorcée avec deux enfants – je me disais que personne ne voudrait de moi avec un tel bagage. La solitude pour toujours, être punie de cette façon – de quoi, je ne savais pas –, j'étais en colère ; plus que cela, j'étais terrorisée. En ce qui me concernait, j'étais prête à prendre le risque, ou presque. C'est la pensée de Reed et Joey grandissant sans la présence d'un père qui me retenait encore comme une chaîne de fer – quelles seraient les conséquences sur eux ? Pouvais-je être égoïste au point de me faire passer avant eux ? Je crois bien que ce qui me faisait le plus peur, c'est de savoir que la réponse pourrait être oui.

Cette nuit-là, je suis restée à écouter le ruisseau, Ruin Creek, qui semblait agité lui aussi, tournant et virant dans son lit, et j'ai regardé les pétales de fleurs de cornouiller voler devant ma fenêtre, comme de gros flocons de neige – le matin, la colline en était tapissée, et le torrent était blanc. En faisant le café, je les voyais s'éloigner au fil de l'eau, derniers vestiges du printemps, et lorsque j'ai entendu la voiture tourner dans l'allée, j'ai pensé que ce devait être Jimmy, jusqu'au moment où le nez de la Cadillac est venu se coller contre la maison. Papa boitait, quand il est descendu, et il y avait encore un petit carré de mousse à raser, sous l'oreille, qu'il avait oublié, mais qui n'était pas plus blanc que son visage – je ne me souviens pas de l'avoir jamais vu aussi livide. Il avait à peine commencé à me parler du coup de fil de l'oncle Johnny qui venait de l'appeler depuis la banque, en ville, que Jimmy se garait devant la maison, parlant déjà alors qu'il n'était pas encore descendu de voiture.

23

Jimmy

Je me suis réveillé malade comme un chien, sur la banquette arrière de la Mustang qui se trouvait encore sur le parking du club. Les tourniquets étaient en marche sur les greens, et je suis resté à les regarder décrire leurs arcs-en-ciel, tel un gentleman terrien oisif contemplant son domaine. Il m'importait peu d'avoir perdu tout ce que j'avais gagné par douze ans de labeur ; c'était de devoir le dire à May, lire de nouveau la déception sur son visage qui me faisait regretter de ne pas m'être noyé quand il était encore temps, ce qui m'aurait évité de voir la lumière de ce jour.

J'ai pris le volant, laissé le Country Club, je suis passé devant chez les Tilley, en haut de la colline, puis j'ai tourné dans Raleigh Road, dépassé la maison de mes parents, Sodome d'abord, Gomorrhe ensuite, avant d'entrer dans la station Shell de Lonnie Ruffin où j'avais acheté mon premier paquet de Lucky il y a tant d'années. Je suis entré dans les toilettes miteuses, je me suis aspergé le visage d'eau fraîche, et j'ai regardé mon reflet dans la glace. Le miroir fendu me mettait les yeux à deux niveaux différents, comme un carrelet, habitant des bas-fonds, ou un accidenté de la route mal recousu. Et tous les chevaux du roi, ni ses hommes d'ailleurs, n'auraient pu, je vous le dis, mon colon… Puis Humpty Dumpty s'est plié en deux sur le sol de ciment pour vomir, tripes et boyaux. L'un des pires matins dont je me souvienne – c'est un vétéran de plusieurs mémorables campagnes qui parle.

À genoux, la joue contre la porcelaine fraîche, je me suis assoupi, la bouche ouverte, accroché à l'urinoir comme à une bouée de sauvetage. J'avais peur de retourner dehors, tout à coup, j'avais envie de rester là, recroquevillé sur le sol de cette cellule sans fenêtre, comme le carrelet au fond de l'océan. Je me sentais en sécurité, avec l'odeur puissante et fleurie du désinfectant industriel, et les taches noires de cambouis sur le lavabo, et l'unique et maigre ampoule électrique. J'ai écouté la chasse se remplir, soulevant le flotteur jusqu'à la fermeture de la valve, et aussi vite qu'elle était arrivée, la panique est repartie.

Je suis sorti et j'ai allumé une cigarette, la dernière du paquet, j'ai levé les yeux pour regarder l'enseigne de chez Lonnie, la coquille, emblème de saint Jacques, patron des pèlerins et des vagabonds. Tout en fumant, je me suis rendu compte que j'aurais dû suivre mon impulsion cette nuit-là, il y a douze ans, prendre la fuite et mener une autre vie. N'importe laquelle. J'aurais dû abandonner les pèlerins à leur navire – ils auraient été mieux lotis sans moi –, embarquer sur un tramp pour la Malaisie ou le Congo belge, et vivre auprès d'un fleuve sans nom, dans une case, avec une femme aux seins bruns et nus qui n'exigerait pas grand-chose, quelques coquillages, des perles à enfiler. J'aurais pu être lord Jim, et il n'était pas encore trop tard, j'avais un dollar et quart en poche, un réservoir à moitié plein. Ce matin je touchais le fond – comment explique-t-on cela à sa femme, à ses enfants ? Je me dis que ce n'est peut-être pas indispensable. Je me dis qu'ils n'ont pas le droit absolu de savoir – ni eux ni personne. Ce matin, les choses étaient entre moi et mon Créateur – qu'Il soit juge, Lui qui avait fait ce monde puant.

Tandis que j'étais planté là, du haut de la route vide, dans cette espèce de paquebot noir de Chrysler, est arrivé papa qui se rendait au travail, regardant droit devant lui, étranger à tout. Il est passé à moins de cinq mètres et, je le jure, il n'a même pas tourné la tête, le dos bien droit contre le dossier de la banquette avant, le regard fixé devant lui, ce fameux regard qui me laissait toujours imaginer qu'il devait méditer des affaires d'une importance capitale.

C'est à ce moment que m'est venue l'inspiration : plutôt que de céder le titre de propriété de la maison, pourquoi ne pas l'hypothéquer ? Je pourrais utiliser le montant de l'hypothèque pour régler Hopgood, et rembourser la banque tous les mois. Un crédit, ce n'était pas la fin du monde – Charlie et Elise en avaient un ; presque tout le monde en avait un. Le fait qu'il nous faudrait trente ans pour revenir au point où nous étions la veille au soir devenait presque anecdotique à côté de la possibilité de réparer ce que j'avais fait. Et puis je n'aurais pas à ramper devant May ni son père, la queue entre les jambes – c'était le principal avantage –, je n'aurais pas à mendier un centime aux Tilley.

Vu sous ce jour, voyez-vous, ce que j'avais fait semblait regrettable, mais pas impardonnable, pas irrémédiable. Et puis mon nom figurait sur les titres de propriété, après tout. Avec un peu de chance, je pourrais peut-être me débrouiller sans que May ait besoin de savoir.

J'ai marché jusqu'au Piggy Wiggly pour acheter un rasoir et un paquet de lames, puis je me suis rasé au savon et à l'eau froide dans les toilettes de Lonnie. Je me suis coiffé, aspergé de lotion dont j'avais toujours un flacon dans la boîte à gants, puis j'ai remis ma veste de la veille pour cacher les plis de ma chemise froissée. J'ai appelé l'entrepôt pour prévenir Mrs. Weems que je serais un peu en retard, et j'ai roulé ensuite jusqu'à la banque, où j'ai attendu Landis qui est arrivé en remontant Commerce Street d'un pas tranquille, après avoir pris son petit déjeuner au Scuppernong, en faisant sonner son trousseau de clés.

Je l'ai appelé oncle Johnny, comme May m'avait toujours conseillé de le faire. « Si tu pouvais être simplement poli avec lui, il pourrait nous être très utile, Jimmy », c'est comme ça qu'elle disait, le « nous » me désignant moi. Je lui ai expliqué que nous nous sentions un peu à l'étroit depuis la naissance de Reed et que nous avions envisagé de nous agrandir. « Je ne souhaite pas le crier sur les toits – mais bien sûr, vous faites partie de la famille, oncle Johnny –, nous songeons à avoir un autre enfant. Si nous ajoutions une grande chambre avec sa salle de bains, vous comprenez, nous pourrions installer Reed et Joey dans notre chambre, et mettre le bébé dans la leur. »

C'est passé comme une lettre à la poste. Landis – oncle Johnny – s'est déclaré enchanté, il était ravi que nous ayons résolu nos différends. C'est seulement lorsque j'ai indiqué que nous aurions besoin des fonds le plus vite possible qu'il a sourcillé. « Jasper Johnson a une commande pour un autre chantier, ai-je dit. Si nous ne le coinçons pas tout de suite, je crains que nous ne puissions l'avoir ensuite avant la fin de l'automne, ou l'hiver » – l'idée m'est venue comme ça, je ne sais pas d'où. « Dans ce cas, si ce n'est que ça, a répondu oncle Johnny, Jasper est un de mes amis, nous sommes en affaires ensemble depuis des années, je me ferai un plaisir de plaider votre cause auprès de lui… Cela dit, quelle somme extravagante envisagiez-vous d'investir ? »

Lorsque j'ai annoncé dix mille dollars, Landis a écarquillé les yeux et son regard s'est glacé. « Mon petit Jimmy, même avec des commodes dorées à l'or fin, on n'arrive pas à une telle somme pour une chambre à coucher et une salle de bains. Si Jasper Johnson vous a mis ce chiffre en tête, il est urgent que je lui dise deux mots. »

J'ai senti la sueur perler en haut de mon front, pressenti les recoupements, nombreux et profonds, et tous les dérapages prévisibles. « Je préférerais traiter l'affaire moi-même, oncle Johnny, sans vouloir vous offenser. Cette somme comprendrait des travaux de rénovation aussi, et puis dix mille dollars ne seraient pas une somme extravagante pour une hypothèque, n'est-ce pas, vu la valeur de la maison ? » « Non, je suppose que non, mais il faut aussi prendre en considération le montant des mensualités – je n'aimerais pas vous voir embarqués dans une opération trop grosse pour vous. Évidemment, si Will se portait caution…

— Justement, oncle Johnny, ai-je dit, j'aimerais prendre ça en charge tout seul. » « Je vois », a-t-il fait en hochant la tête derrière la pointe de ses deux mains partiellement jointes. Il m'a laissé mariner un moment avant de poursuivre : « C'est normal, je dois dire, qu'un jeune homme ait envie d'indépendance. Il faut tout de même voir quelques détails d'un peu plus près, mais sur le principe je ne vois pas de problème. Voilà ce que je vous propose, vous décidez d'un jour avec Miss May, et on se voit ici ensemble la semaine prochaine – de mon côté, j'essaie qu'on puisse signer un papier avec vous deux. »

Jusque-là, je croyais avoir les mains libres. « C'est que je voulais lui faire la surprise », ai-je dit. « Écoutez, mon petit, c'est une simple formalité, je sais, mais son nom figure sur le titre de propriété, non ? – je crois me souvenir que c'est comme ça – et nous devons respecter les formes légales, vous comprenez ? »

L'idée ne m'était pas venue. Sans vraiment réfléchir, j'ai dit : « Je pourrais peut-être prendre les papiers quand ils seront prêts et les lui rapporter à la maison. » J'étais disposé à imiter sa signature s'il le fallait – apparemment il le fallait.

Landis m'a observé attentivement. « Je sais ce qu'on va faire ; dès que les papiers sont prêts, je vous les apporte personnellement à domicile en rentrant chez moi. Cela ne fait pas un grand détour pour moi, en plus ce sera une occasion de vous rendre visite, il y a tellement longtemps que je ne suis pas passé que je ne m'en souviens même plus. Cette solution vous conviendrait, je suppose ? »

Je me suis rendu compte alors que je ne m'en tirerais jamais et j'ai commencé à chercher une retraite honorable. « Vous savez, oncle Johnny, plus j'y pense, plus il me semble que May découvrira le pot aux roses avant la fin, de toute façon – il est sûrement stupide d'espérer garder le secret. Finalement, je ferais aussi bien de prendre le taureau par les cornes et de lui parler ce soir, en rentrant. Je vous rappelle demain à la première heure. »

Il serait toujours temps de raconter que nous avions discuté et renoncé au projet. « Entendu, a-t-il dit. Vous faites comme vous l'entendez. » « Je vous remercie pour le temps que vous m'avez consacré, oncle Johnny », ai-je dit en me levant, et il a répondu : « De rien, mon petit, je reste à votre disposition », puis nous nous sommes serré la main.

Je suis sorti dans la circulation matinale de Commerce Street, aussi moite et étourdi que si j'avais passé le week-end dans un bain turc. Je n'aurais pas su dire si Landis avait nourri des soupçons – il avait été globalement aimable, mais en me repassant mentalement la conversation, j'avais bien l'impression de l'avoir surpris à une ou deux reprises à me jauger avec ce regard de vieux renard qu'il partageait avec Mr. Will ; un regard dont on a le sentiment qu'il pourrait lire un nom inscrit à l'encre indélébile à l'intérieur du col de chemise de celui qu'il scrute. Mon unique certitude était que j'étais en train de marcher au bord du gouffre, et que la seule chose qui me séparait de la chute était May.

Je l'ai imaginée à la maison, ignorant où j'avais passé la nuit. Je voyais son visage, l'expression qu'il aurait lorsque j'entrerais, le regard blessé qu'elle poserait sur moi, celui qui chaque fois me déchirait le cœur. Planté au milieu du trottoir, au milieu de mon rêve éveillé, il m'est venu cette idée soudaine : *et si je lui disais tout ? Si je jouais la transparence ?* J'avais beau être paralysé de peur, au profond de moi, j'en avais envie. Tout au fond de mon cœur, mon vœu le plus cher était d'avouer et de solliciter son soutien. Elle dirait oui – je le savais. Au pire elle dirait oui au nom de notre amour passé, même si elle ne m'aimait plus. Je me suis promis de trouver le moyen de me racheter à ses yeux.

Peut-être d'ailleurs que je n'avais fait tout cela que dans ce seul but : pour demander une dernière fois à May de me voir tel que j'étais, voir ce qu'il y avait de plus vil, de plus abject en moi, et de l'accepter avec ce qu'il y avait de meilleur et de plus noble aussi, pour savoir si elle pouvait continuer de m'aimer en étant au courant de tout. Toute ma vie, je crois, mon seul désir avait été d'être reconnu et aimé de cette façon par une seule personne – n'est-ce pas le vœu de tout le monde ? –, une façon dont les parents ne sont jamais capables. Et lorsqu'on a la chance de trouver cet amour, celui qui peut regarder votre part sombre sans peur ni envie de juger, lorsque l'on a cette chance rare, n'est-ce pas une libération que de donner à celui qui aime ainsi autre chose que l'abject et le vil, lui donner le meilleur et le noble aussi ?

Je crois que c'était ça, ma raison – aujourd'hui, je le crois, mais à l'époque les choses n'étaient pas claires. Si vous avez le goût des hypothèses, celle-ci est ma préférée.

Je ne suis pas allé au travail ; j'ai repris ma voiture, direction Ruin Creek. Les scénarios qui défilaient dans ma tête pendant que je conduisais étaient divers et variés, mais tous se terminaient bien, et au fond de mon cœur j'étais désespéré, mais je me sentais libéré. J'allais enfin avoir la chance de faire ce que je voulais faire depuis le début, mettre les choses au clair avec May et avec moi-même, non pas parce que j'y étais forcé – encore que, si vous tenez à voir l'histoire sous cet angle, je suppose qu'effectivement je n'avais guère d'autre choix – mais parce que je le voulais.

De toutes les fins que j'avais imaginées, celle vers laquelle je me dirigeais dans la réalité était la seule que j'avais omise… Lorsque je suis arrivé devant notre garage, la Cadillac s'y trouvait déjà ; le coup de fil de Landis avait attrapé Mr. Will au vol, juste au moment où il ouvrait la porte pour aller au travail, et il m'avait battu au poteau.

24

May

Ce dont je me souviens, c'est ça : Jimmy parlant, la rapidité désespérée de son débit, beaucoup plus que le contenu de ses paroles, à croire que, s'il s'interrompait serait-ce une seule seconde, nous aurions le temps de l'anéantir par la condamnation que nous avions préparée, il en était certain. Au bout d'une minute, j'avais envie de lui dire : *tais-toi, tais-toi*, moins pour moi que pour lui, comme on souhaite mettre un terme au supplice d'un animal qui souffre. Je suppose que dans sa tête, Jimmy croyait qu'il pouvait se sortir de n'importe quoi par le baratin, même de cette situation. Pourvu qu'il réussisse à tenir la distance, il finirait bien par trouver l'assemblage de mots qui ferait passer le vrai pour du faux et le faux pour du vrai. Il était fraîchement rasé et avait les yeux rouges ; c'est là qu'on le voyait, cet autre monde auquel j'ai fait allusion, dans les yeux de Jimmy. Ils soutenaient votre regard, mais ils n'avaient plus la limpidité que je leur avais connue du temps de notre mariage, et puis il avait vieilli d'autres manières encore – ce matin-là, je le voyais comme une personne que l'on a bien connue, et qui revient changée après être restée longtemps partie.

Il n'était pas lui-même, a-t-il dit ; il avait trop bu, il avait déjà perdu beaucoup d'argent, vous comprenez… Ce n'est pas qu'il y prenait du plaisir, ni qu'il voulait continuer à jouer – il jurait qu'il ne recommencerait jamais –, c'était la pensée de toutes les factures qu'il avait à payer, ses responsabilités...

« Je voulais seulement récupérer ce que j'avais perdu », a-t-il dit. L'angoisse sur son visage m'était presque insupportable. Non qu'il me soit indifférent, ni à papa – mais ce que Jimmy avait fait frappait au cœur de tout, au cœur de notre vie, et de la préservation de cette vie, la mienne et celle des enfants. On en était là, vous comprenez, c'était nous ou lui, moi ou vous, et lorsque l'on atteint ce degré, dans l'enchevêtrement des racines profondes et la crasse noire, le problème n'est plus l'amour – on ne peut pas laisser faire. Quoi que disent les gens, l'amour véritable est une fleur délicate qui ne pousse que sur les hautes terres et les sommets de la vie humaine ; il est rare, l'amour véritable, peu répandu ; c'est le couronnement, pas le point de départ ; l'amour est une conclusion, pas un début. Ce jour-là, nous étions dans des sphères beaucoup plus primaires – la survie –, oui, primaires à ce point.

« Fais-le pour moi, May, a dit Jimmy. C'est la dernière chose que je demande. » Papa ne m'a pas laissé le temps de répondre. « Elle ne signera pas ces papiers, mon ami, a-t-il dit. Autant vous fourrer ça dans le crâne tout de suite. » Il s'est retourné contre lui, Jimmy. « J'imagine que May est assez grande pour répondre toute seule, mister Will, a-t-il dit. Et peut-être que vous feriez bien de nous laisser régler cette histoire entre nous – ce ne sont pas vos affaires. » « Que ce le soit ou pas, je ne vais pas la regarder saccager son avenir et celui des enfants. Cet argent, je vais te le prêter, mon gars, mieux, je vais te donner ce paquet de fric, mais je te jure bien, Jimmy, que c'est la dernière chose que je ferai – et je ne plaisante pas, mon gars, la dernière. » La joue de Jimmy s'est crispée tandis qu'il méditait la proposition de papa. « Si c'est ce que vous voulez faire, je ne dirai pas non, a-t-il fini par dire. Je vous rembourserai avec intérêts. Ne serait-ce que pour que vous compreniez bien une chose : je n'ai rien demandé – ce n'est pas moi qui suis venu vous trouver. »

Les yeux de papa se sont rétrécis, comme si Jimmy était

devenu un objet lointain qu'il distinguait mal. « Tu n'as rien demandé », a-t-il répété, le menton tremblant. Il a secoué la tête et craché par terre, comme un vieux paysan – puis c'est sorti. « Tu es une belle crapule, comme j'ai rarement vu. Quel choix est-ce que tu m'as laissé, Jimmy ? Rester planté là, à regarder, pendant qu'on flanque tout le monde à la rue ? À part ça, tu n'as rien demandé, effectivement, rien du tout. Toi, tu n'as rien demandé, et ce ne sont pas mes affaires. Mais laisse-moi te poser une question : quand un chien fait ses besoins au milieu de ta moquette et que c'est toi qui passes derrière pour nettoyer, est-ce qu'on va te dire de te mêler de tes affaires ? Alors moi, ce n'est pas un peu mes affaires, cette histoire ? Parce que si la réponse est non, je me demande ce qu'il aurait fallu que je fasse pour qu'elle le devienne.

— Papa, ai-je dit. Jimmy... tous les deux, ça suffit, taisez-vous maintenant. » « Je ne peux pas te parler avec lui ici », a dit Jimmy, alors j'ai répondu : « Parler de quoi, Jimmy ? Il me semble que tu as fait le tour de la question. » « Pour toi, le chapitre est clos ? Non, ne fais pas ça, May. » « Je n'ai rien fait, Jimmy. Ne me colle pas ça sur le dos, je ne suis pas responsable. » Ses yeux se sont voilés, ces yeux rouges, épuisés... « Allez, continue, dis-le. » « Je crois que tu devrais partir », ai-je dit. « Tu es sûre que c'est ce que tu veux vraiment ? » « Oui, je crois. » Je n'ai pas ajouté : « Pour le moment » – ce matin-là, il n'y avait pas de « pour le moment » au fond de mon cœur, vraiment pas. Jimmy s'est mis à hocher la tête, longuement ; puis sans dire un mot de plus, il a tourné les talons, il est remonté dans la voiture et il est parti. C'est avec soulagement que je l'ai regardé s'éloigner – ce matin-là.

Mais il y a eu d'autres matins...

25

Jimmy

Pour une opération vérité, c'était réussi, sauf qu'elle n'a pas été la belle libération que j'avais imaginée – car une chose est d'avouer avant de s'être fait prendre, une autre est de se faire attraper par la police à côté du corps, avec le couteau dégoulinant de sang dans la main. Dans le second cas, même si votre intention était de vous livrer de votre plein gré, personne ne sera disposé à vous croire lorsque vous l'affirmerez, à supposer que vos intentions intéressent encore qui que ce soit ; en fait, ils s'en fichent royalement. À ce stade, l'apparence des choses est aussi leur réalité – je ne pouvais pas leur en vouloir vraiment.

Tout bien considéré, je crois que l'affaire aurait pu se passer beaucoup plus mal : il n'y a pas eu de scandale public ; j'ai échappé à la prison et aux gros bras armés de battes de base-ball ; j'ai sauvé mes rotules, ou ce qu'il en restait ; ils m'ont aussi laissé la Mustang, ce qui était plutôt généreux, vu les circonstances… Je n'ai perdu que mon boulot, ma maison, ma femme, ma famille, ma vie, tout sauf mes fils. Ce n'est pas eux qui m'ont pris mes garçons ; c'est moi qui les ai perdus et je me le suis beaucoup reproché. Alors, dites-moi si vous le pouvez : quand vient le jour – et il vient toujours – où vos fils viennent vous trouver, le visage solennel, qu'ils vous regardent bien en face, comme vous avez tenté de leur apprendre qu'il sied à un homme, et qu'ils vous posent la question qui les hante – *que s'est-il passé, papa ?* –, comment leur expliquer ?

26

Joey

Après avoir laissé Reed avec maman, nous sommes restés longtemps sans rien dire pendant le chemin de retour, jusqu'au moment où papa a demandé s'il y avait une chose particulière que j'aimerais faire avant de partir. J'ai bien réfléchi et demandé si on ne pourrait pas faire un peu de basket pour améliorer mon tir hooké de gauche – je n'étais pas sûr de mon pied de pivot –, et il a dit que oui, papa, qu'à son avis on devrait pouvoir arranger ça, il a même fait son premier sourire.

Le lendemain, après avoir dîné, on a pris la voiture pour aller au gymnase du lycée. Grand-père Madden avait obtenu qu'il reste ouvert le soir, en été, afin de fournir à la jeunesse de Killdeer *un exutoire constructif à leur énergie*, selon la formule qu'il utilisait auprès des autorités de tutelle, mais cela signifiait tout simplement qu'il souhaitait ne pas livrer les gamins des quartiers pauvres de Bagtown à la rue. Papa a enfilé son vieux maillot noir à lettres orange, avec STATE CHAMPIONS écrit dans le dos, puis il a tassé une serviette-éponge dans l'encolure, comme c'était sûrement la mode de son temps. Il m'a montré la façon de faire, et il m'a aussi aidé à lacer mes Converse pour que les lacets ne dessinent pas des X mais se croisent sous la languette et se disposent en lignes parallèles sur le dessus, ce qui était plutôt classe, même si le coup de la serviette était un peu tarte.

Il y avait un sacré paquet de gars, beaucoup plus que je ne

croyais, pour jouer sur les deux petits terrains à panneau de bois, disposés perpendiculairement au grand, dont les poteaux étaient équipés de panneaux en Plexiglas. Le premier était occupé par des gars du lycée, ou encore plus vieux, l'autre surtout par des élèves du collège. Ils étaient plus âgés que moi, mais j'en connaissais beaucoup de l'équipe de football – je ne serais sans doute pas entré si j'avais été tout seul, mais avec papa, pas de problème. Avant d'y aller, je me suis tourné vers lui : « Hou ! Quelle chaleur ! » et je me suis débarrassé de la serviette.

Le vrai problème, c'est qu'il n'y avait pas vraiment d'endroit pour jouer. On est donc restés à proximité du poteau du terrain central et on faisait quelques paniers pendant que les gars étaient de l'autre côté du terrain. Quand ils revenaient en contre-attaque, il fallait dégager à toute vitesse, et une ou deux fois on s'est attiré quelques regards noirs parce qu'on avait lâché le ballon en cours de route. Ça ne valait pas la peine, on a donc décidé d'attendre la fermeture. En tant que fils et petit-fils du principal, nous pourrions rester. Papa est allé trouver le concierge, Bill Hughes, un vieux copain à lui.

Je suis donc resté à traîner, quoi, et j'ai regardé les gars du collège pour voir s'ils étaient bons. Roy Duvall était assis sur le plancher avec plusieurs autres. Il était fullback chez les Demon Deacons l'année où Archie et moi, on s'est inscrits aux Tarheels. Le frère d'Archie, Wade, était le quarterback des Deacon, et le soir de notre premier match il n'a pas cessé de servir Roy, qui me passait comme il voulait – Wade savait que je n'étais pas très bon ; c'était plutôt moche, comme coup. Mais moi, je pouvais les battre tous les deux, Wade ou Archie, au basket, parce que même s'ils couraient vite, ils étaient raides et maladroits au niveau des épaules, donc ils étaient incapables de dribbler correctement ou de tirer comme moi – je suppose que je tenais ça de mon père.

Je ne savais pas si Roy s'en souvenait, ni s'il connaissait mon nom, jusqu'au moment où il a dit : « Salut, t'es pas Joey Madden ? » « Si, salut, Roy. » « Écoute, c'est notre tour, tu veux jouer ? » J'ai trouvé ça sympa de sa part, sauf que j'avais un peu peur de ne pas être aussi bon qu'eux, alors j'ai répondu : « Non, merci, je regarde seulement. » « Allez, mon pote, il nous manque un joueur », a-t-il dit, révélant la vraie raison de son invitation, et j'ai répété : « Non, je suis juste venu m'entraîner avec mon père. » « Quel bouffon, a fait un gars que je ne connaissais pas, laisse tomber, Roy, il doit être nul. » « On s'en fout, a dit Roy, on n'est pas obligé de lui passer le ballon ; on va perdre notre tour si on n'a pas de cinquième », et l'autre de répondre : « On trouvera quelqu'un parmi les perdants. » Ils ne m'ont plus adressé la parole ni accordé un regard, comme si j'avais disparu. J'avais l'habitude de ce genre de truc avec les plus grands ; le seul ennui, c'est qu'en me retournant j'ai vu papa debout près de la porte. Il avait tout entendu ; je l'ai lu sur son visage avant qu'il sourie.

« Dis, mon gars, j'ai soif – et toi ? On se prend une boisson ? » a-t-il dit.

On est sortis par le vestibule pour aller chercher deux Coca au distributeur, et on s'est assis sur les marches. Toutes les équipes qui avaient un jour joué pour Killdeer avaient leur photo exposée sur le mur, et dans la vitrine des trophées se trouvait le ballon de la fameuse finale contre Durham. Chaque fois que je passais par ici en allant voir un match, je m'arrêtais pour le regarder, mais je crois que papa avait oublié qu'il se trouvait là, lui, ou bien cela était tellement vieux qu'il s'en fichait.

« Tu n'avais pas envie de jouer avec ces gars ? » a-t-il demandé, et j'ai répondu : « Non, papa, j'aime mieux attendre qu'on puisse s'entraîner. » Il a souri, papa, en sirotant son Coca. Par les portes ouvertes, on voyait un train de marchandises descendre lentement Depot Street – il a sifflé une fois, mais est passé sans s'arrêter.

« Il n'y a pas de honte à avoir peur, tu sais », a-t-il dit en regardant le train s'éloigner, ce qui m'a pris au dépourvu. « Ce n'est pas que j'avais peur, papa. Je préfère juste jouer avec toi. » Il m'a regardé avec des yeux qui avaient l'air de lire à travers moi, pas pour juger, mais avec douceur, gentillesse, comme s'il comprenait. « Je sais, fiston, je sais. Je dis seulement qu'il n'y a pas de honte… parce que moi aussi il m'arrive d'avoir peur, tu sais, souvent. Même là, sur ce terrain où j'étais probablement plus à l'aise que partout ailleurs, j'avais peur, quelquefois, Joey. Et tu sais où j'ai eu la plus grande panique de ma vie ? » J'ai cligné les yeux et secoué la tête. « Le fameux match de Durham. » Du menton, il a désigné la vitrine où était le ballon du match – il n'avait pas oublié, finalement.

« Pendant ce match, a-t-il ajouté, le pire moment a été quand Red Wells m'a envoyé le ballon dans le couloir de lancer-franc. Le public chantait *dix, neuf, huit*, et à *sept* il m'a fait cette passe, qui a été à deux doigts, Joey, deux doigts de sortir hors jeu, sauf qu'il n'est pas sorti, le ballon. Je tournais le dos à la défense, j'ai feinté à gauche, pivoté sur le pied droit et lancé sans même regarder le panneau de verre. À l'instant précis où le ballon a quitté le bout de mes doigts, j'ai su qu'il allait passer dans le filet – tu connais cette sensation ? Je savais, point final, mais jusqu'à cet instant précis j'ai eu peur, fiston, une peur bleue, la plus grande peur de toute ma vie, je crois. Une seconde plus tard, tout le monde était debout dans les gradins et criait de joie… tout ce que je veux dire, c'est que ces deux moments ont fonctionné ensemble, comme ça. » Il tenait ses index collés à ses majeurs, papa. « Exactement comme ça. Alors, il n'y a pas de honte à avoir peur, Joey. Tout le monde a peur. Mais il faut y aller quand même et faire de son mieux – pour gagner, il faut jouer. Je sais que tu es capable, je l'ai toujours su – souviens-toi de ça, d'accord ?

— D'accord, papa. » Il a posé sa grande main contre ma joue, et je ne me rappelle pas qu'il m'ait jamais touché une autre fois de cette façon. « Toi aussi, papa, ai-je dit. Tu peux encore gagner, toi aussi. » Je ne sais pas pourquoi j'ai prononcé cette phrase, parce que j'ai dû avoir l'impression qu'il me donnait quelque chose, papa, comme cette couronne de lauriers tenue par le jeune garçon en argent sur le trophée qui était posé sur sa vieille commode – il l'avait eue entre les mains, cette chose, lui, mais il l'avait laissée s'échapper et il ne l'avait plus. Plus que tout au monde j'aurais aimé en avoir un à moi, le porter, entendre quelques bravos, mais pas si cela voulait dire le lui prendre à lui, et qu'il doive s'en passer, pas de cette façon, non. Il faut encore que je vous dise qu'en cet instant je l'ai aimé si fort que je sentais mes entrailles exploser, déversant cette espèce de lumière qui empêche pratiquement de respirer, même que je ne comprenais pas pourquoi il fallait avoir aussi mal et être aussi triste pour aimer quelqu'un de cette façon.

Papa m'a regardé longuement, et le petit muscle de la mâchoire s'est crispé, comme si ce que j'avais dit l'avait blessé, sauf qu'il savait bien que ce n'était pas intentionnel, puis il a dit : « Oui, fiston », en me caressant doucement la joue de sa grosse main qui savait tenir un ballon. « Oui, je sais. Maintenant, viens te mettre debout ici. » Et il m'a montré comment exécuter la figure depuis le poteau – feinte à gauche, rotation sur le pied droit qui sert de pivot, lancer de la main gauche. On a travaillé l'enchaînement plusieurs fois sans le ballon, pour que je le sente bien, et quand il a dit : « Prêt à y aller ? » j'ai répondu : « Prêt. » Nous avons franchi côte à côte ces grandes doubles portes, avec papa qui me tenait par l'épaule, et lorsque les gens ont tourné la tête pour regarder, je me suis senti très fier, parce qu'ils savaient qu'il s'agissait de Jimmy Madden, le meilleur joueur qui soit jamais sorti de cette ville, et que j'étais son fils.

Je crois que lui aussi il était content, papa, parce que sur le trajet du retour il a dit que ça faisait du bien de prendre un peu d'exercice, qu'il devrait le faire plus souvent pour retrouver la forme, parce qu'il fumait beaucoup, ces derniers temps. Ce qu'on devrait faire, a-t-il continué, c'est organiser un programme précis, s'entraîner ensemble tant que j'étais là, et ensuite continuer chacun de son côté.

« Tu es partant ? » « Super, papa », ai-je répondu. « Si on se levait aux aurores demain matin, et qu'on faisait un footing autour du lac ? » « Oui, d'accord. » « Marché conclu ? » « Marché conclu », ai-je dit, et nous avons scellé cet engagement par une poignée de main.

Le hasard a voulu qu'au même moment, ou presque, on passe devant chez Earl, et papa a fait : Ça ne serait quand même pas un crime d'aller boire un petit coup pour se rafraîchir, si ? » J'ai souri en faisant oui de la tête, et papa a arrêté la voiture. Une fois à l'intérieur, il a commandé un bock de Pabst pour lui et un Sun Drop pour moi, et nous sommes passés derrière pour faire un billard. « Tu sais ce qu'on devrait faire aussi, a-t-il demandé tout en passant la craie bleue sur le bout de la queue de billard, ou plus exactement ce que moi, je devrais faire ? » « Non, papa, quoi ? » ai-je répondu en plaçant les boules dans le triangle. « Me mettre au boulot sur mon livre. Il est temps de cesser de toujours remettre à plus tard. » « Si tu veux, on pourrait commencer ce soir, en rentrant ; je pourrais t'aider à penser à des trucs. » Il a pris son air sérieux comme s'il était furieux, papa, mais ce n'était pas le cas.

« On y va, a-t-il annoncé à brûle-pourpoint. On y va tout de suite, sans perdre une minute de plus. » Il a posé sa queue de billard et nous sommes partis en laissant les boules toutes prêtes pour les suivants. Je me sentais guilleret, comme si tout pouvait changer et que nous nous embarquions pour une aventure, rien que tous les deux. Nous sommes entrés dans la boutique de Mr. Hanlon, qui se trouvait juste à côté, et il a acheté un cahier à spirale, ainsi qu'un paquet de crayons noirs, des numéro 2, dont il a dit qu'il aimait bien le nom, papa, *Ticonderogas,* et surtout l'odeur, parce que c'étaient ceux que grand-père Madden lui rapportait du lycée, gratuitement. Mais au moment de reprendre la Mustang, il m'a envoyé acheter un pack de six bières, et il en avait déjà fini une et entamé une deuxième le temps d'arriver au mobile home.

Une fois à l'intérieur, on s'est fait quelques sandwichs au salami, puis papa a mis la télé pour attraper le base-ball avec les Yankees, en ouvrant encore une boîte de bière, ce qui m'a fait craindre pour notre projet. Il a dit qu'il voulait seulement voir Maris, son joueur préféré, ne me demandez pas pourquoi – il avait ce côté nerveux, laborieux, qui à mon avis ne convenait pas à un grand champion, et puis il n'était plus au mieux de sa forme depuis qu'il avait fêté ses soixante et un ans. Tout le monde préférait Mickey Mantle, dont moi, parce qu'il avait le sourire et donnait l'impression de s'amuser, ce qui expliquait peut-être la fidélité de papa à Roger. Sauf qu'il a encore ramé à ce match comme il avait fait tout le printemps, alors papa a dit : « Merde », et il est parti vers la cuisine. Je l'ai rejoint, j'ai déchiré pour lui la Cellophane qui enveloppait les crayons. « Zut ! a fait papa. On aurait dû acheter un taille-crayon – comment ai-je pu oublier ? » « Il n'y a qu'à se servir d'un couteau », ai-je suggéré en cherchant dans le tiroir. Mon idée a bien marché, mais l'humeur de papa était de plus en plus sombre. Il s'est penché sur son cahier en posant son bras à plat au-dessus de la page, comme s'il s'agissait d'une interrogation écrite et qu'il avait peur que je copie sur lui. Il a gommé, écrit autre chose, tiré un trait en travers – sa mâchoire avait commencé à vibrer. « La barbe ! » Il a claqué le crayon contre la table, repoussé sa chaise, pris une autre bière.

« Qu'est-ce qu'il y a, papa ? » Il m'a simplement fusillé du regard, mais je ne voyais pas ce que j'avais fait de mal. « Écoute, a-t-il dit, ça ne sert à rien de rester planté là à me regarder. Va là-bas regarder le match. Tu m'appelles s'il se passe quelque chose. » Sa paupière gauche semblait un peu lourde – je l'ai remarqué en me levant pour partir, et il en était à sa quatrième ou cinquième Blue Ribbon.

Je me suis installé sur le canapé, j'ai écouté le crissement de son crayon, puis le bruit de papier déchiré, froissé en boule, suivi de celui de la boîte de bière vide écrasée et jetée dans la poubelle en métal. La porte du réfrigérateur s'est encore ouverte, puis papa est allé dans sa chambre, et il a fermé la porte. Je l'ai entendu parler au téléphone, rire aussi, et au bout d'une demi-heure environ il est ressorti. « Bon, fiston, la journée a été longue. Apparemment, la séance de basket m'a épuisé plus que je ne pensais. Je crois que je vais aller me pieuter. Bonne nuit.

— Bonne nuit, papa. » Il a effleuré de la main mes

cheveux coupés en brosse, puis s'est dirigé vers le couloir. « Peut-être qu'on pourra s'y remettre un peu demain, après avoir couru », ai-je dit dans son dos, mais il n'a pas répondu, il ne s'est même pas retourné. J'ai juste entendu le bruit de verre brisé quand il a marché sur le cadre cassé, resté là depuis la veille. Le match n'était pas terminé, mais j'ai éteint – les Yankees avaient déjà largement perdu.

Avant d'aller me coucher, j'ai ouvert le cahier à spirale sur la table de la cuisine pour voir s'il avait beaucoup écrit, mais la page était vide. J'ai fouillé dans la poubelle, récupéré les pages arrachées que j'ai défroissées. Il y en avait trois.

Sur la première, il y avait : « Il était une fois. »

Sur la suivante : « Il était deux f. »

Sur la dernière : « Il était trois pois. »

C'est tout.

En faisant ma toilette dans la salle de bains, j'ai étudié mon reflet dans la glace et tenté de voir si j'étais beau comme disait maman, mais je ne me rendais pas bien compte. Lorsque j'ai voulu prendre le savon, il n'y en avait pas, alors j'ai ouvert le tiroir pour prendre une savonnette neuve. À l'intérieur se trouvait une fausse pièce en papier doré comme celles qu'on avait pour Noël, sauf que c'était une fausse comme Stevie Poe avait volée à son père et qu'il nous avait montrée dans les bois, un jour. En la regardant, j'ai pensé à Archie, à la médaille que son père avait gagnée à la Seconde Guerre mondiale.

Au tout début que nous vivions à Ruin Creek, lorsque j'ai commencé l'école, Wade et Archie étaient venus à la maison avec cette médaille, pour que je la voie. Archie m'a expliqué que c'était la preuve que son père était un héros, qu'il avait été blessé au combat. Moi, je ne savais pas si c'était vrai, j'avais l'impression qu'il se vantait, alors j'ai dit : « Mon père aussi est un héros.

— Je parie qu'il n'a pas de médaille, lui », a rétorqué Archie, et j'ai essayé de réfléchir à toute vitesse pour répondre : « Si, il en a une. Elle est dans la maison. » « Alors va la chercher, qu'on la voie. » « Papa ne veut pas, parce qu'il a peur qu'elle soit perdue. » « Eh bien, on n'a qu'à entrer, comme ça on verra. » « Maman n'est pas là, et elle me défend de laisser entrer des étrangers. » « Et après ? Tu n'es pas obligé de lui dire. » « Oui, mais la porte est fermée à clé ; elle ferme toujours quand elle part faire les courses. » Archie a montré la voiture devant la maison. « Votre voiture est là. Comment elle a fait pour aller aux courses, elle est partie à pied ? » « Non, je suppose qu'elle y est allée en voiture avec tante Elise. » Alors Archie m'a regardé en disant : « Je crois surtout que tu es un sale menteur. » « C'est celui qui le dit qui l'est », j'ai répondu, mais il a insisté : « Alors montre-nous la médaille de ton père – enfin, s'il en a une. » « Patience, vous allez la voir. » « Quand ? » « Une autre fois. »

Peu de temps après, ils sont revenus avec la médaille, et ce jour-là ils se disputaient pour savoir à qui c'était le tour de la porter – ils étaient toujours en train de se disputer, Wade et Archie, mais comme Wade avait deux ans de plus et qu'il était plus grand, ce n'était pas de jeu. « Écoutez, tous les deux, ai-je dit, vous n'avez qu'à me la confier ; j'ai une poche qui se boutonne à ma chemise, ça tombe bien. » Je n'avais pas d'idée derrière la tête, j'ai juste dit ça pour éviter à Archie de prendre une autre raclée. Au début, ils ont hésité un peu, mais Wade a répondu : « D'accord, mais si tu la perds, Joey, tu peux compter tes abattis. »

Ce jour-là, ils devaient m'emmener dans les bois pour me montrer leur cabane, mais il fallait d'abord que j'aille au petit coin, alors j'ai dit : « Attendez-moi, je reviens tout de suite. » Tout en faisant pipi, j'ai pris la médaille dans ma poche, et quand je l'ai eue dans la main, je ne peux pas expliquer ce qui s'est passé, sauf que j'ai eu l'impression d'entrer dans un rêve, d'être hypnotisé, ou je ne sais pas. Je me suis dit : *et si je la laissais tomber ? Si je la lâchais dans la cuvette ? Ou si je racontais que je l'avais lâchée ?* Personne ne saurait jamais ce qui était arrivé pour de vrai, à part moi. Elle serait à moi, la médaille, si je racontais ça à Wade et

Archie – et puis je me suis mis à avoir le sentiment que j'en avais vraiment besoin.

Sur la pointe des pieds, je suis allé cacher la médaille dans le tiroir de mon père, et ensuite je suis revenu sur la véranda. Je suppose que j'étais resté parti un peu plus longtemps que je ne pensais, parce qu'ils me regardaient déjà comme s'ils savaient que je manigançais quelque chose.

« Où elle est, la médaille de papa ? » a demandé Wade, et j'ai répondu : « Si vous saviez, je suis vraiment désolé... je n'ai pas fait exprès. J'étais en train de faire la petite commission, et ce foutu truc m'a glissé des mains juste au moment où je tirais la chasse. J'ai essayé de la rattraper, mais je n'ai pas eu le temps, elle était déjà tombée dans le trou ; je suis vraiment, vraiment désolé, vous savez, mais en plus il faut que je rentre maintenant, je dois aider ma mère à quelque chose, alors on ira la voir un autre jour, votre cabane, salut. »

Ils en sont restés bouche bée, Archie et Wade, comme si j'étais un Martien. « Espèce de fumier, a dit Wade, tu la caches à l'intérieur, j'en suis sûr et certain. » « Je te jure que non, Wade, sur la tête de ma mère. » Il avait les yeux qui lui sortaient de la tête, Wade, exactement comme avant de foncer sur Archie pour lui mettre une taloche, alors j'ai battu en retraite à toute vitesse en leur fermant la porte au nez, et je n'ai pas répondu quand ils ont appuyé sur la sonnette.

Sauf qu'ils ont continué de carillonner, à croire que personne ne leur avait jamais inculqué les bonnes manières. Maman a fini par entendre et venir voir. « Miss Madden ! Miss Madden ! a fait Archie. Joey a volé la médaille de notre père et il refuse de nous la rendre. » Maman m'a regardé. « Non, maman, ce n'est pas vrai. Je le jure devant Dieu. » « Si, c'est vrai, miss Madden, il a fait ça !

— Joey ? » a fait maman, et j'ai répondu : « Oui ? » J'étais dans mes petits souliers. « Pourquoi mentiraient-ils, Joey ? » « Parce qu'ils l'ont prise, maman, et qu'ils l'ont perdue quelque part, alors ils vont prendre une raclée par leur père quand il va rentrer, donc ils essaient de me mettre tout sur le dos pour que ce soit moi qui aie les ennuis. » On aurait dit qu'ils louchaient, qu'ils allaient s'étouffer, tellement ils écumaient de rage, Wade et Archie. Maman nous a bien regardés, moi d'abord, puis eux, puis encore moi. Je voyais qu'elle était déchirée de devoir choisir ma parole contre la leur alors qu'ils étaient deux, mais moi, j'étais son fils et eux, elle les connaissait à peine. C'est donc ce qu'elle a fait. « Vous allez rentrer chez vous, tous les deux, et ne revenez pas avant d'avoir appris la politesse », a-t-elle dit, mais quand elle leur a fermé la porte au nez, elle m'a regardé d'un air de dire que je n'avais pas intérêt à avoir menti, mais je pense qu'elle s'en doutait peut-être déjà.

Ensuite, leur mère est venue, Francine, mais lorsque maman a pris sa voix d'ancienne élève d'Ascension, celle qui me faisait dresser les cheveux en brosse sans paraffine, pour répondre : « Je crois que vous devez faire erreur, miss Cobb », la pauvre Francine a été définitivement balayée.

Bon sang, je m'étais rendu compte de ce que j'avais fait entre-temps. Cette médaille qui était censée combler ma vie, à présent, j'aurais voulu pouvoir creuser un grand trou quelque part au milieu des bois, la laisser rouiller au fond. Et puis si j'étais certain d'une seule chose, c'est que le tiroir de papa n'était pas un lieu sûr, que la médaille ne pouvait pas rester à la maison – maman avait le chic pour tout trouver.

L'après-midi, nous sommes allés chez Nanny. Juste avant de partir, j'ai profité d'un moment où il n'y avait personne dans le salon pour soulever le coussin du canapé où se mettait toujours Nanny, et j'ai caché la médaille dessous en me disant que je pourrais la laisser là quelques années, dix peut-être, le temps que les choses se tassent. J'ignorais le principe de rotation des coussins, un truc que font les dames pour éviter que le chintz ne s'use trop vite d'un seul côté, mais elles, maman, Nanny et Dee Lou, elles savaient. Et il a fallu que Dee change justement les coussins de place cet après-midi-là ! Nous étions à peine rentrés à la maison que le téléphone a sonné. « May, a dit Nanny, Dee vient de faire une drôle de trouvaille… »

Oh ! làlà ! làlà ! làlà ! Ça n'a pas traîné, pas question d'attendre le lendemain. Maman a abandonné le pâté de viande dans le four, elle m'a fait remonter dans la Country

Squire et m'a ramené tambour battant chez Nanny, en faisant crier les pneus à tous les feux rouges. Elle a attendu au volant pendant que j'allais récupérer l'objet, et Nanny a dit : « Désolée, trésor, je ne voulais pas te causer d'ennuis. » Elle était dans une telle rage, maman, qu'elle n'a pas pu me dire un mot de tout le chemin, mais une fois à Ruin Creek elle a pilé devant chez les Cobb. « Joey, je suis déçue comme jamais je n'ai été. Jamais. Je suis mortifiée. Alors tu montes jusqu'à la maison, tu rends la médaille, et tu présentes tes excuses à Mr. et Mrs. Cobb. Je ne veux pas te voir avant que ce soit fait. »

Elle a redémarré pleins gaz en direction de chez nous, et j'ai envisagé de me cacher derrière un arbre, de compter jusqu'à mille, deux mille, puis de rentrer, mais je savais que ça ne marcherait pas, alors j'ai respiré un grand coup, puis j'ai toqué à la porte-moustiquaire. Ils étaient tous installés a dîner, en train de dire le bénédicité en faisant passer une corbeille de pain blanc Merita en tranches, qu'ils préféraient aux petits pains que maman servait à la maison. « Je rapporte votre médaille, mister Cobb, ai-je dit. Je suis désolé. » Il a tendu la main pour la prendre sans faire le moindre commentaire, mais comme ses yeux étaient plutôt doux, j'ai su qu'il n'était pas trop fâché. Puis Francine s'est levée et elle a dit : « Joey, tu ne veux pas dîner ? », ce qui à mon avis valait bien tout ce qu'on peut vous apprendre à Ascension ou aux Colonial Dames. Je me suis assis avec eux, j'ai mangé un hamburger, cuit comme aiment les Cobb, à point, sans rose à l'intérieur, à la poêle, pas au gril, mais c'était bon aussi, avec une tranche de fromage Kraft sous emballage plastique par-dessus. C'est drôle, mais après Archie a été mon meilleur ami pendant longtemps, même qu'il me laissait quelquefois toucher la médaille, bien qu'elle ait cessé de me faire autant envie.

Dans la salle de bains du mobile home de papa, ce soir-là, avec la pièce en papier doré, j'ai repensé à cette histoire, je ne sais pas pourquoi. J'aurais voulu être blond comme Archie et courir assez vite pour jouer arrière, au lieu de faire toujours tackle et de prendre des coups à chaque match.

Papa me répétait régulièrement que j'étais super et que l'intelligence est ce qui compte le plus, mais il y avait toujours une lumière spéciale dans ses yeux quand il serrait la main d'Archie après un match. Je comprenais, cela dit, parce que les gens ont beau dire, entre être intelligent ou être rapide et toucher dans l'en-but, en son for intérieur, tout le monde sait bien ce qui l'emporte.

Je suis arrivé à la conclusion que je n'étais pas très beau, finalement, puis j'ai fermé le robinet et je suis allé me coucher.

27

Joey

Au réveil, le lendemain matin, l'idée d'aller faire ce footing m'a surtout donné envie de grogner et de me rendormir. Le projet était plutôt séduisant la veille, vu de loin, mais maintenant, au pied du mur, je me demandais si je ne pourrais pas inventer une excuse du type : j'ai le genou encore un peu raide après la séance d'hier, au basket.

Quand j'ai soulevé le rideau, le temps était couvert, il crachinait, et il y avait une nappe de brume sur le lac qui faisait des espèces de volutes, comme des rubans enchevêtrés. Il faisait un peu froid, en plus, un temps d'automne, du coup j'ai pensé à la rentrée des classes, qui était encore dans deux semaines. Par rapport à douze semaines d'été, c'était un sixième, c'est-à-dire une part entière dans un gâteau, donc pas mal de temps, pourtant j'avais l'impression que c'était court, je ne sais pas pourquoi.

Pour être tout à fait franc, je m'attendais à être tiré du lit par papa, vu que l'idée d'aller courir était de lui. Mais avant même de sortir le nez des couvertures, j'ai su qu'il n'était pas levé, parce que s'il avait été debout, j'aurais senti l'odeur de café et entendu l'eau dans le percolateur. Et puis la radio serait allumée, pour les informations et le cours des marchés agricoles. Or tout était calme, tellement calme que je distinguais le crépitement de la petite pluie fine contre le toit métallique. En écoutant ce bruit, j'ai changé d'avis pour le footing, je ne sais pas pourquoi. Subitement, il m'a semblé important de respecter notre accord.

Je me suis donc levé, j'ai lacé mes Converse, trouvé mon sweat-shirt marqué État de Caroline du Nord, j'ai même roulé une serviette dans l'encolure pour que papa n'imagine pas que j'avais honte de ce qu'il m'avait appris. Je me suis aspergé le visage d'eau, puis j'ai remué un peu les tiroirs de la cuisine en sifflant assez fort, dans l'espoir que papa se lèverait de lui-même, ce qui m'aurait évité d'avoir à aller le réveiller, au risque de voir la journée démarrer sous de mauvais augures.

J'ai attendu une demi-heure et, à huit heures moins dix, j'ai mis le café en route. Je n'étais pas très sûr du nombre de cuillerées nécessaires, alors j'ai rempli le filtre à ras bord et sorti un jus qui ressemblait à de l'huile de vidange. Papa dormait encore tout habillé, directement sur le matelas, sans draps, avec juste une couverture sur lui – encore une habitude qu'il avait prise après avoir quitté la maison, sauf que cette fois il avait ôté ses chaussures avant de se coucher.

« Réveille-toi, papa, c'est l'heure d'y aller », ai-je dit en tirant les rideaux. Il a grogné, dressé la tête en se protégeant les yeux d'une main tout en faisant un effort pour me distinguer. « Qu'est-ce qu'il y a ? Qu'est-ce qui se passe, fiston ? » « Rien, papa, il faut seulement qu'on fasse notre footing avant qu'il soit trop tard. » Il a regardé le réveil sur la table de chevet, mais il était arrêté parce qu'il ne le remontait jamais. « Quelle heure est-il ? » « Huit heures. » Sa mâchoire s'est crispée. « Regarde, je t'ai préparé le café », ai-je dit en essayant de lui tendre la tasse sans lui laisser le temps de se mettre en colère, mais il n'a même pas remarqué ; il m'a seulement fusillé du regard jusqu'à ce que je baisse les paupières. « Je dormais à poings fermés, a-t-il dit, nous avons la journée entière pour aller courir. » J'ai posé la tasse sur la table de chevet. « Je sais, papa, mais on avait dit les aurores, et les aurores, elles sont passées. »

Quelque chose a changé au fond de ses yeux ; son regard a retrouvé cette espèce de douceur de la veille au soir, comme s'il pouvait de nouveau lire dans mon cœur et que ce qu'il y voyait le rendait triste. « Écoute, mon grand, je vais te dire. Là tout de suite, mon genou blessé est encore un peu raide à cause de notre séance d'entraînement d'hier, mais laisse-moi dormir encore, disons une heure, et on verra après – d'accord ? » Je l'ai regardé et j'ai eu envie de hurler, ou de me mettre à pleurer, mais je n'ai pas pu. J'ai tout juste réussi à ne pas répondre : « D'accord », parce que je n'avais aucune raison d'être d'accord. Je suis sorti sans dire un mot pour aller m'asseoir sur les marches, et cinq minutes après peut-être il est arrivé, papa, une serviette roulée dans l'encolure, ses Converse lacées, et la tasse de café dans la main. « Bon sang, Joey, ce truc réveillerait un macchabée. » Il a souri en me chahutant gentiment la brosse. Puis nous sommes partis.

Nous avons pris par le chemin qui traversait le bois, il faisait froid, des gouttes d'eau tombaient des arbres, et les feuilles mortes chuintaient sous les semelles de nos baskets comme du Raisin Bran trempé dans le lait. Mes seules expériences de la course à pied, c'étaient les sprints à la fin de l'entraînement de foot, ou bien lorsque le prof nous faisait faire des tours de piste parce qu'on tirait au flanc.

Par conséquent, il n'a pas fallu longtemps avant que je me mette à souffler comme une forge et que je sente cette déchirure à l'intérieur de la poitrine, comme si quelqu'un me raclait les poumons à la lame de rasoir. Papa toussait avec un bruit caverneux, et il a craché deux ou trois énormes huîtres comme vous n'avez jamais vu, à cause des Lucky Strike. Nous avons marqué une pause pour reprendre notre souffle, pliés en deux, les mains sur les genoux, haletant. J'avais l'impression d'avoir déjà couru deux ou trois kilomètres au moins, mais nous avons regardé la montre : il n'y avait pas cinq minutes que nous étions partis. Si papa avait dit pouce, j'aurais probablement dit d'accord, sauf qu'il serrait la mâchoire comme s'il avait la rage, maintenant, et qu'il n'était pas disposé à abandonner tout de suite, ce qui était bien fait pour moi, je suppose.

Alors que nous étions à l'arrêt, quelque chose est passé dans les bois, juste derrière nous. Une chose qui avait l'air grosse, et très près, nom d'une pipe, alors nous avons fait un démarrage en flèche, fonçant dans la broussaille pour arriver à la plage, si on peut parler de plage. Il m'a regardé avec des grands yeux ronds, papa, alors je n'ai pas pu me retenir de rire, et il a ri aussi, ce qui nous a donné envie de continuer à courir.

Le terrain était un peu rocailleux, mais il n'y avait pas trop de problème si l'on faisait attention où l'on posait les pieds, et puis il y avait cette espèce de vapeur à l'intérieur de mes vêtements qui me donnait une sensation de bien-être, de souplesse, avec l'impression de pouvoir en faire un peu plus. Je crois que papa devait ressentir la même chose, parce qu'il a dit : « Je te prends au sprint jusqu'à l'arbre mort, là-bas », et il est parti en trombe, avalant la distance avec ses grandes jambes. J'ai donné tout ce que j'avais, mais il m'a laissé sur place, comme si je n'avançais pas. Enfin, cela valait bien la peine d'être battu, le plaisir de voir ce démarrage foudroyant.

Il avait presque atteint l'arbre, avec une bonne avance, quand il s'est retourné en agitant le bras comme s'il voulait remonter un poisson ferré. « Allez, cours ! » J'ai entendu l'écho ricocher sur le lac, et au même moment le pied de papa s'est posé sur un caillou. Il est tombé. J'ai entendu son cri – *Aïe-aïe-aïe* – qui est arrivé jusqu'à moi.

« Papa ? » J'ai appelé, mais il était étendu à terre, sur le dos, et il n'a pas répondu. Pendant une seconde, j'ai senti cette douleur horrible, comme si une mule m'avait flanqué un coup de pied du côté du cœur.

Le temps d'arriver près de lui, je haletais, affolé, mais il n'était pas mort, papa, ni dans les choux, rien. Il avait les yeux grands ouverts et regardait le ciel, comme s'il y avait tout un spectacle là-haut.

« Qu'est-ce qu'il y a ? » ai-je demandé, mais il a juste fermé les yeux en serrant les dents, tandis qu'une larme roulait le long de sa tempe. « C'est ton genou ? » Il a remué la tête, mais je ne comprenais pas s'il voulait dire que oui, ou s'il ne savait pas où était le problème. Puis il a inspiré un grand coup et a fini par me regarder. « Ça va, fiston, a-t-il dit. Je me suis peut-être foulé la cheville, mais ce n'est pas grave. » J'ai été soulagé d'entendre que ce n'était rien de pire, je vous le dis. « Tu as très mal ? » Je savais bien que oui, pour qu'il pleure, mais il a répondu : « Non, pas trop. » « Est-ce que tu peux marcher ? » « Je n'en sais rien. » « Peut-être que si tu t'accroches à mon cou pour prendre appui sur moi, on va réussir à retourner à la maison pour appeler quelqu'un. »

Il n'a pas répondu tout de suite, et quand il a eu bien réfléchi, sa seule réponse a été : « Je ne crois pas, mon grand. » « Ah ? Comment on va faire, alors ? » « Je pense que je vais rester allongé là un petit moment, a-t-il dit avec une espèce de rire, si l'on peut parler de rire. Oui, je pense que c'est ce que je vais faire. »

J'ai senti les gouttes de pluie sur mes cils lorsque j'ai cligné les yeux en essayant de comprendre ce qui se passait, pour trouver une solution. J'ai fini par dire : « Tu ne peux pas rester là », et il a demandé : « Pourquoi ? » « Parce que c'est tout mouillé, parce que tu vas être trempé jusqu'aux os et attraper froid. » Il a ri, comme si le fait d'attraper froid était le dernier de ses soucis. « Ce n'est pas drôle, papa. » « Non, j'imagine que non, effectivement. » « Pas drôle du tout, même. » « Je n'ai pas l'impression d'avoir été un papa à la hauteur, ces derniers temps, si ? » a-t-il demandé, alors j'ai dit : « Si, au contraire, tu es très bien. » Il a souri, papa, en hochant la tête comme s'il savait bien que je mentais. « Non, mon grand, je ne crois pas, et je tiens à ce que tu saches, Joey, que je suis désolé si je vous ai fait du mal, à toi et à ton frère. » « Je sais, papa, je sais, mais je t'en prie, lève-toi, s'il te plaît, et reviens à la maison avec moi, d'accord ? »

Papa s'est contenté de cligner les yeux en scrutant le ciel. « Tu sais, il y a peu de temps encore, je croyais bien être un meilleur père pour vous deux que mon père l'avait jamais été pour moi. Puis, tout à coup, on dirait bien que je suis pire, finalement, et je ne sais pas très bien ce qui s'est passé. » « Non, tu te trompes, tu es deux fois mieux que lui », ai-je dit, ce qui l'a encore fait sourire, papa, comme si je ne disais cela que pour le consoler, mais ce n'était pas le cas.

« Je ne lui reproche rien, tu sais, Joey. C'est seulement qu'il avait une carapace intérieure, ton grand-père, parce qu'il avait peur de quelque chose… Très longtemps, je n'ai pas compris ce qui se passait, je ne savais même pas que c'était de la peur, mais maintenant je sais. Papa maintenait cette raideur parce qu'il avait peur, s'il se laissait aller une seule fois, serait-ce l'espace d'une seconde, de s'écrouler définitivement, pour ne plus jamais se redresser, ne même plus en avoir la volonté. Le monde entier s'effondrerait autour de lui – voilà ce qu'il croyait, et moi, c'est pareil… sauf que c'est faux. Tu n'as qu'à me regarder, je suis là, allongé sur le dos, et tu sais quoi ? »

J'ai fait non de la tête, avec cette sensation de chaleur dans les yeux, comme s'ils allaient se mettre à pleurer, que je le veuille ou non ; or je ne le voulais pas, mais il avait le sourire, papa, le sourire. « Je ne suis pas si mal, par terre. Nom d'un chien, Joey, je n'en reviens pas, je suis… je pensais que la différence serait énorme, entre la vie et la mort, mais ça se résume à peu de chose : une minute, tu es debout, et la suivante, tu es couché. S'il y a vraiment une différence, elle est tellement infime qu'il faudrait un appareil pour la mesurer. » Il a de nouveau regardé vers le ciel. « Pour trouver sa vie, il faut la perdre, a-t-il dit. C'est une chose que je savais autrefois – comment ai-je fait pour oublier ? » Puis il s'est tourné vers moi comme si je risquais de connaître la réponse.

Moi, j'étais là, debout, les larmes ruisselant le long de mes joues, espérant que papa les prendrait pour des gouttes de pluie. Je ne savais pas s'il était assez malin pour avoir trouvé quelque chose que personne au monde ne connaissait, ou bien s'il parlait de cette façon parce qu'il souffrait tellement que quelque chose s'était détraqué, qu'il était malade à l'intérieur de lui. Je crois en tout cas que j'avais envie qu'il soit moins content, parce que je crois qu'il était content de tomber, papa, et que c'est peut-être pour ça qu'il tombait sans arrêt, parce que l'instant qui précède le moment où l'on touche terre, pour lui, c'était comme voler, l'unique occasion qu'il avait jamais eue de se sentir libre.

« N'empêche que tu ne peux pas rester là, malgré tout », lui ai-je dit – ma seule certitude –, alors il a répondu : « Viens ici, mon grand. » Il a tendu la main, comme s'il allait me laisser l'aider à se relever, mais lorsque je l'ai empoignée, il m'a attiré vers lui. « Assieds-toi une minute près de moi, a-t-il dit, tiens-moi la main. » « Non », ai-je fait en essayant de me dégager, mais il me tenait fort, papa, et il souriait toujours, alors j'ai éclaté en sanglots. Je n'ai pas pu me retenir, je n'ai pas pu.

« Ça va aller, Joey. Tu ne me crois peut-être pas en ce moment, mais c'est vrai, fiston, je ne me suis jamais senti si sûr de moi, surtout à ton propos… Il m'arrive quelquefois de me faire du souci pour Reed, mais tu sais, mon grand, depuis que tu es tout petit, un bébé même, je sais – et je crois que ta mère l'a toujours su aussi –, nous savons que nous n'avons pas de souci à nous faire pour toi. Il pouvait arriver n'importe quoi, il n'y avait pas de problème avec toi. Ça va continuer, Joey, tout va s'arranger, crois-moi. »

Je ne le croyais pas. Je n'ai pas cru papa quand il a dit ça, et je ne voulais pas qu'il le croie non plus. Je voulais qu'il sache que ce n'était pas juste de faire des choses comme ça, comme me demander de rester avec lui sous la pluie et de lui tenir la main pendant qu'il démissionnait, qu'il laissait le monde s'effondrer avec le sourire, en disant que tout allait bien.

« Écoute, mon grand, tu vas sécher tes larmes, retourner à la maison et m'attendre là-bas, d'accord ? Je voudrais être seul un petit moment, et après, je reviens. » Alors j'ai demandé : « Tu vas faire comment ? » « Je vais marcher, et si je n'y arrive pas, je ramperai. » « Pourquoi est-ce que je n'appellerais pas une ambulance, tout simplement ? » ai-je encore demandé, et il a répondu : « Non. » « Et si je le fais quand même ? » La mâchoire de papa s'est crispée, une fois.

« Je préférerais que tu ne le fasses pas, Joey, mais si tu as l'impression que tu dois le faire – pas pour moi, mais pour toi –, je comprendrai. Tu fais ce que tu as à faire, moi aussi, or là, tout de suite, ce que j'ai à faire, c'est rester allongé un moment. » « Pourquoi, papa ? Pourquoi ? » « Parce qu'il m'a fallu très longtemps pour arriver où je suis, Joey. J'ai beaucoup, beaucoup voyagé, et jamais je ne voyais où j'allais… Maintenant que je suis là, j'ai envie de m'arrêter, de prendre le temps de regarder autour de moi pour voir où je suis arrivé. »

Mais j'aurais pu lui dire, moi, et j'aurais bien voulu. Tu es couché, papa, couché dans la boue, au bord d'un lac vaseux, juste derrière une vieille caravane décatie, une caravane, pas un mobile home, *caravane* est le mot qui correspond à l'endroit où tu vis. Tu es là avec une cheville foulée, à raconter n'importe quoi sous la pluie, et c'est à moi de te ramener à la maison, sauf que je ne sais pas comment m'y prendre, et que tu ne m'aides pas beaucoup. Voilà, papa, c'est là que tu es, là que tu es arrivé, et moi aussi – tu m'as amené avec toi.

C'est ce que j'aurais voulu lui dire, mais j'ai juste posé cette question : « Alors, est-ce que tu aimerais au moins un verre d'eau, ou autre chose ? » Papa a souri. « Merci, c'est gentil. » Comme j'allais partir, il a dit : « Eh, mon grand ? » Je me suis retourné. « Encore une chose. Pendant que tu seras là-bas, regarde sous mon oreiller et rapporte-moi mon revolver en revenant, d'accord ? » Je suis resté sur place, le visage dégoulinant, avec cette sensation désagréable encore qui me tournait l'estomac, pire que toutes les autres fois. Il a simplement continué de sourire, papa, avec son regard doux. « Juste pour le cas où cette chose qu'on a entendue dans les bois reviendrait », a-t-il dit, et j'ai fait : « D'accord, papa. » Puis je me suis éloigné très lentement, jusqu'à l'endroit où j'ai tourné dans les arbres, hors de la vue de papa. Là, je me suis mis à courir à toute vitesse jusqu'au mobile home, et j'ai fait la seule chose à laquelle je pouvais penser – j'ai décroché le téléphone et appelé Pa.

28

Joey

J'ai eu l'impression qu'il mettait une éternité à arriver, Pa. J'étais assis sur les marches, redoutant en permanence, si je levais les yeux, de voir papa apparaître au bout du chemin, fou furieux parce que j'avais désobéi, prêt à me faire subir le même traitement qu'à ma Daisy. Je me sentais coupable à cause du verre d'eau, mais si je le portais il me réclamerait le revolver, et j'étais résolu à trahir les deux promesses quitte à prendre une raclée, plutôt que de voir papa se tirer une balle dans la tête si telle était son intention. J'espérais simplement que la chose que nous avions entendue était un chevreuil et pas une meute de chiens sauvages ou un ours, ou je ne sais quel animal qui mord, mais surtout je priais pour que Pa se dépêche.

Et puis il est arrivé. À la minute où j'ai vu la Cadillac, j'ai bondi pour courir à sa rencontre, et je suppose que j'ai dû parler trop vite au début, parce que Pa a dit : « Ho, doucement, s'il te plaît, il n'y a pas le feu, si ? Ralentis le débit. » Il a posé la main sur mon épaule, Pa, comme si je risquais de m'envoler, alors j'ai respiré un grand coup, avec l'impression de pouvoir respirer vraiment pour la première fois de la semaine.

« Un footing… mouais, a fait Pa. Il est tombé ? Je vois… rester allongé là où il est un petit moment, c'est tout, il dit… mouais, mouais. » Il écoutait, Pa, en opinant de la tête, avec ce regard clair et aigu qu'il avait en présence des paysans quand ils lui racontaient leurs problèmes, sur leur véranda, chez eux, mais je me demandais s'il fallait que je parle du revolver, sauf que ça m'a échappé, vous comprenez. Et Pa n'a plus dit un mot, alors ; il a cessé de hocher la tête, cessé de faire « mouais, mouais », il s'est juste figé sur place. « Mais c'était pour si un animal sortait des bois, Pa, ai-je dit. C'est ce qu'il a dit, papa – on en a entendu un, d'ailleurs, pour de vrai.

— Où il est, le revolver ? » a demandé Pa. J'ai répondu : « Sous l'oreiller de papa », et je suis entré avec lui, en me demandant toujours si j'aurais dû en parler. Pa est resté sur le pas de la porte, il a contemplé les cendriers pleins à ras bord. Il n'y avait plus que des Lucky maintenant, pas de Kool avec du rouge à lèvres sur le filtre – j'étais bien content. Il a regardé la table de la cuisine encombrée de vaisselle sale, puis je l'ai suivi quand il est passé sur le tableau cassé pour aller dans la chambre de papa, en marchant sur des chemises et du linge sale. Je m'étais habitué, moi, entre-temps, et je faisais à peine attention, mais Pa, il a remarqué – sa mâchoire se crispait, avec un rictus oblique.

« Eh bien, on ne va pas vous donner le prix de la maison bien rangée, à vous deux », a-t-il dit, essayant de prendre les choses sur le ton de la plaisanterie. « Ne te mets pas en colère, Pa, d'accord ? » « Ce n'est pas contre toi que je suis furieux, chéri. » « Contre papa non plus, s'il te plaît. » Pa m'a regardé comme si je lui en demandais beaucoup. « Tu ne le détestes pas, hein, Pa ? » ai-je demandé. Il a poussé un soupir, comme s'il avait retenu son souffle trop longtemps, regardé le bout de ses chaussures, et remué la tête. « J'aime beaucoup ton papa, fiston. On n'a pas toujours été d'accord, mais je l'aime bien, je l'ai toujours aimé. » « Alors tu ne vas pas crier après lui, hein ? » « Je ne suis pas venu ici pour crier, Joey. Si je pensais que ça pouvait servir à quelque chose, je le ferais peut-être, mais je ne le pense pas, alors je ne crierai pas. » « Il est seulement triste, Pa. Il est très, très triste, papa. » Je me suis remis à pleurer comme un imbécile, alors Pa m'a serré contre lui. « Je sais, chéri, je sais. » Je sentais l'odeur de ses Chesterfield et de l'Aqua Velva, tandis qu'il me consolait. « Sèche tes larmes, maintenant, on va aller voir si on le trouve. » Avant de partir, j'ai vu Pa glisser le revolver dans sa poche.

Papa n'avait pas bougé d'un millimètre, sauf pour étaler ses bras en croix, comme Jésus, et j'ai été bien content qu'il ne se soit pas fait attaquer par un animal. Mais quand il a vu que j'avais amené Pa avec moi, papa, il m'a regardé comme si j'étais Judas et que je l'avais trahi pour trente dollars en argent, sauf que ça ne l'empêchait pas de m'aimer, et ça, c'était pire qu'une raclée, je vous le dis.

« Tiens, bonjour », a fait Pa, les mains dans les poches, le bord du chapeau ruisselant de pluie, les épaules de son costume gris noires à force d'être mouillées. Il a juste dit : « Mister Will… », papa, et puis il a détourné les yeux. « On fait une petite sieste ? » a demandé Pa, et il y avait cette fièvre dans le regard de papa, comme s'il s'attendait à une engueulade, alors que Pa se montrait simplement amical, mais s'il continuait un tant soit peu, il allait fondre en larmes, papa. Il avait la mâchoire crispée à force de se retenir. « On doit pouvoir dire ça comme ça – oui. » « Je peux te tenir compagnie ? » a demandé Pa. Papa a fait signe que oui, alors Pa a sorti son mouchoir qu'il a étalé par terre avant de s'asseoir, ce qui n'était pas très efficace. « Joey, mon garçon, a-t-il dit sans se retourner, tu pourrais nous laisser parler un instant en tête à tête, ton père et moi, si cela ne te dérange pas. » « D'accord, Pa, ai-je dit, mais cela me dérangeait beaucoup. Je vais te chercher ton verre d'eau, papa – tu en as encore envie ? » « Très bien, c'est très gentil », a-t-il répondu, comme s'il avait des tas de choses en tête, papa, et que le verre d'eau ne faisait pas partie de ses urgences immédiates.

J'ai foncé aussi vite que je pouvais, parce que je ne voulais pas manquer une trop grande part de leur conversation – sans être très sûr qu'ils me laisseraient les écouter. À mon retour, c'est Pa qui parlait, et je suis resté en retrait le temps qu'il finisse. J'étais au beau milieu du chemin – ils pouvaient me voir tous les deux en se retournant, ce qu'ils n'ont fait ni l'un ni l'autre.

« Je ne sais pas, mister Will, disait papa. Je regrette de ne pas l'avoir fait », et Pa a répliqué : « Eh bien, vas-y, tire, qu'est-ce qui te retient ? » « Le problème, mister Will, c'est que je suis fatigué, simplement fatigué, très, très fatigué… Je ne sais pas si vous avez jamais eu cette sensation. » Pa a attendu un peu la suite, mais il avait fini, papa. « Jimmy, mon gars, je suis fatigué tous les matins quand je me lève, et tous les soirs quand je me couche. Les seuls moments où je ne le suis pas, c'est quand je travaille, quand je suis à la pêche, ou avec mes petits-enfants. Ou quand je suis soûl, et quand on se soûle, on arrive tout juste à avoir encore plus de mal à se lever le lendemain… c'est une réalité que je connaissais déjà à ton âge. Même avant. » Pa a fouillé dans une poche, sorti un flacon de Seagrams, dévissé le bouchon. « Régulièrement, j'ai eu l'intention de décrocher, sauf que ces trente dernières années ont filé à une telle vitesse que je ne suis jamais passé à l'acte. » Il a avalé une gorgée, Pa, et il a fait la grimace en s'essuyant la bouche dans le revers de sa manche. « Il n'y a qu'une seule chose que je sais aujourd'hui et que je ne savais pas à l'époque : c'est que le temps passe vite – c'est tout ce que je tiens à te dire. » Il a tendu le flacon que papa a pris en se redressant, comme s'il prêtait attention.

J'écoutais très attentivement parce que je n'avais encore jamais entendu Pa aborder ce sujet, le fait qu'il buvait, encore moins reconnaître qu'il se soûlait. J'étais… je ne sais pas, moins effrayé que je n'aurais cru.

« Cela dit, mon gars, a continué Pa, et surtout ne le prends pas mal parce qu'il ne s'agit pas d'une critique, Jimmy. En ce qui me concerne, j'aimerais mieux aller casser du caillou pour gagner ma vie que de passer mon temps à faire le compte de mes erreurs passées en me demandant si les choses ne seraient pas radicalement différentes aujourd'hui si j'avais pu changer tel ou tel détail… Il ne sert à rien de pleurer sur le lait répandu, on perd beaucoup de temps, pour un maigre profit. Moi, j'ai l'impression qu'on a plus vite fait de se lever les fesses et de reprendre le collier. La vie est déjà bien assez pénible comme elle est, Jimmy, sans rajouter encore un paquet de bêtises. »

Pa a repris le whisky, avalé une autre gorgée, retendu le flacon. Cette fois, papa ne l'a pas pris. « Je comprends votre façon de voir, mister Will, a-t-il dit, mais les questions font aussi partie de la réalité, en tout cas c'est comme ça que je le sens. Qu'on le veuille ou non, il y a des moments où il faut s'arrêter et prendre le temps de les poser. » « Peut-être bien, Jimmy, peut-être bien. Mais il y a aussi des moments où il ne faut peut-être pas, des moments où il faut justement ne pas s'arrêter, ne pas se poser de questions, mais aller de l'avant en se cramponnant à ce que l'on a, ou bien le perdre.

— Moi, je ne peux pas vivre dans cet aveuglement, a dit papa. Il m'arrive de le regretter, mais dans mon cas ça n'a jamais marché. Pour dire la vérité, je ne vois pas qui pourrait supporter de vivre de cette façon à moins d'être lâche. » « Je vais te dire, mon gars, entre un héros qui reste couché sur le dos à se poser des questions que tout le monde se pose depuis Adam, sans que personne n'ait jamais trouvé de réponse, et un lâche qui a cessé de s'interroger et se bouge les fesses pour faire un travail utile sinon pour lui, du moins pour autrui... eh bien, je suis désolé, mais moi, je choisis le lâche à tous les coups, et je me cramponne pour ne pas le laisser partir, parce que des lâches comme lui, ça ne court pas les rues, Jimmy, tandis que les héros, tu les recrutes à la pelle. »

Ils se regardaient droit dans les yeux, tous les deux, le souffle bizarrement court. « Ne vous méprenez pas sur le sens de mes paroles, mister Will, a dit papa. Vous avez fait beaucoup pour moi au fil des années, et je vous en sais infiniment gré, en particulier d'avoir couvert mes dettes de jeu chez Tommy Janklow. Je sais que vous l'avez plus fait pour May et les enfants que pour moi, d'ailleurs j'ai bien l'intention de vous rembourser, mais j'ai tout de même apprécié à sa juste valeur. J'ai fait une fantastique connerie, et vous avez fait front avec moi ; cela dit, mister Will, j'ai tout de même sué sang et eau pour vous pendant douze ans à la

Bonanza ; j'ai renoncé à un avenir plus prometteur auquel je pouvais raisonnablement prétendre afin d'épouser May – non que je le regrette, ni que je vous en tienne pour responsable. Je suis juste fatigué de voir tout le monde faire comme si elle était la seule à avoir jamais fait de sacrifices, et comme si tout ce qui allait mal était forcément de ma faute. Vous comprenez ça ? Il m'est arrivé de vous aimer comme si vous étiez mon père, de chercher à savoir si vous étiez heureux, au fond de vous. Mais au cours de toutes ces années, jamais je n'ai eu la sensation d'une réciprocité, jamais je n'ai eu l'impression que vous tentiez de voir les choses de mon point de vue, et peut-être que toutes les aides que vous m'avez apportées, financières ou autres, signifiaient simplement que vous n'aviez pas à le faire. »

Il n'a pas répondu tout de suite, Pa. « C'est bon, Jimmy, mon gars. Tu as peut-être raison. Laissons donc les questions d'argent de côté – de toute façon, l'eau a coulé sous les ponts. Si je ne comprends pas ta façon de voir les choses, vas-y, déballe ton sac, explique-moi – dis-moi ce qui t'oblige à venir vivre ici, dans ces conditions. À supposer que tu te fiches complètement de ton amour-propre… mais ton fils, que tu lui fasses subir ça, là, ça me dépasse.

— C'est Joey qui a demandé à venir », a dit papa. « Évidemment, tiens, bien sûr, tu es son père, où veux-tu qu'il ait envie d'être sinon ici, avec toi ? Ce n'est pas ça qui m'étonne, Jimmy. Non, ce que je ne comprends pas, c'est pourquoi il faut que les choses se passent comme ça. » « Comme quoi ? Vous parlez du fait que j'habite dans un mobile home ? Et alors ? Au nom de quoi pensez-vous avoir le droit de juger – parce que vous avez de l'argent ? » Il a eu un petit rire, Pa, si on peut appeler cela un rire. « J'ai connu des petits fermiers qui avaient des pantalons rapiécés aux genoux, Jimmy, même que c'était parfois la seule paire qu'ils avaient ; eh bien, ils les lavaient le soir, les faisaient sécher dehors pendant la nuit pour être propres sur eux le lendemain matin quand ils repartaient aux champs, et si le sol de leur maison était en terre battue, ça ne les empêchait pas de balayer chez eux, pour que même la poussière soit propre. Toute ma vie, j'ai eu un profond respect pour ce genre de fierté, alors ne va pas te faire de fausses idées, mon gars ; ce dont il est question entre nous en ce moment n'a rien à voir avec l'argent, encore que si tu tiens à parler argent, je voudrais bien que tu m'expliques un jour pourquoi un type qui a ton instruction et tes capacités ne peut pas se débrouiller pour gagner de quoi subvenir aux besoins de sa famille et à ses aspirations personnelles.

— Il me semble que vous êtes particulièrement bien placé pour avoir une petite idée sur la question », a dit papa, et Pa lui a répondu : « Je crois t'avoir toujours payé un salaire équitable, et même plus qu'équitable. Cela dit, si cela ne suffisait pas, si tu ne voulais pas rester et attendre ton tour, je n'ai jamais rien fait pour te retenir de force. Bon Dieu, Jimmy, j'ai été le premier surpris, à moins que ce ne soit May, lorsque tu es resté travailler à l'entrepôt. Et à ce propos, contrairement à ce que tu penses, je ne prétends pas que May soit parfaitement blanche dans l'histoire, je ne l'ai du reste jamais prétendu, mais tu agis comme si tu lui reprochais de vouloir davantage de la vie que ce que vous avez eu jusqu'à présent. Je sais que tu as travaillé dur, mais de son côté, est-ce que depuis douze ans elle ne s'est pas occupée de préparer tes repas, de tenir ton ménage, d'élever vos deux garçons ? Ce n'est tout de même pas comme si elle passait son temps à se tourner les pouces en se gavant de choux à la crème ; et puis, je suis désolé, mais je ne les trouve pas si exorbitantes, ses exigences. Mais à te voir, on croirait à un complot, on dirait qu'elle ne pense qu'à te sucer le sang… Enfin, mon gars, c'est ça, la vie – travailler dur pour avoir ce qu'on veut, et quand on l'a, en profiter et partager avec ceux qu'on aime. S'il existe un autre secret de la vie, moi, je ne l'ai encore jamais découvert, et j'ai soixante ans – non, la vie, elle est comme ça, pas autrement.

— Je suis sûr que vous n'avez jamais eu de rêve, vous », a dit papa. « Un rêve ? Et de quel rêve tu me parles ? » « C'est bien ce que je dis – nous nous connaissons depuis des années et vous ne m'avez jamais posé la question – vous n'étiez donc même pas curieux ? » « Eh bien, si je ne l'étais pas, je le suis devenu », a répondu Pa. « Depuis le jour où je suis entré au lycée, a dit papa, non, avant, même, bien avant, je devais avoir l'âge de Joey presque… j'ai eu une adoration pour les livres et je voulais devenir écrivain. » « Et qu'est-ce qui t'en a empêché ? » « Je vais vous le dire, ce qui m'en a empêché. C'est de m'être marié à vingt et un ans et d'avoir dû aller travailler pour nourrir ma famille. Ce qui m'en a empêché, c'est de me lever tous les matins pour reprendre le collier comme vous dites, de rentrer crevé le soir et de me poser sans arrêt des questions. Peut-être n'ai-je pas été à la hauteur, selon les critères de May, peut-être qu'un autre aurait fait mieux, mais j'ai fait de mon mieux, et vous savez quoi, mister Will ? Il s'est passé un drôle de truc, en cours de route – à force de travailler pendant toutes ces années pour remplir mes obligations envers tout le monde, j'ai fini par oublier celles que j'avais envers moi, et mon rêve est parti. Alors je n'ai pas besoin que vous me disiez que le temps passe vite, mister Will. Merci, je le sais déjà.

— Je vois. Écoute, mon gars, je suis content d'avoir posé la question, et désolé de ne pas l'avoir fait plus tôt, parce que tu viens de m'apprendre quelque chose. Mais je pense qu'il y a aussi deux ou trois trucs à mon sujet que tu ignores, entre autres que je suis de ton côté, que je l'ai toujours été, que je le suis encore en ce moment, et c'est la même chose pour May, et pour tes deux fils – ça, apparemment tu ne le sais pas, ou bien tu l'as oublié. L'autre chose, c'est que moi aussi, j'avais un rêve, Jimmy, en mon temps. J'en ai même eu plusieurs en fait. Certains se sont réalisés, d'autres pas. Le matin, quand je me réveille fatigué, c'est avec les rêves qui ne se sont pas réalisés que je me débats, et c'est l'espoir qu'il n'est peut-être pas trop tard qui me fait me lever. Que tu le croies ou non, l'un de ces rêves te concerne toi, mon gars, toi, May et les enfants. L'autre concerne June et les siens. Les autres rêves, beaucoup sont passés comme ils étaient venus, mais ces deux-là sont restés, Jimmy, et ils sont ceux qui comptent maintenant pour moi. Alors je sais que quel que soit le rêve que l'on a, aussi beau et courageux soit-il, on ne peut pas tourner le dos à ses responsabilités et à ceux qui vous aiment pour courir derrière – c'est la chose qu'on ne peut pas faire. » « Et si c'était la seule et unique chance, mister Will ? a demandé papa, laissant la question ouverte.

« Si on sait que de toute sa vie, a-t-il continué, on aura droit à une tentative et pas deux pour atteindre le but que l'on s'est fixé, un seul essai pour réaliser son rêve, et que le coût, mister Will, le prix à payer, c'est de tourner le dos à tous ceux que l'on aime et à ses espoirs – que doit-on faire, à votre avis ? » Pa n'a pas répondu, et papa a ajouté : « Vous voyez, voilà le genre de questions que j'ai dû cesser de me poser. »

Il a avalé un coup de whisky, Pa, en contemplant le lac brumeux. « Écoute, mon gars, peut-être que j'ignore beaucoup de choses à ton sujet, mais je sais et je suis intimement convaincu que tu es assez adulte pour choisir la bonne réponse à cette question, même si le petit garçon au fond de toi éprouve encore le besoin de la poser. » « Peut-être qu'il existe plusieurs définitions au mot adulte, mister Will. » « Pas dans mon dictionnaire », a dit Pa, à quoi papa a répliqué : « Peut-être que vous n'avez pas le bon dictionnaire. »

Ni l'un ni l'autre n'a ajouté un mot ; chacun a soutenu le regard de l'autre quelques secondes encore avant de détourner les yeux, comme si tout avait été dit. Des deux, c'est Pa qui avait l'air le plus triste, alors que papa paraissait surtout furieux et blessé.

« Écoute, Jimmy. » Les yeux de papa ont regardé son bras où Pa avait posé la main. « De différentes façons, j'essaie de te dire cela depuis que je te connais, alors laisse-moi le dire une dernière fois et qu'on n'en parle plus. C'est très beau, les rêves, mon gars ; sans rêve, la vie ne vaut pas un clou, surtout quand on a l'âge de Joey et qu'on se voit un jour devenir Président, le prochain champion de football, ou soldat, ou Dieu sait quoi encore. Mais on grandit, et arrive un moment où il faut se choisir un but, donner tout ce qu'on a dans le ventre pour l'atteindre, parce que tout comme les rêves font naturellement partie de l'enfance, une fois que l'âge adulte te tombe dessus, mon gars – alors il s'agit de transformer le rêve en réalité. Et tu sais, Jimmy, la tâche peut être difficile, mais ce ne serait rien encore si les choses étaient aussi simples ; malheureusement elles ne le sont pas, parce que parfois, le rêve, il ne se réalise pas, mon gars. Quelquefois, on a les astres contre soi, ou bien on connaît des revers de fortune, ou on n'est pas assez malin, mais on peut l'être trop aussi… Et puis il y a ceux qui touchent pratiquement au but, mais au lieu de cueillir le fruit de leur effort ne cessent de repousser l'échéance. Des raisons, il y en a autant que de personnes dans ce monde, mais peu importe finalement, parce que lorsque l'on a fait tout ce que l'on pouvait sans réussir à atteindre son but, alors il faut abandonner son rêve et regarder ailleurs – c'est ce qu'il y a de plus dur dans la condition d'adulte, Jimmy, mais il faut apprendre à l'accepter, mon gars. Parce que sinon, si on se cramponne trop longtemps, un rêve qui ne se réalise pas, il enferme dans l'enfance, et il se passe alors une drôle de chose, Jimmy, j'ai vu ça plusieurs fois. Ce rêve qui apparemment faisait la valeur de la vie, il se retourne et empoisonne la vraie vie qui reste pourtant possible. Je parle de la famille, Jimmy, je veux dire une femme, des enfants, un métier, une maison, des amis, tout ce qui compte, tout ce qu'on a, fils. Tu peux tout bazarder au nom d'un rêve en pensant que c'est une preuve de courage et d'honnêteté, Jimmy, mais il faut que je te dise, mon gars : tous les branleurs de la terre depuis Adam partagent sans doute ton avis, mais pour moi c'est un péché, rien d'autre.

« Je sais de quoi je parle, parce que c'est ce qui est arrivé à mon père, Jimmy, et il m'a fallu la moitié de ma vie pour recoller les morceaux du rêve brisé qu'il a laissés derrière lui. J'ai dû attendre l'âge de quarante-cinq ans, pratiquement, pour récupérer ce que j'avais à dix-neuf, le jour où j'étais en train de me raser devant le miroir des toilettes des Deke lorsque John Landis a toqué à la porte pour me prévenir que mon oncle Burke était là. Jimmy, j'avais encore une joue pleine de mousse et l'autre rasée de près quand je suis sorti dans le vestibule, avec le rasoir ouvert à la main, et il était là, Burke, tenant son chapeau, appuyé contre le mur. "Mon Dieu, Will, mon Dieu, il a dit, ton papa est mort, il s'est tiré une balle, Will. Il faut que tu rentres à la maison, mon gars, il faut que tu rentres tout de suite avec moi." Voilà ce qu'il m'a dit, Jimmy, et moi, je me suis essuyé le visage, et puis je suis parti.

« Il y a un jour où la vie, elle te tient, Jimmy, elle t'attrape par les pieds, et elle commence à t'entraîner dans le gouffre. Je l'ai vue fermer son piège sur toi, mon gars. Tu avais vingt et un ans, ce qui était beaucoup trop jeune, un vrai coup de déveine, et jamais je n'ai été aussi triste pour quelqu'un que je l'ai été pour toi ce jour-là, sauf pour May, peut-être, debout à côté de toi devant l'autel, à dix-huit ans tout juste. Moi, j'en avais dix-neuf, comme je t'ai dit, quand mon père est allé s'enfermer dans sa bibliothèque pour se faire sauter sa putain de cervelle – mon fond du gouffre à moi, ce jour-là. J'ai essayé par tous les moyens de m'en tirer, je me suis débattu, agité, j'ai braillé, hurlé, tout quoi, mais il arrive un moment, Jimmy, où il faut affronter, faire face, rendre les coups, prendre la vie à bras-le-corps et dire : "Maintenant, à mon tour de décider, fini le gouffre, je refais surface." Et c'est là que tout change, Jimmy. Tout.

« Je ne sais pas quoi dire de plus, mon gars. J'ai essayé de t'aider à ma manière – peut-être que j'ai fait un beau gâchis, et dans ce cas je te demande pardon. Je sais qu'intérieurement tu es fou furieux, comme j'étais. Mon père, je l'ai détesté, Jimmy, comme tu détestes peut-être le tien, ou moi. Mais du jour où j'ai décidé de faire face, mon gars, ça a été terminé. Le jour où l'on prend sa vie en main, le passé cesse de compter.

« Je sais que tu as des rêves. Certains me passent largement par-dessus la tête, mais il faut que je te dise, Jimmy, il faut que je te dise la chose la plus dure que j'aie eu à dire de toute ma vie à quelqu'un : si un gars me raconte qu'il a un rêve, s'il abandonne son boulot pour réaliser ce rêve, et si, lorsque je le rencontre juste après, il a une étincelle dans le regard et une nouvelle énergie dans la démarche, je vais me dire que son truc, quel qu'il soit, lui réussit. Mais, Jimmy, si en allant jusqu'à la maison de ce gars, je le trouve encore couché à midi, je vois un matelas sans draps, des assiettes sales dans l'évier, s'il me regarde d'un œil boueux comme s'il émergeait d'une gueule de bois de quinze jours, si en allant faire un tour il se casse la figure et ne trouve pas la force de se remettre debout sur ses jambes pour échapper à la foutue pluie… si je demande à un gars dans cet état ce qu'il fabrique, et qu'il me répond qu'il poursuit un rêve, je vais forcément croire qu'il me ment, ou bien que c'est un triple idiot qui se ment à lui-même – alors tu vas me dire, Jimmy : tu te ranges dans quelle catégorie ? De mon point de vue, on dirait que tu es en train de foutre ta vie en l'air en te laissant complètement aller, et que tu as tellement honte que tu parles de rêve, mais tu sais, mon gars, personne encore n'a réussi à me faire passer des vessies pour des lanternes, ou du pipi de chat pour de la petite bière, et je tiens à te dire que ce n'est pas toi qui vas commencer. »

Papa a regardé vers le lac avec les yeux tristes et ternes comme du plomb, puis il a redressé les épaules et affronté Pa. « De quel droit me parlez-vous ainsi ? » « Aucun, mon gars, sauf que j'ai de l'affection pour toi. » « Vous ne savez pas ce qu'il y a au fond de mon cœur. » « Eh bien, explique-moi, a dit Pa, d'ailleurs, si je reste ici, c'est bien pour essayer de le découvrir. Moi, je ne peux me fier qu'aux apparences, et les apparences disent que tu es au fond d'un trou, que tu continues de creuser et de t'enfoncer ; mais bon sang, je me demande bien ce que tu cherches, de l'or peut-être, à moins que tu n'aies simplement décidé de toucher le fond du gouffre. Jimmy, tu sais, c'est un gouffre sans fin, celui où tu t'enfonces. On ne peut que renoncer et remonter, ou s'enfoncer à jamais. Moi, je te dis : arrête de creuser, pose ta pelle, remonte, et si tu refuses de m'écouter, moi ou un autre, tiens, prends ça… »

Il a sorti le 38, Pa, et il l'a flanqué dans la main de papa. « Autant accélérer le mouvement et en finir tout de suite, a-t-il dit, parce que si c'est ce que tu as décidé, personne ne va t'en empêcher. Simplement, tu pourrais avoir le cran de lever ton cul pour aller chercher le fusil toi-même, au lieu d'envoyer ton fils le faire pour toi. » « Ce n'est pas pour cela que je l'ai réclamé. » « Ah bon ? Je suis bien content de l'apprendre. » « Je ne veux pas me suicider », a dit papa. « Alors tu veux quoi, en fin de compte, mon gars ? » Le silence a été si total, subitement, que j'entendais le grésillement de la pluie dans les feuilles, et j'ai senti le froid. « Je ne sais pas, mister Will », a fini par répondre papa d'une voix presque brisée.

Il a posé sa main sur l'épaule de papa, Pa, et quand il a parlé, sa voix avait changé, à lui aussi. « Permets encore cette question : est-ce que tu as tiré un trait définitif sur ton mariage ? » Il a fait non de la tête, papa. « Je l'aime toujours, mister Will. » « Alors pourquoi vous n'essayez pas de recoller les morceaux ? » a demandé Pa, et papa a répondu : « Je ne sais pas si c'est possible, je ne sais même pas si May le souhaite. » « Eh bien, si j'étais à ta place, je commencerais par trouver cette réponse avant de laisser mon mariage partir en quenouille. » « Elle ne veut plus de moi là-bas, mister Will. » « Je sais surtout qu'elle ne veut pas que tu la trompes avec une autre femme. À part cela, je ne sais pas ce que May désire vraiment, et je ne suis pas certain que May le sache elle-même, pas plus que toi d'ailleurs, fiston, et ce n'est pas en restant ici, assis sur ton derrière pendant qu'elle est là-bas, que tu vas trouver la réponse.

— Je sais… » Il s'est levé lentement, Pa, et il a ramassé son mouchoir blanc qu'il a tordu pour faire sortir l'eau, puis il a brossé ses pantalons. « Demain, on est jeudi, a-t-il dit. À six heures, je pars de la Bonanza comme d'habitude, et j'emmène Joey avec moi. Si le cœur t'en dit, il y a de la place pour trois dans la voiture. » Comme papa ne répondait pas, Pa a simplement hoché la tête en ajoutant : « Réfléchis, mon gars », puis il a tourné les talons et s'est éloigné, en boitant un peu sur sa mauvaise jambe. Quand il s'est trouvé dans les bois, il a cherché ses Chesterfield dans la poche de sa veste, et lorsqu'il en a allumé une, j'ai vu combien ses mains tremblaient fort.

J'ai attendu qu'il disparaisse au bout du chemin, puis je suis revenu vers papa, qui était toujours assis au même endroit et contemplait le 38. Il semblait bien petit, le revolver, dans sa main ouverte. Au bout d'un moment, il l'a posé par terre, puis il a courbé la tête et s'est caché les yeux derrière cette même grande main. Des secousses se sont mises à soulever ses épaules, mais les sanglots de papa ne faisaient pas de bruit – enfin, s'il pleurait.

29

Joey

Sur le coup de cinq heures, nous sommes partis pour chez Grody qui nous attendait avec un pâté de viande pour le dîner – pour être tout à fait franc, je n'avais pas très faim et papa ne semblait pas particulièrement enchanté non plus d'aller là-bas. Je ne crois pas qu'il avait prononcé cinq mots de tout l'après-midi, ce qui me laissait penser qu'il était encore fâché contre moi parce que j'avais appelé Pa, sauf qu'il n'avait pas l'air vraiment furieux. Après un petit somme, il avait fait la vaisselle, et moi, j'avais balayé le sol et vidé les cendriers. Puis il a pris une vraie douche, longue ; il s'est rasé, coiffé, il a mis des vêtements propres, et lorsque nous sommes montés en voiture, il y avait dans son regard et le teint de sa peau une clarté que je n'avais plus vue depuis un bon moment, mais il n'était toujours pas très bavard.

« Mon Dieu, vous êtes en avance, a dit Grody à notre arrivée. J'avais club de bridge, aujourd'hui, et les filles viennent juste de partir. Je peux dire haut et fort qu'elles sont tellement chichiteuses que je suis sur les rotules – une boit du café, l'autre du déca, la troisième du Coca-Cola. On aurait pu s'attendre à ce qu'elles aient le bon goût de demander la même chose, n'est-ce pas, et s'estimer heureuses qu'on le leur offre, en plus. C'est ce que moi, je fais lorsque je suis chez elles, mais la réciproque, tiens, rien du tout. À croire que leurs parents ne leur ont jamais enseigné les bonnes manières. Cela dit, Seigneur, je n'ai pas eu encore une minute à moi pour seulement penser à ce dîner.

— On peut revenir plus tard, a dit papa. J'ai deux-trois courses à faire en ville », mais Grody a fait : « Non, puisque vous êtes là, autant que je vous mette à contribution pour le prix de la pension. » Elle m'a fait un clin d'œil pour montrer qu'il s'agissait d'une plaisanterie. « Est-ce que tu saurais me donner le sens du mot *pension*, Joey ? » « C'est un peu comme le manger, non ? » « Mon Dieu, quelle intelligence, ce petit ! a-t-elle fait. Le manger, exactement. Viens ici, chéri, viens faire un gros baiser à ta grand-mère.

« Bon, Jimmy, a-t-elle enchaîné, si cela ne te dérange pas, fais un saut à l'épicerie et rapporte-moi un litre de lait. J'allais téléphoner à ton père, mais tu peux lui éviter le crochet. » « Bien sûr, maman. Tu viens, Joey ? » « Non, non, est intervenue Grody, laisse Joey ici, avec moi. Il pourra replier la table de bridge, ranger les chaises, et me tenir compagnie pendant que je me mets en cuisine – tu es d'accord, mon cœur ? Tu pourras servir de distraction à ta grand-mère, et si tu as faim, tiens, sers-toi ; les filles ont mangé toutes mes noix de cajou, mais il reste quelques cacahuètes. » Elle m'a tendu le bol qui avait servi pour les dames. « Pas trop, a-t-elle ajouté, sinon tu vas te couper l'appétit. Voyons, où est mon porte-monnaie ?

— Laisse, maman », a dit papa, mais elle a insisté : « Pas question, Jimmy, je sais bien que tu es juste. » « Je ne pense pas qu'un litre de lait va me ruiner. » « Un sou est un sou, surtout lorsqu'on est au chômage, d'ailleurs j'en profite pour te dire combien je trouve injuste que tu perdes ton travail après tout ce que tu as fait pour lui, là-bas – je croyais que Will Tilley était d'une autre trempe. » « Il ne m'a pas mis à la porte, maman – tu le sais –, c'est moi qui suis parti. » « Je te reconnais bien là, prendre sa défense, a-t-elle dit. Mais n'en parlons plus ; nous allons passer une soirée agréable. Je tiens seulement à ce que tu saches, mon fils, que je suis de ton côté et que je te défendrai jusqu'à mon dernier souffle. » Et Grody de lui tendre une pièce de vingt-cinq cents sortie de son porte-monnaie. « Merci, maman », a fait papa, avec un tressaillement tendu dans la mâchoire.

« Oh, oui, c'est vrai, a-t-elle ajouté. Chéri ? » – papa s'est retourné, sur le seuil de la porte – « Tant que tu y es, si tu pouvais passer par la compagnie de l'électricité… Les bureaux sont encore ouverts pendant vingt minutes – le chèque est prêt, là, et surtout, n'oublie pas la quittance. » « Pour l'amour du ciel, maman, tu colles un timbre sur l'enveloppe et tu mets le tout à la boîte – il y en a pour cinq cents », a dit papa. Elle a ouvert des yeux ronds, Grody, comme si elle était surprise de l'entendre élever la voix. « Je me disais juste que dans la mesure où tu sors et où c'est sur ton chemin… » « Sur mon chemin ? Il faut que je traverse la moitié de la ville.

— Ce n'est pas grave, Jimmy, je dois sortir demain matin de toute façon », a-t-elle fait en prenant sa mine offusquée. « Je ne plaisante pas, maman. Si cela représentait une économie, je comprendrais, mais au bout du compte j'en ai pour plus cher d'essence que si je laisse faire le facteur – alors je t'offre le timbre, d'accord ? Avec plaisir, en plus. » Il souriait, papa, comme s'il pensait que tout allait pour le mieux, sauf que Grody ne riait pas du tout ; son menton s'était mis à trembler comme chaque fois qu'elle s'apprêtait à pleurer en disant qu'on lui brisait le cœur, oui, le cœur.

« Que se passe-t-il, mon fils ? Quelque chose ne va pas ? » « Si, maman, tout va bien », a répondu papa qui ne souriait plus. « C'est l'argent, Jimmy ? Tu as besoin d'argent ? » « Non, maman, je vais très bien – vraiment. » Grody a sorti tous les stylos et crayons qui se trouvaient dans la chope Duke Blue Devil posée sur le dictionnaire, et elle a pris de l'argent caché au fond, même que c'était une découverte pour moi qui ne connaissais pas cette cachette. « Tiens. » Elle lui a fourré un billet dans la main. « Non, je n'en veux pas, c'est l'argent pour tes courses. Je n'en ai pas besoin, maman. » Il essayait de repousser sa main. « Prends-le, chéri, j'y tiens. » Et elle s'est dépêchée de disparaître dans la cuisine sans lui laisser le temps de refuser encore une fois. Évitant mon regard, papa est simplement ressorti en claquant la porte derrière lui.

Je me suis mis à plier les chaises, puis Grody est revenue de la cuisine, en reniflant et en se tamponnant les yeux avec un mouchoir en papier. « Il est parti ? » « Oui, Grody », ai-je dit, mais elle a vérifié en regardant par le rideau de la fenêtre. « Où je les mets ? » ai-je demandé. « Tu es un vrai amour – attends, je vais t'aider. » Elle s'est allumé une Raleigh avant de passer devant moi dans l'escalier pour m'ouvrir les portes, parce que j'avais deux chaises au bout de chaque bras. Je les ai rangées dans le placard de la deuxième chambre, dans la partie mansardée où elle entreposait ses vêtements d'hiver, et comme je m'apprêtais à descendre pour aller chercher la table, Grody m'a attrapé par le bras et m'a fait asseoir sur le lit à côté d'elle, ce qui m'a pris par surprise et un peu effrayé, l'espace d'une seconde. Elle avait les yeux rouges, des larmes roulaient sur ses joues, et elle me regardait, Grody, comme personne encore ne m'avait jamais regardé de toute ma vie, ce qui n'a fait qu'aggraver ma peur.

« Qu'est-ce qu'il y a, Grody ? Qu'est-ce qui se passe ? » Elle s'est contentée de faire : « Oh, Joey, Joey », en me contemplant de ce regard perçant et inquiétant, comme si elle était la personne la plus malheureuse du monde, ou bien peut-être comme un monstre regarde sa proie avant de la dévorer. Une partie de moi avait envie de l'aider, mais une autre ne désirait que prendre la fuite au plus vite.

« Oh, Joey, Joey », a-t-elle répété avec plus de larmes encore. « Quoi, Grody, mais quoi, à la fin ? » ai-je demandé parce que je ne supportais pas ce regard terrible sur moi sans qu'elle me dise ce qui se passait. « Serre-moi, chéri, serre-moi fort. » Elle a mis ses bras autour de mon cou et laissé sa tête tomber contre mon épaule, si bien que je sentais le contact tiède de ses larmes dégoulinant le long de mon cou, et l'odeur du tabac Raleigh ainsi que le parfum passé, à quoi s'ajoutait une espèce de chose ressemblant à un aérosol qui imprégnait ses cheveux, ses vêtements et sa peau, le mélange du tout me tournant vaguement la tête, comme si j'allais vomir, surtout avec l'odeur aigre qui montait des draps.

Jamais de ma vie je n'avais éprouvé si fort cette sensation irradiante dans l'estomac, mais il ne s'agissait que d'un simple câlin, me suis-je dit, alors pourquoi cette impression de malaise, sauf que c'était autre chose en même temps, bien pire, bien, bien pire, pour laquelle je ne connaissais pas le mot, d'ailleurs je ne savais même pas s'il y en avait un dans le dictionnaire, pour ça. Mais peut-être que c'était seulement mon imagination, et aussi la preuve que quelque chose ne tournait pas rond chez moi : que je puisse penser un truc pareil de ma propre grand-mère, qui passait son temps à me répéter qu'elle m'adorait et qui avait simplement envie d'un câlin parce qu'elle était triste. Je suis donc resté raide, sans bouger, en me disant qu'il fallait que je sois drôlement moche et sans cœur pour réagir de cette façon, mais c'était plus fort que moi. Je n'avais qu'une hâte, qu'elle en finisse au plus vite et me laisse tranquille.

« Je ne sais plus quoi faire avec ton papa », s'est-elle décidée à dire, en essuyant ses yeux du revers de sa manche avant de relever la tête. Elle a pris ma main dans les deux siennes pour la poser sur ses genoux. « Il n'est pas lui-même. Et cela fait une éternité que ça dure. Jamais il ne réagissait ainsi, autrefois, Joey, jamais. Le garçon que j'ai élevé n'aurait jamais manqué de respect à sa propre mère au point d'élever la voix pour une histoire de timbre-poste. Je ne comprends pas. Ces enfants, nous leur avons tout donné, absolument tout, et Jimmy plus encore que les autres. Mais un jour, Joey, ton père a franchi le seuil de cette porte, en bas, pour nous annoncer qu'il allait se marier, et depuis ce jour, cet instant, devrais-je dire, il n'a plus jamais été le même. »

Elle pleurait encore, Grody, mais son regard s'est durci quand elle a prononcé ces paroles. « Oh, Joey, loin de moi l'idée d'accuser ta mère », a-t-elle continué, et j'ai compris où elle voulait en venir, même que j'aurais bien aimé lui hurler de se taire avant qu'il ne soit trop tard. Je voulais que tout reste comme avant, que rien ne change, avec maman et elle qui se détestaient cordialement parce que chacune reprochait secrètement à l'autre la façon d'être de papa, mais sans jamais le formuler vraiment, non, en le pensant juste dans leur tête, et en l'exprimant par certaines réactions, comme lorsque Grody dédaignait ostensiblement le petit ange offert par maman pour Noël, par exemple – ça, on peut vivre avec. Mais si Grody disait ce qu'elle allait dire, si elle essayait de me faire prendre parti pour elle contre maman, alors je serais obligé de la détester, et je ne voulais pas. Pour rien au monde je ne voulais être obligé de la détester.

« J'ai fait tout ce que j'ai pu pour voir May avec les yeux de Jimmy, l'aimer comme ma propre fille, ce que je fais avec Dolly. Tout au long de ces années où les enfants ont grandi dans cette maison, nous avons vécu heureux, Joey, sans jamais échanger de paroles désagréables, mais du jour où ton père l'a épousée, il semble que nous ne puissions plus avoir la moindre discussion sans que cela ne dégénère en querelle. Quelle conclusion suis-je censée en tirer ? Quelle conclusion en tirerait n'importe qui ? Elle l'a monté contre moi, Joey, elle l'a monté contre sa propre mère. Si j'ai un seul reproche à lui faire, c'est celui-ci.

« Et si seulement elle avait su l'aider, Joey, si elle l'avait rendu heureux, j'aurais pu l'accepter. Mais du jour où ton père m'a rejetée, moi et l'éducation qu'il a reçue, tout s'est mis à aller mal pour lui, tout. À commencer par cette fameuse année à Chapel Hill – il n'avait pas l'habitude de ce mode de vie, Jimmy, veiller tard, et l'alcool surtout… Si May avait tenu la bride un peu plus serrée, si elle avait été derrière son dos pour vérifier qu'il étudiait bien, ce que j'ai toujours fait du temps où il grandissait encore, si elle avait su être une bonne épouse pour lui, l'aimer comme moi je l'aimais en tant que mère, il aurait réussi, Jimmy. Ton papa serait docteur, aujourd'hui, Joey, et tout serait différent, complètement différent. Mais elle n'était pas faite pour lui. Je l'ai su dès le début, j'avais le pressentiment que tout cela finirait mal. J'ai essayé de le prévenir, mais il a refusé d'écouter, il ne voulait pas entendre…

— Essayé de me prévenir de quoi ? » a dit papa, et nous nous sommes tournés tous les deux pour le découvrir, debout dans l'embrasure de la porte, un sac de courses dans les mains.

« Oh, Jimmy. » Grody a lâché ma main comme un colis compromettant, arborant un large sourire. « Je ne t'ai pas entendu arriver, chéri. » « C'est ce qu'on dirait », a-t-il répondu. Il y avait un sourire pour moi dans le regard vert clair – « Salut, fiston », a-t-il dit – mais lorsqu'ils se sont de nouveau tournés vers Grody, ils lançaient des éclairs, les yeux de papa.

« On bavardait tous les deux, Joey et moi, on avait des choses à se dire, n'est-ce pas, chéri ? » Je n'ai pas répondu, mais papa a fait : « Vraiment – quelles choses ? » « On ne va pas lui raconter, n'est-ce pas, Joey – ce malotrus n'a qu'à se mêler de ce qui le regarde, hein ? » « Si tu as quoi que ce soit à dire à propos de May, a dit papa, tu me le dis à moi, pas à Joey – je ne tolérerai pas que tu lui parles derrière mon dos. » « Je n'ai rien dit, n'est-ce pas, Joey ? » a rétorqué Grody. Moi, je n'ai pas dit un mot pour la sauver ; je me suis levé pour aller rejoindre papa.

« Je t'ai entendue, maman », a dit papa en me prenant par l'épaule. Le visage de Grody a changé d'expression. « Tu devrais avoir honte d'écouter aux portes, lui a-t-elle dit, sans sourire ni tenter de faire bonne figure. Si tu as tout entendu, j'en suis désolée, mais peut-être est-il temps pour toi d'entendre enfin la vérité. Tout ce que j'ai pu dire à Joey, ce sont des paroles dictées par mon amour pour toi, Jimmy, même si tu ne t'en rends pas compte. J'ai parlé pour qu'il sache qu'il y a une autre façon de raconter l'histoire que celle qu'elles lui serinent là-bas, May et Zelle, en lui farcissant la tête de mensonges qui font qu'il nous déteste. Moi, je n'ai jamais voulu que ton bien, et c'est toujours ce que je veux – je crois qu'au fond de ton cœur tu le sais bien. » « Non, maman, a dit papa. Au fond de mon cœur, je ne sais rien du tout. Je voudrais bien, mais en fait j'ai surtout l'impression que tu désirais d'abord ce qui t'arrangeait toi.

— Comment peux-tu me dire une chose pareille ? Je

vous ai toujours fait passer en premier, j'ai sacrifié ma vie pour mes enfants », a dit Grody, mais papa a répondu : « Non, maman, tu crois que tu t'es sacrifiée pour nous. En réalité, c'est nous qui avons été sacrifiés. Tu es d'un tel égoïsme qu'apparemment tu vas jusqu'à croire que ce qui se passe dans mon mariage est ton problème à toi, que tu souffres beaucoup, que c'est très dur pour toi – mais ce n'est pas ta souffrance, maman, c'est la mienne, et celle de May, et celle de Reed, et celle de Joey, celle de la famille que nous formons, nous. Tu n'as rien à y voir, et tu devrais avoir honte de te servir d'un enfant qui se trouve au beau milieu de la tourmente. Si tu n'as pas honte, moi, j'ai honte pour toi, et je ne le tolérerai pas, maman, tu entends ? Je ne le tolérerai pas. Ça me rend malade.

« Maintenant, mon gars, on y va, a-t-il enchaîné en s'adressant à moi. Je ne sais pas pour toi, mais j'ai une petite faim. Si on allait casser une croûte avant de rentrer chez nous, dans notre caravane ? » « D'accord, papa. » « Et le dîner ? a demandé Grody. Ton père va rentrer d'une minute à l'autre – que vais-je lui dire ? » « Je n'en sais rien, maman, a répondu papa. Tu devrais peut-être essayer de lui raconter que tu l'aimes – qui sait ce que cela pourrait donner... Au fait, ton lait. Je suis sûr que tu souhaites le récupérer. » En sortant de la pièce, j'ai regardé le trophée d'argent sur la commode de papa, et je me suis senti aussi heureux que si nous avions gagné ces lauriers ensemble, papa et moi. J'avais l'impression que tout pouvait encore s'arranger. Je croyais sincèrement que le monde pouvait changer aussi facilement que ça.

30

Joey

Ce soir-là, on a mangé un *cheeseburger* bien gras avec des frites chez Earl, et papa m'a laissé siroter le faux col de sa Blue Ribbon tandis qu'Earl clignait de l'œil avec un grand sourire découvrant sa dent gâtée, avant de regarder ailleurs. Après ce repas, nous sommes allés jusqu'au terrain de softball pour assister à un match en nocturne, et tous les hommes adultes s'exclamaient : « Jimbo, où tu étais passé ? » puis ils se déplaçaient pour venir lui serrer la main, comme s'ils étaient contents de le voir. Papa ne me lâchait pas l'épaule tandis qu'il saluait et annonçait à chacun : « Je te présente mon garçon, Joey. » Puis un joueur a lancé tellement haut en direction des buts, sur la moitié gauche du terrain, que la balle s'est envolée au-dessus des projecteurs, donnant l'impression de disparaître au milieu des étoiles.

Le lendemain, en bouclant ma valise dans la caravane, j'avais la tête très occupée par une seule question : est-ce que papa allait nous accompagner au bord de la mer, Pa et moi ? J'avais presque peur de demander, mais il avait l'air de bonne humeur et il sifflotait, alors j'ai fini par me lancer. « Tu crois que je devrais ? » a-t-il dit avec un grand sourire. « Oui, papa, j'en suis même sûr et certain. » Il a fait une petite moue en hochant la tête. « Moi aussi, mon grand. » Je ne crois pas avoir jamais éprouvé de plus grand bonheur de toute ma vie qu'en cet instant.

L'après-midi, dans la voiture, comme nous roulions vers

la ville, ils ont passé une chanson à la radio qui nous a fait nous agiter sur nos sièges, et papa a dit : « Chut ! Celle-là, je veux l'écouter. » Nous n'avons pas bien entendu le titre, mais le DJ a dit le nom de la chanteuse, Aretha Franklin, dont j'entendais parler pour la première fois, alors papa a fait : « Il me faut absolument cet air. » Plus tard, nous nous y sommes mis à notre tour – je veux dire à chanter – avec la même chanson qu'à mon premier voyage aller, sa préférée, à papa :

Dans The Big Rock Candy Mountain
Y a une terre où il fait bon vivre,
Les bonnes choses poussent sur les arbres
Et on y dort à la belle étoile,
Les wagons sont toujours vides
Et le soleil brille tous les matins,
J'aime les abeilles et les arbres à cigarettes,
Les fontaines de citronnade où chante l'oiseau bleu
J'irai vivre dans The Big Rock Candy Mountain.

Lorsque nous sommes arrivés à la Bonanza, il n'était pas loin de trois heures. Je croyais qu'il allait entrer avec moi, mais lorsque nous nous sommes rangés sur le parking, papa a dit : « Écoute, mon gars, j'ai deux ou trois choses à faire avant de partir. Tu vas rejoindre ton grand-père et tu lui dis que je serai de retour vers quatre heures, quatre heures trente au plus tard. » « Je ne peux pas venir avec toi ? » Il a souri en caressant le sommet de ma brosse. « Non, mon garçon, il s'agit d'une chose que je dois faire tout seul. » J'ai dit d'accord, et j'ai obéi.

À l'intérieur se déroulait une vente et Pa m'a laissé circuler avec lui sur les côtés pour retourner les étiquettes des piles vendues. J'ai dit bonjour à Otis qui était au pesage, derrière, puis j'ai salué Mrs. Weems, et Tina et Mary, dans le bureau. Près du distributeur de boissons, Skeeter a essayé de me demander des nouvelles de papa, sauf qu'il s'est mis à tellement bégayer qu'il n'a pas pu aller jusqu'au bout, mais je savais bien ce qu'il avait en tête, d'ailleurs les autres étaient dans le même état d'esprit. Skeeter était le seul susceptible de dire les choses de façon directe, faute d'être bien malin. J'avais l'impression de n'être plus venu depuis des âges, et j'étais content de les voir tous, même Reb, qui ce jour-là ne m'a pas raconté de sornettes.

Entre-temps, on avait passé quatre heures, puis quatre et demie, puis cinq, et puis tout le monde est parti. À six heures, Pa a fini par fermer les portes et nous sommes allés attendre sur le parking. Installés dans la Cadillac, vitres baissées, nous avons regardé passer le Southern Star qui relie Richmond à Atlanta – le conducteur fait retentir le sifflet à six heures vingt-six, mais le train ne s'arrête plus à Killdeer.

Nous sommes partis peu de temps après, et j'ai demandé à Pa de faire le crochet par la caravane, mais papa n'était pas là. J'ai su alors qu'il ne viendrait pas, et j'avais ma petite idée de l'endroit où il risquait de se trouver, mais peut-être qu'il était seulement allé lui dire adieu – enfin, c'est du moins ce que j'espérais.

Je crois que Pa était presque aussi malheureux que moi, parce qu'il n'a pratiquement pas desserré les dents pendant une bonne heure, mais ensuite il a dit : « Je me disais qu'on pourrait se faire une petite partie de pêche ce week-end, si le temps tient. Ça te va, comme programme ? » « D'accord, Pa. » « Pêcher le maquereau à la traîne, par exemple, histoire d'étrenner ta nouvelle canne… » « Tu veux dire qu'on sortirait dans l'océan ? » ai-je demandé, et Pa de répondre : « Exactement, je veux dire en pleine mer. » « Et maman ? » « Je crois qu'on l'a eue à l'usure », a dit Pa en souriant pour la première fois. J'ai fait un gros effort pour lui rendre son sourire, mais même la perspective d'aller pêcher en pleine mer, ce que j'attendais depuis fort longtemps, ne m'a pas fait sauter de joie, ce soir-là. Entre-temps, nous venions de franchir le pont de Winton.

Plus tard, Pa a sorti le Seagrams et il m'a demandé si je voulais bien lui chanter une chanson. Je savais qu'il avait envie d'entendre *The Wabash Cannon Ball*, qui lui apportait toujours une espèce de sérénité. Mais là, la seule chose que j'avais envie de chanter, c'était *The Big Rock Candy Mountain*, alors j'ai essayé, mais sans réussir à retrouver les bonnes paroles.

TROISIÈME PARTIE

Labor Day

31

Joey

Pa et moi, on a donc fait griller les T-Bone steaks devant la maison, ce soir-là, comme d'habitude, sauf que celui de papa est resté au Frigidaire, là-haut, encore enveloppé dans le papier blanc du rayon boucherie du Piggy Wiggly. Il faisait franchement frisquet, dehors, une chose de plus pour que ce jeudi soir ne ressemble pas à tous ceux d'autrefois, et à ce qu'il aurait dû être. Pa a dit que c'étaient seulement des hautes pressions qui descendaient du Canada, ce qui voulait dire une belle matinée pour aller à la pêche le lendemain, mais pour moi cela signifiait surtout un autre jour d'été que je ne reverrais jamais. Moi, je sentais l'automne qui se rapprochait, amenant avec lui ce changement dont je ne connaissais pas le nom, mais que je constatais à la façon qu'avaient les étoiles de briller au-dessus de nos têtes, avec une clarté, une netteté qu'elles n'ont jamais pendant l'été, et qui fait paraître le ciel encore plus immense. C'est carrément beau, les nuits d'automne, malgré une sorte de tristesse qui donne une sensation de solitude, sous la lumière froide de ces étoiles. Je me suis rapproché un peu du feu, et de Pa – de Pa, surtout.

Sur le coup de dix heures, on s'est tous mis à table, et Pa a dit le bénédicité, à sa sauce habituelle. Maman n'a même pas pris la peine de faire semblant d'être choquée ; elle s'est contentée de sourire, comme si elle lui savait gré d'essayer, même sans succès. Quant à Nanny, elle a dit : « Will, chéri, il faut qu'on voie si on ne pourrait pas te trouver une nouvelle formule. Au bout de trente ans, j'ai l'impression que la tienne est un peu usée. » « Mais qu'est-ce que vous avez, tous ? a demandé Pa. On n'est pas à un enterrement, que je sache ? Personne n'est mort à ma connaissance, si ? » Il avait l'air furieux contre nous parce que nous n'avions pas l'attitude que nous étions censés avoir le jeudi soir, et puis Reed a fait : « Il viendra quand, papa, dis, maman ? », et tout le monde s'est tu.

« Je ne sais pas, chéri », lui a répondu maman d'un air triste, la réponse qu'elle faisait chaque fois. Moi, j'avais envie de jeter ma serviette par terre en criant : « Il ne viendra pas ! Il ne viendra plus jamais ! », pour éviter à Reed de continuer de poser la question, mais je savais que cela ne servirait qu'à faire de la peine à maman, dont l'air triste deviendrait encore plus triste.

« Je vous prie de m'excuser, a-t-elle dit en se levant avec sa serviette de table toute propre entre les mains. Je n'ai pas très faim. Je crois que je vais aller faire un tour. » « Il faut que tu manges, May », a dit Nanny, alors maman a répondu : « Je grignoterai quelque chose plus tard, maman. » Elles avaient exactement cette même conversation tous les soirs, puis de nouveau au petit déjeuner le lendemain matin, sauf qu'à mon avis maman ne devait pas grignoter plus tard – elle devenait mince comme un fil, à croire qu'elle aussi sortait de la clinique de Rice.

J'avais beau ne pas être resté parti très longtemps, la différence était visible à ses joues, qui se creusaient à force de ne rien manger et de faire les cent pas sur la véranda à longueur de nuits. Dès qu'il faisait jour, les traces de pas descendaient les marches et allaient se perdre dans le sable. Elle avait passé des journées entières dehors, maman, jusqu'à l'heure du dîner, à marcher sur la plage, au-delà de Camelot Pier, vers le nord, là où il n'y a plus de maisons et où les dunes redeviennent sauvages, et plus loin encore, en direction de la Virginie, même qu'elle avait la peau plus noire qu'un pruneau et que le soleil dessinait des mèches rousses dans ses cheveux qu'elle ne prenait plus la peine de nouer en chignon, laissant le vent de l'océan les transformer en crinière sauvage.

Elle était en train d'enfiler sa serviette dans le rond lorsque subitement des phares de voiture ont éclairé le mur. Tawny a levé la tête en dressant les oreilles, tandis que sa queue battait mollement le sol. On a entendu un bruit de pneus sur le sable de l'allée, et Reed s'est agité si brutalement pour quitter sa chaise que les pieds ont dérapé sur le plancher. « C'est papa ! » « Mais non, chéri, je ne crois pas », a dit maman comme si elle avait le cœur gros de le voir reprendre espoir pour être une fois de plus déçu.

Sauf qu'il avait raison. Tawny a rompu les amarres en aboyant pour tourner en rond devant la porte. Et d'un seul coup il est apparu, ses deux mètres se sont encadrés dans la porte de la moustiquaire, et il avait les bras chargés de fleurs, ces fleurs orange que Nanny appelait des « lis d'extérieur » et que maman voulait toujours nous faire cueillir au bord de la route. Je suppose que papa aussi devait savoir qu'elle les aimait, parce que, apparemment, il avait fait une razzia dans un champ entier, et en plus il avait du champagne sous le coude, plus une boîte de Whitman's Sampler, la plus grande taille, celle où il y a deux ou trois exemplaires de chaque sorte, y compris les cerises enrobées de chocolat, les préférés de maman.

Il est resté planté là, papa, comme s'il se demandait s'il pouvait toujours entrer ou bien devait attendre d'y être invité. « Quand on parle du loup... », a dit Nanny en ôtant le verre du chandelier pour allumer une cigarette, tandis que Pa faisait : « Ça alors, quelle surprise ! », avec un large sourire. « Apparemment, je vous interromps en plein repas », a dit papa, adoptant le ton poli que l'on prend avec des étrangers, et maman a posé sa serviette sur la table. « Bonsoir, Jimmy », a-t-elle articulé avec un calme tendu, et il a répondu : « Bonsoir, May », avec la même réserve, mais lui, il souriait, alors que maman gardait un air très sérieux, comme si elle en était encore à se demander si cette surprise était une bonne surprise, en redoutant la réponse.

« Ben, entre, papa », a dit Reed en fonçant sur lui comme

une fusée. Mais entre-temps, Tawny avait pris appel sur ses pattes de devant et s'était propulsée en l'air, comme un boulet de canon. Il a eu un mouvement de recul, papa, et il a basculé sur les talons avant de tout lâcher, les fleurs, le champagne, les bonbons, tout, pour la recevoir et la serrer contre sa poitrine. Elle lui a léché la joue, Tawny, et s'est installée là avec un beau sourire de chien, et je vous prie de croire que ça criait autour de la table, tout le monde, même maman, l'ambiance du jeudi soir retrouvée, d'un seul coup.

« Dee Lou, apportez-moi l'autre steak, a braillé Pa en direction de la cuisine. Il devrait rester assez de braises, à mon avis. » « Mais non, mais non, mister Will, a protesté papa, j'ai mangé sur la route », à quoi Pa a rétorqué : « Mon œil, oui. Tu n'as plus qu'à remettre ça, n'est-ce pas, les enfants ? », et Reed et moi de répondre en chœur : « Oui, Pa. » « Sincèrement, je ne voudrais pas m'imposer. » « T'imposer ? » a fait Pa comme si ce mot, oui, rien que le mot le mettait hors de lui. « Ça veut dire quoi, ça, s'imposer ? » Nous avons tous regardé du côté de maman, qui a bien été obligée de dire quelque chose. « Ne sois pas bête, Jimmy, évidemment que tu vas manger. » Elle avait pris cette voix « Ascension » qui empêchait de bien savoir si elle était simplement polie, ou si elle parlait du fond du cœur, et cela faisait un drôle d'effet de les voir agir avec ce luxe d'égards l'un pour l'autre, comme deux personnes qui viennent de se rencontrer.

Papa a poussé la moustiquaire d'un coup d'épaule et laissé tomber Tawny sur la véranda, avant de soulever Reed qui venait de se débrouiller pour rouvrir discrètement la porte de derrière afin de permettre à Tawny de rentrer. « Non mais... », a fait papa en la sentant se frotter de nouveau contre ses jambes. Nous avons tous ri et Reed a souri en se cachant contre la poitrine de papa. Maman s'est accroupie pour ramasser les lis orange, sa jupe étalée en corolle sur le plancher, alors papa a reposé Reed. « Attends, May, je vais le faire. » « Non, non, ce n'est pas la peine, j'ai fini, a-t-elle dit. Joey, chéri, va vite demander un vase à Dee Lou et mets de l'eau dedans. » J'ai répondu : « Oui, maman… Qu'est-ce qui t'est arrivé, papa ? Tu avais dit que tu serais revenu pour quatre heures… On a attendu, attendu.

— Je m'en doute. Je te prie de m'excuser, mon grand, et vous aussi, mister Will. Tu ne devineras jamais ce qui s'est passé… Tu te souviens de la chanson qu'on a entendue à la radio ? » J'ai fait oui de la tête, alors il a continué : « Bon, eh bien, je suis allé jusque chez Alston pour essayer de l'acheter, évidemment ils ne l'avaient pas, mais moi, entre-temps, je m'étais accroché à mon idée. J'ai donc essayé Lawford Corner, où je n'ai pas trouvé, et pour finir j'ai poussé jusqu'à Chapel Hill, carrément. Je croyais pouvoir faire l'aller et retour dans les temps, c'est pour cela que je n'ai pas téléphoné, mais en revenant je suis tombé sur un tracteur en travers de la route, ce qui m'a obligé à faire quatre cents mètres en marche arrière, avant de me perdre dans une série de routes non goudronnées pour contourner l'obstacle. Lorsque je suis arrivé à la Bonanza, il était exactement sept heures et demie à la pendule de la gare. Quand j'ai vu que vous n'étiez pas sur le parking, j'ai simplement continué avec l'espoir de vous rattraper, ce qui apparemment ne s'est pas produit. Tu parles d'une aventure…

— Effectivement », a dit maman, tandis que Nanny crachait un rond de fumée en faisant : « Hum, hum », les yeux tout plissés, et que Pa y allait d'un : « Mouais, mouais. » Ils avaient déjà eu leur lot d'aventures avec papa et connaissaient tous les scénarios. Moi aussi, et pour être franc, j'étais bien content d'avoir échappé à celle-ci. Parfois, on avait l'impression qu'avec papa tout prenait des allures d'expédition. Plus que de raison.

« Alors, tu l'as eu ? » ai-je demandé, comme un rappel à l'ordre. Il a cligné ses grands yeux verts en me regardant, papa. « Euh quoi, chéri ? » « Le disque, tiens ! » « Oui, a-t-il souri, oui, je l'ai eu. » « Et le titre, c'est quoi ? » ai-je encore demandé, et papa de répondre : *« Respect. »* « Pas étonnant que tu aies eu ce mal à trouver », a ironisé Nanny. J'ai vu la mâchoire de papa se crisper, juste une fois, mais il a gardé le sourire. « Comme quoi même les vieux singes peuvent apprendre de nouveaux trucs, miss Zelle. » « Le problème n'est pas tant d'apprendre de nouveaux trucs que de se débarrasser de ses puces », a répliqué Nanny, tandis que maman faisait : « Maman… », comme pour dire à Nanny de se mêler de ses affaires et de ne pas mettre son grain de sel. J'étais moi aussi de cet avis, mais papa a dit : « Laisse, May, je sais ce que pense ta mère, et elle n'a pas tout à fait tort. » « Oh que non, vous n'avez pas la moindre idée de ce que je pense, Jimmy Madden, a fait Nanny, parce que sinon, ça vous révulserait la cervelle et elle vous coulerait par les oreilles. » « Nanny, *beurk* », a fait Reed, tandis que Pa disait : « Si vous cessiez un peu ce bazar, tous autant que vous êtes, hein ? On pourrait peut-être mettre ce fichu truc et écouter, des fois que la musique adoucisse les mœurs.

— Va vite me le chercher, mon gars, a dit papa. Je l'ai laissé sur la banquette avant. » J'avais déjà descendu la moitié des marches lorsque maman a crié : « Joey », alors je me suis souvenu du vase qu'elle m'avait demandé. J'ai fait demi-tour, mais elle voulait seulement me dire : « Ne claque pas la porte, s'il te plaît. Je ne veux pas que tu coures dans cette maison comme un Indien sauvage. » Sur quoi elle est partie chercher le vase elle-même, et je me suis senti très coupable, sincèrement, sauf que dans ma tête, c'est papa qui avait le plus besoin de mon aide.

« Ça ne vaut pas Tommy Dorsey, a dit Nanny lorsque le quarante-cinq tours est tombé sur la platine du Dumont, mais ce n'est pas trop mauvais tout de même. » Elle avait les jambes croisées, un talon sorti de la chaussure, même que l'espadrille correspondante valsait au bout de son pied quand elle battait la mesure, en frappant le diamant de sa bague contre le bras du fauteuil. Il a souri, papa, et proposé : « Allez, miss Zelle, accordez-moi cette danse. » Pour la première fois, elle lui a rendu son sourire, comme si elle se radoucissait. « Non, je suis trop vieille pour ces bêtises. » « C'est vous qui le dites », a rectifié papa, et cela faisait chaud au cœur de les entendre se chamailler gentiment comme autrefois. « De toute façon, a dit Nanny, ce n'est pas moi que tu devrais inviter. »

Tout le monde a regardé du côté de maman qui a levé les

yeux de ses fleurs. « Quoi ? Non, arrêtez, vraiment… si on passait à table et qu'on dînait avant que tout n'ait refroidi ? » « Si, maman, allez », a dit Reed, et elle a répondu : « Bon, entendu, chéri, viens par ici et maman va faire une petite danse avec toi », comme si c'était cela qu'il voulait, mais il était bien trop malin pour se laisser berner aussi facilement, Reed. « Non, avec papa », a-t-il dit, et malgré son hâle elle a rougi si fort, maman, qu'on a vu le rouge lui monter aux joues. Ils se sont regardés avec une espèce de timidité, et papa a tendu les bras, tout sourires. Elle a bien été obligée de céder, là, sous nos yeux à tous, qui ne demandions que cela.

Dee Lou est sortie de la cuisine, elle s'est appuyée contre la porte pour les regarder. « Ils ne sont pas mignons ? » a dit Nanny, et Dee de répondre : « Oh si, miss Zelle, très mignons », rayonnante. « Venez voir par ici, les deux brigands, a fait Pa, apparemment heureux, mais un peu gêné. Il faut qu'on s'occupe du steak avant qu'il n'y ait plus de feu. » Et Reed et moi de répondre d'une même voix : « Oui, Pa », sans manifester beaucoup d'empressement à le suivre. « Ça te plaît ? » a demandé papa, ravi, à maman qui a fait : « Mmmm… la musique est jolie », et au même instant est passée la partie où Aretha dit :

OOOh, tes baisers sont
plus doux que le miel
et, tu sais quoi,
mon fric aussi…

Papa a fait son sourcil à la Stewart Granger, ce qui a fait rire maman, alors il a trouvé le courage de l'entraîner dans une figure plus compliquée. Reed a applaudi, j'ai sifflé en mettant les doigts dans ma bouche, maman a rougi jusqu'aux oreilles, et elle s'est carrément déchaînée au point que papa avait du mal à suivre. Quand il lui tenait la main en essayant de deviner de quel côté elle allait partir, il y avait un sourire plein de tendresse dans son regard, comme s'il était fier de ses performances de danseuse, et maman souriait, elle aussi, un vrai sourire, cette fois, pas une de ces mines que l'on apprend à Ascension et dont on ne sait jamais trop ce qu'elles cachent. Elle a ralenti, juste ce qu'il faut pour lui permettre de prendre le rythme, et je dois bien dire qu'ils étaient beaux, tous les deux – compte tenu de leur âge, ils assuraient.

On est descendu en délégation pour faire cuire le steak, moi, Pa et Reed, mais nous n'étions pas plus tôt arrivés dans l'allée qu'ils sortaient sur la véranda, où maman se penchait au-dessus de la balustrade pour nous appeler : « Papa, les garçons, mettez-vous à table, ne nous attendez pas. Nous allons jusqu'au belvédère pour avoir une petite conversation. » Reed a demandé : « Je peux venir, moi aussi ? » mais maman a répondu : « Non, chéri, va manger avant que ton dîner ne refroidisse. Je serai revenue pour te border dans ton lit. » « Papa aussi ? » a insisté Reed, alors papa a dit : « Oui, mon grand, moi aussi. » Il a fait sauter le bouchon de champagne au-dessus de nos têtes, et Tawny a dressé les oreilles avant de foncer pour aller le chercher, les griffes de ses pattes dérapant sur le ciment, comme si quelqu'un venait de tirer un canard qu'elle était censée rapporter, bien qu'à mon avis elle n'ait jamais dû voir de canard sauvage de sa vie, à part ceux qui passent au moment de la migration vers le sud. En bas des marches, maman a envoyé valser ses chaussures qu'elle a laissées dans l'allée, avant de poursuivre dans le sable en compagnie de papa, et de disparaître dans l'obscurité.

Ils sont restés là-bas pendant une éternité, qui a duré tout le repas et plus encore, alors que même les casseroles étaient récurées – Dee Lou finissait toujours la vaisselle par les casseroles. On ne voyait d'eux que la lueur de leurs vêtements blancs dans la nuit noire, ce qui leur donnait une allure de fantômes, à papa et maman, et aussi le rond orange de leur cigarette dont l'intensité lumineuse augmentait avant de faiblir à nouveau. Au début, ils étaient face à face sur deux bancs opposés, mais plus tard ils se sont installés sur le même, et c'est le moment précis où Nanny a annoncé que nous devions aller nous coucher. « Maman a dit qu'elle viendrait nous border, a dit Reed en faisant la moue comme s'il avait l'intention de traîner les pieds en pleurnichant. Elle a promis. » « Écoutez, vous deux, a dit Nanny, si vous voulez y mettre du vôtre pour que les choses s'arrangent, le mieux que vous puissiez faire, c'est de vous tenir à carreau et de laisser papa et maman tranquilles tous les deux, compris ? » Reed a regardé de mon côté et j'ai fait signe que c'était d'accord, parce que même s'il s'agissait d'un truc pour nous manipuler, elle n'avait pas tort, Nanny, alors il a obtempéré en silence ; nous avons obtempéré tous les deux.

Après la toilette du soir, Reed a demandé s'il pouvait venir dans mon lit, et bien que nous n'ayons plus fait cela depuis un bon moment, j'ai accepté. Quand il a sombré dans le sommeil, je suis resté à écouter sa respiration et sentir cette odeur de petit pois qu'il avait. L'avoir dans mon lit me rappelait le bon vieux temps, celui d'avant la maladie de Pa et le séjour de Nanny à la clinique de Rice, avant que papa et maman passent leur temps à se disputer et se mettre en colère. Et puis, doucement, lentement, Reed a commencé à se taper la tête dans l'oreiller. J'ai fermé les yeux, dit une prière. J'ai demandé au bon Dieu de faire que tout redevienne comme avant, qu'on puisse revenir en arrière, qu'Il nous rende ce que nous avions lorsque nous étions encore heureux sans même le savoir vraiment.

Plus tard, j'ai été réveillé par le grincement de la planche, sur la véranda. J'ai d'abord cru que c'était encore maman, toute seule dehors, sauf que j'ai entendu les chuchotements, ceux de leurs deux voix mêlées, et je me suis souvenu que papa était à la maison. « Tu sens cette brise », disait-il d'une voix claire et joyeuse, et maman a répondu : « Mmmm, le vent vient de tourner, non ? » « Tu sais ce que cela me rappelle ? » « Mmmm ? » « Un nouveau départ », a dit papa, et comme elle ne répondait pas tout de suite, il a ajouté : « Pour moi en tout cas.

— Nous sommes si souvent repartis de zéro, Jimmy, a-t-elle fini par dire. Je voudrais bien comprendre pourquoi il faut que les choses se terminent toujours de la même façon, avec nous. » « Elles peuvent être différentes, cette fois, May, je sais que c'est possible. » « Tu as déjà dit cela, et moi aussi », a répondu maman, alors papa a insisté : « Je sais, je sais cela, mais pour moi, il y a quelque chose de changé. Si seulement je pouvais réussir à ce que tu le croies. » « J'aimerais, Jimmy, c'est mon vœu le plus cher », a dit maman. « Mais ? » « S'il y a un mais, c'est que les mots ne suffisent pas. Tu es très fort avec les mots, tu as toujours su parler, Jimmy, et moi, je ne demandais qu'à te croire, mais cette fois, j'ai besoin de voir, de voir avec mes yeux... Mon Dieu, j'ai l'air égoïste en disant cela, comme si je prenais les décisions pour nous deux, et je ne veux pas. Tu ne le croiras peut-être pas, Jimmy, mais c'est la dernière chose au monde que je souhaite, décider pour toi, et Reed, et Joey, alors que j'ai déjà bien du mal à m'occuper de moi. » « Alors laisse-moi m'occuper de toi », a dit papa, et elle a répondu : « S'il te plaît, ne dis pas cela. » « Pourquoi ? » « Parce que j'ai envie de croire que tu parles sérieusement, et j'ai tellement peur que ce ne soit pas le cas. » « Tout ce que je demande, May, c'est une chance de te prouver ma sincérité, une nouvelle chance. Ne me laisse pas tomber, d'accord ?

— Jimmy, a fait maman. Oh, Jimmy, Jimmy », alors papa a dit : « Viens. » Il y a eu ensuite un bruit étouffé comme si elle sanglotait sur son épaule, et papa répétait simplement : « Chut ! Chut ! C'est fini ! » tandis que maman reniflait et soupirait.

Ils ont gardé un long silence, ensuite, jusqu'à ce que maman finisse par dire : « Bon, il commence à faire frisquet, dehors. On ferait mieux de rentrer, maintenant. » « Je vais chercher mes affaires et m'installer dans la chambre du bas », a dit papa, mais elle a fait : « Non, chéri, je ne veux pas », alors papa a dit : « Vraiment ? », et elle a redit : « Non », ce qui a été leur dernière parole. Par la suite, la seule chose que j'ai entendue, c'est le grincement de la lame de parquet dans le vestibule lorsqu'ils sont entrés sur la pointe des pieds, puis le verrou – *clic* – quand ils ont fermé la porte de leur chambre. Je me suis rendormi, avec une sensation de chaleur et de sécurité à l'intérieur de moi, comme cela m'arrivait souvent avant le début de cette histoire, le jour où en me levant le matin j'avais trouvé les traces de pas sur la véranda.

32

Joey

Quand je me suis levé le vendredi matin, papa et maman étaient encore couchés et Nanny, tout sourires, parlait à voix basse et obligeait tout le monde à marcher sur la pointe des pieds. Lorsque A. Jenrette est arrivé de sa maison, j'ai été plutôt content de sortir avec lui, même si je ne l'aimais pas trop depuis le jour à Durham où il avait dit que je ressemblais au gros bonhomme de Shoney Big Boy. Il avait un jeu de cartes cochon qu'il avait subtilisé à son père, et nous avons passé un moment à les regarder, mais franchement, celles de A. n'étaient pas aussi bien qu'un autre jeu que Stevie Poe nous avait montré dans les bois, un jour, à Archie et à moi, et puis ça ne m'intéressait pas trop. Quand oncle Johnny nous a demandé de l'aider à installer la table pour jouer au gin-rummy dehors, dans l'allée, A. y est allé, mais moi, je me suis défilé, tout seul.

Sous la maison des Jenrette se trouvait un endroit où nous allions jouer quand nous étions gamins, encore qu'il soit surtout utilisé par Reed et sa bande, à présent. Il faisait toujours sombre et frais là-bas, et en plus on n'était jamais dérangé par les adultes parce qu'il fallait pratiquement ramper pour y accéder. Moi, ce qui m'avait toujours plu dans cette cachette, c'est qu'en regardant du côté de la lumière on pouvait voir tout ce qui se passait sans être vu, alors c'est de ce côté que je suis allé.

Je n'étais pas installé depuis très longtemps lorsque

maman et Nanny sont descendues par l'allée, en tongs, pour aller à la plage. Elles m'ont appelé plusieurs fois, mais je n'avais pas envie de me traîner le parasol sur le sable chaud, alors je n'ai pas répondu, et Reed non plus d'ailleurs, qui devait se cacher je ne sais où.

Tawny a pointé son museau entre les lattes du treillis en geignant à mon intention, parce qu'elle voulait jouer. Elle s'est faufilée sous la planche du bas, elle m'a posé son bout de bois sur les genoux et m'a empoisonné jusqu'au moment où, flairant une piste intéressante, elle est passée à l'attaque, en aboyant et tricotant des pattes avant pour creuser, au point que sa tête entière et une partie de son corps ont vite été ensevelies. Avec le sable humide s'est trouvée rejetée une de mes vieilles Matchbox, une Chevrolet Bel-Air comme celle que nous avions. C'était un cadeau de papa, et pendant longtemps elle a été ma préférée, même si je l'avais pratiquement oubliée pour l'avoir perdue depuis des lustres. En la ramassant pour essayer d'enlever la couche de crasse, je me suis souvenu de nos balades en voiture, les soirs d'été, avant la naissance de Reed, avec moi assis entre eux deux sur la banquette avant, ou bien sur les genoux de papa qui conduisait – il me laissait klaxonner de temps en temps, mon activité favorite au volant. La nuit tombait et nous étions en rase campagne, avec une odeur de foin qui pénétrait par la vitre et des éclairs orageux au-dessus des champs. Maman montrait des vaches en train de paître et disait : « Qu'est-ce qu'elle dit la vache ? » alors je faisais : « Meuh ! », et parfois papa faisait : « Miaou », ou bien « Cocorico », ce qui m'amusait beaucoup – la première plaisanterie que j'aie comprise. Ensuite, maman se mettait à chanter : *« Dodo, l'enfant do, l'enfant dormira peut-être »*, et moi, je m'endormais pour me réveiller à la maison, dans mon lit. Le temps du bonheur.

Quand la Bel-Air a fini par rendre l'âme et que papa l'a vendue en pièces détachées, il a trouvé une Matchbox de la même couleur, qu'il m'a donnée, parce qu'il savait que j'adorais cette voiture. Un jour, en jouant dehors, je l'ai perdue quelque part, et j'ai pleuré toutes les larmes de mon corps avant de m'endormir, mais depuis, je n'avais plus jamais pensé à elle, pas une seule fois, avant qu'elle émerge entre les pattes arrière de Tawny, toute sale et couverte de rouille. Tandis que je la faisais tourner dans ma main, ce matin-là, en me disant que je pourrais peut-être la nettoyer et lui rendre son brillant, j'ai entendu un bruit de pneus sur le sable de l'allée, avec une radio hurlant à réveiller les morts.

J'ai regardé à travers les planches et vu l'avant de la Thunderbird de l'oncle Sumner s'immobiliser, la capote baissée et les enjoliveurs chromés étincelant comme des miroirs. Il était au volant, avec sur la tête ce qui ressemblait à un sombrero en paille dont la jugulaire était bien tendue sur son début de double menton. Il a trébuché en sautant pour sortir de la voiture, sans prendre la peine d'ouvrir la portière – difficile de dire s'il avait bu ou essayait simplement de jouer les petits jeunes, mais j'ai remarqué qu'il était très chic, pieds nus dans ses chaussures de bateau en cuir, avec un bermuda à carreaux et une chemise en coton oxford rose vif dont les manches étaient roulées jusqu'aux coudes. J'ai eu un très mauvais pressentiment en le voyant arriver. Il a eu une espèce d'hésitation en apercevant la Mustang, comme s'il venait juste de comprendre que papa était venu, mais il s'est penché tout de même pour attraper une Thermos et un sac de courses sur la banquette arrière, avant de parcourir les planches montant vers la dune, même que j'ai dû me déplacer vers l'est pour ne pas le perdre de vue.

Une fois arrivé au belvédère, il a posé ce qu'il transportait sur le banc, avant de faire de grands signes et d'appeler en utilisant ses deux mains comme porte-voix, puis il a fait sonner la cloche que nous avions là-haut pour annoncer l'heure des repas. Maman est apparue derrière la dune, avec ses lunettes noires sur le nez, souriante et essoufflée, mais au même instant la porte de notre maison a claqué et j'ai dû revenir à ma position d'avant. Papa venait de sortir sur la véranda, et il les observait, lui aussi, parfaitement silencieux, le regard noir et la mâchoire tendue, pour la première fois à ma connaissance depuis son arrivée. Lorsque maman l'a vu, elle a fait signe et s'est mise à dévaler la dune, oncle

Sumner dans son sillage. Il ne s'est même pas donné le mal de répondre à son signe, papa.

« Salut, Jimbo, a dit Sumner sur un ton amical. Je n'avais pas repéré que tu étais là. » « Regarde, Jimmy, a fait maman, Sumner a préparé une carafe de margarita. Pourquoi tu n'enfiles pas ton maillot pour nous rejoindre sur la plage, on prendra un verre tous ensemble ? Les petits vont sans doute aller se baigner, et tu sais que je me sens plus tranquille avec toi à proximité. » « Sumner pourrait se charger de les surveiller, a dit papa, cela ne te dérangerait pas, n'est-ce pas, Sumner ? » Et l'oncle Sumner de paraître un peu troublé, comme s'il n'était pas sûr de la réponse à faire. « J'ai cru comprendre que c'est ce que tu fais de toute façon, a insisté papa, veiller au grain à ma place, quand je ne suis pas là, et je devrais sans doute te remercier pour tant de conscience et d'intérêt. » « Attends, Jimmy, écoute… » « Non, Sumner, je parle en toute sincérité. Du fond du cœur, vraiment, a coupé papa. Tu as toujours été un gentleman et je n'en attendais pas moins de toi. »

Il a alors regardé maman, l'oncle Sumner. « Je ferais peut-être mieux de m'en aller », a-t-il fait, en ôtant le sombrero, mais maman lui a dit, en regardant papa droit dans les yeux, avec une mine aussi résolue que lui : « Non, Sumner, je tiens à ce que tu restes ici prendre ce verre que tu as eu la gentillesse de préparer. » Il lui a serré le bras en disant : « Une autre fois », puis il a lancé le chapeau sur la banquette arrière avant de monter, en ouvrant la portière, cette fois.

« Je te remercie pour ce que tu viens de faire, Jimmy », a dit maman tandis que Sumner s'éloignait en marche arrière au volant de la Thunderbird. « Mais de rien. » « Pourquoi ? a-t-elle demandé. Je te serais très reconnaissante de bien vouloir m'expliquer pourquoi tu as jugé indispensable de faire ça. » « Faire quoi ? » « Être désagréable avec Sumner et l'humilier de cette façon. » Il a haussé les épaules avec un petit sourire satisfait, papa. « Ce n'est pourtant pas très compliqué, May. Si tu réfléchis bien, je suis sûr que tu es capable de trouver la réponse.

— Sumner est un ami d'enfance que j'aime beaucoup, Jimmy. » « Je t'en prie, May. Je sais que tu es sortie avec lui – toute la ville est au courant. » Elle n'a pas répondu, maman ; elle l'a seulement fixé. Moi, je pouvais à peine respirer.

33

Jimmy

C'est Molly qui m'a mis au parfum. Je suis tombé sur elle, l'ex-Mrs. Sumner Dade, un après-midi au Piggy Wiggly, dans Commerce Street. Elle se trouvait au rayon viande congelée, en arrêt devant un blanc de poulet comme si elle ne parvenait pas à se décider – j'ai eu le sentiment qu'elle était là depuis un bon moment.

Pour être franc, j'ai été un peu sidéré par son allure – elle avait le cheveu plat et un regard vitreux qui ne semblait fixé ni sur le morceau de poulet, ni sur moi, ni sur quoi que ce soit dans l'immédiat. J'ai dû répéter son nom trois fois pour qu'elle sorte de son état de transe. Voyant qui j'étais, elle s'est accrochée à moi comme à un vieux compagnon d'armes et elle m'a dit qu'une personne de ses connaissances avait vu May et Sumner danser ensemble, un soir, au Beach Club. Elle entrait dans les détails, Molly, comme si elle trouvait une délectation perverse et pensait assez naturellement qu'il en allait de même pour moi. Ce qui n'était pas le cas. L'information m'a pris au dépourvu, et mis à part la question de savoir si j'avais encore des droits à faire valoir, cette nouvelle m'a fait très mal.

Molly n'a pas paru le remarquer. Elle était comme une experte qui se serait fait une spécialité de la trahison – plus le détail était cruel, plus elle semblait en saliver d'aise. Et je ne parle pas de cruauté à mon égard – non, moi, j'étais secondaire, la grande victime de l'histoire qu'elle racontait, c'était elle. Oui, j'ai été sidéré, et pas seulement par son allure. C'était ma première rencontre avec le divorce, avec le tribut que cette première, où ces deux premières années peuvent prendre sur une femme pleine de charme et de séduction. Molly avait possédé les deux ; à présent, elle ressemblait à un fantôme vengeur, mince comme une lame de rasoir et aussi dangereuse, essentiellement pour elle-même.

M'ayant mis en condition, elle a incliné la tête d'un air songeur avant de fixer son regard sur moi. « Et si tu passais dîner un de ces soirs, Jimmy ? On a beaucoup de choses à se raconter, je crois. » « Mais certainement, Molly, on devrait faire ça », ai-je répondu, et elle a fait : « Pourquoi pas ce soir ? » Il est possible que je me sois mépris sur ses intentions, mais je ne le pense pas – c'était du rentre-dedans en bonne et due forme.

Comme je n'ai pas répondu immédiatement, elle a dit, avec le même sourire bizarre : « Tu rougis », alors j'ai fait : « Excuse-moi », et elle a demandé : « De quoi ? Je ne crois pas que nous leur devions quoi que ce soit – et toi ? » « Je n'en sais rien, Molly, sans doute pas, mais malheureusement j'ai d'autres projets. » « Oh, ça, je n'en doute pas. De cela aussi, j'ai entendu parler. Bref, si tu changes d'avis, tu connais mon adresse. »

La façon dont elle l'a dit ressemblait presque à une menace. Peut-être d'ailleurs que, d'un certain point de vue, c'en était une – parce que je dois bien avouer que, pendant une fraction de seconde, la possibilité de la prendre au mot m'a traversé l'esprit, sans que je puisse seulement dire pourquoi. Je suppose que j'étais un peu dingue, en plus ; nous l'étions tous, à ce moment, y compris May et Sumner. Mais le fait d'être dingue n'explique pas tout. Le désir de vengeance serait plus plausible – peut-être était-ce cela que Molly avait en tête. Pourtant, je ne crois pas avoir jamais fonctionné ainsi, et je suis certain que le plaisir n'était pas non plus l'élément moteur pour moi. Non, je pense simplement que j'avais, ancré en moi, un instinct me poussant à faire ce que les femmes me demandaient, leur donner ce qu'elles voulaient quand je le pouvais. Un psy trouverait sans doute une explication plus subtile, mais au fond je crois qu'il y avait la souffrance, tout simplement, et rien d'autre. J'avais un radar pour repérer la souffrance chez une femme – un signal se déclenchait en moi, et j'étais prêt à me mettre en quatre pour tenter de la soulager. Quand on songe à la quantité de souffrance dont je suis, moi, responsable, c'est presque comique.

C'est là que le bât blesse, en fait. Parce que si l'on ne parvient pas à soulager cette souffrance, si tout ce que l'on fait ou tente de faire n'est jamais assez, que se passe-t-il ? Dans mon cas, c'est toujours le moment où revenaient les barreaux devant la fenêtre ouvrant sur le ciel de l'idée que j'avais de l'amour, y compris la part de don que j'y mettais.

Je me suis éloigné de mon sujet, au demeurant, et de Molly qui était de nouveau plongée dans la contemplation de ce morceau de poulet congelé, telle Cassandre consultant sa boule de cristal.

Tout cela va m'amener à Edie Perkins, je suppose, et que puis-je en dire ? Je n'ai pas cherché cette histoire ; elle m'est tombée dessus. Cela arrive parfois, et à l'époque la situation n'était pas brillante à la maison. May ne me regardait jamais sans cette lueur de défiance dans les yeux, comme dans l'attente de l'échec inéluctable où je courais, de la nouvelle déception que j'allais lui infliger. Avec Edie, c'était différent. Elle buvait mes paroles et n'était pas encline à juger. Le fait que j'étais allé à l'université l'impressionnait ; la position que j'occupais à la Bonanza aussi – je travaillais encore là-bas – ainsi que la connaissance que j'avais du métier. Aussi bizarre que cela puisse paraître, je lui inspirais du respect, et je crois que cela a été plus déterminant que le sexe, encore que le sexe ait joué aussi un rôle important – la chambre à coucher s'était mise à afficher fermé, à Ruin Creek. Je sais bien qu'elle n'était qu'une gamine, mais elle avait roulé sa bosse et elle était dégourdie. Quand j'étais avec elle, je commençais à me dire : *hé, finalement, si l'on va au fond des choses, c'était quoi mon échec, qu'est-ce que j'avais fait de mal ?* Pour certains, j'avais carrément bien réussi, pour la plupart des gens, je m'en sortais honorablement. Edie, elle ne me demandait pas de lui décrocher la lune avec les dents, comme May, ou ma mère.

Ce qu'elle voulait, Edie ? Au début, je crois, simplement s'amuser, comme moi, et puis un peu de tendresse. Mais au fil du temps, pendant ce printemps, de petites allusions se sont glissées dans son discours. Elle a commencé à m'interroger sur la façon dont j'envisageais l'avenir, ce que j'en attendais, mes espoirs – autant de questions qui étaient moins des interrogations que des indications déguisées sur ses espoirs et ses rêves, des tentatives pour m'instruire de leur justesse et de leurs avantages. J'étais censé manifester de l'enthousiasme pour le rôle qu'elle m'assignait dans cet avenir qui cessait subitement d'être le mien pour devenir le nôtre, et, beaucoup plus profondément, le sien. J'étais parfois pris d'un haut-le-cœur, tandis qu'Edie, croyant que ses vraies motivations étaient opaques, continuait allégrement à me décrire le vert paradis dont le train où nous étions embarqués nous rapprochait à grande vitesse.

Je ne lui fais aucun reproche – je ne lui en ai pas fait à l'époque. C'était une gamine de vingt-deux ans, avec un gosse à charge et pas de mari, aucune instruction ou presque, et un emploi à mi-temps dans le salon de coiffure de sa tante. Je suppose que pour elle j'étais un beau parti. De l'amusement, on est passé au besoin d'amour, puis à l'envie d'être pansé de ses blessures – elle en avait eu sa part, Edie, comme tout le monde. Les choses ont suivi le cours normal, exactement – après avoir trouvé auprès d'elle un peu de répit et d'amusement, je me suis retrouvé pris au piège d'une seconde épouse, clandestine, qui me reprochait avec la même amertume que May de la décevoir.

Avant même que May ne me flanque dehors, j'essayais de trouver un moyen élégant de rompre avec Edie – autre aimable illusion. Quelqu'un a dit un jour que les ruptures en douceur laissent des plaies puantes – il n'est pas de paroles plus vraies. Je ne voulais pas lui faire de mal – par gentillesse, je suis resté trop longtemps et l'ai blessée plus cruellement encore.

Pour une de nos dernières soirées, je l'ai emmenée au Angus Barn, à Durham. Ce petit café-théâtre donnait *Our Town* avec un second couteau dans le rôle principal – je ne retrouve pas son nom.

Edie est arrivée sur son trente et un, avec une robe décolletée deux fois trop petite pour elle, et elle a scruté la salle en battant des paupières, la mine aussi sombre que la petite fille aux allumettes qu'on aurait arrachée de la neige pour la faire rentrer au chaud. Je ne voudrais pas donner une fausse image – Edie ne faisait pas volontiers dans la déférence, elle n'était pas le genre de fille à vous donner l'occasion ni la permission de vous apitoyer souvent sur son sort, mais lorsque je l'ai vue me guetter, derrière sa salade, pour savoir quelle fourchette elle devait utiliser, j'ai eu le cœur gros. J'y pense toujours, et je me souviens de son silence pendant que je parlais de la pièce, impressionnée qu'elle était parce que je connaissais le nom de tous les personnages, et celui de l'auteur, écoutant avec ferveur comme si tout ce que je disais était parole d'évangile. L'espace d'un instant – un seul –, elle m'a rappelé May, qui m'avait écouté de la même façon, autrefois.

Le mariage, et George, et Emily ont exercé une forte impression sur moi, ce soir-là. Je ne m'y attendais pas, mais en écoutant ce second couteau déclamer la même tirade que j'avais récitée à l'époque, certains mots ont fait mouche comme ils ne l'avaient pas fait lorsque je les disais sur scène à Killdeer..

J'ai marié plus de deux cents personnes en mon temps.
Est-ce que j'y crois ? Je n'en sais rien.
La maison, le landau, les promenades du dimanche
dans la Ford... Les premiers rhumatismes,
les petits-enfants,
les seconds rhumatismes, le lit de mort,
la lecture du testament...

À ce moment précis, Edie s'est penchée et elle a posé sa main sur la mienne. « Qu'est-ce qu'il y a, chéri ? a-t-elle murmuré. Tu as l'air tout triste. »

J'ai serré sa main, fait chut en mettant l'index sur mes lèvres, sans quitter la scène des yeux.

Une fois sur mille, c'est intéressant.

Oui, ai-je pensé tout bas, *mais une fois seulement*. Plus que tout autre événement de ma vie, je crois que la différence dans ma compréhension de cette réplique donnait la mesure du long chemin parcouru avec May. Ce soir-là, j'ai entendu une chose qui m'avait échappé lorsque j'avais dix-sept ans et l'avenir devant moi, à l'époque où je me voyais manger des huîtres et boire du champagne au petit déjeuner, allumer mes cigares avec des billets de cent dollars. J'ai entendu l'immense, le terrible désespoir d'être humain et d'aimer quelqu'un d'autre. Savoir que je n'étais pas seul à avoir fait ce parcours m'a réconforté.

Edie reste comme un regret, un petit regret, en fait. May en est un infiniment plus grand. May est le grand regret de ma vie, comme elle est aussi le grand amour de ma vie. Pourquoi est-ce que je n'ai pas choisi la sincérité, à propos d'Edie ? La réponse, c'est que je ne sais pas. Après avoir nié la première fois que May a posé la question, ce fameux jour à la Bonanza, j'ai eu peur de changer mon histoire – cela a joué.

Mais fondamentalement, je crois que j'avais honte – non pas d'Edie, pas parce qu'elle n'était pas assez bien pour moi. Non, parce qu'elle n'était pas assez bien pour May.

34

May

Après le départ de Jimmy parti s'installer au bord du lac, ce printemps-là, j'ai commencé à ruminer des doutes concernant la décision que j'avais prise en lui demandant de s'en aller. L'été venu, lorsque je suis allée m'installer à Nags Head, avec maman et les enfants, j'avais cent fois changé d'avis, cent fois par jour, à chaque heure de la journée, tournant et retournant sans cesse la mixture de ce que je pensais, éprouvais, désirais, avec ce que je ne voulais pas. C'est ce qui me poussait dans ces longues promenades sans fin le long de la mer. Un instant je quittais mes chaussures, en bas des marches de la maison ; l'instant d'après, quand je regardais autour de moi, j'étais dans un endroit que je ne reconnaissais même pas, à quinze ou seize kilomètres de la maison, et la matinée était devenue après-midi. Voilà à quoi il a ressemblé, cet été – son souvenir reste comme un rêve intermittent qui s'efface au réveil, laissant derrière lui une espèce de malaise dont on ne parvient pas à sortir. Il m'a fallu des années pour émerger de cet état.

Puis est arrivé mon anniversaire… je ne voulais pas de fête – j'ai dû me battre bec et ongles avec maman à ce sujet, mais elle a tout de même fait confectionner un gâteau au chocolat par Dee Lou et compté une à une les trente bougies. C'était ça, sa façon d'aimer ; j'y avais résisté, à cor et à cri, depuis le jour de ma naissance. Je me trouvais quelque part du côté de Kitty Hawk, cet après-midi-là, presque à la jetée, mais pas tout à fait, lorsqu'en rebroussant chemin j'ai émergé de ma rêverie, juste le temps qu'il faut pour voir où j'étais arrivée. Il n'y avait pas un seul baigneur sur cette plage, aussi loin que je pouvais voir, ni un parasol, ni une chaise longue, ni une mouette, ni un chien, rien que mille kilomètres d'espace bleu, grand ouvert. Et moi, j'étais là, debout sous la brûlure du ciel, toute seule face à tant de beauté, et j'ai compris alors que tout ce que j'avais construit s'était écroulé, tout ce que j'avais fait s'était envolé. J'avais trente ans, pas un seul des rêves de mes dix-huit ans ne s'était réalisé, j'avais désespérément besoin de mettre quelque chose dans ce paysage vide pour remplacer ce que j'avais perdu ; je ne voulais pas être seule. Je crois que c'est la raison…

Peu après mon anniversaire, un visage et une silhouette se sont dessinés dans le néant bleu que j'avais contemplé ce fameux après-midi, un personnage de mon passé : Sumner. Mais ce n'est pas lui la raison – je le redis encore une fois. Et ce n'est pas une vague, rien de si fort ni de si terrible, mais une simple vaguelette qui m'a soulevée doucement pour me déposer gentiment sur la plage, à un endroit que je reconnaissais, où je sentais la terre ferme sous mes pieds.

Je ne crois pas que l'idée me serait venue de l'appeler, mais j'ai été ravie lorsqu'il m'a téléphoné, et lui n'a pas dit non. Il était dans la maison de ses parents, au nord de chez nous, et il est venu prendre un verre – autant que je me souvienne, il a servi des Martini, et alors qu'on devait en être au deuxième, il s'est subitement rappelé que le groupe des Embers jouait ce soir-là au Beach Club, alors il a demandé si nous aimerions aller les écouter, avec une galanterie parfaite et en incluant maman dans l'invitation. Elle m'a pratiquement poussée dehors. Ni l'un ni l'autre n'ont voulu entendre d'excuses – j'en avais tout à coup une liste de plusieurs pages… Je n'aurais pas été plus nerveuse s'il m'avait demandé de me déshabiller – j'imagine que les deux choses ne me semblaient pas si éloignées. Mais avec Sumner tout était facile, il était si désarmant – « En souvenir du bon vieux temps, miss Peut-être », alors sous la pile des milliers de « non », enfoui tout au fond du profond tiroir, j'ai trouvé le seul et unique petit « oui », semblable au dernier article dans la boîte de Pandore. Parce que c'est bien la boîte de Pandore que j'avais le sentiment d'ouvrir, et pour tout dire, la petite étincelle d'espoir allumée par la perspective d'un tête-à-tête galant me flanquait plus de sueurs froides que toutes les bonnes raisons lugubres et tonitruantes que je me donnais de rester à la maison. La plus noire et la plus terrifiante de ces raisons était le regard de Joey lorsque nous avons franchi le seuil de la porte – c'est la première fois, dans mes souvenirs, que je lui voyais ce regard-là –, à croire que je filais avec un riche armateur dans son hors-bord en les laissant, Reed et lui, couler en compagnie du capitaine dans un navire prenant l'eau de toute part.

J'ai eu l'impression de reprendre exactement là où nous nous étions arrêtés, Sumner et moi, toutes ces années auparavant, comme si nous n'avions pas vieilli, deux adolescents éternels, le pied plus léger qu'autrefois, simplement, et avec la sagesse acquise au fil des choses qui nous avaient fait trébucher jadis, libres de cette hâte et de cette fièvre désespérées. Il lui a fallu une heure et un troisième Martini pour m'entraîner sur la piste de danse, mais une fois lancée, je n'ai plus voulu m'arrêter, pas même lorsque l'orchestre a plié bagage, à une heure du matin. J'avais peine à croire qu'il était si tard. Nous étions là depuis quatre heures, et passé la première, le poids s'était envolé, je n'avais pas pensé à Jimmy une seule fois – la sensation de respirer ma première bouffée d'air frais depuis six mois, et puis Sumner était tellement gentil avec moi, exactement ce dont j'avais besoin. Toute la soirée, il a ouvert les portes devant moi, allumé mes cigarettes, il s'est levé pour avancer ma chaise chaque fois que je revenais de me poudrer le nez. Il m'a répété plusieurs fois que j'étais belle alors que je ne m'étais plus sentie jolie depuis des années, un petit paquet d'années au fil desquelles mon éclat s'était terni, comme je l'avais vu s'éteindre chez Ellie Sims pour briller chez Liza, il y a de cela si longtemps – sauf que ce soir-là il s'est ravivé, mon éclat, irradiant une lumière que je savais bienfaisante, même si elle était bien timide. J'avais oublié cette sensation – être appréciée, choyée ; je n'avais pas l'habitude. Autant de façons de dire que j'ai passé une bonne soirée, je suppose, avec la seule tristesse de constater que c'était devenu une affaire extraordinaire et stupéfiante, cette chose toute simple, passer une bonne soirée...

Ce soir-là, nous avons fait la fermeture, et pourtant, aucun de nous deux n'était encore prêt à rentrer se coucher. J'ai eu un moment d'hésitation lorsqu'il a proposé de marcher un peu ; l'idée me faisait peur – pas tant la perspective d'être seule avec lui que celle d'affronter de nouveau la plage, mon adversaire. Mais les circonstances étaient différentes, il y avait la douceur du clair de lune, et puis ce n'était pas le même genre de promenade. Il a retroussé le bas de ses pantalons, j'ai ôté mes chaussures que j'ai tenues par le petit doigt, et nous sommes partis vers le sud, en regardant le plancton s'éclairer à chaque vague qui éclatait, comme des dents blanches illuminant un sourire. Pas de sensation de contrainte ou de risque lorsqu'il a pris ma main, plutôt l'impression d'un geste fraternel, comme lorsque nous étions petits et que Catherine lui disait de me tenir par la main pour traverser la rue en montant au club. Si Sumner était dans d'autres dispositions, elles n'ont pas alourdi sa main – toutes les attentions qu'il avait pour moi relevaient, dans mon esprit au moins, de ce que l'on est en droit d'attendre d'un vieil ami qui vous accompagne pour une soirée en ville.

Nous avons fini par nous asseoir sur le belvédère d'une maison afin de nous reposer les jambes et de respirer l'air salé. Nous avons allumé deux cigarettes et fumé en écoutant les vagues, tandis que la Grande Ourse scintillait dans l'obscurité humide au-dessus de nous. Après un silence, Sumner a dit : « Tu veux que je te dise un secret, miss Peut-être ? » « Quoi ? » ai-je répondu. « Je soupire après toi depuis des années », a-t-il lancé sur le ton de la plaisanterie badine. « Sumner Dade, tu es soûl. » Il a souri en faisant non de la tête. « Je ne suis pas soûl, pas à ce point en tout cas... Je suis amoureux de toi depuis de longues années, je te jure que c'est vrai – je crois que je n'ai jamais vraiment cessé de t'aimer. » « Ça suffit, je parle sérieusement, maintenant », ai-je dit, mais il a continué : « Molly était au courant, d'ailleurs – chaque fois qu'on venait dîner chez vous, on se disputait en rentrant. Il y avait toujours un bon motif pour déclencher les hostilités, mais fondamentalement, c'était toujours le même... je crois que les femmes ont un sixième sens que nous n'avons pas pour ces choses-là. »

Je me suis rendu compte alors qu'il ne plaisantait pas et ma surprise a été totale – quand on tombe là où j'étais tombée, il est difficile d'imaginer qu'il existe encore quelqu'un susceptible de vous trouver désirable. Ma tante Lucy avait une pouliche qui reculait toujours quand on levait la main pour la caresser – elle avait été maltraitée par son premier propriétaire –, moi, j'étais pareille... La déclaration de Sumner m'a donné envie de prendre mes jambes à mon cou. J'ai failli le faire. « Je suis flattée, Sumner, ai-je dit avec une amabilité excessive. Je ne sais pas quoi dire » – encore pire. « Ne dis rien, a-t-il fait. Tu n'es pas obligée. Je ne te demande rien, c'est normal que tu ne saches pas quels sont tes sentiments, là tout de suite, voire que tu n'aies aucun sentiment. Je suis simplement heureux, ici, ce soir, plus heureux que je ne l'ai été depuis tellement longtemps que je n'ose pas compter, tu es la raison de ce bonheur et je voulais que tu le saches. »

Tout à coup, j'ai remercié la nuit parce que j'avais les larmes aux yeux. Le sens à donner à ces larmes, je n'en savais trop rien, sauf que j'étais émue, qu'il me mettait à l'aise, et que je n'éprouvais ni le besoin ni l'envie de m'enfuir. « Les choses peuvent en rester là, tu sais, a-t-il dit. Viens, maintenant, je te raccompagne chez toi. »

Mais impossible d'oublier. Cette nuit-là, je n'ai pas dormi, et le lendemain, au petit déjeuner, j'étais à peine sortie de ma chambre que Joey me fusillait de nouveau de ce regard, je dis bien fusillait – l'impact d'une balle y était, et l'intention physique aussi, je crois. Pendant la nuit, il s'était encore assombri, son regard noir, et teinté d'une conviction que je qualifierai seulement de fanatique. « Qu'est-ce qui se passe, chéri ? » ai-je demandé, inquiète, et il m'a laissée attendre sans cesser de me fixer. Puis il a fini par lancer : « Tu le sais », me tendant sur un plateau mon propre cœur déjà coupé en petits morceaux.

Je ne crois même pas que c'était vraiment Sumner, mais le tout, la tension accumulée de cette année. L'image de son visage est gravée à l'acide dans mon cœur ; j'étais atterrée de voir l'effet sur Joey de tout ce chambardement dans ma vie et dans celle de Jimmy. Reed et lui, ils étaient tout mon bonheur ; ma seule et unique préoccupation avait été de les protéger. Pourtant, en dépit de ma vigilance, la vie avait réussi à filtrer par les fissures cachées de la muraille élevée par mon amour, les frappant d'une douleur aussi forte que la mienne.

Le regard de Joey me condamnait sans appel, et en cet instant il est peu de choses que je n'aurais pas données pour défaire ce qui nous avait conduits à cette situation – y compris Sumner. J'étais là, moi, une femme adulte, prête à m'effondrer devant un petit garçon – je ne sais pas ce qui m'a retenue ; peut-être que je m'étais un peu trop effondrée, justement –, mais, encore sous le coup de la claque cuisante, j'ai reculé, repris mon souffle, et je me suis résignée à ce que je croyais impensable, j'ai laissé mon propre enfant me condamner. M'effondrer n'y aurait rien changé. Et lorsqu'il a dit qu'il voulait aller vivre avec Jimmy, tournant une dernière fois le couteau dans la plaie, je n'ai même pas essayé de lui épargner cela.

Joey devait partir, mais moi aussi – je n'avais pas le choix... Il faut les laisser faire, avec l'espoir que dans une demi-vie ils comprendront et auront une vague lueur de ce à quoi pouvaient ressembler les choses, vues de votre point de vue. Nos péchés en tant que parents sont évidents, mais qui dira jamais la tyrannie des enfants ?

C'est pendant que Reed et lui étaient en visite chez Jimmy, à Killdeer, que nous sommes partis ensemble, Sumner et moi. Son projet initial était d'aller à Richmond pour que je voie la maison qu'il avait achetée et était en train de restaurer, sur le James. Big Sumner était mort l'année précédente, de sorte que Sumner et Ann étaient entrés en possession de ce que maman désignait pudiquement par « un joli magot ». Malgré l'envie que j'en avais, la perspective de buter sur la moitié de la planète, là-haut, me donnait des cauchemars. La sœur de papa, tante Julia, ne vivait pas très loin, et quand bien même j'aurais été divorcée et libre – ce qui, nous le savons parfaitement, n'était pas le cas –, jamais, sous aucun prétexte, je n'aurais accepté de passer la nuit avec Sumner, dans sa maison. J'avais déjà fait fi de toute prudence auparavant, et voyez où cela m'avait menée. Douze ans de mariage avaient dû me rendre plus conformiste, je suppose, mais c'est comme la fameuse rengaine de maman : *souviens-toi de qui tu es*. En fin de compte, je ne crois pas qu'on ait tellement le choix ; il y a quelque chose qui se souvient à votre place.

Conformiste ou pas, je suis tout de même partie avec Sumner – et avec la bénédiction de Miss Zelle Tilley, en plus, bien que papa n'en ait jamais rien su. Pour finir nous avons choisi Virginia Beach comme terrain neutre – ce n'était pas loin et personne ne nous connaissait là-bas. Tout a bien commencé, une belle journée claire, avec un peu de vent, et Sumner a baissé la capote de sa Thunderbird, ce qui rendait la conversation difficile à cause du vacarme – mais moi, ça m'arrangeait bien. J'étais dans ce qu'on pourrait appeler une humeur songeuse. Lui semblait heureux et content, sans débordement puéril, mais sur un mode plus subtil, vertébré, ce qu'on apprécie chez un homme. J'avais le sentiment de commencer à le connaître au temps présent, d'une façon qui nous avait échappé au cours de ces années d'amitié, chez nous.

Sumner n'a pas suivi l'itinéraire que nous prenions toujours, Jimmy et moi – la 168 en direction du Nord et de Cheesapeake, puis on continue –, il est d'abord revenu en arrière pour contourner Elizabeth City avant de filer vers le Nord, en traversant des kilomètres et des kilomètres de terres agricoles, avec çà et là un bout de marécage ou de forêt. « J'adore cette route », a-t-il dit en criant pratiquement pour se faire entendre, et je voyais l'expression de son visage enregistrer brièvement tel repère connu, telle vue nouvelle, autant de choses que je ne pouvais que deviner, n'ayant pas l'histoire de cette géographie partagée inscrite dans ma mémoire. Cette histoire-là, elle appartenait à lui et à Molly – c'est la seule fois en fait que j'ai pensé à elle.

Je ne saurais dire où nous étions exactement – mais je suis sûre et certaine que nous avions déjà franchi la frontière avec l'État de Virginie – lorsque nous avons vu un panneau annonçant une vente aux enchères. Miracle des miracles, Sumner a dit : « Rien ne nous presse vraiment, si ? Tu veux qu'on jette un œil ? » Là il a marqué un maximum de points, je vous prie de le croire, et comble du comble, il ne s'en est même pas rendu compte. Je n'étais pas en train de lui faire passer un examen, non, mais il y a des choses qui échappent la première fois et que l'on remarque la deuxième.

Tant que je suis sur le sujet, je devrais probablement dire qu'il me plaisait de plus en plus, le nouveau Sumner. Il avait acquis une sorte de solidité, un poids à la fois assuré et rassurant qui d'une certaine façon me rappelait papa – j'aimais la facilité avec laquelle les choses semblaient aller autour de lui, comme l'air glisse sur une aile bien dessinée. Avec Jimmy, tout demandait des efforts épuisants et inutiles que l'habitude avait un peu occultés à mes yeux. Le contraste rendait la différence éclatante, aujourd'hui. Il avait bien évolué, Sumner, et je me disais qu'indépendamment de ce qu'il pouvait y avoir entre nous deux, j'étais contente et fière de lui. Mes pensées commençaient à voguer librement et loin, plus loin sans doute que je n'aurais dû les laisser filer, mais pour dire la vérité, je n'avais pas l'énergie de les contenir d'une part, et je n'étais pas en position – du moins était-ce mon sentiment – ni d'humeur à jouer les saintes nitouches.

Nous avons donc suivi les flèches, roulant pendant près d'un kilomètre entre deux haies de myrte somptueusement en fleur. Il y avait un cheval à basanes dans un pré à côté d'un étang noir, immobile, et dès l'instant où nous nous sommes engagés dans la propriété, j'ai éprouvé l'étrange sensation de me trouver en terrain connu, sensation amplifiée encore lorsque est apparue la maison, blanche et de style néo-grec. Elle était plus que décatie, mais dès le premier regard, on savait qu'elle avait été jadis le cadre d'une vie hors du commun. Je me suis demandé si elle avait appartenu à une célébrité de sorte que j'aurais pu la voir en photo, mais je ne crois pas que c'était la raison. Sous le charme magique de cet après-midi, alors que pour la première fois depuis douze ans je sortais respirer un peu hors de ma propre vie, je crois que j'ai vu la maison de mes rêves, celle que j'avais toujours désiré avoir ; comme lorsqu'on ouvre un vieil album et qu'il vous tombe une fleur séchée sur les genoux.

Plus tard, comme je circulais à travers les grandes pièces sombres et hautes de plafond où étaient exposés les lots mis en vente, je suis tombée en arrêt devant une photo de femme dans un cadre d'argent terni. Elle semblait avoir à peu près le même âge que moi au moment où le cliché avait été pris – dans les années 20 ou 30, à en juger par ses vêtements et sa coiffure. Ravissante, elle avait le teint foncé, une bouche délicatement dessinée et des yeux pleins de confiance qui m'ont séduite.

Près de la table, à côté de moi, une vieille dame m'a renseignée sur la jeune femme de la photo. Cette maison lui avait appartenu et elles avaient été condisciples, il y avait de longues années. Il était étrange d'imaginer qu'elles avaient été contemporaines, cette belle jeune femme dans le cadre d'argent, et la vieille dame frêle aux cheveux blancs dont le visage était strié de fines rides semblables aux fissures dans le vernis d'une vieille tasse de porcelaine. « Vous devriez acheter ce cadre, ma chère, m'a-t-elle dit avec un sourire avant de s'éloigner. On ne trouve plus d'argent aussi lourd aujourd'hui. »

Je l'ai acheté – mais pas pour le cadre. Plus tard, en défaisant mes bagages à l'hôtel, je l'ai installé sur ma table de chevet.

Sumner avait réservé une suite de deux chambres communicantes – assez proches donc, mais laissant la possibilité d'une retraite –, ce que j'ai reçu comme d'une délicatesse pleine de tact, qui n'excluait d'ailleurs pas un certain savoir-faire, comme s'il n'était pas sans expérience en la matière, et à mon avis il ne l'était pas. Je ne lui en voulais pas : mon intérêt était piqué, j'étais même amusée à l'idée qu'il était devenu un homme à femmes – ce qu'il avait peut-être toujours été, mais finalement j'en étais toujours restée au petit voisin qui venait sonner à la porte le vendredi soir après les matchs de football, avec son blouson de cuir et sa mine ébahie, attendrissante, pleurant après ma sœur aînée.

J'ai fait couler un bain où je suis restée plongée une demi-heure, laissant la tension se dissoudre progressivement, quitter chacun de mes membres avec un frémissement semblable à celui de l'eau chaude. Appuyant ma nuque contre le rebord de la vieille baignoire à pieds, j'ai fermé les yeux et savouré l'idée de dormir, nettement plus séduisante que la perspective de faire l'amour. Lorsque je suis sortie de l'eau, rose et alanguie, j'ai dû lutter pour ne pas m'abandonner nue à ces draps frais et contempler par ma fenêtre la tombée du crépuscule abaissant un voile de fumée bleue venue de l'océan. Mais j'avais peur, si je fermais les yeux, de ne pas les rouvrir de vingt ans. J'ai donc passé la robe bleue de cocktail achetée par maman après sa sortie de la clinique de Rice, mais qu'elle n'avait jamais portée, et je suis allée rejoindre Sumner sur la véranda. Il s'était rasé une seconde fois et avait enfilé une veste de soirée. Nous nous sommes installés dans les épais coussins des fauteuils en rotin, et nous avons siroté un breuvage désuet en contemplant le coucher de soleil au son du petit orchestre qui jouait des fox-trot dans la salle à manger. Plus tard, il a commandé des huîtres Rockefeller avec une bouteille de champagne, et nous avons ôté nos chaussures pour marcher au bord de l'eau, en buvant au goulot, nous sentant bien l'un et l'autre.

Pendant le dîner – nous avions commandé et étions au beau milieu de notre bisque de crabe –, nous avons entendu les premiers roulements du tonnerre. Ils semblaient très loin, comme s'il risquait de nous épargner, et puis d'un seul coup, sans transition, comme il arrive à cette saison, l'orage était juste au-dessus de nos têtes. Les rideaux ont commencé par se gonfler, puis s'envoler carrément tandis que les serveurs se précipitaient pour fermer les fenêtres. L'air a changé brutalement, se chargeant d'humidité et d'une forte saveur du sel de l'océan. Tout le monde s'est arrêté de manger pour regarder le nuage noir fondre sur nous de l'est en déversant des éclairs comme des joyaux d'or s'échappant du sac percé emporté par un voleur. Puis il y a eu un terrible fracas juste à côté, avec un bruit d'explosion – une odeur fraîche et bizarre a envahi la salle, et toutes les lampes se sont éteintes. Pendant une fraction de seconde tout est resté immobile, en suspens, puis le ciel s'est rompu et la pluie s'est mise à tomber comme de l'eau d'une bâche. On se serait cru dans une maison de fous tandis que les serveurs se précipitaient pour installer des lampes tempêtes sur toutes les tables. Sumner a allumé son briquet – « Et voilà, a-t-il dit, qu'en penses-tu ? » « Superbe », ai-je répondu, excitée par l'orage et la panique générale. « Le dîner risque de prendre des heures à présent », a-t-il fait, et j'ai répondu : « On n'attend pas – on monte le reste de champagne et on regarde depuis le balcon. »

Le briquet s'est éteint dans l'escalier aux marches grinçantes, et Sumner a buté contre moi. « Excuse-moi. » « Pourquoi est-ce que tu parles tout bas ? » ai-je demandé, et il a répondu : « Je ne sais pas. » Il y avait un léger changement de timbre dans sa voix. Quand je me suis retournée, son souffle a embué mon visage comme une toile d'araignée, plus chaud que l'air et chargé d'effluves de champagne, puis son bras m'a enlacée au creux des reins et tirée contre lui jusqu'à m'écraser les seins contre sa poitrine, alors j'ai senti la chaleur de son corps et les battements irréguliers de son cœur à travers la fine pellicule de nos vêtements. Il m'a embrassée, je lui ai rendu son baiser ; aucun de nous deux n'a plus prononcé un mot jusqu'à la porte de ma chambre.

L'âtre de la cheminée était garni, des bûches blanches de

bouleau dont nous avons pensé qu'elles étaient là pour le décor, mais cela ne nous a pas empêchés d'allumer le feu, d'ouvrir les portes-fenêtres, de sortir sur le balcon. Le vent était si fort que j'ai dû cligner les yeux et me cramponner à la balustrade métallique de peur d'être emportée – l'impression d'être embarquée sur un énorme bolide en pleine vitesse. Nous avons été instantanément trempés jusqu'aux os, mais avec la sensation d'être merveilleusement tonifiés par ce contact avec l'extérieur, comme si toute cette électricité présente dans l'air allumait quelque chose dans nos cellules qui renforçait notre acuité. L'océan était d'un blanc pâle, lumineux, roulant et enflant dans l'obscurité, avec, flottant en surface, de petites taches blanches aussi, de l'écume peut-être, ou des oiseaux.

Je n'ai pas senti le froid avant de rentrer et de refermer les fenêtres. « Tu as les lèvres bleues », a dit Sumner qui est allé chercher une serviette dans la salle de bains pour me sécher le visage et les cheveux. L'intempérie avait donné un lustre à sa peau et ses yeux, et lorsque nous nous sommes de nouveau embrassés, sa bouche avait la saveur de l'océan. « Tu devrais te changer », a-t-il dit. « Tu veux dire me mettre à l'aise ? » Il a souri. « Ôter tes vêtements mouillés pour mettre quelque chose de sec en tout cas. » « Promets-moi de ne pas regarder », ai-je dit en retirant un bas. « Je promets, a dit Sumner, mais à ta place je ne m'y fierais pas trop. » « Ce n'est pas comme si tu ne m'avais jamais vue, Sumner, lui ai-je rappelé. Sauf qu'il y a évidemment plus à regarder maintenant. » « Ce n'est pas moi qui m'en plaindrai. » J'ai ri et fait glisser ma robe sur le plancher. Ensuite, j'ai ôté ma combinaison et le reste de mes sous-vêtements, avant d'enrouler la serviette-éponge autour de mes épaules.

Quand je me suis assise devant la cheminée, j'ai senti sous moi les briques déjà chaudes et trouvé la sensation agréable. Je claquais un peu des dents, et dans la glace en trumeau je voyais Sumner se déshabiller derrière moi, pliant soigneusement la veste qu'il venait d'ôter, en mettant la doublure à l'extérieur, exactement comme faisait papa. Il a noué une serviette autour de sa taille avant de venir me rejoindre auprès du feu, en me prenant dans ses bras pour me serrer au chaud contre lui. J'ai ouvert ma serviette pour la passer autour de ses épaules aussi, de sorte que nous étions nus sous le tissu éponge. J'ai senti mon sein gauche glisser contre sa poitrine nue, sa main qui se levait pour le toucher… La serviette est tombée sur les tommettes, je me suis allongée dessus, j'ai tiré Sumner sur moi. Les flammes projetaient des ombres et une lueur orange, dessinant des motifs sur son visage.

En bas, l'orchestre avait repris. Près du sol comme je l'étais, j'ai entendu la musique tout à coup, surtout la basse – ils jouaient apparemment une valse, et en fermant les yeux j'ai vu les danseurs, les hommes en veste de smocking, les femmes en robes longues, tourbillonnant entre les chandeliers, sous le grand lustre de cristal sans lumière, musique majestueuse couvrant juste la tempête qui faisait claquer les vieilles persiennes contre les murs de l'hôtel, soufflant la grippe tandis que le feu ronflait dans la cheminée. Emportée par le tout, je ne souhaitais pas la fin de l'orage, je voulais qu'il m'emporte loin et me pose dans une autre vie.

C'est peut-être ce qui s'est passé… Je ne me suis pas rendu compte que les lumières étaient revenues avant d'ouvrir les yeux et de voir la lampe de chevet éclairant la photo. J'avais les cils mouillés, pourtant je ne pleurais pas vraiment ; ou si je pleurais, je n'aurais pas su dire pourquoi. Mais tandis que je regardais le portrait par-dessus l'épaule de Sumner, mon attirance pour cette inconnue est soudain devenue lumineuse – elle était la femme que j'aurais pu être, et que d'une certaine façon, au fond, j'étais censée devenir. Si j'étais née une génération plus tôt, si j'avais eu la vie que l'éducation donnée par maman m'avait fait désirer et espérer, j'aurais peut-être vécu dans une maison comme la sienne, et peut-être aussi que j'aurais eu cette expression tranquille dans le regard. C'est à ce moment-là que j'ai compris que jamais il ne me quitterait, ce rêve, parce que c'était seulement un rêve.

Si en cet instant précis le Seigneur m'avait offert la

possibilité de revenir en arrière, de défaire tout ce qui avait été fait, peut-être que j'aurais saisi cette chance et que je serais restée avec Sumner pour ne plus jamais revenir à la maison – une partie de moi aurait aimé que les choses se passent ainsi, mais une partie seulement, la plus petite. Étendue là dans les bras de mon ancien soupirant, les choses se sont éclairées avec une limpidité totale : *cette vie n'est pas ma vie*. Pas plus que la route par laquelle Sumner m'avait amenée ici n'était ma route. Avec lui, dans cet hôtel, j'étais dans la vie de quelqu'un d'autre, que je ne connaissais pas. Peut-être la vie que j'aurais pu avoir si j'avais fait le choix d'aller à Philadelphie. Je savais simplement que cette vie n'était pas la mienne. Je n'étais pas arrivée au bout de ma route avec Jimmy…

Parce qu'il n'y a qu'une route, voyez-vous, une seule, qui corresponde à notre vraie vie – ça, on ne le sait pas quand on est jeune. Malgré tout l'attrait de l'autre route que Sumner me faisait découvrir, et elle était aussi belle, aussi rapide que celle que je connaissais, il lui manquait le miroitement de l'histoire que j'avais inscrite avec Jimmy le long de la nôtre, où chaque kilomètre portait le souvenir d'une douzaine de passages antérieurs, ponctués des événements qui s'y étaient déroulés : la crevaison, les fleurs sauvages que nous nous arrêtions pour cueillir. Je voyais au passage les fantômes de tout ce que j'avais été auparavant, et ils me rappelaient qui j'étais ; pour le meilleur ou pour le pire, je ne pouvais pas abandonner cette vie-là. Mon chagrin, c'était de prendre la mesure des manques qui existaient entre nous, même au moment où je me rappelais, pour la première fois depuis des mois, que quelque chose au moins ne manquait pas. Je ne savais pas si cette vie-là pouvait encore être sauvée – rien n'était moins certain –, mais il fallait que j'attende de savoir.

Tandis que nous étions allongés, après, j'ai demandé à Sumner s'il lui arrivait jamais de penser à Molly. Il n'a pas répondu tout de suite. Il a commencé par allumer deux cigarettes et m'en tendre une. Puis d'une voix douce que j'entends encore, il a dit : « Il est difficile de changer, May, n'est-ce pas ? », et j'ai répondu : « Tu crois ? Moi, je pense sincèrement qu'on peut changer en un clin d'œil – ce qui est difficile, c'est de le désirer. » Une souffrance a percé dans son regard malgré son sourire tandis qu'il se plongeait dans la contemplation du plafond. Je crois qu'il a compris.

35

Joey

« Très bien », a dit maman à papa pendant que la Thunderbird de l'oncle Sumner s'éloignait en marche arrière dans l'allée avant de repartir. « Je l'ai vu, et après ? Nous sommes partis ensemble, et après ? » « Parce que tu es partie avec Sumner ? » a demandé papa, et maman de soupirer. « Peu importe. » « Où ? a dit papa.

— Je ne suis pas sûre que cela te regarde, Jimmy. » « Moi, je dirais que si, a-t-il répondu. Je dirais même que ça me regarde vachement, May. » Elle a fait non de la tête, maman. « Non, Jimmy, écoute-moi, s'il te plaît. Ce qui importe, c'est que je pourrais être avec Sumner si je voulais, mais je ne le suis pas, je suis ici. Voilà ce qui importe. Surtout, essaie de ne pas te tromper, cette fois, essaie fort. » « Je dirais, moi, que ce qui importe, c'est de savoir si tu as baisé avec lui et si tu as l'intention de continuer, a dit papa. Je dirais que ce qui importe, c'est que Sumner est amoureux de toi, et que tu le sais parfaitement – il l'est en ce moment, il l'a toujours été ; il y a des choses qui ne changent jamais.

— Je ne te le fais pas dire, Jimmy. Il y a effectivement des choses qui ne changent jamais. » Sa voix semblait lasse, tout à coup. « Ce qui veut dire ? » a-t-il demandé, et elle a répondu, avec un calme encore plus grand : « Je crois que tu le sais. » Il a eu un petit rire, papa, si on peut appeler ça un rire. « Tu as raison, au lycée, Dade était un nul, et il l'est toujours », a-t-il dit, et maman de répliquer : « Lui au moins, il s'est donné la peine de grandir, Jimmy. C'est toi qui n'as jamais réussi à changer.

— Enfin, merde, May, tu t'attends à quoi exactement quand il vient fouiner ici comme ça ? » Avec un regard qui semblait contenir toute l'assurance que lui avait perdue, elle a répondu : « Je vais te le dire, Jimmy. Je m'attends à ce que tu traites mes amis avec courtoisie. Parce que Sumner est mon ami – et le tien, au cas où tu l'aurais oublié. Que tu me croies ou non, que tu aies pour lui affection ou mépris, j'entends que tu sois correct avec lui, à cause de moi, et c'est le minimum de ce que je suis en droit d'attendre.

— Merde, May, bon Dieu de merde, qu'est-ce que tu cherches au juste ? Je fais des efforts, je me crève le cul pour que ça marche. Je vivais dans l'espoir que ce week-end pourrait être un nouveau départ pour nous, encore faut-il que tu acceptes de faire la moitié du chemin.

— Parce que je ne l'ai pas fait, Jimmy ? Je ne l'ai pas fait ? Je n'avais pas compris que faire cette moitié de chemin incluait d'être odieuse avec Sumner pour satisfaire ton orgueil puéril. Je ne l'avais pas invité à venir ici ce matin – est-ce que cela ne t'a pas effleuré l'esprit ? Apparemment pas, pas plus qu'il ne t'est venu l'idée que moi aussi, je nourrissais de grands espoirs à propos de ce week-end. Faut-il que je sois bête. J'aurais dû savoir que les choses tourneraient ainsi. Comment pouvons-nous repartir de zéro ? Nous ne pouvons que fermer les yeux et tenter d'effacer douze années. Hier soir, c'était champagne et fleurs ; aujourd'hui, c'est retour à la bagarre. Il y a tellement longtemps qu'avec toi je vis sur ces montagnes russes, chéri, tellement longtemps… D'un jour sur l'autre, je ne sais jamais à quoi m'attendre. Il fut un temps où j'aimais assez le champagne pour supporter le reste, mais je ne sais pas si j'en suis encore capable – je suis désolée, mais je ne sais pas… »

Le visage de maman s'est froissé comme une feuille de papier dans un poing. Elle a levé la main pour se cacher, et papa a dit : « May, écoute… », mais elle l'a interrompu : « Non, Jimmy, c'est toi qui vas écouter. Ce que je trouve stupéfiant, c'est que tu oses me chercher des poux comme tu le fais à propos de Sumner sans jamais faire la moindre allusion à cette petite Perkins. Si on en parlait ? J'ai passé un week-end avec Sumner, mais toi, tu la vois, cette fille, depuis des mois, non ? Je ne me trompe pas ? »

Il n'a pas répondu tout de suite, papa – il avait l'air à la fois furieux et effrayé. « Tu m'as déjà posé cette question », lui a-t-il dit d'une voix si basse que j'entendais à peine, et maman a insisté : « Tu m'as dit qu'il ne s'était rien passé. »

Comme il gardait toujours le silence, elle est revenue à la charge : « Alors ? » Son regard s'est perdu au-dessus de la dune, en direction de l'océan. « Il ne s'est rien passé », a-t-il dit, et du fond de ma cachette sous la maison des Jenrette, j'ai pensé aux mégots de Kool avec le filtre taché de rouge à lèvres et j'ai su que c'était un mensonge.

Quand j'ai voulu regarder maman, elle n'était plus là – il ne restait que des traces de pas.

36

Joey

Papa a suivi maman sur la plage et ils sont restés partis tout l'après-midi pour ne réapparaître ensemble qu'au tomber du jour, semblables à deux explorateurs qui auraient franchi à pied un col difficile en haute montagne et rentreraient au bercail à demi morts de fatigue. Ils se tenaient par la main, mais je n'aurais pas su dire s'il s'agissait d'une vraie réconciliation ou d'une simple trêve. Ce soir-là, pendant le dîner, papa semblait surveiller de très près ses paroles et ses gestes, comme si ses mains avaient la fragilité de la porcelaine et risquaient de se briser au moindre contact brutal. Maman n'a pas dit un mot, ni avalé quoi que ce soit. Lorsque Nanny lui a demandé si elle voulait autre chose, elle a juste cligné les yeux et fait : « Excuse-moi, maman, tu disais ? », à croire qu'elle tombait des nues et revenait de loin, très loin. Je n'ai pas mangé grand-chose non plus.

Une fois dans mon lit, j'ai écouté l'eau couler dans les tuyaux tandis que maman faisait sa toilette dans la salle de bains. Quand elle a eu terminé, papa a frappé doucement à la porte de la chambre et maman a dit : « Entrez. » Je suis resté longtemps éveillé pour voir s'il allait rester. Je crois que oui – en tout cas je ne l'ai pas entendu sortir – et je me suis senti rassuré, comme si cela faisait encore un sujet de discorde parmi tous les autres qui était peut-être résolu.

Quand je me suis réveillé, le samedi matin, il faisait encore nuit dehors, mais la porte de la chambre était ouverte, la lumière du couloir allumée, et Pa était déjà debout, les mains dans les poches, rasé et vêtu de blanc pour la pêche – pantalon de toile, chemisette ouverte au cou pour laisser voir le gilet de corps, et son fameux panama à ruban noir. Sous la lumière du plafonnier, le bord projetait une ombre sur son visage, mais je voyais bien qu'il souriait, Pa, de ce sourire bien à lui qui se lisait à peine sur les lèvres mais davantage sur l'ensemble du visage. Il était toujours plus limpide, tôt le matin, son sourire, parce que je suppose que pour Pa c'était le meilleur moment de la journée, celui où les choses commencent, où l'on a le temps pour tout.

« Bonjour, fiston », a-t-il dit. « Bonjour, Pa. » « Prêt pour aller flanquer la rouste à ces fichus poissons ? » « Je ne crois pas qu'ils soient encore levés », ai-je dit en me frottant les yeux pour chasser le sommeil. Il a ri doucement, Pa. « Alors, on ferait bien de s'en occuper. »

J'ai enfilé mon maillot de bain et les vieilles Converse dont j'avais coupé la tige une fois qu'elles étaient usées – il fallait des chaussures là-bas, à cause des morceaux de verre et des coquilles d'huîtres qui jonchaient le fond. Jeudi soir, à mon arrivée, maman m'avait fait mettre mon T-shirt Tarheel au sale – je l'avais eu sur le dos toute la semaine, chez papa, et je suppose qu'il devait sentir un peu, encore qu'il soit difficile de sentir sa propre odeur –, mais j'en avais besoin pour qu'il me porte chance ; maman dormait encore, alors je me suis dit que ce qu'elle ignorait ne pouvait pas la contrarier, et je suis allé le récupérer dans le panier de linge à laver.

Dans la cuisine, Pa versait du café dans la grande Thermos écossaise et préparait des sandwichs avec les restes de viande de la veille, étalant de la mayonnaise avec le couteau à découper sur une moitié de pain et de la sauce A. 1. de l'autre. « Je vais réveiller papa ? » ai-je demandé, et Pa a dit : « Je crois qu'on ferait mieux de le laisser dormir, chéri – on ira tous ensemble une autre fois. » Je suppose que je connaissais déjà la réponse avant de poser la question, et c'était sans doute la meilleure solution, à y bien réfléchir, sauf que j'avais toujours imaginé qu'il serait avec nous, papa, pour ma première sortie en mer, et j'étais un peu déçu que les choses ne se passent pas comme ça.

Lorsque Pa a allumé dehors, voir la véranda sans traces de pas m'a fait tout bizarre, il n'y avait que la couche argent de la rosée semblable à de la peinture fraîche encore humide, ou bien à de la neige lorsque l'on est le premier à y laisser ses empreintes. Ce jour-là, j'étais le premier. Au moment où Pa allumait les phares de la Cadillac pour sortir le bateau du garage, la moustiquaire au-dessus de nous a claqué, et papa a surgi, la chemise grande ouverte, en sautant à cloche-pied pour entrer dans son pantalon.

« Une minute, tout le monde, une minute, a-t-il fait en essayant de crier à voix basse. Vous n'alliez tout de même pas partir sans moi, si ? » « On croyait que tu étais plongé dans un sommeil réparateur », a fait Pa. « Pourquoi, mister Will, vous avez l'impression que j'ai besoin d'être réparé, moi ? » La réponse a fait rire Pa. « Pour les choses réparables, non, c'est exact... Maintenant, ferme donc ta braguette et dépêche-toi de monter si on veut avoir une petite chance d'arriver avant Noël. » Lorsque nous avons été sur la route de la mer, papa s'est retourné vers moi, installé sur la banquette arrière. Il avait les yeux tout rouges, le menton plein de barbe, et les cheveux qui rebiquaient drôlement d'un côté. « Bonjour, chenapan », a-t-il fait avec un grand sourire en me passant une main dans les cheveux, alors j'ai répondu : « Bonjour, papa », sans être certain que je pouvais me fier à son humeur joyeuse, craignant presque d'espérer.

Aucun de nous n'a été très bavard pendant le trajet. Pa a mis la radio pour avoir les prévisions météo ; papa a fumé une Lucky, le coude posé sur la vitre baissée, laissant le vent lui rabattre les cheveux en arrière. La lune, presque pleine, brillait encore à l'ouest à l'heure où nous sommes partis. Mais le temps que nous arrivions à Whalebone Junction et que nous prenions la direction de Park Service, elle avait fondu comme un glaçon dans un verre d'eau pour ne laisser que la trace de son contour. Elle était tellement pâle que l'on avait l'impression de voir le ciel en transparence, tandis qu'à l'est le jour se levait et redonnait lentement de la couleur aux choses. À perte de vue, nous étions entourés par l'herbe des marais qui virait au jaune paille après avoir été parfaitement verte. Le paysage était si calme qu'il ne semblait pas tout à fait vrai, comme une photo du même lieu qui aurait été prise par quelqu'un. Puis, venue de loin, très loin, une bourrasque de vent est arrivée vers nous, balayant le marais, faisant ployer les tiges qui se redressaient après son passage, toutes secouées. Quelques papillons, des grands aux ailes dorées, ont été soulevés dans les airs avant de se laisser retomber mollement, lentement – je n'en avais jamais vu autant à la fois, et je me suis demandé ce qu'ils faisaient là.

Assez vite, le pont est apparu devant nous, avec son allure de squelette de brontosaure essayant de brouter les arbrisseaux de Pea Island par-dessus un bras de mer de près d'un kilomètre de large. Le cou n'était pas encore assez long, malgré les quelques vertèbres supplémentaires ajoutées depuis mon dernier passage. Plus près de nous, les canots des bateaux de promenade brillaient comme des fers de lance dans la marina. La plupart étaient encore au mouillage, et ils recevaient les chargements de glace et de vivres pour la croisière jusqu'au Gulf Stream, agitant des tourbillons d'eau blanche à l'intérieur du port et saturant l'air de vapeurs de diesel tellement denses qu'en passant j'en ai presque eu l'estomac tourneboulé. Mais lorsque nous avons atteint la jetée, l'air est redevenu limpide, le vacarme des radios et des moteurs s'est tu, nous avons pu entendre le chuintement du courant contre le banc de sable ainsi que l'écho plus lointain des vagues qui venaient se briser sur la plage, au bord de l'océan.

J'ai aidé papa à sortir le grand filet du bateau pour le descendre sur la plage où nous l'avons déroulé sur le sable afin de vérifier qu'il n'y avait pas de trous. En pataugeant dans les trous d'eau pour remonter des appâts, il fallait se méfier des souches – elles dataient du temps où l'océan n'avait pas encore poussé un bras de mer à l'intérieur des terres, m'a raconté papa, lorsque les forêts d'autrefois n'avaient pas encore été recouvertes par le sable. L'eau était bonne, bien plus chaude que celle de l'océan, limpide et d'une jolie couleur miel autour de nos chevilles, mais si on regardait plus loin, elle se brouillait à cause de la vase remuée et devenait d'un marron boueux. Papa a enfoncé le manche de sa canne dans le sable tandis que je tirais la mienne en décrivant un demi-cercle autour de lui, traçant une ligne imperceptible sur le fond qui s'effaçait au fur et à mesure. Cela donnait une idée de la force du courant – l'autre étant la façon dont il creusait le sable sous la plante de nos pieds, comme fait l'océan pendant le reflux d'une vague.

« Faites attention, vous autres », a crié Pa depuis la terre ferme où il était en train de boire du café dans la tasse de la Thermos ; un rayon de soleil illuminait ses lunettes ainsi que son chapeau blanc. « Joey, fiston, ne va pas trop profond. Rappelle-toi ce que je t'ai dit. » « Je sais, Pa, un clin d'œil », ai-je répondu avec un sourire pour papa qui m'a fait un signe de connivence, aux dépens de Pa. « Et pas la peine de ricaner bêtement, vous deux, a-t-il dit, parce que je suis sérieux comme les pompes funèbres, vu ? » « Oui, Pa », « Oui, mister Will », avons-nous fait en chœur. Il a eu un hochement de tête satisfait, Pa. « Bon, voilà qui est mieux. Quant à moi, je fais un saut au magasin de pêche pour voir à quoi ça mord, aujourd'hui. On se retrouve à la voiture. »

Après deux passages, le fond de la glacière était plein de tout petits mulets au milieu des glaçons qui avaient déjà fondu et cliquetaient comme dans un verre de cocktail à cause du grouillement des vairons. « Ça devrait suffire, a dit papa. Attends ici, pendant que je vais me rincer. » Alors j'ai demandé : « Je peux venir avec toi ? » « Sorry, Charlie, ton grand-père nous tuerait tous les deux. » « Allez, papa, ce n'est pas juste », ai-je insisté. « Va chercher ton gilet de sauvetage, alors. » « Il est resté là-bas dans le bateau », ai-je protesté, et il a fait : « Écoute, Joey, on n'a pas beaucoup de temps. Alors ne commence pas, s'il te plaît. » « Pourquoi est-ce que je dois mettre un gilet et pas toi ? » « Parce que je suis ton père ; je suis responsable de toi. » « Tu parles, ai-je dit, depuis quand ? » Et tout s'est figé net.

La mâchoire de papa s'est crispée, ses yeux se sont mis à briller comme si je lui avais enfoncé un poignard dans le cœur, et quelque chose en moi a viré à l'aigre. « Je suis désolé, papa. » Il s'est contenté de dire, très calmement : « Commence à remonter les affaires vers la voiture », avant de me tourner le dos et de patauger un peu, puis il a plongé. Je suis resté planté là, avec le sentiment d'être un monstre de cruauté et d'égoïsme, regrettant amèrement mes paroles – que je ne pensais pas vraiment, en plus. J'étais juste furieux, et ça m'a échappé. Mais tandis que je le regardais s'éloigner de ce crawl puissant et coulé qu'il avait appris à Camp Blue Moon, il s'est passé quelque chose, je ne sais pas quoi, et je me suis brutalement rendu compte que si, je le pensais vraiment, et du coup, je me suis senti tellement coupable que j'aurais voulu me plier en deux et me vomir littéralement dans le sable.

J'ai remonté le filet tout seul, et quand je suis revenu, j'ai trouvé papa assis sur la plage, les jambes repliées, fixant l'océan à l'endroit où le soleil était en train de se lever entre les piles du pont. « Je ne crois pas que je peux porter ça », ai-je dit en mettant la main sur la poignée de la glacière. Il s'est retourné pour me regarder par-dessus son épaule. « Je vais t'aider... mais viens d'abord t'asseoir à côté de moi une minute. » Il a tapoté le sable juste à sa droite, avant de sortir une Lucky du paquet et de l'allumer pendant que je le rejoignais. « Regarde », a-t-il fait en pointant la braise de sa cigarette après avoir inspiré profondément la fumée. Le soleil ressemblait à un ballon rouge géant flottant lentement au-dessus de l'horizon, où il a oscillé pendant plusieurs secondes à la surface de l'eau avant de s'élever définitivement dans le ciel. Au fur et à mesure qu'il montait, la lumière du jour semblait s'abattre sur nous comme un pont-levis, et l'océan qui était jusqu'alors bleu nuit s'est éclairé pour prendre le ton orangé doré de la lave en ébullition prête à s'enflammer.

« Sacré spectacle », a-t-il dit. « Ouais, c'est joli. »

« Joli ? » Il a ri, papa, de ce rire qui me faisait regretter aussitôt de ne pas avoir choisi un autre mot. « Combien de fois au cours d'une vie entière est-ce qu'on voit une chose pareille ? » « Je ne sais pas, papa. » « Peu de fois, Joey, tu peux me croire. Pas assez, en tout cas, et de loin. Et tu sais le plus triste de l'histoire ? » « Euh, non, dis-moi. » « Eh bien, c'est qu'il se reproduit tous les jours, tous les jours sans exception. » Je n'étais pas très sûr de comprendre ce qui le rendait triste dans cette affaire, mais lorsqu'il a demandé : « Tu comprends ce que je veux dire ? », j'ai répondu : « Je crois que oui », alors papa a souri comme si ma réponse le comblait, et je n'en demandais pas plus, même si cette réponse ne correspondait pas à la vérité.

Il a désigné l'est d'un mouvement de tête. « Regarde par là-bas, et dis-moi ce que tu vois. » « Il y a le pont », ai-je répondu, sans être sûr de ce qu'il me montrait. « Et puis ? » « L'océan. » « Et puis ? » « Je ne sais pas, papa, le soleil ? » « Regarde mieux, Joey, juste dans cette direction, il y a quelque chose qui nage dans l'eau – tu vois ? » J'ai mis ma main en visière devant mes yeux et cligné pour voir. « Euh, non, où ça ? je ne vois que des reflets du soleil.

— Tu sais ce que moi, je vois ? » a-t-il insisté. « Quoi ? » « Un dragon doré », a fait papa en soufflant la fumée par les narines, comme un dragon, justement. « Oh », ai-je fait, un peu déçu – l'espace d'un instant, j'avais cru qu'il parlait d'une vraie chose, comme une baleine ou des marsouins, mais il a souri, papa, comme si c'était beaucoup mieux. « Il fait chaque jour le tour complet de la terre, a-t-il dit, partout où le soleil se lève, il est là, et tout est magique alors, mais rien que pour ce court instant. Si le hasard fait que tu te trouves exactement au bon endroit pour le voir passer, il faut faire un vœu. C'est notre cas aujourd'hui – je sais quel est mon vœu. Et toi ? »

J'allais répondre mais il m'a arrêté d'un mouvement de tête. « Non, ne dis rien – quand on formule un vœu à voix haute, il ne se réalise pas, d'accord ? » « D'accord, papa, je suppose que tu as raison. » « Mais je peux tout de même te dire une chose, tu sais. Ce matin je me sens mieux que je n'ai été depuis très longtemps, Joey. Il me manque un morceau de moi quand je ne suis pas avec vous, les enfants, et avec votre maman. Je ne sais pas comment je me suis débrouillé pour l'oublier, mais je l'avais un peu oublié, et si cet oubli a eu un seul effet positif, je crois que c'est de me rappeler combien vous comptez pour moi, tous les trois... Vous m'avez manqué, cette année. J'ai perdu un été – nous l'avons tous perdu, je suppose. J'espère juste qu'il s'agira seulement d'un été. » J'ai su alors quel vœu avait fait papa : le même que moi.

« Regarde encore si tu vois le dragon maintenant. » « Oui, papa, oui, je le vois », ai-je répondu en me demandant pourquoi il fallait toujours qu'il en fasse trop, qu'il en rajoute par rapport à la réalité, pourquoi le lever du soleil ne pouvait pas être simplement joli, pourquoi il devait être le plus beau qui ait jamais existé. Et même ça ne suffisait pas encore pour papa – il lui fallait le dragon doré qui exauce les vœux. Pa ne voyait jamais ce genre de truc, et je me suis demandé si ce n'était pas parce que lui n'avait plus besoin de dragon magique.

À notre retour, Pa avait déjà descendu la remorque en bas de la rampe, et il était accoudé à la grille. « Paré ? » Il a jeté sa Chesterfield qu'il a écrasée sous son talon. « Parfait », a-t-il dit sans nous laisser le temps de répondre – il était prêt à partir. Alors que le bateau était encore à sec, il m'a fait grimper à bord et enfiler le gilet de sauvetage – je n'étais pas content du tout, mais lorsque j'ai voulu discuter, papa a fait : « Obéis à ton grand-père », alors j'ai su qu'il était inutile d'essayer.

Debout avec de l'eau jusqu'à la taille, en bas de la rampe, papa a attrapé la poupe tandis que Pa faisait glisser le bateau par-dessus les roues en caoutchouc de la remorque. Lorsque j'ai décroché le treuil, le courant a fait pivoter la proue si vite que papa a crié : « Holà, mollo Polo », en s'arc-boutant en arrière, les talons fichés au sol pour nous servir d'amarre. Pa a embrayé dans l'autre sens et les roues ont remonté la rampe, laissant des traces de pneu humides sur le parking, et il boitillait comme Festus dans *Gunsmoke* lorsqu'il nous a rejoints en courant.

« Laisse aller », a-t-il dit en soufflant tandis qu'il s'affalait sur le flanc pour monter à bord. Papa a obtempéré et il est resté accroché à l'hélice immobile tandis que le courant nous poussait vers le large. Il a laissé ses pieds flotter dans le sillage, peu pressé de monter à bord. Lorsque nous avons passé la première balise, dérangeant un pélican et virant à l'oblique dans le courant, j'ai dit : « Vite, papa », juste au moment où Pa criait : « Bon Dieu, arrête de faire l'idiot. » Il nous a répondu par un sourire, papa, avant de plonger sous l'eau – qui lui a plaqué les cheveux en arrière –, puis il a progressé une main après l'autre le long de la coque, nous faisant pencher si fort que nous avons pris l'eau lorsqu'il est monté en appui pour se hisser à bord. Il a dû tirer une demi-douzaine de fois sur le démarreur avant que le moteur n'accepte de se mettre en route, déclenchant le ronronnement de l'hélice et crachant des bulles blanches dans notre sillage tandis que la proue se levait doucement.

Devant nous, vers le large, une flottille de bateaux de promenade s'éloignaient de la digue qu'ils venaient de contourner, formant une ligne blanche et régulière. Le plus proche de nous a viré plein sud, en direction du bras de mer, avec le capitaine en haut, à la barre, bronzé et calme comme quelqu'un qui est dans son élément, les passagers en dessous, sur le pont, blêmes et apparemment pas dans leur élément. Tous portaient des gilets de sauvetage, ai-je noté.

Papa a pris la file et nous avons suivi jusqu'au bout de la digue pour virer vers l'est. Plus nous approchions, plus le pont devenait grand, et à la fin, il fallait même se tordre le cou pour voir l'endroit où des ouvriers regardaient par-dessus la balustrade, et ils étaient à peine plus hauts que des petits soldats en plastique. La chaussée projetait une bande d'ombre parfaitement immobile sur le clapotis de l'eau. L'air est devenu plus frais lorsque nous avons franchi cette ligne – après quoi nous étions dans le bras de mer, où je n'étais encore jamais venu.

Une drague était en action, crachant un panache de sable qui tombait en pluie sur la pointe d'une île plate dont l'autre moitié grouillait d'oiseaux se disputant la place. Entre le bruit de cette drague et les piaillements des mouettes, on ne s'entendait pas crier, ce qui nous obligeait à montrer les choses du doigt.

Juste avant de rejoindre l'océan, le chenal que nous empruntions pour quitter le bras de mer se rétrécissait et passait entre deux bancs de sable qui ne devaient pas être distants de plus d'une vingtaine de mètres. Les vagues venaient se briser contre les deux flancs du bateau, petites et boueuses du côté du bras de mer, géantes et vertes, avec un fracas pareil à celui du tonnerre, du côté de l'océan, dans une explosion blanche d'embruns qui nous trempait littéralement, tandis que nous glissions dans une eau soyeuse et peu profonde puisque l'on en voyait le fond.

Une fois quitté le chenal, tout a changé. Des rouleaux se sont mis à enfler en dessous de nous, poussés de l'est, et j'ai demandé : « On est dans l'océan, maintenant ? » parce que je croyais que oui, mais Pa a dit : « Pas tout à fait encore. » C'est moins de deux minutes plus tard que nous sommes arrivés à cette ligne qui court dans l'eau, non pas tout droit, mais en ondulant, comme un rideau qui pendrait depuis la surface jusqu'au plus profond que l'on peut voir. D'un côté l'eau avait encore une couleur trouble et brune, de l'autre elle était bleu-vert et limpide comme le cristal. Une brise fraîche s'est levée à la surface de la mer lorsque nous avons franchi cette ligne, et l'odeur aussi a changé. Pa s'est retourné pour me regarder. « Ça y est », a-t-il dit, et j'ai été pris d'une bouffée de trac, surtout lorsque j'ai tourné les yeux vers la côte ; les constructions portuaires étaient devenues plus petites encore que des hôtels de Monopoly et le pont ressemblait à un jouet Tinkertoys.

Pa a appâté les lignes et m'a fait passer les cannes, en me regardant les installer une par une en traîne. « Ho ! » criait-il chaque fois que la ligne était assez loin. Lorsque j'abaissais le mécanisme, le fil se tendait, lâchant quelques gouttelettes brillantes. Chaque canne que je fixais ainsi ployait légèrement pour s'immobiliser au même angle que les autres. « Regarde, c'est un accord tacite », a dit papa, ce qui nous a fait sourire, Pa et moi, parce que l'on savait ce qu'il voulait dire. Papa a ralenti à la vitesse convenable, puis il a viré vers le nord pour longer la côte. Aucun de nous n'était d'humeur bavarde ; nous nous contentions de scruter les profondeurs de l'eau, inspirant un grand coup de temps en temps en faisant : « Ahhh. » J'étais drôlement content d'être là, finalement. Un vol d'hirondelles de mer nous a suivis un long moment, en file indienne, piaillant dans notre sillage, et puis il y a eu deux gros pélicans, circulant de conserve, chacun prenant alternativement la tête pour surfer à la crête des vagues avant de plonger dans les creux, toujours avec un léger retard, mais sans jamais battre des ailes une seule fois de tout le temps où je les ai observés.

Au bout de vingt minutes, Pa a eu une touche et s'est levé pour ferrer un maquereau de belle dimension, qui a affleuré au bout de la ligne, avec ses flancs vert argenté striés de rayures sombres. Il nous a aperçus et a replongé violemment en arrière, faisant chanter le moulinet de Pa comme une fermeture Éclair de plus d'un mètre de long. Le sourire de Pa, en le remontant, était tellement large qu'on voyait presque les plombages briller entre ses dents, ce qui ne l'a pas empêché de dire : « Tiens, fiston, remonte-le pendant que je vais chercher l'épuisette. » « Euh, non, Pa, je veux en attraper un à moi tout seul », ai-je dit. Je ne pouvais pas lui prendre son poisson, encore que s'il avait répété sa proposition j'aurais peut-être accepté, mais il ne l'a pas fait.

Quand Pa l'a glissé sur le fond du bateau, papa a dû se garer pour ne pas prendre un coup de queue. Le maquereau a atterri entre les bancs, où nous l'avons tous regardé gigoter et sauter un instant. « C'est un costaud, hein ? » a fait Pa en sortant les ciseaux de sa mallette pour lui ôter la cuiller du gosier, éclaboussant du sang sur mon bras. Pendant une heure ensuite, on l'a entendu se débattre à l'intérieur de la glacière contre les parois de laquelle il se cognait avec une violence mortelle, de plus en plus mollement, puis plus du tout. Quand j'ai regardé à l'intérieur, la vive couleur d'océan s'était ternie en gris plombé, les yeux s'étaient voilés, et il ne manifestait plus grand intérêt. Je me suis alors senti un peu coupable, comme toujours, et j'aurais bien voulu demander à Pa ou papa s'ils avaient déjà eu ce genre de réaction, sauf que j'avais bien trop peur qu'ils répondent non.

Mon envie d'attraper quelque chose n'avait cependant pas faibli, sauf qu'il s'est écoulé un bon moment avant que j'aie ma première touche. Papa était en train de nous ramener vers le sud en décrivant lentement un large demi-cercle, attentif à ne pas emmêler les lignes. Sur la plage, une femme galopait dos nu dans l'eau sur un grand cheval bai ; je la regardais lorsque quelque chose a heurté ma cuiller, et fort. Ma canne s'est pliée si brutalement que le bout a heurté l'eau – elle se serait sûrement cassée en deux, je crois, sauf que la ligne s'est rompue avant. La canne est alors revenue sur moi dans un mouvement de ressort comparable à celui de la corde d'un arc lorsqu'on libère la flèche, et je me suis retrouvé avec un paquet de fil vert emmêlé sur les genoux. Nous nous sommes tous regardés, en clignant les yeux comme si le soleil nous aveuglait.

Pa a dit que c'était peut-être une tortue, une de ces grosses tortues aquatiques qui pondent leurs œufs au printemps. Papa a dit qu'il pariait pour un requin. De toute façon, une chose est sûre, c'est que c'était gros. Mes mains ont gardé une espèce de tremblement pendant une demi-heure, après le choc. Les perspectives, aussi, en ont été changées, et je me suis mis à spéculer sur ce qu'il pouvait y avoir en dessous de nous, au point que j'étais moins pressé de laisser ma main glisser dans l'eau, et la chance – à supposer que l'on puisse parler de chance pour un seul poisson – a tourné. Nous n'avons plus rien attrapé de toute la matinée, ni même eu la moindre touche.

À midi, nous avons jeté l'ancre tout près de la côte, Pa a distribué les sandwichs et m'a laissé utiliser l'ouvre-boîtes de son couteau Barlow pour les haricots. Plus tard, nous avons essayé de pêcher dans les fonds, sans plus de bonheur, et aux alentours de une heure le vent s'est levé du sud-ouest, quelques nuages sont apparus, les gros blancs qui sont assez fréquents à cette période de l'année et qui ressemblent aux chariots Conestoga des premiers pionniers vers l'Ouest. Comme nous refaisions cap vers le sud, les crêtes des vagues ont commencé à se couronner d'écume blanche formant des guirlandes de dentelle immaculée derrière la poupe du bateau, et le même trajet que nous avions fait en quarante minutes à l'aller nous a pris plus de trois heures au retour. Il était plus de quatre heures lorsque nous avons vu les vagues se briser contre les bancs de sable à l'entrée du bras de mer. Entre-temps le vent nous avait à demi occis, nous étions trempés, brûlés, nous faisions plutôt triste mine.

Je pense que nous serions rentrés directement si Pa n'avait pas tenu à tout prix à ce que j'attrape quelque chose pour ma première sortie en mer, histoire de me faire des souvenirs, surtout. S'il m'avait demandé, j'aurais dit que ça m'était égal, parce que je m'en fichais effectivement, à ce moment-là. La seule envie que j'avais, c'était de rentrer à la maison, que maman me passe de la Solarcaine sur les épaules, que je puisse mettre des vêtements secs. Mais Pa ne m'a rien demandé.

Tout est arrivé très vite. Je me rappelle avoir regardé un bateau blanc passer entre les piles du pont et se diriger vers nous, même que j'étais admiratif et que j'essayais de voir s'il était équipé pour pêcher le makaire. Juste après, j'ai entendu Pa faire : « La vache ! », et il était agenouillé sur le banc de proue, penché par-dessus bord pour scruter le fond. « La vache, la vache », a-t-il répété en se levant d'un bond pour pointer quelque chose devant nous. « Regardez, tous, regardez. » Il a bougé le bras, suivant quelque chose dans l'eau que je ne voyais pas. « Où ça, Pa, où ça ? » « Là, a-t-il répondu en pointant l'index. Juste là… Tu les vois… tu les vois maintenant ? » Et cette fois, je les ai vus.

Contre le blanc du banc de sable, par six pieds de fond, j'ai vu une forme bouger si vite que je n'ai rien distingué, sauf la couleur, rouge, comme une traînée de sang dans l'eau, suivie d'une deuxième, puis de deux autres encore.

« Je veux bien être damné, oui, damné, si je me trompe »,

a fait Pa en riant, le visage radieux comme s'il était de nouveau cinq heures du matin. Papa et moi, on a réagi tout de suite. « C'est quoi, Pa ? » « C'est quoi, mister Will ? » Couvrant le bruit du moteur et celui du vent, couvrant le fracas des vagues qui venaient éclater contre le banc de sable, il a crié, Pa : « Le bar ! Le bar rouge, les enfants ! » Moi je ne connaissais que le nom et je savais que c'était un poisson, mais à l'expression de Pa et sa façon de le dire, j'ai compris que c'était important, et pas seulement pour lui – important pour moi aussi, à cause de ce que cela signifiait pour Pa.

« Jimmy, mets les gaz, a-t-il ordonné. Joey… » Pa s'est tourné pour me regarder. « Oui, Pa ? » « Prends ta canne », et nous les avons coursés, sautant à saute-mouton par-dessus les vagues, avec le moteur qui s'emballait en couinant chaque fois que l'hélice sortait de l'eau. Des paquets de mer giclaient de tous les côtés, Pa se tenait à l'avant du bateau, les genoux coincés contre le banc et la corde d'amarrage enroulée d'un tour à son poignet tandis qu'il décrivait des cercles de sa main libre pour indiquer la direction à suivre, tout en maintenant son chapeau sur sa tête. Appuyé contre lui, je distinguais tout juste les poissons, quatre ombres glissant et filant sous la surface brillante de l'océan. Ils paraissaient nous distancer, nageant à une vitesse impossible à atteindre avec le bateau, et subitement, ils ont viré à droite et foncé à la vitesse de l'éclair en direction des hauts-fonds.

« Debout, mon gars ! a fait Pa, debout, maintenant ! » Comme je m'exécutais, il s'est laissé choir sur le banc et il a cramponné deux bonnes poignées du tissu de mon maillot de bain, au niveau de la taille. « Je te tiens, fiston, a-t-il dit, vas-y. » « Comment, Pa ? Il faut que je fasse quoi ? » « Lance ce foutu truc, vise assez loin devant eux pour qu'ils voient la cuiller tomber. » « Je n'ai pas besoin d'appâter, avant ? » « Bon Dieu, Joey, c'est maintenant, fais avec ce que tu as. » J'ai basculé la canne par-dessus mon épaule et lancé, non sans regarder la cuiller miroiter à la lumière et voler par-dessus bord. Lorsqu'elle a amorcé sa descente, la force du vent a maintenu l'arc de ma ligne en suspension, jusqu'au plouf blanc de la chute finale. Beaucoup trop à gauche.

« Reprends, a dit Pa. Tu ramènes et tu recommences », alors j'ai mouliné avec une telle énergie que les muscles de mon bras me brûlaient. J'avais très peur qu'il soit trop tard, parce que je les avais déjà perdus de vue et je me disais que le temps d'exécuter un second lancer, ils seraient déjà loin – sauf que ce lancer, je ne l'ai jamais fait. C'est là que j'ai eu la touche. Ma canne s'est pliée en deux avec un sifflement pareil à celui d'une badine de saule verte quand on l'agite en cinglant l'air, et je vous jure que j'ai eu l'impression d'avoir attrapé une torpille. J'ai commencé à remonter, mais le moulin résistait et tirait dans l'autre sens en m'opposant un bras de fer. « Non, mon gars, laisse filer, a dit Pa. La ligne est trop légère, il va la casser comme un fil – il pèse au moins trente livres, ce poisson ! » Moi, j'aurais plutôt dit cent. Je me cramponnais de toutes mes forces, sans même pouvoir libérer une main pour donner un peu de mou à la drège, alors Pa s'est débrouillé pour le faire à ma place. Puis la pression a cédé, le bout de la canne s'est relevé, la ligne s'est débobinée en faisant *ouiiiiiiiiii* comme des enfants hurlant sur une luge en pleine glissade, tandis que ma proie filait loin de nous dans l'eau.

« Ne le lâche pas », a crié Pa à l'intention de papa. « C'est qu'il n'y a plus beaucoup de profondeur, mister Will. » « Je sais, a dit Pa. Alors ralentis et suis mes indications. » Nous sommes sortis du chenal pour suivre le poisson dans les hauts-fonds, là où l'on voyait défiler le fond marin, avec ses petites dunes sableuses comme un désert vu du hublot d'un avion, et, de temps en temps, une touffe d'herbe qui s'aplatissait à notre passage. « Je crois que je l'ai perdu, Pa, ai-je dit en jouant du moulinet aussi vite que je pouvais. Il n'y a rien au bout de ma ligne. » « Continue, chéri, c'est juste que tu ne l'as pas encore ferré. » J'ai obéi ; le poisson a tiré de nouveau. Sourire de Pa qui a dit : « Tiens, rebonjour.

— Est-ce qu'il faut que je le laisse encore courir ? » ai-je demandé, et Pa a répondu : « Est-ce qu'il en a envie ? » J'ai ôté ma main du moulinet : cette fois le moulinet ne s'est pas mis à couiner ; il a juste fait *tic... tic... tiiic*, comme si chaque centimètre comptait pour un kilomètre. « Tu as ta réponse, mon gars, a dit Pa. Il s'apprête à livrer combat. Coupe le moteur, Jimmy. »

Quand papa a coupé les gaz, le courant a repris le dessus, faisant pivoter le bateau en douceur tandis que nous repartions vers l'est, vers l'océan. J'ai suivi la ligne en tournant autour du bateau, j'ai levé les bras pour passer par-dessus la tête de papa, avant d'exécuter une pirouette dans les bras de Pa comme pour un pas de danse. La plupart du temps, on sait que l'on va gagner contre le poisson et l'on voudrait seulement trouver le moyen de faire durer le plaisir. Pas cette fois. Ce bar, il pesait comme un parpaing en béton sur un cintre en fil de fer, et je ne savais pas si je pourrais le ramener jusqu'au bateau, encore moins le hisser à l'intérieur.

J'ai coincé la partie en liège de la canne contre mon abdomen, et j'ai lutté pour chaque tour de moulinet au point d'avoir les bras et les jambes qui en tremblaient. La sueur me dégoulinait sur le visage et me piquait les yeux jusqu'à ce que ma vue commence à se brouiller ; impossible de me libérer une main pour m'éponger. Mais lorsque ce poisson est enfin devenu visible dans le sillage du bateau, terminé, cela n'avait plus d'importance ; à la seconde où je l'ai vu, j'ai senti cette espèce de pétillement me parcourir tout le corps, et l'espace d'un court moment, l'air s'est empli d'étranges étincelles blanches qui grouillaient autour de mon visage. Elles se sont dissipées lorsque je me suis souvenu qu'il fallait que je respire.

C'était un gros poisson à tête un peu carrée, épais au milieu et les flancs rayés de rouge comme par une peinture guerrière. Plus je tirais, plus il tirait, remuant la tête comme Tawny lorsqu'elle avait volé un chausson, essayant de faire sortir l'hameçon de sa lèvre. Après une belle agitation, il s'est arrêté pour prendre un peu de répit en se laissant porter au fil de l'eau, battant de la queue lentement, latéralement, nous fixant à travers l'eau comme s'il était curieux de voir par quoi il s'était fait avoir. Puis ses ouïes se sont dilatées, et le haut du corps est devenu plus rouge encore tandis qu'il se lançait de nouveau à l'assaut.

« Regarde-le, a fait Pa. Regarde ce morceau », et papa a dit : « Putain, ça, c'est un poisson. » « Il fait bien ses quarante livres, tranquille », a dit Pa. Papa a sifflé. « Vous croyez ? » « J'ai passé la moitié de ma vie à pêcher le bar rouge, a dit Pa, mais un morceau de cette taille, d'un rouge aussi net, je n'en ai vu qu'une seule fois, et ça remonte à quarante ans – bon sang, je serais plus près du compte en disant cinquante... je n'étais pas beaucoup plus vieux que toi, Joey, et ce jour-là j'étais avec l'oncle Burke et, attends que je réfléchisse... Andrew, je crois bien – oui, c'est ça, mon frère Andrew, bon sang, tiens, c'était juste avant qu'il parte pour la France... et puis il y avait papa, papa aussi... » Quand il s'est remis à parler, il n'avait plus la même voix, Pa. « Dieu me pardonne, j'avais oublié... j'avais oublié qu'ils étaient tous là, encore, même que c'est la dernière fois... on n'en a pas pris un seul, d'ailleurs, on les a juste vus passer. »

D'un seul coup, le bateau a subi une secousse comme si on venait de heurter de plein fouet un bolide fonçant à cinquante miles à l'heure. Nous avons tous été projetés en avant tandis qu'une vague passait par le dessous et éclatait devant nous avec un *waousch* tout blanc avant de se dissoudre dans l'eau. « Merde », a fait papa. « Qu'est-ce que... », a commencé Pa en m'agrippant par la taille – sinon je serais passé par-dessus bord –, et lorsque nous avons été propulsés vers l'arrière, je me suis écroulé sur lui, en lâchant la canne. Au lieu de tomber directement dans l'eau, cette dernière a d'abord heurté le fond du bateau, et j'ai tendu les bras par-dessus ma tête, en regardant, la tête en bas ; elle filait vers la poupe, lentement d'abord, puis de plus en plus vite, jusqu'au moment où elle s'est prise dans un anneau qui l'a bloquée net.

« Lâche-moi, Pa ! Lâche-moi ! » Je me suis dégagé pour me lancer à sa poursuite à quatre pattes, non sans me cogner les genoux, pendant qu'elle oscillait en équilibre instable sur la traverse, la partie supérieure piquant vers l'eau tandis que le moulinet basculait vers le haut malgré son poids, marquant un temps d'arrêt, comme s'il hésitait encore à se laisser retomber dans le bateau. Ce qu'il n'a pas fait. La canne s'est enfoncée dans l'eau, lentement, sans même éclabousser. J'ai plongé pour la retenir, en vain, fait une deuxième tentative en m'immergeant jusqu'à la taille, avec Pa et papa qui me tenaient par les pieds pour me retenir. En ouvrant les yeux sous l'eau, j'ai vu ma canne couler de plus en plus profondément, jusqu'à devenir une ombre dans l'eau, et s'engloutir définitivement – encore raté.

C'est du moins ce que je croyais quand j'ai senti une infime démangeaison dans le creux de ma main, alors je suis sorti en claironnant : « Pa ! Pa ! Papa ! Regardez, je l'ai ! J'ai attrapé la ligne ! » J'étais hilare en regardant par-dessus mon épaule, j'essayais de leur montrer mais, juste au moment où ma main refaisait surface, le fil s'est tendu brutalement, entraînant de nouveau mon bras par le fond, où la démangeaison s'est transformée en une autre sensation, qui tenait plutôt du fil de rasoir glacial me tranchant la paume de la main. J'ai serré le poing, ce qui n'a servi qu'à transformer le froid en brûlure sans même freiner le mouvement, alors j'ai fait un tour complet autour de ma main. La tension était si forte qu'elle m'a fait aspirer l'air entre les dents serrées.

« Pa..., ai-je fait. Pa ! » « On te tient, chéri : essaie de ramener le tout sur le taquet, on réussira peut-être à le sauver. » « Je ne crois pas que je peux », ai-je dit en luttant pour sortir ma main de l'eau. Mes bouts de doigt avaient viré au violet, et j'ai regardé une goutte de sang perler de mon poing, puis une deuxième, glissant comme des perles que l'on enfile, de plus en plus vite, jusqu'à former un filet nourrissant un nuage rouge dans l'eau. Pa s'est penché à l'arrière du bateau pour attraper mon avant-bras à deux mains et m'aider à tirer, même que son visage était si près du mien que j'ai senti les poils de barbe quand il a tourné la tête. « Encore quelques centimètres, petit. J'y suis presque, tiens bon. » « Ça fait mal, Pa, je ne peux pas », ai-je dit, et il a répondu : « Essaie. » « Papa ? *Papa* ? » « Je suis là, mon fils », ai-je entendu. Par-dessus mon épaule, je le voyais, assis sur le banc du milieu, les mains jointes sur ses deux genoux, apparemment calme, à part ses yeux, qui étaient rouges et humides. « Viens m'aider, papa », ai-je dit, et il a répondu : « Ça suffit, Joey, laisse tomber. » J'ai cligné les yeux une fois, et lâché.

Pendant une seconde, j'ai éprouvé un soulagement, mais immédiatement après, on aurait dit qu'une malédiction s'était abattue sur les choses en les vidant de toute vie. Plus rien n'avait d'importance, pas même ce fameux bar rouge qui représentait tout pour moi et, d'une minute à l'autre, avait perdu tout intérêt. Pa a eu la même réaction, je l'ai lue sur son visage. Il avait perdu son enthousiasme du petit matin pour devenir plus gris que le maquereau dans son seau de glace. « Fais-moi voir un peu », a-t-il dit en me prenant la main après avoir sorti un mouchoir de sa poche de pantalon. « Je suis désolé, Pa », ai-je dit pendant qu'il nouait les deux bouts et serrait fort. « Écoute-moi bien, tu n'as aucune raison d'être désolé, tu as fait de ton mieux – des cannes, il y en a plein d'autres à l'endroit où j'ai eu celle-ci, et tu auras d'autres occasions de te battre. » Il m'a fait un sourire, Pa, mais son sourire semblait bien fatigué, et vieux aussi, d'une façon qui me donnait bien plus envie de pleurer que la douleur ou le fait d'avoir perdu. Puis papa a dit : « Joey, ce n'était qu'un poisson », et je l'ai regardé droit dans les yeux, mais son visage avait cet air doux qui empêchait qu'on le déteste, alors j'ai tourné la tête avant qu'il puisse lire mes sentiments.

C'est alors que j'ai vu le bateau, un Hatteras blanc de cinquante pieds descendant le chenal nez au vent, la poupe basse, dont le sillage géant telle une rangée de dominos balayait toute la longueur du banc de sable ; je voyais enfin ce qui nous avait percutés. Le bateau n'était pas équipé pour la pêche, juste la navigation de loisir, pour aller faire un tour en mer.

« Espèce de connard, a fait Pa. Connard de merde. » Nous avons tous crié et levé le poing, mais là-haut, à la barre, le capitaine n'a pas seulement tourné la tête. Les passagers du yacht, eux, sur le pont, ont regardé de notre côté et nous ont salués en levant leur verre. Ils ont cru qu'on leur faisait un signe amical.

4 Ava, c'était le nom inscrit sur la poupe. « Je sais pas où ava, ce foutu 4, mais qu'ils y restent ! » a dit papa, hilare.

37

Joey

Lorsque nous avons pris le chemin du retour, le soleil était aussi haut dans le ciel qu'à dix heures du matin, mais à l'ouest, plus à l'est, ce qui change sensiblement les choses – la lumière entre autres qui, si elle a perdu un peu de fraîcheur et ne porte plus les espoirs du matin, fait ressortir les bleus et les ors profonds qu'on ne voit jamais au levant. Au loin, quelques canards filaient plein sud ; on les reconnaissait à leur vol en ligne droite, à la vigueur de leurs battements d'ailes, comme si leur seule préoccupation était d'arriver là-bas, c'est-à-dire là où ils allaient – au bercail sans doute.

Arrivés au port, nous avons flâné un peu, portés par le courant, en attendant un autre bateau qui remontait à sec, avec un enfant de mon âge au milieu des adultes, dans l'eau, en train de pousser à l'arrière pour hisser la coque sur la remorque. De dos, il ressemblait un peu à Archie, blond et mince comme lui – il n'avait pas de gilet de sauvetage.

« Comment va cette main ? » a demandé Pa, et j'ai dit : « Bien », alors qu'elle me faisait un mal de chien. « Je crois qu'on ferait bien de la désinfecter, tu n'es pas de cet avis, Jim ? » « Je suppose qu'ils ont une trousse d'urgence, au magasin de pêche, a répondu papa. Dès qu'on est à terre, j'irai voir. » « Ça va, ça va, tout le monde, ça ne fait pas mal », ai-je dit, furieux de tout le pataquès qu'ils faisaient. « Si tu as une infection avec le poisson, tu vas nous chanter une autre chanson, gros malin », a dit papa, et Pa de suggérer : « Tu pourrais peut-être faire un saut tout de suite, Jimmy – on est coincés par les autres là, devant, de toute façon… Tu nous attaches à ce poteau au passage, et on attendra ton retour. »

Il nous a attachés à un pylône, papa, avant de sauter dans l'eau qui lui arrivait à mi-poitrine et de remonter la rampe en pataugeant, prenant le temps d'aider les autres à pousser avant de partir au pas de course dans ses chaussures trempées. Pa et moi, on a relevé le moteur, et puis on a commencé à rassembler les objets dans le bateau en attendant que ceux de devant aient dégagé la voie. « Pas la peine de perdre du temps, a dit Pa, je pourrais faire un saut pour aller chercher la voiture – tu veux venir ? » « Non, pas de problème, Pa, je vais attendre ici. » « D'accord, chéri, comme ça tu surveilleras les affaires. Je n'en ai pas pour longtemps. » Il a enjambé la proue en faisant très attention, puis il est remonté progressivement, en se servant du muret longeant le plan incliné comme d'une rampe. Arrivé en haut, il s'est retourné : « Tu restes dans le bateau, compris ? » Je l'ai regardé d'un air furieux, jusqu'à ce qu'il hoche la tête avant de s'éloigner, et là il ne boitillait plus, il boitait carrément, comme jamais je ne l'avais vu boiter – je me suis dit que sa mauvaise jambe avait dû s'ankyloser après une journée entière de bateau, mais il ressemblait tout de même à un vieil homme, un très vieil homme.

Pendant que j'attendais sur place, le petit blond du bateau de devant est redescendu du parking, et il s'est mis à marcher sur la jetée, en tendant les bras sur le côté pour conserver l'équilibre, comme un danseur de corde. « Comment ça va ? a-t-il crié. La pêche a été bonne ? » « Ouais, ça va, on a quelques prises » ai-je répondu, en me disant qu'un poisson ce n'était pas zéro, donc je ne mentais pas. « Nous, on a attrapé de la truite en pagaille, a-t-il dit. Mon père en a pris une qui doit bien faire dix livres. » « Ah bon ? Nous, on a chopé un bar rouge. » Il a ouvert des yeux ronds et baissé d'un ton. « C'est vrai ? » « Ouais. » « Gros comment ? » « Quarante livres au moins – peut-être cinquante. » « Je peux le voir ? » « Mon père l'a emporté au magasin de pêche pour le faire peser, justement. » « Viens, on y va », a-t-il dit, et j'ai répondu : « Je ne peux pas. Faut que je reste surveiller le bateau. » Au même moment, son père l'a appelé depuis leur voiture. « La barbe, faut que j'y aille. Salut ! » « Salut ! » Je l'ai regardé s'éloigner en courant, et je l'ai haï parce qu'il était blond et que j'avais menti pour me faire aimer de lui, tout en me détestant d'agir ainsi et en me demandant pourquoi je me conduisais toujours de la même façon. J'avais cru que j'étais débarrassé de cette manie, mais apparemment c'était faux, et peut-être que ce le serait toujours – peut-être que je ferais toujours partie des gens qui laissent passer leur chance et inventent des histoires ensuite, comme papa. Je ne voulais pas être comme ça, je ne voulais pas, je ne voulais plus être comme lui, ce qui m'a donné envie de pleurer ou de flanquer un coup de pied au chien de quelqu'un d'autre, oui, j'étais à ce niveau de hargne et de méchanceté.

Pendant que je poireautais, un de ces grands papillons dorés que nous avions vus toute la journée – Pa disait qu'on les appelait des monarques – a surgi de Dieu sait où et s'est mis à voler autour du bateau. J'ai voulu le toucher, mais le vent l'a expédié en direction de la mer bleu sombre. En le regardant disparaître, j'ai enlevé mon gilet de sauvetage, qui était mouillé et provoquait une irritation sur mes coups de soleil, et j'ai jeté un coup d'œil en direction du magasin de pêche pour voir si papa arrivait, puis du côté de la voiture pour guetter Pa. La côte était dégagée à présent et, je ne sais pas, mais j'avais chaud, j'étais furieux, et je suppose que j'en avais un peu marre de tout et de toujours faire ce qu'on me disait, alors je me suis dit la barbe, et j'ai enjambé côté poupe. Ce qui n'était pas vraiment un exploit. J'ai senti que le courant tirait un peu, mais pas plus fort qu'en d'autres circonstances où je m'étais baigné, et puis l'eau était franchement bonne, alors je me suis juste laissé flotter en me tenant à l'hélice, histoire de me rincer et de me rafraîchir.

Pa ne m'a pas vu jusqu'au moment où il a fait marche arrière avec la remorque, lorsque j'ai commencé à sortir de l'eau. Je me suis redressé en appui sur le bateau avec un grand sourire. « Coucou, Pa ! » « Bon sang, toi, tu n'as pas entendu ce que j'ai dit ? Combien de fois est-ce que je t'ai répété… » « Je sais, Pa, mais j'avais chaud, et de toute façon, ce n'est pas dangereux. » « Tu vas voir si ça n'est pas dangereux quand je t'aurai attrapé par la peau des fesses. Remonte immédiatement. » « Allez, Pa, on n'a pas besoin de papa, je peux t'aider à rentrer le bateau. » « Je ne plaisante pas, Joey – j'ai dit *immédiatement.* » « D'accord », ai-je fait avant de replonger une dernière fois sous l'eau pour me rafraîchir encore et aussi lui montrer que, même si j'obtempérais, je n'étais pas du genre à le faire à la minute. Lorsque j'ai voulu me hisser en appui, ma main, celle qui était blessée, a mal saisi la traverse ; j'ai lâché pour modifier la prise et quand j'ai repris, ma main s'est refermée sur du vide.

J'ai émergé en clignant les yeux pour voir l'arrière du bateau avancer lentement, et me laisser en plan, immobile dans le courant, les mains tendues en l'air tandis que l'eau m'arrivait progressivement au cou, puis lentement me touchait le menton, et continuait de monter. « Pa ? » ai-je appelé, et ma bouche s'est emplie d'eau. « Joey ? » Après avoir entendu mon nom, je n'ai plus rien entendu à cause de l'eau qui entrait dans mes oreilles. Tout se passait comme Pa disait toujours, en un clin d'œil…

Au fur et à mesure que je coulais, tout devenait silencieux ; la surface s'éloignait au-dessus de ma tête, miroitante et ondulante. Puis mon pied a touché le fond, et j'ai donné un coup de reins qui m'a propulsé de nouveau vers le haut. J'ai entendu Pa qui criait : *« Joey, Joey »*, beaucoup plus fort à présent. Lorsque j'ai refait surface, je l'ai vu qui pataugeait en bas de la rampe, trébuchant et les deux mains tendues vers moi, les lunettes de travers, le visage congestionné et terrifiant. « Seigneur, Seigneur, au secours ! criait-il. Au secours, à l'aide, vite, quelqu'un ! », mais il n'y avait personne pour l'entendre. Je me suis senti coupable en voyant Pa dans tous ses états – je ne voyais pas la gravité de la situation. Je n'avais pas l'impression d'être en train de me noyer ; j'étais juste un peu entraîné par le courant qui m'éloignait de la terre ferme. L'eau n'était pas très profonde, je n'étais pas mort de peur, pas même lorsqu'en voulant me mettre en position pour nager, j'ai senti mes chaussures tirer mes jambes par le fond comme deux poids de plomb. *Suffit de les ôter*, ai-je pensé, *pas de panique*, sans oublier d'inspirer une grosse bouffée d'air avant de plonger une deuxième fois sous l'eau, en remontant mes genoux sous mon menton pour attraper les lacets.

Mais quand j'ai tiré sur un des bouts, la boucle s'est transformée en nœud dur et serré, et j'ai coulé, coulé, en essayant de le défaire, jusqu'au moment où je suis arrivé au bout de mes réserves d'air. J'ai levé la tête pour regarder du côté de la surface, qui était beaucoup plus haute que je n'aurais imaginé, comme au club quand on plongeait dans le grand bain, pour jouer au cross-pool... Parfois on touchait la buse de vidange et on s'accrochait à la grille pour voir combien de temps les bulles mettaient à éclater à la surface, jusqu'à ce que la pression sur les tympans devienne insupportable. Là c'était la même chose, multipliée par deux ou trois.

J'ai donné un nouveau coup de talon, mais je n'ai fait que la moitié du chemin avant que ma vitesse de propulsion revienne à zéro et que je sois déporté de côté, puis, lentement, vers le fond. Là, je suis devenu fou, griffant l'eau comme si je tentais d'escalader un mur absent. Je pédalais si violemment que j'avais les abdominaux plus endoloris qu'après la dixième série d'exercices d'endurance pendant l'entraînement pour le foot. J'avais le cou tendu et les lèvres ouvertes pour boire l'air, en regardant le miroitement se rapprocher, se rapprocher, et je me répétais : *presque... presque... presque*, sauf que je respirais trop tôt et avalais une grande gorgée d'eau, qui me descendait dans la trachée-artère avant de m'exploser comme du péroxyde dans le nez. Lorsque ma tête a enfin réussi à faire surface, je toussais, ce qui m'a empêché d'inspirer une bouffée d'air, et puis j'avais quelque chose dans la bouche qui me brûlait comme du vinaigre.

Mais c'est devenu pire encore, bien, bien pire, parce que

lorsque j'ai ouvert les yeux, la côte avait disparu. Je ne veux pas dire qu'elle s'était éloignée ; non, elle n'était plus là du tout. Devant moi, il n'y avait rien, que l'eau, immense, à perte de vue, et c'était comme un horrible cauchemar. Un instant plus tôt, j'étais dans l'Oregon Inlet, un bras de mer, où j'aidais à remonter le bateau, et sans transition je me retrouvais à mille miles de la côte, en mer ou je ne sais où, et la façon dont cette horreur avait pu se produire avait peu d'importance : j'étais là. Puis, par-dessus mon épaule gauche, j'ai aperçu le pont, qui auparavant se trouvait sur ma droite, et en me retournant, je l'ai vue, la terre ferme, à soixante mètres de là…

Entre-temps, j'avais dérivé du côté où nous avions tiré nos filets pour prendre de l'appât, le matin même, papa et moi. Il y avait des gens du terrain de camping couchés sur des draps de bain ou occupés à construire des châteaux de sable. J'étais presque trop épuisé pour agiter le bras, sauf qu'une voix m'a soufflé : *tiens bon, Joey, ce n'est pas le moment de lâcher, continue de te battre, fils*. On aurait dit Pa, mais impossible de dire si la voix venait de la plage, ou si elle était à l'intérieur de moi, ça je m'en souviens. « AU SECOURS ! À L'AIDE ! AU SECOURS ! » ai-je crié de toutes mes forces en faisant de grands signes pour être vu… Une dame en chapeau de paille, qui lisait dans une chaise longue, a laissé tomber son journal et regardé par-dessus ses lunettes noires, en balayant bien l'espace horizontalement comme si elle se demandait d'où venait ce cri. Tandis que l'eau m'arrivait de nouveau au cou, je l'ai vue se lever et montrer du doigt, et plusieurs personnes ont tourné la tête et fait la même chose, et puis j'ai coulé.

Dans le silence, j'entendais toujours ma voix qui hurlait. On aurait dit qu'elle rebondissait contre le fond et revenait en écho, mais elle se faisait plus faible, comme l'autre voix, celle de Pa qui disait : *tiens bon, fils, cramponne-toi.* Je voulais continuer de me battre, mais quand j'ai essayé de nager, j'ai eu l'impression que mes bras étaient mous, qu'ils n'avaient plus d'os à l'intérieur ; ils flottaient au fil du courant, frêles et sans consistance, comme les algues au fond de l'eau. Je me suis rendu compte que j'allais encore une fois être trahi par mon corps, sauf que j'étais incapable de lui en vouloir, ni même d'éprouver de la colère. J'avais à peine l'impression qu'il s'agissait du mien, et il était beaucoup plus facile de lui pardonner, à présent qu'il ne m'appartenait plus, qu'autrefois, quand je croyais qu'il était à moi.

Là, c'était comme une espèce de sommeil dans lequel je sombrais doucement lorsque quelque chose m'a tiré brutalement de ma torpeur – le froid, je crois… Quand je me suis réveillé, la lumière qui m'entourait avait commencé de se transformer en ombres, et j'ai su à quelle profondeur j'avais coulé. J'avais très peur, mais en même temps je me disais qu'il s'agissait peut-être d'un rêve et que si je m'appliquais vraiment, j'allais réussir à me réveiller, et maman serait là, au pied de mon lit, et tout irait bien… C'est alors qu'une autre voix m'est parvenue, dans l'eau, une voix qui n'était ni la sienne ni celle de Pa, mais celle de papa, cette fois – *c'est fini, Joey, laisse-toi aller* – alors je me suis mis à pleurer, sous l'eau où cela ne faisait pas de bruit, ne se voyait pas, j'étais plus triste encore que j'avais jamais été, non pas parce qu'il s'agissait d'un mensonge comme je l'avais d'abord cru quand papa avait dit la même chose dans le bateau, un mensonge de plus à ajouter à la liste, non, mais au contraire parce que ce n'était pas un mensonge, justement. Pendant que je coulais là où les lumières se mettent à vaciller, j'ai compris qu'il avait raison, papa, plus raison que Pa, et cela depuis le début, alors aussi vite qu'elle était venue, la tristesse s'est envolée… Une sorte de chaleur frémissante m'a traversé le corps comme une décharge électrique, je me suis rendu compte qu'il m'arrivait quelque chose de bon, une surprise merveilleuse… J'allais retrouver mon père, mon papa, comme avant que les choses changent, et pas seulement lui, mais tout ce que nous partagions et que nous avions perdu… C'était là, au fond, qui m'attendait. Je pouvais cesser de me battre, à présent, ce que je voulais récupérer revenait spontanément et je pouvais bien écouter la voix qui me soufflait tout bas : *laisse tomber*, et fermer les yeux, et respirer l'eau, ce que j'ai fait…

Lorsque je les ai rouverts, tout était différent. Les ombres avaient disparu, le fond était illuminé par une lumière verte comme des émeraudes, si belle que j'ai eu envie de rire. L'herbe marine s'étendait autour de moi comme les marécages que nous avions traversés au petit matin, et les tiges ployaient ensemble sous le courant lorsqu'il passait comme le vent, même que je l'entendais à présent, *whsssssssh, whsssssssh*, il faisait, ce vent. Son passage dérangeait les papillons dorés qui, à y regarder de près, devenaient de minuscules crevettes ou des hippocampes, toute une armada qui a détalé en m'apercevant. Lorsque j'ai voulu faire un pas, j'ai rebondi comme sur un trampoline et atterri quinze mètres plus loin. Un de mes orteils a griffé le sol, soulevant une traînée de sable dont chaque grain a étincelé dans la lumière, comme de la poudre d'or...

Je me sentais si léger, si libre, que j'aurais pu courir ainsi éternellement, sauf qu'il y avait des choses à regarder en chemin... j'ai vu une roue dentée d'engrenage fichée dans le sable comme une étoile de mer rouillée, parmi les coquilles d'huître brisées dont les dentelures extérieures ressemblaient à une écriture antique, pareille aux animaux et aux oiseaux minuscules que les Égyptiens utilisaient à la place des lettres, même qu'à l'école je me serais presque cru capable de déchiffrer ce qu'ils avaient voulu dire, ces scribes d'autrefois, sauf que ceux-là, le temps d'y parvenir ils étaient déjà passés... En bougeant encore, j'ai trouvé ma canne perdue avec le moulinet Shakespeare, juste à mes pieds, sans rien de cassé, huilée et en parfait état comme lorsque je l'avais sortie de sa boîte le soir de Noël...

Partout alentour, aussi loin que je pouvais voir, le fond de l'océan était jonché d'objets scintillants, par millions, à croire qu'une flotte entière de galions espagnols avait sombré là et perdu son trésor ; on aurait dit que toutes les choses jamais perdues ou désirées par tout un chacun étaient disponibles et récupérables... J'aurais aimé prendre mon temps pour regarder, mais je me suis rendu compte que tout bougeait, lentement, comme sous la pression de quelque chose, une force qui aspirait tout dans une seule et unique direction où le courant passait et faisait ployer la végétation… même que j'étais entraîné par cette force, avec une lenteur qui n'était qu'apparente… J'ai compris que je n'aurais pas le temps de contempler tous les trésors engloutis, ce qui m'a rendu triste, plus que le fait de mourir, je crois, parce que je savais bien que j'allais mourir, mais cela m'était un peu égal… il ne s'agissait que d'un mot dont les gens avaient peur parce qu'ils n'en connaissaient pas vraiment le sens, mais une fois qu'on savait, ce n'était plus si terrifiant, et le sens, je le saisissais comme les inscriptions égyptiennes sur les vieilles coquilles d'huître qui avaient abandonné leurs poèmes en chemin, et à présent je savais les lire…

Mon seul regret, c'était ma famille – j'aurais voulu pouvoir leur dire, leur expliquer que ce qui m'arrivait n'était ni triste ni douloureux, mais beaucoup plus beau que sauront jamais dire les mots… et alors, comme si mon vœu avait été entendu et exaucé, je me suis redressé dans l'eau sans effort alors que personne ne pouvait m'aider à nager, et je les ai découverts, tous, qui m'attendaient, sur la plage… maman tenait Reed par la main et lui montrait où faire au revoir, ils étaient plus jeunes, comme avant le début de nos ennuis, comme j'avais envie de les garder dans ma mémoire… La même lumière somptueuse qui illuminait le fond de l'eau posait sur eux un éclat précieux, et chacun m'apparaissait dans sa vérité… au-dessus d'eux, dans le ciel, le soleil était vert…

Tout le monde était présent sauf Pa, absent pour je ne sais quelle raison… à sa place se trouvait un grand jeune homme maigre qui avait les cheveux longs et noirs, ainsi qu'un air de famille, un peu comme papa sur ses photos du lycée, mais je ne savais pas où j'avais pu le voir, si je l'avais jamais vu… Il se tenait en retrait et il semblait furieux, bouleversé par quelque chose, et en redescendant dans la lumière sous-marine, j'ai compris que c'était moi, la personne que je serais devenue en grandissant, ce que je n'aurais plus à faire maintenant, et j'en étais bien content, tant pour lui que pour moi…

En sombrant une dernière fois, quelque chose a arrêté mon regard, dans le fond… j'ai cru que c'était un doublon d'or à demi enterré dans le sable, mais en le ramassant j'ai vu une médaille comme celle que j'avais volée au père d'Archie – sauf que ce n'était pas la sienne : celle-ci était à moi..

Lorsque je suis revenu à moi, j'étais sur la plage, éructant un gros hoquet d'eau salée qui m'a ruisselé sur la joue et brûlé comme de l'acide en me coulant dans l'oreille. Une force puissante me tenait rivé au sol. Je n'ai vu d'abord qu'une grande silhouette sombre, la bouche collée à mes lèvres, les dents grinçant contre les miennes tandis qu'elle aspirait ma respiration avant de me la renvoyer. Même lorsque le recul m'a permis de reconnaître papa, j'ai continué d'avoir peur. Tout tournait, dans le ciel par-dessus sa tête volait une nuée de papillons… Pendant un moment, la magie de la lumière est restée collée à lui, faisant miroiter comme du cristal le filet de morve limpide qui coulait de ses narines. Même les cernes mauves sous ses yeux avaient une beauté, mais c'était surtout ses yeux eux-mêmes. Je ne pouvais pas en détacher mon regard – il y avait en eux un peu de la lumière sous-marine pour laquelle il n'y a pas de mot, mais pendant que je l'admirais, cette couleur s'est éteinte lentement, comme le maquereau avait perdu son éclat dans le bateau, et la nuée de papillons au-dessus de sa tête s'est réduite à des lucioles, puis à des étincelles, puis à rien, et je me suis mis à pleurer plus fort que jamais.

Papa m'a soulevé en me serrant contre son cœur et il m'a bercé : « C'est fini, maintenant. Je sais que tu as eu très peur, mon grand, mais je suis là maintenant et tout va bien. » « Non, papa, tout ne va pas bien, pas bien du tout », ai-je sangloté de plus belle. « Chut, mon fils, chut, n'essaie pas de parler. » Il fallait pourtant que je leur explique. « Tu ne comprends pas, tu ne comprends rien », ai-je dit. « Quoi ?

Qu'est-ce que je ne comprends pas, fiston ? » « C'était beau, papa, *très beau* », ai-je dit, et il a cessé de me bercer. « Il est encore en état de choc, a-t-il annoncé à Pa.

— Non, c'est pas vrai, Pa, ai-je protesté en espérant qu'il comprendrait, c'était beau. » Le visage de Pa est devenu plus sombre que tout ce que j'avais vu, ses lèvres tremblaient. Sans crier gare, les verres de ses lunettes ont lancé des éclairs, et il m'a giflé à toute volée.

J'ai cessé de pleurer et je l'ai regardé tourner le dos et s'en aller. Il s'est appuyé à deux mains sur le capot de la Cadillac et il est resté ainsi, la tête penchée en avant. L'espace d'une minute, j'ai été interloqué, effrayé, comme s'ils pouvaient avoir raison et que tout ceci n'était qu'un rêve. Puis j'ai senti de nouveau la pression dans le creux de ma main, la médaille, réelle et tangible dans mon poing fermé. Sauf que lorsque j'ai ouvert ma main pour regarder, il n'y avait rien, qu'une pièce de vingt-cinq cents.

38

Joey

Elles étaient toutes les deux parfaitement silencieuses, Nanny et maman, en écoutant l'histoire, et l'expression de leur visage hésitait entre la frayeur et la fureur absolue. Je devinais qu'elles mouraient d'envie de sauter à la gorge de quelqu'un pour ce qui était arrivé, et que papa aurait été leur proie préférée, sauf qu'il m'avait sauvé la vie et que j'avais bien failli ne pas revenir, ce qui réduisait les possibilités. Plus tard, après m'avoir câliné et demandé si tout allait bien, elles ont repris du poil de la bête et exigé des détails, alors chacun y est allé de sa version, en commençant par Pa. Quand mon tour est venu, j'ai simplement dit que j'avais tout oublié, que je ne me rappelais pratiquement rien, et j'ai passé mon tour. Après la réaction de Pa, j'avais décidé qu'il valait mieux ne pas parler de ce que j'avais vu, comme lorsque l'on a fait un très long voyage et que l'on sait que personne ne va vous croire si vous racontez où vous êtes allé, alors autant ne pas essayer, sinon vous risquez de passer pour un fou, ce qui ne serait probablement pas faux d'ailleurs. Parce que comment peut-on se sentir bien quand on est en train de mourir, ce qui était mon cas ?

J'ai donc surtout préservé ma tranquillité et laissé papa raconter, ce qui était aussi bien car sa version était la meilleure, comme on pouvait s'y attendre. Je n'ai même pas regimbé quand il a inventé des choses qui n'étaient jamais arrivées, parce que pour une fois l'essentiel était vrai – à savoir qu'il avait plongé dans l'eau, m'avait repêché alors que je me noyais, et qu'il était un vrai héros. Maman et Nanny ont fait tout un cirque autour de son courage, ce qui a illuminé papa de plaisir au point qu'on l'aurait probablement repéré à deux miles de distance en pleine mer. Il a vidé deux ou trois Pabst Blue Ribbon de trop et au bout d'un moment, il s'est mis à m'appeler Jonas, et le Vieux Marin, et Phlebas le Phénicien, ce qui les a fait rire. Je savais que c'était une plaisanterie et je ne l'ai pas mal pris. Après le bénédicité traditionnel de Pa, il a dit : « Mister Will, si vous n'y voyez pas d'inconvénient, j'aimerais ajouter un mot ce soir », et il a souri à la cantonade.

« Les choses n'ont pas été très claires, ces derniers temps, pour moi en tout cas, a enchaîné papa. Je ne sais pas, je suppose que ma vision est un peu brouillée, mais je tiens à vous dire à tous, ce soir, que lorsque j'ai vu le bateau vide et rien que de l'eau à l'endroit où Joey était censé se trouver, tout est devenu limpide en un éclair. Je n'avais qu'une seule idée en tête : *mon Dieu, faites que je le retrouve, faites que je retrouve mon garçon*, et j'ai compris plus clairement que jamais au cours de ma vie ce qui compte vraiment, ce qui est important, ce que j'aime, et je l'ai ce soir réuni là, autour de cette table. C'est toi, Joey, et Reed, et toi, May. C'est vous, miss Zelle, et vous, mister Will, c'est vous tous, ensemble et séparément, ma famille... Je ne saurais vous dire combien je suis heureux et comblé d'être parmi vous ce soir, surtout lorsque je songe à quel point j'ai été près de tout perdre... »

Une grimace s'est inscrite sur son visage, il s'est mis à secouer la tête. « Je vous demande pardon, tous, je... »

« Allons, allons, fils, a fait Pa, tout va bien. Nous savons, nous savons tous ce que tu ressens. »

Je ne sais pas pourquoi, mais pour moi, le cœur n'y était pas, même à ce moment. Ils revenaient sans cesse sur la chance que j'avais d'être là, et que c'était un miracle que je sois toujours en vie, que je pouvais remercier ma bonne étoile, et j'avais beau savoir que tout cela était vrai, je me sentais en retrait, étranger à leur joie. Ils avaient l'air de fantômes au travers desquels on peut passer la main, des revenants d'un autre monde, d'une autre vie dont on avait fait partie jadis, à moins que le fantôme, ce soit moi.

Une part du problème, je crois, c'était la relation qui s'était installée entre Pa et moi. Je l'ai vu m'observer plusieurs fois au cours du dîner, mais nous avons à peine échangé deux mots, sauf pour dire bonsoir, et encore, nous nous sommes juste serré la main. D'habitude, je le prenais par le cou pour l'embrasser, et je savais que c'est ce qu'il espérait, mais je n'ai pas pu, non pas que je lui en voulais pour la gifle, mais plutôt parce que j'avais honte, honte qu'il ait eu honte de moi à cause de ce que j'avais dit. Pour le deuxième jour de suite, je n'avais pas envie de manger, malgré la génoise au sirop d'érable Log Cabin servie par Dee Lou. En résumé, j'avais surtout envie d'aller me coucher, d'être seul, de dormir tard, et peut-être qu'à mon réveil les choses seraient redevenues ce qu'elles étaient avant.

Après déjeuner, le dimanche, alors que je descendais sur la plage pour me baigner, tout m'a semblé étrange, vaguement différent. Reed était en train de construire un château de sable et je l'ai aidé un moment. Nous étions à genoux dans la flaque, écopant les puces de mer que nous mettions dans un seau de plastique vert, lorsqu'en levant les yeux j'ai vu maman qui revenait de sa marche. Elle était déjà partie à mon réveil, le matin, et elle se trouvait encore largement au-delà de l'hôtel Croatan quand je l'ai aperçue, petit point noir sur la plage parmi tant d'autres, mais même à cette distance, je savais que c'était elle, je ne sais pas comment, mais j'étais sûr. Quelque chose m'a fait souhaiter qu'elle puisse rester un petit point lointain au lieu de gagner en taille et en réalité à chaque pas qu'elle faisait, ramenant avec elle une chose que je voulais continuer d'ignorer.

« Maman, maman ! » a crié Reed en courant à sa rencontre. Elle a ôté ses lunettes et fait signe, les cheveux ébouriffés et frisés par la brise de l'océan, le regard un peu plus clair et direct que d'habitude. Je me suis senti mal lorsqu'elle a posé ce regard sur moi, comme si elle faisait des calculs et que les additions la rendaient triste. Elle a pris Reed dans ses bras et l'a amené sous le parasol pendant que je me rinçais les mains. Puis je me suis allongé sur ma serviette, j'ai fermé les yeux, et je ne lui ai pas adressé la parole.

« Jusqu'où tu es allée ? » a demandé Reed, et elle a répondu : « Je ne sais pas, trésor, loin. » « Plus loin que la jetée ? » « Plus loin que la jetée. » « Tu as raté le déjeuner. » « Je suis désolée, ce n'était pas très gentil de ma part, n'est-ce pas ? » « C'est pas grave, Dee Lou t'a laissé un sandwich au réfrigérateur. » « Où sont les autres ? » a-t-elle demandé. « Je crois que Pa est parti en voiture avec l'oncle Johnny, et papa, il est à la maison. » « Coucou, Joey », a-t-elle fait, et j'ai répondu : « Coucou. » Je sentais qu'elle me regardait en se demandant si j'étais fâché ou quoi – elle ne savait pas que j'avais entendu leur dispute de la veille.

« Et Nanny, où est-elle ? » a-t-elle demandé, et c'est encore Reed qui a répondu : « Elle fait la sieste. » « Voilà qui ressemble à une bonne idée, non ? » « Non et non, je ne suis pas fatigué », a fait Reed. « Peut-être que tu n'es pas fatigué maintenant, mais ce soir tu regretteras de ne pas avoir fait un somme. Et si tu essayais de dormir un peu ? Je crois que cela ne ferait pas de mal à ton frère non plus. » Je ne me suis même pas donné la peine de répondre.

« D'accord si je peux dormir ici », a dit Reed. « À condition que tu essaies vraiment... » Il y est allé d'un sourire enjôleur pour avoir gain de cause et s'est blotti contre elle. Lorsque j'ai ouvert les yeux, elle lui caressait les cheveux, mais son regard me fixait.

« Maman ? » a fait Reed après un petit moment. « Quoi, mon trésor en sucre ? » « Est-ce qu'il va revenir vivre à la maison avec nous, maintenant, papa ? » « Je ne sais pas, chéri », a-t-elle murmuré. « Tu ne l'aimes plus ? » J'ai entendu sa respiration devenir rauque, désordonnée, comme si la question de Reed la prenait par surprise. « Bien sûr que si, bien sûr que si, je l'aime, a-t-elle dit lorsqu'elle a enfin pu répondre. J'aimerai toujours ton papa, je le chérirai et je voudrai toujours son bonheur, *toujours.* » « Alors comment ça se fait, maman, comment ça se fait, si c'est vrai, qu'il ne puisse pas revenir à la maison ? » « Je n'ai pas dit qu'il ne pouvait pas, j'ai dit que je ne savais pas. » « Mais pourquoi, maman ? Pourquoi tu ne sais pas ? » Quand elle s'est rendu compte qu'il ne la lâcherait pas, elle a répondu : « C'est simplement que parfois, il arrive que deux personnes, même si elles s'aiment très fort, ne réussissent pas à être heureuses ensemble, Reed. Quand elles ont fait tout ce qu'elles pouvaient, vient un moment où il faut cesser de se faire du mal et apprendre à vivre chacun de son côté. » Les paroles de maman ont fait resurgir le début de l'été, quand sont apparues les premières traces de pas et que j'ai entendu Nanny lui demander un soir, sur la véranda, si l'amour pouvait suffire. J'ai compris qu'entre-temps, elle avait trouvé la réponse à cette question, maman. Dès l'instant où elle a prononcé ces paroles, je l'ai détestée pour tout ce que cette réponse m'enlevait.

« Mais si cette chose arrive, Reed, a-t-elle continué, je tiens à ce que tu saches que ce n'est ni à cause de toi ni à cause de Joey, absolument pas, n'allez jamais imaginer cela. » Je savais qu'elle parlait pour moi autant que pour lui, consciente que j'écoutais, même si je faisais tout pour donner le change. « L'autre chose que je tiens à vous dire à tous les deux, c'est que, quoi qu'il arrive, votre papa restera toujours votre papa et vous aimera aussi fort qu'il vous aime en ce moment, exactement comme je resterai votre maman et je vous aimerai toujours, en espérant que vous m'aimerez aussi – rien de cela ne changera jamais. La seule différence, c'est que nous ne serons plus mariés. Il ne sera plus mon mari, je ne serai plus sa femme, et nous vivrons dans des endroits différents… »

Lorsqu'elle a dit cela, je n'ai plus supporté. Je me suis levé, j'ai couru vers la mer, et en voyant le château de sable, j'ai flanqué un coup de pied dans la tourelle et tout mis par terre, réduisant le mur en morceaux, ce qui était à la fois bête et méchant, je sais.

Elle m'a suivi, maman, elle m'a pris le bras pour m'attirer

contre elle, mais j'ai crié : « Laisse-moi tranquille, d'accord ? », en la repoussant plus durement que j'aurais dû ou que j'avais jamais fait. « Joey, s'il te plaît, je t'en prie, écoute », mais j'ai ajouté : « Je me moque de ce que tu peux dire, papa, il m'a sauvé la vie et c'est un héros, un *héros*, tu entends ? Alors rien de ce que tu feras ne pourra jamais lui ôter ça, jamais. » J'ai vu qu'elle était au bord des larmes, ce qui m'a fait sentir tellement coupable que j'ai eu envie de lui tendre les bras, même que j'ai failli le faire, sauf que je savais que si je la laissais me toucher, si je la laissais me serrer contre elle comme lorsque j'étais petit, c'était fichu pour moi.

« Joey, chéri, la dernière chose dont je puisse avoir envie, c'est d'ôter cela à ton père. Je lui suis tellement et sincèrement reconnaissante de ce qu'il a fait, parce qu'il t'a sauvé la vie, et je sais combien tu l'aimes. Pour un fils, un père doit être un héros, et je suis heureuse que tu aies cela avec ton père, mais, chéri, il y a des choses dont maman a besoin, des choses qu'il me faut avoir et qui n'ont aucun rapport avec ça. Est-ce que tu peux comprendre ? Je sais que c'est dur ; c'est dur pour moi aussi. Fais de ton mieux, d'accord ? Je t'en prie, essaie, pour maman. » Mais je ne pouvais pas essayer, ni pour elle ni pour personne, je ne voulais même pas. J'ai juste crié : « Je te déteste », puis je lui ai tourné le dos avant de courir à la mer.

39

Joey

Cet après-midi-là, les traces de pas sur la plage étaient les miennes. Je les ai trouvées qui partaient encore vers le large en remontant vers la maison. Tout le monde avait quitté la plage, il se faisait tard, comme lorsque nous avions fait demi-tour direction le port, la veille, avec les mêmes nuages, des blancs, géants, ressortis de la cachette qu'ils avaient pour le matin. Apparemment, ils appartenaient aux après-midi, ces nuages, et à l'automne aussi, avec cette longue lumière bleue, et il y en avait toute une flotte, comme autant de clippers, oui, une armada complète fonçant sous un vent qui les emportait vers le nord-est, loin, vers l'Angleterre.

Lorsque j'ai traversé par la dune, Pa se trouvait au coin de la maison, protégeant ses yeux avec la Blue Ribbon qu'il tenait pour examiner le mur aveugle. Il semblait si fort intéressé par quelque chose que j'ai pensé pouvoir passer inaperçu, mais il s'est retourné vivement, comme s'il avait senti mon regard, et nous avons bien été obligés de parler.

« Bonjour, Pa », ai-je fait, et il a dit : « Bonjour, mon gars. Ça va bien ? », alors j'ai répondu : « Moyen. » « Ça nous fait quelque chose en commun, dans ces conditions – j'en conclus qu'on peut encore être copains ? » « Je suppose que oui. » « Tu supposes ? Eh bien, c'est déjà quelque chose, non ? En tout cas, c'est toujours mieux que d'attraper la scarlatine. » « On est copains, Pa, ai-je dit. Tu le sais bien », alors il m'a fait son petit sourire et tendu la main, et nous avons échangé une poignée de main, et tout a été oublié, les événements de la veille et le reste.

« Qu'est-ce que tu fais là, d'ailleurs ? » ai-je demandé, parce qu'on ne venait guère de ce côté de la maison, sauf pour jeter la graisse du bacon ou enterrer les arêtes de poisson. « Tu vois, là ? » Il pointait avec sa bière. « Apparemment on est en train de s'enfoncer côté nord-est. » Son doigt suivait la courbe correspondant à l'affaissement de la rangée de bardeaux, sous la fenêtre de la cuisine. « Le bois a dû pourrir par en dessous. J'avais déjà remarqué l'année dernière, mais j'ai l'impression que ça s'est aggravé. Si ça continue, un jour, pendant qu'on se met à table pour le dîner, tout le truc va nous dégringoler sur le crâne – ce qui ne serait pas franchement rigolo, n'est-ce pas ? » « Non, Pa. » Il a froncé le sourcil en sirotant une autre gorgée de bière. « Pas rigolo du tout, même… alors il faudrait bien aller faire un tour du côté de chez Carl pour voir s'il pourrait nous arranger ça. » Carl Wembley était le charpentier qui avait construit la maison.

Il a posé sa bière sur le bord de fenêtre et ôté son chapeau pour s'éponger le front, Pa. « J'arriverais peut-être à te convaincre de faire un saut avec moi jusqu'à Mann's Harbor ? J'apprécierais un peu de compagnie. » « Bien sûr, Pa, j'irai avec toi. » « Parfait, je me disais qu'on pourrait peut-être en profiter pour s'arrêter à Whale Junction, histoire de jeter un coup d'œil au magasin de pêche. Je crois que je connais un jeune homme qui a besoin d'une nouvelle canne. » Et de me faire un de ses clins d'œil. « Je voudrais surtout avoir encore la mienne », ai-je dit. « Ça, c'est une chose qui dépasse mes compétences, chéri. » « Je sais, Pa, je sais que c'est impossible. Elle est perdue. » Tandis qu'il refourrait le mouchoir dans sa poche et s'apprêtait à remettre son chapeau, un de ces monarques dorés est venu égayer le fond, ouvrant et refermant les ailes.

« Ça alors, quel culot, a souri Pa. Tu veux t'en occuper ? Il doit être épuisé. » « Épuisé de quoi ? » « De migrer, je suppose. C'est la saison où ils partent, chaque année. » « Où ça ? » ai-je demandé.

Pa a repris la Blue Ribbon. « Je crois bien avoir entendu parler d'un lieu, tout en bas du Mexique, une montagne où ils se retrouvent pour l'hiver, ils retournent tous là-bas, de partout dans le monde, au même endroit… On ne dirait jamais, n'est-ce pas, qu'une chose aussi minuscule, avec ses ailes en papier, soit capable de parcourir un tel chemin ? Plusieurs milliers de kilomètres, ça doit faire.

— Comment est-ce qu'ils trouvent le chemin ? » ai-je demandé. « Ça, Joey, je serais bien incapable de te répondre, mon gars. Je suppose qu'au fond de lui un papillon se souvient toujours d'où il vient, comme un humain, et une fois de temps en temps, il éprouve le besoin de retourner y faire un tour, juste le temps d'une visite – la différence n'est pas si grande, quand on réfléchit bien… Moi, par exemple, je suis pris d'une envie quelquefois, et je prends ma voiture pour faire un saut jusqu'à Rose Hill, voir papa et maman là où ils sont maintenant… Un de ces jours, je suppose que vous aussi, les garçons, vous aurez ce genre d'endroit, Reed, toi et vos deux cousins, un endroit qui sera à part les autres, où vous aurez beaucoup de souvenirs, bons et mauvais. C'est drôle, mais les mauvais souvenirs, ils vous attachent autant que les bons, quand ce n'est pas plus. Je n'ai jamais compris pourquoi, mais c'est ainsi… Peut-être que pour vous, ce sera ici, on ne sait jamais.

« Sauf que si on ne s'occupe pas de remonter un peu cet angle nord-est, il risque de ne rien rester, ce qui serait tout de même dommage, non ? » « Oui, Pa, on devrait vite faire réparer », ai-je dit. « Allons-y, allons rendre visite à Carl », a-t-il fait, en plaçant son chapeau au niveau de ses lèvres pour souffler sur le papillon, qui a semblé se réveiller quand ses ailes ont senti le contact du vent, le poussant dans la même direction que les nuages, vers le large.

Le soir tombait lorsque nous sommes sortis du magasin de pêche, et tout avait pris cette teinte de cendre alors que là-haut, le ciel était encore bleu. J'étais content de ma canne, une Shakespeare, comme celle d'avant, et j'ai sauté au cou de Pa pour lui dire qu'elle me plaisait beaucoup. Mais je savais que jamais je ne pourrais l'aimer autant que celle que j'avais perdue, ma première canne à pêche, et je pense que Pa le savait aussi.

Carl Wembley vivait tout seul à l'écart, dans un bois de pins, à deux ou trois kilomètres de Mann's Harbor. La route qui menait chez lui était tapissée d'aiguilles, auxquelles les pneus arrachaient un doux soupir, le bruit de la forêt. Il est sorti pieds nus sur le devant de sa maison tandis que nous garions la voiture, un homme de l'âge de Pa, mais aussi grand et maigre que Pa était petit et rond, qui nous a regardés d'un air que je n'ai pas trouvé franchement amical jusqu'au moment où Pa s'est écrié : « Salut, la jeunesse ! » « C'est vous, mister Will ? » a-t-il demandé tandis que nous descendions de voiture, et Pa a répondu : « Ce qu'il en reste, en tout cas. » « Je veux bien être damné », a fait Carl, à quoi Pa a répliqué : « Tant mieux, parce que c'est bien ce qui risque d'arriver ! » Ils ont ri ensemble, puis Carl s'est précipité la main tendue tandis que Pa se cramponnait à la rampe pour monter péniblement les marches de la véranda.

« Regardez-moi, je suis tout cassé, a dit Pa en lui serrant la main, alors que vous n'avez pour ainsi dire pas changé depuis la dernière fois qu'on s'est vus. » « Problème de genou ? » a demandé Carl. « Un truc du genre, Carl, un truc du genre. » Carl s'est mis à hocher la tête. « Le vrai malheur, on l'a en soi, mister Will. » « Ça, c'est bien vrai, a fait Pa. Vous vous souvenez de mon petit-fils Joey, n'est-ce pas ? » « Bien sûr. Tu en as une belle canne à pêche, dis donc – elle a l'air toute neuve. » « Merci, monsieur, elle est neuve. » « Tu veux l'étrenner ? Il y a quelques jolis bars, en bas, dans la rivière. »

Nous avons pris un sentier qui descendait au petit appontement qu'il avait, avec une vieille barquasse amarrée au pilotis, et Carl a flanqué un coup de pied dans une souche, attrapé un criquet dans la terre noire et molle, puis il m'a aidé à monter ma ligne. Ils sont restés un peu, Pa et lui, sans rien dire pendant que je lançais ; puis Pa a proposé : « Si on se buvait une bière, Carl ? J'ai un pack de six au frais dans la voiture », et Carl a répondu : « Non merci, mais je veux bien vous offrir un vrai verre si on remonte tous à la maison. »

Pa m'a demandé si je voulais venir, mais j'ai dit que non et je suis resté pour m'exercer à lancer, en écoutant leurs voix monter en puissance, sur la véranda, avec des rires de plus en plus fréquents, mais j'écoutais surtout la forêt – les grenouilles, les criquets, les cigales. Ils me semblaient étranges, ces bruits, parce qu'on ne les entendait pas, là où nous étions, en bordure de plage ; de tout l'été, on n'entendait rien. Ils m'ont rappelé Ruin Creek, et Killdeer, le retour à la maison, la rentrée des classes, bientôt.

« Bon, une bonne chose de faite en tout cas, a dit Pa lorsque nous sommes remontés en voiture. Je ne sais pas pour toi, mais je me sens un peu mieux. » Pendant qu'il faisait sa marche arrière pour repartir, je l'ai regardé lui, puis j'ai regardé le paysage, droit devant moi, et j'ai senti une partie de sa bonne humeur m'envahir.

« Enfin, il y a des problèmes que l'on peut résoudre, chéri, et d'autres auxquels on ne peut rien. Je voudrais bien qu'il en aille autrement, mais c'est comme ça, et on n'y peut rien, ni moi ni personne. » « Maman, elle pourrait. Elle pourrait faire changer les choses si elle voulait », ai-je dit, ce que je n'aurais sans doute pas fait si je n'avais pas remarqué qu'il avait un peu bu. « C'est beaucoup demander, mon gars, tu ne crois pas ? Attendre d'une personne qu'elle change pour deux ? » Il avait moins bu que je ne pensais. « J'ai déjà vu des gens tenter le coup, plus qu'on ne croirait qui essaient, mais à ma connaissance ça n'a jamais marché Moi, j'ai l'impression que ton père est aussi responsable, sinon plus, de la situation telle qu'elle est.

— Je sais que c'est ce que vous pensez tous, ai-je dit. Je sais que pour vous, c'est la faute de papa. » « Je me garderais de penser trop facilement à la place des autres, Joey, si j'étais toi… La plupart du temps, c'est un peu la faute de tout le monde, ce qui revient à dire que ce n'est celle de personne – ce qui est dur, fiston, très dur, quand on est coincé au milieu, furieux, et qu'on ne peut s'en prendre à personne. » « Si ce n'est la faute de personne, comment est-ce que ça a pu arriver, Pa ? ai-je demandé. Explique-moi. » Il a gardé un long silence avant de reprendre la parole.

« Je ne sais pas si je devrais te dire cela, chéri. J'y réfléchis depuis un bon bout de temps, et si j'ai tort je serai désolé, mais je me dis que si tu es assez grand pour subir les conséquences d'une situation, tu l'es aussi pour avoir les données de cette situation...

« Ton père est un bon gars, petit, et un bon père pour vous à bien des égards. Il a un cœur gros comme ça, il est plein de bonnes intentions, très intelligent et bourré de talent, mais c'est une cigale, Joey. Il est comme la cigale de l'histoire que ta maman te lisait, tu sais, celle qui dansait et chantait pendant que les fourmis travaillaient. Les cigales, tout le monde les aime, Joey, moi comme tout le monde, et j'aime beaucoup ton père, mais quand on est adulte et que l'on a une famille, il faut apprendre à être une fourmi, de temps en temps. Parce que tu n'es plus tout seul, Joey ; il y a d'autres personnes qui comptent sur toi, et quand vient l'heure de faire les comptes, ce n'est pas en chantant et en dansant que l'on remplit les assiettes d'enfants criant famine, alors le charme commence à se gâcher un peu, tu comprends... Vient un moment où la séduction de la cigale devient de l'égoïsme, et pour moi c'est un des plus graves défauts qu'un homme puisse avoir. Un adulte égoïste, Joey, il n'y a de place pour personne d'autre dans sa vie, et tous ses talents de cigale ne changeront rien à l'affaire.

« Je sais que ce n'est pas facile à entendre, parce que rien n'est facile quand la famille est concernée, et je crois que le pire de tout, c'est quand il est question de son père. Tu peux me croire, fiston, je sais de quoi je parle... parce que j'ai eu un papa qui était une cigale, moi aussi, Joey, et je l'aimais plus fort que pratiquement tout ce que j'ai pu aimer au cours de ma vie, Joey, exactement comme je crois que tu aimes ton père, mais je pense que c'est aussi la raison qui a fait de ton grand-père une fourmi.

« C'est ça, la vérité, petit, pour autant que je la voie. Je te parle d'homme à homme, et tout ce que je dis, je l'ai dit en face à Jimmy, et plus d'une fois. Lui ne m'entend pas, Joey. Peut-être que toi, tu m'entendras. »

Il a regardé une fois de mon côté, Pa, puis ses yeux se sont de nouveau fixés sur la route, devant lui, tandis que je me recroquevillais sur mon siège, noué intérieurement, prêt à exploser. Il n'avait fait que dire ce que je m'étais répété mille fois en secret, sauf qu'à la fin j'avais toujours l'impression qu'il était en moi, l'égoïsme dont parlait Pa, pas en papa, pour que je pense de telles choses de lui. Mais là, il les formulait à voix haute, ces choses, Pa, lui qui ne m'avait jamais menti, et bizarrement, l'idée que ce que je savais depuis le début pouvait être la vérité me terrifiait plus encore que les reproches que je me faisais auparavant. Prendre toute la culpabilité et me détester me faisait moins peur que rejeter le blâme sur papa au risque de devoir le haïr. Je n'avais qu'une seule envie, revenir en arrière, mais Pa se mettait en travers et bloquait le passage.

« Il peut encore changer, Pa, il essaie », ai-je dit, à quoi Pa a répliqué : « Oui, comme il aurait pu le faire n'importe quand au cours des douze années passées, Joey. On peut toujours changer, c'est vrai, mais ce qui est vrai aussi, c'est que la plupart du temps on ne le fait pas. J'ai soixante et un ans, petit, et ce que je viens de t'expliquer, c'est la leçon la plus amère que j'ai eu à apprendre de toute ma vie – c'est la dernière chose que je voulais te dire… On ne peut pas aider quelqu'un contre son gré, Joey, même si on en a très envie, même si on essaie très fort. Cette chose qu'il a en lui, ton père, qui fait qu'il finit toujours par tout gâcher et faire souffrir ceux qui sont autour de lui, soit il ne veut pas la connaître et changer, soit il ne peut pas, mais au bout du compte le résultat est le même, alors il faut voir les choses en face, Joey, il faut affronter la vérité comme elle est, sans faiblir, parce que c'est quand on faiblit qu'on est cassé par elle. Il est des personnes sur cette terre avec lesquelles il faut apprendre à rompre, petit, sinon elles t'entraînent avec elles, et ton père fait partie de ces personnes. Si tu oublies tout ce que j'ai pu te dire, souviens-toi au moins de ceci : pour aimer quelqu'un, on n'est pas obligé de sombrer avec lui. Non, Joey, tu peux montrer les gilets de sauvetage, attendre jusqu'au dernier moment, te mettre à genoux et supplier s'il le faut, mais quand vient l'instant fatal, s'il continue de chanter et de danser, ou si la fantaisie lui prend de rester à bord, sous le drapeau, ou ce que je sais, saute, fiston, saute, et nage pour sauver ta vie, sans regarder en arrière, parce que, quoi que tu doives à quelqu'un en ce monde, Joey, ce ne peut pas être ta vie, Joey, jamais, pour personne, pas même à ta famille. »

Nous étions arrivés entre-temps, et Pa s'est engagé dans l'allée.

« J'espère que je n'ai pas eu tort de te dire ces choses, fils, a-t-il dit en se tournant vers moi sur la banquette, après avoir garé la voiture. J'y pensais depuis le jour du lac, et si j'ai eu tort, Dieu me pardonne – ce qui est fait est fait. » J'ai vu qu'il avait un peu peur après avoir dit ce qu'il avait dit. « Toi non plus, tu n'es pas parfait, Pa », ai-je répondu, et il m'a fixé très sérieusement, pendant ce qui m'a paru durer quinze minutes, mais qui n'a pas dû atteindre les cinq secondes. Je tremblais comme une feuille à l'intérieur de moi, même si je me forçais à soutenir son regard, et puis j'ai vu ce sourire éclairer son visage. « Et dire que je l'ai toujours cru », a-t-il fait en riant, et l'espace d'un instant, tout au fond de moi, quelque chose que je n'avais jamais éprouvé a explosé, comme si Pa venait de me libérer.

40

Joey

Là-haut, tout roulait. Dans la cuisine, papa avait étalé les morceaux de viande sur le plan de travail et il les battait au marteau, sous le regard de Dee Lou qui observait, les mains sur les hanches, tandis que le torchon propre dans lequel il avait enveloppé les entrecôtes devenait tout rouge. Pa a jeté un œil et dit : « Bon sang, qu'est-ce que tu fais à ma viande ? » Sourire de papa pour répliquer : « Je l'attendris, mister Will », avant d'essuyer la sueur de son front dans l'emmanchure de sa chemise. « Cette viande est tendre comme du gras de bébé », a protesté Pa, et papa de répondre : « Attendez que j'aie fini, elle vous fondra dans la bouche, pas dans les mains. »

Pa a hoché la tête. « Bon, dans ces conditions, je vais m'occuper du feu. » « Déjà fait », a dit papa, ce qui n'a pas empêché Pa de sortir derrière la maison, en direction du garage.

« S'il te plaît, papa, ne fais pas claquer la porte », lui a crié maman, et comme il ne répondait pas, je l'ai vue regarder en fronçant le sourcil dans cette direction.

Nanny et elle avaient toutes les deux enfilé une robe, arrangé leurs cheveux, mis des bijoux, et du maquillage, mais pendant qu'elle mettait le couvert, j'ai remarqué que maman était toujours pieds nus. Elle plaçait des bougies neuves dans les lampes tempêtes qui brillaient comme si Dee Lou avait passé l'après-midi à les astiquer, pendant que

Nanny triturait sa sauce cocktail en battant la mesure de la pointe de l'orteil pour accompagner Aretha, sa nouvelle coqueluche, qui tournait sur le Dumont.

« Joey, tu veux bien goûter pour moi, trésor, pour me dire si c'est assez épicé ? » Elle m'a attrapé le bras au passage et fait lécher le bout de son doigt. « Alors ? » « Mmmm-mmm, Nanny. » « Ça pique ? » « J'en ai les poils qui transpirent. » Elle a fait la moue comme si elle n'avait pas trop confiance. « Ça ne suffit pas », a-t-elle dit en remettant une cuillerée de raifort.

Un peu plus tard, maman m'a pris à part. « Joey, cours voir ce que fait Pa », a-t-elle dit tout bas, comme si elle ne voulait pas que Nanny entende. Mais elle nous surveillait, Nanny, avec son œil de lynx, et lorsqu'elle s'en est rendu compte, maman a repris sa voix normale. « Dis-lui de monter nous rejoindre. » Elle essayait de le cacher, mais je voyais bien qu'elle avait des soupçons.

Et elle n'avait pas tort. Quand je suis descendu, je l'ai repéré à la lueur incandescente de sa cigarette, dans le garage. Il était assis sur la roue de la remorque à bateau, et il fumait une Chesterfield en sirotant une flasque de Seagrams.

« Tu veux que j'allume la lumière, Pa ? » « Laisse ça tranquille », a-t-il répondu avec une sécheresse qui m'a refroidi. « Tu vas bien ? » « Très bien, a-t-il fait avec un long soupir. Je me remets de la course. » « Ah bon. Maman demande pourquoi tu ne viens pas en haut, avec nous. » « D'accord, chéri, dis-lui que j'arrive tout de suite. » Là, j'ai remarqué pour la première fois qu'il avait la voix embrumée. « Tu as besoin de quelque chose ? » « Merci, je crois que j'ai ce qu'il faut. » Mais au moment où j'allais partir, il m'a rappelé : « Tu pourrais me descendre une bière fraîche du frigo, si tu reviens ? », alors j'ai dit : « D'accord, Pa. »

« Hé, qu'est-ce que tu fais avec ça ? » a demandé maman lorsque je suis sorti de la cuisine avec une boîte de bière. « C'est Pa qui l'a demandée. » « Écoute-moi, Joey, je ne veux pas que tu lui portes à boire derrière mon dos », a-t-elle dit. « Je ne le faisais pas derrière ton dos, maman. » Avec un soupir, elle m'a repris la bière au moment précis où la porte claquait de nouveau, et tout le monde s'est retourné.

En franchissant le seuil de la porte, il a trébuché, Pa, et cramponné le guéridon où était la lampe, ce qui lui a permis de rester sur ses jambes. « Tout va bien, tout va bien. » Maman s'est précipitée pour le prendre par le bras, et Nanny s'est fâchée : « Will Tilley, maudis sois-tu ! Tu te souviens de ce que tu m'avais promis ? » « Écoute bien, toi, mêle-toi un peu de tes oignons, et laisse-moi m'occuper des miens. » J'ai été surpris d'entendre combien sa voix avait empiré. « Papa », a fait maman en lui lançant son petit regard déçu. « Pas la peine de me servir du papa en me faisant les gros yeux, May Tilley, je peux encore t'attraper et te flanquer une fessée, tu entends ? » « Allez, papa chéri, a-t-elle insisté, viens t'allonger un peu et essaie de rester les yeux fermés un petit moment avant le dîner. »

Il a retiré son bras, Pa, et braillé à la cantonade : « Qu'est-ce que vous dites de ça, les garçons ? Elle prend son vieux papa pour un bleu ou quoi ? Il n'est pas né de la dernière pluie, Will Tilley… ni de l'avant-dernière non plus… pas vrai ? C'est pas vrai ce que je dis ? » J'ai répondu : « Si, Pa », parce qu'il me regardait, moi, et que de toute façon je ne crois pas que Reed aurait pu répondre – il ouvrait des yeux ronds comme des soucoupes. « Bravo, bravo, a fait Pa en hochant la tête. Dis-lui, dis-lui, fils… Tu vois, Maybelle ? Écoute, un peu, écoute ce que dit ton fils… c'est le plus malin, lui… un champion… cours chercher une bière pour Pa, chéri. » « Papa, je ne veux pas que tu leur demandes ce genre de chose, a dit maman. Je parle sérieusement, cette fois. » « J'aurais pas besoin, si tu le faisais toi-même… pas vrai ? Pas vrai, petit ? » et il s'est écroulé d'un seul coup en arrière, dans un fauteuil.

« Vous, les garçons, allez aider papa à faire cuire la viande », a dit maman, et comme aucun de nous n'obtempérait rapidement, elle a écarquillé les yeux. « Tout de suite. Ne me faites pas répéter une deuxième fois. » Lorsque nous sommes sortis, Pa m'a fait un clin d'œil en dressant l'index, mais il ne riait plus.

Pendant que nous étions en bas aux fourneaux, nous entendions des éclats de voix par-dessus l'électrophone, et lorsque nous sommes remontés avec la viande, toute la pile de disques était descendue et tournait sur le plateau en grattant et ondulant à donner le mal de mer. La porte de Pa était entrebâillée, je l'apercevais donc, allongé à l'intérieur – il n'y avait que ses chaussures qui dépassaient au pied du lit. Maman a tiré la porte en même temps qu'elle éteignait le Dumont, et Nanny est sortie de la salle de bains ; elle avait pleuré ; je le voyais à son maquillage tout barbouillé – la plus grosse partie était sur la boule de Kleenex qu'elle a apportée à table et jetée dans son bol de déchets de crevettes.

« Il va rien manger, Pa, ce soir ? » a demandé Reed, et maman a répondu : « Pa est un peu fatigué, et il ne se sent pas très bien. « Il est bourré, hein ? » « Reed Madden, d'où vient ce vocabulaire, je te prie ? » a demandé maman. « C'est Nanny », a répondu Reed, tandis que Nanny riait et reniflait en même temps. « Viens me faire un baiser, mon cœur », a-t-elle fait, ce qui n'était pas du tout dans ses habitudes avant son séjour à la clinique de Rice, et que Reed n'appréciait visiblement pas trop, car il a dit : « D'abord, je mange, mais je viens après, Nanny. »

Maman a essayé de maintenir la conversation, complimentant papa pour la cuisson des steaks, et lui a joué le jeu en faisant le coup du sourcil à la Stewart Granger, mais en dépit des efforts de tout le monde, le cœur n'y était pas. Le dîner a été très silencieux.

Nous avions presque terminé lorsque la porte de la chambre s'est ouverte.

« Mister Will », a dit papa, et tout le monde s'est retourné pour voir Pa sortir en pyjama, avec ses chaussettes noires et ses chaussures aux pieds.

« Continuez, tous, continuez, mangez, je ne veux pas vous interrompre », a-t-il dit d'une voix basse, à la fois mielleuse et faible. « Tu veux essayer d'avaler un morceau, à présent, papa ? a demandé maman. Je peux te préparer une assiette. » « Non, non, reste assise. Je veux juste un verre d'eau et je retourne me coucher. » Puis il a regardé Nanny. « Tu es fâchée contre moi ? » « Plus que ça, je voudrais t'étrangler. » « Je suis désolé, Zelle… je vous demande pardon à tous si je vous ai gâché le souper. » Et nous tous de répondre : « Ce n'est pas grave, Pa. » Sauf Nanny. « Vas-y, dis-le », lui a-t-il fait, et elle a continué de le fusiller un moment du regard avant de crier en direction de la cuisine : « Dee Lou, apporte l'aspirine, et les biscuits salés, tant que tu y es. » Le visage de Pa s'est illuminé d'un grand sourire.

« Je t'ai vu lui faire les yeux doux, va, a-t-elle dit ensuite en poussant le plat de viande vers lui, avec les morceaux de gras alignés sur le côté. Cela fait assez longtemps qu'on est mariés. » « Exact, a dit Pa, exact, elle lit en moi comme dans un livre, depuis toujours. Elle n'est pas née d'hier, la guêpe ! » et Nanny a rougi lorsqu'il s'est penché pour l'embrasser sur la joue. « Continue, continue. » « Encore un, peut-être », a dit Pa avant de s'installer à sa place, en bout de table. Puis il a pris un couteau à viande, il a beurré généreusement un biscuit avant d'y poser un morceau de gras.

« Dieu merci, miam, miam, a-t-il fait avec un hochement de tête et un grand sourire tout en mastiquant. Qui veut goûter ? » « Moi, Pa », a dit Reed, alors Pa a répondu : « Grimpe sur mes genoux », en reculant sa chaise pour laisser le passage à Reed. « Et toi, mon gars ? Tu en veux un bout ? » m'a-t-il demandé. « Un peu, oui, Pa. » Je me suis penché pour qu'il donne la becquée. « Qu'est-ce que tu en dis ? C'est bon ? » « Miam ! » ai-je répondu, la bouche pleine, tandis que Reed renchérissait : « C'est le meilleur, Pa. » « Tu as raison, tu as raison, petit, on ne fait pas mieux.

— Bon, il est onze heures. Reed, Joey, a dit maman, dites bonsoir à tout le monde, et allez faire votre toilette avant d'aller vous coucher. » J'ai fait la tournée, en gardant Pa pour la fin, et en l'embrassant j'ai demandé : « Pa ? » « Oui, chéri ? » « On pourra aller à la pêche, demain matin ? »

« Si le temps tient bon, un peu ! » « Je veux essayer ma nouvelle canne. » « On va l'avoir, en plus, cette fois, hein, mon grand ? On va l'attraper ce foutu bar rouge. » « Oui, Pa, il va regretter de nous avoir cherché des ennuis. » Je me souviens qu'il nous a gardés serrés contre lui, Reed et moi, et que j'ai senti les pattes sur ses joues, avec l'odeur de son Aqua Velva et de ses Chesterfield. Puis il a fait : « Maintenant, vous deux, filez au lit », et il nous a lâchés.

41

Joey

Cette nuit-là, j'ai rêvé que je découvrais un escalier secret dans la maison et que je grimpais dans un grenier aménagé par Carl, je pense, ou un autre charpentier, se trouvant sur place pour des réparations dans la maison. On aurait dit une tour de guet ; les quatre pans de mur étaient en verre armé et on avait vue sur plusieurs kilomètres dans toutes les directions. J'étais tout excité par ma découverte et je voulais annoncer à tout le monde qu'il y avait un autre étage à la maison, mais en regardant dehors du côté de la mer, j'ai vu une forme noire qui approchait vers nous, comme une vague, mais sans en être une – j'étais incapable de dire de quoi il s'agissait, elle arrivait à une vitesse incroyable.

Je me suis réveillé en sursaut, sur des draps tout chiffonnés et humides. J'avais l'impression d'avoir tout juste fermé l'œil, pourtant j'avais dormi plus longtemps que je ne croyais, car Pa était déjà debout, dans sa tenue de pêche blanche, près de la porte. Il avait les mains dans les poches, et il me faisait son petit sourire du matin. Je voyais clairement son visage, sauf que je ne savais pas exactement d'où venait la lumière – celle du vestibule n'étant pas allumée ; je me suis dit qu'il devait s'agir du clair de lune. « Bonjour, Pa, c'est l'heure de partir ? » ai-je demandé en m'asseyant dans mon lit pour me frotter les yeux. « Pas tout à fait, chéri, dors encore un peu. » Tandis que je me recouchais et que je refermais les yeux, il est resté un petit moment près de mon lit. Je me suis senti tranquille et rassuré de savoir qu'il veillait.

Le soleil était déjà bien au-dessus de l'horizon lorsque j'ai fini par me lever, le lundi matin, Labor Day. J'ai sauté en bas du lit, couru en pyjama jusqu'à la salle commune, furieux que personne ne soit venu m'appeler plus tôt – maintenant, nous allions manquer la marée. Nanny était en train de manger son demi-pamplemousse, à table, en robe de chambre. « Bonjour, trésor, un demi-pamplemousse pour monsieur ? » La plupart du temps, ce genre d'humour m'amusait, mais je me suis contenté de répondre : « Bonjour, Nanny, je n'ai pas faim », avant de filer vers la cuisine où maman s'occupait de faire frire des saucisses.

« Maman, où est Pa ? ai-je demandé comme si elle risquait de l'avoir caché quelque part. Ils ne sont pas déjà partis, j'espère ? » Elle m'a lancé un regard par-dessus son épaule. « Bonjour, Joey. » « Bonjour. Alors ? » « Chéri, je ne pense pas que vous irez pêcher aujourd'hui. Cela m'étonnerait beaucoup. » « Mais Pa l'avait dit, il avait promis. » « Joey, s'il te plaît, cesse de pleurnicher. Je sais que vous avez prévu cela hier soir, mais je ne pense pas que Pa soit en grande forme ce matin, et nous devrions probablement le laisser dormir.

— Mais il est déjà levé. Il est venu dans ma chambre, habillé et tout. » Elle a posé un couvercle sur la poêle, s'est épongé le visage, puis elle s'est retournée. « Quand, chéri ? Quand est-ce qu'il a fait cela ? » « Il y a juste un petit moment. Il m'a dit qu'on y allait, qu'il viendrait me réveiller quand ce serait l'heure, mais il n'est pas venu et maintenant on a raté la marée. »

Elle a paru un peu ébranlée, maman. « Eh bien, il aura vérifié la météo, et il sera retourné se coucher. Peut-être que les vents sont mauvais, je ne sais pas. » « Mais non, la côte est dégagée, le baromètre marque trente, regarde ! Il fait beau. » Je montrais du doigt le baromètre et l'hygromètre, sur le mur, pour qu'elle constate par elle-même l'évidence.

« Il y a des hautes pressions qui descendent du Canada ; ça veut dire du beau temps, maman. » « Écoute, je ne sais pas quoi te dire, chéri, a-t-elle dit, exaspérée à présent. Je croyais qu'il dormait, mais il est peut-être sorti quelque part. Laisse-moi ôter ces saucisses du feu, et je vais voir. »

Elle a enlevé son tablier, s'est essuyé les mains, et je l'ai suivie sur la pointe des pieds jusqu'à la porte de la chambre où elle a toqué très doucement avant d'ouvrir. « Papa ? » Elle a appelé tout bas, en passant la tête pour jeter un coup d'œil.

« Il dort profondément, trésor, a-t-elle chuchoté en refermant la porte derrière elle. Tu as peut-être rêvé. Si tu allais jouer dehors ? Je t'appelle quand les œufs sont prêts. » J'étais tellement déçu que j'ai sciemment laissé la porte claquer.

Dehors, il faisait bon, tout le monde était pieds nus comme la veille, en short ; ils se baignaient, jetaient des bouts de bois à leur chien, mais c'était l'automne, indéniablement. Il suffisait d'un simple regard pour voir qu'il était là pour de bon, bien installé cette fois. Même à respirer, l'air semblait différent, plus propre, laissant une douleur creuse dans les poumons qui créait une sorte de manque, et les paillettes de lumière sur l'eau avaient un autre éclat.

Je me suis installé un moment sur le belvédère, j'ai regardé les gens qui jouaient sur la plage, mais l'horizon semblait accrocher mon regard pour l'attirer beaucoup plus loin, là-bas, où passait un bateau tout blanc, un paquebot de croisière voguant vers le nord, avec la fumée bleue qui sortait des cheminées et tirait vers le sud, comme les pensées de l'endroit qu'il avait quitté. Il était beau, ce paquebot, mais le regarder passer m'a rendu triste, impatient, je me sentais un peu perdu. Je ne saurais pas expliquer comment, mais on aurait dit que le ciel s'était agrandi par rapport à la veille, comme une coupe de cristal qu'on aurait retournée et vidée. J'avais envie de la remettre dans le bon sens, de la remplir, mais que mettre dans une aussi grande coupe ?... Il faudrait un nouveau monde, tout neuf, je suppose, et moi, je voulais toujours retrouver celui qui avait été le mien, sans savoir par où commencer.

Pour dire la vérité, je n'avais pas envie d'y penser, alors je me suis contenté de nettoyer les moulinets. Je les ai tous astiqués, y compris les très vieux en cuivre que Pa avait de l'époque de son père, et dont personne ne se servait plus jamais. Ils étaient pleins de vert-de-gris, bloqués, mais j'ai fait de mon mieux. Je les ai démontés de leur canne, je les ai fait tremper dans des seaux d'eau douce pour dissoudre le sel, essuyés un par un avec un torchon, avant d'entreprendre de les démonter consciencieusement, aussi loin que j'osais avant de devenir un peu flou sur l'ordre des pièces et la place des petites vis et boulons. Je passais ensuite un peu de 3-en-1 dans les mécanismes avant de les remonter.

J'avais tout étalé par terre dans le garage lorsque maman est descendue dans sa tenue de jardinage, un jean bleu retroussé sous le genou, avec un de mes T-shirts blancs. Elle avait ses gants fichés dans une des poches de derrière, et un immense verre de thé, comme elle aimait, avec une paille trempée dans le sucre de canne, un brin de menthe fraîche et un peu de saccharine pour la ligne. Elle allait planter des bulbes d'automne que tante Mary lui avait apportés de Killdeer lorsqu'elle m'a surpris en plein effort. « Doux Jésus, qu'est-ce qui t'a pris ? » a-t-elle demandé, et j'ai répondu : « Je ne sais pas, une envie que j'ai eue. » « Pa va être drôlement content. » « Il y en a encore qui ne marchent pas très bien. » J'en ai pris un pour lui montrer ce que je voulais dire. « N'empêche qu'ils doivent tous se sentir mieux. » J'ai fait : « Ha ha ha », en essayant de ne pas sourire, mais elle savait qu'elle avait gagné, car elle a souri largement, en mettant du rouge à lèvres sur sa paille.

Lorsque j'ai eu terminé, j'avais tué environ une heure. En haut, Nanny était occupée avec son puzzle, un tableau représentant un boulevard de Paris, avec de la neige, des voitures à cheval et des petits Français avec leur béret sur la tête qui marchaient vers la tour Eiffel. Elle s'y mettait tous les mois de juin, dès que nous arrivions, puis elle se laissait entraîner dans des parties de bridge. Sans avoir vu le temps passer, on était presque au week-end de Labor Day, alors prise de zèle, sans se donner la peine de s'habiller, elle s'attelait à la tâche dès le matin, en peignoir, et restait jusque tard le soir, remplissant un cendrier après l'autre de mégots d'Old Gold et répondant à peine lorsqu'on lui adressait la parole. Certaines années, elle arrivait plus loin que d'autres, mais elle ne terminait jamais, et le dernier acte officiel de l'été consistait toujours à remettre le puzzle en désordre.

Papa aussi semblait d'humeur besogneuse ; il lavait la Mustang dans l'allée. Tandis qu'elle s'essuyait le front en sirotant un peu de thé, j'ai vu maman le regarder, et aussi nettement que si elle avait articulé les mots à haute voix, je l'ai entendue penser : *pourquoi ne laves-tu pas aussi le break ?* Je voyais bien qu'elle ne saisissait pas comment ce genre d'idée pouvait ne jamais lui venir naturellement alors que pour elle, cela relevait de l'évidence, et qu'elle en était très contrariée mais se garderait bien de faire la moindre remarque parce que cela ne servirait qu'à déclencher encore une dispute, sans servir à rien. L'espace d'une fraction de seconde, cette scène à laquelle j'avais bien dû assister déjà cent mille fois est devenue lumineuse, comme si quelqu'un avait braqué un phare sur eux deux. Il a levé la tête, l'a aperçue, maman s'est contentée de lui adresser un petit sourire contraint, furieux, avant de retourner à son jardinage, et j'ai vu la mâchoire de papa se crisper en même temps qu'il répondait à son sourire, puis le sourire se transformer en une espèce de moue boudeuse lorsqu'il s'est mis à savonner le pare-brise, comme s'il savait qu'il était encore à côté de la plaque, mais ignorait pourquoi. C'est toujours le moment où mon cœur penchait de son côté, je me sentais solidaire de lui, parce que quelque part au fond de moi, je devais savoir que mon père n'était pas encore complètement adulte au sens où maman l'était, ou Pa, ou même moi ; mais ce jour-là, la réaction n'est pas venue – ou bien alors, je me suis senti de leur côté à tous les deux, à égalité, parce que je voyais les choses clairement, et je comprenais.

Je n'avais pas trop envie de traîner dans le coin, alors j'ai fini par aller frapper chez les Landis pour demander à l'oncle Johnny s'il aurait envie de faire une partie de gin-rummy. Apparemment, il était dans le même état d'esprit que moi, alors nous avons installé une table et des chaises dans l'allée, et commencé une partie. Un peu plus tard, A. Jenrette est repassé, nous avons donc continué à trois, à un penny le point, mais en prenant la boîte d'allumettes Blue Diamond que tante Mary avait en haut, près des fourneaux, pour remplacer les pièces de monnaie.

Lorsque l'oncle Johnny est allé à l'intérieur pour faire pipi – il avait un truc qui l'obligeait à faire souvent –, A. a sorti le paquet de cartes cochonnes et nous avons fait l'échange, collant une série de femmes nues dans son jeu. Il ressort donc la mine soulagée comme il se doit, oncle Johnny, puis il prend ses cartes. « Voyons, dit-il guillerettement, voyons ce jeu. » Quand il a déployé l'éventail sous son nez, son visage est devenu rouge comme une tomate sous l'épaisse tignasse grise. Il a toussoté en se raclant la gorge mais son unique commentaire s'est limité à : « Il fallait bien que ça arrive un jour… »

« Il fallait bien que ça arrive un jour » – je ne sais pas pourquoi le souvenir est si net, et l'instant d'après, la porte-moustiquaire de chez nous a claqué. Comme lorsque l'on compte les secondes après un éclair en attendant le coup de tonnerre, j'ai attendu d'entendre maman dire : *ne claquez pas la porte, s'il vous plaît*, et de même que si un jour le coup de tonnerre n'arrivait pas vous seriez surpris, vous vous poseriez des questions, bref, moi, j'ai regardé par-dessus l'épaule de l'oncle Johnny pour voir que cette fois, c'était elle… c'était maman qui avait laissé la porte claquer, et je ne sais pas, je ne sais pas, mais instantanément, à l'intérieur de moi, une voix a crié : *non, oh non…*

Elle était là, elle remuait les lèvres comme si elle se parlait à elle-même, puis sa main s'est levée, s'est posée sur ses lèvres, et elle s'en est aussitôt écartée brutalement comme si sa bouche était brûlante… Elle s'est mise à les secouer, les deux mains ensemble, comme jamais je ne l'avais vue faire, ni elle ni personne, comme une infirmière qui secoue un thermomètre pour faire descendre le mercure, sauf qu'elle, c'étaient les deux mains, à croire qu'elle essayait de se débarrasser d'une chose atroce, puis elle a cessé et s'est mise à courir vers le perron.

J'ai tout vu en une fraction de seconde, et je me souviens parfaitement, j'ai dit : « Maman ? » d'une voix blanche, et ma chaise est tombée en arrière sur le ciment quand je me suis levé… L'oncle Johnny a fait : « Hé là ! Doucement ! Il y a le feu ? », alors j'ai redemandé, à haute voix cette fois : *« Maman ? »* en criant de toutes mes forces, et je me souviens du changement d'expression sur le visage de l'oncle Johnny, la façon dont il s'est figé tandis que je me mettais à courir.

Je suis arrivé au pied des marches à l'instant où elle descendait, mais elle ne m'a pas seulement regardé, maman ; elle a juste tendu le bras pour m'écarter du passage. Je l'ai regardée s'éloigner, ébahi par la violence du choc contre mon épaule, mais elle n'avait pas descendu cinq marches qu'elle faisait demi-tour et revenait où je me trouvais, tombait à genoux devant moi, prenait mes mains dans les deux siennes et me regardait comme si elle ne se souvenait pas de m'avoir bousculé, ni même aperçu.

« Joey, écoute-moi bien. Cours chercher papa, vite, ramène-le tout de suite, vite, vite. » « Qu'est-ce qui se passe, maman ? Pourquoi ? » « Va, chéri, dépêche-toi, vite. » À cet instant, j'ai eu l'impression qu'un courant de boue entre nous redevenait limpide, comme dans mon souvenir d'il y a longtemps, longtemps, et je n'ai plus eu qu'un désir : lui venir en aide, la sauver, elle qui m'avait protégé et se serait jetée au feu pour me sauver.

Jamais je n'ai couru aussi vite, maudissant le sable à chaque foulée parce qu'il se creusait sous mes pieds, maudissant mes jambes parce qu'elles étaient grosses et ne me portaient pas aussi vite que celles d'Archie. En parcourant les derniers mètres pour arriver en haut de la dune, j'ai prié pour que papa soit là. En haut, le vent d'est qui soufflait de l'océan a glacé ma transpiration et gonflé mon T-shirt comme un ballon. J'ai vu le grand parasol, sa serviette étalée à côté, et la forme de sa silhouette imprimée comme une trace de pied mouillé. Ses lunettes noires, son briquet, ses Lucky Strike étaient là, mais pas papa. J'ai regardé vers le nord, vers le sud, mais personne… comme dans le bras de mer, lorsqu'en me hissant hors de l'eau j'ai vu que la côte avait disparu, qu'il n'y avait rien, que moi, seul dans une immensité d'eau vide, où même le temps devient votre ennemi. Un instant, j'ai eu la sensation terrifiante d'une présence vivante qui me regardait du haut du ciel, je ne savais pas qui ni quoi, mais j'ai senti la chair de poule sur mes bras et mon cou…

Puis, dans l'eau, où j'avais déjà regardé, mais plus loin, beaucoup plus loin, au large, un mouvement a attiré mon attention. Une tête brune, luisante, est apparue, puis un long bras blanc, suivi d'un second, poussant l'eau avec une élégante lenteur, comme la roue d'un vieux bateau sur le Mississippi, et je l'aurais reconnu entre tous, ce crawl impeccable de papa, appris au Camp Blue Moon… J'ai couru jusqu'au bord et crié, sauté à pieds joints en agitant les bras au-dessus de ma tête, mais il n'entendait pas, il continuait, ni vers moi ni vers le large, mais parallèlement à la plage. J'ai couru dans la même direction jusqu'au moment où il s'est arrêté pour souffler…

« Papa ! Papa ! » Quand il m'a repéré, j'ai vu l'éclat blanc de son sourire malgré la distance, tandis qu'il me faisait signe de le rejoindre. « Viens, elle est bonne ! » criait-il, et je hurlais en retour : « Reviens ! Reviens ! » Je l'ai vu mettre une main en cornet contre son oreille. « Quoi ? Qu'est-ce qu'il y a ? » J'ai avancé dans l'eau jusqu'à mi-poitrine en continuant de crier inlassablement : « REVIENS… RE… VIENS… », et il a fini par nager dans ma direction, plus vite à présent.

Il est sorti de l'eau dégoulinant, lissant ses cheveux en arrière, à deux mains, éclaboussant de tous les côtés. Le sourire joyeux était parti. On lisait déjà sur son visage une inquiétude, une tension, qui faisait peur, qui me faisait peur.

« Qu'est-ce qu'il y a, Joey ? Où est le problème, fiston ? »

« Vite, papa, il se passe quelque chose à la maison. Maman a dit que tu viennes. » Il a ouvert la bouche comme pour ajouter quelque chose, poser une question, mais il n'a rien dit de plus, il s'est volatilisé instantanément, me plantant là pour remonter à la plage à grandes enjambées.

Lorsque je suis arrivé à la maison, Dee Lou était sur la véranda, à genoux à côté de Reed qui s'accrochait à elle, les yeux écarquillés, inquiets et solennels. Elle a essayé de me retenir moi aussi au passage, mais j'ai continué, franchi la porte…

Tout au bout de la pièce, l'oncle Johnny tenait la main de Nanny, enfin il essayait, tandis qu'elle le repoussait. « Tais-toi… Ne me dis rien, John Landis, compris ? » disait-elle de sa voix rocailleuse comme si elle était furieuse contre lui, et en entendant la porte, l'oncle Johnny m'a regardé avec les mêmes yeux ronds que Reed.

L'instant d'après, je regardais du côté de la chambre de Pa et Nanny… La porte était grande ouverte, maman était appuyée contre le battant à moins de trois mètres de moi. Elle ne m'a pas regardé, pas même quand j'ai claqué la moustiquaire ; elle avait les yeux rivés sur autre chose et j'ai suivi son regard…

Au pied du lit jumeau où j'avais vu les derbys de Pa la veille au soir, je voyais maintenant son pied nu, rien d'autre. Le chambranle de porte cachait le reste… Il y avait quelque chose dans la couleur, ou la position, je ne sais pas, mais j'ai senti les poils se hérisser dans mon cou. À côté de celui de Pa, il y avait un autre pied, pointé vers le bas alors que celui de Pa l'était vers le haut, et ils bougeaient, ensemble, montant et descendant à une cadence qui faisait grincer les ressorts du sommier. J'étais incapable d'expliquer ce que je voyais, à part que la jambe d'en dessous était celle de Pa, l'autre celle de papa…

J'ai voulu faire un pas en avant, mais maman s'est retournée soudain avec des éclairs dans les yeux. « Joey, n'entre pas. » Quelque chose dans sa voix m'a arrêté net. Mais j'étais assez près déjà pour voir papa étendu à plat ventre sur le lit, par-dessus Pa, leurs bouches collées l'une à l'autre comme par un baiser… Il était à bout de souffle, haletant dans un sanglot : « Allez, allez, bon Dieu, respire, bon Dieu de bon Dieu, *respire* », et lorsqu'il a tourné la tête pour écouter le cœur de Pa, j'ai vu qu'il avait les yeux rouges, sinistres, désespérés… Maman se tenait le dos à la porte, comme si elle tentait de fuir cela le plus vite possible, et le regard de ses yeux noirs m'a semblé plus sinistre encore. Je ne sais pas s'il faut parler de pitié ou de dégoût, sauf que j'ai su alors que ce n'était pas seulement la fin de quelque chose, mais bien plus…

« Arrête, Jimmy, a-t-elle fini par dire. Arrête. Papa est mort. » Et après l'éclair, le tonnerre a fini par s'abattre.

Serrant les couvertures dans son poing, papa s'est laissé tomber à terre à côté du lit, à genoux d'abord, puis il a basculé en arrière avec un bruit sourd. Le visage caché dans ses grandes mains, il est resté assis en tailleur, sur une tache humide qui s'est élargie sous son maillot trempé, et il pleurait à vous fendre le cœur en deux si vous aviez un peu de sensibilité, mais moi, je ne sentais rien. J'avais le cœur glacé, comme un caillou… Dans mon dos, j'ai entendu Nanny : « Mon Dieu, May, mon Dieu, non, ce n'est pas vrai, je sais que ce n'est pas vrai… Où est Dee ? *Dee Lou ?* » Elle a réclamé Dee en hurlant, Nanny, comme si elle allait s'écrouler, alors maman est sortie de la chambre. « Maman, a-t-elle fait d'une voix très douce et très calme. Maman. » C'est tout, rien de plus, deux fois, et je ne sais pas pourquoi, mais dans la pièce, tous les regards se sont tournés vers elle, tous, vers maman, ma mère. Je ne crois même pas qu'elle s'en est rendu compte, mais c'était comme lorsque le porte-drapeau tombe au milieu d'une bataille. J'ai assisté, dans une clarté absolue, au moment où maman s'est avancée pour reprendre le poids que Pa avait porté sur ses épaules, tout le poids, récupérer le flambeau avant qu'il ne tombe, et nous avons tous suivi celle qui nous guiderait désormais… J'avais le cœur paralysé, mais l'espace d'un instant il a enflé dans ma poitrine, et je me souviens de m'être dit que ça, c'était bien – ça et qu'elle ressemblait si fort à Pa.

42

Joey

Nous sommes descendus comme des soldats, ou des zombies, Reed et moi, pour aller dans la chambre de Dee Lou, où je suis resté assis sans rien dire sur le lit, les mains jointes sur mes genoux, pendant que Reed sortait son livre de coloriage et coloriait par terre, en s'appliquant pour ne pas déborder. J'ai senti une sorte d'immobilité m'envahir, goutte à goutte, comme si chaque chose au monde s'immobilisait successivement et que bientôt plus rien ne bougerait. Je ne saurais dire exactement ce que je ressentais, mais que dehors le soleil continue de briller et le ciel soit toujours aussi bleu semblait bizarre et vaguement impoli. J'avais l'impression que l'obscurité devrait maintenant tomber sur nous comme un bienfait, et j'aurais voulu qu'elle se dépêche d'arriver, j'étais triste que sous cette lumière d'automne le monde du dehors garde la beauté qu'il avait ce matin.

Il ne paraissait pas correct de me mettre à jouer comme Reed, mais au bout d'un moment je me suis mis à penser à ma canne à pêche toute neuve – je ne me rappelais pas où je l'avais rangée et j'ai eu subitement peur qu'elle soit perdue, alors je suis allé voir et je l'ai trouvée contre le mur, dans le garage, à l'endroit précis où je laissais toujours l'ancienne. Je l'ai rapportée dans la chambre de Dee, pas pour jouer avec, mais pour l'avoir sous les yeux, et je suis resté assis là, en la tenant.

Lorsqu'elle est entrée, maman était habillée, elle s'était

maquillée, et son parfum sentait trop fort, comme toujours lorsqu'elle venait de s'en asperger. « Venez, les enfants, venez contre moi », a-t-elle dit en s'asseyant sur le lit de Dee avant de nous serrer dans ses bras. Elle avait les yeux brillants comme si elle avait pleuré, mais elle avait le sourire à présent, et elle paraissait deux ou trois fois plus vivante que dans aucun de mes souvenirs, à la façon d'un arbre que l'on a vu mille fois au fond de son jardin mais qui retrouve la fraîcheur de la nouveauté avec ce coup d'éclat noir d'après l'averse. « Où il est, Pa, maman ? » a demandé Reed en se nichant contre elle, et elle a répondu : « C'est ce dont je voulais vous parler, chéri. Pa est monté au ciel, il est parti rejoindre le bon Dieu. » Cette histoire ne me plaisait pas trop, et je ne savais pas si elle y croyait vraiment, maman, mais j'ai vu dans ses yeux qu'elle nous racontait cela parce qu'elle voulait que l'on se sente mieux qu'elle, et même si ces mots sonnaient faux, je ne pouvais pas lui en vouloir. « Quand est-ce qu'il reviendra ? » a encore demandé Reed, et elle a répondu : « Il ne reviendra pas, chéri. » « Oh », a fait Reed, alors maman a dit : « Mais un jour tu le reverras, Pa, comme nous tous. » « Est-ce qu'il est mort, Pa ? » J'ai vu qu'il était douloureux pour maman de dire les choses aussi clairement, mais elle a répondu : « Oui, chéri, oui, il est mort. » Ensuite elle nous a embrassés. « Je voudrais que vous montiez là-haut tous les deux, maintenant, pendant que je parle avec Dee… Nanny a quelque chose à vous dire. »

En bas des marches, je l'entendais déjà, Nanny ; elle ne pleurait pas, mais elle parlait à quelqu'un d'une voix tremblante – je me suis dit que tante Mary avait dû venir de la maison d'à côté. Mais en arrivant à la véranda, avant de franchir la moustiquaire, je l'ai aperçue par la fenêtre de la chambre… Elle était assise sur le lit, à côté de Pa, elle lui tenait les mains, Nanny, et elle lui parlait en souriant, les joues ruisselantes de larmes. Je l'ai vu lui aussi, Pa, mon Pa… Il avait les yeux fermés et le visage paisible, plus calme et plus jeune que je l'avais jamais vu. De sa main libre, Nanny lui lissait cette mèche de cheveux qui même à présent refusait de se laisser dompter. Sur la table de chevet, j'ai vu ses lunettes aux montures d'or fines comme un fil de fer. Elles étaient posées à l'envers, et le soleil illuminait les verres.

Quand elle est ressortie, Nanny portait une robe noire et ses cheveux étaient coiffés. Elle avait les yeux lavés par les larmes, mais encore ainsi, ils avaient cette étincelle que l'on y voyait toujours lorsqu'elle disait : *souviens-toi de qui tu es*. Elle nous a appelés, nous a embrassés tous les deux, puis elle a donné à Reed le chapeau de feutre de Pa, avec cette odeur bien à lui imprégnée dans la doublure de soie. Elle m'a aussi fourré le couteau Barlow dans la main. « Souvenez-vous de lui, hein ? Souvenez-vous de Pa. » Mais elle n'a pas pu en dire plus.

Nous avons pris ces affreux trésors, et puis nous sommes sortis dehors, où les autres enfants nous ont regardés avec solennité, comme si nous étions devenus célèbres. « Notre Pa, il est mort », leur a dit fièrement Reed, comme s'il y avait de quoi se vanter, alors je m'en suis pris à lui : « La ferme, imbécile, la ferme. Ne dis plus jamais ça, jamais. » Ses lèvres se sont mises à trembler et le regard de ses yeux noirs m'a rappelé trop tard qu'il était mon petit frère, trop petit pour comprendre. Quand j'ai voulu m'excuser, il ne m'a pas laissé approcher.

J'ai fui tout le monde, je suis allé me réfugier sous la maison des Jenrette, dans notre ancienne cachette, où l'on se sentait en sécurité. À travers les planches, je voyais les allées et venues des voisins, vêtus de sombre et polis. L'ambulance est arrivée dans l'allée, avec le gyrophare mais pas de sirène. Ensuite, papa est descendu avec la première valise, suivi de Dee Lou avec des draps. Le manège a continué jusqu'à ce que la lumière commence à changer, avec l'apparition du grand train de nuages, alors le bleu du ciel a déversé son douloureux éclat et modifié la couleur même de mes sensations, le crépuscule est venu comme une paix bienfaisante. Tandis que l'obscurité tombait, le phare orange continuait de tourner sur l'ambulance, éclaboussant le mur de chez nous, les fenêtres, le visage de papa et celui de toutes les personnes qui se succédaient dans un lent défilé, portant caisses et valises, au point qu'on aurait cru à un grand incendie, à la lumière vacillante duquel nous tentions ensemble de sauver ce qui pouvait l'être.

J'ai regardé deux ambulanciers rouler le brancard qu'ils ont soulevé pour descendre les marches tandis que maman, papa et Nanny, debout sur la véranda, observaient comme moi. Lorsqu'ils ont continué de rouler après la partie en ciment, le crissement des roues sur le sable m'a fait songer à ces jeudis soir, quand nous attendions l'arrivée de la Cadillac… C'était fini… Les hommes ont replié les pieds à roulettes et enfourné le brancard dans l'ambulance, j'ai vu la forme de son corps sous le drap, le corps de Pa, et puis ils ont fermé les portières, c'était la dernière fois, je ne le reverrais plus.

Ils se sont installés dans la cabine où ils ont attendu, ces deux types, en fumant une cigarette. Il faisait nuit lorsque maman a appelé, et je savais que l'heure du départ était arrivée. J'ai sorti le couteau, je l'ai posé à côté de moi dans le sable, et subitement il n'y était plus. J'ai regardé de l'autre côté, je suis repassé par tous les endroits où je m'étais trouvé, en vain, il n'était nulle part. « Joey ! » On m'appelait, à présent. « Joey ! » Je suis sorti de ma cachette en rampant, j'ai couru jusqu'à maman. « Je ne le trouve plus, maman, je ne trouve plus le couteau de Pa, il faut attendre. » « Les ambulanciers sont prêts à partir, Joey, a répondu maman. Cours vite voir une dernière fois. » Reed est venu m'aider, Tawny aussi, mais même la championne du creusement n'a pas trouvé. Peut-être est-il toujours là-bas, dans le sable, avec ma Bel-Air en Matchbox, comme le trésor enfoui d'un ancien royaume tombé le jour de la mort de son roi.

43

Joey

Il faisait nuit noire quand nous sommes partis, suivant le gyrophare orange, devant nous, par le pont suspendu, puis Mann's Harbor, là où l'on entend de nouveau le chant des grenouilles, des cigales et des criquets. Oncle Johnny et tante Mary étaient derrière, avec Dee Lou. Papa conduisait la Country Squire avec maman et Nanny à côté de lui, sur la banquette avant, j'étais derrière avec Reed et Tawny. Devant, ils ont parlé doucement, pendant un bon moment, et puis maman a murmuré : « Chut ! elle dort », alors tout le monde s'est tu.

Je n'avais pas l'impression que c'était bien de s'endormir, pourtant je me suis assoupi. Je ne sais pas combien de temps j'ai dormi, ni où nous étions lorsque je me suis réveillé. Reed était pelotonné contre moi, son pouce à la bouche et Mister Rex serré contre son cœur, tandis que devant la tête de maman avait sombré contre l'épaule de papa et qu'elle avait la bouche ouverte.

Papa avait sa vitre baissée et le coude posé à l'extérieur. Il fumait une Lucky, le vent de la nuit lui ébouriffait les cheveux, il semblait calme, tranquille, avec Tawny juste derrière lui, comme si elle ne se lassait jamais de rouler en sa compagnie, n'importe où, n'importe quand, et que c'était leur tour de garde. J'ai regardé la cigarette de papa quand il l'a jetée par la fenêtre, j'ai vu la braise longer ma vitre comme une étoile filante et rebondir sur l'asphalte en se brisant, derrière nous. Je me suis redressé sur la banquette, j'ai posé une main sur son épaule, et il m'a souri dans le rétroviseur. « Tu es réveillé ? » « Oui, papa. » Il a gardé le silence un moment avant de dire : « Je pensais au millier de fois où nous avons fait cette route, et combien Pa aimait écouter la radio en voiture. » Nous sommes restés à nous souvenir ensemble, tous les deux. C'est papa qui a commencé, mais je songeais à la même chose.

« Vive Daddy Claxton », a-t-il chanté de sa belle voix de baryton, mais doucement, pour ne pas réveiller les autres. Je l'ai rejoint dès le deuxième vers :

Que son nom reste dans les mémoires
Comme un symbole de justice
Dans tous les tribunaux du pays.
Lorsqu'il sera au bout de la route
Que sur lui le rideau tombera
Nous le ramènerons à Dixie
Par la Wabash Cannon Ball…

Et, comme la Wabash Cannon Ball, nous foncions dans la nuit, la dernière nuit d'été et la première de l'automne, nous rentrions chez nous à Ruin Creek. L'odeur verte des foins coupés montait des champs, j'ai aperçu un feu dans le lointain lorsque quelqu'un a ouvert la porte de la chaudière d'un vieux hangar à sécher le tabac, où l'on traitait les dernières feuilles de la récolte, les meilleures, à l'ancienne. Les lucioles illuminaient les bois telles les lumières de Noël dans un sapin, et j'ai senti mon moral monter. Pendant que papa chantait, j'avais presque l'impression, contre tout espoir, que tout finirait peut-être par s'arranger ; que ce regard dans les yeux de maman, les paroles dures qu'ils avaient échangées, je les avais peut-être seulement rêvés… mais tout au fond de moi, je savais que c'était une invention de plus, un mensonge, comme celui de se raconter que le fait d'être gros n'est qu'une étape. Non – j'étais gros. Ce n'est pas comme être grand et costaud, ce n'est pas une étape, et si je devais changer un jour, il ne fallait plus que j'écoute les mensonges, il fallait que j'affronte la vérité, que je me la dise à voix haute, dans mon cœur. C'est cette nuit-là que je l'ai fait, cette nuit-là aussi que je me suis dit une autre vérité que je connaissais : papa ne reviendrait pas à la maison. Je la détestais, cette vérité, je la détestais si fort… mais celle que je détestais plus encore, c'est que cela valait sans doute mieux. Il continuerait d'être mon père, je l'aimerais toujours même si maman devait cesser de l'aimer, mais notre vie d'autrefois, celle d'avant les traces de pas, elle était finie, définitivement finie. La plus cruelle de toutes les vérités, c'était celle-là.

Que restait-il… ? Ça, je suppose : la vérité, une vérité qui d'une certaine façon serait l'ultime cadeau de Pa, plus que toutes les cannes à pêche et les couteaux Barlow de la terre, même si cette nuit-là, à côté du chagrin de l'avoir perdu, il ne pesait pas bien lourd, ce cadeau. Dans la voiture, je me suis rendu compte que Pa était peut-être parti, mais pas l'amour que j'avais pour lui. Il me restait cela, que je sentais en moi, fort, profond. Un amour qui me liait à lui aussi solidement qu'un nœud du pêcheur – on peut le trancher en une fraction de seconde, mais pas le défaire ; s'il est fait correctement, serré comme il faut, rien au monde ne pourra jamais le dénouer, pas même la grande vague du jour dernier. J'avais mon amour pour lui et pour eux tous – Nanny, Reed, maman, et papa, papa aussi –, mon amour pour eux, et celui qu'ils avaient pour moi… même si l'amour n'était pas assez fort pour empêcher notre monde de se briser, il donnait de l'éclat aux morceaux cassés.

Imprimé en France par la Société Nouvelle Firmin-Didot
Dépôt légal : novembre 2004
N° d'édition : 3656 – N° d'impression : 70422